文化艺术出版社

Culture and Art Publishing House

名 家 · 名 篇 · 名 译

俄国经典中篇小说

主编 | 盛宁 选编 | 冯季庆

THE WORLD

-

CLASSICAL

-

NOVELLAS

序言

盛 宁

十年前，我们曾选编过一套《世界经典短篇小说》，我在那套书的序言里说到，随着现代生活节奏的不断加快，加之各种新兴科技手段和媒体形式的介入，人们在这个世界上的生存方式，包括我们对所处世界的整个认识方式，都已发生了极大的变化。变化带来的负面影响之一，就是一些曾有过辉煌显赫历史的艺术形式无可挽回地式微衰落了，尽管我们费尽心力去抢救，它们仍不以人的意志为转移地飞离我们普通人的日常视野，沦为仅供少数人观赏把玩的"藏品"。于是"文学已经衰亡"，"纸介印刷物必将被数字出版物取代"一类的哀歌，彼落此起地响彻文坛。

这些说法所引发的悲观情绪很快蔓延到了学界。记得那年美国著名的文学批评家 J. 希利斯·米勒曾来华讲演，他很坦诚地诉说了自己五味杂陈的内心感受，那篇讲稿后来在美国著名学刊《辨析》上发表，他又将讲话稿的标题改为"废墟上的文学研究"，其悲悼之情溢于言表。

转眼十年过去。情况又发生了什么变化呢？在千千万万令人眼花缭乱的事件中，移动通讯手段的革命性更新拔得头筹。手机的普及，特别是集通讯、浏览、搜索等功能为一体的 iPhone 的问世，将 2010 年推入所谓的"微博"年。据最新统计，中国网民规模现已达到 4.85 亿，"微博"用户的数量则爆发增长到近 2 亿，成为用户增长最快的互联网应用模式。"微博"突如其来的出现，且规模如此之大，它立刻给大众阅读习惯带来了谁也不曾料到的冲击。几乎就在一夜之间，这种带有"娱乐化"、"碎片化"特点的资讯消费形式，变成了时下最流行的大众阅读方式。所谓"娱乐化"，就是阅读活动除实现资讯传递的目的外，还带有一种搞笑逗乐的"狂欢"色彩；而所谓的"碎片化"，则是指人们在快节奏的日常生活中，利用各种活动的间隙或空当来完成阅读，使阅读一改过去那种连续、专注的特点，而变成一种时断时续、见缝插针式的消遣。

这样的一种阅读形式，对需要长时间静坐默读的长篇小说来说，显然是要排斥的。而从这个角度想下去，传统意义上的文学似乎很快就没有了自己的位置。但实际情况却并没有糟到这般田地。说来也颇值得玩味，据美国全国文学艺术基金会历年的调查报告，自上个世纪80年代起，美国青年和成人中阅读文学作品的读者比例接连二十多年持续下滑，17岁年龄段中完全不读文学书的人数，2004年比1984年足足翻了一番，达到了百分之二十左右；然而，2009年的调查报告称，由于各级教育机构的努力，18～24岁年龄段阅读文学书籍的人数竟在2008年出现了拐点，首次大幅度回升，增加了三百多万人。而中国的情况非但不像文学消亡论者所描述的那么悲观，甚至比上述美国报道更令人鼓舞。仅就最近十年的情况统计看，纸介印刷读物并未显出"退市"的意思，非但没有，这些年的全国图书出版总量还一直保持着10%左右的年增率，其中文学读物年增率也达到了9%。仅以2009年为例，文学类图书出版总数达25万种（其中初版新书为18万种），总码洋8.3亿元，居然还高于经济类的图书。尤其值得注意的是，再版文学书竟占了文学出版总量的四分之一，而据从事文学图书出版的人士说，再版书基本属于文学经典名著一类的"长销书"，也就是说，文学经典名著仍占据四分之一左右的文学类图书市场。

这一串数据有点枯燥，但至少可说明两点：其一，"文学"没有消亡。所谓"消亡"一说，实在是个伪命题。因为"文学"本是个后设的、集合性概念，它是对某一类你认为应该命名为"文学"的文字的界定，既然它的内涵是人为的，流变的，它能不断吐故纳新，所以也就谈不上消亡。而最终会消亡的，只是某个具体的文学形式（体裁、文类），这种文学形式由于存在条件的变化或丧失，则可能发生嬗变或消亡，但没准什么时候它又会重新萌生，中外文学史上可找到许多这样的实例。

其二，以往被笼统看待的大众读者群，现已按接受教育的层次、专业兴趣和审美品味等进一步分化为一个个"小众"读者群。这也就是说，尽管有相当数量的读者投靠新兴媒体，转而采取了网上浏览、微博短信一类新的阅读方式，但这个世界上仍还有相当数量的读者（其中也包括一部分网民读者）保持着通过纸介读物来获取知讯的传统阅读习惯，更何况网上读库中也搜罗了大量的纸介读物的电子版。对于这些电子版读物的读者来说，读物载体发生了变化，读物的内容却未变。由此看来，我们说文学类读物至今仍拥有相当大的读者群也没有什么不对。而每年有一大批文学经典或名著的再版，则说明新生代年轻人中仍有大批喜爱文学的读者，而新生代读者群的逐年更新则为文学经典的传承提供了保证。

正是基于这样的考虑——文学经典仍有不小的市场，新生代读者对文学经典仍有相当大的需求，我们也就满怀信心地选编了这套"外国经典中篇小说"丛书。有读者或许会问，你们将选本称之为"经典"，那你们心目中的"经典"应该是怎样一个标准呢？坦率地说，有关"经典"的定义确实是众说纷纭，要找一个大家都认可的界定还真有点困难。在我所看到的有关"经典"的各种界说中，我最欣赏的是意大利著名作家卡尔维诺对"经典"所作十几条定义中的两条："一部经典作品是一本每次重读都像初读那样带来发现的书；一部经典作品是一本即使我们初读也好像是在重温的书。"前一条定义强调了经典常读常新的特点——经典必须经得起重读，因为它涵义隽永，因此总能新意迭出，让读者获得新的发现；而后一条定义则强调，经典提供的经验必须具有某种普遍、永恒的价值。它所讲述的道理，你也许在别处也曾听说过，但是你读后会发现，你原先所听说的那些道理，其实是由这部经典文本首先说出，而且它比任何后来者都表述得更加全面，更加深刻。

不过严格说来，卡尔维诺的定义或许更是一种对思想理论经典的概括，文学经典恐怕还另有一些自己的特性：它无意直接提出具有永恒意义的理论命题，它更擅长的是在想象的层面，通过故事的叙述和人物的刻画来表现带有普遍性的人类生存经验。因此，衡量和判断一部作品能否跻身于文学经典，最基本的一条必须要讲一个好故事，再就是要看作品是否塑造了扣人魂魄、令人过目不忘的人物形象。除此之外，文学还有另一个与其他类别不同的特点：它是一门语言的艺术。文学的"文"，既是"人文"的"文"，又是"语文"的"文"。古语说："言而无文，行之不远"。文学语言不仅是反映生活的语言，更应该是高于生活、能为生活效仿的语言。在这个意义上，文学经典还必须在语言上具有示范的作用。我们现在的这个选本不是小说原作，而是译作。因此对译文的讲究、推敲，它是否忠于原作，能否再现原作的艺术风格，也就成了我们挑选作品时很重要、很实际的关注。

写到这里，读者或许会觉得我对眼下文学的处境并无太大的忧虑，甚至还隐隐流露出一点激动或亢奋。其实，恰恰相反。尽管从出版数字看文学似乎还有不小的市场，然而我深知，文学在当今社会所发挥的作用，文学对读者所产生的影响，则与过去完全不可同日而语。这其中的道理很简单，我指的是，与广播、电视、电影、流行音乐、特别是现在的互联网这些媒体相比，今天的"文学"在影响人的精神面貌、价值观方面，在向人们的头脑中灌输想象这个世界的各种参照方面，已再也不能像过去那样发挥一种主导性的作用了。也正是在这个意义上，我们说文学已被彻底地边缘化了，这已是毋庸争辩的一个事实。这与文学是否还占有一定的市场实际上毫无关系，因为两者说的根本不是同一个层面的意思。

文学之所以会边缘化，其原因也不难找。主要就是因为"文学"在今天的商业社会中再也不能快速地带来直接的财富，因而遭到了冷落，说得再直白一点，就是"无用"。这些年，不止一次有从事文学研究的青年学者跟我说，他们为申请出国留学基金而去面试时，有些从事自然科学的专家评审官，往往提的第一个问题就是"你这搞文学的，出去有什么用？"毫无疑问，"文学"在他们眼里，就像人身上的阑尾一样，一无所用！然而，他们怎不想想，人之所以为"人"，除了四肢五官以外，更主要是因为人具有任何其他动物都不具有的复杂的思想和崇高的精神！人的气质、禀赋、情怀、修养，人对于真、善、美的洞察力、鉴别力、感悟力，以及人所特有的复杂的语言表达力，等等，所有这些决定人之所以为"人"的素质和能力，都不是从娘胎里带来，而是需要通过后天的陶冶和训练才能习得。而就在人习得上述素质和能力的过程中，"文学"不仅在发挥作用，而且发挥的是一种不可替代的作用。

文学究竟有用无用，有什么用？不妨再听一听两位诺贝尔文学奖的得主是怎么说的。早在 1933 年，T. S. 艾略特在《诗的作用和批评的作用》一文中说："一个不再关心其文学传承的民族就会变得野蛮；一个民族如果停止了生产文学，它的思想和感受力就会止步不前。一个民族的诗歌……代表了它的意识的最高点，代表了它最强大的力量，也代表了它最为纤细敏锐的感受力。"很显然，在艾略特看来，"文学"是衡量一个民族文明程度高低的标识，而一个不再关心自己文学传承的民族，停止了文学生产，就会变得野蛮，变得粗鄙，而当下严酷的社会现实已一再为此提供了有力的佐证。

1987 年诺贝尔文学奖得主约瑟夫·布罗茨基似乎对今日的现状则早就有预见，他在授奖仪式上致答辞时指出，"……尽管我们能够谴责对文学的践踏和压制——对于作家的迫害，文字审查，焚书等，然而，当不读书这种最糟的事情真的来临时，我们则毫无办法了。如若这不读书的罪过是由某个人犯下，那他将终生受到惩罚；如这个罪过是由一个民族犯下，这个民族将为此受到历史的惩罚。"布罗茨基认为，文学总是在不断地创造一种审美的现实，因此它往往是超前的——赶在"进步"之前，赶在"历史"之前。因此他认为，人们在选择自己的领袖时，最好应该先了解一下他们的文学阅读经验，对那些执掌我们未来命运的人，我们应首先问一问他们对司汤达、狄更斯、陀思妥耶夫斯基是什么态度，而不是他们的施政纲领，这样的话，这个世界上的痛苦就会减少许多。

布罗茨基这番话，或许有点让人觉得过于书生气。但我想他的本意并不是要让文学家去从政，充任各国的领导人。他其实只是在用他诗人的方式，来解释文学对于铸造一个人的心灵会起到怎样的作用。我们都知道，司汤达、狄更斯、陀思妥耶夫斯基也好，任何其他文学大师也好，他们并不提供解决社会问题的具体方案，即使退一万步说他们提出了某种方案，生活在特定现实中的我们也不可能去照抄照搬，如法炮制。那么，文学的作用到底是什么呢？我认为，真正能够称得起是"文学"的，它的最大的作用就是它会提问——提出各种对我们具有挑战性、能迫使我们进行思考的问题。所以文学作品能否成为经典，看来还应该加上一条，那就是它的提问是否具有这样一种独特的价值。从这个意义上说，文学的作用就是搭建起一个思想平台，让我们在这个平台上对人性、对道德、对历史、对公民社会、对各种智识性的问题展开论辩，而最难能可贵的是，这种论辩还包括了对我们自身的反省。通过这样的论辩，我们从中找到自己所认为是正确的答案。

关于我们这套丛书所选作品在思想内容上还有什么具体的社会意义，在写作风格和写作技巧上又如何出类拔萃等等，这里就没有必要再一一介绍了，我们还是请读者自己来品尝一下"开卷有益"的乐趣吧。因为我们相信，只要你翻开这套丛书中的任何一本，阅读其中的任何一篇，你都会从中发现一个与你的生活全然不同的世界，它一定会唤起你强烈的求知欲望，而当你阅读了这些作品之后，如果你对所读作品的作者及相关背景还有遏制不住的兴趣，那你完全可以从任何一部文学百科全书或名著导读中，毫不费力地找到所需要的信息。而现在，作为读者的你，只需迈出这关键的第一步：打开丛书，开始阅读吧。

2011 年 8 月 2 日识于蓝旗营

目录

地下室手记

[俄国] 费·陀思妥耶夫斯基　著

　　刘文飞　译

　　费·陀思妥耶夫斯基（Фёдор Михайлович Достоевский，1821—1881）19 世纪俄国最负盛名的作家之一，其创作对 20 世纪小说艺术的发展产生了重要影响。生于莫斯科一个医生家庭，毕业于彼得堡中央工程军事学校，却醉心于文学创作。为识破人的秘密，一生创作致力于描绘人的灵魂的全部深度。其代表作有长篇小说《罪与罚》（1866）、《白痴》（1868—1869）、《群魔》（1871—1872）、《卡拉马佐夫兄弟》（1879—1880）和中篇小说《地下室手记》（1864）等。《罪与罚》中眉清目秀的大学生拉斯柯尔尼科夫有着深层的犯罪心理，作品精致描绘了主人公谋杀犯罪前后的意识流程和思想震荡，塑造了典型的具有双重人格的形象。《卡拉马佐夫兄弟》以复调和对话的手法，在戏剧性的情节中演绎人物之间以及人物自我的对话，现实描绘、怪诞幻想、意识流动交织杂呈，是作家展示封建社会和资本主义社会各种思潮及其反思的伟大作品。《地下室手记》以地下室人的长篇独白探讨自由意志、人与历史的非理性为特色，是作家艺术风格定位的标志性作品。

第一章　地下室①

一

　　我是个病人……我是个凶狠的人。我是个不讨人喜欢的人。我想，我的肝脏有病。但是，我丝毫不懂得我的病情，我确实不知道我有病。我不去治病，也从未去治过病，虽说我是尊重医学和医生的。再说，我还极其迷信；当然，我还没有迷信到不尊重医学的地步。（我受过足够的教育，能让我不迷信，可我还是迷信。）不，我是因赌气而不愿去治病的。你们也许不愿意了解这一点。我却是明白的。自然，我无法向你们解释清楚，我这是在和谁赌气；我也一清二楚，我不去医生们那里决不会使得他们"难堪"；我比谁都清楚，我这样做，只会害自己，而不会殃及他人。但是，如果说我没有去治病，这毕竟是在赌气。肝脏在痛，那么，就让它痛得更厉害些吧！

　　我早就这样生活，已有二十来年了。如今我四十岁。我从前任过公职，如今却不再任职了。我曾是个凶狠的小官吏。我曾粗暴无礼，并因此感到愉快。要知道，我是不收受贿赂的，也许，单凭这一点，我就该奖励自己。（一句蹩脚的俏皮话；可我却不打算将它抹去。我把这句话写了出来，认为它一定会是非常好笑的；而此刻，我自己也已看出来了，我不过是在卑鄙地炫耀自己，——可我偏不将它抹去！）每当有人走近我的办公桌请我开证明时，我就会对他们龇牙咧嘴，而当发现有人因此感到难受时，我便会获得一阵难以抑制的快感。我几乎每次都能获得这样的快感。大部分来人都是胆怯的：明摆着嘛，他们都是来求人的。但是，在那些自命不凡的家伙中，有一

---

　　① 手记的作者和《手记》本身，自然都是杜撰出来的。然而，若是考虑到我们的社会赖以形成的那些环境，像手记作者这样的人，不仅可能、而且甚至一定会存在于我们的社会。我欲以一种较平常更为醒目的方式将不久前的一个人物带至公众面前。这是尚且活着的一代人的一个代表。在这个题为《地下室》的片段里，这个人物将介绍他自己和他的观点，似乎还想对他出现和一定会出现在我们之中的原因进行解释。在随后的一个片段中，就将是这个人物关于他的某些生活事件的真正的"手记"了。

费奥多尔·陀思妥耶夫斯基

位军官特别使我讨厌。他无论如何也不愿屈服，还极其凶恶地把军刀弄得铿锵作响。就为了把这军刀，我和他斗了一年半。最终，我赢了。他不再弄出铿锵之声了。不过，这些事情都发生在我的青年时代。但是，先生们，你们知道我的恶毒之处主要是什么吗？全部都在于，最为可恶的一点就在于，我经常地、甚至是在最为愤怒的时刻，也会可耻地意识到，我不仅不恶毒，甚至还是一个凶不起来的人，我不过是在吓唬吓唬麻雀并以此自慰罢了。我满口白沫，但只要给我一个什么洋娃娃，或是给我一杯糖水，我也许就会安静下来。我甚至会心软下来，虽说此后，我也许会对自己龇牙咧嘴，还会羞愧得好几个月都睡不着觉。这就是我的脾气。

我说我曾是个凶狠的小官吏，我这是在说谎。我因赌气而说谎。我只是在和那些请求者、和那位军官闹着玩，事实上，我一直无法凶狠起来。我时刻意识到，自己身上有许多与凶狠截然对立的成分。我能感到，这些对立的成分正在我的体内蠢动。我知道，这些成分终生在我的体内蠢动，企图冲出我的身体，可是我不放它们出去，不放它们，故意不放它们出去。它们那么可耻地折磨我，弄得我浑身痉挛，它们简直让我厌恶，厌恶透顶！先生们，你们是否觉得，我马上就会在你们的面前忏悔什么、就会求你们原谅什么了？……我相信你们觉得是这样的……但请你们相信，即便你们觉得是这样，我反正无所谓……

我不仅不能成为凶狠的人，甚至也不能成为任何一种人：无论是凶狠的人还是善良的人，无论是无赖坏蛋还是正人君子，无论是英雄还是昆虫。如今，我在自己的角落里过日子，我用来自我解嘲的，是这样一个恶毒的、毫无用处的安慰：一个聪明人是无法真的成为一种什么样的人，而能成为一种什么样的人的只有傻瓜。是啊，十九世纪的聪明人大多数应该是、而且就道德意义而言也必须是个无个性的人；而有个性的人、活动家，——则大多是才智有限的人。这是我四十年来的信念。我如今四十岁，要知道，四十岁，这就是整整一辈子啊，要知道，这就是垂暮之年了。过了四十岁，再活下去，就是不体面、庸俗和不道德的了！请你们老老实实回答：有谁活过了四十岁？我来告诉你们，只有傻瓜和恶棍才会活过四十岁。我就要这样说，冲着所有的老头儿、冲着所有这些可敬的老头儿，所有这些银发苍苍、散发着香味的老头儿这样说！我要冲着整个世界这样说！我有权这样说，因为我将活到六十岁。我要活到七十岁！我要一直活到八十岁！……等一等！让我喘口气……

先生们，也许，你们以为我是想逗你们发笑吧？你们又错了。我绝对不像你们认为或者你们可能认为的那样，是一个非常开心的人。但是，如果你们已经被这些废话所激怒（而我已经感觉到，你们被激怒了），想要问我到底是个什么样的人，那么，我就会回答你们：我是个八等文官。我曾供职，为的是有碗饭吃（仅仅为了这一目的），去年，当我的一位远房亲戚立下遗嘱留给我六千卢布时，我便立即退职，在自己的角落里定居了。我以前也住在这个角落，但如今是在这儿定居。我的房间又破又脏，位于城市的边缘。我的女仆是个乡下女人，年纪很大，又蠢又凶，身上还总有一股难闻的气味。有人对我说，彼得堡的气候对我越来越有害了，还说我手头钱少，在彼得堡生活费用太昂贵了。这一切我都清楚，胜似那些经验丰富、聪明绝顶的点头示意①、出谋划策的人。但是我要留在彼得堡，我不会离开彼得堡！我之所以不会离开……唉，反正我离不离开，都完全无所谓。

然而，一位正派人谈什么事最最愉快呢？

答案是：谈自己的时候。

好吧，我也来谈谈自己。

二

先生们，无论你们是否愿意听，我现在都要对你们讲一讲，我为何甚至成不了一只昆虫。我要郑重地告诉你们，我曾有许多次想要成为一只昆虫。然而，甚至连这件事也未能做到。先生们，我向你们起誓，过多的意识，就是一种病，一种真正的、十足的病。对于人的日常生活来说，具有普通人的意识就已足够足够了，也就是说，只需要具有我们这个倒霉的十九世纪中一个文明人意识的二分之一、四分之一就足够了，而且，这位文明人还极其不幸地居住在彼得堡这整个地球上最最远离实际、最有预谋的城市②里。（城市通常分为有预谋的和没有预谋的。）比如，有了那些所谓直来直去的人们和活动家们赖以生活的意识，就完全足够了。我敢打赌说，你们一定以为，我写下这一切，是出于炫耀，意在讽刺活动家们，而且，是出于卑劣的炫耀，我像我那位军官把军刀弄得铿锵作响一样。但是，先生们，有谁会炫耀自己

---

① "点头示意的人"原文是 покиватель 这是陀思妥耶夫斯基从民间语言 киватель 一词衍生出来的词，是指以点头或递眼色向人示意的人。

② 陀思妥耶夫斯基颇不赞成彼得大帝改革，因此对彼得堡也常常用此类贬义的形容词。

的病态、并藉此而耍威风呢?

不过,我又怎么啦?大家都在这么做嘛;大家都在炫耀自己的病态,而我也许比大家做得更厉害。我们不要争论;我的反驳是荒谬的。但是,我仍然坚信,不仅过多的意识是病,甚至任何的意识都是病。我坚信这一点。对此我们暂且不谈。请你们给我解释一下这样一个问题:为什么会有这种情形,就在我最能意识到我们常说的"一切美与崇高"①的所有微妙之处时,是的,恰好在这样的时刻,像是故意似的,我偏偏意识不到,反而做出了那样一些不光彩的事情,那样一些……好吧,一句话,就是那样一些也许人人都在做的事情,可轮到我做这些事的时候,像是故意似的,却偏偏是在我最清楚地意识到完全不该去做的时候,这是为什么呢?我越是意识到善和所有这一切"美与崇高",便越深地陷入我的泥潭,越是难以自拔。但是,主要的问题却在于,在我的身上,这一切似乎并不是偶然发生的,而倒像是理应如此的。似乎这便是我最正常的状态,而绝不是疾病,不是过失,因此,我最终便丧失了与这一过失作斗争的欲望。其结果,我几乎相信(也许真的相信)这也许就是我的正常状态。而在开头,在起初,我曾在这样的斗争中经受过多少痛苦啊!我不相信,别人也遇到过这种情况,因此,我终生将这一点蕴藏内心,当做一个秘密。我曾感到羞愧(也许,甚至现在也仍感羞愧):我羞愧到了这样的程度,以至于能感受到某种隐秘的、反常的、有点下流的快感;这快感就是,在某个最令人厌恶的彼得堡之夜回到自己的角落,往往强烈地意识到今天又做了件卑鄙的事情;而做过的事情又是无论如何也难以挽回的,这时,心里便会暗自因这一点而对自己咬牙切齿,责骂自己,折磨自己,直到那痛苦最终转变成了某种可耻的、该诅咒的乐趣,最后,它竟变成了显然的真正的快感!是的,变成了快感,变成了快感!我坚信这一点。我之所以说了出来,是因为我想确切地知道:别人是否也有这样的快感呢?我来给你们解释:这里的快感,恰恰来自对自己的屈辱之过于鲜明的意识;这恰恰是由于,你自己已经感觉到,你已撞在南墙上了;这很糟糕,但除此之外别无他法;你已别无出路,你永远也变不成另外一种人;而且,即使还有时间和信念可以变成别的什么,你自己也许不想再变了;即使想变,也什么都做不成,因为事实上,也许本来没什么可变的。归根结底,主要的一点

---

① 这一概念源出十八世纪的一些美学著作,如伯克(或译柏克、博克)的《关于崇高与美两种观念根源的哲学探讨》(1756)、康德的《简论崇高与美的感情》(1764)等,可是在俄国1840—1860年间对"纯艺术"美学的再评价之后,这一概念便具有了某种讽刺意味。

就是，发生这一切都是由于过分强烈的意识之正常的和基本的规律，由于直接源自这些规律的一种惯性，因此，这里不仅没什么可变的，而且简直就毫无办法。强烈意识的结果，比如说就会是这样的：是的，一个恶棍，当他自己感觉到他真的是一个恶棍的时候，对他来说便似乎成了一种安慰。但是，够了……唉，胡说八道了一大通，又解释清楚了什么问题呢？……怎么解释这一快感呢？我还是要解释清楚！我要刨根问底！正是为此我才拿起笔来……

比如说，我是非常自尊的。我生性多疑，气量很小，像驼子或矮人那样。但事实上，我也常有这样的时刻，如果有人给了我一记耳光，我也许竟会因此而感到高兴。我是认真说的：也许我能由此获得某种快感，自然，这是一种绝望的快感，但是，就在这绝望之中，常常会有最强烈的快感，尤其是在你非常强烈地意识到自己的处境毫无出路的时候。挨了这记耳光，你立即就会受到一种意识的压迫，像是被碾成了一团油膏。主要的是，无论怎样琢磨，结果是我在所有方面都成了第一个罪人，最最难堪的是，我是无辜的罪人，可以说是由于自然的规律而成了罪人。我之所有罪，首先是因为我比周围所有的人都聪明些。（我常常认为自己比周围所有的人都聪明，有的时候，你们信吗，我甚至会因此而感到惭愧。至少，我一生都侧目旁视，从来不敢正眼看人。）我之所以有罪，最后还因为，即使说我心胸豁达，那么也只是由于意识到了这豁达大度的无用，我承受了更多的痛苦。要知道，我也许因自己的豁达而无法做出任何事情：我不能宽恕，因为那欺负我的人也许是遵循自然规律来揍我的，而自然规律是不能宽恕的；我不能忘记，因为，即使是自然规律，也终究是令人感到屈辱的。最后，即使我想变得心胸十分狭隘，反而想去报复欺负我的人，那我也无法以任何方式对任何人进行报复，因为即便能够去做，我也许难以下定决心去做什么。干吗下不了决心呢？关于这一点，我想特别说上两句。

三

比如说，那些能够替自己复仇的人和那些一般说来能够捍卫自己的人，情况又是怎样的呢？我们假设，一旦他们被报复的感情所控制，那么，这时在他们的整个身心中，除了这一感情之外便别无他物了。这样的先生会像一头发疯的公牛一样，低下犄角，向目标直冲过去，除非有堵墙能挡住他。

（顺便说一句，在一堵墙的面前，这样的先生们，也就是那些直来直去的人和活动家们，是会心悦诚服的。对于他们来说，墙可不是一种借口，比如说，可不像对于我们这些耽于思考、因而是无所作为的人那样；墙可不是走回头路的托词，我们的兄弟通常自己也不相信这种托词，但总是会因有这一托词而感到非常高兴。不，他们会诚心诚意地服输的。对于他们来说，墙具有某种慰藉的作用，是道德所允许的，是终极的、也许甚至是某种神秘的东西……不过，关于墙我们下文再谈。）好吧，我且将这样一种直来直去的人当做实在的、正常的人，大自然这位温情的母亲亲切地将他生在大地，就是想看到这样的他。对于这样的人，我羡慕之极。他是愚蠢的，在这一点上我不与你们争论，但也许一个正常的人就应该是愚蠢的，你们知道为什么吗？也许，这甚至是非常美妙的。我尤其坚信这种可以说值得怀疑的事，因为比如，若拿一个正常人的对立面，亦即一个有强烈意识的人来说，当然这人不是出自大自然怀抱，而是来自蒸馏瓶（这已近乎于神秘主义了，先生们，但是对此我也怀疑），那么，这个蒸馏瓶的人时而也是会在其对立面的面前服输的，他会带着他那全部的强烈意识，心甘情愿地承认自己是一只耗子，而非一个人。即使它具有强烈的意识，可毕竟还是一只耗子，而对立面却是人，因此……如此等等。但主要的一点，是他自己，要知道，是他承认自己是一只耗子，并没有任何人要求他这样做；而这可是重要的一点。现在，让我们来看一看这只耗子的作为吧。比如说，我们假设，它也遭受了屈辱（它几乎总是遭受屈辱的），它也想报复。它心头积聚起的仇恨，也许比 l' homme de la nature et de la verite① 身上的还要多。他欲对欺负他的人以恶还恶，这一恶劣、卑鄙的愿望在他的心中燃烧，也许比 l' homme de la nature et de la verite 心中燃烧得还要炽烈，因为，l' homme de la nature et de la verite 生来愚蠢，以为自己的报复纯粹是正义的行为；而耗子由于强烈意识的结果，在这里却否定正义。最后到了行动的时候，到了复仇的时候。不幸的耗子，除了它初始弄出的污秽之外，又在其周围弄出表现为问题和怀疑形式的其他许多污秽；从一个问题又引发出许多没有解决的问题，在它的周围会不由自主地聚集起某种祸水，某种难闻的垃圾。在这些祸水和垃圾里面全是这耗子的疑虑和激动不安，最后还有那些直来直去的活动家们吐向它的唾沫，那些活动家们庄严地站在四周，装成法官和独裁者的样子，亮开嗓门，冲着它哈哈大

---

① 法文："自然的和真实的人"。按：这是卢梭最早提出的概念。

笑。当然，对于这一切，耗子只能挥挥爪子，面带连它自己也不相信的、假装蔑视的微笑，羞愧地逃进了自己的洞穴。在那里，在自己又脏又臭的地下室里，我们这只蒙受屈辱、挨了打、受到嘲笑的耗子，立即沉浸在冷酷、恶毒而主要是无休无止的仇恨之中。他将一连四十年记住自己的屈辱，连那些最细小、最耻辱的细节也牢记不忘，而且，每次他还要自己添加一些更为耻辱的细节，用自己的想象来恶毒地嘲弄、刺激自己。它将为自己的想象而感到羞愧，但是，它仍然记着一切，清点一切，为自己杜撰出一些子虚乌有的事，并借口说这些事是可能发生的，因而它什么都不原谅。看来，它就要开始报复了，但却是断断续续地、零敲碎打地、偷偷摸摸地、躲躲闪闪地进行，它既不相信其复仇行动的正义，也不相信其复仇行动的成功，它事先就知道，由于所有那些报复的尝试，它自己将比那受报复的人还要痛苦百倍，而那个被报复的人则可能一点也不恼怒。在濒死的时候，它仍然记得所有这一切，以及在这段时间里变本加厉的感受……但是，也正是在这冷漠的、可憎的半绝望和半信仰之中，在这由于痛苦而将自己活活埋进地下室达四十年之久的自觉的行为中，在这竭力编造却仍然有些可疑的绝境之中，在这刻骨铭心、未能满足的愿望的鸩毒里，在已作出永恒决定、旋又反悔的所有这些摇摆不定的冷热病中，——正是在这里，蕴含着我所说的那种奇特的快感的琼浆。这一快感非常微妙，有时很难为意识所捕捉，以至于目光稍嫌短浅的人，甚或那些神经坚强的人，都毫不理解。"也许，"你们会咧嘴大笑着补充道，"从来没有挨过耳光的人，也理解不了。"你们这是在有礼貌地向我暗示，我一生中或许也挨过耳光，因此我说起来像是很内行。我敢打赌，你们肯定是这样想的。但是，别担心，先生们，我没有挨过耳光，虽说对此我是无所谓的，随你们怎么想好了。我一生中也很少扇别人耳光，为此我或许还有些遗憾呢。但是够了，关于你们极感兴趣的这个话题，我一个字也不再多说了。

我现在要平心静气地继续谈论那些神经坚强、不理解快感之微妙的人们。比如说，在有些情况下，这些先生虽然也会像公牛般亮开嗓门吼叫，虽然，这样做或许可以给他们带来最崇高的荣誉，但是，正如我已经说过的那样，一旦面临不可能性，他们还会立即妥协的。不可能性，是指一堵石墙吗？是什么石墙呢？当然，是自然规律，是自然科学的结论，是数学。比如说，要有人向你证明，你是由猴子变来的①，那你也别皱眉头，全盘接受好了。再有人向你证明说，事实上，你自己身上的一滴油脂会比十万个你这样的人还要珍贵，那些所谓的美德、义务及其他一些谬论和偏见，最终都将迎刃而解了。对此，你也全盘接受好了，没什么说的，因为二乘二等于四，这是数学。你们试着来反驳吧。

"得了吧，"有人会向你们喊道，"这是无法反驳的，因为二乘二就等于四！大自然不会征询你们的意见；大自然可不管你们的愿望，也不管你们是否喜欢其规律。你们却不得不接受大自然的本来面貌，因此，也得接受它的一切结论。墙就是墙，等等，等等。"上帝啊，当我由于某种原因而不喜欢这些规律和二乘二等于四的时候，这些自然规律和算术又于我何干呢？当然，如果我真的无力，我是不会用脑袋去撞开石墙的，但我也不会仅仅因为面临的石墙，而我却没有足够的力气善罢甘休。

这样的一堵石墙仿佛真的是一种安慰，真的能令人心平气和，仅仅因为它就是二乘二等于四。哦，这可真是荒谬透顶啊！最好呢，是能理解这一切，意识到这一切，意识到所有不可能和所有的石墙；如果你们讨厌妥协，那就不要和任何一种不可能、任何一堵石墙妥协；要通过最必然的逻辑组合，引出关于一个永恒主题的最令人恶心的结论：那就是甚至连那堵石墙的存在，仿佛也是你自己的罪过，虽说你显然完全无罪，于是，你默默无语，无力地咬牙切齿，懒洋洋地消极地发呆，幻想着就是要出口恶气，结果却没有可发泄的对象；找不到对象，也许永远也找不到，可这里是偷梁换柱，是颠倒是非，是招摇撞骗，这简直是浑水一潭，——不知是何物，不知是何人，但是，尽管混沌不清，黑白颠倒，你们仍然会感到痛苦，你们越是茫然无知，也就越是痛苦。

四

"哈，哈，哈！"这么说，您从牙疼里也能找到快感啦！"你们会笑着喊道。

"那又怎样？牙疼中也有快感的，"我将回答说，"我的牙疼了整整一个

---

① 这是陀思妥耶夫斯基对达尔文《物种起源》(1859) 一书的嘲笑，该书俄译出版于 1864 年，当时俄国报刊围绕人的起源问题曾展开热烈争论。

月；我知道，这里有快感。在这种时候，当然，人们不是在默默地发狠，而是在呻吟；但是，这不是痛痛快快的呻吟，而是满怀恶意的呻吟，问题的全部就在于这恶意之中。正是在这呻吟中，表达出受难者的快感；如果他没有从牙疼中获得快感，他也许是不会呻吟的。"这是一个很好的例子，先生们，我要对此加以发挥。这些呻吟首先表明：对于我们的意识而言，你们的疼痛是不体面的，无目的的；这又表明：大自然有其全部规律性，对于这规律性，你们当然要啐上几口，但你们毕竟会因这一规律而吃苦头，而大自然却不会。这还表明：你们意识到，你们没有找到敌人，而疼痛却是实在的；你们也意识到，无论你们有多少位瓦根海姆①，你们仍完全是你们牙齿的奴隶；只要有人愿意，你们的牙就不会再疼了，要是他不愿意，你们的牙就还得疼上三个月；最后，如果你们老是不赞同而仍要反抗的话，那么，你们用来自我安慰的方式，就只有抽自己一顿或是用拳头更猛地砸你们的那堵墙，此外就别无他法了。这不，由于这些血腥的屈辱，由于这些不知来自何人的嘲弄，终于出现了快感，有时，这种快感竟然近乎于性高潮。我请求你们，先生们，什么时候来听听十九世纪一位有教养的人因为牙疼受罪而发出的呻吟，这已是他犯病的第二天或第三天，他已经不再像头一天那样呻吟了，也就是说，他之呻吟已不仅仅是因为牙疼；他已不是像一个粗鲁的农夫那样呻吟了，他的呻吟倒像一个受进步和欧洲文明所感染了的人，像一个如今常说的那种"脱离了根基和人民本原"的人。他的呻吟变得有些可恶、卑鄙而又狠毒，白天黑夜地连续不绝。他自己也知道，这些呻吟不会给他带来任何好处；他比所有人都更清楚地知道，他不过是在枉然地折磨或刺激自己和别人；他知道，甚至连他拼命地对之呻吟的人们以及他的整个家庭，都已经在厌恶地听他呻吟，他们一点儿也不相信他，他们心里都明白，他本可以换一种方式，呻吟得简单一些，不带花腔，不怪里怪气，他们认为，他是在故意地、恶毒地捣乱。瞧，在所有这些意识和耻辱中，正包含着快感。"据说，我打扰了你们，我伤了你们的心，我不让全家人睡觉。那么，就请你们别睡了，就请你们每一分钟都感觉到我的牙在疼吧。对于你们来说，我如今已不是我从前曾想充当的英雄，而只是一个卑鄙的人，一个 chenapan②。就这么着吧！我很高兴你们看透了我。听着我那些下流的呻吟，你们觉得恶心？那

---

① 据说在 19 世纪 60 年代中期的彼得堡，有 8 位姓瓦根海姆的牙医。
② 法文：坏蛋，无赖，恶棍。

就恶心去吧；我这就给你们哼出一段更恶心的花腔来……"现在你们明白了吗，先生们？不，看来，要理解这一快感的全部微妙，还须大大提高智力和领悟力！你们在笑？我很高兴。先生们，我的玩笑自然不佳，有好有坏，乱糟糟的，自相矛盾。但要知道，这是因为我不尊重自己。难道一个有意识的人能够多多少少地尊重自己吗？

五

但是难道，难道一个甚至试图在自己的屈辱感中寻找快感的人，也能多多少少地尊重自己吗？我此刻这样说，并非出于某种有些肉麻的忏悔。而且，总的说来，我根本讨厌说："请您原谅，神父，我今后决不这样了。"这并非因为我不会这么说，恰恰相反，也许正因为我太善于这么说了，到了什么程度呢？时常，在我毫无过错的情况下，我却偏偏得这么说。这是最糟的事情。每逢此时，我还从内心受到感动，我还会悔过，流泪，自然，还要生自己的气，虽说完全不是假装出来的。好像心灵被玷污了……在这里，甚至连自然规律也不能去责怪了，虽说还是自然规律一直在不断地欺辱我，欺辱我整整一生。回忆起这一切心情很糟糕，而且当时原本就很糟糕。要知道，在那一分钟之后，我便常常就已经在气愤地想，所有这一切都是谎言，谎言，是讨厌的、矫揉造作的谎言，也就是说，所有这些忏悔，所有这些感动，所有这些改过自新的誓言，都是谎言。你们会问，我干吗要糟蹋自己、折磨自己呢？答案是：因为袖手闲坐非常无聊；于是，我便来个装腔作势。的确是这样。你们最好关注一下自己，先生们，那样的话，你们就会明白，的确如此。我曾给自己杜撰出一些奇遇，编造出一种生活，只是为了找个方式混日子。我有好多次，嗯，比如说，心里委屈起来，而且是无缘无故的，诚心自找的；要知道，有的时候你自己也清楚，你会毫无缘由地感到委屈，你是在装腔作势，可末了竟真的感到自己确实受了委屈。不知为何，我一生都热衷于炮制这样的玩笑，于是，最终我竟难以控制自己了。另一回，我曾想强迫自己去恋爱，甚至强迫过两次。结果我受到恋情的折磨，先生们，我对你们说的是实话。在灵魂深处，我并不相信这是在受罪，还有一丝嘲笑掠过，但我毕竟是在受罪，而且还是真正的、名副其实的受罪；我满怀忌妒，难以自控……这一切都由于无聊，先生们，一切都由于无聊；是惰性在压迫人。要知道，意识产生的直接、合理的结果，就是惰性，也就是说，是有意识的袖手静坐，无所事事。这一点前面我已经说到了。我再重复一遍，认认真真地重复一遍：所有那些直来直去的人，那些活动家们，之所以喜欢活动，就因为他们愚蠢笨拙，目光短浅。这一点当如何解释呢？是这样：由于目光短浅，他们将近期的和次要的原因当成了初始的原因，这样一来，他们便能比他人更快、更轻易地确信，他们已经找到了自己事业那不容置疑的根据，于是感到心安理得；这可是最关键的一点。要知道，要开始行动，就必须事先完全心安理得，不能有任何的疑虑。然而，像我，怎么才能使自己心安理得呢？我所凭借的始初原因何在呢？根据何在呢？我从哪儿能找到它们呢？我便思考起来，于是，我的每一个初始的原因就会立即引起另一个更为初始的原因来，就这样逐一引申，以至于无穷。这正是每个意识和思维的本质所在。也许，这又是自然规律。结果究竟是什么呢？还是老一套。请你们回想一下我前不久关于报复所说的话。（或许，你们不曾留意。）我说过：一个人去复仇，因为他认为这是正义。这就是说，他找到了初始的原因，找到了根据，即正义。于是，他在方方面面都很心安理得，而由于在确信自己正在进行一桩正当的、正义的事业，他便坦然地、顺利地去复仇了。可我却不认为这是正义的，也不认为其中有任何美德可言，因此，如果说我也开始报复的话，那就仅仅是出于怨恨了。怨恨自然能压倒一切，压倒我的一切疑虑，也许，正因为怨恨不是原因，所以它才完全成功地充当了初始原因。但是，假如我连怨恨也没有（前不久我就是从这一点谈起的），那又怎么办呢？由于这些该死的意识规律，我的怨恨又是处于化学分解之中。瞧，对象在挥发，理由在汽化，罪魁祸首找不到了，欺辱不再是欺辱，而成为天命，变成了某种类似牙疼的感觉了，牙疼时谁都没错，因此，剩下的仍然是那条老路——往墙上撞得更凶吧。也可以置之不理，因为找不着初始的原因。还是试一试盲目地沉浸于自己的感觉，不加思考，不问初始原因，一时抛开意识；可以去恨，可以去爱，只要不是袖手静坐就行。那么到后天，这是最后的期限，你就将因为明知故犯地欺骗自己而开始蔑视自己。其结果就是：只有泡沫和惰性。噢，先生们，要知道，我一生什么都开始不了，也什么都完成不了，或许，正因为如此，我才自视为聪明人。就算、就算我是个饶舌鬼吧，一个无害的而又令人厌恶的饶舌鬼，和我们大家一样。不过，如果每个聪明人的直接的与唯一的使命就是饶舌，也就是有意地、喋喋不休地说废话，那又有什么办法呢？

六

哦，但愿我仅仅是由于懒惰而什么都没做。上帝啊，那我就会尊重自己了。我之所以会尊重自己，是因为我至少在自己身上还能够拥有懒惰；因为我的身上，至少还有一种我还能自信的、似乎是良好的品质。人若问起：这是个什么人？便可答道：一个懒汉；要知道，能听到别人这么说起自己，一定是极其愉快的。这就是说，我得到了正面的肯定，这就是说，关于我是有话可说的。"懒汉！"要知道，这也是一个头衔，一种使命，这也是一种出息啊。你们别笑话，就是这样的。这样，我便有权成为一名头等俱乐部的成员，便可以无休无止地以尊重自己为乐事。我认识一位先生，他毕生都以自己善于品味拉斐特酒①而自豪。他将此视为自己真正的长处，也从来没有怀疑过自己。他死的时候，他的良心不仅坦然，而且还是洋洋自得，他是对的。因此，我也会为自己选择一个行当：我可以做一个懒汉和饕餮，但不是一个简简单单的懒汉和饕餮，而是一位对一切美和崇高怀有同情心的懒汉和饕餮。你们觉得如何？我早这样幻想了。在我四十岁时，这一"美与崇高"狠狠地撞上了我的后脑勺；但这是我四十岁上的事，而那时——哦，那时就会利用一切机会，先往自己的酒杯里滴上几滴眼泪，然后再为一切美与崇高的事物把酒喝干。那时，我会将世上的一切都变为美与崇高；我会在最丑恶、最无可怀疑的肮脏之中找出美与崇高。我会变得眼泪汪汪，像一块湿海绵。比如，一位画家画了幅"盖伊"的画②。我立即便会为这位画出了"盖伊"的画家的健康干杯，因为我热爱一切美与崇高的事物。一位作者写了《随您的便》一文③；我会立即为"随便什么人"的健康干上一杯，因为我热爱一切"美与崇高"的事物。为此，我要别人尊重自己，我将折磨那不尊重我的人，心情坦然地生活着，洋洋自得地死去，——这才是美妙，绝顶的美妙啊！那样，我便会长成那么一个大肚皮，堆出那么一个三层肉的下巴，

---

① 法国拉斐特地区出产的一种红葡萄酒。

② 指俄国画家尼·尼·盖伊（1831—1894）的《最后的晚餐》一画，该画于 1863 年展出后，引起报刊的争论，主要是关于宗教题材的独特的、现实主义的独创性的理解问题。萨尔蒂科夫－谢德林等撰文肯定，而陀思妥耶夫斯基却持相反意见。他后来在 1873 年的《作家日记》里说："在盖伊……先生……画里表现出做作和偏见，而一切做作都是虚伪的，都已经完全不是现实主义的了。"

③ 此文发表在《现代人》杂志 1863 年第 7 期上，作者是萨尔蒂科夫－谢德林。

给自己隆起那么一个通红的酒糟鼻来，为的是让每个遇见我的人都会看着我说："真棒！这才是地道的正面人物呢！"先生们，随你们怎么说，要知道，在我们这个否定的时代①，能听到这种评语的确是非常令人愉快的呀。

七

然而，所有这一切都是金色的幻想。哦，请问诸位，是谁第一个声明，是谁第一个宣称，说一个人是因为不知道自己真正的利益才去做坏事的；还说，如果启发他，让他发现自己真正的、正常的利益，他便会立即停止干坏事，摇身一变成为一个善良而高尚的人，因为，一旦受到启发，知道了自己真正的利益所在，他就会在善行之中发现自己的利益，而众所周知，谁也不会明知故犯地违背自己的利益而行动，于是，可以说他就会必然地开始行善啦？哦，幼稚的人啊！哦，纯洁无邪的孩子！首先，有史以来的这几千年里，究竟何时人只为自己的利益才行动呢？不是有千百万个事实在证明，人们是明知利害的，也就是说，他们完全清楚自己的真正利益所在，却将这些利益放在次要位置，而奔向另一条道路，去冒险，去撞大运，没有任何人、任何东西在强迫他们这样做，他们似乎只是不愿去走已然指明的道路，而是顽固、任性地要闯出另一条艰难的、荒谬的路，他们几乎是在黑暗中摸索着这条道路。对这千千万万的事实，又该如何解释呢？要知道，这就是说，对于他们来讲，这种顽固和任性的确是更为愉快的事情，胜过各种各样的利益……利益！什么是利益？你们能否担保，你们对什么是人的利益能作出准确无误的定义来吗？人的利益有时不仅可能、甚至一定表现为：在某种场合希望自己处于不利而非有利的地位，如果发生这种情况，那又如何是好呢？如果这样的话，只要一旦出现这种情况，那么，所有的规则都将荡然无存了。你们是怎么想的呢，有这种情况吗？你们在笑；笑吧，先生们，但是要请你们回答：人的利益是否都计算得完全精确呢？有没有那些不仅未归入、而且也无法归入任何一种分类中去的利益呢？因为，你们，先生们，据我所知，我们那张写着人的利益的清单，不过是你们从统计数字和经济学公式中得出的平均数而已。要知道，你们说的利益，就是幸福、财富、自由、安宁等等，等等；因此，一个人，比如说，他要公然地、明知故犯地违反这整张

---

① "否定的时代"，当指许多虚无主义者活动的"时代"。

清单，在你们看来，嗯，对，当然在我看来也是一样，他就是一位蒙昧主义者或者一个彻头彻尾的疯子，不是这样吗？但奇怪的是：所有这些统计学家、智者和人类的热爱者们在计算人的利益时，为什么总会忽略一种利益呢？甚至在计算时，他们没有把这种利益以其该用的形式包括进去，而整个计算的成败却正取决于这一点。如果抓住了这一利益，径直把它列入清单，倒也不算大错。但头疼的是，这一深奥莫测的利益却难以归于任何一种分类，难以列入任何一份清单。比如说，我有位朋友……哦，先生们！他也是你们的朋友啊；而且对谁，无论对谁他都是朋友！只要一着手做事，这位先生便会立即夸夸其谈而又清清楚楚地向你们说明，他正好需要怎样遵循理性和真理的规律来行事。不仅如此，他还会怀着激动和狂热对你们谈起真正的、正常人的利益；他会带着嘲笑去指责那些目光短浅的蠢人，说他们既不明白自己的利益，也不明白美德的真正意义；可刚过片刻，没有任何突如其来的外在的缘由，而正是由于一种比其他所有利益都更为强大的内心的原因，他会转向完全另一方面，也就是说，他会公然站出来反对自己原先所宣称的：他既反对理性的规律，又反对个人的利益，唉，一句话，反对一切……我得事先声明，我的这个朋友，是一个集合形象，因此，很难仅仅责怪他一个人。问题就在这里，先生们，是不是真的存在某样东西，它对于几乎所有的人来说都比他们那些最好的利益更加珍贵，或者（为了不违背逻辑）存在着一种最为有益的利益（这正是我们刚刚说到的被漏掉的那一种利益），它比所有其他的利益都更为重要、更为有益；如果需要的话，一个人会为了这一利益奋起反对所有的规律，也就是反对理性、荣誉、安宁、幸福，一句话，会去反对所有这些美好的、有益的东西，仅仅是为了得到这一初始的、最有益的利益，这利益对于他来说胜过一切。

"可那毕竟也是利益啊，"你们打断了我的话，"对不起，我们还将解释，问题不在于文字游戏，而在于，这一利益之所以出色，正因为它打破了我们所有的分类，打破了人类的热爱者为了人类的幸福而构建出的所有体系，它不断地加以破坏。一句话，它在妨碍一切。但是，在向你们道出这一利益之前，我想不惜自己的名誉，大胆地宣称，所有这些美好的体系，所有这些向人类解释其真正、正常利益的理论（解释的目的在于使人类必须努力获得这些利益，从而便会立即变得善良、高尚），——所有这些理论，目前在我看来，都不过是一种逻辑斯蒂①！是的，不过是一种逻辑斯蒂！要知道，肯定这种借助人类自身利益的体系来更新整个人类的理论，在我看来，几乎就等于……比如说，跟在巴克尔的后面断言，人由于文明而变得温和了，因此逐渐变得不嗜血、不好战了。② 从逻辑上说，他似乎是能得出这一结论的。但是，人过分热衷于体系和抽象的结论，就会甘愿有意歪曲真理，甘愿视而不见，充耳不闻，而一味地为自己的逻辑辩护。我之所以以此为例，是因为这个例子非常鲜明。请你们举目环顾四周：血流成河，而且如香槟酒一般流得欢畅。这便是巴克尔也曾生活其中的、我们整个的十九世纪，这便是拿破仑——那个伟大的拿破仑和当代的拿破仑。③ 这便是北美——一个永恒的联邦。④ 最后，这便是具有讽刺意义的石勒苏益格－荷尔斯泰因⑤……怎么谈得上文明使我们变得温和了呢？文明不过是在人的身上培养出多重复杂的感觉……别无其他。而通过这一多重复杂性的发展，人甚至还会落到在血腥中寻找快感的地步。要知道，这样的事已经在人的身上发生过了。你们是否曾经注意到，那些最最嗜血成性的人却几乎无一例外都是些最文明的先生们，所有那些形形色色的阿蒂拉⑥们和斯坚卡·拉辛⑦们，有时都无法与他们相比，如果说他们并不像阿蒂拉和斯坚卡·拉辛那样显眼，那只是因为他们太常见、太普通了，大家已经司空见惯了。如果说人没有因文明而变得更嗜

---

① 逻辑斯蒂，亦称数学逻辑或数理逻辑，或称符号逻辑。最早提出逻辑思想的是德国哲学家莱布尼茨（1646—1716）；1847 年英国数学家、逻辑学家布尔（1815—1864）发表《逻辑的数学分析》后，数理逻辑的研究才真正开始。它是研究推理、特别是研究数学中的推理的科学。但它对推理的研究，只是研究推理中前提和结论之间的形式关系，而这种形式关系又是由作为前提和结论的命题的逻辑形式决定的。而且，它对推理的研究是借助于数学的方法进行的，因此，也可以说，数理逻辑，就是用数学方法对逻辑问题的研究。

② 亨利·托马斯·巴克尔（1821—1862），英国历史学家、实证主义社会学家，他在其《英国文明史》（1857—1861）中认为，文明的发展将导致民族间战争的终止。该书于 1861 年即有俄译本。

③ 分别指法国皇帝拿破仑一世（1769—1831）和拿破仑三世（1808—1873），他们两人在位时都曾多次发动战争。

④ 指 1861—1865 年间南北战争时期的美国。

⑤ 石勒苏益格原为公国，与荷尔斯泰因伯爵的领地原为两个独立的地区。1386 年荷尔斯泰因伯爵将两地统一，1460 年，它同丹麦合并为君合国。此处指 1863—1864 年间普鲁士与奥地利同丹麦为争夺它而进行的一场战争。战后该地区曾分属普鲁士与奥地利，最后，在 1949 年成为联邦德国的一个州。

⑥ 阿蒂拉（生年不详，卒于 453 年），匈奴王（434—453），曾率军远征拜占庭，入侵巴尔干、高卢等地。

⑦ 斯坚卡·拉辛即斯捷潘·拉辛（生年不详，卒于 1671 年），顿河哥萨克，于 1667 年至 1671 年领导俄国农民起义，失败后被杀害。

血，那么起码他嗜血时也大概会比从前更坏、更丑恶。以往，人视流血为正义，心安理得地去消灭那该被消灭的人；而如今，虽然我们也认为流血是丑恶的勾当，可我们却仍在干这勾当，甚至比从前干得还要多。哪种情况更坏呢？你们自己去评判吧。据说，克娄巴特拉①（请原谅我举了一个罗马史上的例子）喜欢用金针去扎女奴的乳房，并在她们的叫喊和痛苦的抽搐中获得快感。你们会说，这些事都发生在相对而言的野蛮时代；你们会说，如今仍然是野蛮时代，因为（同样是相对而言）如今还有人挨针扎；你们会说，人如今虽然已学会了观察，有时能比野蛮时代看得更清楚一些，可是，他还远远没有学会像理性和科学所指引的那样去行动。但你们毕竟完全相信，当某些陈旧、恶劣的习惯完全消失的时候，当正常的理解和科学完全改造并正确地指引人的天性的时候，人是一定能够学会的。你们坚信，到那时，人自己也不再会自愿地犯错误，也可以说，他便会不由自主地不再让自己的意志与自己的正常利益脱节了。不只如此：你们还会说，到那时，科学本身将教导人（虽然在我看来，这已是奢望），无论是意志或任性，在人的身上实际上都不存在，而且也从来不曾存在过，人自己不过是某种类似钢琴琴键或管风琴琴销的东西。② 你们还会说，除此以外，世界上还存在着一些自然规律；因此，无论人做什么，都根本不是按照他的意愿进行的，而是自然而然地遵循自然规律进行的。所以，——只要发现这些自然规律，人便用不着去为自己的行为负责了，他便能非常轻松地生活了。那时候，自然地然地，人的所有行为都可依照这些规律计算出来，用数学的方式，像对数表一样，数到108000，然后载入历书；或者比这更好，将会出现某些善意的出版物，就像如今的百科词典一样，其中，一切都得到了精确的计算和定义，于是，世界上便再也不会有意外的行为和事情了。

那时，——这都是你们说的——将出现新的经济关系，它们完全是现成的，同样经过数学的精确计算，于是，在一刹那之间，形形色色的问题都将消失，这只是因为已然能够得出形形色色的答案。到那时，水晶宫便将建立

---

① 克娄巴特拉（前69—30），埃及末代女皇。

② 法国启蒙思想家、唯物主义者狄德罗（1713—1784）在他的著作《达朗贝和狄德罗的谈话》（1769）中说过这样的话："我们就是富有感受性和记忆的乐器，我们的感官就是琴键，我们周围的自然弹它，它自己也常常弹自己……"（译文据陈修斋等译《狄德罗哲学选集》，三联书店1956年版）。

起来。① 到那时……好吧，一句话，到那时，幸福鸟②就将展翅飞来。当然，无论如何也不能担保（这已是我说的了），到那时，比如说，就再也不会感到乏味透顶（到那时一切都将是根据图表计算好了的，那还有什么事情可做呢），然而，一切都将极其合乎理智。当然，出于乏味无聊，有什么事儿想不出来呢！要知道，金针就是由于无聊才用来扎人的，但这一切好像都无关紧要。糟糕的是（这又是我说的），到那时，恐怕金针还能让人开心呢。因为，人是愚蠢的，极其愚蠢。也就是说，人即便完全不愚蠢，也是忘恩负义的，难以找到例外。因为，比如说，在普遍地合乎理智的未来，突然无缘无故地冒出来一位什么绅士，他生着一张并不高贵的面孔，确切些说，是一张顽固落后的、嘲笑的面孔，他两手叉腰，对我们大家说道：怎么样，先生们，我们是否来把这理智整个儿地一脚踢开，唯一的目的就是让所有这些对数表都见鬼去，让我们重新按照我们愚蠢的意志来生活！——如果出现这样的事情，我是丝毫也不会感到吃惊的。这倒一点都没什么，但令人气恼的是，总能找到一批追随者：人的秉性就是这样。而所有这一切都源自那最无根据的原因，这一原因或许根本不值一提：这正是因为，一个人，无论何时何地，无论他是何许人，都喜欢如他所希望的那样去行动，而绝对不想按照理智和利益所吩咐的去行动；他想要的可能违反自己的利益，有时候甚至是就应该这样（这已是我的观念了）。自身的、随意的、自由的意愿，自身的、即便是最野蛮的任性，自己的、有时甚至达到疯狂的想象，——这一切便是那个被遗漏的、最有利益的利益，正是它不适于纳入任何一种分类，而总是使所有的体系和理论解体。所有这些智者们说什么，人需要具有某种正常的、某种高尚的意愿，这是从何谈起呢？他们说什么，入队必定需要合理的、有益的意愿，这又是从何谈起呢？人需要的只是一种独立的意愿，而无论这一独立性的代价多高，无论这一独立性会导致什么结果。可是，鬼才知道这一愿望是什么……

八

"哈，哈，哈！要知道，这个意愿，如果您想知道的话，也许实际上是

---

① 在车尔尼雪夫斯基的小说《怎么办？》中"薇拉的第四个梦"里曾出现"水晶宫"的形象。
② 幸福鸟原文为 KaraH，是古代中亚某些国家的王或汗。KaraH 鸟是陀思妥耶夫斯基在流放于西伯利亚时在民间听说的，见他的《西伯利亚笔记》。

没有的!"你们哈哈大笑着打断了我的话,"如今,科学已经可以精确地解剖人了,所以我们也已知道,意愿和所谓的自由意志不是别的,而是……"

"等一下,先生们,连我自己也本想这样开始说的。我承认,我甚至胆怯了。我刚才就想喊出声来,说鬼知道意愿是取决于什么,它是什么,也许要谢天谢地,我又想到了科学……于是便没说下去。而就在这时,你们却说了起来。要知道,其实,嗯,要是人们什么时候真的找到了我们所有意愿和任性的公式,也就是说,知道它们取决于什么,它们遵循什么样的规律产生,它们如何发展,它们在不同的情况下趋向何方,等等,等等,也就是说,找到了一个真正的数学公式,——要是这样的话,人也许马上就不会再有意愿了,而且,也许一定不会再有了。按表格提出意愿有什么意思呢?不仅如此:他还会立即由一个人变成管风琴的琴销或诸如此类的东西;因为,一个没有愿望、没有意志、没有意愿的人,不是管风琴上的琴销又能是什么呢?你们怎么想?我们来计算一下可能性,看这样的事情会不会发生?"

"嗯……"你们解释说,"我们的意愿大部分是错误的,原因在于我们对我们的利益所持的看法是错误的。我们之所以有时要听那种彻头彻尾的胡言乱语,是我们由于愚蠢,竟在这些胡言乱语中看到了一条能获得某种预期利益的捷径。那么,当这一切都在纸上得到了解释和计算(这是非常可能的,因为先就认定有些自然规律是永远不能认识的,那太令人厌了,也毫无意义),那时,当然就不会再有所谓的愿望了。要知道,如果意愿什么时候与理性完全撞车了,那么,我们就只能进行推理,而不能想要什么了。因为,比如说不可能在保持理性的同时又想要无意义的东西,并因此有意地违反理性,有意地想给自己带来危害……由于所有的意愿和推理都真的能够计算出来,因为人们迟早会发现所谓的我们自由意志的规律,这样一来,也许真的可以建立起某种类似表格的东西,那我们也就真的可以按照这张表格提出意愿了。假如什么时候有人为我计算出来,并且证明,如果我向某个人做出了一个侮辱的手势,那恰是因为我不能不这么做,我还非得伸出某个指头来比划,倘若如此,我身上还能剩得什么自由的份儿呢?更何况,如果我还是一位学者,并曾在某处修过科学课程。要知道,这样的话,我便能够提前三十年计算出我的整个一生;总而言之,如果事情真是这样的话,我们便将没有什么可做的了;反正不得不接受一切。而且总的说来,我们得不怕厌倦地对自己重复说,肯定在某一时刻某种环境中,大自然不会来请示我们——;我们应当接受本来面貌的大自然,而不是我们想象出来的大自然;

如果我们真的渴求拥有表格和历书，而且……哪怕是渴求拥有蒸馏瓶，那也没什么可说的，就得接受蒸馏瓶！否则的话，用不着我们，蒸馏瓶自己也会来的……"

"是啊，这正是我的难处啊！先生们，请你们原谅我的一番玄论；都怪这在地下室中度过的四十年！请允许我来想象一下吧。要知道，先生们，理性是好东西，这是无可争议的，但是，理性却只是理性，它只能满足人的理性能力，而意愿却是整个生活的表现，就是说，它是人的整个生活的表现，包括理性和所有伤脑筋的事情在内。即便我们的生活在这一表现中时常显得很糟，但它毕竟还是生活，而不仅仅是开方求得的平方根。比如说我吧，十分自然地想活着，为的是满足我所有的生活能力，而不仅仅是为了满足我的理性能力，即不是为了去满足我整个生活能力中的那二十分之一。理性能知道什么？理性只知道它已经知道的东西（对于有的东西，理性可能永远也无法知道；这尽管不是一种安慰，但为什么不把它说出来呢？），而人的本性是能调动它所有的能力，整个地活动着的，不管是有意识地，或是无意识地，即便是在说谎，它也是在生活着。先生们，我怀疑你们正在面带遗憾地看着我；你们反复对我说，一个有高度文化修养的人，总之，一个未来的人，不可能有意想要什么不利于自己的东西，这像数学一样清楚。我完全赞同，这的确就是数学。但是，我却要向你们重复一百遍，只有一种情形，只有在一种情形下，人才会有意地、自觉地渴望那甚至是有害的、愚蠢的，甚至是最愚蠢的东西，这就是：有权去渴望那甚至是最愚蠢的东西，而不愿受到约束，只能渴望聪明的东西。要知道，这是愚蠢之极，这是自己的任性，事实上，先生们，在地球上的万物之中，这也许是对于我们的兄弟来说最为有益的东西，在某些情形下尤其如此。而其中，比一切利益都更为有益的东西，甚至有可能出现在这样的情形之下，即当它给我们带来了明显的危害，并与我们的理性有关利益所得出的最为缜密的结论相矛盾的时候，——因为，这样至少能为我们保全最主要最珍贵的东西，亦即我们的人格和我们的个性。有些人会肯定地说，对于人来讲，这的确是最为珍贵的；当然，如果愿意的话，意愿是可以与理性融为一体的，尤其是当它不是被滥用而是适度运用的时候；这是有益的，有时甚至是值得称道的。但是，经常地、甚至是在大多数时间内，意愿都是与理性完全地、执拗地相矛盾的，而且……而且……你们是否知道，这也是有益的，有时甚至是非常值得称道的？先生们，我们假设人并不愚蠢。（事实上，无论如何不该说人是这样的，哪怕只由于这样一个理由：即如果人是愚蠢的，那么还有什么是聪明的呢？）但是，如果说人并不愚蠢，那么，他也仍是极其忘恩负义的！绝对地忘恩负义。我甚至认为，对人的最好定义就是：一种两条腿的忘恩负义的生物。但这还不是全部；这还不是人的主要缺点；人的最主要的缺点，就是那始终一贯的品行不端，这种恶劣品行始终一贯，从洪水时代①直至人类命运中的石勒苏益格－荷尔斯泰因时期。品行不端，因此也就是不明智；因为，人们早就已知的是，不明智并非源于其他，而是来自品行不端。请你们来看一看人类的历史吧；你们会看到什么呢？壮丽吗？也许，可以说是壮丽的；比如说，仅仅罗得岛上的那尊雕像②，就好生了得！无怪乎阿纳耶夫斯基先生证实说，一些人认为这尊雕像是人类双手的产物，而另一些人则断言它是大自然本身的造物。③绚烂多彩吗？也许可以说是绚烂多彩的；只要将所有时代、所有民族文武官员的礼服研究一番，就好生了得，而若去研究文官制服，就肯定会累得趴下；没有一位史学家能受得了。单调乏味吗？也许可以说是单调乏味的：人们在打呀，打呀，现在在打，从前打过，将来还要打，——你们会赞同说，这甚至是过于单调乏味了。一句话，一切，一切可能在混乱的大脑中冒出来的想法，都可用来谈论全世界的历史。唯一不能说的，就是明智，亦即不能说历史是明智的。第一个字没出口，你们便打住了。在这里，甚至常会遇见这样的情形：要知道，在生活中经常会出现那样一些有道德、有理性的人，那样一些智者和人类的热爱者，他们为自己立下宗旨，一生都要尽可能品行端正，而又明智，也就是说，要用自己来照亮他人，为的就是向他人证明，在这个世界上，的确是可以过着品行端正、合乎理性的生活的。结果如何呢？众所周知，许多有此爱好的人，或迟或早，在生命行将结束时都背叛了自己，闹出了一些趣闻逸事，有时甚至是最最不体面的趣闻逸事。现在我请问诸位：对于人，这一被赋予如此奇怪品质的生物，又能指望什么呢？

---

① 见《旧约全书·创世记》（第 6 章、第 7 章）：耶和华所造的人和禽兽、昆虫罪恶很大，因而使大地洪水泛滥，毁灭天下，使"地上有血肉、有气息的活物，无一不死。水势浩大，在地上共一百五十天"。

② 罗得岛是爱琴海中的一座希腊岛屿，岛上有一尊太阳神赫利俄斯的铜像，建于前 292—前 280 年，为世界七大奇迹之一，公元前 225 年因地震倒塌，公元 653 年阿拉伯人劫掠罗得岛时将其击碎。据记载，它高 70 肘尺，合 32 米；但后来在塑像基石上发现其铭文记载，是 10 肘尺的八倍，因而当为 36.5 米。

③ A. E. 阿纳耶夫斯基（1788—1866），一位平庸的俄国作家，19 世纪 40—60 年代经常成为报刊的嘲讽对象。上引的几句话是他在 1854 年写的一本小册子里说的。

你们就是向他倾注所有尘世间的幸福，就是让他从头到脚完全沉浸在幸福之中，像是整个没在水里，只有些吐出的气泡冒出幸福的表面；就是让他经济上十分宽裕，使他除了睡觉、吃甜饼和为世界历史的不断发展而操心之外，完全不用再做任何事情，——即使这样，他也还是那样的人，仍会仅仅由于忘恩负义，仅仅为了诽谤，而对你们干出卑鄙的勾当。他甚至会拿甜饼来冒险，有意做出最为有害的胡作非为，最不合算的荒谬行径，仅仅是为了在这正确的理智之中掺进其有害的幻想成分。他要坚持自己的那些古怪离奇的幻想，那些极其庸俗的蠢事，仅仅是为了向自己证实（似乎这非常必要），人毕竟是人，而不是钢琴上的琴键，尽管自然规律亲手在那些琴键上弹奏，但也有可能弹得人们除了历书再也不能指望别的什么。而且，更有甚者：即便人真的变成了琴键，即便用自然科学和数学方法向他论证了这一点，他也不会醒悟的，仅仅是出于忘恩负义，他就会有意做出相反的举动来；说实在的，他只是为了固执己见。当他缺乏手段时，他就会制造出破坏和混乱，杜撰出各种各样的苦难，以此固执己见！他满世界散布诅咒，因为只有人才会诅咒（这是人区别于其他动物的最主要的特权），要知道，他也许单凭诅咒就能达到自己的目的，也就是说，他真的确信，他是人，而不是琴键。如果你们说，混乱呀，黑暗呀，诅咒呀，这一切都可以根据表格计算出来，那么单凭预先可以计算出来就能防止这一切，理性便会占了上风，——可如果这样，在这种情况下，人就会故意变成疯子，为的是不要理性而能坚持己见！我相信这一点，我能对此负责，因为人类所有的问题，看来的确就在于：人在持续不断地向自己证明，他是人，而不是琴销！虽说是现身说法，但他却在证明；虽说方式是原始的，但他却在证明着。这样一来，他怎么能不做坏事，怎么能不夸口说这样的事情还不曾有过，怎么能不说现在鬼才知道意愿究竟是怎么来的……"

你们会对我叫嚷（如果说我还能博得你们的叫嚷的话），说并没有任何人来剥夺我的意志，说人们不过是设法使我的意志能够自愿地与我的正常利益、自然规律和算术相吻合。

"唉，先生们，当事情已经弄到了表格和算术的地步，当普遍只讲二乘二等于四的时候，还有什么自己的意志呢？就是没有我的意志，二乘二也等于四。难道那也算自己的意志吗！"

九

先生们，我当然是在开玩笑，我自己也知道，我的玩笑开得并不成功，但是，并不能把一切都看成是玩笑。我也许是在咬牙切齿地开玩笑。先生们，有些问题令我苦恼；请你们为我解答。比如说，你们想使人抛弃旧的习惯，并按照科学和健全思想的需要来矫正其意志。但是，你们怎么知道，人不仅可能、而且需要做这样的改造呢？你们是从哪儿得出结论，认为人类的意愿应当做那样的矫正呢？一句话，你们怎么知道这样的矫正真能给人带来益处呢？还有，如果说到底，你们为何如此坚定地相信，不背离那些为理智的论据和算术所保障的、真正的、正常的利益，对人来说就真的是永远有益呢，而且这对全人类来说就是一条规律呢？要知道，这暂时还只是你们的假设。我们假设这是一条逻辑的规律，但也许根本算不上是人类的规律。你们，先生们，没准儿认为我是个疯子吧？请允许我说明一下。我同意：人是一种动物，是一种主要具有创造性的动物，他注定要自觉地追求一个目标，要从事工程技艺，也就是说他会永远不断地为自己开辟道路，而不管朝着什么方向。然而，他时而也想朝旁边弯一下，但这也许正因为注定要由他来打通这条道路，也许还因为，一位直来直去的活动家无论多么愚蠢，终究偶尔会想到，道路几乎永远得朝着什么方向延续下去的，主要的问题并不在于道路通向何方，而在于要让道路直通下去，要让品行端正的孩子别轻视工程技艺而沉湎于那有害的游手好闲，众所周知，游手好闲可是万恶之源。人喜欢创造，喜欢开辟道路，这是无可争议的。但是，他为何同样酷爱破坏和混乱呢？这一点你们倒说说看！但关于这点，我本人也想特别地申说两句。他之所以喜欢破坏和混乱（要知道，这是无可争议的，他有时非常地喜欢，确实如此），也许是因为，他自己本能地害怕达到目的，害怕建完他所建造的大厦？你们怎会知道，他也许只是在远处、而决非在其附近喜欢那大厦；也许，他只是喜欢建造这座大厦，而不是在其中居住，此后他会把大厦送给 aux animaux domestiques①，送给蚂蚁、绵羊等等等等。蚂蚁的趣味则是完全别样的。它们有一座与此类似的、奇异的、永远不会被摧毁的大厦——即蚁冢。

---

① 法文：家畜。

可敬的蚂蚁们以蚁冢开始，大概也以蚁冢告终，这使它们以始终不渝和积极认真赢得了巨大的声誉。但是，人却是一种轻浮的、不体面的生物，也许他就像棋手那样，喜欢的只是达到目的的过程，而不是目的本身。而且，有谁知道呢（没法儿担保），也许人类在地球上所追求的全部目的，仅仅就在于抵达目的之过程的这一持续性，换句话说，就在于生活本身，而不在于目的，自然，这一目的不是别的，就是二乘二等于四，也就是说，是一个公式，但是要知道，先生们，二乘二等于四已经不是生活，而是死亡的开端。至少，人不知为何总有些害怕这二乘二等于四，我现在也还害怕。我们假设，人的所作所为只是为了寻求这个二乘二等于四，他漂洋过海，在这一寻求中牺牲着生活，可他不知为何又害怕找到，害怕真的找到。因为他感到，他一旦找到，就再没有什么可寻求的了。工人们在结束工作后，至少可以领到钱，接着上酒馆，然后进警察局，——这便是一周的活动。而人又能去向何方呢？至少，每次，当他达到诸如此类的目的时，在他身上都可以发现某种难堪的表情。他喜欢达到目的的过程，却不完全喜欢达到目的，这当然是非常可笑的。一句话，人的秉性是滑稽的；在所有这一切之中，显然包含着一种双关的俏皮话。然而，二乘二等于四毕竟是一个极其讨厌的东西。二乘二等于四，这在我看来，只不过是蛮不讲理。二乘二等于四洋洋自得地双手叉腰，挡住了你们的去路，啐着唾沫。我同意二乘二等于四是十分美妙的东西；但是，假如要赞扬一切，那么，二乘二等于五有时也是个非常可爱的小东西呢。

为什么你们如此坚定、如此庄严地确信，只有一种正常的、正面的东西呢？一句话，只有幸福才于人有益呢？在利益问题上，理智不会出错吗？要知道，也许人所喜欢的并不仅仅是幸福？也许，他也完全同样地喜欢苦难？也许，对他来说，苦难和幸福完全是同样有益的？人有时会非常地爱苦难，爱之成癖，这是事实。这是用不着去查阅世界史的；只要您是一个人，只要曾经稍稍地生活过，问问自己也就可以了。至于我个人的意见，那就是：仅仅爱幸福甚至有些不体面。不论是好是坏，反正有时破坏一样什么东西也是非常愉快的。这里我并不是在维护苦难，也不是在维护幸福。我是在维护……维护自己的任性，维护那在我需要的时候能为我提供保障的东西。比如说，轻松喜剧中就不允许有苦难，这我是知道的。在水晶宫中苦难也是不可思议的：苦难就是怀疑，就是否定，如果在水晶宫中还会产生怀疑，这还叫什么水晶宫呢？可我同时相信，人永远不会拒绝真正的苦难，也就是说，永远不会拒绝破坏和混乱。因为苦难便是意识产生的唯一原因。虽然我在一开始就说了，我认为意识是人最大的不幸，但是我知道，人喜欢意识，他不愿用任何的快乐来替换意识。比如说，意识就无限地高于二乘二。承认了二乘二之后，当然就不会留下什么东西，不仅无事可做了，甚至连可以认知的东西也没有了。到那时，可做的一切，就是堵塞自己的五官，沉湎于潜思默想。而在意识的过程中，虽说也可能有同样的结果，也就是说也可能无事可做，但是至少有时还是可以责备一下自己的，而这毕竟能使人振作。即便是落后，毕竟胜于无所作为。

十

　　你们相信那座永远不能摧毁的水晶宫大厦，亦即那种既不能偷偷向它伸舌头，也不能在暗暗地向它做侮辱性手势的东西。可我却害怕这样的大厦，也许因为它是水晶的，是永远不能摧毁的，也许因为甚至不能偷偷地向它伸舌头。

　　你们知道吗：如果没有那宫殿而有个鸡窝，而天上正好下起了雨，我也许会钻进鸡窝避雨的，但是，我却不会因感激鸡窝而将它视为宫殿。你们在笑，你们甚至说，在这种情况下，鸡窝和宫殿是一码事。我回答道：是一码事，如果活着仅仅是为了不被雨淋湿的话。

　　但是，如果我固持己见地认为，人们活着并不仅仅为了这个，如果我认为，人们活着，但并不仅仅以此为目的，要生活的话，就该生活在宫殿里，那又该怎么办呢？这是我的意愿，这是我的愿望。你们只有改变了我的愿望，才能将这些东西从我的脑中铲除。好的，请你们来改变我吧，用其他东西来诱惑我，给我另一种理想吧。而暂时，我还不会将鸡窝当做宫殿。就算水晶大厦是一种幻想的海市蜃楼吧，按照自然规律它是不应存在的，就算我把它臆想出来，仅仅是由于我自己的愚蠢，由于我们这一代人的某些陈旧的和非理性的习惯。但是，它该不该存在，和我又有什么关系呢？如果说它存在于我的愿望之中，或者更确切地说，它存在于我的愿望存在的时候，还不都是一码事吗？也许，你们又笑了？笑吧；我能承受所有的嘲笑，反正我不会在我想吃东西的时候说我的肚子是饱的；反正我知道，我不会只因为它是按照自然规律而存在的，而且是真的存在着，便满足于折中，满足于不断循环的"零"。我不会将一座大房子——它的房间都按千年的合同租给贫穷的房客，还可以挂上牙科医生瓦根海姆招牌以备万一——视为自己至高无上的愿望。请你们毁掉我的愿望，抹去我的理想，给我指出什么更好的东西来吧，那样的话，我就会跟你们走。也许你们会说，不值得同我打交道；若是这样，我也可以用同样的话回敬你们。我们在严肃地谈论；而你们却不愿理睬我，那我也不会卑躬屈节的。我有自己的地下室。

但是只要我还活着，还有愿望，——那么，哪怕我给那座大房子添上一小块砖，就让我的手烂掉好了！尽管刚才我亲口否定了水晶大厦，仅仅是因为不能向它吐舌头，可我这样说，压根儿不是因为我那么喜欢伸出我的舌头。也许，我所恼火的只是，在你们所有的建筑物中，至今还找不到一座能让人不冲它吐舌头的。反之，只要能盖成那让我自己永远也不想再向其吐舌头的建筑物，那么，即使仅仅是出于感激之情，我也会完整地割掉自己的舌头。而如果盖不出这样的建筑，只能满足于那些，这又关我什么事儿。为什么我生来就会有这种愿望？难道我生来仅仅是为了引出这样的结论，说我的整个生存都只是一种欺骗？难道全部的目的就在于此？我不信。

此外，你们要知道：我坚信，必须对我们这位住地下室的兄弟严加管制。他虽然能够闷声不响地在地下室里待上四十年，但是，他一旦来到光天化日之下，张口说话，那他就会说啊，说啊，说个不停……

十一

归根结底，先生们，最好还是什么都不做！最好是自觉的懒惰！所以说，地下室万岁！我虽然说过，我非常非常地羡慕正常人，但是，以我看见他们的那情况而论，我可不愿做他们那样的人。（虽说我仍在不停地羡慕他们。不，不，地下室终归是更有益些！）在那里，至少可以……唉！要知道，我这也是在撒谎！我撒谎，因为我自己像二乘二得四一样地知道，绝不是地下室好，而完全是别的什么地方，是一种我所渴望、却无论如何也找不到的地方！让地下室见鬼去吧！

如果在我此刻所写的这些东西中，我自己能够随便相信些什么，那也好了。我向你们起誓，先生们，在我此刻匆匆写出的东西中，我连一个字都不信！也就是说，我似乎也相信，但与此同时，不知为什么，我又感到并且怀疑自己是在蹩脚地撒谎。

"那么您为何要写这一切呢？"你们对我说。

"假如我让你们无所事事地待上四十年，四十年之后我去地下室看你们，看你们变成什么模样了？难道可以让一个人无所事事地单独待上四十年吗？"

"真不害羞，真恬不知耻！"也许，你们会夷然不屑地摇着脑袋对我说，"您渴望生活，并用一团混乱的逻辑来解答生活问题。您的行为多么讨厌，多么粗鲁，但同时您又是多么地害怕啊！您胡言乱语，并由此感到满足；您说粗鲁的话，自己却又在不断地为这样的粗话感到害怕，并请求别人原谅。您要人相信您什么也不怕，与此同时，您却在奉承我们的意见。您要人相信您在咬牙切齿，与此同时，您却在说俏皮话逗我们发笑。您知道，您的那些俏皮话并不高明，但是，您却显然因其有文采而洋洋得意。您也许真的受过苦难，但是，您却丝毫也不尊重您的苦难。您有些真理，可是缺乏高尚的品德；您出于极其渺小的虚荣心，炫耀您的真理，使得您的真理蒙受耻辱，将您的真理带向市场……您真的想说点什么，但是，由于忧虑，您又隐藏了您的最后的话，因为您没有决心和盘托出，却胆怯得厚颜无耻。您自吹自擂您的意识，可您却一直在摇摆不定，因为您的头脑虽然在活动，您的心灵却被放荡行为所腐蚀了，而没有纯洁的心灵，就不会有充分的、正确的意识！您身上有多少令人厌恶的东西，您是那样纠缠不休，您是那样装腔作势！谎言，谎言，全是谎言！"

当然，你们所有这些话，都是我此刻自己编出来的。这也同样是出自地下室。在那里一连四十年，我一直在透过缝隙偷听你们的这些话。我自己编造出这些话，但也只能编造出这样的话。这是毫不奇怪的，这些话已经牢记在心，并具有了文学的形式……

但是，难道，难道你们真的会如此轻信，真的以为我会将所有这些发表出来，并供你们阅读？我现在还面临着一个问题，即说明：实际上，我为何要称你们为"先生们"呢，为何要像真的对待读者一样对待你们呢？我存心道出的那些自白，是不会发表出来的，是不会让别人读到的。至少，我没有那样的决心，也不认为有这种必要。但你们要知道：有一个幻想突然来到我的脑海中，我无论如何都想要实现它。事情是这样。

每个人的回忆中都有这样一些东西，它们不能向众人公开，而只能向朋友袒露。另有一些东西，就是对朋友也不会公开，而只有对自己坦承，并且讳莫如深。最后，还有一些东西，甚至害怕对自己公开，而这样的东西，在每一个体面的人那里都积累得相当多。情况甚至是这样的：一个人越是体面，他所积累的这类东西就越多。至少，我自己就是不久前才决心回忆我先前那些奇遇的，而在此前，我总是回避它们，甚至还有点惴惴不安。而此刻，当我不仅在回忆、甚至还决定做出笔录的时候，此刻，我正想体验一下：有可能完全做到坦白吗，即便是面对自己？有可能不怕全部的真相吗？我要顺便指出：海涅断言，真实的自传几乎是不可能的，人在谈到自己的时候肯定会撒谎。他认为，比如卢梭在他的《忏悔录》中就无疑对自己撒了谎，甚至是出于虚荣而有意撒的谎。① 我相信海涅是对的；我非常清楚地懂得，有时，仅仅是出于虚荣，就可能给自己扣上整套整套的罪名，我甚至还能非常清楚地认识到，这种虚荣可能是什么性质的。然而，海涅评判的是那种在公众面前忏悔的人。而我却只是为自己一个人写作的，我要一劳永逸地声明，如果说我的写作仿佛是为读者的，那么这也仅仅是为了摆摆样子，因为这样我便可以更轻松地写下去。这是一个形式，一个空洞的形式，我永远也不会有读者。我已经声明过了……

在编辑我的手记时，我无论如何也不想受到拘束。我将不安排什么顺序和体系。我想起什么就写什么。

好吧，举个例子，你们可能会抠字眼儿，可能会问我：如果说您真的不考虑读者，那么现在您干吗还要在纸上对自己作这样一些交代，说您不会安排什么顺序和体系、您想起什么就写什么之类的话呢？您为何要解释呢？您为何要道歉呢？

"你看怪不怪！"我回答。

这里可有很大的心理学问。也许因为我只是一个胆小鬼。也许因为我有意想象自己的面前有公众，使我自己在书写手记的时候规矩一些，原因可以有上千个。

但是，问题又来了：我自己究竟为何想要写作呢？如果不是为了公众，那么，本可以将一切都记在脑中，而用不着写到纸上呀？

是这样的：写在纸上要显得庄重一些。在这里，有某种感人的东西，能更多地评判自我，增添些文采。此外，也许由于书写手记，我真的获得了解脱。比如说，此刻，一个不久之前的回忆沉沉地压在我的心头。还在几天前，我就清晰地忆起了它，从那时起，它便像一个烦人的、不愿离去的音乐主题一样，留在我的心中。然而，应当摆脱它。这样的回忆我有数百个；但

---

① 德国诗人海涅在其《自白》中曾写道：刻画自己的个性，不仅是一件令人为难的工作，而且是一件简直不可能的工作；卢梭就在《忏悔录》中作了许多欺骗性的表白，为的是用这些表白来掩饰自己真正的过失。

是，有时从这上百个回忆中会凸现某一个，在我的心头。不知怎的，我相信，如果我将它记录下来，便可摆脱它。为什么不试一试呢？

最后，还有一个原因：我很无聊，我经常什么也不做。书写手记却真的似乎是一件工作。据说，由于工作，人会变得善良和诚实。这至少是一个机会。

此刻正在下雪，雪几乎是潮湿的、昏黄的、肮脏的。昨天也下了雪，这几天都在下雪。我感到，由于湿雪，我回忆起了那段至今一直困扰着我的逸事。下面便是这篇由湿雪引起的故事。

第二章　由于湿雪①

当我用信念的炽热话语
将一个堕落的灵魂拯救，
使它步出了迷误的黑暗，
你，满怀着深深的苦愁，
搓揉着双手，在将那
纠缠着你的恶习诅咒；
当你用回忆来谴责
那遗忘了往事的良心，
你向我讲述了在我之前
所发生过的一切事情，
突然，用手捂住脸，
你充满了恐惧和羞愧，
你在愤恨，你在颤抖，
你流出了不尽的眼泪⋯⋯
等等，等等，等等。

——录自尼·阿·涅克拉索夫的诗②

———————————

① 在俄国"自然派"作家的作品里，"细雨和湿雪"常被用来作为彼得堡典型的风景特征。

② 涅克拉索夫的这首诗写于1845年，发表于1846年，诗中的"你"为一"堕落"的女人，是处于社会底层的牺牲品——妓女。

一

那时，我只有二十四岁。当时，我的生活已经很忧郁，很混乱，孤独到了极点。我不与任何人交往，甚至避免说话，越来越深地躲进了自己的角落。上班时，在办公室，我甚至竭力不去看任何人，我非常清楚地知道，我的同事们不仅视我为怪人，而且——我始终这样觉得——还似乎带着某种厌恶在打量我。我不禁想到：为什么除了我，谁也没有觉得别人在厌恶地打量自己呢？在我们办公室的人员中，有一个人生着一张令人讨厌的麻脸，那脸甚至像是一张强盗的脸。我若是生了这样一张不体面的脸，也许会不敢朝任何人看上一眼的。另一个人的制服又脏又破，以至于在他身旁竟能闻到一股臭味。然而，这些先生没有一位感到难为情，——无论是因为衣服，是因为脸，还是由于精神上的什么原因。无论是这一位还是另一位，都不会想到，有人会带着厌恶打量他们；即便他们想到了，他们也无所谓，只要别让上司看见就行。此刻，我完全明白了，由于自己无限的虚荣心，以及由此而来的对自己的苛求，我在看待自己的时候常常带有发狂般的不满，这不满发展为厌恶，由此，我便在想象里将自己的观点强加给了每一个人。比如说，我恨自己的脸，发现它很可憎，我甚至怀疑这脸上有什么下流的表情，因此，每次上班时，我总要竭尽全力使自己显得尽可能地独立不羁，以免别人怀疑到我的下流，而脸上的表情也要显得尽可能地高贵。"就让脸蛋不漂亮好了，"我在想，"但是要让它显得高贵，富有表情，主要的是，要让它显得非常聪明。"然而，我确切地、痛苦地知道，我永远也无法用我的脸表达出所有这些优点。但是，最为可怕的是，我发现自己的脸真的是愚蠢的。而我本来在心里是可以完全不予计较的。我甚至承认表情有些下流，只要与此同时我的脸能让人觉得是极其聪明的就行了。

自然，我恨我们办公室里所有的人，从上到下的每一个人，我蔑视所有的人，但同时似乎又害怕他们。常有这样的情形，我甚至会突然把自己看得比他们高。这时我便会时而蔑视他们，时而认为他们高于自己。一个有修养的、体面的人即使有虚荣心，也不会不严于律己，有时甚至蔑视自己，到了憎恨的地步。但是，蔑视他人也好，抬高他人也好，我在遇见每一个人时几乎都会垂下目光。我甚至做过试验：看我能否顶住某个人射来的目光，结果，总是我首先垂下目光。这使我痛苦得要发疯。我也怕显得可笑，怕到了病态的地步，因此，我奴性地崇拜一切涉及外貌的陈规陋习；我喜欢偷看普遍的心甘情愿的循规蹈矩，从心底害怕自己有任何古怪的举动。可我哪里能坚持得住呢？我像一个我们时代的人所应该成为的那样，可他们所有的人却都是愚蠢的，彼此就像羊群中的羊那样相像。也许，整个办公室里只有我一个人常常觉得，我是个胆小鬼和奴隶；而这正是因为，我觉得我是有教养的。然而，这不仅是觉得，而且事实上果真如此：我是个胆小鬼和奴隶。我这么说，并无任何的难堪。我们时代的每一个正派人都是、并且一定是胆小鬼和奴隶。这是他的正常状态。我对此深信不疑。他们生来如此，他们的禀赋就是这样的。一个正派人就一定是胆小鬼和奴隶，不仅当今如此，也不仅是由于某些偶然的境况所导致的，而且，在所有时代都是这样。这是世界上所有正派人的自然规律。如果正派人中间偶尔有人鼓起勇气要有所作为，那也无法以此自我安慰和自我陶醉：因为他在别人面前还是会感到胆怯的。这便是唯一的、永恒的出路。只有蠢驴及其低能杂种才会胆大妄为，但要知道，它们也会在某一堵墙面前停步的。他们是不值得关注的，因为他们微不足道。

当时，折磨我的还有这样一个情况：没有一个人与我相像，我也不像任何一个人。"我是孤身一人，而他们却是全体。"我这样想，便沉思起来。

由此可见，我还完全是一个小毛孩。

也时常出现相反的情况。有时去办公室上班我也感到讨厌：结果到了这样的地步，许多次下班回家，我竟像个病人。但是突然之间，无缘无故地，又会袭来一阵怀疑和冷漠的情绪（我什么都是一阵一阵地），于是，我自己也会嘲笑自己的过于偏执和喜爱挑剔的毛病，也会指责自己的浪漫主义。我时而不想和任何人谈话；时而又甚至会不仅要交谈，而且还想朋友般地与他们交往。所有的挑剔突然之间就会无缘无故地一扫而光。也许，我从来不曾有过这挑剔，这挑剔是假装的，来自书本的，谁会知道这一点呢？直到今天，我仍未能解决这个问题。有一次，我甚至完全与他们交上了朋友，开始拜访他们的家，一起玩牌，喝酒，谈工作……但是，在这里，请允许我说一段离题的话。

一般而言，我们俄国人从来不曾有那种外国式的、尤其是法国式的愚蠢的、超然世外的浪漫主义者，没有任何东西能对这些人产生影响，即便是大地在他们脚下裂开，即便是整个法国都死在街垒上，——他们还是老样子，没有变化，甚至是为了体面，他们会依旧唱着自己超然世外的歌，也就是说，会一直唱到死，因为他们都是傻瓜。在我们这儿，在俄国的大地上，却没有傻瓜；这是众所周知的；这正是我们有别于其他国家如德国等地方。因此，我们没有这些纯粹超然世外的天性。我们当时那些"积极的"政论家和批评家们，抓住了科斯坦饶格洛们①和彼得·伊万诺维奇大叔们②，便愚蠢地将他们当做我们的理想，臆造出我们的这些浪漫主义者来，认为他们就是那些超然世外的人，就像是在德国或法国那样。相反，我们的浪漫主义者的品质是与超然的欧洲浪漫主义者截然不同，任何一个欧洲的尺度在我们这里都不适用。（请允许我使用"浪漫主义者"这个词，这个古老的、可敬的、名实相符和众所周知的字眼。）我们的浪漫主义者的品质就是：理解一切，看见一切，而且看得无比清晰，常常胜过我们那些最最积极的智者们；不与任何人和任何东西相妥协，但与此同时，也不嫌弃任何东西；不回避一切，不事事让步，对待一切都很得体；时刻不忘有利的、实际的目的（某些公家住宅、退休金、勋章），——越过热情和一卷卷抒情诗集来注视这一目的，与此同时，至死都毫不动摇地怀着"美与崇高"，而且还顺便完整、精心地，像保藏某件珍宝那样保全自己，虽然，比如说，这样做还是为了有利于那个"美与崇高"。我们的浪漫主义者是一个豁达大度的人，是我们所有骗子中的头号骗子，我要让你们相信这一点……甚至是凭经验来说。自然，这一切是假定浪漫主义者是聪明的，也就是说，我说的是什么话呀！浪漫主义者永远是聪明的，我仅仅想指出，虽然我们也有过傻瓜浪漫主义者，但这是不算数的，其唯一的原因就是，他们还在风华正茂的时候就彻底变成了德国人，为了更方便地保存自己的珍宝，他们移居到了那儿的某个地方，大多数都迁到了魏玛或黑林③。比如我，真心蔑视自己的公务，只是出于需要才没有唾弃它，因为，我自己坐在那里，因此而领到钱。结果，——请你们注意，我便始终没有唾弃。我们的浪漫主义者是宁愿发疯（不过，这也是很少发生的）也不会唾弃的，如果他没有另一个职业、又从未有人赶他走的话，除非他以"西班牙国王"的身份被送进疯人院，即便这样，也要等到他已经疯得非常厉害的时候。④ 但是，要知道，在我们这里，只有纤弱的人和浅色头发的人

---

① 科斯坦饶格洛，果戈理的小说《死魂灵》第二部（1852）中的人物，是一个勤劳的地主。

② 彼得·伊万诺维奇·阿杜耶夫，冈察洛夫的小说《平凡的故事》（1847）中的人物，以思维健全、办事认真而出众。

③ 魏玛和黑林均为德国地名。魏玛是文学艺术中心，黑林山多矿泉疗养地。

④ 果戈理的小说《狂人日记》（1835）中的主人公波普雷欣曾认为自己是西班牙国王。

才会发疯。无数浪漫主义者后来都成了高官。其兴趣是多么广泛而又多面啊！适应多种最最矛盾的感受的能力又多强啊！我当时曾深感欣慰，就是此刻仍怀有同样的想法。正因为如此，我们才有这么多"豁达开朗的天性"，他们甚至在彻底堕落时也从来不会丧失自己的理想；虽然他们为了这理想甚至不愿动动指头，虽然他们是些十恶不赦的强盗和窃贼，但他们还是尊重自己最初的理想，在内心也异常地诚实。是啊，只有在我们中间，彻头彻尾的恶棍才可以在内心完全地、甚至是崇高地保持诚实，同时又毫不妨碍他仍然是个恶棍。我再重复一遍，要知道，在我们这些浪漫主义者中有时会连续不断地出现能干的坏蛋（我爱用"坏蛋"这个词），他们会突然惊人地表现出对现实的嗅觉和对积极事物的认识，使得吃惊的上司和公众只能惊呆地对着他们咂嘴。

这多面性的确是令人吃惊的，天晓得这多面性将会转变成什么，在随后的环境下又将修炼成什么，在我们的未来它又将向我们预示出什么？一种不坏的材料啊！我这样说话，不是出于某种可笑的爱国主义或是克瓦斯爱国主义①。不过，我相信，你们准又认为我是在开玩笑。谁知道呢，也许正好相反，也就是说，你们相信我的确是这样认为的。无论如何，先生们，你们的两种意见都将被我视为荣誉，视为一种特殊的快感。而这段离题的话还请你们原谅。

当然，我没能保持与我的同事们的友谊，很快就与他们吵翻了，由于当时还年轻，没有经验，甚至连招呼也不再跟他们打，像是绝交了。不过，这种情况只发生过一次。总的说来，我一直是一人独处的。

在家的时候，首先，我做得最多的事是阅读。我想用外在的感觉来压抑自己内心中不断积聚起的东西。而对于我来说，获取外在感觉的唯一可能就是阅读。阅读当然是很有帮助的，——它使人激动，使人欢乐，使人痛苦。但有时也会非常枯燥。我总是好动，于是，突然之间，我陷入了阴暗的、地下的、肮脏的放浪，——不是放浪，而是淫荡。我的情欲由于我那常在的、病态的激奋而非常强烈、炽热。常常有歇斯底里的发作，还伴有眼泪和抽搐。除了阅读之外，我也无处可去，也就是说，那时在我的周围，没有任何东西值得我敬重，也没有任何东西能吸引我。此外，苦闷又日益郁积；出现

---

① 克瓦斯是俄国人爱饮的一种发酵饮料；"克瓦斯爱国主义"指那种珍重自己民族的一切（包括落后的东西在内）、盲目排斥所有外来东西的夜郎自大的态度。

了一种歇斯底里的矛盾和对立的渴望，于是，我便听任自己放浪起来。要知道，我此时说了这么多话，绝对不是在为自己辩护……然而，不！我是撒谎！我正是想为自己辩护。先生们，我这是为自己而记下来的。我不愿撒谎。我答应过的。

我的放浪是单独进行的，是在夜间偷偷摸摸、提心吊胆、卑鄙龌龊地进行的，我感到羞耻，这羞耻感在最丑恶的时刻也没有离开我，在那样的时刻它甚至会发展成为诅咒。我那时在心灵里就已怀有一个地下室。我非常害怕，怕有人看到，怕有人碰上，怕有人知道。我常在各个黑魆魆的地方走动。

有一次夜间，在路过一家小酒馆时，透过灯光明亮的窗户，我看到几位先生正在台球桌边挥着球杆打架，其中的一位被人从窗户扔了出去。换一个时候，我会感到非常厌恶的；但那时却突然出现了这样的情况，我竟羡慕起这位被扔出来的先生，羡慕得甚至走进酒馆，来到了台球室，心想："好吧，我也来打一架试试，叫他们也把我从窗户扔出去。"

我并没有喝醉酒，可你们让我怎么办，——苦闷竟能逼得人如此歇斯底里！结果什么事情都没出。我也没有能力从窗户跳出去，于是没有打架就走开了。

可我在那儿刚刚迈出第一步，就有一位军官拦住了我。

我站在台球桌旁，无意中挡了道，而那位却要经过这里；他扳住我的肩膀，一声不吭地——既不提醒一下，也不作解释——将我从我原来站立的地方挪到了另一个地方，而他自己则走了过去，仿佛什么也没看见。而我就是挨了一顿揍，甚至也能原谅，可却无论如何也不能原谅这样的事：他将我挪了地方，却连看也不看一眼。

鬼才知道，我当时能用什么来挑起一场真正的、更为正当的争吵，一场更为体面、亦即更有文学意味的争吵！别人像对待一只苍蝇那样对待我。这位军官身高两俄尺十俄寸左右；① 我却是又矮小，又虚弱。不过，吵还是不吵，却取决于我：只要我提出抗议，当然，我就会被扔出窗外。但是，我更改了主意，认为上策还是……怀着怨恨偷偷地溜走。

我又羞又恨地走出小酒馆，直接回到家，而在第二天，我则比先前更胆怯、更畏缩、更忧愁地继续着我的放浪生涯，眼中似乎满含着泪水，却仍然

---

① 1俄寸约合4.45厘米，1俄尺含16俄寸，故此军官的身高约为1.86米。

继续放荡。但是，你们不要认为，我怕那位军官是出于胆怯：我在内心里从来不是一个胆小的人，虽说事实上我总是很胆怯，但是，请你们先别笑，对此我会作解释的；在我这里，一切都会得到解释的，请你们相信。

唉，如果这位军官同意与我决斗就好了！但是不，他恰恰是这样的先生（唉！这种人早已消失得无影无踪了）中的一员，他们宁可动用台球杆，或者，就像果戈理笔下的皮罗戈夫中尉那样，按上级的意思行事。① 他们是不会来决斗的，他们认为，和我们这类老百姓决斗，至少是不体面的，而且，一般而言，他们也认为决斗是某种不可思议的、充满自由思想的、法兰西式的东西，而他们自己则可以心满意足地欺负别人，尤其是在他们具有两俄尺十俄寸身高的情况下。

我之所以害怕，不是出于胆怯，而是出于漫无止境的虚荣心。我惧怕的不是两俄尺十俄寸的身高，不是被痛打一顿并被扔出窗外；实际上，肉体上的勇敢也许是足够的；精神上的勇敢却不足。我怕的是，当我提出抗议并用文学性的语言与他们谈话时，所有在场的人，从这个无赖记分员，到那个浑身臭气、满脸粉刺、领子上满是油腻、在此阿谀奉承的小官吏，都会理解不了，并且都会笑我。因为，关于荣誉问题，也就是说，不是关于荣誉本身，而是关于荣誉问题（point d'honneur②），除了文学性的语言之外，在我们这里至今还无法以其他的方式来谈论。在平常的语言中是不会提及"荣誉问题"的。我绝对相信（虽说有强劲的浪漫主义，却还有对现实的嗅觉），他们所有的人只会笑破肚皮，而那位军官却不只简单地揍我一顿，也就是说，不会不带恶意地揍我一顿，他一定会用膝盖顶住我，以这种方式操着我绕台球桌转上一圈，然后，等他发了慈悲之心，就会把我扔出窗外。当然，我这件小事儿是不会就这样结束的。后来，我常常在街上遇见这位军官，我清楚地认出他来。我只是不知道，他有没有认出我来。也许，他没有认出来；我是根据某些迹象得出这个结论来的。但是，我，我，——却带着愤恨和憎恶看着他，就这样持续了……数年！我的愤恨甚至在逐渐积累，与年俱增。起初，悄悄地，我开始打探关于这个军官的事。这对我来说是困难的，因为我不认识任何人。但是有一次，当我像拴在他身上似的远远跟着他时，有人在大街上叫了他的姓氏，于是，我知道了他的姓。又一次，我跟踪他一直到他

_____

① 皮罗戈夫中尉是果戈理的小说《涅瓦大街》（1835）中的人物，他在受到欺负后首先想到的是去向将军汇报。

② 法文：与名誉有关的问题。

的住所，付出十戈比，我从守院人那里了解到了他住在哪儿，住几楼，是一个人还是和什么人住在一起，等等，——一句话，我从守院人那里了解到所能了解到的一切。一天清晨，虽说我从未有过文学上的尝试，可还是突然产生了一个想法，想以揭露的方式、用漫画和小说的形式来描写一下这位军官。我带着快感写起这篇小说。我揭露了，甚至还造谣中伤；我起初虚构了一个姓氏，人们一看这个姓氏便能猜出是谁，后来，经过深思熟虑，我改换了姓氏，将小说寄给了《祖国纪事》①。但是，当时还没有揭露性的东西，我的文章于是没有发表出来。这让我很气恼。有时，愤恨简直要将我憋死。最后，我决定向我的对手提出决斗。我写了一封优美动人的信给他，要他向我道歉；我相当坚决地暗示，若遭到拒绝将进行决斗。这封信写得如此之好，如果那位军官稍稍懂得一些"美与崇高"，他就一定会跑到我的面前，搂住我的脖子，表现出他的友谊。这该有多好啊！这样我们就会和好了！就会和好了！"他会用他的官相来保护我；我也会使他高尚起来的，用我的修养，还有……思想。还可能会有许多交情啊！"请你们想想，当时，从他欺负了我的那一天算起，已经过去两年了，我的挑战是一个最不成体统的时间倒错现象，尽管我那封信写得非常巧妙，对时间的倒错有所解释和掩盖。但是，谢天谢地（至今，我仍在含着眼泪感激上帝），我并没有寄出我的那封信。一想到如果我寄出了信便可能发生什么样的事情，一阵寒意便会掠过我的皮肤。可突然……可突然，我以一种最简单、最天才的方式复了仇！一个明亮的思想突然映亮了我。有时，在节日的时候，我会在四点钟走向涅瓦大街，在有阳光的一侧散步。也就是说，我完全不是在散步，而是在体验无数的痛苦、屈辱和苦涩；但是，这大约正是我所需要的。我像泥鳅一样，以一种最不优雅的方式，曲折穿行在行人中间，不停地给人让路，时而让路给将军们，时而让路给骑兵军官们，时而让路给太太们；在这些时刻，一想到我服饰的寒酸，一想到我在躲躲闪闪让路时身影的寒酸相和猥琐模样，便会感到心上一阵痉挛性的疼痛和背上的一阵滚热。这是一种折磨人的痛苦，一种无休止的、难以承受的屈辱，引起这痛苦和屈辱的是一个想法，这想法转变成一种无休止的、直接的感觉，即我是一只苍蝇，在这整个世界面前，我是一只肮脏的、淫秽的苍蝇——比所有人都更聪明，比所有人都更有修养，比

---

① 1839—1884 年间在彼得堡出版的一份月刊，诗人涅克拉索夫曾任主编，批评家别林斯基曾为其撰稿。

所有人都更高贵，——这是自然而然的，但是，却是一只要不停地给所有人让路的苍蝇，一只遭受所有人侮辱、遭受所有人欺凌的苍蝇！我为什么要让自己遭受这样的痛苦呢，我为什么要到涅瓦大街上去呢，——我是不清楚吗？但是，总有什么东西在吸引我，只要一有可能就去那里。

那时，我已经开始体验我在第一章中提到过的那些快感了。在与军官有关的那件事情发生之后，我被更强烈地吸引到了那里：正是在涅瓦大街上，我能最为经常地遇见他，我就在那儿将他欣赏。在节日里，他也更多地去到那儿。虽说，在将军们的面前，在一些大官们的面前，他也要闪身退让，也要像泥鳅一样在他们之间曲折而行，但是，面对我们的兄弟这样的人，甚至是面对那些比我们的兄弟更有身份的人，他却简直要践踏上来；他径直走向他们，仿佛他的面前是一片空旷的空间，无论如何也不让路。我满腔愤恨，盯着他，却……每一次都愤恨地给他闪开了道。使我感到痛苦的是，甚至是在大街上，我无论如何也无法与他平起平坐。"你为何一定要首先闪开身去呢？"有时，夜里两三点钟醒来，在疯狂的歇斯底里之中，我会这样对自己发问。"为什么恰好是你，而不是他呢？要知道，并没有关于这一点的法律呀，要知道，哪儿也没写着这一条呀！还是要让他平等待人，就像有礼貌的人相遇时通常所做的那样：他让一半道，你让一半道，彼此相互尊重，你们便过去了。"但是，事情却不是这样的，闪开身体的总是我，而他甚至没有觉察到我给他让了路。有一个最惊人的想法突然抓住了我。"如果，"我在想，"我遇见他而……不给他让路，那又会怎样呢？有意不给他让路，甚至撞上他也不让，那又会怎样呢？"这个大胆的想法渐渐强烈地抓住了我，竟使我不得安宁。我不停地、可怕地幻想着这一点，故意更频繁地走上涅瓦大街，以便更清楚地设想，我该怎样做，我在什么时候做。我充满了喜悦。我越来越感觉到，这个打算是可行的，可能的。"当然，不要完全撞上，"我在想，由于欢乐我已经事先就心生善意了。"仅仅是不要闪到一旁，撞他，也不要撞得太凶，肩膀碰碰肩膀，恰好在能保持礼貌的范围内；他以多大的力撞我，我就以多大的力撞他。"最终，我完全下定了决心。但是，准备工作却花去了非常多的时间。在实行计划的时候，首先需要的是更体面的外表，需要关心一下服装问题。"比如说，万一形成一件公众事件（而此处的公众是考究的：有伯爵夫人在行走，有Д公爵在行走，有整个的文学在行走），那么就必须穿着出色；这能使人产生一种感觉，能以某种方式使我们在上流社会看来是处在平等地位上的。"抱着这一目的，我申请预支了薪水，在楚尔金处买了一副黑色的手套和一顶体面的帽子。我觉得，这副黑色手套比起我起初想要的那副柠檬色手套来，要更庄重、更雅致一些。"颜色太刺眼了，简直就像是一个人想要探出头来。"于是，我没有买柠檬色的。一件缀有白色骨制纽扣的漂亮衬衫，我早就预备下了；可是，外套却耽搁了很久。我的那件外套原本是不错的，很暖和；但是，它却是件棉外套，领子是浣熊皮的，这就有些卑琐的味道了。无论如何，必须换一个领子，弄一个假獭绒的，像军官们所穿的那样。为了这事，我去了商场，经过几番挑选，我相中了一块便宜的德国假獭绒。这种德国假獭绒虽然很快就会被穿坏，会变得非常地难看，但一开始，在它还是崭新的时候，看上去却甚至是非常体面的；要知道，我也只需用它派一次用场。我问了问价：仍然是很贵的。一番深思熟虑之后，我决定卖掉我的浣熊皮领子。不足的部分对于我来说依然是个相当大的数目，我决定去向我的科长安东·安东内奇·谢托契金借钱，他是一个和气的人，却又很严肃、庄重，从不借钱给任何人，但是，在我刚刚来上班的时候，给我派定工作的那位要人曾特别对他介绍过我。我感到非常苦恼。去向安东·安东内奇·谢托契金借钱，这使我感到是奇异的、羞耻的。我甚至有两三夜都没睡着觉，而在当时，我一般都是睡得很少的，得了寒热病；我的心脏似乎常常不知不觉地停止跳动，要不，就是突然猛烈地跳动起来，跳呀，跳呀！……安东·安东内奇起初很是吃惊，然后皱起眉头，然后又判断了一阵，还是借出了钱，他要我立一个字据，要在两个星期后从我的薪水中收回借款。就这样，一切终于都准备停当了；漂亮的假獭绒代替了龌龊的浣熊皮，我也开始慢慢地着手工作了。不能在第一次就下定决心，那是枉然的；这件事需要技巧，也就是说，需要慢慢来。但是我承认，在许多次的尝试之后，我甚至都开始绝望了：我们无论怎样也撞不上，总是这样！也许是我没有做好准备，也许是我没能拿定主意，似乎，我们马上就要相撞了，可是我一看，——我又让开了道，而他则走了过去，并未注意到我。在走近他的时候，我甚至做了祈祷，求上帝赐给我决心。有一次，我已经完全下定了决心，可结果，只不过是我倒在了他的脚边，因为，在最后的一刹那，在两俄尺左右的距离中，我的气不够用了。他平静地从我身上迈了过去，而我则像一个球一样飞到了一旁。这天夜间，我又得了寒热病，不停地说着胡话。可是突然，一切却都再好不过地结束了。此前一天的夜里，我已彻底决定不再实施我那个有害的计划了，就让这一切算是一场白忙吧，怀着这一目的，我最后一次走向涅瓦大街，只是为了看一看：我是怎样让这一切成为一场白忙的？突然，在离我的敌人三步远的地方，我意外地下定了决心，我眯起眼睛，于是——我们肩膀碰肩膀，结实地撞了一下！他甚至没有回头看上一眼，他装出一副没有察觉的样子；但他只是在做样子，我对此深信不疑。直到今天，我仍对这一点深信不疑！当然，我被撞得更厉害一些；他更强壮，但问题还不在于此。问题在于，我达到了目的，保持了尊严，一步也没有退让，在大庭广众下使自己与他处在了平等的社会位置之上。我走回家去，彻底地为自己所遭受的一切做出了报复。我非常高兴。我洋洋得意，唱起了意大利咏叹调。当然，我不会向你们描述三天之后发生在我身上的事情；如果你们读了我的第一章《地下室》，你们自己也能猜得出。那位军官后来被调到什么地方去了；如今，我已经有十四年左右没有见到他了。他，我的小鸽子，如今怎么样了？他如今正在欺压什么人呢？

二

但是，我的放浪时期结束了，我变得非常心烦。悔恨出现了，我驱走它：因为它太烦人了。然而我渐渐地对此也习惯了。我能习惯一切，也就是说，不是习惯，而像是自愿地同意承受。但是，我有一条能顺应一切的出路，这就是：躲进"一切美与崇高"之中，当然，是在幻想之中。我非常爱幻想，一连幻想三个月，缩进自己的角落，请你们相信，在这样的时刻，我可不像那位心慌意乱地在自己外套的领子上缝了一块德国假獭绒的先生。我突然成了一位英雄。那时，我甚至不会让我那位身高二俄尺十俄寸的中尉前来拜访。那时，我甚至想不起他来。我的幻想是什么样的，我又是怎么会满足于这些幻想的——这一点此刻很难说清，但那时，我是对此感到满意的。而且，就在此刻，我仍然对此多多少少感到满意。在放浪之后，我的幻想更甜蜜更强烈，夹杂着悔过和泪水，夹杂着诅咒和欣喜。有过这样一些真正陶醉的时刻，这样一些幸福的时刻，以至于我内心里甚至没有感到丝毫嘲讽的味道，的确是这样。有过信念、希望和爱情。也就是说，我那时曾盲目地相信，会有某种奇迹，某种外在的条件会突然将这一切扩展开来；那高贵的、美好的，且主要是完全现成的（究竟是怎样的，我也从来不清楚，但主要的是，是完全现成的）个人活动的地平线，会突然呈现出来，于是，我突然步入世间，几乎还身骑白马，头戴桂冠。对于次等的角色我甚至不能理解，因此，在现实之中，我便心安理得地居于末流的角色。要么是一个英雄，要么是一堆污泥，中间状态是不存在的。正是这想法毁了我，因为，当置身于污泥中时，我宽慰自己说，我来日是一个英雄，而英雄就遮得住自己的污泥：据说，一个普通人会因为沾上了污泥而羞愧，而一位英雄则由于他过于高大而不至于完全受到沾污，因此，他沾上些污泥也无所谓。值得注意的是，这些"一切美与崇高"的思绪，是在我放浪的时候涌来的，当时，我已处在了最底层，这些思绪纷至涌来，像此起彼伏的闪电，似乎在提醒别人不要忘记它们，但是，它们却没有用自己的出现去消灭放浪，恰恰相反，它们仿佛在用对比煽动放浪，它们涌来，其数量也恰好与通常所需的上好调味汁的数量相等。这种调味汁由矛盾和苦难构成，由痛苦的内心分析构成，所有这些形形色色的痛苦却使我的放浪具有了某种旅人的味道，甚至使我的放浪具有了意义——一句话，它们完全履行了上好调味汁的作用。所有这一切甚至不无某种深刻内涵。可我又怎能赞同这简单的、庸俗的、直截了当的、抄写员之流的放浪呢，怎能独自承受所有这些污泥呢！那污泥之中有什么能诱惑我、使我在夜间跑到大街上去呢？不，对于这一切，我有一个高贵的脱身之计……

然而，在我的这些幻想之中，在这些"美与崇高中的躲避"之中，我体验到了多少爱啊，上帝啊，有多少爱啊：虽说是来自幻想的爱，虽说是事实上永远不能运用于人类的任何事物，但是，这爱却如此之多，到后来，甚至连运用它的需要也感觉不到了，因为这爱已成了多余的奢侈品。不过，一切总是以慵懒地、陶醉地沉湎于艺术而顺利告终，也就是归于那些优美的、完全现成的生活形式，从诗人和浪漫主义者那里剽窃过来的，它们能够适应各种各样的需求。比如说，我战胜了所有的人；所有的人，当然都已化作灰烬，都不得不心甘情愿地承认我所有的美德，而我也原谅了他们所有的人。作为一个出色的诗人和宫廷侍从，我恋爱了；我获得了万贯资产，又立即将资产全都给了人类，并在众人面前忏悔自己所有的耻辱，当然，那些耻辱也不全是耻辱，其中也包含有非常之多的"美与崇高"，包含有某种曼弗雷德式的东西[1]。所有的人都在哭泣，都在吻我（不然他们怎么会是傻瓜呢），而我则赤着脚、饿着肚皮前去宣传新的思想，并在奥斯特尔利茨[2]附近击溃

---

[1] 曼弗雷德是英国诗人拜伦的哲理诗剧《曼弗雷德》（1817）中的主人公，他离群索居，遗世独立，最后高傲地死去，是所谓"拜伦式英雄"的典型体现。

[2] 奥斯特尔利茨，现为捷克的斯拉夫科夫市；1805年12月2日，拿破仑曾在此地大败俄奥联军。

了反动派。然后，奏起进行曲，宣布大赦，教皇同意离开罗马去巴西；① 然后，是在博尔杰泽别墅为整个意大利举行的一场舞会，别墅建在科莫湖的岸上，因为科莫湖为了这件事被特意移到了罗马；② 然后，是灌木丛中的一幕，等等，等等——你们难道不知道吗？你们会说，在我自己坦白出的那些陶醉和眼泪之后，再将这一切带向市场，这是卑鄙的、下流的。为什么是下流的呢？难道你们认为，我会为所有这一切而感到害羞吗，所有这一切会比你们这些先生们的生活中随便什么都更加愚蠢吗？请你们相信，我这里还留有一些完全不坏的东西……并非一切都发生在科莫湖上。不过，你们是对的；的确，这既卑鄙，又下流。而更为下流的是，我此刻发表了这个意见。不过，够了，要知道，这样说下去就没个完了：总有一个比另一个更为下流的东西……

　　三个多月来，我无论如何也无法连续地幻想下去，而开始感觉到一种难以遏制的需求，想闯入社会。闯入社会，在我就意味着到我的科长安东·安东内奇·谢托奇金处去做客。这是我一生中唯一一位永久的熟人，如今，连我自己都因这个情况而感到吃惊。但是，只有当我的幻想发展成为幸福、因而一定需要马上与人们与整个人类拥抱的时候，我才会去他那里；为了这拥抱的事，就至少需要有一个实际存在的人在场。不过，安东·安东内奇那儿必须逢周二（他的日子）去，因此，拥抱整个人类的需求就必须永远安排在周二。这位安东·安东内奇家住五角地③，住在四层楼上四个低矮的房间里，那些房间一个比一个小，具有最经济、最愁苦的特征。他有两个女儿，还有一位不停地斟着茶的孩子们的姨妈。两个女儿，一个十三岁，一个十四岁，两个都是翘鼻子的小姑娘，我在她俩面前很害羞，因为她俩总是窃窃私语，嗤嗤发笑。男主人通常坐在书房里，坐在一张皮沙发上，面对书桌，和他坐在一起的常有一位白发客人，一位我们部门的官吏，或者甚至是一位其他部门的官吏。除了这三两位一成不变的来客外，我从未在那里见到过别的客人。宾主谈论消费税，谈论参政院中的交易，谈论薪水，谈论公事，谈论上级大人，谈论得宠的窍门，等等，等等。我耐心地、像个傻瓜似的在这些人

---

　　① 此处的教皇指庇护七世，他于 1800 年起为罗马教皇，1804 年为拿破仑举行加冕礼，后与拿破仑发生冲突，实际上沦为后者的囚徒，直到 1814 年才返回罗马。

　　② 指为庆祝法兰西帝国的建立而于 1806 年 8 月 15 日（拿破仑的生日）举行的庆祝活动；博尔杰泽别墅建在罗马，科莫湖位于意大利北部的阿尔卑斯山区。

　　③ 五角地是彼得堡的一处地名。

身旁坐到四点钟，听他们谈话，自己却不敢、也不会与他们扯起任何话题。我呆坐着，有几次要流出汗来，我有麻痹瘫痪的危险；但是，这也有好处和益处。回到家之后，我便会将我那拥抱整个人类的愿望搁置上一段时间。

不过，我仿佛还有过一位熟人，他叫西蒙诺夫，是我过去的同学。我的同学恐怕有很多都在彼得堡，但我却不与他们来往，甚至在大街上也不再打招呼了。我转到另一个部门去工作，也许，就是为了不与他们在一起，为了与我那整个可恨的童年一刀两断。我诅咒那所学校，诅咒那些可怕的、苦役般的岁月！一句话，我刚一走向自由，便立即与我的同学们分道扬镳了。我在遇见时还与其打招呼的同学，只剩下两三位了。西蒙诺夫就是其中的一位，他在我们学校中一点也不出众，他性格稳重、安静，但是，我却在他的身上分辨出了性格的某种独立性，甚至是诚实。我甚至不认为他是一个非常没有远见的人。我与他之间曾有过一些相当灿烂的时刻，但是，那样的时刻持续得并不长久，不知为何又突然蒙上了一层迷雾。显然，这样一些回忆使他感到沉重，他似乎总是害怕我旧事重提。我怀疑他很讨厌我，但我仍然经常去他那里，我尚未确信他是否讨厌我。

一次，在周四，我忍受不了自己的孤独，又知道安东·安东内奇家的门在周四是锁着的，便想起了西蒙诺夫。爬上四楼去见他时，我想到的却是，这位先生会因为我而感到沉重的。我的到来是多此一举。但是，事情又总是这样结束的：似乎是有意地，诸如此类的想法却使我更深地滑入了左右为难的境地。因此，我便走了进去。在此之前，从我最后一次见西蒙诺夫算起，几乎已经有一年了。

三

在他那里我还遇见了我的两位同学。看来，他们是在谈论一件重要的事情。对于我的到来，他们几乎谁也没有表现出任何的关注，这简直是奇怪的，因为我与他们已经数年未晤面了。显然，我被他们当成了一只普普通通的苍蝇似的东西。在学校时他们甚至都没这样瞧不起我，虽说学校里所有的人都憎恶我。我当然知道，如今，他们会蔑视我，由于我仕途上不走运，又由于我很堕落，加之衣着寒碜等，而这一切在他们的眼中构成了我之无能和无足轻重的标志。但是，我仍然没有预料到他们会对我藐视到如此地步。西蒙诺夫甚至因为我的到来而感到惊异，在此之前，他也总是为我的到来而感到惊奇的。所有这一切使我很难堪；带着点烦恼我坐了下来，开始听起他们的谈话。

谈话是严肃的，甚至是热烈的，谈的是一次送别宴会，这些先生想在次日共同为他们的一位将要远赴外省担任军官的同学兹维尔科夫饯行。兹维尔科夫先生也是我的同学。从高年级起，我开始非常恨他。低年级时，他不过是一个漂亮的、机灵的孩子，大家都喜欢他。不过，就因为他是个又漂亮又机灵的孩子，我在低年级时也恨他。他的学习成绩总是很差，而且越来越差；然而，他却顺利地毕了业，因为他有靠山。在上学的最后一年里，他得到一份遗产，有两百个农奴，由于我们所有的人几乎都穷得很，因此他甚至能在我们面前大吹起牛皮来。这是一个极端的下流坯，但他又是一个好小伙子，就连在吹牛时也是这样。我们虽然在表面上、在幻想里和夸夸其谈时显得正直和自高，可除了极少数人外，大家甚至都会在兹维尔科夫的面前讨好献媚，他的牛皮也就吹得更厉害了。我们讨好他倒不是觊觎什么好处，而是因为他是个天之骄子，是个禀赋不凡的人。而且，兹维尔科夫还被我们公认为十分机灵和风度翩翩的人才。后一点尤其令我生气。我仇恨他那刺耳的、自信的嗓音，恨他卖弄他的俏皮话，他的那些俏皮话非常愚蠢，虽说他的嘴皮很厉害；我仇恨他那张漂亮却又带点蠢相的脸（可我却情愿用自己这张聪明的脸去换他那张脸），恨他那种四十年代的放肆的、军官式的举止。我恨他畅谈他将来与女人交往时会取得的成功（他尚未下决心开始与女人们交往，他还没有军官肩章，他正在急切地盼着那肩章），我恨他谈到他将时时准备进行决斗。记得有一次在课间休息时，兹维尔科夫与同学们谈起了将来的风流韵事，最后，他就像阳光下的一只小狗崽似的神气活现起来，突然宣称，他将不会放过他村子里的任何一位村姑，这就叫 droit de seigneur①，要是农夫们敢于反抗，他就将用鞭子抽打所有那些大胡须的坏蛋，并加倍地收租，这时，一向沉默寡言的我却突然和兹维尔科夫争论起来。我们那些下流坯在拍手喝彩，而我却与他争论起来，我之争论完全不是由于怜悯那些姑娘及其父亲们，而仅仅是因为，有人在为这么一个小子拍手喝彩。我当时占了上风，但是，兹维尔科夫虽然愚蠢，但是却很开心、很大胆，他甚至只是付之一笑，于是，事实上，我并没能完全占得上风：笑留在了他那一方。后来，他又有好几次占了我的上风，但并非心怀恶意，而像是开玩笑，顺便嘲

_____

① 法文：初夜权。

笑嘲笑。我则愤恨地、蔑视地没有答理他。毕业时，他对我有所靠近；我也没有过于反对，因为这使我得到了满足；但是不久，我们就很自然地分了手。后来，我听说了他那军中尉官的成就，听说他在纵饮作乐。后来，又传来了一些消息，说他在军中干得很出色。在大街上，他已经不与我打招呼了，我怀疑，他是怕与我这样的小人物点头致意会有损他自己的名声。还有一次，我在剧院里见到了他，他坐在三楼包厢里，军服的肩部已经有了穗带。他正在一位老将军的几个女儿面前大献殷勤，死乞白赖地追求她们。三年之间，他变得非常邋遢了，虽说还像从前一样相当漂亮、灵巧；他有些浮肿，开始发福了；显而易见，到三十岁时他便会完全虚胖起来的。我的同学们举行宴会，就是为了这位将要离去的兹维尔科夫。这三年来，他们经常与他来往，虽说他们内心里并不认为自己可以与他平起平坐，对这一点我确信无疑。

西蒙诺夫的两位客人中，有一位叫费尔菲奇金，是一个德裔俄国人，他个子矮小，又长着一张猴脸，这是一个喜爱嘲弄别人的笨蛋，他从低年级开始就是我最凶恶的敌人——一个下流、大胆、爱吹牛皮的家伙，他总要摆出一副颇为自负的神情，当然，尽管他内心里是个胆小鬼。他是兹维尔科夫的崇拜者之一，这些崇拜者装出奉承兹维尔科夫的样子，并常常向他借钱。西蒙诺夫的另一位客人，特鲁多柳博夫，是个不显眼的人物，一个青年军人，他身材高大，脸上冷冰冰的，他相当诚实，但他崇拜一切功名，也只会谈论升迁。他是兹维尔科夫的一个远亲，说来可笑，这一点竟使他在我们中间具有了某种意义。他总是不把我当回事；他的态度虽说不十分礼貌，但尚可承受。

"好吧，如果每人出七卢布，"特鲁多柳博夫说道，"我们三个人就是二十一卢布，可以好好吃上一顿了。当然，兹维尔科夫是不用出钱的。"

"那当然喽，既然是我们请他。"西蒙诺夫说道。

"难道你们以为，"费尔菲奇金自以为是、满怀热情地插话说，就像是一个无耻仆人吹嘘他的将军老爷的勋章一样，"难道你们以为，兹维尔科夫会只让我们付账吗？出于客气他是会接受的，但是，他会拿出半打酒来的。"

"我们四个人哪里喝得了半打呢？"特鲁多柳博夫说道，他只注意到了"半打"这个词。

"就这样吧，三个人，加上兹维尔科夫是四个，二十一卢布，在 Hôtel de Paris①，明天五点。"被推举为组织人的西蒙诺夫最后作出了决定。

"为什么是二十一卢布呢？"我说道，带着某种激动，看来甚至还带有抱怨，"如果算上我，就不是二十一卢布，而是二十八卢布呀。"

我觉得，我这样突然介绍出自己，甚至是干得非常漂亮的，他们所有人都会一下子被镇住，都会敬重地看着我。

"难道您也想加入？"西蒙诺夫不满地说道，似乎还没拿正眼瞧我。他对我了解得很透彻。

他对我了解得很透彻，这使我非常生气。

"为什么不呢？要知道，我好像也是一个同学呀，老实说，你们躲开我，这甚至是让我感到遗憾的。"我又一次冲动起来。

"哪儿找得见您呢？"费尔菲奇金粗鲁地插话道。

"您和兹维尔科夫也一向合不来呀。"特鲁多柳博夫皱着眉头说道。但是，我已经抓住了话头，我是不会罢休的。

"我认为，关于这样的问题，谁也没有权利说三道四，"我嗓音颤抖着反驳道，像是发生了天大的什么事，"也许，正因为从前合不来，我现在才想加入。"

"唉，谁又能理解您的……这种高尚……"特鲁多柳博夫笑了笑。

"算上您吧，"西蒙诺夫转向我，作出了决定，"明天五点，在 Hotel de Paris，可别弄错了。"

"钱呢！"费尔菲奇金的脑袋冲我这边点了点，低声对西蒙诺夫说道，但他说了半截就停下了，因为连西蒙诺夫都感到难堪了。

"得了，"特鲁多柳博夫说着，站起身来，"既然他非常想去，就让他去吧。"

"可我们是朋友间的小聚呀，"费尔菲奇金愤愤地说道，也拿起了帽子，"这可不是一个正式的会议。也许，我们完全不想让您……"

他俩走了；费尔菲奇金离开的时候，根本没跟我打招呼，特鲁多柳博夫稍稍点了点头，也没看我一眼。单独与我在一起的西蒙诺夫，有些懊丧地犹豫不决，奇怪地看着我。他没有坐下，也没有请我坐下。

"嗯……好的……就明天。钱您是现在交吗？我是想确切地知道。"他有

① 法文：巴黎饭店。

些尴尬地嘟囔道。

我火了，但就在冒火的时候我想起，很久之前曾从西蒙诺夫那里借了十五个卢布，那笔债其实我从未忘记，可也一直没还。

"您是知道的，西蒙诺夫，在来这儿的时候，我不可能知道……我非常抱歉，我忘了……"

"好吧，好吧，反正都一样。明天您在吃饭时付吧。我只是想知道……您，请……"

他说了半截就停下了，开始带着更多的懊丧在房间中踱步。他又边走边停，脚跟碰脚跟，这样一来脚步声就更响了。

"我耽误您的事了吗？"在两分钟的沉默之后，我问道。

"噢，不！"他突然抖动了一下，"不过，说实话，是耽误了。您瞧，我还得出趟门……不远……"他用抱歉的声音说道，模样有些难为情。

"啊，我的天！你为什么不明说呢！"我拿起帽子，喊了起来，不过，我的神情是非常随意的，天知道我的这副神情是哪里来的。

"这又不远……就两步路……"在送我至前厅时，西蒙诺夫又重复道，显露出一种与他绝不相称的慌乱神情。"说定了，明天五点整！"他在楼梯上向我高声喊道：他为我的离去而感到非常满意。我却气得发疯。

"干吗要跳出来呢，干吗要跳出来呢！"我咬牙切齿地走在大街上，"就为了这么个恶棍，这么个小猪恩兹维尔科夫！当然，不应该前去；当然，该啐上一口：我与他有什么关系？明天我就通过市邮局通知西蒙诺夫……"

但是，我之所以大怒，恰恰是因为我明确无误地知道：我是会去的；我是有意要去的；越是不相宜，越是不体面，我却越是要去。

甚至连不要前去的实在障碍都是存在的：没有钱。我总共只剩下九个卢布。但其中的七卢布明天得作为月薪付给我的仆人阿波罗，他住在我这里，七卢布是供他自己起伙用的。

根据阿波罗的性格来判断，不付钱给他是不可能的。不过关于这个坏蛋，关于我的这个脓包，我后面找个时间再谈。

不过，我清楚，我终究是会不付给他薪水，而一定要前去赴宴的。

这天夜里，我做了一些荒唐至极的梦。这是不难理解的，因为整个晚上我都沉浸在关于学校生活那些苦役般岁月的回忆中，我无法摆脱它们。把我塞进这所学校的，是我的那些远亲，我曾依靠他们而生活，我从入学起就再也没有关于他们的概念了——他们将一个已被他们的斥责所打垮的、已能够思考的、默默无语的、野性地看待一切的孤儿塞进了学校。同学们以恶毒、无情的嘲笑迎接我，因为我与他们中间的任何一个人都不相像。但是，我却忍受不了嘲笑；我却不能轻易地与人相处，不能像他们彼此之间那样和睦相处。我立即便仇恨起他们来，我脱离所有人，陷入一种胆怯、屈辱、过度的高傲①。他们的粗鲁使我愤慨。他们无耻地嘲笑我的长相和我麻袋一样的身材；可与此同时，他们自己的长相却是多么愚蠢啊！在我们学校里，面部表情不知为何尤其会愚蠢起来，会发生变化。进入我们学校的，有许多漂亮的孩子。几年过后，他们却变得面目可憎了。早在十六岁的时候，我便忧郁地为他们而吃惊了；在那个时候，他们的思维之浅陋，他们行事、游戏、谈吐之愚蠢）就已使我感到惊讶了。他们不懂得那些最为必需的东西，他们对那些给人以教益、使人激动的事物毫无兴趣，因此，我不由得认为自己比他们高明。不是遭受屈辱的虚荣心促使我这样想的，看在上帝份上，请你们不要冒失地向我发出那些腻烦到恶心程度的官腔，说什么我只是在幻想，而他们在当时就已经明白了现实的生活。他们什么也不明白，不明白任何现实的生活，我敢起誓，这一点最使我对他们感到愤慨。相反，对于最显而易见、最刺眼的现实，他们却幻想般愚蠢地接受，并在当时就已习惯于只崇拜成功。对一切正义的、然却遭受了屈辱和迫害的东西，他们都要铁石心肠地、可耻地加以嘲笑。他们将官衔奉为智慧；他们在十六岁的时候就已谈论起各种肥缺。当然，这里的许多东西都是由于愚蠢，由于那一直环绕着他们的童年和少年的坏榜样。他们放浪不羁，达到了变态的地步。当然，这里更多的是外在的东西，更多的是假装出来的无耻；当然，即便是在放浪时，他们身上也会闪出青春和某种清新；但是，甚至连他们身上的清新也没有吸引力，而表现为某种胡闹。我非常恨他们，虽说，我或许比他们还要坏。他们也回敬给我同样的仇恨，并不掩饰对我的厌恶。但是，我已经不指望他们的爱意了；相反，我却经常渴望他们的侮辱。为了摆脱他们的嘲笑，我有意尽可能出色地学习，并终于名列前茅。这激起了他们的反应。而且，他们所有的人都渐渐地明白，我已经阅读了那些他们无法阅读的书籍，我已经懂得了那些他们闻所未闻的事情（这些事情还没有被列入我们的专业课）。他们野性地、嘲笑地看着这一点，但在精神上却臣服了，而且，由于这一点，甚至连教师们

---

① 此处所说的情况，很像陀思妥耶夫斯基在此后的长篇小说《少年》中所叙述的主人公阿尔卡多民图沙尔在寄宿中学受同学欺侮的情况。

也对我另眼相看了。嘲笑停止了，但恶意却依然存在，形成了一种冷漠、紧张的关系。最终，我自己坚持不住了：对于人际交往和友谊的需求在随着年纪的增长而增长。我试着开始与他人接近；但是，这种接近结果总是不自然的，因此也就自动地结束了。我曾有过一个朋友。但是，我在内心中已是一个专制暴君；我想无限地统治他的灵魂；我想使他产生对于他周围环境的蔑视；我要他与这个环境作出高傲的、彻底的决裂。我这充满激情的友谊吓坏了他；我把他弄得泪流满面、浑身抽搐；他有一个天真的、奉献的灵魂；但是，当他整个儿地奉献于我的时候，我却立即恨起他来，将他推开了——似乎，我需要他，仅仅是为了战胜他，仅仅是为了要他屈服。但是，我却无法战胜所有的人；我的朋友同样是一个与谁也不相像的人，是一个最罕见的例外。走出学校后我的第一件事情，就是扔下我自己给自己派定的那件特殊事务，以便斩断所有的乱麻，诅咒过去，让它化为灰烬……鬼才知道，在这之后，我为何又追上了这么个西蒙诺夫！……

　　清晨，我早早地起了床，激动地一跃而起，似乎所有这一切马上就要开始实现了。但是我相信，我生活中的某个根本性的转折正在到来，且一定会在今天到来。也许是由于不习惯吧，在我的一生中，每当碰到一个外在的、哪怕是最小的事件，我也总会感到，我生活中的某个根本性的转折马上就将到来。不过，我仍像平时一样出门去上班，但为了做准备工作，我提前两小时溜回家来。我想，主要的是，我不要第一个到达，否则他们会认为我是非常高兴的。但是，诸如此类的主要事情成千上万，它们搅得我无法招架。我亲手又擦了一遍靴子；阿波罗无论如何也不会在一天之内擦两遍靴子，他认为擦两遍是不合规矩的。为了不让阿波罗发觉，不让他日后看不起我，我从前厅偷来鞋刷，擦了起来。随后，我仔细地看了看自己的衣服，发现它竟然完全破旧不堪了。我是太邋遢了。制服也许还是完好无损的，但是，不能身着制服去赴宴啊。而主要的问题是，在裤子上，恰好就在膝盖上，有一块巨大的黄色污渍。我预感到，仅仅是这块污渍，就已能将我的尊严抹去十分之九。我也知道，我这样想是非常卑贱的。"但是，现在顾不上想来想去了；现在，现实正在到来。"——我一想，便泄了气。其实我当时很清楚，这些事都被我给无限地夸大了；可是有什么办法呢：我已经控制不住自己了，在忽冷忽热地颤抖。我在绝望地想象：这个"恶棍"兹维尔科夫将如何倨傲地、冷漠地迎接我；傻瓜特鲁多柳博夫将带着怎样愚蠢的、无论如何也难以抵御的蔑视看着我；小人物费尔菲奇金将如何下流地、大胆地嘲笑我，以博取兹维尔科夫的欢心；西蒙诺夫则会清楚地明白这一切，并将蔑视我卑下的虚荣和胆怯。主要的是，所有这一切都将是卑微的，不文雅的，寻常的。当然，最好是绝对不去。但是，这却已是一件最不可能办到的事情了：只要有什么吸引了我，我便会从头到脚地完全沉浸其中。然后，我也许会终生地戏弄自己："怎么样，你害怕了，害怕现实了，你害怕了！"相反，我非常想向所有这些"废物"证明，我完全不像我自己所想象的那样是个胆小鬼。此外：在胆怯的冷热病最剧烈地发作时，我总是幻想占据上风，幻想战胜他人，吸引他们的注意，并迫使他人爱自己——哪怕仅仅是"为了思想的崇高和明确无疑的机智"。他们会抛弃兹维尔科夫，他将坐在一旁，默默不语，满脸羞愧，而我将打垮兹维尔科夫。然后，我也许会与他和解，以你相称地干上一杯。① 但是，对于我来说最可恶、最可气的就是，我当时就知道，就完全地、确凿地知道，所有这一切我并不想要，实际上并不需要，实际上我完全不希望打垮他们，征服他们，吸引他们，而如果我一旦达到了这样的目的，我也许会首先看不起自己的。啊，我在使劲地祈求上帝，以便让这一天尽快过去！在难以表达的忧愁中，我走近窗户，打开气窗，望向那朦胧的昏暗，潮湿的雪在密密地飘落……

最终，我那只陈旧的挂钟敲了五下。我抓起帽子，竭力不朝阿波罗看上一眼——他从清早起就一直在等我给他发薪水，但由于高傲而不想首先提出来——打他身旁闪出大门，乘上我故意花出最后半卢布雇来的马车，老爷般地向 Hôtel de Paris 驶去。

四

我还在昨晚就知道，我是会第一个到达的。但是，问题还不在于先到。

不但他们一个也没到，而且我甚至连我们订的房间也没找见。餐桌也还没有完全摆好。这是怎么回事呢？经过多次询问之后，我终于从侍者那里了解到，宴会定在六点，而不是五点。柜台里的人也证实了这一点。要是细问下去，甚至是害羞的。时间刚刚才五点二十五分。如果他们更改了时间，那无论如何也得通知一声呀；市邮局可办此事，也不至于使我在自己……甚至在侍者的面前蒙受"耻辱"啊。我坐下来，侍者开始摆餐桌；当着他的面，

---

① 在俄语中，以"你"相称，表示关系亲近。

不知为何我越发感到难堪。快到六点的时候，除了点燃的几盏灯外，房间里又拿进来几支蜡烛。然而，侍者却没有想到在我来到之后立即拿进这些蜡烛。隔壁房间里，有两位面色阴郁的顾客分别坐在不同的餐桌上就餐，他们看上去是在生气，默默不语。远处的一个房间里非常地喧闹；甚至有人在喊叫；可以听见整整一帮人的哈哈大笑；可以听到一些用蹩脚的法语发出的尖叫声：那是一桌有太太们在场的酒席。总而言之，非常地难受。我很少有过比这更为糟糕的时刻，因此，当他们在六点整一下子全体出现时，我在一开始竟因他们而高兴起来，将他们当做了救星，而几乎忘了做出一副委屈的模样。

兹维尔科夫第一个走了进来，显然是领头的。他和他们所有的人都在笑；但是，看到我后，兹维尔科夫便端起了架子，他不慌不忙地走过来，微微弯着腰身，像是在故意卖弄，他向我伸过手来，温情地，但也不十分温情，显出某种谨慎的、近乎将军般的客气，似乎，他伸过手来是在保护自己，防范着什么东西。我所设想的与此相反，我原以为，他一走进屋倒会哈哈大笑起来，发出他从前那种细嗓的、伴有尖叫的大笑，一开口就会冒出他那些平庸的笑料和俏皮话。从昨晚起我就在准备对付他的方式，可我无论如何也没有料到这种居高临下的、这种大人物般的温情。也许，如今他已经完全认为他在一切方面都无与伦比地高过我了吧？如果他仅仅想以这样一种将军派头来欺负我，倒还没什么，我想；我会以某种方式加以唾弃的。但是，如果他真的没有任何欺负人的愿望，如果他那颗羊脑袋里真的有这样一个念头，认为他无与伦比地高过我，他只能以一个庇护者的眼光来打量我，如果真是这样的话呢？仅仅由于这样一个猜测，我就已经喘不过气来了。

"我惊奇地得知，您也想参加我们的聚会，"他开了口，他的发音变了样，他压低声音，拉长话音，这都是他从前所不曾有的。"我们有很久没见面了。您总躲着我们。没必要啊。我们并不像您想象的那样可怕嘛。好吧，无论如何，很高兴恢复联系……"

他随意地转身将帽子放在窗台上。

"您等了很久吗？"特鲁多柳博夫问道。

"我是五点整到的，是你们昨天通知我的时间。"我大声地答道，带有一种即将爆发的不满。

"你难道没有通知他改时间了吗？"特鲁多柳博夫问西蒙诺夫。

"没通知。我忘了。"这一位回答道，但他没有任何的懊悔，甚至也没有向我道歉，就跑去点凉菜去了。

"这么说，您在这里已经一个小时了，唉，可怜的人啊！"兹维尔科夫嘲笑地喊道，因为，根据他的理解，这件事的确应该是非常可笑的。紧随着他，下流坯费尔菲奇金也发出了下流的、尖细的声音，就像狗崽子的叫声一样。就连他也很为我的处境而感到可笑和难堪。

"这完全不可笑！"我越来越气愤，向费尔菲奇金喊道："有错的是别人，而不是我。别人也不屑于通知我一声。这——这——这……简直荒唐。"

"不仅荒唐，而且还有点什么，"特鲁多柳博夫埋怨道，他在天真地为我鸣不平，"您也太软蛋了。这简直是不礼貌。当然，也不是有意的。西蒙诺夫怎能这样……唉！"

"如果跟我玩这一手，"费尔菲奇金说道，"我就会……"

"您就会给自己点上些吃的，"兹维尔科夫插话道，"要不就不等了，干脆吩咐上菜。"

"请你们相信，我本来也可以这样做，并不需要任何准许，"我打断了他们的话，"如果说我在等，那是……"

"入席吧，先生们，"走进门来的西蒙诺夫喊道，"一切都准备好了；我负责香槟，酒冰得很棒……要知道，我不知道您的住处，哪儿找您去呢?"他突然转身对我说道，但还是没瞧我一眼。显然，他是有些借口的。看来，他昨天就想好了。

众人入席；我也坐了下来。餐桌是圆形的。我的左手坐的是特鲁多柳博夫，右手是西蒙诺夫。兹维尔科夫坐在我的对面；费尔菲奇金坐在他身边，坐在他和特鲁多柳博夫之间。

"请问，您……是在哪个厅里上班?"兹维尔科夫继续关照着我。见我一副窘态，他真的想到应该来抚慰我一下，也就是说，要让我振作起来。"他是怎么啦，他难道想让我朝他扔酒瓶不成。"我疯狂地想道。由于不习惯，我有些不自然地立马生起气来。

"是在……一家……办公室里。"我眼睛看着盘子，断断续续地说道。

"这……您……合算吗？请问，是什么促使您丢下了先前的工作呢?"

"我愿意丢下先前的工作，就是这促使的。"我的拖腔有他的三倍长，我几乎控制不住自己了。费尔菲奇金鼻子哼了一声。西蒙诺夫嘲讽地看了看我；特鲁多柳博夫停止吃东西，也开始好奇地打量着我。

兹维尔科夫受了气，但他不愿表露出来。

"那么，您的给养怎么样？"

"什么给养？"

"也就是薪水。"

"您干吗要考我！"

不过，我还是立即说出了薪水的数目。我的脸羞得通红。

"不多。"兹维尔科夫一本正经地指出。

"是啊，还不够下馆子吃一顿的呢！"费尔菲奇金无耻地添了一句。

"我认为，这甚至就是贫穷。"特鲁多柳博夫严肃地说道。

"所以，瞧您瘦的，瞧您的变化……从那时起……"兹维尔科夫又说道，他已经不是不怀恶意的了，带着某种无耻的惋惜，他在打量着我和我的衣服。

"别再不好意思了。"费尔菲奇金嗤嗤地窃笑着，喊了起来。

"阁下，您要知道，我并没有不好意思。"我终于脱口而出。"请您听着！我在这里就餐，在这'馆子'里就餐，用的是自己的钱，自己的钱，而不是别人的钱，请您注意这一点，monsieur① 费尔菲奇金。"

"怎么！谁不花自己的钱在这里就餐？您好像……"费尔菲奇金反驳道，他满脸通红，愤怒地看着我的眼睛。

"是啊，"我答道，我感觉到自己已走得太远，"我认为，我们最好来点聪明的谈话。"

"看来，您是打算来展示您的智慧喽？"

"请您别担心，在这里完全用不着什么智慧。"

"您在这里瞎扯些什么呢，我的先生，啊？您是在您的'停'里弄出神经病来了吧？"②

"够了，先生们，够了！"兹维尔科夫威严地喊道。

"这太愚蠢了！"西蒙诺夫埋怨道。

"真的，愚蠢，我们友好地聚会，来给一位好朋友饯行，您却来胡闹，"特鲁多柳博夫只冲着我一人粗鲁地说道，"昨天是您自己要参加我们聚会的，请您不要扰乱大家和谐的气氛……"

"够了，够了，"兹维尔科夫喊道，"别再吵了，先生们，这不合适。现

---

① 法文：先生。

② 费尔菲奇金有意将"厅"说成"停"，以示讽刺。

在，最好还是我来给你们讲一讲，三天前我差一点结了婚……”

于是，一段关于这位先生三天前差一点结了婚的笑话开场了。但是，故事中并没有一个字是关于结婚的，出现的尽是些将军、校官，甚至还有宫廷侍从，而兹维尔科夫在他们中间似乎是个头儿。响起了赞许的笑声；费尔菲奇金甚至发出了尖叫。

大家抛下我不理，我坐在那里，像是一个败下阵来的人。

“上帝啊，这就是我的伙伴！”我在想。“我在他们面前简直像个傻瓜呢！我可是过多地忍让了费尔菲奇金。这些糊涂家伙认为，他们让我坐在这桌上是赏脸给我，可他们却不明白，是我，是我在赏脸给他们，而不是他们在赏脸给我！‘瘦了！衣服！’哦，该死的裤子！兹维尔科夫刚刚注意到我膝盖上的那块黄色污渍……这又有什么！此刻，我也许马上就从餐桌边站起身来，拿起帽子，一句话也不说，扬长而去……出于蔑视！哪怕是明天进行一场决斗也罢。恶棍们。要知道，我并不可惜那七个卢布。也许，他们会认为……见鬼！我并不可惜那七个卢布！我马上就走！……”

当然，我留了下来。

出于悲伤，我一杯接一杯地喝起拉斐特酒和核列斯酒①。由于不习惯，我很快就醉了，而气恼则在随着醉意的增长而增长。我突然想以一种最大胆的方式将他们全都侮辱一下，然后走开。抓住时机，显示一下自己——就让他们去说：这人虽说可笑，倒也聪明……还有……还有……总之，见他们的鬼去！

我用醉醺醺的眼睛无礼地扫了他们一下。但是，他们似乎已经完全忘记了我。他们那边很是喧哗，热闹，开心。兹维尔科夫一直在说着什么。我仔细听了起来。兹维尔科夫谈的是一位雍容华贵的夫人，他最后向她表白了爱情（当然，他是在撒谎），在这件事情上，他的一位密友帮了他很大的忙，他的这位密友叫科里亚，是个公爵、骠骑兵，拥有三千农奴。

“不过，这位拥有三千农奴的科里亚，为什么没在这里给您钱行呢？”我突然介入了谈话。众人一时沉默不语。

“您现在已经醉了。”终于，特鲁多柳博夫朝我搭了腔，他轻蔑地斜眼看着我这边。兹维尔科夫默默地看着我，像是在看一只小甲虫。我垂下了眼睛。西蒙诺夫赶忙斟起香槟来。特鲁多柳博夫举起酒杯，除了我，众人皆随

---

① 核列斯酒是一种烈性白葡萄酒。

着他举起了杯子。

"为你的健康干杯，祝你一路平安！"他向兹维尔科夫叫喊道。"为过去岁月，先生们，干杯，为我们的未来，乌拉！"

众人干了杯，还跑去和兹维尔科夫接吻。我没有动；满满的一杯酒原封不动地摆在我面前。

"您难道不准备喝吗？"失去了耐心的特鲁多柳博夫凶狠地面对我，叫喊道。

"我想来一通我的演说，尤其是……然后我就会喝的，特鲁多柳博夫先生。"

"讨厌的恶棍！"西蒙诺夫抱怨道。

我坐在椅子上挺直身体，颤抖着拿起酒杯，准备做出一件非同寻常的事情，我自己也不清楚我将说出什么样的话来。

"Silence!①"费尔菲奇金叫道。"就要出智慧啦！"兹维尔科夫严阵以待，他知道是怎么回事。

"兹维尔科夫中尉先生！"我说了起来。"您知道吗，我恨漂亮话、说漂亮话的人和穿紧身衣的腰身……这是第一点，接下来是第二点。"

他们全都沉不住气了。

"第二点：我恨风流的事和风流的人。尤其恨风流的人！

"第三点：我爱真理和真诚，"我几乎是机械地继续说道，因为我由于恐惧已经开始感到手脚冰凉了，我自己也不明白，我为什么要这样说话……"我爱思想，兹维尔科夫先生；我爱真正的友谊，要平等相待，而不是……嗯……我爱……不过，干吗说这些呢？我要为您的健康干杯，兹维尔科夫先生。您去勾引切尔克斯女人吧，您去向祖国的敌人开枪吧，还有……还有……为了您的健康，兹维尔科夫先生！"

兹维尔科夫从椅子上站起来，向我鞠了一躬，说道：

"非常感谢您。"

他深感屈辱，甚至连脸都发白了。

"见鬼。"特鲁多柳博夫吼道，一拳砸在桌上。

"不，为这该揍他的脸！"费尔菲奇金喊道。

"该把他赶出去！"西蒙诺夫抱怨道。

---

① 法文：安静！

"别说话，先生们，别动手！"兹维尔科夫庄重地喊道，制止住了众人的愤怒。"我感谢你们大家，但是我自己能够向他证明，我是多么地看重他的那些话。"

"费尔菲奇金先生，为了您刚才这些话，明天您得满足我的一个要求！"我郑重地转向费尔菲奇金，高声对他说道。

"就是要决斗喽？请吧，"那人回答道，但是，也许是我在提出决斗时的样子太可笑了，也许这与我的体型不相称，他们所有的人都笑得要死，连费尔菲奇金也跟着他们笑了。

"好了，当然，别去理他！他已经完全醉了！"特鲁多柳博夫厌恶地说道。

"让他参加了进来，为这事我永远也不能原谅自己。"西蒙诺夫再次抱怨道。

"现在我就把酒瓶向他们扔去，"我想着，拿起了酒瓶，然后……给自己斟了满满的一杯酒。

"……不，我最好在这里一直坐到结束！"我继续在想，"如果我走开了，先生们，你们就会感到高兴的。这可不行。我偏要坐在这里，一直喝到结束，以此来表明，我根本就看不起你们。我将坐在这里喝酒，因为这里是酒馆，而我已经为进这酒馆付过钱了。我将坐在这里喝酒，因为我把你们都看成是小卒子，一些并不存在的小卒子。我将坐在这里喝酒……还要唱歌，是的，如果我想唱，我就要唱，因为我有这样的权利……唱歌……嗯。"

但是，我没有唱歌。我仅仅在竭力不去看他们中的任何一个；我摆出一副最为独立的姿势，焦急地等待着他们首先与我搭话。但是，唉，他们就是不来搭话。此时，我是多么、多么地想与他们和解啊！时钟敲了八下，最后是九下。他们从桌边挪到了沙发上。兹维尔科夫躺倒在沙发上，将一条腿架在圆桌上。葡萄酒也被搬到了那里。他果然向他们提供了自己的三瓶酒。当然，他没有请我喝那酒。众人皆围着他，坐在沙发上。他们听着他的话，几乎是恭恭敬敬的。看来，他们都喜爱他。"为什么？为什么？"我暗自在想。时而，他们会出现醉意的喜悦，于是便互相接吻。他们在谈高加索，谈什么是真正的情欲，谈卡里比克牌①，谈职务上的肥缺；他们在谈他们谁都不认识的骠骑兵波德哈尔热夫斯基有多少收入，使他们感到高兴的是，那个人的

①　一种牌戏。

收入很多；他们在谈他们同样谁也没有见过的公爵夫人Д那非凡的美丽和优雅；最后，他们一直谈到了莎士比亚的不朽。

我轻蔑地笑了笑，在房间的另一边踱着步，在沙发的正对面，贴着墙壁，在桌子和壁炉之间来回走着。我想尽一切力量来证明，我没有他们也能行；而且，我还有意跺着靴子，后跟磕后跟地站下。但这一切都是徒劳的。他们竟毫不在意。我有耐心就这么走下去，正当着他们的面，从八点走到十一点，一直在这个地方，从桌边走到壁炉，又从壁炉走回桌边。"我就这样走，谁也无法制止我。"走进屋里来的那个侍者，好几次停下来看着我；由于频繁的转向，我的脑袋发晕了；有几个片刻，我觉得自己是在梦中。在这三个小时中，我出了三次汗，又焙干了三次。时而，怀着最深刻的、恶毒的痛苦，我心里想到：再过十年，再过二十年，再过四十年，甚至是再过四十年，我仍然会带着厌恶和屈辱回忆起我整个一生中这些最肮脏、最可笑、最可怕的时刻。这样昧着良心、这样心甘情愿地侮辱自己，已是无以复加了，我也完全、完全地明白这一点，可还是继续在桌子和壁炉之间来回走着。"啊，但愿你们能知道，我具有怎样的感情和思想，我有多好的修养啊！"我不时想到，并在想象中转向那张我的敌人们坐于其上的沙发。但我的敌人们却毫不理会，似乎房间里根本没有我这么个人。一次，只有一次，他们向我转过身来，当时，兹维尔科夫刚好谈到了莎士比亚，而我突然轻蔑地哈哈大笑起来。我十分做作、凶狠地用鼻孔哼了一声，以至于他们全都一下子停止交谈，默默不语地看了我两三分钟，他们神情严肃，没有发笑，看着我贴着墙壁，从桌子走向壁炉，看到我没有给他们以丝毫的关注。但是，什么结果也没有：他们并没有搭话，两分钟后，他们再次将我抛开了。时钟响了十一下。

"先生们，"兹维尔科夫从沙发上站起身来，叫道，"现在，我们全都去那儿吧。"

"当然，当然喽！"其余的人都说道。

我突然转向兹维尔科夫。我痛苦、难受到了极点，就是粉身碎骨，我也要结束这一切了！我在时冷时热地颤抖；汗湿的头发又干了，紧贴在前额和太阳穴上。

"兹维尔科夫！我请求您的原谅。"我生硬地、坚决地说道。"费尔菲奇金，也求您原谅，求大家原谅，求大家原谅，我有辱大家了！"

"啊哈！决斗可不是好玩的啊！"费尔菲奇金恶毒地说道。

我的心被刺痛了。

"不，我并不怕决斗，费尔菲奇金！我准备明天就与您决斗，在讲和之后。我甚至坚持这一点，您不能拒绝我。我要向您证明，我并不害怕决斗。请您先开枪，而我会把子弹射向天空。"

"他是在自我安慰。"西蒙诺夫说。

"简直是在说梦话！"特鲁多柳博夫附和。

"请您让我们过去，您挡着道了！……嘿，您要干什么？"兹维尔科夫轻蔑地回答。他们全都脸色通红，眼睛泛光：都喝多了。

"我请求您的友谊，兹维尔科夫，我侮辱了您，但是……"

"侮辱了？您，您！侮辱了我，我！知道吗，阁下，任何时候、在任何情况下您都侮辱不了我！"

"您也够讨厌的了，滚吧！"特鲁多柳博夫说道。"我们走。"

"奥林匹娅是我的，先生们，说定了！"兹维尔科夫喊道。

"我们不争！我们不争！"他们笑着回答他。

我屈辱地站在那里。这帮人吵吵嚷嚷地走出房间，特鲁多柳博夫拖长声音哼着一首无聊的歌。西蒙诺夫为了给侍者们小费，稍稍耽搁了一会儿。我突然走到了他身边。

"西蒙诺夫！给我六个卢布！"我坚决地、绝望地说道。

他用那双呆呆的眼睛非常惊讶地看了我一眼。他也醉了。

"难道您也要和我们一起去那儿？"

"是的！"

"我没有钱！"他简短地说道，轻蔑地笑了笑，走出了房间。

我抓住了他的外套。这是一场噩梦。

"西蒙诺夫！我看到您有钱，您干吗拒绝我呢？难道我是一个恶棍吗？拒绝我，您可要担心：如果您能知道，如果您能知道，我是为什么而求您的！全都取决于此啊，一切东西，我的整个未来，我的所有计划……"

西蒙诺夫掏出钱，几乎是将它扔给我的。

"拿去吧，如果您这样无耻的话！"他残忍地说了一句，就跑去追赶其他人了。

我一个人站了一会儿。混乱，残羹剩饭，地板上打碎的酒杯，溢出的酒，烟头，脑袋中的醉意和睡意，心中痛苦的忧愁，最后，还有那个看到了一切、听到了一切、并在好奇地看着我的眼睛的侍者。

"到那儿去!"我喊了一声。"要么是他们全都跪下,抱着我的腿,祈求我的友谊,要么……要么是我给兹维尔科夫一记耳光!"

五

"这下,这下终于和现实发生冲突了,"我嘟囔着,一口气跑下了楼梯,"就是说,这已不是离开罗马迁往巴西的教皇了;就是说,这已不是科莫湖上的舞会了!"

"你是个恶棍!"一个声音在我脑中掠过。"因为你现在还在嘲笑这件事。"

"随便吧!"我高喊着,在回答自己。"要知道,现在一切都已经完了!"

他们已经没了踪影;但是,反正都一样:我知道他们去了哪儿。

台阶边孤零零地站着一个赶夜间车的车夫,他穿着粗呢外衣,全身落满了一直飘落不止的潮湿的、似乎是温暖的雪。天又湿又闷。车夫那匹毛茸茸的花斑小马也落满了雪,在喷着响鼻;这些我都记得很清楚。我跳进树皮制成的雪橇;但是,就在我抬起脚来刚想坐下的时候,却忆起了西蒙诺夫刚才扔给我六个卢布的事,这使我心灰意懒,我像个口袋似的躺倒在雪橇里。

"不!为了挽回这一切,要做很多事!"我喊道。"但是,要么是马上挽回,要么是在今夜立即死去。走!"

我们的马车动了起来。一阵旋风在我的脑中打转。

"跪下来祈求我的友谊,他们是不会干的。这是幻影,卑鄙的幻影,是令人讨厌的、罗曼蒂克的、虚妄的幻影,就像科莫湖上的舞会一样。因此,我应当给兹维尔科夫一个耳光!我必须打。就这样,决定了;我现在就冲过去给他一个耳光。"

"快赶啊!"

车夫拉紧了缰绳。

"我一走进去,就打。在打耳光之前要不要说上几句话作为开场白呢?不!干脆一走进去就打。他们全都会坐在地板上,而他会和奥林匹娅一起坐在沙发上。该死的奥林匹娅!她有一次嘲笑过我的脸,还拒绝过我。我要揪住奥林匹娅的头发,而对兹维尔科夫则要揪那两只耳朵!不,最好还是只揪住一个耳朵,揪住一个耳朵拖着他在整个房间里打转。也许,他们会一起来打我、揉我的。这甚至是确定无疑的。就让他们来打我吧!毕竟是我首先打了一个耳光：是我挑的头；而从有没有尊严来说，这一下子就行了；他已经蒙羞了，除了决斗，他无论怎样出拳也洗刷不了自己脸上的耳光了。他必须进行决斗。现在，就让他们打我吧。就让这些卑鄙的人来打我吧！特鲁多柳博夫会打得很凶的：他是那样有力；费尔菲奇金会从侧面抓住我，他一定会揪头发的。但是，让他们去，让他们去吧！我就是冲这个来的。他们的羊脑袋最终也不得不在这里尝一尝悲剧性的滋味了！在他们将我拖向门口的时候，我会冲他们喊叫，说他们实际上还抵不上我的一个小拇指头。"

"快赶，车夫，快赶呀！"我向车夫喊道。

他甚至颤抖了一下，抖了抖鞭子。我的喊声已是非常野性的了。

"我们将在黎明时决斗，这事已经决定了。与厅里的事情算是结束了。刚才，费尔菲奇金还把'厅'说成了'停'。但是，哪里去弄手枪呢？废话！我预支薪水，然后去买。火药呢，子弹呢？这是决斗助手的事了。这一切在黎明之前还来得及做好吗？我到哪里去找决斗助手呢？我又没有熟人……"

"废话！"我喊道，更加上火了。"废话！"

"我要向在大街上遇见的第一个人提出请求，他必须做我的助手，就像他必须从水中拖出一个溺水者一样。一些最为离奇的情况也应该被允许出现。也许，我明天甚至会去求我的科长做决斗助手，仅仅是出于一种骑士情感，他就应该同意，并保守秘密！安东·安东内奇……"

问题在于，就在这一时刻，我比全世界任何一个人都更清楚、更鲜明地意识到了我的那些意图之最丑恶的荒诞，意识到了所有的消极后果，但是……

"快赶，车夫，快赶，浑蛋，快赶啊！"

"哎，老爷！"那车夫答道。

一阵寒意突然笼罩了我。

"最好……最好……现在就直接回家？哦，我的上帝！我昨天干吗、干吗要来参加这个宴会呢！但是不，不可能不来！干吗在桌子和壁炉之间散步三个小时呢？不，是他们，他们，而不是别的什么人，应该与我算清这散步的账！应该由他们来洗去我的这个耻辱！"

"快赶啊！"

"如果他们把我送到警察局去，怎么办呢？他们不敢！他们害怕出丑闻。如果兹维尔科夫出于蔑视而拒绝决斗，怎么办呢？这甚至是确定无疑的；但是，我会向他们证明……在他明天动身的时候，我会冲向驿站，在他登上马车的时候，我会抱住他的腿，扯下他的外套。我要用牙咬他的胳膊，我要咬他。'大家都来看啊，一个绝望的人会被逼到什么样的境地啊！'就让他打我的脑袋好了，而他们全都会紧随其后。我要向所有观众喊道：'你们看啊，这个小狗崽子，他要脸上带着我的唾沫去勾引切尔克斯女人了！'

"当然，在这之后，一切就都完蛋了！厅将从地面上消失。我会被抓起来，我会遭到审判，我会被赶出机关，会坐牢，会被流放在西伯利亚去。没关系！十五年过后，当我被释放出狱，我会身穿破衣烂衫，像个乞丐似的跟踪他。我将在一个外省城市中的什么地方找到他。他已经结婚，很幸福。他有了一个成年的女儿……我会说道：'看，恶棍，你看我这瘦削的面颊和这破烂的衣衫！我失去了一切——仕途，幸福，艺术，科学，心爱的女人，而这一切都是由于你。手枪就在这里。我来这里是为了卸空我的手枪……并原谅你。'于是，我向空中开了一枪，后来，我就无踪无影了……"

我甚至哭了起来，虽说在这一时刻我十分确切地知道，所有这一切都来自西尔维奥①和莱蒙托夫的《假面舞会》。突然，我感到非常羞愧，羞愧得使我让马车停了下来，我走出雪橇，冒雪站在大街上。车夫叹着气，吃惊地看着我。

"怎么办？去那儿是不行的，那会是胡来；把事情搁下来也不行，因为它已经发生了……上帝！怎能将这事搁下呢！而且是在遭受了这样的屈辱之后！"

"不！"我喊道，又重新坐回雪橇。"这是事先注定的，这就是命！快赶，快赶，到那儿去！"

急不可耐之中，我朝车夫的脖子上揍了一拳。

"你干吗，干吗打人？"车夫喊道，但他还是给了那匹劣马一鞭子，使得那马尥起蹶子来。

潮湿的雪鹅毛般地落着；我敞开胸口，已顾不上落雪了。我已忘记了其余的一切，因为我已经最终决定去打耳光，我恐惧地感觉到，这件事无疑马上就会发生，现在就会发生，已经没有任何力量能将它阻止。寂寞的街灯在雪夜的昏暗中忧郁地闪亮，就像是葬礼上的火把。雪花钻到我的外套、礼服和领带里面，并在那里融化；我并没有拢紧胸口的衣服：要知道，就是没有这些雪花，一切反正也都已丧失殆尽了！终于，我们到了地方。我跳下车，

---

① 普希金的小说《射击》中的主人公。

几乎已失去知觉，我跑上了楼梯，手脚并用地敲起门来。我的腿非常无力，尤其是在膝盖部位。不知为何，门很快就被打开了；似乎有人知道我将前来。（的确，西蒙诺夫事先通知了，说也许还有一个人要来，而来这里是必须事先通知的，通常是要事先防范的。这里是当时那些"时髦商店"中的一家，那些"商店"如今早就被警察局取缔了。白天，它真的是商店；而到了晚上，只有得到介绍的人才能前去做客。）我快步经过阴暗的店堂，来到我熟悉的、总共只点着一支蜡烛的大厅，但我却犹豫不决地站下了：他们一个也没在。

"他们在哪儿？"我问一个人道。

但是，他们当然已经成功地散去了……

我面前站着一个人，面带愚蠢的微笑，是女老板本人，她有点认识我。一分钟后，她打开门，另一个人走了进来。

我什么也不去注意，只在房间里踱着步，好像还在自言自语。我似乎死里逃生了，我的整个身体都快乐地预感到了这一点：要知道，我原本是要来打耳光的，我一定、一定会打耳光的！可是现在，他们却不在……一切全都消失了，一切全都改变了！……我环顾四周。我还没能想明白。我机械地看了一眼那走进屋来的姑娘：一张清新的、年轻的、有些苍白的脸闪现在我的眼前，那张脸上有两道直挺的乌眉，有一道严肃的、似乎略带惊讶的眼神。我立即喜欢上了这一切；如果她在微笑，那我是会讨厌她的。我更仔细地打量起来，也似乎是在更使劲地打量，因为思想还没能完全集中起来。在这张脸上，有着某种淳朴的、善良的东西，但也有一些严肃得令人奇怪的东西。我相信，她由于这一点在这里是要吃败仗的，那些傻瓜中没有一个人能看中她。而且，她也难以被称为美人，虽说她身材修长、有力，四肢匀称。她的穿着非常简朴。某种下流的东西吞噬了我；我径直向她走去……

我偶尔扫了一眼镜子。我那张惊恐的脸庞令我感到非常厌恶：这是一张苍白的、凶狠的、下流的脸，披着又长又乱的头发。"让它去吧，我喜欢这样，"我想道，"我就是喜欢让她觉得讨厌；这使我感到高兴……"

六

……在隔板后面的什么地方，像是遭受到了一种强大的压迫，像是被人卡住了脖子，一座钟在嘶哑地响着。在悠长得不自然的嘶哑声之后，紧接着传来一个尖细的、可恶的、突然来在近处的声响，像是有人突然向前冲了出来。钟敲了两下。我醒了过来，虽说我并未睡着，而只是在迷迷糊糊地躺着。

在这狭窄、拥挤、低矮的房间里，在这堆满了巨大的衣橱、废弃的纸盒和各种破布烂衣的房间里，几乎完全没有亮光。在房间尽头的桌子上，一支燃尽的蜡烛头已经熄灭了，只偶尔闪出一星微微的亮点。几分钟后，就将是完全的黑暗。

我刚刚恢复知觉；可我却毫不费力地马上就回忆起了一切，似乎有什么在监视我，以便再次冲过来。而且，就是在昏迷时，仿佛仍有一个无论如何也难以忘怀的点永久地留在记忆中，在这个点的周围，我那些惺忪的幻想在沉重地徘徊。但奇怪的是：此刻，在我苏醒的时候，我感到，这一天里在我身上所发生的一切都已经是很久很久的往事了，我对这一切的经受，仿佛已经很久很久了。

脑中充满了冲动。仿佛有什么东西在我的上方掠过，在触动我，召唤我，使我不安。忧愁和苦恼再次翻腾起来，在寻求发泄。突然，在我的身边，我看到了两只睁着的眼睛正好奇地、固执地看着我。那目光冷漠，忧郁，好像完全是旁观者的目光；那目光使人沉重。

一个忧郁的思想在我的脑中诞生，并像某种讨厌的感觉一样传遍了全身，这就像你走进潮湿、腐朽的地下室时的那种感觉。这两只眼睛恰好在此刻想到要开始仔细地将我打量，这是有些不自然的。我又回忆起，两个小时之中，我没有和这个人说过一句话，也不认为有说话的必要；不久之前，这不知为何甚至让我感到高兴。此刻，我突然清楚地产生一个荒唐的、像蜘蛛一样讨厌的放浪念头，这种放浪没有爱情，既愚蠢又无耻，它只能起源于真正的爱情消亡之时。我们就这样久久地相互对视着，但在我的注视之下，她并没有垂下自己的眼睛，也没有移开自己的视线，最后，我不知为何竟感到害怕了。

"你叫什么名字？"我结结巴巴地问道，为的是早些结束这一切。

"丽莎。"她几乎是耳语似的答道，但不知为何完全是冷淡的，她还移开了眼睛。

我沉默了一会儿。

"今天的天气……下雪……讨厌！"我几乎是自言自语地说道，又忧愁地将一只手垫在脑后，看着天花板。

她没有答话。这一切都很不像样。

"你是本地人吗?"过了一会儿,我把脑袋稍稍地转向她,几乎是带着气恼地问道。

"不是。"

"从哪儿来的?"

"从里加来。"她不大情愿地说。

"是德国人?"

"俄罗斯人。"

"早就来这里了?"

"来哪儿?"

"来这座屋子。"

"两个星期。"她的话越来越不连贯、越来越不连贯了。蜡烛完全熄灭了;我已无法看清她的脸。

"有父母亲吗?"

"是……不……有。"

"他们在哪儿?"

"在那儿……在里加。"

"他们做什么?"

"没什么……"

"什么叫没什么?他们是什么人?什么身份?"

"市民。"

"你一直和他们住一起?"

"是的。"

"你多大了?"

"二十。"

"你为什么要离开他们呢?"

"没什么……"

这个没什么意味着:别再纠缠了,讨厌。我们沉默起来。

天知道我为什么没有走开。我自己也变得越来越厌烦,越来越忧愁。过去这一整天的形象,不知怎么竟自动地、不受我的意志控制地、杂乱无章地出现在我的记忆中。我突然忆起了早晨在街头看到的一幕,当时我正心怀恐惧地去上班。

"今天有人抬棺材出门，还差点儿掉了下来。"我突然说出声来，我完全不是想挑起话头，而几乎是无意之中脱口而出的。

"棺材?"

"是的，在谢纳街上；是从地窖里抬出来的。"

"从地窖里?"

"不是从地窖，而是从地下那层楼里抬出来的……嗯，你知道……在那地下……从那家妓院里……四周中全是污泥……蛋壳，垃圾……臭气……真脏。"

沉默。

"今天下葬可糟了!"我又说道，只是为了不再沉默。

"有什么糟的?"

"下雪，太湿……"（我打了一个哈欠。）

"反正都一样。"一段沉默之后，她突然说道。

"不，不好……"（我又打了一个哈欠。）"掘墓人想必要骂人的，因为下着湿雪。坟坑里想必也有水。"

"坟坑里为什么会有水呢?"她带着某种好奇问道，但她的发音比先前更含糊，更不连贯了。突然有什么东西挑逗我说下去。

"怎会没有呢，水，在墓坑底部，有六俄寸深。在沃尔科夫公墓，你连一个干燥的墓穴也挖不出来。"

"为什么?"

"什么为什么? 那块地方多水。那儿到处是沼泽。人们只好把棺材放在水里。我亲眼见到过……好多次……"

（我一次也未见到过，而且，我也从未到过沃尔科夫公墓，我只是听别人说过。）

"难道你觉得死活反正都一样吗?"

"我为什么要死呢?"她答道，像是在自卫。

"你总有一天要死的，就像刚刚死去的那位姑娘一样。她也是……也是一位姑娘……是得肺病死的。"

"妓女最好是死在医院里……"（她已经知道这件事了，我想道，她说的是"妓女"，而不是"姑娘"。）

"她欠老板娘的账，"我反驳道，越来越想争论，"她为老板娘干活，几乎一直干到最后一刻，虽说还得了肺病。周围的车夫和士兵们都在谈论这事。想必，他们是她的老相识。他们在笑。他们还打算在酒馆里为她举行丧宴呢。"（我在此撒了许多谎。）

沉默，深深的沉默。她甚至一动也不动。

"你是说，最好是死在医院里？"

"反正还不是一样？……可我为什么要死呢？"她又生气地添了一句。

"现在不会，以后也会的？"

"以后怎么啦……"

"不这样才怪呢！你现在年轻、漂亮、鲜艳，所以你还有身价。再过一年这样的生活，你就不再是这样的了，你就会枯萎的。"

"再过一年？"

"至少，再过一年，你的身价会降低的，"我幸灾乐祸地继续说道，"你得离开这里，搬到另一家更低一等的院子去。再过上一年，又会搬到第三家院子去，档次越来越低，七八年过后，你就会走进谢纳街上的地窖。这还算是好的。而糟糕的是，除此之外，你若是得了什么病，比如说，胸口的病……或是感冒，或是其他什么病。在那样的生活中，病是很难好的。染上了，也许就摆脱不掉了。那你就会死的。"

"那我就死吧。"她非常愤恨地回答道，并迅速转动了一下身体。

"这很可惜啊。"

"可惜谁？"

"可惜生活。"

沉默。

"你有过未婚夫吗？啊？"

"关您什么事？"

"我又不是在盘问你。不关我的事。你干吗生气呢？你自己当然会有不快的事。关我什么事？只不过可惜罢了。"

"可惜谁？"

"可惜你。"

"没什么……"她用勉强能听见的声音低语道，并再次动了动身体。

我立刻被激怒了。怎么！我对她那样亲切，可她却……

"你是怎么想的？你是走在正道上吗，啊？"

"我什么也没想。"

"你什么也没想，这就糟了。趁着还有时间，清醒清醒吧。时间还是有的。你还年轻，也很漂亮；你也许会恋爱，出嫁，做个幸福的……"

"出嫁的人并不都幸福。"她打断了我，用先前那种难辨的急促语调说道。

"当然，并不都幸福，但总比在这里好得多。好得没法比啊。有了爱情，就是不幸福也可以生活下去。就是在痛苦中生活也是好的，活在世上就是好，甚至不论怎样地生活。可这里，除了……臭气之外，还有什么？呸！"

我厌恶地转过身去；我已经无法冷静地大讲道理了。自己也开始感觉到了我所谈的东西，不由大为光火。我已在渴望将自己那些隐秘的、藏在角落中的念头表达出来。有什么东西突然在我心中燃烧起来，某个目标"出现"了。

"你别看我在这里，我不是你的榜样。我可能比你还要坏。不过，我是喝醉酒才来这里的。"我还是在赶紧为自己辩护。"再说，男人跟女人也完全不一样。是两回事；我虽说是作践了自己，弄脏了自己，但我却不是任何人的奴隶；我来了，又走了，便没有我了。我抖一抖身上的东西，便又换了一个人。可你呢，从一开始就是一个女奴。是的，一个女奴！你交出了一切，交出了所有的自由。之后你再想来扯断这锁链，但是已经不行了：那锁链会将你捆得越来越紧。这是一种该诅咒的锁链。我了解这东西。其他的事我就不说了，说了你或许也不明白，你倒说说：你想必是欠老板娘的钱吧？唉，瞧！"虽然她没有答话，只是默默地、全身心地听着，我还是又补充道，"这就是你的锁链啊！你永远也偿还不清了。他们会这样干的。这等于是把灵魂交给了魔鬼……

"……再说，我……也许同样是一个不幸的人，这你怎么知道呢。也许我是有意往污泥里踩，同样出于痛苦啊。要知道，人们由于痛苦才喝酒：唉，我来这里，也是由于痛苦。你说说，这里有什么好呢：我和你……碰到一起……刚才，我们相互之间一直没说过一句话，后来你才开始像个野兽似的打量我；我也用同样的方式打量你。难道人们就是这样相亲相爱的吗？难道人与人就应该这样交往吗？这实在不像话，真是这样！"

"是的！"她尖声地匆忙附和了我的话。这一声"是的"如此脱口而出，甚至使我感到惊讶。这就是说，也许在她刚才打量我的时候，同样的思想也徘徊在她的头脑中？这就是说，她也能够有一些思想了？……"见鬼，这倒是有趣，这就是性格相近，"我想道，几乎兴奋得搓起手来，"这样一颗年轻的心灵怎么会驾驭不了呢？……"

我最感兴趣的就是装样子演戏。

她转过头来，更贴近我了，黑暗之中我觉得，她是用胳膊撑着身体半躺在那里。也许，也在看我。真是遗憾啊，看不清她的眼睛。我听见了她深深的呼吸。

"你为什么来这里？"我说道，已经带点权威的声调了。……

"没什么……"

"待在父亲家里多好啊！又温暖，又自由；自己的家嘛。"

"如果家里更坏呢？"

"话要投机才行，"我的脑中闪过一个念头，"光靠感动也许弄不出太大的名堂。"

不过，这仅仅是一个闪念。我敢发誓，她真的引起了我的兴趣。何况，我又是身体虚弱，有些多愁善感。要知道，狡诈是很容易与感情掺和在一起的。

"谁说的！"我急忙答道。"什么事都会发生。我反正相信，是有什么人欺负了你，他们更对不住你，不是你更对不住他们。我对你的身世还一无所知，但是，像你这样的姑娘，想必是不会自愿到这个地方来的……"

"我是个什么样的姑娘呢？"她用勉强能听见的声音低语道；但我还是听清了。我想：

"见鬼，我是在奉承人了。这很卑鄙。但也许是好事……"

她沉默不语。

"你看，丽莎，我来谈谈我自己吧！如果我从小就有一个家，我也许就不会像现在这个样子了。我常常想到这一点。要知道，无论家里怎么坏，可那毕竟是父母，而不是敌人，不是外人。哪怕父母一年中只对你表达过一次爱，也行啊。你毕竟知道，你是在自家人的身边。我长大成人的过程中却一直没有家庭；也许因此，我才成了这样一个……没有感情的人。"

我又在等待她的反应。

"也许，她没明白，"我想，"这也可笑，竟谈起了道德。"

"如果我是个父亲，我有一个女儿，我也许会更爱女儿的，超过爱儿子，真的。"我旁敲侧击起来，像是在谈另一件事，目的是引她高兴，我承认，我的脸红了。

"为什么呢？"

啊，看来，她在听着呢！

"就这样；我也不知道，丽莎。你瞧，我认识一个做父亲的，那是一个严肃、厉害的人，可在女儿面前，他却跪在地上，亲她的手和脚，百看不厌，真的。女儿在晚会上跳舞，父亲就一连五小时地站在原地，目不转睛地看着女儿。他爱女儿爱得发狂；这我清楚。女儿夜间感到疲倦，就睡着了，而父亲醒来，还要去亲吻熟睡的女儿，并画十字为她祝福。父亲自己穿一身沾满油污的衣服，对所有的人都很吝啬，却愿为女儿花光最后一分钱，他给女儿各种各样的礼物，如果女儿喜欢那礼物，父亲便会感到开心。父亲总是比母亲更爱女儿。姑娘生活在家里是快乐的！而我，也许是不会让自己的女儿嫁人的。"

"为什么呢?"她问道，淡淡地笑了笑。

"说实话，妒忌呗。唉，她怎么能去爱另一个男人呢? 怎么能去爱另一个人、超过爱父亲呢? 想到这一点就会感到难受。当然，所有这些都是废话；当然，每个父亲最终都会醒悟的。可是我，在嫁出女儿之前，也许会只为一件事而苦恼：怎么让所有的未婚夫都落选。但最终，我还是会将女儿嫁给她自己所爱的人。要知道，女儿自己所爱的那个人，父亲总是感觉是最坏的人。事情就是这样。家庭中出现的许多不幸，都是由于这一原因。"

"有些人却高兴把女儿卖掉，而不是体面地嫁出去。"她突然说道。

啊！是这么回事！

"丽莎，这样的事出在那些既不信上帝又没有爱的家庭里，"我热烈地说道，"而没有爱的地方，也就没有理智。的确有这样的家庭，但我谈的不是这样的家庭。看来，你在自己家里没见过善良，所以才会说出这样的话。你确实是个不幸的人。嗯……这多半是因为贫穷。"

"老爷家里的情况难道就好些吗? 诚实的人就是贫穷也过得很好。"

"嗯……是的。也许。丽莎，可还有一点：人只爱记着自己的痛苦，却不去记住自己的幸福。人若能客观地衡量，他就会看到，他既有痛苦也有幸福。比如说，如果在一个家庭里一切顺利，上帝赐福，丈夫很棒，爱你，疼你，一步也不离开你! 在这个家庭里多好啊! 有时，甚至一半幸福一半痛苦也仍然是好的；要知道，哪里没有痛苦呢? 也许，等你嫁了人，你自己就会明白了。你嫁给了你所爱的人，就拿那婚后最初的时候来说吧，那就是幸福啊，有时真是无比的幸福啊! 幸福无时不在，无处不在。在最初的时候，甚至连与丈夫的争吵也能很好地结束。有的妻子，她爱得越深，与丈夫的争吵就越多。是这样的；我知道这种女人：'瞧，我爱你，就是说，我非常地爱，我要出于爱而折磨你，你来感受吧．'人会出于爱而去有意折磨人，你清楚吗？这大多是女人。女人会暗自在想：'反正将来我会爱他、疼他的，现在折磨折磨他也算不了什么。'于是，全家人都会为你们而高兴，家中充满了和睦、欢乐、宁静和真诚……另一些女人常常也会是妒忌的。我认识一个女人，要是她男人去了什么地方，她就会难以忍受，她会在半夜跳起来，悄悄跑出去张望：是在那儿吗，是在那一家吗，是和她在一起吗？这就糟了。她自己也知道这很糟，她的心充满慌乱，在备受煎熬，要知道，她是爱他的啊；这一切都是出于爱。争吵之后两人和解，她自己在他的面前认错或是请求原谅，这又是多么的好啊！两人是那么的好，一切突然之间变得那么地好，似乎他们又重新相遇一次，重新结了一次婚，他们的爱情又重新开始了。任何人、任何人都不应该知道丈夫和妻子之间发生的事情，只要他们彼此相爱就行了。无论他们发生了什么样的争吵，也不应该叫自己的亲娘来评断是非，也不应该彼此说长道短。他们自己就是自己的法官。爱情，是神的秘密，无论发生了什么事情，爱情都应该躲开一切他人的眼睛而保守秘密。爱情由于这一点而越是神圣，便越好。彼此之间更多地相敬相爱，而许多事情都建立在尊敬的基础上。既然有了爱情，既然由于爱情而结了婚，爱情怎会用完呢！难道不能留住爱情吗？留不住爱情的情况是很罕见的。比如说，一个善良的、诚实的人做了丈夫，那么爱情怎么会过去呢？起初那种新婚的爱情是会过去的，的确，但还会有一种更好的爱情到来。那时，心灵会融为一体，所有的事情都会齐心协力地去做；彼此之间将不再有秘密。而一旦有了孩子，每一时刻，哪怕是最困难的时刻，也会显示出幸福来的；只是要爱，还要有勇气。这样的话，工作就是愉快的，这样的话，当你有时将面包省给孩子们吃的时候，也是愉快的。要知道，他们往后会因此而爱你的；也就是说，你是在为自己做积累。孩子们长大了，你感到自己就是他们的榜样，你就是他们的靠山；等你死去后，他们会终生保持着你的感情和思想，因为他们是从你身上获得这一切的，他们将继承你的形象和相貌。也就是说，这是一个伟大的责任。这怎能不使父亲和母亲的关系更加亲密呢？有人说过要孩子是艰难的？是谁这样说的？这是天国的幸福啊！你喜欢小孩子吗，丽莎？我非常地喜欢。你知道吗，一个粉嫩粉嫩的小男孩，含着你的乳头，丈夫专心地面向妻子，看着她抱着他的儿子坐在那里！粉嫩粉嫩的、胖胖的婴儿，四肢伸展地躺着；小手小脚肉乎乎的，小手指甲又小又干净，小得能让人感到可笑，一双小眼睛睁着，好像他什么都明白似的。他吃着奶，小手揪着你的乳房，玩耍着。父亲走近来，他便放开乳房，整个身子朝后仰着，看着父亲，笑着——似乎只有上帝才明白有多少可笑——然后，又重新、重新吃起奶来。而如果他已经长出牙来的，他就会咬住母亲的乳房，还要斜着小眼睛看着母亲：'瞧，我咬住了！'丈夫、妻子和孩子，三人同在一起，这一切难道不就是幸福吗？为了这样的时刻，许多东西都是可以原谅的。不，丽莎，必须自己先学会生活，然后才能去指责他人！"

"用画面，必须用这样的画面来说服你！"我暗自在想，虽然，说实话，我是怀着感情说话的，我的脸突然红了。"可是，如果她突然哈哈大笑起来，我则往哪里逃呢？"这个念头使我发狂。在我的话临近结束的时候，我真的急躁起来，自尊在此时不知为何受到了伤害。沉默在延续。我甚至想推她一把。

"您好像有点……"她突然开了口，但又停住了。

但是我已经明白了一切：在她的声音中，已有某种别样的东西在颤抖，那东西已不像先前那样刺耳、粗鲁和倔强，而有些柔和、腼腆了，它腼腆到了那样的程度，竟使我自己也突然在她的面前感到腼腆，感到负罪了。

"有点什么？"我带着温情的好奇问道。

"您……"

"什么？"

"您……像是在背书。"她说道，在她的声音中，突然之间仿佛又能听出某种嘲讽的味道来了。

这个看法刺痛了我。我没有预料到这样的反应。

我当时没有明白，这是她故意装出的嘲讽；腼腆的、心地纯洁的人们，当别人要笨拙地、固执地探究他们内心时，他们最后就使出这种手段；出于高傲，他们直到最后一刻也不会投降，他们害怕在你们面前表露出自己的感情。出于胆怯，她已数次拿起嘲笑这件武器来了，只是在最后，她才决定表露自己，这我本来是应该能猜透的。但是，我没有猜透，一股气恼的情感控制了我。

"等着瞧吧。"我想道。

七

"得了吧，丽莎，还谈什么书不书的啊，我自己在一旁也感到厌恶。还不光是在一旁。如今这一切已经在我的心中苏醒了……难道、难道你自己在这里不觉得厌恶吗？不，看来，习惯的作用很大啊！鬼知道，习惯可以将一个人变成什么。但是，难道你真的认为，你永远也不会衰老，你永远漂亮，你会永远被留在这里吗？我所说的并不是这里的龌龊……不过，我现在要来对你谈谈这件事，谈谈你现在的生活：你现在虽说年轻、漂亮、好看，有热情，有感情；可是，你知道吗，比如说我，刚才一醒过来，马上就因为和你一起待在这里而感到厌恶了！要知道，只有在酒醉后才会来这里。如果你是在别的地方，像好人们那样生活，也许，我就不会这样轻浮地追你，而只会爱上你，会因为你的一道目光而感到高兴，更不用说你的话语了；我会在门边守候你，我会跪在你的面前；我会看着你，像是看着自己的未婚妻，并以此为荣。我绝不敢对你有什么不纯洁的想法。而在这里，要知道，只要我吹一声口哨，你无论愿意还是不愿意，都要跟我走，我用不着考虑你的意志，你却得考虑我的意志。最次的农夫受雇当了长工，可他仍然没有使自己完全沦为奴隶，他还知道他是有期限的。可你的期限在哪儿呢？你只要想一想：你在这里出卖的是什么？你在使什么沦为奴隶？是灵魂，是灵魂，你已经主宰不了灵魂，你使灵魂和肉体一起沦为奴隶！你把自己的爱情交给任何一个醉鬼，供他侮辱！爱情！要知道，这就是一切，要知道，这就是宝石，这就是处女的宝藏，爱情啊！要知道，为了获得这爱情，有人准备付出生命，走向死亡。而你的爱情如今值多少钱呢？你已经全被人买下了，完全被买下了，当没有爱情也什么都可以做的时候，去获取爱情还有什么用处呢？要知道，对于姑娘们来说，没有比这更大的屈辱了，你明白吗？我听说，为了安慰你们这些傻瓜，他们允许你们在这里找情人。但要知道，这只是在演戏，只是欺骗，只是对你们的嘲笑，可你们却相信了。那位情人，他会真的爱你吗？我不相信。如果他知道，别人此刻就能把你从他的身边叫走，他又如何能爱呢？在此之后，他便是一个下流的人了！他能对你有一点一滴的尊重吗？你与他有什么共同语言呢？他在嘲笑你，他在盗窃你——这便是他所有的爱情！如果他不打你，就算是好的了。但也许他还要打人的。如果你有了这样一个情人，你问一问他会不会娶你。如果他不啐你、不打你的话，也会当着你的面哈哈大笑起来，而他自己也许总共只值几分钱。你想一想，为了这些，你就在这里葬送自己的生活？他们为什么给你咖啡喝、让你吃饱饭呢？要知道，他们让你吃饱饭，目的是什么呢？在另一位诚实的姑娘那儿，这样的饭她是一小口也咽不下去的，因为她知道让她吃饱饭的目的是什么。

你在这里欠下了债，那你就会一直欠下去，欠到最后，直到客人们开始讨厌你的时候。而这个时候很快就会到来，你可别依仗自己年轻。要知道，在这里，一切都是迅速逝去的。你会被推出门去的。而且，还不仅仅是被推出门去，在此前很久，他们就会开始找茬，开始指责，开始责骂——似乎不是你将自己的健康交给了女老板，白白地为她毁掉了青春和灵魂，而似乎是你害了她，是你使她成了乞丐，是你掠夺了她。你别指望会得到支持：其他一些你的女友为了讨好女老板，也会来攻击你的，因为，在这里，一切都是受奴役的，良心和怜悯早已丧失殆尽。他们非常卑鄙，世上再也没有比这更下流、更卑鄙、更侮辱人的了。你把一切都毫无保留地交给这里，把健康、青春、美貌、希望都留在了这里，你在二十二岁时看上去就将像是三十岁，如果没得病，就算是好的了，你要因此而祷告上帝。要知道，你此刻也许认为，你没有工作可做，就放浪吧！但是，过去和现在，世上都没有比这更沉重、更艰难的工作。好像，整个心灵都在声嘶力竭地哭泣。当他们将你从这里赶出去的时候，你连一个字也不敢说，连半个字也不敢说，你会像一个罪人一样走掉。你会搬到另一个地方，然后是第三个地方，然后再搬到其他什么地方，最后到了谢纳街。而在那里，他们是要开始打人的；打人就是那里的温情；那里的客人不打人就没有温情。你不相信那里有多可恶吗？去吧，什么时候去看一看，你也许就会亲眼看到了。有一次，新年的时候，我在那里，在门口，看到过一位女人。他们把她推了出来，还嘲笑地说要让她冻上一小会儿，因为她嚷得太厉害了，他们在她身后关上了门。才早上九点钟，可她已经完全醉了，披头散发，半裸着身体，身上到处是伤痕。她脸上搽着粉，眼圈却是黑的；她的鼻子和嘴里流着血：那是某个车夫刚刚打出来的。她坐在石头台阶上，手里拿着一条咸鱼；她号啕着，抱怨着自己的'苦命'，并在台阶上拍打着咸鱼。台阶边聚集着一些车夫和喝醉酒的士兵，他们在戏弄她。你不相信你也会变成这个样子吗？我也不愿相信，可你怎能知道呢，也许，十年或八年之前，这个手拿咸鱼的女人，从什么地方来到这里的时候，还是鲜艳的，像小天使一样，还是天真的，纯洁的；她还不知道什么是恶，听到每个字时都会脸红。也许，那女人也像你一样，骄傲，爱抱怨，和别人不一样，爱像女王一样看着别人，自己知道巨大的幸福正在等待着一个人，他爱上了她，她也爱他。瞧，结果怎么样呢？如果在这个时候，当她用咸鱼拍打着肮脏的台阶，醉醺醺的，披头散发，如果在这个时候，她回忆起自己在父亲家中那些纯洁的往日岁月，那时，她还在上学，邻居的儿子在半道上等到她，他发誓说要终生爱她，要把自己的命运交给她，他们共同发誓彼此永远相爱，一等长大就结婚！不，丽莎，如果你能像前面说到的那个女人一样，得上肺病，在那里的什么地方，在一个角落里尽快地死去，那就是你的幸福，你的幸福啊。你是说，要死在医院里？好的，他们把你送到医院，可如果你还欠女老板的债呢？肺病是一种怪病；这不是寒热病。得了这种病，人到了最后一刻还会抱有希望，并说自己是健康的。病人是在自己安慰自己。可这对女老板倒是有利。别担心，就是这样的；就是说，灵魂都已经卖出了，可还欠着债，就是说，你是不敢说个'不'字的。你要死了，可所有人都会抛弃你，所有人都会转身而去，因为，从你身上还能得到什么呢？你还会受到指责，说你白占了地方，没有立即死掉。你讨点水喝，他们却会投来一阵辱骂：'我说，你这个下贱女人，什么时候咽气啊？你吵得人睡不着觉，哼哼唧唧的，客人们都烦了。'这是真的；我自己就听到过这样的话。他们会把快要死去的你塞进地下室里一个最阴暗的角落，那里又黑又湿；你一个人躺在那里，那时候，你会想什么呢？你刚一死去，他们就会赶忙来收拾，是陌生人的手在收拾，还带有抱怨和不耐烦，没有一个人会为你祝福，没有一个人会为你叹一口气，只求能尽快地卸下你这个包袱。他们买上一个木匣子，把你抬出去，就像今天抬出那个可怜的女人一样，有人会在酒馆里举行一个追悼宴会。墓坑里是泥泞、垃圾和潮湿的雪——对你难道还用得上客气吗？'把她放下去，瓦纽哈；这也是个"苦命人"，把她倒放进去，就这样。把绳子弄短点，冒失鬼。''好了。''什么好了？她还斜躺着呢。好歹也是个人啊，是不是？这下好了，填土吧。'他们不想为了你而更多地骂人。他们匆匆地填上潮湿的、发蓝的黏土，就去酒馆了……这就是你的人间记忆的终点；在其他人的墓前，有孩子、父亲、丈夫前来，而在你的墓前，却没有眼泪，没有叹息，没有怀念，没有一个人，在整个世界上，在任何时候，都没有一个人会来到你的墓前；你的名字将从大地上消失，仿佛你从未存在过，从未诞生过！泥泞和沼泽，夜间，当死人们都站起身来的时候，你也只能在那里敲一敲棺材盖：'好人们哪，放我到人间去生活一下吧！我活过，却没见到过生活，我的生活成了一块抹布；他们在谢纳街的酒馆里喝掉了我的生活；好人们哪，请放我到人间再活一次吧！……'"

我来了情绪，甚至连喉头都要抽搐起来，可……突然，我停了下来，恐惧地欠起身子，畏缩地垂着脑袋，心里忐忑不安地细听起来。我的窘态是有原因的。

我早就预感到，我已经扰乱了她的灵魂，击醉了她的心，我越多地意识到这一点，便越是想尽量迅速、尽量有力地达到目的。演戏，演戏吸引了我；不过，还不仅仅是演戏……

我知道，我的话说得紧张、做作，甚至有种书卷气，一句话，除了"照本宣科"之外，我不会别的方式。但是，这并未使我感到发窘；要知道，我明白，我预感到，我的话是能被理解的，这种书卷气也许更能于事有助。但是此刻，在收到效果之后，我却突然胆怯起来。不，我还从未、从未见过这样的绝望！她俯卧在那里，双手抱着枕头，脸紧紧地贴在枕头上。她的胸部起伏不止。她那整个年轻的身躯都在颤抖，像痉挛一样。憋在心中的号啕在压迫她，撕扯她，突然，这号啕大声地冲了出来。这时，她更紧地贴着枕头：她不想让这里的任何一个人，哪怕是一个热心肠的人，了解到她的痛苦和眼泪。她咬着枕头，还把自己的胳膊咬出了血（这是我后来看到的），要不，就将自己的手指插进她那已经散开的辫子，就这样憋着气，咬着牙，使劲地僵在那里。我想对她说点什么，请她安下心来，可我又觉得我做不到，于是，我浑身突然像打寒战似的，几乎是心怀恐惧地，摸索着爬起来，想尽快走开。房间里很黑：无论我怎样努力，也无法很快结束一切。突然，我摸到一盒火柴和一根完整的、还没点过的蜡烛。只是在烛光映亮了房间时，丽莎才突然跳了起来，她坐着，脸有些扭曲，带着半疯狂的笑容，近乎茫然地看着我。我坐到她身边，握住她的双手；她缓过神来，向我靠来，想要抱住我，却又没敢动，便在我的面前静静地垂下了头。

"丽莎，我的朋友，我不该……请你原谅我。"我开口说道，可她却用她的手攥着我的手，她攥得如此之紧，使我猜出自己的话说得不合适，于是，我便住了口。

"这是我的住址，丽莎，来看我吧。"

"我会去的……"她语气坚决地低声说道，但一直没有抬起头来。

"现在我要走了，别了……再见。"

我站起身来，她也站了起来，突然，她满脸通红，浑身颤抖，她抓起椅子上的一块头巾，披在肩上，一直遮到下巴。做完这件事后，她又病态地笑了笑，红了脸，并奇怪地看了我一眼。我感到难受；我赶紧溜走了。

"请等一等。"她突然说道，在我已经走到门厅的时候，她拉着我的外套拦住了我，喘着气放下蜡烛，跑开了——看来，她想起了什么事情，或者，想要把什么东西拿给我看。跑开时，她满脸通红，眼睛放光，唇边露出微笑

——这是怎么回事呢？我不由自主地等着；一分钟后，她回来了，她的目光像是在请求人们原谅她的什么事情。这已完全不是刚才那张脸了，已不是刚才那种忧郁的、怀疑的、固执的目光了。她此刻的目光是乞求的、柔和的，同时也是信任的、温存的、胆怯的。孩子们总是这样看那些他们喜欢的、他们对其有所求的人。她的眼睛是淡褐色的，这是一双很美的眼睛，充满生机，其中能反映出爱和忧郁的恨。

她没有对我作任何解释——仿佛，作为一个高级生物，我应该不经解释便能理解一切——就把一张纸递给了我。在这一刹那间，她的整个脸庞闪现出了最天真的、近乎孩子般的喜悦。我展开那张纸。这是某个医科大学生或诸如此类的人写给她的一封信——一段辞藻十分华丽、但却非常恭敬的爱情表白。现在，我已想不起那些词句了，但我清楚地记得，那崇高的语体间显露出了真正的、装不出来的感情。我读完信的时候，碰上了她投向我的那道热烈的、好奇的、孩子般迫不及待的目光。她的眼睛盯着我的脸，焦急地等待着，看我会说什么。她仿佛有些高兴，仿佛感到骄傲，她很快地、三言两语地向我解释道，她曾参加过一次跳舞晚会，是一个家庭舞会，那儿尽是些"非常、非常好的人，有家的人，在那里，他们还什么都不知道，完全一无所知，"——因为她还是新来这里的，仅仅……还没有完全决定留下来，而且，等债一还清，她是一定要离开的……"就在那儿，出现了这位大学生，他整晚都在与她跳舞、谈话，原来，早在里加，在他还是一个小男孩的时候，他就认识她，他们曾一起玩耍过，只不过那是很久之前的事了，他认识她的父母，但关于这件事他却一无所知，也毫不怀疑！于是，舞会后的第二天（就是三天之前），他通过与她一起参加过舞会的一位女友送来了这封信……这就是一切。"

在结束叙述的时候，她有些害羞地垂下了她那双闪亮的眼睛。

可怜的姑娘，她像保存珍宝一样保存着这个大学生的信，她跑去取来她这唯一的珍宝，想让我在离开之前知道，有人在真诚地爱着她，有人在充满尊敬地与她交谈。也许，这封信注定要毫无结果地一直躺在首饰盒里。但是，反正都一样；我相信，她会终生保存这封信，将它视为自己的珍宝、自己的骄傲和自己的辩护，所以在此刻，她想到了并拿来了这封信，为了天真地在我面前自豪一番，在我的眼中恢复自我，为了让我看到这一点，为了让我夸奖她。我什么话也没说，握了握她的手，就走了。我非常想离开……一路上我一直在步行，尽管潮湿的雪始终在鹅毛般地飘落。我感到惊讶和失败，我处在彷徨中。但是，彷徨之中已经闪现出了真理。讨厌的真理！

八

不过，我并没有立即承认这一真理。第二天早晨，在数小时沉沉的、铅一般的睡梦之后醒来，我立即对昨日的一整天作了思索，我甚至为我昨天对丽莎的感伤情感、为所有这些"昨日的恐惧和怜悯"而感到吃惊。"是那种女人式的精神失常，呸！"我断定。"我为什么要把我的地址硬塞给她呢？如果她来了，该怎么办呢？不过，好吧，就让她来吧；没什么……"但是，显而易见，主要的、最重要的事情此刻并不在于此：无论如何，也应尽快地挽救我在兹维尔科夫和西蒙诺夫心目中的名誉。这才是主要的事情。我忙乎起来，在这个早晨，我甚至完全忘记了丽莎。

首先，必须立即还清昨天欠给西蒙诺夫的钱。我决定采取一种绝望的方式：去向安东·安东内奇借整整十五卢布。好像是有意安排下的，他这天早晨心情极好，我刚一开口他就给了钱。我为此而感到高兴，在字据上签字时，我带着一种豪放的神情，漫不经心地对他说道，昨天"与几个朋友在 Hôtel de Paris 大吃了一顿；我们是送一个同学，甚至可以说，是送一个从小就认识的朋友，您知道吗，他可是一个大酒鬼，一个被宠坏了的人，当然，他出身名门，非常有钱，仕途光明，很机智，据说，很会与那些太太们来往，您知道吗：我们还喝干了另加的'半打'，而且……"要知道，没什么；所有这一切都说得非常轻松、随便、得意。

回到家里，我立即给西蒙诺夫写了一封信。

直到今天，回忆起我那封信中真正绅士式的、宽宏大量的、开诚布公的语气，我仍自得不已。巧妙而又高贵，而主要的是，完全没有多余的话，我在所有方面都进行了自责。我自我辩护道，"如果我还能被允许作一番自我辩护的话"，那都是因为我完全不习惯喝酒，我从第一杯酒开始就醉了，那杯酒（似乎）是在他们到来之前喝下的，当时我在 Hôtel de Paris 等他们，从五点等到六点。我首先请求西蒙诺夫的原谅；又请求他向所有的朋友，尤其是兹维尔科夫转达我的解释，对于兹维尔科夫，"仿佛是在梦中，我记得"，我像是伤害了他。我又补充道，我自己本来是要去看大家的，可是脑袋痛，而最大的障碍，则是难为情。我尤为满意的是这种"少许的轻松"，它甚至近乎于漫不经心（不过，却完全是礼貌的），这种"轻松"突然从我的笔端涌出，它能迅速地、比所有可能的理由更好地使他们明白，我对"所有这些昨日的恶劣行为"都有着相当独立的看法；我完全、完全没有被一下打死，不像你们这些先生们可能会认为的那样，恰恰相反，我就像一个自尊的绅士那样，在平静地看待这一切。常言道，同好汉不算旧账吗。

"要知道，这甚至是某种侯爵式的俏皮吧？"我将信笺重读了一遍，自鸣得意道。"而这全是因为，我是一个成熟的、有教养的人！其他的人若是处于我的位置，也许不知道该如何摆脱，而我却摆脱了，并让自己快活起来，这一切都因为我是个'当代有教养的、成熟的人'。也许，这一切都是由于昨天的酒才发生的。嗯……不，不是由于酒。在五点到六点之间，在等他们的时候，我根本就没喝过酒。我骗了西蒙诺夫；我昧着良心骗了他；就是此刻，我仍不觉着难为情……"

不过，去它的吧！重要的是，我已经摆脱了。

我往信封里放进六个卢布，封好信，让阿波罗将信送给西蒙诺夫。知道信中有钱之后，阿波罗恭敬了一些，同意前去。傍晚，我出去散步。我的脑袋还在痛，脑袋从昨天起就一直是晕乎乎的。但是，夜晚愈近，夜幕愈浓，我的印象便愈是纷乱，印象之后则是思绪。在我体内，在心灵和良知的深处，有什么东西还没有死去，也不想死去。它体现为一种钻心的愁苦。我多半是走在一些行人最挤、店铺最多的街道上，沿着市民街、花园街，贴着尤苏波夫花园。我一直特别喜欢在黄昏时分走在这些街道上，正是在黄昏时分，那些街道上挤满了各种各样的行人和手艺人，他们的脸色忧虑到了极点，为了每日的工钱，他们在各幢房屋间奔走。我所喜欢的，正是这种廉价的奔忙，这种无聊的平庸。这一次，这街头的拥挤则更强烈地刺激了我。我无论如何也无法调整好自我，无法理清头绪。有什么东西在我的心中不断地、痛苦地升腾，升腾，不愿平息。在我回到家里的时候，已经完全心绪不佳了。就好像我的灵魂中负载着某种罪行。

丽莎可能会来，这一想法一直在折磨我。使我感到奇怪的是，在所有那些昨天的回忆中，关于她的回忆不知为何却在特别地、突出地折磨着我。临近傍晚的时候，我已经完全忘掉了其余的一切，我挥了挥手，一直为写给西蒙诺夫的那封信而十分地满足。但在这里，我却有了某种不满。好像，我是在由于一个丽莎而经受折磨。"如果她来了，怎么办？"我不断地在想。"那有什么，没关系，让她来好了。嗯。糟糕的只是，比如说，她将看到我是怎样生活的。昨天，我在她面前摆出那副样子……一副英雄的样子……可此刻呢，唉！再说，我的情绪如此低落，也是糟糕的。房间里一贫如洗。我昨天竟决定穿着那样的衣服去赴宴！而我的漆布沙发，连内瓤都露了出来！而我那件长衫，用那长衫是遮不住的！这么些破烂……她会看到这一切的；阿波罗会看到的。而我，自然，会照例感到害怕，在她面前不停地倒换着叠起双腿，用长衫下摆遮挡自己，并开始微笑，开始说谎。唉，真恶劣！然而，最恶劣的还不在于此！这里还有某种更为主要、更为卑鄙、更为下流的东西！是的，更为下流的东西！又将再一次、再一次地戴上这个无耻的虚伪面具！……"

想到这里，我立刻火冒三丈：

"为什么是无耻的呢？有什么无耻的呢？我昨天说的话是真诚的。我记得，我心里所怀有的也是真正的感情。我只是想在她身上唤起高尚的情感……如果说她哭了，那么这便是一件好事，说明我的话起到了很好的作用……"

但是，我仍然无论如何也难以宽下心来。

这整个晚上，当我已经回到家里，已经九点过后，当我断定丽莎无论如何也不会来了的时候，我仍然像是隐约地见到了她，而且主要的是，我所忆起的她一直保持着同一种姿势。在昨天的印象中，我特别清晰地记着的正是这一时刻：当时，我划着火柴照亮房间，看见了她那张苍白的、扭曲的脸，以及那道受难的目光。在那一时刻，她那个微笑是多么可怜、多么不自然、多么扭曲啊！可我当时还不知道，十五年后我所记得的丽莎，仍然带着她在这个时刻所有过的那种可怜的、扭曲的、多余的微笑。

第二天，我又已准备将这一切都视为胡言乱语，是神经病发作，而主要的，是视为一种夸大。我总是能意识到我的这根脆弱的弦，有时还非常害怕这根弦："我总是夸大一切，这就是我的毛病。"我时时刻刻地对自己重复说。但是，再说，"再说，丽莎或许还是要来的"——这便是我当时所有那些推理结束时反复出现的一句话。我非常地不安，有时竟会达到疯狂的地步。"她会来的！她一定会来的！"我常在房间里来回走着，叫喊道。"她今天不来，明天准来，她会找来的！所有这些纯洁的心灵都充满这类该死的浪漫主义！这些'可恶的感伤灵魂'就是这样，哦，卑鄙，哦，愚蠢，哦，狭隘！唉，怎么不明白呢，怎么能不明白呢？……"但就在这里，我的思绪自己停下了，甚至怀有极大的慌乱。

"只需要很少的话，很少的话，"我顺便想道，"为了立即让人的整个灵魂自愿地转个身，只需要很少的话，只需要很少的田园诗（而且还是虚假的、书本的、瞎编的田园诗）。这就是少女般的纯洁啊！这就是根基的清新啊！"

有时，我也想自己到她那里去，"向她说出一切"，求她不要来我这里。但刚刚这样一想，我又涌起一阵强烈的怨恨，以至于，如果丽莎突然出现在我身边，我也许会掐死这个"该死的"丽莎，也许会侮辱她，啐她，轰走她，打她！

然而，一天过去了，第二天、第三天过去了——她没来，我开始感到放心了。我非常地精神抖擞，在九点之后出去散步，有时，我甚至开始了相当甜蜜的幻想："比如说，我在拯救丽莎，因为她常来我这里，而我对她说……我开导她，教育她。最后，我发现，她爱上了我，热烈地爱着。我假装不明白（不过我不知道我为什么要假装；也许，是一种点缀）。最后，害羞而又美丽的她，颤抖着，痛哭着，扑倒在我的脚下，说我是她的救星，说她爱我超过世界上的一切。我感到吃惊，但是……'丽莎，'我说道，'难道你以为我没有觉察出你的爱情吗？我看到了一切，我猜透了一切，可我不敢首先去图谋你的心，因为我对你有过影响，我怕你是出于感激才强迫自己回应我的爱情，强迫地在你的心中唤起那种也许并不存在的感情，我不希望这样，因为这是……专断独行……这是不光彩的（一句话，我在这里信口开河起来，带着某种欧洲式的、乔治·桑①式的、神秘高贵的精细……）。但是现在，现在，你是我的了，你是我的创造物，你纯洁、美丽，你——是我美丽的妻子。

　　请你像丰满的女主人那样，
　　大胆、自由地走进我的家门！②

"然后，我们便过起日子来，一同出国，等等，等等。"一句话，我自己感到了卑鄙，于是，我便以对自己的嘲弄结束了这一切。

"可他们是不会放走她这个'坏女人'的！"我想道，"要知道，她们似乎很难被放出来散步，尤其是在晚上（不知为何，我肯定地认为，她会在晚上来，一准儿是在七点钟）。不过，她说过，她在那里还没有完全沦为奴隶，

---

　　①　乔治·桑（1804—1876），法国女作家，善于在小说中塑造"温柔甜美的形象"，认为"艺术的使命就是情感与爱的使命"。
　　②　此为第二章开头处所引的涅克拉索夫《"当我用信念的炽热话语……"》（1845）一诗的最后两句。

她享有特权；这就意味着，唉！真见鬼，她会来的，她一定会来的！"

　　幸好，在这个时候，阿波罗以他的无礼分散了我的注意力。我简直难以容忍这个人！这是天意派遣给我的一个祸害，一个灾星。我经常和他吵架，一连数年，我恨他。我的上帝，我多么仇恨他啊！一生中，我似乎还从未像恨他这样痛恨过任何一个人，我痛恨他，尤其是在某些时候。他是一个上了年纪的人，爱摆架子，有时做点裁缝活。但不知为何，他很蔑视我，甚至超越了一切限度，他总是居高临下地看我，让人难以忍受。不过，他也居高临下地看待所有人。只要看一眼这个淡色头发的、梳得光光的脑袋，看一眼他在自己额头上梳得高高的、并涂满素油的鸡冠形发式，看一眼这张结实的、总是抿成三角形的嘴，你们便能感觉到，出现在你们面前的是一个从不怀疑自己的家伙。这是一个最高级别上的教条主义者，是我在世界上所见到的最大的教条主义者；而且，他还具有那种只有马其顿王亚力山大①才会具有的自尊。他爱自己的每一粒纽扣，每一个指甲，他的确这样爱着，他带有这样的眼神！他对待我的态度非常专横，他极少与我交谈，如果他偶尔看我几眼，他的目光也是坚决的，庄重自信的，并常常是嘲笑的，有时，这种目光会令我发疯。他在履行自己的职责，可他的模样却好像是在赐予我最崇高的恩惠。然而，他几乎不为我做任何事情，甚至完全不认为他有做些什么的义务。毫无疑问，他认为我是整个世界上最笨的傻瓜，如果说他还"将我留在身边"，那么唯一的原因就是他每月都可以从我这里领到工钱。他同意"什么事都不做"，每月从我这里得到七卢布。因为他，我犯下了许多过失。有时我竟恨到这样的地步，一听到他的脚步声我就会浑身抽搐。但是，我最讨厌的还是他的低语。他的舌头比常人的要稍长一截，要么，就是有诸如此类的问题，因此，他常常发出一些模糊、刺耳的声音，似乎，他还以此自豪，认为这赋予了他非常之多的优点。他说话时声音很轻，从容不迫，将两只手背在身后，眼睛垂向地面。使我尤其愤怒的时刻，通常就是他在隔壁自己的房间里诵读赞美诗的时候。因为这事，我同他多次争执。但是，他却非常喜欢在晚上轻声地、声调平稳地诵读，他拖长声音，像是在追悼死者。奇怪的是，他后来的出路正是这样的：现在，他受雇为死人诵读赞美诗，与此同时，他也消灭耗子，做鞋油。但当时，我却无法赶走他，似乎他与我的生活

————————

　　① 马其顿王亚力山大（前356—323），公元前336年为马其顿王，经过征战，曾建立世界上最大的古代君主国。

化学反应般地融合在了一起。而且，无论如何，他自己也是不同意离开我的。我无法住在连同家具一同出租的房间里：我的房间是我的独宅，我的硬壳，我的套子，我藏于其中，躲开了全人类，可是鬼知道，我为什么会觉得阿波罗是属于这所房间的，我整整七年都没能赶走他。

比如说，想要晚发给他工钱，哪怕是晚两天，哪怕是晚三天，也是不可能的。他会闹出那样的事情来，弄得我不知去何处躲藏。但是，这些天里，我非常地仇恨一切人，于是，出于某种原因，为了某种目的，我决定惩罚一下阿波罗，晚两个星期再给他工钱。早在两年之前，我就曾打算这样做——仅仅是为了向他表明，他不应该在我的面前摆架子，只要我愿意，我就可以永远不给他工钱。我决意不对他谈起这一点，甚至还有意地沉默不语，目的是战胜他的骄傲，迫使他自己首先提起工钱的事。到那时，我就将从箱子里拿出七个卢布，向他表明，钱我是有的，但钱被有意地扣下了，是我"不愿，不愿，就是不愿给他工钱，我不愿意，就因为我不愿意"，因为这是"我老爷的意志"，因为他不够恭敬，因为他粗鲁无礼；但是，如果他恭恭敬敬地来求我，我也许会心软的，会给钱的；否则的话，他就得再等上两个星期，等上三个星期，等上整整一个月……

但是，无论我怎样发狠，他到底还是赢了。我连四天都没能挺过去。他以他这种情况下惯用的方式开始了行动，因为这样的情况已经有过多次了（而且，我得指出，我事先就知道了所有这一切，我对他卑鄙的战术一清二楚），他的方式就是：他开始干了，时常向我投来非常严厉的目光，一连盯上好几分钟，尤其是在迎我回家或送我出门的时候。比如说，如果我挺住了，装出一副没有察觉到这些目光的样子，他便会像往常一样沉默不语，进行下一步的折磨。时常，当我在房间里踱步或阅读的时候，无缘无故地，他会突然轻轻地、从容地走到我的房间，在门口站下，一只手背在身后，伸出一只脚，死盯着我，那目光已经不是严厉的，而完全是蔑视的了。如果我突然问他有什么事，那他什么也不会回答，只继续再把我盯上几秒钟，然后，有些特别地抿着嘴唇，一副意味深长的样子，在原地缓慢地转过身去，缓慢地走回自己的房间。两三个小时之后，他会突然再次到来，再次以同样的模样出现在我的面前。有时，狂怒的我已经不会去问他有什么事了，而干脆自己也果断地、凛然地抬起头，也开始盯起他来。时常，我们就这样彼此对视上两三分钟；最后，他便缓慢地、庄重地转过身去，两个小时后，他会再次前来。

如果我仍然理解不了这一点而继续大发脾气的话，他就会突然叹息起来，他会看着我，久久地、深深地叹息，似乎全靠这叹息来测量我道德堕落的深度，于是，自然而然地，最终的结果便是他的彻底胜利：我发狂了，叫喊着，但是，那件事还是不得不去履行。

这一次，那"严厉目光"的惯常手法刚一开始，我就立即失去了自制，我在狂怒中向他扑去。没有这件事，我本来已够上火的了。

"站住！"当他缓慢地、默默地转过身去，一只手背在身后，想回到自己房间去的时候，我疯狂地喊道。"站住！回来，回来，我在说你呢！"也许是我的喊声非常地不自然，所以他才转过身来，看着我，甚至带有某种惊奇。不过，他还是继续地沉默不语，这使我感到愤怒。

"你怎敢不等发话就来我这里，你怎敢这样看着我？快回答！"

但是，他静静地看了我半分钟，又开始转身了。

"站住！"我逼近他，咆哮道，"别动！就这样。现在你快回答：你干吗要过来看着我？"

"如果您这会儿对我有什么吩咐，我就好去完成我的事情了。"他还是沉默了一会儿，然后才答道，轻轻地、匀称地发着嘶音，他抬起眉毛，平静地将脑袋从一个肩膀晃向另一个肩膀——所有这一切都带有一种可怕的平静。

"我问的不是这个，我问你的不是这个，刽子手！"我气得浑身颤动，喊了起来。"我来告诉你，刽子手，你干吗要来这里：你见我没有给你工钱，出于高傲你又不愿磕头，也就是张口要钱，于是你就跑来用这种愚蠢的目光惩罚我，折磨我，你也不想想看，刽子手，这多么愚蠢、愚蠢、愚蠢、愚蠢、愚蠢啊！"

他又要默默地转身了，但我一把抓住了他。

"听着，"我对他喊道，"你瞧，这就是钱；钱就在这里！（我从小桌子里掏出钱来。）整整七个卢布，可你却得不到它们，你得不到，除非你带着那颗有罪的脑袋，恭恭敬敬地走来请求我的原谅。听到了吗!?"

"这是不可能的！"他带着某种不自然的自信回答道。

"会这样的！"我喊道。"我向你发誓，会这样的！"

"我也没什么要请求您原谅的，"他继续说道，似乎完全没有感觉到我的叫喊，"由于您把我说成是'刽子手'，我凭这就可以到警察分局去告您。"

"去吧！你告去吧！"我咆哮起来，"你现在就去，此时此刻马上就去！而你就是一个刽子手！刽子手！刽子手！"但是，他只看了我一眼，然后便转过身去，已不再听我那些喊叫，头也不回地稳步走进了他的房间。

"如果没有丽莎，就绝不会出这样的事情！"我暗自想道。接着，我又庄重地、凯旋般地站上了一会儿，但心脏却在缓慢、有力地跳动着，然后，我自己则绕过隔板，向他走去。

"阿波罗！"我轻声地、慢条斯理地说道，但同时却又在喘着粗气，"你现在就去找分局长吧，一刻也别耽误！"

这时，他已经坐在了自己的桌边，戴上眼镜，缝起什么东西来。然而，听到我的命令之后，他却突然笑了起来。

"现在就去，马上就去！快去，否则的话，你想象不到会出什么样的事！"

"您真的是疯了，"他说道，甚至没有抬起头来，照样缓慢地发着嘶音，继续穿着针，"哪儿见过为了反对自己而去找长官的人呢？说到害怕，您不用嚷个不停，因为——不会出什么事的。"

"你去！"我抓住他的肩膀，叫道。我感到，我马上就要揍他了。

可是，我没有听见，就在这时，前厅的门突然轻轻地、缓慢地被打开了，一个人走进来，站在那里，犹豫不决地打量起我们来。我望了一眼，由于羞愧而傻了，便冲回了自己的房间。在房间里，我两手揪着自己的头发，脑袋抵着墙，就以这种姿势僵在了那里。

两三分钟之后，传来了阿波罗那缓慢的脚步声。

"那边有个女人要见您。"他说道，非常严厉地看着我，然后闪开身，放进了——丽莎。他不想走开，面带嘲讽地看着我们。

"走开！走开！"我惊慌失措地命令他道。就在这时，我的钟憋足了劲，哧哧咔咔地敲了七下。

九

请你像丰满的女主人那样，
大胆、自由地走进我的家门！

——引自同一首诗

我站在她面前，垂头丧气，像被处了辱刑，极其地害羞，我好像是笑了一下，并竭尽全力地裹紧了我那件破旧棉长衫的下摆——恰恰像我不久前在心情懊丧时所表现出的那个样子。阿波罗站着看了我们两三分钟，就走了，可我却并不觉得轻松。最为糟糕的是，突然之间她同样也害羞起来，其害羞的程度甚至是我所没有预料到的。自然，她一直在看着我。

"请坐。"我机械地说道，把桌边的椅子挪给她，自己则坐在沙发上。她立即顺从地坐了下来，大睁着眼睛看着我，显然是在等着我立刻说话。这种天真地等待使我疯狂，但是我克制住了自己。

在这里，本该努力不去注意任何东西，就像一切都和平常一样，而她却……我朦朦胧胧地感到，因为所有这一切，她会向我付出很大代价的。

"你在一个奇怪的场合下撞见了我，丽莎。"我结结巴巴地开口说道，我也明白，谈话不该这样开头。

"不，不，你别在意什么！"见她突然红了脸，我便喊道，"我并不为我的贫穷而感到不好意思……相反，我很自豪地看待自己的贫穷。我是贫穷，可是我高尚……人是可以贫穷却高尚的，"我嘟囔道，"不过……你想喝茶吗？"

"不了……"她开了口。

"等等！"

我跳了起来，朝阿波罗跑去。总该找个地方躲一躲。

"阿波罗，"我用发烧似的急语轻声说道，并把那一直握在我手心里的七个卢布扔到了他的面前，"这是你的工钱；瞧，我给你了；但是，你也要救一救我：赶快到饭馆里去要点茶，要十块面包干。你要是不愿意去，那就会使一个人遭到不幸的！你不明白，这是一个什么样的女人……这——就是一切！你也许有些什么想法……但是你不明白，这是一个什么样的女人！……

已经坐下来干活、已经又戴上了眼镜的阿波罗，起初并没有放下针，只默默地斜视着那钱；然后，他没有给我以丝毫的注意，也没有回答我一个字，仍继续在穿那根一直没穿进针眼的线。我等了三四分钟，á la Napoléon①抱着双手，站在他的面前。我的两个太阳穴上满是汗水；我自己是面色苍白的，我感觉到了这一点。但是，谢天谢地，看着我，他一定是起了怜悯之心。穿完线后，他缓慢地从座位上站起身来，缓慢地挪开椅子，缓慢地摘下眼镜，缓慢地点了点钱，最后，梗着脖子问道：是要整份的茶点吗？然后，缓慢地走出了房间。当我返回丽莎那儿时，半道上冒出一个念头：是否就这

---

① 法文：拿破仑式地。

样，穿着长衫，随便跑到一个地方去，管它会出什么事呢。

我重新坐了下来。她看着我，有些不安。我们沉默了好几分钟。

"我要杀了他!"我突然喊了起来，用拳头狠狠地擂了一下桌子，使墨水瓶里的墨水都被震了出来。

"哟，您这是怎么啦?"她颤抖了一下，喊道。

"我要杀了他，杀了他!"我擂着桌子尖叫着，完全疯狂了，同时也完全不明白，这样的疯狂是多么的愚蠢。

"你不明白，丽莎，这个刽子手对我来说是个什么东西。他是我的刽子手……他现在买面包干去了；他……"

突然，我的泪水夺眶而出。这是一阵情感发作。在这阵阵哭泣之中我感到非常羞愧；但是，我已经克制不住自己了。她吓坏了。

"您怎么了! 您这是怎么了!"她叫喊着，围着我转了起来。

"水，给我点水，在那边!"我嗓音微弱地说道，可我心里意识到，我没有水也完全能行，我也完全能不用微弱的嗓音说话。但是，为了挽救面子，像人们常说的那样，我这是在装疯卖傻，虽说那阵情感发作倒是真的。

她把水递给我，惊慌失措地看着我。就在这时，阿波罗端来了茶。我突然感到，在这一切发生之后，这种普通的、平庸的茶是非常不体面、非常寒酸的，于是我的脸红了。丽莎看着阿波罗，甚至带有恐惧。他走了出去，并没有看我们一眼。

"丽莎，你蔑视我吗?"我问道，眼睛紧盯着她，由于迫切想知道她的想法，我浑身颤抖不止。

她害羞了，什么话也答不出来。

"喝茶!"我气恼地说道。我恨我自己，但是，该恨的人当然是她。一股针对她的可怕怨恨，突然在我的心里沸腾起来；我仿佛想杀了她。为了报复她，我暗暗发誓，在这整段时间里不和她说一句话。"她就是这一切的起因。"我想道。

我们的沉默已经持续了五六分钟。茶摆在桌上；我们都没有动它：我是有意不愿开始喝茶的，目的是以此加重她的负担；她若自己先开始喝茶，那是不合适的。她面带忧郁的迟疑神情，看了我好几眼。我却固执地沉默不语。主要的受难者，当然还是我自己，因为我完完全全地意识到了我这愚蠢的怨恨之全部的、可恶的卑鄙。可与此同时，我却无论如何也控制不了自己。

"我是从那儿来……我想……彻底离开。"为了想办法打破沉默，她开口说道，哦，可怜的姑娘！在这原本已够愚蠢的时刻，对像我这样一个原本已够愚蠢的人，最不该提到的恰恰是这一点啊。出于对她的笨拙和多余直率的怜悯，我的心甚至感到一阵忧伤。但是，某种丑陋的东西立即压倒了所有的怜悯；那东西甚至还在更起劲地煽动我：让世上的一切都完蛋吧！又过了五分钟。

"我碍您的事了吗?"她胆怯地、用勉强能得听见的声音说道，并站起身来。

但是，一见到这被侮辱的尊严的第一阵爆发，我便由于恶意而颤抖起来，话也立即脱口而出。

"你干吗要来我这里呢? 你告诉我，请。"我喘着气说道，甚至没去考虑我的话的逻辑顺序。我想一下子、一口气道出一切；我甚至不在乎从哪里说起。

"你干吗要来? 回答! 快回答!"我叫了起来，几乎失去了理智。"你干吗要来，我来告诉你吧，大姐。你来这里，是因为我当时对你说了那些抱怨的话。所以你动了感情，还想再听那些'抱怨的话'。可你知道吗，知道吗，我当时是取笑您的。我现在还是在取笑你。你干吗发抖呢? 是的，我是在取笑! 有人在那之前欺负了我，在吃饭的时候，就是那几个在我之前到了你们那儿的人。我去你们那儿，是为了去痛打他们中间的一个军官；但是没打成，没碰见他们；我需要找个人报复一下，出口气，你出现了，我就冲你发作，对你发泄仇恨，取笑你。有人侮辱了我，所以我也要去侮辱人；有人将我当做抹布，所以我才想显示一下自己的权力……就是这样的，可你却以为我当时是有意去拯救你的，是吗? 你是这样以为的吗? 你是这样以为的吗?"

我知道，她也许会被弄糊涂的，理解不了细节；但是，我同样知道，她能非常出色地理解本质。果然这样。她的脸像头巾一样苍白，她想说些什么，她的嘴唇病态地扭曲着；但是，她像是被一把斧头砍倒了，跌坐在椅子上。在接下来的所有时间里，她一直在听着我的话，她张着嘴，睁着眼，在因巨大的恐惧而不停地颤抖。厚颜无耻，是我的话语的厚颜无耻，压倒了她……

"拯救!"我继续说道，我从椅子上跳起来，在房间里、在她的面前来回走动。"干吗要拯救! 也许，我自己还不如你呢。当我对你长篇大论地训话时，你为何不对我迎头痛击地说:'你自己干吗来我们这儿? 是来用道德教训人的吗?'权力，我当时需要权力，需要游戏，需要获得你的眼泪，让你屈辱，让你歇斯底里——这就是我当时所需要的！要知道，当时我自己也受不了了，因为我是一个废物，我害怕了，鬼知道我干吗一时糊涂把地址给了你。后来，还没到家，为了这个地址，我就已经把你骂了个狗血喷头。我已经在恨你了，因为我那时对你撒了谎。因为，我只是在玩弄词句，只是在脑袋里幻想，而我真正需要的，你知道吗，就是让你们都滚开，就是这样的！我需要安宁。为了不让别人来扰乱我的安宁，我情愿立刻将整个世界以一戈比的价钱卖掉。是让世界毁灭呢，还是让我喝不成茶？我要说，让世界毁灭吧，为了我能永远有茶喝。你知不知道这一点？是的，我知道，我是一个下流坯，恶棍，自私者，懒汉。怕你会来，这三天来我一直害怕得发抖。你知道吗，这整整三天里尤其使我不得安宁的是什么吗？那就是，我当时曾在你的面前扮演过那样一个英雄角色，可在这里你却突然看到了一个身穿这件破长衫的贫穷、龌龊的我。不久前我对你说过，我不因自己的贫穷而害羞；可是你要知道，我是害羞的，害羞到极点，害怕到极点，我就是做了贼也不会如此害怕的，因为，我的虚荣心很重，重得像是被剥去了一层皮，只要吹过一阵风来，我也会感到疼痛。难道你甚至到现在还没有猜透，我永远也不能原谅你的就是，你撞见了身穿这件长衫的我，撞见了正像疯狗一样扑向阿波罗的我。一个能让人复活的人，一个过去的英雄，却像一只癞皮狗一样扑向自己的仆人，而那个仆人还在嘲笑他！我还像个感到害羞的女人那样，没能控制住自己而在你的面前流下了那些眼泪，由于那些眼泪，我永远也不能原谅！还有，由于我此刻对你所做的这些表白，我也永远不能原谅你！是的，你，只有你一个，必须为所有这一切负责，因为你撞见了，因为我是个下流坯，因为我是世上所有蛆虫中最龌龊、最可笑、最渺小、最愚蠢、最贪婪的一只，世上所有那些蛆虫绝不比我好，但是鬼知道为什么，它们从来不感到害羞；而我却一生都将由于每一个虱子卵而碰钉子——这就是我的特征！你对此一无所知，这与我又有什么相干！你会不会死在那里，这与我又有什么相干，有什么相干呢？我现在对你说了这些话，可我会恨你的，就因为你在这里待过，听过，你明白吗？要知道，人一生中只有一次会这样说话，而且是在歇斯底里的时候！……你还要什么？在所有这一切之后，你干吗还站在我的面前折磨我，而不走开呢？"

但就在这时，突然出现了一个奇怪的情况。

我一直习惯于按照书本来思考、想象一切，一直将世上的一切都想象为我在此之前所杜撰出的情景，因此，我当时甚至难以理解那个奇怪的情况。

情况是这样的：遭到我的侮辱、被我压倒的丽莎，她的理解能力远远超出了我的想象。她从所有这一切中理解到了，如果一个女人在真诚地爱着，她永远能首先理解问题，而此处的问题就是：我自己是不幸的。

她脸上恐惧、屈辱的表情开始为痛苦的惊讶所取代。当我将自己称为恶棍和下流坯的时候，当我的眼泪夺眶而出的时候（那整段话我都是含着泪水说出的），她的整个面孔都因某种抽搐而扭曲了。她想站起身来，让我停下；当我的话说完时，她并没有在意我那些"你干吗在这里、你干吗不走开"的叫喊，她所注意到的是，我在道出这些话时，自己也许是非常沉重的。她受到了虐待，她是可怜的；她认为我无限地高于她；她又如何能动气、抱怨呢？带着一阵难以遏制的冲动，她突然从椅子上跳起来，整个身体都探向我，但是，她仍然胆怯，不敢离开原地，只朝我伸出双手……立刻，我的心也翻腾开来。这时，她突然向我扑来，双手搂住我的脖子，哭了起来。我也憋不住了，号啕大哭起来，我还从未这样哭过……

"人家不让我……我不能做……善人！"我吃力地说道，然后走到沙发边，脸朝下倒在沙发上，在真正的歇斯底里中号啕了一刻钟。她来到我身边，拥抱着我，她就这样一动也不动地拥抱着我。

但是，问题毕竟在于，歇斯底里总是要过去的。于是（要知道，我所写的是令人厌恶的真实），我死死地趴在沙发上，脸紧贴着我那个破旧的皮枕头，我开始慢慢地、由远及近地、不由自主地、但难以遏制地感觉到，我此刻去抬头直视丽莎是不合适的。我有什么可羞愧的呢？我不知道，可我就是感到羞愧。我的慌乱的脑袋里还想到，角色如今是彻底地转换了，她如今成了英雄，而我则像是一个被侮辱、被压倒的造物，就像四天前的那个夜晚我面前的她……就在我趴在沙发上的那几分钟里，我就已想到了所有这一切！

我的上帝！难道我那时已在羡慕她的角色了吗？

我不知道，直到今天我仍无法断定，而当时，对这个问题的理解当然比现在还要少。要知道，没有对于他人的权力和虐待，我就无法活下去……但是……但是要知道，用推论是解释不了任何问题的，因此，也就没什么可推论的了。

然而，我却战胜了自己，抬起了脑袋；脑袋迟早是要抬起来的……于是，我至今仍相信，正是因为我羞于看她，我的心中才突然燃烧、迸发出了另一种情感……一种统治和占有的情感。我的两眼闪烁出欲望，我紧紧地握住了她的手。我是多么地恨她，在这一时刻，她又是多么地吸引我啊！一种情感在强化另一种情感。这种情感近乎于复仇感！……她的脸上起先出现了一种近似忧郁、甚至近似恐惧的神情，但只是在刹那之间。她兴奋、热烈地拥抱了我。

十

一刻钟过后，我非常焦躁地在房间里来回踱起步来，并时而走近隔板，透过缝隙看看丽莎。她坐在地板上，脑袋垂向床铺，像是在哭。但是，她并未走开，这使我气恼。这一次，她已清楚了一切。我彻底地侮辱了她，但是……没什么可说的了。她猜到了，我的情欲勃发就是一种报复，就是对她新的侮辱，而且，在我先前那种几乎没有对象的仇恨中，如今又添加上了一种对她的个人的、嫉妒的仇恨……不过，我还不能肯定，她是否已经透彻地理解所有这一切；但是，她已经彻底明白了，我是一个卑鄙的人，更主要的是，我是无法爱她的。

我知道，人们会对我说，这是难以置信的——会成为一个像我这样恶毒、愚蠢的人，这是令人难以置信的；或许，人们还会补充道，不去爱她，或者至少是，不去珍重这一爱情，这也是令人难以置信的。为什么是难以置信的呢？首先，我已经无法去爱了，因为，我再重复一遍，对于我来说，爱就意味着虐待，就意味着精神上的超越。我甚至终生都无法去想象另一种爱情，我竟到了这样的地步，以至于如今我时常会认为，爱情就是被爱对象自愿提供的对它施行虐待的一种权力。我在自己那些地下室的幻想中，永远把爱情想象为一种斗争，我总是自仇恨开始爱情，用精神的征服来结束爱情，而之后如何处理那被征服的对象，则是我所无法想象的了。这又有什么难以置信的呢，既然我已在精神上堕落到如此地步，既然我与"活生生的生活"已如此疏远，以至于在她刚才来我这里想听"抱怨的话"时，我却想因这件事去指责她，羞辱她；可我自己却没有猜到，她来这里完全不是为了听抱怨的话，而是为了爱我，因为，对于一个女人来说，所有的复活，所有摆脱各种灭亡的获救，所有的再生，都包含在爱情之中，除了爱情，不可能再有其他的表现形式。不过，当我在房间里踱步并透过缝隙往隔板那边看的时候，我已经并不很恨她了。我只是因她的在场而感到难耐地沉重。我希望她消失。我希望"安宁"，希望一个人留在地下室里。"活生生的生活"令人不习惯地压迫着我，甚至使我的呼吸也困难起来。

但是，又过了几分钟，她仍然没有站起身来，像是陷入了昏迷状态。我没良心地轻轻敲了敲隔板，为了提醒一下她……她突然抖动一下，从原地跳起来，冲过去找她的头巾、帽子和大衣，好像是要躲开我去什么地方……两分钟过后，她缓慢地步出隔板，沉重地看了我一眼。我带有恶意地笑了一下，不过是勉强做出的，是为了体面，然后，我躲开了她的目光。

"再见。"她说了一句，向门口走去。

我突然跑近她，抓住她的手，掰开她的手掌，塞进……然后再拢紧她的手。然后，我立即转开身，尽快地跳到另一个角落，为了至少不看到……

我此时本想撒个谎，想写道，我是无意中这样做的，我失去了常态，才糊糊涂涂地做出这件蠢事。但是，我不愿撒谎，因此，我要直截了当地说，我掰开她的手掌，在那手掌里放了……我是有意这样做的。当我在房间里来回踱步，她坐在隔板后面的时候，我就想到要这样做了。但是，我现在也许可以说出口的是：我做了这件残忍的事，虽说是有意的，但促使我这样做的却不是我的心，而是我那颗愚蠢的脑袋。这件残忍的事非常做作，非常刻意，是有意杜撰的、书面的，因此，甚至连我自己也忍受不了一分钟——我先是跳向角落，以免看见，然后却羞愧、绝望地跑去追丽莎。我打开通向前厅的门，听起动静来。

"丽莎！丽莎！"我在楼梯上喊道，但是，我没敢大叫，而是压低嗓门地……

没有回答，我觉得，我听到了她踏在楼梯最低几级上的脚步声。

"丽莎！"我更大声些地叫道。

没有回答。但就在这时，我听见下面那扇紧关着的、朝外开向大街的玻璃门沉沉地、吱呀地开了，然后又紧紧地闭上了。一阵响声顺着楼梯传了上来。

她走了。我沉思着回到了房间。我感到非常沉重。

我停在桌边，靠着她坐过的那把椅子，漫无目的地看着眼前。过了一分钟，突然，我全身颤抖了一下：就在我的面前，就在桌子上，我看到了……一句话，我看到了一张揉皱的、蓝色的五卢布钞票，这正是一分钟前我塞到她手心里去的那张钞票。这就是那张钞票；不可能有第二张；家里没有第二张钞票。也许，是在我跳向另一个角落的时候，她将钞票扔在了桌子上。

这有什么？我能够料到她会这样做的。我能够料到吗？不能。我是一个极端的个人主义者，我实际上非常不尊重别人，因此，我甚至想象不到她会这样做。这使我难以承受。瞬间之后，我像一个疯子一样，冲过去穿衣，披上匆忙之间抓到手里的一件什么东西，便赶紧跑出去追她了。当我来到大街上的时候，她还未走出两百步。

四周一片寂静，雪花纷落，似乎在垂直地降下，在人行道和空旷的大街上铺下了一层雪白的软垫。看不见一个行人，听不到一个声音。街灯在忧郁、无用地闪烁着。我跑了两百来步，来到十字路口，站下了。

"她去哪儿了？我为什么要追她呢？为什么？跪倒在她的面前，悔过地痛哭，吻她的脚，乞求原谅！我想这样；我的整个胸膛被撕成了碎片，我永远、永远也不会无动于衷地回忆起这一时刻。但是，为什么呢？"我不由得想道，"难道，我因为今天吻了她的脚明天就不会仇恨起她来吗？难道我能给她幸福？难道我今天不是第一百次地看清了自己值几个钱？难道我不会折磨死她！"

我站在雪地中，看着朦胧的昏暗，在想着这一点。

"那不更好些吗，那不更好些吗，"已回到家里之后，我还在幻想，在用这些幻想压抑心中活生生的剧痛，"那不更好些吗，如果此时她永久地带走了屈辱？屈辱，这可是一种净化；这是一种最锐利、最痛苦的意识！不然也许明天我应该会玷污她的灵魂，劳累她的心。而屈辱如今却永远不会在她的心中消失，无论那等待着她的污秽是多么的肮脏——屈辱提升了她，净化了她……以仇恨的方式……嗯……也许，还以宽恕的方式……不过，由于所有这一切她将会感到轻松吗？"

而事实上，我此刻是自己给自己提出了一个无聊的问题：什么更好一些呢，是廉价的幸福，还是崇高的苦难？是的，什么更好一些呢？

当我那天晚上坐在家里，由于内心的痛苦而半死不活的时候，我就在这样幻想着。我还从未领受过这样多的苦难和悔恨；不过在我跑出住所时，对我不会从半道上返回家这一点难道能有任何的怀疑吗？后来我再也没有见到过丽莎，也没有听到任何关于她的消息。我还要补充一句，很长一段时间里，我都因说过屈辱和仇恨如何有好处那句话而自满得意，尽管，我自己当时几乎由于忧愁而得病。

甚至在此刻，那么多年过后，回忆起这一切，我仍觉得非常的不好。我如今回忆起许多事情来，都觉得不好，但是……是否该就此结束《手记》呢？我感到，我动手写了这篇《手记》，是犯了一个错误。至少，我一直在写这个故事，这使我感到羞愧：也许，这已不是文学，而是一种感化性的惩罚。要知道，比如说，叙述几个长长的故事，说我如何虚度了自己的一生，由于角落中精神的堕落、环境的缺陷、与活生生的一切的相脱离和地下室中虚荣的怨恨——真的，这会是兴味索然的；小说中要有主人公，可是在这里，却有意地集中起了一位反主人公的所有特征，而主要的是，所有这一切都会引发出不愉快的印象，因为我们每个人都或多或少地脱离了生活，都是瘸腿的。甚至，我们太远地脱离了生活，以至于会立即感觉到对真正的"活生生的生活"的某种厌恶，因此，当人们向我们提起那生活时，我们便会无法忍受。要知道，我们竟走到了这样的境地，我们几乎将"活生生的生活"当成了劳动，几乎当成了职业，我们也全都暗自赞同，按书本行事要更好一些。我们为何蠕动，为何胡闹，为何请求？我们自己也不知道。如果我们胡闹的要求得到履行，我们将会更糟。唉，试一试吧，唉，比如说，给我们更多的自主性，解开我们中间任何一个人的双手，放宽他的活动范围，减轻管束，于是，我们……我向你们保证：我们会立刻请求再返回到管束之中去。我知道，你们也许会因此而生我的气，你们会跺着脚喊道："您说的是您自己一个人，说的是您那些地下室里的贫乏，可您不能说'我们大家'。"对不起，先生们，要知道，我并不是在用这个大家替自己辩护。至于说我在这里谈的是我自己，那么，要知道，我不过是在我的生活中抵达了极端，而你们却连我的一半也不敢抵达。而且，你们还将自己的胆怯当做明智，并以此来自我安慰，自我欺骗。这样一来，也许，我结果会比你们"更活生生些"。请你们更仔细地看一看吧！要知道，我们甚至不知道，那活生生的一切如今生活在何处，它是什么样子的，它叫什么名字。把我们单独留下，不带书本，我们立刻就会迷失方向，不知所措——我们不会知道，我们将奔向何方，我们将依靠什么，我们将爱什么恨什么，我们将尊重什么蔑视什么。我们甚至连去做一个人，做一个真正的、有着自己血肉的人，都会感到艰难；我们会为此而羞愧，会视此为耻辱，并竭力要去做什么一种不曾有过的泛人。我们是死胎，而且我们早已不是活生生的父亲所生，我们为此而越来越感到高兴。我们对此产生了兴趣。很快，我们就将想要从观念中诞生了。但是，够了；我不想再写这《地下室手记》了……

　　不过，这位奇谈怪论者的《手记》至此仍未结束。他没有停下，还在继续地写。但是，我们却认为，可以在这里打住了。

克莱采奏鸣曲^①

[俄国] 列·尼·托尔斯泰　著

臧仲伦　译

　　列·尼·托尔斯泰（Лев Николаевич Толстой, 1829—1910）俄国文学家，生于莫斯科以南一个伯爵家庭，曾入学大学东方学系和法律系，后到高加索军队服役。在高加索开始文学创作，长篇小说经典《战争与和平》（1863—1869）、《安娜·卡列尼娜》（1873—1877）和《复活》（1889—1899）代表托尔斯泰创作的最高成就。卷帙浩繁的《战争与和平》以安德烈、彼埃尔、娜塔莎等人的命运为情节主线，演绎了1805 年至 1820 年间反抗拿破仑侵略这一重大历史事件和宏大的生活画面，写出了俄罗斯民族的性格和气质。《复活》塑造了聂赫留朵夫忏悔贵族的典型，以他的思考揭示和批判法庭法律、政府机关等主宰的俄国社会的腐败和黑暗，作者以人性和兽性的冲突解释主人公的堕落和精神复活。《克莱采奏鸣曲》（1891）和《谢尔盖神父》（1912）是作家中篇小说的代表作，《克莱采奏鸣曲》中一列火车上众人对男女关系的对话引申到主人公的杀妻案，作品描绘的是贵族婚姻的异化和道德堕落引发的人生悲剧。《谢尔盖神父》中的同名主人公入教修行，最终在教堂之外找到了自己的信仰，小说心理分析和双重人格的描摹脍炙人口。

---

　　① 《克莱采奏鸣曲》是贝多芬于 1803 年创作的 A 大调小提琴奏鸣曲，因献给法国小提琴家克莱采（1766—1831）而得名。

"只是我告诉你们：凡看见妇女就动淫念的，这人心里已经跟她犯奸淫了。"（《马太福音》第五章第二十八节）

"门徒对耶稣说，人和妻子既是这样，倒不如不娶。

"耶稣说，这话不是人都能领受的，唯独赐给谁，谁才能领受。因为有生来是阉人，也有被人阉的，并有为天国的缘故自阉的。这话谁能领受，就可以领受。"（《马太福音》第十九章第十、十一、十二节）

一

这事发生在早春时节。我们坐车已经走了一天一夜多了。短途旅客不断上下，但是有三个旅客和我一样，从火车的始发站起就一直坐到现在：一个是既不漂亮也不年轻的会吸烟的太太，面容疲倦，身上穿一件男不男女不女的大衣，头上戴一顶小帽；另一个是这位太太的朋友，他的年龄在四十岁上下，十分健谈，随身带的行李都是崭新的，而且十分齐整；第三个是一位个子不高的绅士，他独处一隅，动作急速而仓促，人还不老，但是一头鬈发却显然过早地变白了，他的双目熠熠发光，异乎寻常，目光常常迅速地从一件东西转移到另一件东西上。他身穿一件出自高级裁缝之手的镶着羔皮领的旧大衣，头戴一顶羔皮的高筒软帽。他解开纽扣的时候，可以看见大衣底下穿着一件带褶的外衣和俄国式的绣花衬衫。这位绅士还有一个特点是，有时候爱发出一种奇怪的声音，既像咳嗽，又像一种欲笑又止的干咳。

在整个旅途中，这位绅士极力避免与其他旅客交谈和结识。邻座同他攀谈的时候，他的回答常常简短而生硬，他或是看书，或是一面眺望窗外一面吸烟，或是从自己的旧行囊中取出食物，独自喝茶或吃东西。

我觉得他对自己的孤僻也感到苦恼，我几次想开口同他说话，但是每次当我们的目光相遇时（这是常常发生的，因为他就坐在我的斜对面），他就掉过头去，拿起书本，或者眺望窗外。

第二天傍晚，火车停在一个大站上的时候，这位神经质的绅士下车去打开水，为自己沏了茶。那位随身带着又新又齐整的行李的先生（我后来才知道他是一位律师），同他的邻座，那位穿着男不男女不女的大衣的会吸烟的太太，也到车站的茶座里喝茶去了。

当这位先生和这位太太不在的时候，又有几个新上车的旅客走进了车厢，其中有一个是脸刮得光光的、满脸皱纹的高个儿老头，显然是个商人，他身穿貂皮大衣，头戴大帽檐的呢子便帽。这个商人就在太太和律师座位的对面坐了下来，并且立刻同一个年轻人攀谈起来，这个年轻人，看那模样，像是商号的伙计，他也是在这一站上车的。

我坐在他们的斜对面，因为火车停着不动，所以在没有人走过的时候，我间或能听到他们的谈话。商人先宣称，他是到自己的庄园去，他的庄园离此仅一站路；然后，他们俩就照例谈到行情和买卖，谈到莫斯科眼下的生意，接着又谈到下诺夫戈罗德的集市。那伙计便谈起他们两人都知道的某富商怎样在集市上纵酒作乐的情形，但是那老头不让他说完便讲起了过去他亲自参加过的在库纳温开怀畅饮的情景。他对自己能参加这样的豪饮分明感到很骄傲，并且洋洋得意地谈到，有一次他怎样和刚才提到的那位朋友在库纳温喝得酩酊大醉，干下了这么一件荒唐事，谈到此事他就窃窃私语，伙计听了哈哈大笑，笑得整节车厢都听得见，那老头也笑了起来，露出两颗大黄牙。

我已经不指望他们会讲出什么有意思的话来了，便站起身来，想在开车之前到站台上去走走。在车厢门口我遇到了那位律师和那位太太，他俩正边走边热烈地谈论着什么。

"要出去来不及了，"那位爱跟人搭讪的律师对我说道，"马上要摇第二遍铃了。"

我还没来得及走到车的尽头，铃声果然响起来。当我回到车厢的时候，那场热烈的谈话还在那位太太和那位律师之间继续进行着。那个老商人默默地坐在他们对面，目不斜视，间或不以为然地啧啧作声。

"后来她就直截了当地对自己的丈夫宣布，"当我走过律师身边的时候，他笑容可掬地说道，"她不能、也不愿意和他生活在一起，因为……"

接着，他又说下去，说些什么我就听不清了。在我之后又进来了一些旅客，列车员也走了过去，一个办事员也匆匆地跑了进来，喧闹了好一阵，由于太吵，我听不清他们说的话。当一切重归平静以后，我才重新听到律师的谈话声，显然，谈话已经从个别的情况转到了一般性的话题。

律师说，欧洲的舆论界现在对离婚问题很有兴趣，而在我国，这一类事情也层出不穷。律师发现只有他一个人在说话，便停止了自己的高谈阔论，转过身去问老头。

"在从前那会儿可没有这样的事，对不对？"他笑容可掬地问道。

老头想要回答什么，但是这时候火车开动了，于是老头便摘下便帽，开始画十字，并低声念着祷告。律师把眼睛转向一边，彬彬有礼地等待着。老头念完了祷告，又画了三次十字，才端端正正地戴上自己的帽子，把帽檐压得很低，并在座位上坐端正了，方才开始说话。

"这事儿过去也常有，先生，不过要少一些，"他说，"如今这世道，这事儿哪能没有呢。大伙的文化太高了嘛。"

火车越开越快，在铁轨交接处不断发出轰隆隆的响声，因此我很难听清他们在说什么，但是听听也怪有意思的，于是我就挪近了些。我的邻座，那位目光炯炯的神经质的绅士，显然也听出了味，他在留神谛听，不过没有离座。

"受教育有什么不好呢？"那位太太淡淡地一笑，说道。"像过去那会儿，新郎新娘彼此甚至都没有见过面，难道这样的结婚倒好吗？"她继续说道，按照许多太太的习惯，不去回答对方说的话，而是去回答自以为对方会说的话。"她们既不知道自己爱不爱他，也不知道能不能够爱他，就随随便便地嫁个人完事，结果痛苦一辈子；依你们看，这样倒更好吗？"她说。她这番话显然是冲着我和律师说的，她根本无意对跟她交谈的老头说这番话。

"大家的文化太高了嘛，"商人重复道，鄙夷地望着那位太太，对她的问题避而不答。

"我倒想知道您如何来解释受教育和夫妻不睦之间的关系，"律师微微露出一丝笑容，说道。

商人想说什么，但是那位太太打断了他的话。

"不，那样的时代已经过去了，"她说。但是律师拦阻了她：

"不，还是让这位先生谈谈他的高见吧。"

"有了文化尽干傻事，"老头斩钉截铁地说。

"让那些并不相爱的人结婚，然后又大惊小怪，责怪他们不能和和睦睦地过日子，"那位太太抢先说道，扫了一眼律师、我、甚至那个伙计。那个伙计从自己的座位上站起身来，一条胳膊支在椅背上，笑眯眯听着大家说话。"只有畜生才能听凭主人摆布随意交配，而人是有爱恋之心的，"她说道，分明想要刺一下那位商人。

"您这话就说得不对了，太太，"老头说，"畜生是牲口，而人是受到法律保护的。"

"跟一个人没有爱情，又怎么能生活在一起呢？"那位太太一直急于说出自己的看法，她大概觉得这些见解很新颖。

"过去可不讲这个，"老头用一本正经的腔调说道，"只是眼下才时兴这一套。有一点屁事儿，她就说：'我不跟你过啦。'庄稼汉们要这有什么用，可是这时髦玩意儿也时兴开了。说什么：'给，这是你的衬衫和裤子，统统给你，我可要跟万卡走啦，因为他的头发比你的鬈。'这还有什么可说的呢。一个女人最要紧是应该懂得害怕。"

那个伙计看了看律师、太太和我，分明忍俊不禁，并且准备看大家对老头的话作何反应来决定，是表示嘲笑还是表示赞同。

"害怕什么？"太太说。

"害怕这个呗：应该害怕自己的丈夫嘛！就是应当害怕这个。"

"哎呀，我说老爷子，那种时代已经过去啦，"那位太太甚至不无恼怒地说道。

"不，太太，那种时代是不会过去的。夏娃，也就是女人，是用男人的肋骨做的[1]，过去是这样，直到世界末日也是这样，"老头说道，严厉而胜利地摆了摆头，以致那个伙计立刻认定，商人已经胜利在握，于是他放声大笑起来。

"你们男人家才这么认为，"太太说，她看了我们大家一眼，依旧不肯认输，"你们自己可以胡作非为，可是却想把女人关在深闺之中。你们自己大概是可以为所欲为的吧。"

"谁也不许为所欲为，不过一个男人不会给家里惹是生非，可是一个老娘儿们却是靠不住的破鞋，"商人继续开导大家说。

商人说话的口气是那么威严，分明就要征服自己的听众了，甚至那位太太也感到自己被压倒了，但是她仍旧不服输。

"是的，但是我想，你们也会赞同的，女人总也是人吧，她也和男人一样有感情。如果她不爱自己的丈夫，她又该怎么办呢？"

"不爱！"商人皱起眉头，撅起嘴唇，厉声重复道。"没准儿会爱的！"

那伙计听到这个意想不到的论据特别满意，他啧啧连声，表示赞许。

"不会的，她不会爱的，"太太说道，"如果没有爱情，总不能强迫她爱吧。"

"嗯，如果妻子对丈夫不忠实，那怎么办呢？"律师说。

"这是不许可的，"老头说，"应当看好她，不许她胡来。"

---

① 出自《圣经·旧约·创世记》。

"如果发生了这种事，那怎么办呢？要知道，这是常有的事呀。"

"有些人家常有，我们这儿可没有。"老头说。

大家都默然以对。伙计动弹了一下，又凑近了些，他大概不甘落后，便笑眯眯地开口道：

"可不是吗，我们那儿就有一个小伙子出了一件丑事。谁是谁非也是很难判断的。也是碰到了这样一个女人，偏是个骚货。她就胡搞起来了。可是这小伙子循规蹈矩，又有文化。起先，她跟账房胡搞，他好言好语地劝她。她就是不听，干尽了卑鄙下流的事，还偷起他的钱来。他就打她。可怎么样呢，她反倒越变越坏了。竟跟一个不信基督的犹太人，请恕我说句粗话，搞起破鞋来了。他怎么办呢？干脆把她给甩了。直到现在，他还在打光棍，而她呢，就到处鬼混。"

"就因为他太傻，"老头说。"要是他一开头就不许她胡来，狠狠地把她制服了，兴许她倒会安分守己。一开头就不能由着娘儿们胡来。在地里别相信马，在家里别相信老婆。"

这时候列车员进来收到下一站下车的车票。老头把自己的车票交给了他。

"可不是吗，对女人就得先来个下马威，把她给制服了，要不一切都完蛋。"

"嗯，那您自己怎么刚才还谈道，有些成了家的男人还在库纳温集市上寻欢作乐呢？"我忍不住问。

"那又当别论，"商人说，从此再不开口了。

当响起火车汽笛声的时候，商人便站起身来，从座位下取出行囊，掩上衣襟，接着举了举帽子，便向放制动闸的平台走去。

二

老头一走，大伙就你一言我一语地谈起来。

"一位思想古板的老爷子。"伙计说。

"真是一个活生生的'治家格言派'①，"那位太太说，"他关于妇女和婚

---

① 《治家格言》是俄国16世纪的一部要求家庭生活无条件地服从家长的法典性作品。后来人们便称恪守这个古训的老派人为"治家格言派"。

姻的观点多么不讲理啊！"

"可不是吗，对于婚姻的观点我们离欧洲的看法还远得很哩。"

"要知道，这种人不明白的主要之点是，没有爱情的婚姻并不是真正的婚姻，"太太说，"只有爱情才能使婚姻变得圣洁，只有被爱情圣洁化了的婚姻才是真正的婚姻。"

伙计笑吟吟地听着，希望尽可能地多记住一些聪明的言谈以备将来应用。

就在那位太太发表宏论的半中间，我蓦地听到身后一种声音，既像是戛然而止的笑声，又像是失声痛哭。我们回过头去，看见我的那位邻座，那位白发苍苍、目光炯炯的孤独的绅士，显然对我们的谈话感到了兴趣，不知不觉地走到了我们身旁。他站着，将两手放在椅背上，分明十分激动：他的脸红红的，脸上的肌肉在不停地抽搐。

"什么样的爱情……爱情……爱情……才能使婚姻变得圣洁呢？"他讷讷地说。

那位太太看到谈话对方那副激动的神态，便尽可能柔和而周到地回答他。

"真正的爱情……只有男女之间存在着这种爱情，婚姻才是可能的。"太太说。

"是啊，但是真正的爱情又指的什么呢？"那位目光炯炯的绅士不好意思地微笑着，怯生生地问道。

"任何人都知道什么是爱情。"太太说，显然不想跟他再谈下去了。

"但是我不知道，"那位绅士说。"必须下一个定义，您到底指什么……"

"怎么？说起来也很简单，"太太说，但又沉思了一会儿，"爱情吗？爱情就是对一个男人或者一个女人超出于对所有其他人的特别的爱恋。"她说。

"这种爱恋能保持多长时间呢？一个月？两天？半小时？"那位白发绅士笑了起来，说道。

"不，对不起，您分明别有所指吧。"

"不，我说的是同一回事。"

"她是说，"律师指着太太插嘴道，"婚姻必须首先出于一种爱恋之情，也可以说爱情吧，只有存在着这种爱情，只有在这样的情况下，婚姻才可能是某种，可以说吧，神圣的东西。其次，任何婚姻，如果没有自然的爱恋之情（也可以说爱情吧）作基础，那它在自身中也就没有了任何道德约束力。

我理解得对吗?"他问那位太太。

太太点了点头,表示赞同他对自己想法的解释。

"其次……"律师继续说道,但是那位现在两眼熠熠发光的神经质的绅士显然再也忍不住了,他不等律师说完,便开口道:

"不,我说的也正是对一个男人或者对一个女人超出于对所有其他人的爱恋,不过我现在要问的是:这种爱恋能保持多久?"

"保持多久吗?很久很久,有时候是终生不渝,"太太耸了耸肩膀答道。

"要知道,这种情形只有小说里才有,在现实中是从来没有的。在现实中,这种对于一个人超出于对其他人的爱恋,可能保持几年,不过这是很少见的,更多的是几个月,要不就是几星期,几天,几小时,"他说,显然知道他的意见使大家都感到吃惊,对此他颇感得意。

"哎呀,您说什么呀。那可不对。不,对不起,"我们三人不约而同地说道。甚至那个伙计也发出了某种不以为然的声音。

"是的,诸位,我知道,"那位白发绅士大声说道,把我们的声音全给压倒了,"你们讲的是自以为存在的东西,而我讲的则是实际存在的东西。任何一个男人对于每一个漂亮的女人都会体验到你们称之为爱情的那种感情。"

"哎呀,您说的话太可怕了。但是人与人之间是的确存在着那种被称作爱情的感情的呀,而且这种感情不是保持几个月和几年,而是要保持一辈子的。"

"不,这种感情是没有的。即使说一个男人终身爱着某一个女人,可是那个女人却完全有可能爱上另一个男人,这在世界上过去从来如此,现在也还是如此,"他说罢便取出烟盒,点上了一支烟。

"但是这种感情也可能是相互的,"律师说。

"不,不可能,"他反驳道,"就像在一大车豌豆中,您看到的两粒豌豆不可能紧挨在一起一样。此外,这不仅不可能,这里还会发生厌倦。一辈子就爱一个男人或者一个女人——这无异说一支蜡烛可以点一辈子。"他一面说,一面贪婪地吸着烟。

"但是您说来说去都是说的肉体的爱。难道您就不允许有建立在理想上一致、精神上融洽无间的基础上的爱情吗?"那位太太说。

"精神上的融洽无间!理想上的一致!"他重复道,发出自己特有的那种怪声。"既然如此,那又何必睡在一起呢(请恕我出言粗鲁)。要不然,由于理想上的一致,人们都可以睡到一块儿了。"他说罢便神经质地笑起来。

"但是对不起，"律师说，"事实与您所说的话是矛盾的。我们看到，男婚女嫁是确实存在的，全人类或者大部分人类都过着结婚生活，而且许多人都诚实地过着长期的结婚生活。"

那位白发绅士又笑了起来。

"你们说，婚姻是应该建立在爱情之上的，当我表示怀疑除了性爱以外这种爱情是否存在的时候，你们却用存在着婚姻来证明存在着爱情。可是婚姻在我们这个时代不过是一场骗局罢了！"

"不，先生，对不起，"律师说，"我只是说，过去存在，现在也还存在着婚姻。"

"婚姻是存在的。不过它为什么要存在呢？有些人把婚姻看做是某种神秘的事，看做是一种在上帝面前必须履行的圣礼，在这些人中，婚姻的确过去存在过，现在也还存在着。婚姻存在于他们之中，可是却不存在于我们之间。在我们这儿，人们虽然也男婚女嫁，但他们在婚姻中所看到的，除了性交以外，别无他物，其结果不是一场骗局就是使用暴力。当不过是欺骗的时候，那还比较容易忍受一些。夫妻双方不过在骗人他们是过着一夫一妻制的生活，而实际上过的却是一夫多妻制和一妻多夫制的生活。这固然可憎可厌，也还差强人意。最常见的情形却是，夫妻双方都承担了同居终身的表面上的义务，可是从第二个月起就已经彼此憎恨，希望分居，但又依旧住在一起，于是便出现了可怕的精神上的痛苦，它迫使人们去酗酒，去自杀，去杀人，去服毒自尽和互相下毒。"他越说越快，不让任何人插嘴，而且越来越慷慨激昂。大家都一言不发，感到很尴尬。

"是的，毫无疑问，在夫妇生活中常有一些令人咋舌的插曲。"律师说，希望就此结束这场有伤大雅的热烈的谈话。

"我看，你们已经认出我是谁了吧？"白发绅士低声地、似乎坦然地说道。

"不，我还未曾有此荣幸。"

"也谈不上什么荣幸。我就是那个您刚才暗示说发生过令人咋舌的插曲，就是发生过杀妻插曲的波兹内舍夫。"他迅速地瞥了一眼我们中间的每个人，说道。

谁也不知道说什么是好，大家相对默然。

"好吧，反正一样，"他说，又发出他惯常的那种怪声，"不过，请诸位原谅！啊！……我不给你们添麻烦了。"

"不，您请别那么想……"律师说，他自己也不知道"别那么想"什么。

但是波兹内舍夫对他不予理睬，而是迅速转过身去，回到自己的座位上。那位先生和那位太太在窃窃私语。我就坐在波兹内舍夫的身旁，我也想不出说什么好，只得相对无言。看书吧，天色已暗，于是我就闭上眼睛，装作想假寐片刻。我们就这样一言不发地坐到了下一站。

在这一站，那位先生和太太坐到另一节车厢里去了，这是他们早就和列车员说好了的。那个伙计也在座位上安顿好，睡着了。波兹内舍夫一直在抽烟、喝茶，这茶还在上一站就沏好了。

我睁开眼睛，瞧了他一眼，他蓦地坚决地，并且恼怒地对我说道：

"现在，您知道我是谁了，您跟我坐在一起也许觉得不愉快吧？那我可以走开。"

"哦，不，这是哪儿的话。"

"好，那您不想喝点茶吗？只是浓了点儿。"他给我倒了杯茶。

"他们说话……总是在撒谎……"他说。

"您指什么？"我问。

"还是那老问题：关于他们的所谓爱情以及什么是爱情的问题。您不想睡觉吗？"

"毫无睡意。"

"那您是否愿意听我讲一讲这种所谓爱情是怎样使我落到我目前这个地步的呢？"

"好吧，如果您不觉得痛苦的话。"

"不，沉默才使我痛苦。请喝茶。是不是太浓了？"

茶的确浓得跟啤酒一样，但我还是喝了一杯。这时候列车员走了过去。他默默地、恶狠狠地目送着他，直到他离开了车厢，他才开口说话。

三

"好吧，那我就来讲给您听……不过您真的想听吗？"

我又重说了一遍我非常想听。他沉吟片刻，用两手搓了搓脸，方才开口说道：

"既然要说，那就得原原本本从头说起：必须告诉您我是怎么结婚和为什么要结婚的，以及我在结婚以前又是怎样的一个人。

"结婚以前，我跟大家一样，生活在我们这个圈子里。我是一个地主和大学学士，还当过贵族长。结婚以前，我跟大家一样，过着荒淫无度的生活，同时又跟我们这个圈子里所有的人一样，一面过着荒淫无度的生活，一面还自以为我过的生活很正当。我心想，我是一个人人见了都喜欢的男子，而且是个无可訾议的正人君子。我不是一个以勾引女人为乐的人，也没有那些不自然的癖好①，而且也并不把这事当做生活的主要目的，就像许多与我年龄相同的人常常做的那样，我对于酒色之好是有节制的，无伤大雅的，是为了有益于健康。我避免染指那种可能用生孩子或者用对我一往情深把我缠住的女人。话又说回来，也许，也有过孩子，也有过一往情深，但是我做得像根本没有这回事一样。对此，我不仅认为是道德的，而且还以此感到自豪。"

他说到这里，停了下来，并且发出他惯常发出的那种声音，每当他出现一个显然是新的想法的时候，他常常这样。

"要知道，最为人不齿的地方也就在这里，"他叫道。"荒淫无耻并不在于肉体，肉体上的任何胡作非为还不就是荒淫无耻；荒淫无耻，真正的荒淫无耻，就在于跟一个女人发生了肉体关系，而又极力摆脱对这个女人的道义上的关系。而我又偏偏把这种超然物外看做是自己的一大美德。我记得有一次我感到很痛苦，就因为我没有来得及付钱给一个大概爱上了我、并且委身于我的女人。直到后来，我把钱寄给了她，以此表示我在道义上与她毫无瓜葛之后，我才感到心安。您别点头了，好像您同意我的观点似的，"他蓦地向我嚷道。"这种花招我是知道的。你们大家，还有您，您，如果不是罕见的例外的话，充其量，您和我观点一致。不过，反正一样，请恕我直言，"他继续说道，"但是问题在于，这可怕，可怕，太可怕了！"

"什么可怕？"我问。

"我们对于女人以及同她们的关系方面所处的那个迷误的深渊。是的，谈到这一点我就无法平静，倒不是因为我发生了像他所说的那个插曲，而是因为自从我发生了那个插曲以后，我才恍然大悟，我才完全用另一种眼光来看待一切。一切都翻了个过儿，一切都翻了个过儿！……"

他点上了一支烟，然后将胳膊肘支在膝盖上，开始说下去。

---

① 指喜爱男色。

在黑暗中我看不见他的脸，只是透过车厢的震动声可以听见他那令人感动的、悦耳的声音。

四

"是的，只有在像我这样受尽痛苦之后，只是由于这段心酸的经历，我才懂得了这一切的根源所在，我才懂得了什么才是对的，也因此而看到了现实生活的全部可怕之处。

"请看，把我引上这一插曲的那事是怎么开始和何时开始的吧。这事开始的时候，我还不满十六岁。发生这事的时候，我还在中学读书，我的哥哥是大学一年级的学生。当时，我还没有跟女人发生过关系，但是也像我们这个圈子里所有不幸的孩子们一样，我已经不是一个洁身自好的小孩了：我早就被别的男孩子带坏，而且已经是第二个年头了；女人，不是某一个女人，而是作为某种令人馋涎欲滴的女人，任何一个女人，女人的裸体，已经在折磨着我了。我的单身生活并不是清白的。我跟我们这个圈子里百分之九十九的男孩们一样，感到苦恼。我害怕，我痛苦，我祷告，接着便是堕落。我已经在思想上和事实上都学坏了，但是我还没有迈出最后一步。我在独自走上毁灭之路，但是我还没有染指过别人。但是有一次，我哥哥的一个同学，一个大学生，一个爱说笑逗乐的人，也就是一个所谓好心肠的糊涂虫，也就是那个教会我们喝酒、打牌的最大的混蛋，在一次开怀畅饮之后，怂恿我们到那个地方去。我们去了。当时，我哥哥也还是一个清白的少年，他也是在那天夜里堕落的。我那时还是一个十五岁的男孩，叫是我玷污了自己，也参与玷污了一个女人。当时，我根本不懂我在做什么。要知道，我还从来没有听见任何一个大人说过我做的那事有什么不好。即使现在也绝不会有人听到这种话。诚然，这在圣训里有①，但是《十诫》只有在考试中回答神父问题的时候才用得着，而且也并非十分有用，还远不如在拉丁文的假定句里使用 ut 这条不可移易的规律更有用。

"就这样，我还从来没有听见一个大人（他们的意见我是很尊重的）说过，这事有什么不好。相反，我倒听见我所敬重的那些人常说，这是好的。我听说，做过这事以后，我内心的斗争和痛苦就会平静下来，我非但听说过

---

① 指《摩西十诫》中的第七诫："不可奸淫"。见《圣经·旧约·出埃及记》第二十章第十四节。

而且还读到过，我还听见大人们常说，这对健康有好处。我又听见同学们说，干这种事能叫人刮目相看，是一种敢作敢为的表现。所以，总的说来，除了一片叫好声以外，我简直看不出有任何不好的地方。那么染上脏病的危险呢？但是连这一点也是被预见到了的。这事自有为民操劳的政府在关心。它监督着青楼妓院的正常活动，保证中学生们可以放心大胆去放荡淫乱。并有一批拿着官俸的医生在监督此举。这样做是理所当然的。因为这些医生认为，淫乱有益于健康，因此他们也就制定出一套实行正确的、井然有序的淫乱的办法。我认识一些母亲，他们就是这样来关心儿子们的健康的。而且科学也怂恿他们去寻花问柳。"

"这跟科学有什么关系呢？"我说。

"医生是什么人？他们是科学的祭司。是谁断言这有益于健康而使青年人去干淫乱的勾当的？是他们。然后他们又道貌岸然地给人家治疗梅毒。"

"治疗梅毒有什么不对呢？"

"因为如果把用于治疗梅毒的精力的百分之一用来根除淫乱的话，那梅毒早就绝迹了。而事实上，人们的精力不是用来根除淫乱，而是去鼓励它，并确保进行淫乱是安全的。不过，问题并不在这儿。问题在于，不仅是我，甚至于百分之九十（如果不是更多的话），不仅是我们这一阶层人，而且所有的人，甚至农民，都发生过这一类可怕的事。我所以堕落，并不是因为我拜倒在某个女人的美貌的自然的诱惑下。不，任何女人都诱惑不了我，我所以堕落，乃是因为我周围的人在堕落之中所看到的不是最合法的和有益于健康之举，就是最合情合理，不仅情有可原，甚至对于年轻人还是一种没有过错的游戏。我当时根本不懂得这就是堕落，我只是开始沉湎于那种半是快乐半是需要之中，人家告诉我，一个人到了一定的年龄都会有这种需要，于是就像我开始喝酒、抽烟一样，开始沉溺于这个淫乱中。然而在我的第一次堕落中毕竟还有某种特别的、令人感动的东西。我记得，在那里，我还没有走出房间就立刻产生一种凄恻的伤心之感，我真想痛哭一场，痛哭自己的童贞的毁灭，痛哭我那永远被戕害了的对女人的关系。是的，我对女人的那种自然的、淳朴的关系被永远戕害了。从那时候起，我对女人的纯洁的关系便再也没有了，也不可能再有。我成了一个人们所谓的淫棍。而做一个淫棍乃是一种生理状态，就像一个吸毒者、一个酒鬼和一个烟鬼已经不是一个正常的人一样，同样，一个为了寻欢作乐而与几个女人发生过肉体关系的男人，也已经不是一个正常的、而是一个不可救药的人——一个淫棍。正如一个酒鬼和一个吸毒者，从他们的脸色和举止一下就可以认出来一样，一个淫棍也是可以一眼就认出来的。一个淫棍可以有所节制，也可能有所斗争；但是对女人的那种淳朴的、襟怀坦荡的、纯洁的关系，那种情同手足的关系，他已经再也不会有了。从他如何端详和打量一个年轻女人的神态就可以立刻认出他是一个淫棍。于是我就成了一个淫棍，从此不能自拔，也正是这点把我给彻底毁了。"

五

"是的，正是这样。我后来就越走越远了，走上了各种各样的邪路。我的上帝！一想到我在这方面的一切令人作呕的行为，我就不寒而栗！我所记得的我的过去就是如此，可当时朋友们还嘲笑我的所谓天真无邪呢。而你听到的那些花花公子、那些军官和巴黎人又是怎样的呢！所有这些先生们，还有我，当我们这些对于女人犯下数百件形形色色骇人听闻的罪行的三十岁上下的淫棍们，洗干净脸，刮了胡子，洒了香水，穿着清洁的内衣，身着燕尾服或者军服，迈步走进客厅，或者去参加舞会的时候，真乃是纯洁的象征——英俊飘逸，风流倜傥！

"您不妨想一想事情应该怎样，而事实上又是怎样的吧。本应该是这样的：在社交场合有这么一位先生来接近我的妹妹或是我的女儿，而我则深知他的生活的时候，我就应该走上前去，把他叫到一边，低声对他说：'亲爱的先生，我知道你是怎样生活的，知道你怎样过夜并且同谁在一起过夜的。这里没有你立足之地。这里都是纯洁的、白璧无瑕的姑娘。你快走吧！'本来应该这样，可实际上却是：当这样一位先生翩然光临，搂着我的妹妹或者女儿，跟她跳舞的时候，只要他有钱和有关系，我们就会高兴得什么似的。也许他在看上了某个舞星①之后会对我的女儿特别垂青吧。即使他身上还留下一些病根和不健康，那也无关紧要。现在的医术十分高明。可不是吗，我就知道有几位上流社会的姑娘，由她们的父母做主，高高兴兴地嫁给了梅毒患者。哦！哦，多么令人作呕啊！总有一天这种污浊和虚伪会被揭露出来的！"

---

① 原文意为"谐谑歌女"。这是巴黎某个轻歌剧舞星和歌女自取的艺名。后来这一艺名成了普通名词，专指一些声名狼藉的舞星和歌女。

接着，他又好几次发出他特有的那种怪声，喝起了茶。茶浓极了，又没有水可以把它冲淡些。我喝了两杯茶以后感到特别兴奋。很可能，茶也对他起了作用，因为他变得越来越亢奋了。他说话的声音也变得越来越铿锵悦耳，越来越富于表情了。他不断地变换姿势，一会儿脱帽，一会儿戴上，而且他那面部表情在我们所坐的那片半明半暗之中奇怪地变化着。

"唉，我就这样活到了三十岁，但是我一分钟也没有放弃过结婚的念头，我想为自己安排一个最崇高、最纯洁的家庭生活，于是我就抱着这个目的四处物色适合于这一目标的姑娘，"他继续说，"我一面在糜烂的淫乱生活里干着卑鄙龌龊的勾当，一面却又在到处物色就其纯洁性来说配得上我的姑娘。我对许多姑娘都看不上眼，就因为她们在我看来还不够纯洁。后来，我终于找到了一位我认为配得上我的小姐。这是奔萨省的一位从前很富有而如今败落了的地主的两位千金之一。

"有一天晚上，在我们泛舟出游之后，我们踏着月色回家，我坐在她身旁，欣赏着她那裹着针织衫的苗条的身材和她的鬈发，这时我蓦然决定，这就是我要找的那个她。在那天晚上，我觉得，我感觉到和想到的一切她都懂得，而我所感觉、所想的乃是一些最崇高的东西。实际上，只不过是那件针织衫还有她那鬈发把她的脸衬托得特别妩媚罢了。于是在那天跟她接近之后，我就想跟她更加亲近。

"真是咄咄怪事，认为美就是善，这完全是一种错觉。一个美丽的女子说了一句蠢话，你听了会不觉其蠢，反而觉得很聪明。她出言粗俗，行为卑劣，你却觉得十分可爱。而当她既不说蠢话，出言也不粗俗，但长得很漂亮的时候，你又会立刻相信，她是惊人地聪明和温良贤淑。

"我满心高兴地回到家来，认定她是一个温良贤淑的女中魁首，所以她配得上做我的妻子，于是我就在第二天提出了求婚。

"真是乱弹琴！在一千个结婚的男子里，不仅在我们的风尚习俗里，而且不幸的是也在老百姓中，未必有一个人不是在正式结婚以前已经结过十次婚的，要不就是像唐璜①一样，结过上百次、上千次婚。（诚然，我听到过，也看到过，现在也有一些纯洁的年轻人，他们感到和懂得这事非同儿戏，而是一件终身大事。但愿上帝保佑他们！但是在我那个时代，一万个人里面还

---

① 唐璜是中世纪西班牙传说中的青年贵族。这是一个到处寻花问柳、以勾引良家女子为乐的花花公子。

没有一个这样的人。）这一点是众所周知的，但都装作不知道。在所有的小说里都不厌其详地描写过男主人公们的感情，描写过他们在旁边漫步的池塘和花丛。但是在描写他们对某一位少女的伟大的爱时，却无一字提到这个风流人物的过去：只字不提他出入青楼妓院，只字不提那些女仆、厨娘和别人的妻子。即使也有这样一些不登大雅之堂的小说，那也绝不让它们落到姑娘们的手中，特别是那些最需要知道这些情况的姑娘们的手中。在这些姑娘们面前，他们先是装作那充斥我们的城市甚至农村生活的半数的荒淫无耻根本就不存在。然后，人们对这种弄虚作假已经习以为常，最后，就像美国人那样，自己也开始真心实意地相信，我们都是一些生活在君子国里的正人君子。于是姑娘们，那些可怜的人儿，也就对此深信不疑。而我那不幸的妻子也就是这样信以为真的。我记得，当时我已经是她的未婚夫了，我把我的日记拿给她看，从这本日记中，她多少可以知道一些我的过去，主要是有关我最近一次的男女私情，这事她可能已经从别人那里听说了，那时不知道为什么我感到有必要把这件事告诉她。我记得，当她知道了并且懂得了这是怎么一回事以后，她是多么恐惧、绝望和不知所措啊。我看到，她那时想要抛弃我。她为什么不干脆把我抛弃呢？"

他又发出他惯常的那种声音，然后沉吟片刻，呷了一口茶。

六

"不，话又说回来，还是这样好，还是这样好！"他大声说，"这对我是报应！但是，问题不在这儿。我想说，在这类事情里，要知道，受骗上当的只是那些不幸的姑娘。她们的母亲是知道这点的，特别是那些受过自己丈夫熏染的母亲，对这点更是洞若观火。她们装作对男人们的纯洁无瑕深信不疑，可实际上她们的做法却全然不是这样。她们知道，下什么样的钓饵才能为她们自己和为她们的女儿使男人上钩。

"只有我们男人不知道，而我们所以不知道，乃是因为我们不想知道，可是女人们却知道得一清二楚，我们的所谓最崇高和最富有诗意的爱情，并不取决于对方的温良贤淑，而是取决于双方肉体上的接近，同时也取决于对方的发型、衣服的颜色和剪裁。您试问一个以引诱男人为己任的、老于此道的、专爱卖弄风情的女人，她情愿冒哪一种危险：情愿当着被她勾引的男人的面被揭露为撒谎、残忍，甚至荒淫无耻好呢？还是情愿穿着缝制蹩脚、难看的衣服出现在他的面前好?——任何一个女人都宁愿选择前者。她知道,咱们这帮哥儿们总是鼓起如簧之舌,高谈什么高尚的情操,而实际上我们需要的只是她们的肉体,因此我们将会原谅一切卑鄙龌龊的行为,就是不能饶恕服装丑陋、趣味低级、缺乏风度。一个专爱卖弄风情的女人是自觉地知道这一点的,但是任何一个天真的少女却跟动物出于本能一样,不自觉地懂得了这一点。

"由此而出现了那些令人作呕的针织衫,那些假臀部,那些裸露的肩膀、胳臂以及几乎是胸脯。女人,特别是那些经过男人调教过的女人,知道得十分清楚,那些冠冕堂皇的高谈阔论不过是空谈罢了,男人们需要的是肉体,以及使肉体纤毫毕露、显得最富有诱惑力的一切。于是女人们就投其所好,如法炮制。我们对这种不成体统的事已经习以为常,而且这种见怪不怪已经成了我们的第二天性,假如我们抛弃这种习惯,睁眼看一看我们这些上层阶级卑鄙无耻的生活的真面目,就不难看出,这不过是一所彻头彻尾的大妓院罢了。您不同意吗?对不起,我会证明给您看的,"他打断我的话,开始说道。"您说,我们上流社会的妇女另有旨趣,不同于那些窑姐儿,可是我说不,我这就来证明给您看。如果人们生活的目的不同,生活的内容不同,那么这个不同就必定会反映到她们的外表上来,她们的外表也将各异。但是请您看一看那些不幸的为人不齿的娘儿们,再看一看那些最上层社会的太太们吧:一样的装束,一样的款式,一样的香水,一样地裸露着胳臂、肩膀和胸脯,把突起的臀部同样裹得紧紧的,同样热衷于各种珠光宝气的贵重饰物,同样的寻欢作乐、跳舞、听音乐和唱歌。那些娘儿们是不择手段地勾引男人,这些女人也同样如此。毫无二致。如果严加判定,应该说:短期的妓女通常被人看不起,而长期的妓女却受人们尊敬。"

七

"是啊,于是这些针织衫呀、鬈发呀和假臀部呀就把我给逮住了。要逮住我是轻而易举的,因为我受的就是这种环境的熏染,就像温室里的黄瓜一样,自作多情的青年男子也在这样的环境下快速成长。要知道,我们饱食终日,无所用心,我们的富于刺激性的过量的食物别无他用,只会不断燃起我们的淫欲。您诧异也罢,不诧异也罢,情况就是如此。要知道,直到最近,我自己对于这点还毫无所知。现在才恍然大悟。正是由于这一点,我才感到痛苦，我痛苦的是谁也不明白这个道理，就像刚才那位太太那样，净说些这样的蠢话。

"可不是吗，今年春天，有些农民在我家附近修筑铁路路基。一个农民小伙子，通常的食物是面包、克瓦斯和大葱，他活得很好，而且身强力壮，干一些地里的轻活。可是他一上铁路，他的伙食就变为荞麦饭和一俄磅①肉。可是他要干十六小时的活，推三十普特②重的小车，也就把这一俄磅肉消耗完了。他也觉得正合适。可是我们每天要吃两俄磅肉，还有野味以及各种各样增加热量的珍馐美味以及饮料，这些又当如何消耗呢？只好用于发泄肉欲。如果所到之处那个救急阀是敞开的，便一切平安无事。但是您试着关掉阀门，就像我当时把它暂时关闭一样，就会立刻激起冲动，这种冲动在我们故意造作的生活的影响下，就会表现为一种地地道道的自作多情，有时甚至还会表现为一种柏拉图式的精神恋爱。于是我就像大家男欢女爱那样坠入了情网。因为一切都已具备：又是欣喜若狂，又是含情脉脉，又是诗情画意。其实，我的这次恋爱，一方面是她的妈妈和几名女裁缝操劳活动的作品，另一方面也是我饱食终日无所用心的成果。如果一方面没有泛舟出游，又没有缝制细腰身的女裁缝等，而我的妻子又穿了一件不合身的宽大长衫，独自待在家里；另一方面，假如我又处在一个人的正常的情况下，只吃用于工作所需要的那么一点食物，假如那个救急阀对我又是敞开的（当时不知道为什么它偶尔被关上了）——那我也就不会自作多情了，而这一切也就不会发生了。"

八

"真是无独有偶：我的状况甚佳，她的服装颇好，再加泛舟出游，心旷神怡。二十次都失败了，这次却成功了。简直是个圈套。我不是说笑逗乐。要知道，时下的婚姻就是这样作成的，简直是一些故意设下的圈套。那么什么才是自然的呢？一个少女长大成人了，必须把她嫁出去。如果这个少女不是奇丑无比，又有一些男子愿意娶她，这似乎是最简单不过的事了。从前就是这么办的。一个姑娘成年了，父母就为她张罗婚事。过去是这么办的，现在，所有的人：中国人、印第安人、伊斯兰教徒，以及我国的老百姓，也都

---

① 1 俄磅合 409.51 克。
② 1 普特合 16.38 公斤。

是这么办的。全人类至少有百分之九十九的人也都是这么办的。只有百分之一，或者不到百分之一的我们这类淫棍，才认为这样做不好，于是便花样翻新。但又新在哪里呢？新就新在叫姑娘们都坐着，让男人们像逛市场似的任意挑选。而姑娘们则等呀，想呀，就是不敢说出来：'先生，选我吧！不，选我。不要选她，选我：你瞧，我的肩膀等等多漂亮呀。'于是我们这些男人们便走来走去，左顾右盼，洋洋得意。他们心想：'我知道，我才不上当呢。'他们走来走去，东张西望，洋洋得意，因为这一切都是为他们安排的。可你瞧，他一不留神——啪的一下，给逮住啦！"

"那又该怎么办呢？"我说。"怎么，应该让女人提出求婚吗？"

"我也不知道应该怎么办。如果讲平等，那就应该平等到底。如果人们认为说媒求亲有损尊严的话，那么这种做法更糟糕一千倍。过去，权利和机会是均等的；可现在，女人不过是一名陈列在市场上的女奴，或是一块引人掉进陷阱里去的诱饵而已。您试试对随便哪一位母亲或者姑娘本人如实以告，说她孜孜以求的就是想逮住一个未婚夫。上帝啊，这是多大的侮辱啊！可是要知道，她们苦心孤诣地在做的不就是这个吗，而且除此以外，她们也无事可做。要知道，当你看到乐此不疲的有时是非常年轻的、可怜的、白璧无瑕的姑娘们的时候，多么叫人不寒而栗啊！再者，如果冠冕堂皇地这么做倒也罢了，可事实上一切都是骗局。'哎呀，物种起源，这多有意思啊！哎呀，丽莎可喜欢绘画啦！您要去参观画展吗？太有教育意义啦！坐马车去，去看戏，去听交响乐吗？哎呀，这太好啦！我的丽莎爱音乐都着了迷啦。您为什么不同意这个信念呢？坐船去吧！……'而骨子里想的只有一样东西：'你就要了我吧，要我的丽莎吧！不，要我！哎呀，你哪怕先试试呢！……'哦，多令人作呕啊！虚伪透了！"末了，他说道，他把最后一点茶喝完，接着便开始收拾茶碗和茶具。

九

"您是知道那种所谓女人统治的，"他把茶和白糖收进行囊，开口说道，"世界吃尽了女人统治的苦头，这一切之所以产生，也都是因为这个道理。"

"怎么是女人统治呢？"我说。"权利、优先权不都在男人这边吗！"

"是的，是的，就是这话呀，"他打断了我的话。"我要对您说的也正是这话，正是这一点说明了那种不寻常的现象，一方面，这是完全正确的：妇女被贬低到了无以复加的地位；另一方面，她又统治着一切。这和犹太人的情形一模一样，他们用自己的金钱势力来报复自己所受到的压迫，女人的情况也是如此。'啊，你们只许我们做买卖。好哇，我们这些做买卖的就来控制你们，'犹太人说，'啊，你们只许我们做你们发泄肉欲的对象，好哇，我们这些发泄肉欲的对象就来奴役你们，'女人们说。女人的无权并不在于她不能表决或者不能做法官——做这些事并不构成任何权利——而在于必须在性关系上与男子平等，有权随心所欲地利用男人或者置男人于不顾，有权随心所欲地挑选男人，而不是被他们所挑选。您会说这太不像话了。好吧。那么男人也不应该有这样的权利。现在是男人有的权利女人没有。于是为了弥补这个权利之不足，她就在男人的肉欲上下功夫，通过肉欲来降服他，使他仅仅在形式上挑选女人，而实际上则是女人在挑选他。而她一旦掌握了这种手段，就滥用起这个手段来了，取得了驾驭人们的可怕的权力。"

"可是这种特殊的权力又表现在哪里呢？"我问。

"这种权力表现在哪里吗？无所不在，到处可见。您试到每个人城市的商店里去走一走。这里有数以百万计的财富，人们为此而耗费的劳动简直无法计算，可是您再看一看，在百分之九十的这样的商店里可有什么供男人使用的东西？生活中的一切奢侈品都是女人所必需，并为她们而存在的。您再计算一下所有的工厂。这些工厂的很大一部分都是为女人制造毫无用处的装饰品、马车、家具和消遣品的。数以百万计的人们，一代又一代的奴隶们，毁在工厂的这类苦役般的劳动中，而这仅仅是为了满足女人们的任性的要求。女人们像女王一样，把百分之九十的人类都置于受奴役和繁重劳动的羁绊之下。而这一切是由于人们使她们受到了屈辱，剥夺了她们与男子的平等权利。于是她们就用对我们的肉欲施加的影响，把我们捕捉到她们的罗网中来实行报复。是的，一切都是因为这个道理。女人把自己造成了一种对男人的肉欲施加影响的工具，以致使男人不能平静地与女人相处。男人只要一走近女人，就会被她勾了魂去，弄得神魂颠倒。过去，每当我看到一位太太穿着舞衣，打扮得花枝招展，我就感到别扭，感到可怕，可现在我简直感到恐惧，因为我看到的无疑是某种对人们有危险的和违法的东西，我真想去把警察叫来，请求他们保护，以便抵御这种危险，并要求取缔和扫除这类危险品。

"是啊，您在笑话我，"他对我嚷道，"可是这根本不是什么玩笑。我坚信，有朝一日，也许很快，人们就会明白这个道理，并且会感到惊讶，一个容许这类破坏社会治安的行为存在的社会居然能够存在，而且在我们这个社会里居然会容许妇女穿戴着直接引起肉欲的服饰，这无异在各种游园会上，在各个花径小道上设置形形色色的陷阱——甚至比这还要糟糕！为什么要禁止赌博，而女人们穿戴着各种妖形怪状、引起肉感的装束就不予以禁止呢？她们比赌博可要危险一千倍呀！"

十

"我就这样被她们捉住了。我真是所谓坠入了情网。我不仅把她看做是一个十全十美的女子，甚至在我当未婚夫的这个时期，我把自己也看成了一个毫无瑕疵的正人君子。要知道，任何一个坏蛋，只要他去找，总能找到一些在某个方面比他还要坏的坏蛋，因此他总能找到一些足以自豪的借口，从而自鸣得意起来。我也是这样：我结婚并不是为了钱——简直无利可图，我结婚并不像我的大多数朋友那样，结婚是为了钱或者是为了趋炎附势——因为我富而她穷。这是其一。其次，我引以为豪的是，别人结婚是打算今后仍像婚前那样继续过那种一夫多妻制的生活；而我却坚决主张在婚后履行一夫一妻制。为此，我心里的那份自豪呀，就没法说了。是的，我是一头奇蠢无比的猪，可是我却自以为是天使。

"我当未婚夫的时间并不长。现在，每当我想起我当未婚夫的那段时期，就不能不感到害臊！多么可憎可厌啊！要知道，爱情的真谛在于精神，而不在于肉欲。好吧，如果爱情是精神上的，是一种精神上的交往，那么这种精神上的交往就应当表现在言语、谈话和交谈之中。可是我们却完全不是这么回事。每当我们单独相处的时候，谈话真是困难极了。这简直像是西绪福斯的劳役①。挖空心思在想说什么，可是把话说了出来，又得相对无言，搜索枯肠。简直无话可说。关于我们未来的生活，关于我们的安排、计划，可以说的一切都已经说完了，那么还说什么呢？要知道，如果我们俩是动物，那我们就会知道，我们根本无须说话；可眼下却正好相反，必须说话，而又无话可说，因为我们感兴趣的东西，并不是用言谈可以解决的。可是与此同时，还有那岂有此理的风俗习惯：糖果啦，珍馐美味，大吃大喝啦，还有这

---

① 西绪福斯是古希腊神话中的科林斯王，因得罪诸神，被宙斯贬谪冥土，罚做永久苦役：他必须将巨石推上山顶，但是将到山顶，巨石又复滚下。此处西绪福斯的劳役是指无休止的、徒劳无益的工作。

一切令人生厌的婚礼准备工作：谈论居室、新房、被褥、便服、睡衣、内衣、化妆品。您要明白，如果像那个老头儿所说的那样，按照《治家格言》去结婚的话，那么羽毛褥子啦、妆奁啦、被褥啦——这一切不过是伴随圣礼而必须具备的一应物品罢了。可是我们，十个结婚的人中也未必会有一个人，他不仅不相信圣礼，甚至不相信他所做的乃是他的某种义务，同样，一百个男人中未必会有一个人过去不是结过婚的，五十个人中未必会有一个人事先不准备一有机会就对自己的妻子不忠实，大多数人都把到教堂去①看做只是占有某个女人的特殊条件。您试想，这一切繁文缛节在此具有多么可怕的意义啊。可见事情的全部真谛就在这里。这简直像在做买卖。把一位白璧无瑕的姑娘出卖给一个淫棍，并为这笔买卖履行某种手续。"

十一

"大家都是这么结婚的，我也就这么结婚了，接着便开始了大吹大擂的所谓蜜月。要知道，单是这一名称就有多么下流啊！"他恶狠狠地嘀咕道，"有一次，我在巴黎观光，观看各种游艺杂耍，我在广告牌上看到了一个长胡子的女人和一只水狗，就想进去看个新鲜。原来，这不过是一个穿着女人衣服的袒胸露臂的男人，和一只披着海象皮在浴缸里游泳的普通的狗而已。真是令人兴味索然。但是当我走出来时，马戏团老板却恭恭敬敬地把我送了出来，并且指着我对入口处的观众说：'你们请问这位先生，是不是值得一看？请进吧，请进吧，每人一个法郎！'我不好意思说不值得一看，马戏团老板大概也估计到了这一点。那些在蜜月中感到非常卑鄙龌龊，但又不忍使别人扫兴的人，大概也是这样。我也不忍去扫任何人的兴，但是现在我真不明白，我当时为什么不如实以告。我甚至认为，必须把这事的真相公之于众。别扭、可耻、恶心、遗憾，而主要的是无聊，无聊透顶！这就像我刚学会抽烟时的感觉一样，当时我真想吐，唾沫都流了出来，但是我把唾沫咽了下去，装作津津有味的样子。抽烟的快乐，就像闺房中的乐趣一样。如果真有什么乐趣的话，那也是以后的事：夫妇双方都必须在自身中养成这种淫逸无度才能收到个中乐趣。"

"怎么是淫逸无度呢？"我说，"要知道，您讲的可是人类最自然的属

---

① 指结婚。

性呀。"

"自然的?"他说,"自然的属性?不,我的意见恰好相反,我坚信,这不是……自然的。是的,完全不是……自然的。您不妨去问问孩子们,问问还没有走上邪路的姑娘家。我妹妹在非常年轻的时候就嫁给了一个年纪比她大一倍的男人,嫁给了一个淫棍。我记得,在新婚之夜,我们简直诧异极了,看见她面色煞白,满脸泪痕,从他身边逃出来,浑身哆嗦,她说,她无论如何,无论如何,她甚至说不出口他要求她干什么。

"您还说这是自然的!人要吃饭,这是自然的。吃饭是快乐的,轻松的,愉快的,而且从一开始就无须羞羞答答;可是这件事却是可憎可厌、可耻和痛苦的。不,这是不自然的!我坚信,一个还没有学坏的姑娘从来都是憎恶这种行为的。"

"那么,"我说,"人类怎么传宗接代呢?"

"可不是吗,人类可别绝种啊!"他恼怒而又揶揄地说道,好像早就料到我会提出这个他所熟悉的、言不由衷的反对意见似的。"为了英国的勋爵们能够随意纵欲而宣传避孕,这是可以的。为了能够更多地寻欢作乐而宣传避孕,这也是可以的。可是你稍一提到为了道德而实行避孕,我的天哪,就一片大呼小叫:就因为一二十个人不愿做猪狗不如的东西,人类可别绝种呀。不过,对不起。我不喜欢这灯光,可以把它挡住吗?"他指着那盏路灯,说道。

我说,我完全无所谓,于是他就像做任何事情那样,急匆匆地爬上座位,用呢窗帘把灯光给挡住了。

"反正,"我说,"如果大家都把您所说的奉为金科玉律,那人类是可能绝种的。"

他没有立刻回答。

"您倒说说,人类将怎样传宗接代呢?"他说,又坐到我的对面去,并且叉开两腿,趴下身子,用胳膊肘支在膝盖上。"人类又干吗要传宗接代呢?"他说。

"怎么干吗?要不然的话,我们不是也就不存在了吗?"

"我们干吗要存在?"

"怎么干吗?就为了活着呀。"

"活着又干吗呢?如果没有任何目的,如果我们只是为了活而活着,那活着大可不必。如果是这样的话，那叔本华①呀，哈特曼②呀，以及所有的佛教徒们呀，就都是完全正确的了。好吧，假定活着是有目的的，那么目的达到以后，生命就应当结束，这岂不是明摆着的道理吗？这是不言自明的，"他带着明显的激动说道，分明十分重视他这一想法。"这是不言自明的。请注意：如果人类的目的是幸福、善良和爱，您爱说什么都成；如果人类的目的就是像神启里所说的那样，所有的人将被爱合而为一，他们将化干戈为玉帛，等等，可是到底是什么东西在阻碍我们达到这个目的呢？是我们的各种情欲在阻碍着我们。而在七情六欲之中最强烈、最凶恶、最顽固的一种情欲，就是性爱和肉欲之爱。因此，如果铲除了各种情欲，也铲除了它们之中最高和最强烈的一种——性爱，那么神启就会实现，人类就将大同，人类的目的就将达到，而人类也就无需再活下去了。只要人类还活着，人类的面前就会有理想，当然不是兔子或者猪猡那种繁殖得越来越多的理想，也不是猴子或者巴黎人那种尽可能纤巧精致地享受性欲快感的理想，而是一种通过节欲和贞洁而达到的善的理想。人们一直在追求这个理想，现在也还在追求，请看，其结果又如何呢？

"其结果是，肉欲之爱成了一个救急阀。人类现今活着的这一代没有达到目的，它所以没有达到目的，就是因为它身上有七情六欲，而七情六欲中最强烈的一种就是性欲。而有性欲就有新的一代，因此也就有可能在下一代达到此目的。如果下一代还达不到，还有再下一代，如此世代相传，直到目的达到了，神启实现了，人类大同了为止。要不然，其结果又会怎样呢？如果我们假定上帝创造人是为了达到某种目的，可是却把他们造成了或是会死的而又没有性欲的，或是长生不老的。如果他们会死，但又没有性欲，那么结果又将如何呢？他们活了一阵，没有达到目的，又死了；因此为了达到目的，上帝就必须创造另一种新的人。如果他们是长生不老的，那么我们可以假定（虽然由同样一些人来改正错误，并臻于至善，比起新的一代人来要困难些），我们可以假定，经过几千年几万年的努力之后，他们终于达到了目的，但是到那时候他们再活下去还有什么用呢？把他们打发到哪儿去呢？还不如现在这种状况最好……但是，也许您不喜欢这个说法吧，也许您还是一位进化论者吧？即便如此，其结果也相同。最高等的动物，人类，为了在与

---

① 叔本华（1788—1860），德国唯心主义哲学家，唯意志论者。他强调所有的人都是利己主义者，但人们利己的"生活意志"，在现实世界中无法满足，故人生充满着痛苦。
② 哈特曼（1842—1906），德国唯心上义哲学家。他宣称人生是虚幻的。

其他动物的斗争中生存下来，就必须像一窝蜜蜂那样抱成一团，而不是无休止地繁衍生殖；必须学蜜蜂那样，培育出一些无性的成员，就是必须力求节欲，无论如何也不应该煽起淫欲，而现在我们的整个生活制度却都是朝这个方向努力的。"他沉吟片刻。"人类会绝种吗？难道有什么人（不管他是怎样看世界的）会怀疑这一点吗？要知道，这就像人总要死一样是毫无疑义的。要知道，根据教会的一切教义来看，世界的末日总有一天要来临，而根据一切科学学说来看，同样的情形也是不可避免的。因此，根据道德的学说来看，其结果也相同，这又有什么可以大惊小怪的呢？"

说完这一席话以后，他沉默了很久，又喝了一杯茶，抽完了一支烟，接着又从行囊中拿出了几支新烟，把它们放进自己那肮脏的旧烟盒。

"我懂得您的意思，"我说，"震颤派①教徒也有某种类似的观点。"

"是的，是的，他们也是有道理的，"他说，"性欲，不管它怎样梳妆打扮，也是一种恶，一种必须与之斗争的可怕的恶，而不是像我们现在这样去鼓励它。《福音书》上说，看见妇女而生邪念的，他心里已经跟她奸淫了，这话不仅是对别人的妻子而言，实际上，这话主要还是针对自己的妻子说的。"

十二

"在我们现在这个世界里，情况恰好相反：如果说一个人在未娶亲以前还想到节欲，那么在结婚之后，任何人都认为，现在节制性欲已经不必要了。要知道，婚后的蜜月旅行，小两口得到父母允许外出单独居住——这无非是一种得到认可的纵欲而已。但是谁如果破坏了道德的法规，它是要报复的。不管我如何费尽心机想给自己安排好蜜月，结果仍旧一无所获。我自始至终都感到可厌、可耻和无聊。但是很快我又感到痛苦和难受。这种心情很快就开始了。好像是第三天或者第四天吧，我发现妻子百无聊赖，我就问她为什么闷闷不乐，并且拥抱她，我还以为她想要我做的无非就这些罢了，可是她却推开我的手，哭了起来。什么事情使她这样伤心呢？她又说不出来。可是她觉得忧郁、难受。想必是她那受尽折磨的神经告诉了她我俩关系的卑

---

① 震颤派是基督教在美国的一个宗教派别。教徒们祭神时边唱边跳，先是四肢颤动，接着就全身摆动。他们相信这样能使自己直接和圣灵相通，因而得名。他们主张财产公有，人人必须劳动，而且不许结婚。

劣的真相；但是她又说不出来。我开始刨根问底地问她，她说什么离开了母亲心里觉得难受诸如此类的话。我觉得，这不是她的真心话。于是我就开始劝她，但是没有提到她的母亲。当时我不明白她不过是心绪烦闷罢了，至于想母亲无非是借口而已。但是，她马上就生气了，说什么我没有提到她的母亲，好像是不相信她的话似的。她对我说，她看出来了，我不爱她。我责备她太任性了，于是她的脸色就一下子全变了，她满面怒容，忧郁的表情一扫而光，她用最恶毒的语言责备我自私和残忍。我瞅了她一眼。她满脸一副冷若冰霜的神气，而且充满了最大的敌意和几乎是对我的仇恨。我记得，我看到这种情形以后，简直大吃一惊。'怎么啦？这是怎么回事？'我想，'爱情乃是两个心灵的结合，可是代替这个的却是这副模样。这绝不可能，这绝不是她！'我试着用细声软语规劝她，可是却撞上了一堵冷冰冰的、充满了恶毒的敌意的不可逾越的高墙，因此我霎时间怒火中烧，接着我们便互相说了一大堆难听的话。我俩第一次争吵留下的印象是可怕的。我把这称为争吵，其实这不是争吵，这乃是实际上存在于我俩之间的那个深渊的一次大暴露。我俩之间的卿卿我我已被肉欲的满足消耗净尽，剩下来的就只有存在于我们实际的相互关系中的互相敌对，也就是两个完全同床异梦的、然而又都希望通过对方为自己取得尽可能多的快感的利己主义者在四目对视。我把我俩之间发生的这些事称为争吵，其实这不是争吵，这不过是由于肉欲的暂时中止而暴露出来的存在于我俩之间的真实关系罢了。我当时还不懂，这种冷冰冰的敌对态度正是我俩之间的正常关系，我之所以不明白这个道理，还由于这种敌对态度，在初期很快又被重新激起的经过升华的肉欲，也就是男欢女爱掩盖了。

"我原以为，我俩吵了架又言归于好了，今后这类事情也就不会再发生了。但是就在这第一个蜜月中，很快，另一个彼此厌腻的时期又来临了，我们又不再需要对方了，于是又发生了争吵。这第二次争吵比第一次争吵更使我感到震惊。由此可见，第一次争吵并不是偶然的，我想这是顺理成章的，而且今后一定还会如此。第二次争吵是由一件最不值得一提的原因引起的，因此格外使我感到震惊。因为钱而发生了龃龉，我对钱从来是慷慨大方的，妻子要用更不会小气。我只记得，我说了一句什么话，她就胡搅蛮缠，硬说这话的意思是想用钱来驾驭她，硬说我想利用钱来确立一种似乎是自己的什么特权，确立某种叫人受不了的、愚蠢的、卑鄙的东西，这是无论我还是她都不应该有的。我勃然大怒，开始责备她说话太没有分寸，她也对我反唇相讯，于是又吵了起来。在她的言语以及脸部和眼睛的表情中，我又看到了曾经使我大吃一惊的那种同样的、深深的、冷冰冰的敌意。我记得，我也曾跟我的兄弟、朋友、父母争吵过，但是我与他们之间从来没有产生过像眼下这种特别的、怀有恶意的怨愤。但是曾几何时，这种彼此憎恨又被男欢女爱，也就是肉欲掩盖了，我还自我安慰地想，这两次争吵不过是一场误会罢了，是不难纠正的。但是紧接着又发生了第三次、第四次争吵，于是我明白了，这绝非偶然，而是理应如此，而且今后也必将如此，我想到我将面临的情况，真是不寒而栗。与此同时，还有一个可怕的思想在折磨着我：只有我一个人同妻子生活在一起才过得这样糟，而不是像我从前所期望的那样相亲相爱，在别人的夫妻生活中是绝不会有这种情形的。我当时还不知道，这是共同的命运，但是大家也都像我一样认为，这是他们独有的不幸，于是也就把自己的这件独有的，羞与外人道的不幸掩盖了起来，不仅不让外人知道，甚至也不让自己知道，自己对自己都不承认这一点。

"这种情况从结婚初期就开始了，从此就习以为常，而且愈演愈烈，一发不可收拾。从最初几星期起，我就在心灵深处感到，我上当了，事情的结果完全出乎我的意料，结婚不仅不是幸福，而且还是某种令人十分痛苦的事，但是我也像大家一样，不肯对自己承认这一点（要不是末了发生的事，恐怕到现在我还不会对自己承认这一点），不仅瞒着外人，也瞒着我自己。我当时怎么会看不出我的真正的处境的呢？对此，我现在都感到诧异。事情本来是不难看出来的，一旦吵完，连到底是什么事情引起争吵的都想不起来了。我们的脑子都来不及造出足够的理由来为经常存在于我们相互之间的敌意寻找遁词。但是更令人吃惊的是，连言归于好也找不出足够的借口。有时候还有言语、解释，甚至眼泪，但是有时候……唉！现在想起来都令人作呕，在互相说了一些最叫人难堪的话语以后，会突然间无言地相视而笑，于是便接吻、拥抱……呸，多么令人作呕啊！我当时怎么会看不出这事要多丑就有多丑呢……"

十三

这时有两个旅客上车，他们在远处的长凳上坐了下来。在他们就座的时候，他缄口不言，但是当他们坐定以后，他又继续讲起来，显然他一分钟也没有失去自己思想的线索。

"要知道，最可恶的主要是，"他开口道，"在理论上规定，爱情应是某种理想的、崇高的事，而在实际上爱情乃是某种可憎可厌的、猪狗不如的事，连说起它和想起它来，都叫人觉得可憎可厌和可耻。要知道，造化所以要把这造成可憎可厌和可耻的，并不是没有道理的。既然这是可憎可厌和可耻的，那就应当这样去理解它。可现在，恰好相反，人们装腔作势地把可憎可厌和可耻的事当做是美好的和崇高的。那么我的爱情的最初的标志究竟是什么呢？那就是兽性大发，不仅不以为耻，反而引以为荣：我的精力居然如此充沛，当时我丝毫没有考虑到她的精神生活，甚至连她的肉体生活也全不在意。我感到诧异，我们俩之间的彼此痛恨究竟是从何而来的呢？其实，事情是一清二楚的：这种彼此痛恨不过是人的天性对于把它压下去的兽性的一种抗议罢了。

　　"我对我们彼此间的憎恨感到惊讶。要知道，舍此也没有别的办法。这种憎恨不过是两个同谋犯的互相憎恨而已——既恨对方的教唆，又恨自己的参与犯罪。这怎么不是犯罪呢，要知道，她也怪可怜的，在我们婚后的第一个月就怀孕了，可是我们那种猪狗似的关系还在继续着。您以为我说话离题了吗？不，我丝毫没有离题！我是在把我怎样杀死妻子的经过原原本本地告诉您。在法庭上，他们问我，我是怎么杀死妻子的，用的是何种凶器？这帮蠢货！他们还以为我是在那时候杀死她的，用刀，在十月五日。我不是在那时候杀死她的，要早得多。正如现在他们大家，大家还在杀人一样……"

　　"那他们用的什么凶器呢？"我问。

　　"这也真叫人感到吃惊：居然没有一个人愿意知道如此彰明较著的事，对此，医生是一定知道并且应当加以宣传的，可是他们却讳莫如深。要知道，这事最简单不过了。男人和女人被造成像动物一样，在性爱之后便开始怀孕，接着是喂奶。在这种情况下，性爱对于妇女以及婴儿都是同样有害的。女人和男人的数量相等。由此将得出什么结论呢？这似乎是一清二楚的。并不需要什么大的智慧便可以得出这样的结论，连动物也都在这么办，那就是节制性欲。但是不然。科学已经发达到在血液里发现了某种奔跑着的白血球，以及各种各样毫无用处的蠢事，可是它却不懂得这个道理。起码我们没有听到它说过这样的话。

　　"因此，女人只有两条出路：一条是把自己弄成畸形，根据需要的程度消灭掉或者不断地消灭她自身作为一个女人亦即母亲的机能，以便男人能够放心大胆地、经常地寻欢作乐。另一条出路甚至不能叫做出路，而是一种简单、粗暴、直接违反自然法则的做法，而在一切所谓规规矩矩的家庭中都是照此办理的。具体地说，就是女人应该违反自己的天性，同时既怀孕、又喂奶，又供她的丈夫享乐，也就是做一个连畜类都没有堕落到如此地步的人。况且她的体力也不够。因此在我们的日常生活中就出现了不少歇斯底里症和神经衰弱，而在老百姓中就出现了所谓'中邪'①。请注意，清清白白的姑娘们是绝不会中邪的，只有娘儿们，而且是跟丈夫生活在一起的娘儿们，才会得这种病。我国的情况是如此。在欧洲也一模一样。所有治疗歇斯底里患者的医院都住满了破坏自然法则的女人。要知道，这些所谓中了邪的女人以及沙尔科②的女病人们，那都是完全残废了的人；至于半残废的女人，更是充斥全世界。您只要想一想，一个女人十月怀胎或者喂养一个生下来的婴儿，在她的身体内进行着一件多么伟大的工作啊。一件为我们承续子嗣、接替我们的东西在成长。而这个神圣的工作居然被破坏了，被什么破坏了呢？想起来都觉得可怕！人们居然还在奢谈什么妇女的自由和权利。这无异于一些食人生番在喂肥俘虏以供他们食用，同时却硬说，他们所关心的是俘虏们的权利和自由。"

　　这一席话都是我闻所未闻的，使我感到十分惊讶。

　　"那又该怎么办呢？如果是这样的话，那么，"我说，"势必对自己的妻子两年里只能亲热一次了，而男人……"

　　"男人是离不开女人的，"他接口道，"那些可爱的科学祭司又在晓谕大众了。换了我，就要命令这些术士们代行那些（按照他们的说法）男人离不开的女人的职责，看他们到时候还有什么可说的？您让一个人相信，说什么他离不开伏特加、烟和鸦片，于是这些东西就变得当真离不开了。如此说来，上帝倒不明白到底需要什么了，加上他没有向术士们请教，于是便把世界安排得十分糟糕了。请看，这事就安排得不妥帖。他们认定，一个男人需要满足而且必须满足自己的淫欲，可是这里却夹进了什么生育和喂奶，妨碍了这种需要的满足。那怎么办呢？去求教那些术士们吧，他们会安排妥帖的。他们也果然想出了办法。唉，什么时候才能把这些术士们连同他们的骗术暴露于众，使之声誉扫地呢？是时候了！事情已经发展到这种地步，人们在发疯，在开枪自杀，而一切都是由此而产生的。不如此又怎么办呢？畜类

---

① 一种发生于女人的歇斯底里性的疾病，病发时，全身痉挛，狂呼乱叫。
② 沙尔科（1825—1893），法国精神病理学家。

都似乎知道，它们的后代是为它们传宗接代的，因而在这方面遵循一定的规律。只有人才不知道，也不想知道这个道理。他所关心的只是尽情享乐。这是谁呢？这是万物之灵的人。请注意，畜类只有在需要繁殖后代的时候才交配，可是这个下流的万物之灵，却随时都能行乐。不仅如此，他还把这种兽行吹嘘为世之瑰宝，并美其名曰爱情。于是他就以这个爱情亦即无耻兽行的名义毁坏着（难道不是吗？）人类的一半。女人本应该成为人类迈向真理与幸福中的助手，可是男人却为了自己的寻欢作乐把所有的女人都变成了仇敌，而不是内助。您再看，到底是什么东西在到处阻碍着人类的前进运动？是女人。她们怎么会变成现在这种样子的呢？无非是因为这个原因罢了。是的，是的，"他重复说了好几遍，接着便开始动弹，掏出烟卷吸了起来，显然希望自己的心情能够稍许平静些。

十四

"我就这样过着猪狗似的生活，"他又用从前那种声调继续说道。"最糟糕的是，我一面过着这种卑鄙下流的生活，一面还自以为是个正人君子，因为我并不垂涎别的女人，因此我过的乃是一种正大光明的家庭生活，而且我毫无过错，如果说我们经常发生争吵的话，那也是她的不是，她的脾气不好。

"不用说，错并不在她。她跟所有的人，跟大多数人都是一模一样的。她受过教育，就像一个妇女在我们这个社会所处的地位所要求的那样，因此她也像富有阶级的所有妇女（无一例外）那样被教育成人，她们也不可能不受到这样的教育。现在有人在奢谈什么新的妇女教育。这一切无非是空谈而已：所谓妇女教育，就现有的对于妇女的并不是虚情假意的、而是真正普遍一致的观点看来，正好恰如其分。

"妇女教育永远必须符合男人对于女人的观点。我们大家都知道，男人是怎么看待女人的："Wein，Weiber and Gesang"① ——诗人在诗歌中就是这么说的。试看所有的诗歌、所有的绘画和雕塑，从情诗以及裸体的维纳斯和弗林娜这类的雕塑开始，您可以看到，女人不过是供男人玩乐的工具罢了；

---

① 德语：醇酒、女人与歌唱。

她在特鲁巴是如此，在格拉乔夫卡①是如此，在宫廷舞会上也是如此。请注意魔鬼的狡猾：好吧，你们尽管去寻欢作乐吧，那你们就应该坦白地说，这是为了寻欢作乐，女人不过是一桌珍馐美味罢了。可是不然，先是骑士们硬说，他们非常崇拜女人（非常崇拜，但是仍旧把她看做供他们玩乐的工具）。现在又有人硬说，他们是尊重女人的。有些人给女人让座，给女人拾手帕；另一些人则承认她有担任一切职务，参与治理国家的权利，等等。凡此种种他们都做了，而他们对女人的看法却万变不离其宗。她不过是一件供男人玩乐的工具罢了。她的肉体是供男人玩乐的手段。而且她也知道这一点。这无异是一种奴隶制。要知道，奴隶制无非是一些人享有许多人的被迫的劳动而已。因此，为了消灭奴隶制，就必须使人们不希望享有他人的被迫的劳动，并认为这是一桩罪恶和耻辱。然而人们贸然取消了奴隶制的外形，规定从此不许买卖奴隶，于是他们便自以为并且也使自己相信，奴隶制已经不复存在了，他们看不见也不愿意看见奴隶制依旧存在，因为人们一如既往地喜欢享有他人的劳动成果，并认为这样做是好的和正确的。既然他们认为这是好的，那随时随地都可以找到一些人，他们比别人强，也比别人狡猾，他们是擅长此事，精于此道的。妇女解放问题也是如此。要知道，女人之被奴役，仅仅由于人们希望享有她，把她当做享乐的工具，而且认为这样做很好。于是他们解放了妇女，给了她各种各样与男子平等的权利，但是他们却继续把她看做享乐的工具，而且无论在童年时代，还是在社会舆论中，都是这样教育她的。于是她就依然故我，依然是一个被人作践、被人糟蹋的女奴，而男人也依然故我，仍旧是一个骄奢淫逸的奴隶主。

"人们只是在大学里和议院里大谈妇女解放，可是实际上却把女人看做是供他们玩乐的对象。你们去教她吧，就像她在我们这儿被教养成的那样，教会她也这样来看她自己吧，于是她就将永远是一个劣等动物。或者她在那些浑蛋医生的帮助下实行避孕，也就是说她成了一个地地道道的娼妓，从而堕落到了连禽兽都不如的程度，堕落到了一件东西的程度，或者她就像一个女人在大多数情况下那样，变成一个精神病患者，一个歇斯底里的、不幸的女人，事实上她们也是如此，缺乏在精神上发展的可能。

"中学和大学是不可能改变这一点的。要改变这一点，只有先改变男人对女人的看法，以及女人对自己的看法。只有当女人把处女的地位看做是最

---

① 特鲁巴和格拉乔夫卡是沙俄时代莫斯科的两条妓院最多的街道。

高的地位，才能改变现状，而不是像现在这样，把一个人的最高情操看做是丢人现眼和奇耻大辱。如果做不到这一点，不管每个少女所受的教育如何，她的理想仍旧是把尽可能多的男人，尽可能多的好色之徒吸引到自己身边来，以便有可能从中挑选。

"至于某个女人对数学懂得多一些，另一个女人会弹竖琴，这都于事无补。只有一个女人把一个男人迷住了，她才能幸福，才能达到她所能够希望的一切。因此一个女人的最主要的任务是要会迷住男人。过去是这样，将来也是这样。在当今这个世界中，这种情况在少女时代是这样，在出嫁以后也仍将继续下去。在少女时代，这是为了选择对象，而在出嫁以后则是为了把丈夫攥在自己的手心里。

"唯一能够中止或者哪怕暂时遏制这种状况的，这就是孩子，即便这样，那也是在这个女人不是成为畸形，也就是说在她亲自喂奶的时候才能是这样。但是这时候医生又出面干涉了。

"我的妻子是愿意亲自喂奶的，而且以后的五个孩子也都是她喂的奶，可是在奶第一个孩子的时候，她的健康不佳。于是这些医生就恬不知耻地让她脱掉衣服，在她身上摸了个遍，对此，我还得对他们表示感谢，还要付钱给他们；这些可爱的医生们认定她不应该喂奶，于是她在最初这个阶段就被剥夺了可以使她不再搔首弄姿的唯一手段。我们的第一个孩子是奶妈喂的，也就是说，我们利用了一个女人的贫穷和无知，诱骗她撇下自己的孩子来奶我们家的孩子，而作为报酬，我们给她戴上一个镶有金银花边的月牙形头饰。但是问题并不在这儿。问题在于，只在这时候，当她摆脱了妊娠和喂奶之后，过去沉睡在她心中的那种女性的搔首弄姿就特别强烈地表现出来。与此相应的是，在我身上，嫉妒的痛苦也特别强烈地表现出来。在我婚后生活的整个时期，这种嫉妒之苦不断折磨着我，而这种痛苦也不能不折磨着那些像我这样不道德地和妻子生活在一起的衮衮诸公。"

十五

"我在我婚后生活的整个时期一直体验到这种嫉妒之苦。但是有若干时期我尝到的个中苦味特别尖锐。其中有一个时期是在我的第一个孩子出生以后，医生禁止她喂奶的时期。在这个时期，我的嫉妒心特别重，首先是因为我的妻子正经历着一种做母亲所特有的烦躁不安，这是生活常规遭到无缘无故的破坏必然会引起的；其次因为我看到她轻易地就抛弃了一个做母亲的应尽的道德义务，我正确地，虽然是无意识地得出了结论：若要她抛弃夫妇之间的义务，她想必也是同样轻而易举的，何况她十分健康，尽管那些可爱的医生们一再禁止，她还是亲自喂养了以后的几个孩子，而且喂养得非常好。"

"话又说回来，我看您是不喜欢医生的，"我发现他每次提到医生的时候那种特别深恶痛绝的口吻，便说道。

"这不是喜欢不喜欢的问题。他们把我的生活给毁了，正像他们过去毁掉，现在还在继续毁坏千千万万人的生活一样，因此我不能不把后果和原因联系起来。我明白，他们和律师们以及其他人一样想赚钱，可是我情愿把自己收入的一半拱手送给他们，我想，每一个明白他们在干什么的人，也都情愿把自己财产的一半送给他们的，只要他们不干预你们的家庭生活，从此不再登门。我没有去搜集材料，但是我知道数十起这样的案例（这样的案例真是比比皆是），在这些案件中，他们把婴儿杀死于母腹之中，却硬说母亲不能分娩，可是这位母亲后来还是生了好几个孩子，而且都是顺产，要不，他们就借口施行什么手术，干脆把母亲杀死。要知道，谁也没有去统计过这些凶杀案，正像没有人会去统计宗教裁判所到底杀死了多少好人一样，因为据称，这是为了人类的幸福。他们所犯的罪行是罄竹难书的，但是，所有这些罪行比之他们带到这个世界上来的（特别是通过女人）极端实利主义的道德败坏，是微不足道的。我且不说如果照他们的指点去办，由于疾病蔓延，人们将不是走向大同，而是走向分崩离析：根据他们的学说，那大家就应当分开坐，不应当把嘴里的石碳酸喷雾器取下来（话又说回来，他们已经发现连石碳酸也无济于事了）。但是这也无关紧要。当前之大毒乃在于对人们，特别是对女人的诲淫诲盗。

"现在已经不能说：'倘若你生活得没有意思，那你就好好地生活吧，'——现在既不能对自己，也不能对别人说这种话了。如果你生活得没有意思，那原因在于你的神经功能不正常，或者诸如此类的原因。这就需要去向他们就医，于是他们就开给您一帖在药房索价三十五戈比的药，那您就吃下去吧。您的病情恶化了，您就再吃药，再去就医。真是一套妙不可言的把戏！

"但是问题不在这儿。我想说的仅仅是她亲自给孩子们喂奶喂得很好，正是这类妊娠和哺乳救了我，使我免受嫉妒之苦。如果不是这些，一切还会发生得更早些。孩子们救了我，也救了她。在八年中，她生了五个孩子。而且所有的孩子都是她亲自喂大的。"

"那么他们现在在哪儿呢？我是说您的孩子们。"我问。

"孩子们吗？"他惊恐地反问道。

"请原谅我，您想起这些也许感到难受吧？"

"不，没有什么。我的孩子被我的大姨子和她的哥哥领走了。他们不肯把孩子给我。我把产业交给了他们，他们还是不肯把孩子给我。要知道，我简直像个疯子。我现在就是从他们那儿来的。我看到了孩子们，但是他们就是不肯给我。要不，我会教育他们，让他们长大了不至于像他们的父母那样。可是他们硬要这些孩子长大了跟他们的父母一模一样。唉，有什么办法呢！他们不相信我，不肯把孩子们给我，这是可以理解的。因为我自己也不知道我能不能教育好他们。我想我无能为力。我已是一具行尸走肉，一个废物。我身上只有一样东西。我知道。是啊，这是确实的，我懂得了一些大家还不会很快懂得的道理。

"是啊，孩子们还活着，而且正在成长为一些野蛮人，就像他们周围所有的人们那样。我看到了他们，看到了三次。我对他们已经无能为力。无能为力。我现在回南方老家去。我在那里有一座小房子和一座小花园。

"是的，人们还不会马上明白我所懂得的道理。在太阳和其他星球上是否有很多铁，以及有何种金属——这是可以很快弄清楚的；至于要了解足以揭露我们的猪狗似的生活的东西——那就难了，太难了。

"您居然在听我讲的这些话，真是不胜感激之至。"

十六

"您刚才提到了孩子。关于孩子，眼下又在散布一种多么可怕的弥天大谎啊。孩子是上帝的祝福，孩子是快乐。要知道，这一切统统是欺人之谈。这一切从前有过，但现在已经面目全非。孩子是磨难，别无其他。大多数母亲直接感到了这一点，有时她们在无意中也直言不讳地把这话说了出来。您不妨去问一问我们这个富有者圈子里的大多数母亲，她们会告诉您的，她们因为害怕她们的孩子生病和夭折，宁可不要孩子，如果孩子已经出生，为了不致被他们拴住，不致活受罪，她们也不愿喂奶。孩子的可爱，孩子带给她们的快乐，他的可爱的小手小脚和整个小身体带给她们的乐趣，还抵不上她们所受的痛苦——且不说由于孩子生病或夭折，光是担心孩子可能生病和夭折，就已经够她们受的了。权衡利弊，还是得不偿失，因此她们不愿意有孩子。她们直言不讳地、大胆地说出了这一点，还自以为这种感情是出于对孩子们的爱，是出于一种她们引以为自豪的好的、值得称赞的感情。她们没有看到，她们的这种论调直接否定了对孩子的爱，而仅仅肯定了她们的自私。对于她们来说，由于孩子的可爱而产生的快乐，还抵不上为他担惊受怕而产生的痛苦，因此她们不要孩子，即便她们将来也许会爱他们也罢。她们不是为了可爱的小东西而牺牲自己，而是为了自己而牺牲有可能成为可爱的小东西的人。

"很清楚，这不是爱而是自私。但是要为这种自私而谴责她们，谴责这些富有家庭的母亲们——一想到她们为了孩子们的健康而受尽折磨（这又得感谢在我们养尊处优的生活中的那些医生们了），又于心不忍。甚至现在，只要我一想起在最初那个阶段，那时我们已经有了三四个孩子，妻子为了照顾他们真是废寝忘食，忙得不可开交，一想起她当时的生活和境况——我就不寒而栗。我们简直不是在过日子。这种生活乃是一种危险频仍，从危险中得救，又发生危险，又死命挣扎，又得救——这种情况周而复始，就像待在一条即将下沉的船上似的。我有时候觉得，她这样做是故意的，她故意装作为孩子们寝食不安，目的是为了制服我。这样一来，一切问题便迎刃而解了，并且对她有利。我有时候觉得，她在这种情况下所做所说的一切，都是她的故意做作。但是不，她自己也非常痛苦，她经常为了孩子们，为了他们的健康和疾病痛不欲生。这对于她是一种精神上的极大痛苦，对我也是如此。她怎能不痛苦呢！要知道，这种对于孩子的爱怜、哺育、爱抚和保护孩子们的动物的本能，她是有的，正如大多数妇女都有这种动物的本能一样，但是却没有动物所具有的缺少想象和思考力。一只母鸡是不会担心它的小鸡会出什么事情的，它也不知道这只小鸡可能得的所有疾病，更不知道人们自以为可以祛病延年的所有的药物。对于母鸡来说，它的雏儿们并不是痛苦。它为自己的小鸡做着它所能够做的事，并且乐此不疲；它的雏儿对它来说是快乐。当小鸡开始生病的时候，它需要做的事情是明确的：它暖和它，喂它。当它做这些事情的时候，它知道它所做的一切都是它必须做的。万一小鸡死了，它也不会问自己，它为什么死，它到哪里去了，它咕咕咕地叫一阵，然后就不叫了，于是便跟从前一样继续生活下去。可是对于我们这些不幸的女人以及对于我的妻子来说，却不怎么简单，姑且不谈疾病应该怎么治疗，就说怎么教育孩子和抚养孩子吧，她从四面八方到处打听，并且读了不少众说纷纭、经常变来变去的章法。应当这样来喂，喂这个；不，不是这样，也不是喂这个，而是应当这样；穿衣呀，喝水呀，洗澡呀，让孩子睡觉呀，散步呀，呼吸新鲜空气呀——对于这一切，我们，主要是她，每星期都会知道一些新的章程。好像人们从昨天起才开始生儿育女似的。结果因为没有这样喂奶，没有这样洗澡，而且做得又不是时候，于是孩子就生病了。到头来，竟然都是她的错，她没有做到她应该做的事。

"这还是健康的时候。就这样已经够受的了。要是一生病，那就完蛋了。简直痛苦极了。据说，疾病是可以医治的，既有这样的科学，又有这样的人——医生，他们精通此道。但并不是所有的医生都精通医道，只有最高明的才行。就这样，孩子病了就必须去找那位最高明的、能够起死回生的医生，这样孩子才能得救；倘若没有抓住那位医生，或者你住在这儿，而那位医生偏不住在这儿，孩子的小命就算完了。这并不是她一个人特有的信仰，她那个圈子里所有的女人都这样相信，她从四面八方听到的就只有这么一类话：叶卡捷琳娜·谢苗诺夫娜的两个孩子死了，就因为没有及时去请伊万·扎哈雷奇，可是伊万·扎哈雷奇却救活了玛丽亚·伊万诺夫娜的大女儿；再看彼得罗夫家，因为听从了医生的劝告，及时隔离，大家分散到各个旅馆去住，孩子们至今还活着，而没有分散居住的呢，孩子们都死了。还有一位太太，她的孩子身子弱，他们听了医生的劝告，到南方去疗养，这才救了孩子的命。她对自己的孩子有一种动物般的爱恋，当这些孩子的小命取决于她能否及时得知伊万·扎哈雷奇对此说些什么，她怎能不终生提心吊胆，备受煎熬呢？至于伊万·扎哈雷奇究竟会说什么，谁也不知道，他自己更不知道，因为他心里一清二楚，他对丁医道一窍不通，什么病也治不好，只不过是信口雌黄，闪烁其词，只要人们仍旧相信他深谙医道就成。要知道，倘若她完全是个动物，她也就不会痛苦了；倘若她完全是个人，她就会相信上帝，她就会像那些虔信上帝的乡下女人那样说，那样想了：'上帝给的，上帝又拿去了，天命难违呀。'她就会想，所有的人（包括她的孩子们）的生与死，人们是无权过问的，只有听命于上帝，如果她能这样想，她就不会认为她能防止孩子们的病与死，可是她没有能够做到这一点而感到痛苦了。要不然，对于她来说，情况就是这样的：给了她一些最脆弱的、多灾多难的小东西。而对这些小东西她又感到一种热烈的、动物般的爱恋。此外，这些小东西又都托付给她了，可是与此同时，保全这些小东西的方法我们却一无所知，倒是那些毫不相干的局外人知道得一清二楚，而要取得这些人的治疗与医嘱，就必须付大价钱，而且付了大价钱也不见得永远奏效。

"有了孩子以后的整个生活，对于妻子，而且也是对于我，并不是快乐，而是痛苦。又怎么能不痛苦呢？于是她就经常处于痛苦之中。常常，我们在一场争风吃醋或者普通的争吵之后刚刚平静下来，刚想过几天安静日子，读点书，想些问题；刚抓起了一件什么事情，突然听说：瓦夏呕吐了，或者玛莎便血了，或者安德留沙出疹子了，于是万事全休，简直不得安生。坐车上哪儿去，去请什么医生，又送到哪儿去隔离呢？于是又开始灌肠呀，量休温呀，喝药水呀，请医生呀。这件事还没有完，另一件事又接踵而至。我们就从来不曾有过正常的、安定的家庭生活。有的只是，正如我刚才告诉您的，经常从想象的和真实的危险中被拯救出来。要知道，现在在大多数家庭里情形就是如此。而在我家则是特别严重。妻子是一个舐犊情深的人，而且人家说什么她都相信。

"因此，有了孩子以后，不仅没有使我们的生活得到改善，反而把它的气氛毒化了。此外，孩子还成了我们发生纷争的新借口。自从有了孩子以后，随着他们越长越大，正是孩子们越来越经常地成为我们争吵不休的资料和对象。孩子不仅是我们争吵的对象，也是我们争斗的武器；我们似乎都在利用孩子来彼此进行争斗。我们每人都有一个自己喜欢利用的孩子作为争斗的武器。我多半利用大儿子瓦夏与她大打出手，而她则利用丽莎与我争吵不休。此外，孩子们渐渐长大以后，他们的性格也定型了，他们就成了我们各自拉到自己这边来的同盟军。这些可怜的孩子曾为此受到极大的痛苦，但是我们在战火频仍中根本无心去考虑他们。女孩是我的同盟军，而那个大男孩却像他的母亲，是她的宠儿，因此经常被我憎恨。"

十七

"您瞧，我们过的就是这样的生活。我们的关系越来越敌对，最后竟发展到不是分歧产生敌对，而是敌对产生分歧了：不管她说什么，她还没有开口，我就不同意，她对我也一样。

"在婚后的第四年，双方似乎都已自行认定，我们是不可能彼此了解的了，彼此也不可能取得一致。于是我们也就不再企图彼此说到一块儿去了。对于一些最简单的事情，特别是对于孩子们，我们经常各执己见。我现在想起来，当时我根本就没有把我坚持的那些意见看得很重，以至于不能放弃；

但是因为她的意见与我的相反，如果我让步，那不就意味着对她让步吗？这正是我办不到的。她大概也认为她在我面前从来都是完全正确的，而我在自己心目中，在她面前也一向是神圣不可侵犯的。我们两人单独相处的时候，常常相对无言，或者说一些，我相信，连动物彼此之间也会进行的谈话：'几点啦？该睡觉了。今天午饭吃什么？坐车上哪儿去呢？报纸上有什么新闻？去请医生吧。玛莎嗓子疼。'只要稍许超出这个小得不能再小的谈话范围，就会大动肝火。为了咖啡、桌布、马车、打文特时出的一张牌，就会爆发冲突和恶语伤人，而这些都是鸡毛蒜皮的小事，无论对哪一方都不可能有任何重要性。起码在我身上经常沸腾着对她的可怕的憎恨，有时候，我看着她怎样斟茶、晃腿、或者把汤匙举到嘴边，吧嗒着嘴唇喝汤，就觉得不顺眼，对她深恶痛绝，认为这种举动太难看了。我当时没有发现，这些互相憎恨的时期在我身上竟是与我们称为相亲相爱的时期丝毫不差、成等比例地交替出现的。紧接着相亲相爱的时期就是互相憎恨的时期；相亲相爱的时期越恩爱，互相憎恨的时期就越长久；相亲相爱的表现越弱，互相憎恨的时期就越短。那时候我们不懂，这种相亲相爱和互相憎恨不过是同一种动物感情的两个极端罢了。如果我们当时明白自己的状况，这样生活一定是很可怕的。但是我们既不明白，也看不到。如果一个人生活得不对头，他可以装糊涂，对自己的处境的灾难性视而不见——这对于那个人来说既是一条生路，也是一种惩罚。我们就是这样做的。她极力想借紧张的、永远忙碌的家务来忘掉自己：布置房间呀，赶制自己的和孩子们的衣服呀，关心孩子们的学业和健康呀，等等。我也有自己的自我陶醉的办法——沉湎于公务、打猎和打牌。我们两人经常很忙。我们都感觉到，我们越忙对对方就越没有好气。'你倒好，挤眉弄眼的，'我对她寻思道，'可你的无理取闹却折磨了我一夜，我还要去开会哪。''你倒好，'她不仅这样想，而且说了出来，'可是我却守着孩子一夜都没合眼。'

"我们就这样过日子，眼前老是一团迷雾，看不见我们当时所处的状况。要不是发生了曾经发生过的那件事，我也许会这样过到老，一直到死还自以为没有虚度此生，即使不特别好，却也不算太坏，跟大家一样；我也许至今都不会明白我当时挣扎于其中的无穷的不幸和可鄙的虚伪。

"我们是拴在一根锁链上的两个彼此仇视的囚犯，我们互相毒化对方的生活，而又极力对此视而不见。那时我还不知道，百分之九十九的家庭都像我一样过着这种精神上极端痛苦的生活，而且也不可能是另一种样子。但是那时候，我对人对己都还不明白这个道理。

"说出来也怪，在正确的和甚至于不正确的生活中，有着多么惊人的巧合啊！正当生活对于父母双方变得不堪忍受的时候，为了给孩子们的教育创造条件，却必须搬到城里去居住。于是就出现了搬到城里去的需要。"

他说罢便停了一下来，发出了一两声他常有的那种怪声。这种声音现在听来简直就像是一种强压下去的号啕大哭。我们进站了。

"几点了？"他问。

我看了看表，已是午夜两点。

"您不累吗？"他问。

"不，倒是您累了吧。"

"我憋得慌。对不起，我出去走走，喝点水。"

于是他便跌跌撞撞地穿过车厢。我独自坐着，反复琢磨着他对我说的一切，因为想出了神，没有发现他已经从另一头回来了。

十八

"是的，我老爱扯到题外去，"他又开始说道，"我思前想后，想了很多，现在我对许多事情的看法不同了，这一切我都想说一说。于是我们就在城里住了下来。不幸的人还是住在城里好些。在城里，一个人可以活到一百岁而没有发现他早就死了，烂掉了。简直没有时间去考虑自己的事情，老是很忙。事务呀，社交活动呀，健康呀，艺术呀，孩子们的健康呀，他们的教育呀，等等。一会儿必须接待某人与某人，去拜访某人与某人；一会儿又必须去看看这位太太，听听这位先生或者这位太太的高论。要知道，在城里，任何时候都会有一位，甚至一下子就有两三位绝不能失之交臂的社会名流。一会儿必须为自己延医治疗，给这个看病或者给那个看病，一会儿又是教师、家庭补习教师、家庭女教师，而生活却是一片空虚和无聊。您瞧，我们的生活就是这样，共同生活的痛苦也感觉少了些。此外，在最初一个阶段，事情多得不可开交：必须在一个新城市里安顿下来，布置新居，再就是从城市到乡下，从乡下到城市来回奔跑，忙个不停。

"我们过了一个冬天，可是在第二年冬天却出了下面这样一件谁都没有注意到的事，这事看来微不足道，可是它却导致后来发生的一切。她身体不好，于是那些浑蛋医生就不让她生育，并且教给了她方法。我对这事十分反感。我极力反对这样做，可是她却以一种轻率的顽固固执己见，我只好屈服；我们过的那种猪狗似的生活的最后的理由——生儿育女——被解除了，于是生活就变得更加令人作呕了。

"一个农民，一个干活的人是需要孩子的；虽然养育不易，他还是需要孩子，因此他保持夫妇关系还有道理可言。可是我们这些已经有了孩子的人已经不需要再有孩子了，他们只会使我们多操一份心，多添一笔开销，多增加一些遗产继承人，他们不过是累赘。因此保持这种猪狗似的生活，对于我们来说，已经毫无道理可言。要不就是我们人为地不要孩子，要不就是把孩子看做一种不幸，看做一种疏忽所造成的后果，这就更加丑恶了。这是毫无道理可言的。但是我们在道德上已经如此堕落，我们甚至看不到有为自己辩白的必要。现今有教养人士的大多数都沉湎于这种贪淫好色的生活而丝毫不受到良心的谴责。

"有什么好谴责的呢，因为在我们的日常生活中已经毫无良心可言，除非是舆论和刑法的'良心'，如果可以这样说的话。但是在这里两种良心都没有被违背：无须对社会感到任何羞愧，大家都这么干：玛丽亚·帕夫洛夫娜如此，伊万·扎哈雷奇也是如此，何苦生下一大堆叫花子或者剥夺自己参加社交活动的可能性呢？在刑法面前也无须感到羞愧和害怕。只有那些不成体统的大姑娘们和大兵的老婆们才把孩子扔到池塘里和井里。这种女人当然应当关进大牢，可是我们这里一切都做得又及时又干净利落。

"我们就这样又生活了两年。那些浑蛋医生的方法显然开始奏效了，她的身体发胖了，人也变漂亮了，就像夏天最后的'姹紫嫣红'。她感觉到了这一点，于是便精心修饰起来。她身上出现了一种妖冶的美，令人目眩神迷。她年方三十，已不再生育，吃得又好，容易激动，因此别有一番媚态。她的模样使人心荡神驰。每当她从男人中间走过，她就把他们的目光吸引到自己身上。她就像一匹久不拉车、膘肥体壮、上了套的牝马，但是它的笼头被卸除了。哪有什么笼头呀，就像我们百分之九十九的女人没有任何笼头一样。我感觉到了这一点，我感到害怕。"

十九

蓦地，他站了起来，坐到紧挨着窗口的位子上。

"对不起，"他两眼凝视着窗外说道，就这样默默地坐了两三分钟。接着，他长叹了一声，又坐到我的对面。他的脸完全变了样，目光凄恻，一种奇怪的、近似微笑的神情弄皱了他的嘴唇。"我有点累了，但是我要讲下去。时间还很多，还没天亮。是的，"他点起了一支烟，又开始说道。"自从她停止生育以后，她的体态变得丰满了，她的心病——关于孩子的无休止的痛苦——也开始逐渐好转；不仅逐渐好转，她仿佛从酒醉中清醒过来，如梦初醒似的看到了那充满欢乐的大千世界。她一度把这个大千世界忘了。但是她过去在这个人世间不会生活，她也根本不了解它。'可别蹉跎光阴！时光易逝，时不再来！'在我的想象中她就是这么想的，或者不如说，她是这么感觉的，除此以外，她也不可能有别的想法和别的感觉，因为她受的教育是：世界上只有一样东西值得关注——那就是爱情。她出嫁了，尝到了一点这种爱情的味道，但是这种爱情不仅远不是人家交口称誉和她所盼望的，而且还充满了失望和痛苦，接着又立刻来了一种意外的磨难——孩子！这种磨难把她弄得精疲力竭。亏了那些好心的医生，她才懂得一个人也可以不怀孩子。她大喜过望，尝试了一下那个办法，于是她的感情复活了，为了她所知道的唯一的东西——为了爱情，她又生气勃勃了。但是跟丈夫的爱情已面目全非，因为丈夫已经被嫉妒和形形色色的怨恨弄得面目可憎，叫人烦死了。她开始憧憬着另一种纯洁而新鲜的爱，至少我认为她是这么想的。于是她就开始左右顾盼，仿佛在等待什么似的。这种情形我是看到的，不能不深感忧虑。常常发生这样的事：她大胆地说（她和我说话一向通过别人，即看上去是和别人说话，而话却是说给我听的），根本不顾她在一小时以前还说了完全相反的话，半开玩笑半正经地说，母爱不过是一场骗局，当一个人还年轻，还可以享受生活的时候，把自己的一生贡献给孩子们真是太不值得了。那时候，她照看孩子们少了，也不像从前那样拼命了，可是她却越来越多地注意起自己和自己的外表来了（虽然她对此极力掩饰），关心自己的爱好，甚至本身的提高，她又兴致勃勃地练起了她从前完全荒废了的钢琴。于是一切便由此开始了。"

他又把疲惫的目光转向窗外，但看来克制住了自己的感情，立刻接下去说道：

"于是这个人就出现了。"他嗫嚅道，用鼻子发出一两声他惯常发出的那种特别的声音。

我看到，每次提起这个人的名字，回想到他，谈到他，都使他十分痛苦。但是他克制住了自己的感情，仿佛冲破了拦阻他的障碍，又毅然决然地继续说道：

"在我的眼里，照我的评价，他是一个非常坏的人。倒不是因为他在我的生活中起了多么坏的作用，而是因为他的确很坏。话又说回来，他的坏只是一个证明，证明她多么不能自持。没有他也就会有别的人来证明，事情早晚会发生。"他又不做声了。"是的，这是一个音乐家，一个小提琴手；他并不是一个职业音乐家，而是一个半职业半业余的以客串为业的人。

"他父亲是地主，是家父的近邻。他父亲败落下来以后，孩子们（三个男孩）都得到了安置，只有这个最小的被送到巴黎，交给他的教母抚养。他在那里被送进了音乐学院，因为他有音乐才能，毕业后成了一名小提琴手，常常在音乐会上演奏。他为人……"显然，他想说一些关于他的坏话，但是他克制住了自己，接着便匆匆说道，"嗯，至于他过去是怎么生活的，我就不得而知了，我只知道，那一年他回到了俄国，并且来看望了我。

"他有一双水汪汪的杏仁般的眼睛，带笑的红嘴唇，两撇抹了发蜡的小胡子，最新、最时髦的发式，一张俗气而又漂亮的脸，以及一些女人们称为此人'并不难看'的东西。他的体格单薄，虽然并不丑，可是他的臀部却特别发达，像女人，或者像果天托特人①。据说果天托特人的臀部也很发达，也都有音乐天赋。他见人喜欢故作亲热，但他又很敏感，一遇到人家稍有抵触，就立刻适可而止，借以维持他那外表的尊严。他脚穿一双带有纽扣的皮鞋，颈系一件颜色鲜艳的领带，穿戴着一些外国人在巴黎经常买的东西——这一切都带有一种别致的巴黎气派。这些东西由于自己的别致和新颖，对女人一向都有吸引力。在他的言谈举止中有一种做作的、表面的谈笑风生。您知道，他还有　种用暗喻、说半句话的习惯，仿佛说：'这一切您都是知道的，也是记得的，不尽之意，请您自己补充。'

"于是他和他的音乐就成了一切的祸根。要知道，在法庭上此案却被说成是一切皆由嫉妒而起。完全不是那么回事儿，也就是说，不是'完全不是那么回事儿'，而是似是而非。法庭上是这么裁定的：因为妻子有了外遇，我为了捍卫自己被玷污的名誉（要知道，他们就是这么说的）才杀人的。因此我被无罪开释。我在法庭上极力想把此案的意义说清楚，可是他们却把这理解成为我想为妻子的贞操恢复名誉。

"她和那个音乐家的关系，不管它究竟如何，对于我毫无意义，对于她

---

①　非洲西南的一种民族。

也一样。对于我有意义的乃是我刚才告诉您的，也就是我的猪狗似的生活。一切皆由于我们两人之间存在着那个可怕的深渊（这事我已经对您说过了），我们之间的相互仇恨已经紧张到了可怕的程度，一遇口实就足以产生险象。我们之间的争吵在最后那个阶段正在变成一种可怕的东西，它与那同样强烈的兽欲交替出现，那就显得更加骇人听闻了。

"如果出现的不是他，就会出现别的人。如果不是以嫉妒作借口，就会有别的东西作借口。我坚持认为，一切像我那样生活的丈夫，肯定不是纵欲无度，就是分居，要不就干脆自杀，或者像我所做的那样杀死自己的妻子。如果有谁不曾发生过这样的事，那就是极其罕见的例外。要知道，我在结束这种状况以前，曾有好几次差点自杀，她也曾数度服毒。"

二十

"是啊，在那以前不久，情况就是这样。

"我们仿佛处在一种休战状态，并且没有任何原因要来破坏它。突然，在一次闲谈中，我谈到有这么一条狗在展览会上获得了奖牌。她说：'不是获得奖牌，而是得到好评。'于是争论就开始了。我们开始逐一指摘，互相数落：'嗯，这事早就老掉牙了，一向都是这样：你说……''不，我没有说过。''那么，是我瞎说喽！……'我感到那种可怕的争吵眼看就要爆发，此时我恨不得自杀或者把她杀死。我明知道争吵立刻就会爆发，但我对此也畏之如火，因此我就想忍下这口气算了，可是怒火却攫住我的全身。她也处在同样的情况下，也许还更糟。她故意歪曲我的每一句话，给它加上原来没有的意义。她的每一句话都浸透了毒汁；只要她知道我哪儿最疼，她就专找这种地方来刺我。话越说越多。我大喝一声：'住嘴！'或者诸如此类的话。她猛一下冲出房间，向育儿室跑去。我拼命想要拦住她，以便把话说完，并且把道理说透，我抓住了她的胳臂。她就假装我把她抓疼了，大叫：'孩子们，你们的爸爸打我啦！'我喝道：'不许胡说！''你们看，这已经不是头一回啦！'她使劲嚷嚷，或者说一些诸如此类的话。孩子们扑到她的身边去，她就安慰他们。我说：'你别装相了！'她就回嘴：'对你来说，什么都是装相；哪怕你杀了人，你也会说，他在装相。现在我算把你看透了。你就想下这个毒手！''哼，你死了倒好！'我嚷道。我记得，这些可怕的话把我吓了一跳。我怎么也没有料到，我会说出这么可怕的、粗暴的话来，这些话居然能从我的嘴里说出来，这使我感到吃惊。我一面嚷嚷着这些可怕的话，一面向书房跑去，接着便坐下抽烟。我听见她走进了前厅，准备出去。我问她上哪儿她不理我。'哼，让她见鬼去吧，'我对自己说，我回到书房，又躺下来抽烟。我脑子里生出了成千上万个计划：怎么报复她，怎么甩掉她，怎么挽救这一切，又怎么才能做得像没事人似的。我想着这一切，一面不断地抽烟，抽烟，抽烟。我想干脆离开她跑掉，躲起来，跑到美国去。想到后来，我甚至幻想把她甩了，这该多好啊，再去跟另一个漂亮的、完全不相干的女人相好。怎么甩法呢？除非她死了或者干脆同她离婚，于是我就开始设想，怎么才能做到这点。我看到自己的脑子乱了，想的都不是应该想的东西，为了不使自己看到我想的东西不是我所该想的，我就拼命抽烟。

"可是家里的生活还在照常进行。家庭女教师来问：'madame① 在哪儿？什么时候回来？'仆人也来问要不要上茶。我走进餐室；孩子们，特别是已经懂事的大女孩丽莎，都用询问的、仇视的目光瞧着我。我们默默地喝着茶。她一直没有回来。一晚上都过去了，她还是没有回来，两种感情在我心里此起彼伏：一种是恨她，恨她老不回来，使我和所有的孩子们都很痛苦，其结局无非是她回来了也就完事了；另一种是害怕她不回来，去寻死觅活。我本想去找她。但是到哪儿去找她呢？到她姐姐那儿吗？但是登门去询问未免太愚蠢了。那就由她去吧；如果她想折磨人，那就让她自己折磨自己好了。要不然，这倒称了她的心。下次会闹得更凶。如果她不在她姐姐那儿，正在自寻短见或者已经自寻短见了，那又怎么办呢？……十一点，十二点，一点。我没有进卧室去，一个人躺在房间里等她太蠢了，可是在这里我也躺不住。我想找点事做，写几封信，看点书，但是我做什么事都没有心思。我独自坐在书房里，痛苦，恼怒，同时留神谛听外面的动静。三点，四点，她还是没有回来。快天亮的时候，我睡着了。醒来一看，她仍旧没有回来。

"家里的一切仍照常进行，但是大家都莫名其妙，大家都用疑问和责备的目光看着我，他们推测，这一切都是由我引起的。可是我还在进行着同样的内心斗争———面恨她用这种办法折磨我，一面却又替她担心。

"十一点左右，她姐姐来了，是来替她当说客的。于是便开始了老一套的谈话：'她的心情非常不好。这到底是怎么回事呢？''说到底，什么事也没有。'于是我就说到她的性格真叫人受不了，我说，我根本没有做什么对

---

① 法语：太太。

不起她的事。

"'话又说回来，总不能老这样下去呀，'她姐姐说。

"'那就看她了，与我无关，'我说，'反正我绝不走第一步。要离婚就离婚。'

"大姨子走了，一无所获。我跟她谈话的时候曾气势汹汹地说，我绝不走第一步，可是她一走，我出去看见孩子们那种可怜巴巴和惊慌失措的样子，我已经准备迈出第一步了。这时候我已经乐于这样做了，但是又不知道从何做起。我又走来走去，不断抽烟，吃饭的时候还喝了点伏特加和葡萄酒，终于达到了我无意中想要达到的境界：我已经看不到自己处境的愚蠢和卑劣了。

"三点左右，她回来了。她遇到我的时候一句话也没有说。我还以为她屈服了，我就说我的火气是被她的横加指责惹出来的。可是她却板起面孔，十分痛苦地说，她不是来讲和的，而是来接孩子的，因为我们已经没法生活在一起了。我便说错不在我，是她逼得我发火的。她板起面孔，郑重其事地望着我，然后说道：

"'别废话，你会后悔的。'

"我说我最讨厌装腔作势。于是她嚷嚷了一句什么话，这话我没听清，她就跑进了自己的房间。她进去后，只听见钥匙响了一下，她把自己锁在里面了。我推了推门，她不理我，于是我就怒气冲冲地走开了。半小时后，丽莎满脸泪痕跑了进来。

"'怎么？出了什么事吗？'

"'听不见妈妈的声音了。'

"我们跑去。我使劲拉门。门闩没有插好，两扇门打开了。我走近床前。她穿着裙子和高勒皮鞋，姿势怪别扭地躺在床上，已经失去了知觉。床前的小桌上有一只放鸦片的空瓶子。我们把她救醒了。接着是眼泪汪汪，最后便和解了。也说不上是和解，双方依旧怀恨在心，互相敌对，再加上这次争吵引起的痛苦，每人都把这次痛苦全部归咎于对方。但是这一切总得设法收场呀，于是生活又照老样子过下去了。就这样吵来吵去，越吵越凶，接连不断，有时一周一次，有时一月一次，有时每天都吵。周而复始，没完没了。有一次，我甚至已经领了出国护照（争吵持续了两天），但紧接着又是假惺惺的解释，假惺惺的和解，于是我又留了下来。"

二十一

"这个人出现的时候，我们就处在这样的关系中。此人一到莫斯科（他姓特鲁哈切夫斯基），就来拜访我。这事发生在上午。我接待了他。过去我们曾一度'你我'相称。他企图用一种含糊其辞的介于'你'和'您'之间的口吻，坚持与我'你我'相称，可是我却直截了当地定下了调子，互相称'您'，他也就立刻依从了。我第一眼看见他就很不喜欢他。但是说来也怪，冥冥之中有一种奇怪的力量在指使我没有把他拒之门外，没有请他滚蛋，而是相反，请他登堂入室。要是我跟他冷冷地寒暄几句，也不介绍他跟妻子认识，便跟他告别，那是再简单不过的了。但是偏不这样，好像鬼使神差似的，我谈起了他的演奏。我说，人家告诉我，他已经不拉小提琴了。他说，恰好相反，他现在拉得比从前更多。他又想起我从前也爱玩玩乐器。我说，我现在已经不玩了，倒是我妻子钢琴弹得很好。

"说来也怪！在我与他相见的第一天和第一小时，我与他之间的关系就好像只有在那事发生过以后应该有的那种样子。我与他的关系似乎有点紧张：我注意他或我所说的每一句话、每一个辞词，并认为这些话十分重要。

"我把他介绍给我的妻子。于是我们就立刻谈起了音乐，他表示愿意陪她练琴。这一阵，妻子一直娴雅动人，富于诱惑力，漂亮得令人目眩神迷。看来，她从看到他的第一眼起就喜欢上他了。此外，她也很高兴，因为她很希望有人用小提琴给她伴奏，为此她还从剧院里特意雇来一位小提琴师——这下，有小提琴伴奏，弹起琴来就更有意思了。她的脸上也表现出了这种喜悦。但是她一看到我的脸色，就立刻懂得了我的心情，于是便改变了脸上的表情，接着就开始了那种互相欺骗的游戏。我愉快地笑着，装作我感到很高兴似的。他就像一切色鬼望着漂亮女人那样望着我的妻子，装作他感兴趣的只是我们所谈的话题，其实，他对此已经毫无兴趣。她也极力装作若无其事的样子，可是她所熟悉的我那酷劲大发的假惺惺的微笑以及他那色迷迷的眼神，显然使她兴趣倍增。我看到，从他们第一次见面时起，她的眼神就焕发出一种特别的光彩，而且，大概是由于我的醋意吧，我看到，他俩之间好像立刻通了电似的，因而唤起了相同的神色、眼神和微笑。她脸红，他也脸红；她微笑，他也微笑。我们谈了一阵音乐、巴黎和各种各样的琐事。他站起身来告辞，笑容可掬地站着，拿着礼帽，把礼帽放在他那微微抖动着的大腿上，一会儿瞧着她，一会儿瞧着我，仿佛在等待着我们下一步究竟怎么办似的。我所以对这一刻牢记不忘，就是因为在这一刻我完全可以决定不再邀请他，那就什么事情也没有了。但是我望了他们两人一眼。'你别以为我会对你吃醋，'我在心中对她说。'你也别以为我会怕你，'我在心中又对他说，接着我便邀请他晚上无论如何把小提琴带来，陪我的妻子一起弹琴。她吃惊地瞧了我一眼，顿时满脸绯红，于是便好像害怕似的开始拒绝，说什么她的琴弹得还不够好。她的这个拒绝使我更加恼怒，因此我就更加坚持非请他来不可。我还记得我望着他走出去时的那种奇怪的感情：他像小鸟似的迈着跳跃式的步伐从我们家走出去，我望着他的后脑勺，望着他那梳成分头的黑头发衬托着他的白脖子。我不能不向自己承认，这个人的到来使我感到痛苦。'这取决于我，'我想，'就这么办：从此永远不再见他。'但是，果真这么办的话，那不等于承认我怕他了吗？不，我才不怕他呢！这样做太丢人了，我对自己说。我明知道妻子听得见我说话，于是我就在前厅里非坚持让他今晚带着小提琴来不可。他答应了我的请求，便告辞了。

"晚上，他果然带着小提琴来了，于是他们就在一起弹奏。但是到底弹奏什么却很久没有商量妥，因为他们需要的乐谱偏偏没有，而有的那些乐谱呢，我的妻子没作准备又弹不好。我非常喜欢音乐，很赞同他们在一起弹奏，我给他又是支乐谱架，又是翻乐谱。他俩弹奏了一些曲子，几支无词歌和一首莫扎特的小奏鸣曲。他的琴拉得好极了，他有一种高超的、通常称为情调的东西，此外，他还有一种细腻、高雅的审美力，这与他的人品完全不相称。

"不用说，他比我的妻子高明得多，他帮助她，同时又彬彬有礼地夸奖她的演技。他的举止很得体。妻子也好像只对音乐感兴趣，表现得十分随便和自然。我虽然也装作对音乐感兴趣的样子，但整个晚上都不断地为嫉妒所折磨。

"自从他的眼神与妻子相遇的第一分钟起，我就看到他们两人都是禽兽，尽管他们俩都是有地位的人，又碍于上流社会的体面。他们似乎在一问一答：'可以吗？，'哦，当然，完全可以。'我看到，他怎么也没有料到我的妻子，一位莫斯科的太太，竟会如此妩媚动人，他对此感到喜出望外。因为池毫不怀疑她是同意的。全部问题在于这个讨厌的丈夫不要从中作梗就成。倘若我是一个正人君子，我也许会不懂得个中的奥妙，但是我也像大多数男人一样，在没有结婚之前，我也是这样来揣度女人的，因此我对于他心中在想什么洞若观火。我特别感到痛苦的是，我确凿无疑地看到，她对我除了经常的恶语相对以外，毫无其他感情可言，只是间或掺杂着习惯性的放纵肉欲而已。可是这个人却凭着他外表的优雅和新颖，而主要是凭着他那无疑是卓越的音乐才能，凭着由于共同演奏而产生的接近，凭着音乐，特别是小提琴对于敏感的天性所发生的影响，不仅肯定会赢得她的欢心，而且还无疑会毫不犹豫地征服她，击溃她，随意摆布她，将她玩弄于股掌之上，要她干什么就干什么。我不能不看到这一点，因此我觉得非常痛苦。但是尽管如此，或者正是由于这个缘故，有一种力量却迫使我违心地不仅对他特别彬彬有礼，而且还跟他很亲热。我这样做，无非是为了表示我不怕他。这是做给妻子看的呢，还是做给他看的？要么就是为了自欺欺人，做给我自己看的——这我不知道，反正自从我与他首次交往，我就无法对他态度随便。为了不致起意立刻杀死他，我就得对他表示亲热。晚餐时我请他喝昂贵的葡萄酒，对他的演奏表示赞赏，笑容可掬地同他说话，并且请他下星期来吃午饭，再同我妻子一起演奏。我说，我将邀请我的朋友，一些音乐爱好者，来听他拉琴。我们就这样结束了这次会面。"

波兹内舍夫十分激动，变换了一下他坐的姿势，并且发出一种他惯常发出的那种特别的声音。

"说来也怪，此人的到来对我起了多大的影响啊，"他又开始说道，分明作了很大的努力才使自己保持平静。"这事以后的第二天或者第三天，我在参观了一个展览会以后回家，我走进前厅，蓦地感到有一件沉重的东西像一块石头似的压在我的心上，我搞不清这到底是怎么回事。这可能是当我穿过前厅的时候，我发现了什么足以联想起他的东西。直到我走进书房，我才弄清这究竟是怎么回事，为了不致弄错，我又回到了前厅。是的，我没有弄错，这是他的外套。您知道，这是一件时髦的外套。（尽管我还不清楚这是怎么回事，我却会以不平常的注意力发现与他有关的一切。）我一问，他果然在这里。我没有穿过客厅，而是穿过学习室向大厅走去。我的女儿丽莎正在读书，保姆和最小的女孩坐在桌旁正在转一个什么盖子。大厅的门关着，我听见从里面传出了不快不慢的 arpeggio①，以及他们两人说话的声音。我侧耳倾听，但是听不清他们在说什么。显然，这些钢琴声是故意用来掩盖他们的说话声的，也许还有接吻声。我的上帝！我心中什么滋味没有啊！现在，

①　意大利语：琶音。

我一想到当时隐藏在我心中的那股兽性，就不寒而栗。心顿时紧缩起来，停止了跳动，然后又像打鼓似的怦怦乱跳起来。在任何恼怒中，一向有一种主要的感情，这就是自叹命苦。'居然当着孩子们的面，当着保姆的面！'我想。也许，我的脸色很可怕，因为连丽莎都用奇怪的眼光望着我。'我该怎么办呢？'我问自己。'进去吗？我不能进去，天知道我会干出什么事来。'但我也不能一走了事。保姆用这样的眼光望着我，仿佛她了解我的处境似的。'可是又不能不进去，'我对自己说，接着便迅速打开了门。他坐在钢琴旁，正用他那向上屈曲的大而白皙的手指弹奏着 arpeggio，她站在钢琴一边的犄角上，俯身看着那本打开的乐谱。她第一个看到我或者听见我走进来的声音，抬起头来望了我一眼。她是大吃一惊而又装作并不感到吃惊呢，还是她的确并不惊慌，反正她并没有吓一大跳，也没有动弹，只是脸红了，而且这也是以后的事。

"'你来了我真高兴，我们正决不定星期天演奏什么呢，'她说，那声调是我们俩单独在一起她跟我说话时从来没有用过的。这事，以及她把自己与他称作'我们'，使我十分恼怒。我一言不发向他问了好。

"他握了握我的手，接着便立刻笑吟吟地（我觉得这种笑简直是嘲笑）向我解释，他带了一些乐谱来，是准备星期天演奏用的，可是到底演奏什么，他俩的意见不一致：演奏难度较大的古典作品，即贝多芬的小提琴奏鸣曲呢，还是演奏一些小乐曲？一切是如此自然和简单，简直无可挑剔，然而我还是坚信，这一切都是假的，是他们商量好了来骗我的。

"对于那些爱吃醋的人（在我们的社会生活中，大家都是醋缸子）来说，最最令人痛苦的关系之一莫过于某种上流社会的规矩，即允许男人与女人之间最大限度的危险的接近。如果在舞会上对两性的接近横加干涉，或者不许医生去接近自己的女病人，不许那些从事艺术、绘画，尤其是音乐的人互相接近，这定将贻笑大方。人们在双双对对地从事最高尚的艺术——音乐，这就需要有一定程度的接近，这种接近是无可非议的，只有那种不像话的、醋劲大发的丈夫才会从中看到什么不足为训的东西。其实，大家都知道，我们上流社会中的大部分通奸案都是通过这样一些活动，尤其是通过音乐发生的。我脸上的表情很尴尬，我很久都说不出一句话来，我的尴尬分明也影响了他们，使他们也尴尬起来。我就像一只翻倒的瓶子，因为水装得太满了，反而倒不出来。我真想臭骂他一通，把他赶出去，但是我感到，我仍旧必须对他客客气气，以礼相待。于是我也就这么办了。我假装不管演奏什么我都赞成；我当时有一种奇怪的感情：对于他的在场我越是感到痛苦，这种感情就越是迫使我更加亲切地对待他；正是出于这种奇怪的感情，我对他说，我完全相信他的审美力，并且劝她也应相信他才好。他又待了一段必要的时间（这段时间足以消除因我惊慌失措地突然走进房间而又一言不发所产生的不愉快的印象），便告辞了，并装作现在终于决定明天演奏什么了。可是我完全相信，较之他们所关心的事来，演奏什么的问题对于他们来说乃是一件完全无所谓的事。

"我十分恭敬地把他送到了前厅（对于一个前来破坏你全家的平静、毁坏你全家幸福的人，怎能不送呢!）。我特别亲切地握着他那白皙而柔软的手。"

二十二

"那天我一整天都没有跟她说话，我说不出来。她一走近我，就激起我心里对她的无比憎恨，恨得连我都替自己感到害怕了。在吃午饭的时候，她当着孩子们的面问我什么时候动身。下星期我要到县城去开会①。我告诉了她何时动身。她问我路上还需不需要什么东西。我一言不发，默默地吃完了饭，又默默地走进了书房。最近她从来不到我的房间里来，尤其是在午后。我正躺在书房里生闷气。蓦地，我听见了熟悉的脚步声。我脑子里猝然生出一个可怕的、丑恶的想法：她就像乌利亚的妻子②那样，为了掩盖她已经犯下的罪，特意在这个她从来不来的时候到我这里来。'难道她是到我这里来的吗？'我听着她的越来越近的脚步声，想道。如果她是来找我的，那就说明我想得对。于是我心里升起了对她的说不出的憎恨。脚步声越来越近了。她莫非是打这儿路过到大厅去？不，门呀的一声打开了，门口出现了她那漂亮修长的身影，她的脸上和眼睛里有一种胆怯和讨好的神态，她想掩饰这种表情，但是我还是看见了，并且知道她所以如此的原因。我长时间地屏住呼吸，差点儿憋死，我一面继续望着她，一面抓起了烟盒，点上了一支烟。

"'这是怎么回事，人家到你这儿来坐一会儿，你倒抽起烟来了。'她说

---

① 指参加县贵族会议。

② 乌利亚是犹太—以色列联合王国国王大卫的名将，他的妻子拔示巴与大卫私通。大卫为了永远占有拔示巴，设计将乌利亚杀害。见《圣经·旧约·撒母耳记下》第十一章。

着便挨近我坐到长沙发上，靠在我身上。

"我挪开身子，免得碰着她。

"'我看得出来，我要在星期天演奏，你是不满意的，'她说。

"'我丝毫没有不满意，'我说。

"'难道我看不出来吗?'

"'嗯，你既然看出来，那我就恭喜你了。除了你的所作所为像个娼妓以外，我什么也没有看见……'

"'如果你想要跟马车夫似的骂街，我就走。'

"'你走吧，不过你要明白，如果你不珍惜家庭的名誉，那我珍惜的也不是你（见你的鬼去吧），我要珍惜家庭的名誉。'

"'什么，什么?'

"'滚，看在上帝面上，快滚开!'

"她假装没有听懂我说的是什么意思，或者她真的没有听懂，反正她生气了，而且火气很大。她站起身来，但是并没有走开，而是站在房间中央。

"'你这人真是岂有此理，'她开口道。'你这种性格就是天使也没法和你处得来，'像往常一样，她为了尽可能疼地刺痛我，便提到了我对待我妹妹的行为（这件跟我妹妹有关的事，乃是因为有一次我怒不可遏，对自己的妹妹说了许多无礼的话；她知道这件事使我很痛苦，就专刺我这个痛处）。'自从发生了那件事以后，你的所作所为对我也就不足为怪了，'她说。

"'行啊，侮辱我，贬低我，糟蹋我，再把罪责统统加到我头上，'我对自己说道，我蓦地火冒三丈，这是我从来没有体验过的一种对于她的可怕的愤怒。

"我第一次想要在肉体上来表达这种愤怒。我一跃而起，向她逼近。但是在我跳起身来的那一瞬间，我记得我意识到了自己的愤怒，我问自己，听任这种感情发作好吗？但我立刻又自问自答：这才好哩，这可以吓唬她一下。这当儿，我本来应该压制自己的怒火，可是我却火上加油，怒不可遏。怒火在我心中越烧越旺，我反而觉得高兴。

"'滚，要不我就打死你!'我走到她的身边，一把抓住她的胳臂，叫道。我说这话的时候，故意恶狠狠地提高了嗓门。我的样子想必很可怕，因为她吓得甚至走不动了，只是一个劲儿说：

"'瓦夏，你怎么啦? 你到底怎么啦?'

"'走开!'我更凶地咆哮起来。'只有你才会把我逼疯，你逼我干出什

么事情来，我可不负责！'

"我听任自己的怒火发作，我陶醉于怒火之中，我真想做出点非同寻常的事，以示我的愤怒已经到了极点。我非常想打她，把她打死，但是我知道这样做是不行的，因此，为了出气，我从桌子上顺手抓起一个镇纸，又一次大叫：'走开！'说罢便把它摔到她身边的地板上。我瞄得很准，正好落在她的身旁。她只好从房间里走出去，但是，走到门口又停了下来。于是我就立刻，趁她还看得见（我是故意做给她看的），从桌上拿起各种东西：烛台呀，墨水缸呀，把它们统统摔到地上，继续大叫大嚷：

"'走开！滚！干出什么事情来，我可不负责！'

"她走了——我的怒气也立刻消了。"

"过了一小时，保姆来找我，她说我妻子的歇斯底里症又犯了。我走去一看：她又哭又笑，但是一句话也说不出来，全身哆嗦。她没有装假，倒是真病了。

"天快亮的时候，她安静了下来，于是在我们称为爱情的那种感情的影响下，我们又言归于好了。

"早晨，当我们言归于好之后，我向她承认，我因为她跟特鲁哈切夫斯基接近而吃她的醋，她听了这话一点也不觉得尴尬，反而极其自然地付之一笑。据她说，她甚至觉得奇怪，她怎么可能看上这样一个人呢？

"一个正正经经的女人，除了音乐带来的快乐以外，对于这种人难道还能有什么别的感情吗？如果你愿意，我准备从此不再见他。甚至在这个星期天，虽然已经约请了所有的朋友。你干脆写封信给他，说我不舒服，不就完了。只有一点叫人恶心，很可能有人会想，特别是他自己会想，他是一个危险人物。我的自尊心是不允许别人这样想的。

"要知道，她并没有撒谎，她是相信她所说的话的；她希望用这些话来激起自己对他的蔑视，用这些话来保护自己不受他的侵犯，但是她没有能够做到这一点。一切都跟她作对，特别是这个该诅咒的音乐。一切就这么收场了，于是在星期天客人们来了，他们又在一起演奏了。"

二十三

"我这人很爱虚荣，我想，说这话是多余的。如果在我们的通常生活中，一个人不爱虚荣，那活着还有什么意思啊！于是，在那个星期天，我就兴味盎然地布置晚宴和安排起音乐晚会来了。我亲自去选购宴会上的一应物品和邀请客人。

"六点以前，客人到齐了，他也身穿燕尾服、佩戴着俗不可耐的钻石袖扣来了。他的举止十分随便，对一切都匆匆地报以赞同和会心的微笑，您知道吗，他那种特别的表情似乎在说，您所做和所说的一切，正是他盼望做和盼望说的。他身上的一切不登大雅之堂的东西，我都看在眼里，而且那时我感到特别痛快，因为这一切使我放心了，并且也说明，对于我的妻子来说，此人太低下了，正如她所说，她是绝不肯自轻自贱到这步田地的。我现在已经不允许自己再吃醋了。第一，我已经饱受嫉妒之苦，应当休息一下；第二，我愿意相信妻子的保证，并且信以为真。尽管我不再吃醋了，但是无论在吃饭的时候，还是在晚会的前半部分，当音乐还没有开始的时候，我见到他和她还是很不自然。我依旧监视着他俩的一举一动和左右顾盼。

"所谓晚宴也就是一般的晚餐，无聊而且装腔作势。音乐开始得相当早。唉，那天晚会的一切细节我记得多么清楚啊！我记得他怎样把小提琴取了来，打开琴盒，取下了某太太给他绣的琴盖，取出了小提琴，开始调弦。我记得妻子怎样装作若无其事的样子，我看出，在这种表面上的若无其事下，她掩盖着很大的胆怯——主要是对自己的演技所感到的胆怯——她装模作样地坐到钢琴旁，于是便开始了由钢琴弹出的通常的 A 音，小提琴的拨奏以及定音。然后我记得他们怎样互相瞥了一眼，接着又回头看了看纷纷就座的宾客，然后又互相说了一句什么话，便开始了。她先弹了第一个和音。他的面容变得庄重、严峻而又讨人喜欢，他倾听着自己的琴声，小心翼翼地用手指轻抚着琴弦，与钢琴声相应和。接着演奏便开始了……"

他说到这里停了下来，接连好几次发出自己的那种怪声。他想继续说下去，但是他发出一声抽泣，又停了下来。

"他俩演奏的是贝多芬的《克莱采奏鸣曲》。您知道第一乐章的急板吗？您知道吗？！"他叫道。"唉！……这支奏鸣曲太可怕了。特别是这一部分。一般说来，音乐是一样可怕的东西。这到底是怎么回事？我不懂。音乐是什么？音乐起什么作用？据说，音乐会使人的心灵高尚——胡说，这是瞎话！它的确会起作用，起一种可怕的作用，我说的是对我自己，但它起的根本不是使人的心灵变得崇高的作用。它既不能使人的心灵变得崇高，也不能使人的心灵变得卑下，它只能刺激人的心。我怎么对您说呢？音乐能迫使我忘掉自己，忘掉自己的真正处境，它能把我带进另一种不是我自己的处境之中。

在音乐的影响下，我似乎感觉到了我本来感觉不到的东西，懂得了我本来不懂的东西，做到了我本来做不到的事情。对此，我的看法是这样的：音乐对人的作用就像打哈欠和笑一样，本来我并不觉得困，但是我看见别人打哈欠，自己也打哈欠；我并不觉得好笑，但是我听见别人笑，自己也就笑了。

"它，也就是音乐，能一下子把我直接带进写音乐的人当时所处的心境之中。我和他心心相印，并同他一起从一种心境转到另一种心境，但是我为什么会这样，我也不知道。就拿那个创作《克莱采奏鸣曲》的人——贝多芬来说，他为什么处在这样的心境中，他肯定知道；这种心境促使他采取某种行动，因此这种心境对于他是有意义的，对于我却毫无意义。因此，音乐只能刺激我而不能让我的心情平静下来。例如，一奏起进行曲，兵士们就会和着进行曲的拍子前进，音乐也就达到了目的；奏起了舞曲，我就翩翩起舞，音乐也达到了目的；再如，唱起了弥撒曲，我就领圣餐，音乐也达到了目的，否则就只有激动，而在这种激动之中应当做些什么，却一无所知。正因为这个缘故，音乐有时所起的作用是十分可怕的、吓人的。在中国，音乐是由国家管辖的。本来就应当这样嘛。难道可以允许任何人，不管他是谁，单独对另一个人或者对许多人施行催眠术，然后对他们为所欲为吗？尤其是当这个施行催眠术的人竟是一个随便遇到的、没有道德的人，那就更不能允许了。

"要不然的话，这种可怕的手段就会落到任何人的手里。例如，就拿这支《克莱采奏鸣曲》第一乐章的急板来说吧。难道可以在客厅里，在这群袒胸露臂的太太们中间演奏这段急板吗？演奏完了，拍拍巴掌，然后吃吃冰激凌，谈一通时下的流言飞语？这类作品只能在某种重要的、具有重大意义的场合才能演奏，而且只有在要求作出某种与这支乐曲相适应的重大行动的时候才能演奏。演奏完毕就应当去做这支乐曲激励你去做的事。要不然，在不适当的地点和时间去唤起无处发泄的精力和情感，就可能产生破坏作用。起码这支乐曲对我起的作用是可怕的；我觉得，仿佛有一种在此以前我所不知道的完全新的感情、新的希望陡然展现在我的面前。原来我过去所想和所过的生活都不对，原来应当像这样，仿佛有人在我心中说。我那时知道的那个新东西到底是什么呢？我也弄不清，但是意识到这个新的意境却令我十分欢喜。还是那样的一些人，其中包括我的妻子和他，现在看来却与过去迥然不同了。

"在这段急板之后，他俩又演奏了一支绝妙的、但却是普通的、毫无新意的 andante①，变奏部分也很俗气，至于终曲，那简直差劲极了。接着，他们又应客人之请演奏了恩斯特②的悲歌和各种各样的小乐曲。这一切都很好，但是这一切对我产生的印象还不及第一支曲子对我产生的印象的百分之一。因为这一切都是在第一支曲子所产生的印象的背景上发生的。整个晚上，我的心情都十分轻松愉快。我从来没有看见我的妻子像那天晚上那样。当她演奏的时候，那神采飞扬的眼神，那严峻的、别具深意的表情，当他们演奏完毕以后，那种慵懒无力，那种淡淡的、楚楚可怜的、幸福的微笑。这一切我都看见了，但是我并不认为这有任何其他意义，她无非是体会到了那种与我相同的感受罢了，无非是一种新的、从未体验过的感情仿佛被唤醒了似的，同时展现在她和我的面前罢了。晚会圆满结束后，大家也就各自回去了。

"特鲁哈切夫斯基知道我过两天就要去开会，因此在告辞的时候说，希望他下次来的时候能再为我重复一次今晚的愉快。从这个建议里我只能得出这样的结论：他认为我不在家的时候，他是不应该到我家里来的，我听到这话觉得很高兴。事情是这样的，因为我在他离开莫斯科以前是回不来的，所以我跟他不可能再见面。

"我头一次以一种真正愉快的心情握了握他的手，感谢他给予我的快乐。他也和我的妻子告了别。我觉得他们的告别也是十分自然的和得体的。一切都很好。我们夫妻俩对这次晚会都很满意。"

二十四

"两天以后，我在最好、最平静的心情中辞别了妻子，到县城去了。在县城里，事情永远多得不可开交，这是一种完全特殊的生活和特殊的小天地。头两天我是在官廨里度过的，每天工作十小时。第二天，有人到官廨里来，给我拿来了一封妻子的信，我立刻读了这封信。她谈到孩子，谈到叔叔，谈到保姆，谈到买东西，接着又捎带地像谈一件最平常的事情似的谈到特鲁哈切夫斯基的来访，他带来了他答应带来的乐谱，他还答应再来拉一次琴，但是她谢绝了。我不记得他答应过要带乐谱来，我觉得当时他告辞的时候表示过暂时不再来了，因此这件事使我很不痛快。但我是如此之忙，简直

---

① 意大利语：行板。
② 恩斯特（1814—1965），捷克小提琴演奏家和作曲家。

没有工夫去想这件事，直到晚上，我回到寓所以后，才把这封信重读了一遍。除了特鲁哈切夫斯基趁我不在家的时候又来过一趟以外，我觉得这封信的整个调子也都是牵强的。于是嫉妒这头疯狂的野兽又在它的巢穴里咆哮起来，而且想要窜出去，但是我害怕这头野兽，就赶紧把它锁了起来。'这种嫉妒是多么卑劣的感情啊！'我对自己说：'还能有什么比她写得更自然呢？'

"于是我躺到床上，开始想明天要办的事。到这儿来开会，换了一个新地方，我通常很久都睡不着，可是这次我很快就睡着了。您知道，也常有这种情形，你会像触电似的猝然惊醒。我就是这样醒过来的，而且一醒过来就想到了她，想到我对她的肉欲的爱，同时又想到特鲁哈切夫斯基，想到她与他之间的一切都已经完了。恐惧和憎恨攫住了我的心。但是我又开始自譬自解。'真是荒唐，'我对自己说，'毫无根据，什么事也没有，现在没有，过去也没有。我居然能设想出这种可怕的事来，这岂非贬低了她，也贬低了我自己吗？一个类似以卖艺为生的拉小提琴的，一个出名的窝囊废，突然之间，一位可敬的女人，一位受人尊敬的一家之母，我的妻子，却会……多么荒谬绝伦啊！'我一方面这样想。'这又怎么不可能呢？'另一方面我又这样想。那件最简单明了的事又怎么不可能发生呢？——我就是为了这事才同她结的婚，我也是为了这事与她共同生活的，我需要在她身上得到的唯一的东西就是这个，因此其他的人以及这位音乐家想要从她身上得到的也必定是这种东西。他是一个未婚的男子，身体又好（我记得他在吃肉排的时候怎样嚼脆骨，以及他怎样用他那鲜红的嘴唇贪婪地噙住酒杯），喂得肥头大耳、油光锃亮，他不仅放荡不羁，而且看来还是以'及时行乐'作为生活信条的。而且他们之间还有音乐上的联系，一种最细致入微的淫欲的交流。什么东西能阻止他，使他不敢造次呢？什么也没有。相反，一切都在向他招手。而她呢？她又是什么人呢？她过去是，现在仍然是一个谜。我不了解她。我只知道她是一个动物。而动物是任何东西也不能，也绝对阻挡不了的。

"直到现在我才想起了那天晚上他俩的面容，他俩在奏完《克莱采奏鸣曲》后又奏了一支热情奔放的小乐曲，我不记得这是谁的作品，一支肉感到了淫猥下流地步的短曲。'我怎么能外出呢？'我对自己说，一面回想着他们的面容。'他们两人之间的一切都是在那天晚上发生的，这难道还不清楚吗？那天晚上，他们两人之间已经没有了任何障碍，但是他俩，尤其是她，在他俩发生了那件事以后，却感到了某种羞涩，这难道还看不出来吗？'我记得，当我走到钢琴前面去的时候，她怎样在擦着汗，脸上泛起两朵红霞，露出淡淡的、楚楚可怜的、幸福的微笑。他们俩当时已经避免四目对视了，直到吃晚饭的时候，他给她倒了一杯水，他们才互相看了一眼，莞尔一笑。我现在毛骨悚然地想起这个被我无意中看见的他俩之间的匆匆一瞥以及那依稀可辨的微笑。'是的，一切都完了，'一个声音对我说，可是另一个声音又立刻说了完全相反的话。'你大概糊涂了，这是不可能的，'这另一个声音对我说道。我在黑暗中躺着，感到不寒而栗，我划着了火柴，不知怎的，我觉得待在这个糊着黄壁纸的小房间里很可怕。我点着了一支烟，像平素一样，每当我在不能解决的矛盾中绕圈子时，我就抽烟，于是我就一支接一支地抽烟，以便麻醉自己的神经，不去正视这些矛盾。

"我整夜没有睡着，到五点钟我才毅然决定，再不能在这种紧张状态下待下去了，必须立刻动身，于是我就起床叫醒了侍候我的卫兵，吩咐他立刻套马。我写了一张便笺，派人送到会上，说我有急事必须立刻回莫斯科，并恳请一位委员代替我的职务。早上八点，我便坐上四轮马车匆匆登程。"

二十五

列车员走了进来，他发现我们的蜡烛已经点完，便把蜡烛吹灭了，也没有换上一支新的。窗外已是拂晓。当列车员还待在我们这节车厢里的时候，波兹内舍夫一直长吁短叹，一言不发。可是列车员一出去，他就继续讲起来，在半明半暗的车厢里只听到列车前进时车窗的震动声和那个伙计的均匀的鼾声。在晨曦朦胧中，我全然看不清他的人。只听得见他那越来越激动、越来越痛苦的说话声。

"路上得坐马车走三十五俄里，再坐火车走八个小时。坐着马车一路驰去，真是赏心悦目。秋风萧瑟，阳光明媚。您知道吗，是在这样一个时节，马蹄铁的棘刺一溜儿印在油光锃亮的道路上。道路平滑，阳光灿烂，空气清新。坐着四轮马车一路驰去，真惬意极了。当天色大亮时，我就出发了，我心头感到轻松了些。望着马匹、田野和行人，我简直忘了我要到哪儿去。有时我觉得我不过是乘兴出游罢了，并没有那件使我非回去不可的事，这类事情一概都没有。能这样忘怀一切，我觉得特别愉快。当我想起我是到哪儿去的时候，我对自己说：'到时候再说吧，现在别去想它了。'再加上半路上出了点事，使我在路上耽搁了，这就使我的心思更加分散了：四轮马车坏了，必须修理。这个损坏具有重大的意义，它使我不能像原来估计的那样在五点钟到达莫斯科，而是在午夜十二点钟，并在十二点多才回到家里，因为我没能坐上快车而只能坐普通客车。找大车啦，修理啦，付钱啦，在客店里喝茶啦，跟店家聊天啦——这一切使我的心思更加分散。直到暮色四合时才一切准备就绪，我又重新登程，夜里坐车比白天还好。一弯新月，夜来微寒，道路更好，蹄声嘚嘚，车夫也和气，我一路走去，感到心旷神怡，几乎完个忘记了等待着我的那件事，或者正因为我知道是什么在等待着我，我才尽情享受，与生活的欢乐永远告别。但是我的这种平静状态，压制自己感情的能力，随着乘坐马车的行程一结束也就结束了。我一走进火车车厢，就开始了完全另一种状态。坐一在火车车厢里的这八小时旅程，对于我简直太可怕了，这个我一生一世忘不了。是因为我坐进车厢以后，自以为已经到家了呢，还是因为铁路对人有一种刺激作用，反正我一坐进车厢以后，已经再也控制不住自己的想象了，它开始一刻不停地、栩栩如生地向我描绘着燃起我的嫉妒心的那一幅幅图画，而且一幅比一幅下流，统统都是关于我不在家时家里所发生的事情，以及她怎样对我不忠实的情景。我注视着这些画面，我被愤慨、恼怒，以及因为自己被人侮辱而感到一种特别的陶醉煎熬着；我目不转睛地注视着它们，我不能不看它们，我抹不掉它们，也不能不一再想象到它们。而且，我越是注视着这些想象出来的图画，就越是信以为真。这些图画的逼真似乎在证明我想象出来的东西都是实有其事的。有一个魔鬼，好像违背我的意志似的，想起了和帮助我想起了一些最可怕的念头。我想起了很久以前跟特鲁哈切夫斯基的哥哥的一次谈话，我把这次谈话同特鲁哈切夫斯基和我的妻子联系起来，我带着一种狂喜的心情想起了这次谈话，并用它来把我的心撕碎。

"这是很久以前的事了，但是我还是记起了这件事。我记得，有一次，有人问特鲁哈切夫斯基的哥哥，他是不是常去逛妓院，他说一个规规矩矩的人既然随时随地都能找到一个规规矩矩的女人，他是不会到那种地方去的，因为在那里很可能染上脏病，而且又脏又恶心。于是他，他的兄弟，就找到了我的妻子。'不错，她已经不是一个妙龄少女了，旁边还缺了一颗牙，也稍许臃肿了些，'我替他想道，'但是有什么办法呢，有什么就将就享用一下吧。''是啊，他找她做自己的情妇，还是对她的俯就哩，'我对自己说。'而且她是保险的，没有脏病。''不，这是不可能的！我在瞎想什么呀！'我恐惧地对自己说。'这种事情是绝对不会有的、甚至没有任何根据去假定这样的事情会发生。难道她不是对我说过，联想到我可能吃他的醋都是对她的侮辱吗？是的，但是她在撒谎，一直都在撒谎！'我叫道——于是一切又从头开始……在我们这节车厢里只有两个旅客———对老年夫妻，他们俩都不爱说话，而且还在一个站上下了车，于是就只剩下我一个人了。我宛如一头关在笼中的野兽，一会儿跳起来走到窗口，一会儿又开始踉踉跄跄地走来走去，极力催促火车快走；但是这列火车就像我们这节车厢一样，还是连同它的全部座位和所有的玻璃窗在颤巍巍地前进……"

说罢，波兹内舍夫就站起身米，走了几步，然后又坐下来。

"哦，我真怕，真怕铁路上的火车，一看见它我就不寒而栗。是的，太可怕了！"他继续说道。"我对自己说：'想点别的事吧。嗯，比如说，可以想想我喝茶的那家客店的老板嘛。'于是眨眼之间在我的想象中就浮现出了那位蓄着一把长胡子的店家和他的孙子，一个和我的瓦夏一般大的男孩。我的瓦夏呀！他一定看到那个音乐家怎样在吻他的母亲了。他那可怜的心又将怎样想呢？她才不在乎呢！她爱他……于是从前的那些想法又在我的心中升起。不，不……那么，我就来想关于视察医院的事吧。是的，想想昨天那个病人怎么控告医生的事也行。而那个医生也蓄着两撇小胡子，就跟特鲁哈切夫斯基一样。他多么无耻……他们俩都欺骗了我，说什么他要离开莫斯科。于是一切又从头开始。我所想的一切都与他有关。我痛苦极了。我的主要痛苦在于我被蒙在鼓里，疑神疑鬼，无所适从，不知道应该爱她呢，还是应该恨她。我的痛苦是如此强烈，我记得，我当时猛然产生了一个想法，一个我十分中意的想法：不如走到铁路上干脆卧轨自杀算了。那样至少可以不再犹豫和疑神疑鬼了吧。妨碍我这样做的唯一障碍是我对自己的怜悯，而紧随这种怜悯又立刻激起我对她的仇恨。而对于他则抱着一种奇怪的感情：一面是恨！一面是意识到自己的屈辱和他的胜利；但是对她，我只有可怕的恨。'绝不能自寻短见而让她自由自在；应当让她也多少吃些苦头，至少也得让她明白我所受的痛苦，'我对自己说。为了排遣愁思，每到一站我都下车。在一个车站上，我看见在小卖部里有人在喝酒，于是我也立刻进去喝了一杯伏特加。有一个犹太人正好站在我身旁，他也在喝酒。他打开了话匣子，正谈得起劲，我为了不致在自己的车厢里一个人待着，就陪他一起走进了他那肮脏的三等车厢，那里烟雾弥漫，到处吐满了瓜子壳儿。我挨着他坐下，他便信口开河讲了一些奇闻逸事。我听着他说话，但是不明白他在说什么，因为我还在继续想自己的心事。他发现了这一点，就开始要求我注意听他讲；

这时，我就站起身来，又回到了自己那节车厢。'应当好好考虑考虑，'我对自己说，'我想的到底对不对，我感到痛苦有没有根据。'我坐下来，想要心平气和地考虑一下，但是代替心平气和的思索的却是立刻开始了原先那些东西：代替思考的是一幅幅图画和一幕幕戏。'过去，有多少次我也这么痛苦过，'我对自己说（我想起了过去的这类醋海风波），'结果都是无的放矢。这次也是这样，也许，甚至是肯定的，我将发现她正在安静地睡觉；她猝然醒来，一看是我，一定很高兴，而我根据她的谈话和眼神将会感觉到什么事情也没有，这一切都是无稽之谈。哦，这该多好啊！''但是不，这种情况发生得太多了，现在就不会有这种便宜事了，'一个声音对我说道，于是一切又从头开始。是啊，精神上的无比痛苦也就在这里！为了打消一个年轻人的好色，我大可不必带他到花柳病院去，只消让他钻进我的内心去看看就行了，让他看看那些魔鬼在怎样撕裂着我的心！要知道，这是可怕的，我居然认为自己拥有对于她的肉体的无可置疑的、完全的权利，就好像这是我的肉体似的。与此同时，我又感到我无法支配这个肉体，这个肉体不是我的，她可以随意处置它，而她却希望不是像我所想要的那样来处置它。而我非但丝毫奈何他不得，而且也拿她毫无办法。他将像管家万卡①那样在临刑前唱起一支小曲，说他如何吻了她那香甜的嘴唇儿，等等。胜利的还是他。而对于她，我倒更加无可奈何了。如果她想做而没有做，可是我又知道她想这样做，那就更糟了：宁可她干了，让我知道，而不要这样成天疑神疑鬼。我说不清我到底希望什么。我只要她不去希望做她一定会希望做的那种事。这已经是完完全全的疯狂了！"

二十六

"在到达终点的前一站，列车员进来收了票，我也收拾起了自己的东西，走到设有制动闸的平台上，由于想到离家已经很近，这事即将分晓，更加强了我的激动。我觉得冷，下巴颏也哆嗦起来，牙齿在打战。我随着人群机械地走出车站，雇了一辆马车，便坐车回家去了。我一路走去，望着稀稀落落的行人和看院子的。路灯和我的马车把阴影投到地上，一会儿在前，一会儿在后，我什么也不想。走了约莫半俄里，我觉得脚冷，于是我想到我曾在车

① 典出俄国民间古诗：管家万卡诱奸了女主人，到处夸耀，后被主人绞死。

厢里脱下了毛袜，把它放进了提包。提包在哪儿呢？在这儿吗？在这儿。那么柳条箱在哪儿呢？我想起我把行李完全给忘了，但是我又想起了行李票，把它拿了出来，我决定不值得再回去取行李了，于是又继续往前驰去。

"尽管我现在极力回想，可是却怎么也想不起我当时的心情。我那时在想什么？我准备怎么办？什么都不记得了。我只记得，我当时意识到我一生中的一件非常可怕、非常重大的事件就要发生了。这件重大的事是由于这么想才发生的呢，还是因为我预感到要发生才发生的呢？——我不知道。也可能是在那件事发生以后，我在此以前的所有经历都在回忆中被冲淡了。我的车子来到了我家的台阶跟前。已经十二点多了。还有几辆出租马车停在台阶旁等候着顾客，因为他们看到窗子里还有灯光（还亮着灯的窗户是在我的寓所的大厅和客厅里）。我不明白为什么这么晚我家的窗户还有灯光，我就在等待什么可怕的事情即将发生的心情中登上了台阶，拉了门铃。一个善良、卖力，但很蠢的听差叶戈尔出来开了门。我第一眼看到的就是，在前厅里的衣帽架上，除了别的衣服以外，还挂着一件他的外套。我本来应该感到惊奇，但是我并没有感到惊奇，似乎这是意料之中的事。'果然不出所料，'我对自己说。我问叶戈尔谁在这儿，他告诉我是特鲁哈切夫斯基，我又问还有没有什么人。他说：

"'没有了，老爷。'

"我记得，他向我回答这话时的口气似乎是想让我高兴一下，让我消除疑虑，别以为还有什么人在这儿。'没有了，老爷。是的，是的。'我仿佛对自己说。

"'那孩子们呢？'

"'谢谢上帝，都很健康。早睡了，老爷。'

"我连气都喘不过来了，也止小住哆嗦着的下巴颏。'是的，由此可见，并不像我想象的那样：我过去以为将要发生不幸，结果却平安无事，一切照常。现在可不能照常了，你瞧，这一切都是我曾经想象过的，我还以为这不过是想象罢了，可现在，你瞧，一切都千真万确。这就是一切。……'

"我差点儿失声痛哭，但立刻就有一个魔鬼向我悄声说道：'你哭吧，伤感吧，他们就会从容分开，于是罪证没有了，这样，你就会一辈子疑神疑鬼，伤心痛苦了。'于是那种暗自伤怀的心情倏地烟消云散，出现了一种奇怪的感情——说来您也不信——一种快感，这下我的痛苦可以结束了，这下我就可以惩罚她、甩掉她，出一出我心头的这口气了。于是我就出了这口气——变成了一头野兽，一头又凶恶又狡猾的野兽。

"'别进去，别进去，'我对叶戈尔说，他想走进客厅，'你这就去办一件事，去雇一辆马车，马上就去；这是行李票，去把行李取回来。走吧。'

"他走过走廊去取自己的大衣。我担心他会把他们吓跑，于是就把他一直送到他的小屋，并且等他把衣服穿好了。从客厅里（中间隔着另一个房间）传来了说话声以及刀叉和碗碟声。他们在吃东西，没有听到门铃的声音。'只要他们现在不出来就成，'我想。叶戈尔穿上了自己那件阿斯特拉罕的羔皮大衣，出去了。我放他走出去以后就随手锁上了门，当我感到现在就剩下我一个人，而且我必须立刻采取行动的时候，我却感到不寒而栗。怎么行动我还不知道。我只知道现在一切都完了，关于她是否无辜的一切怀疑都已不可能存在了，我要立刻惩罚她，与她一刀两断。

"从前我还有点犹豫，我曾对自己说：'也许这不是真的，也许我猜错了。'现在这种怀疑已经小复存在。一切都已无可挽回地决定了。偷偷地瞒着我，深更半夜一个人跟他在一起！这简直是胆大包天，不顾一切了。或者还更糟糕：在犯罪中常常表现出一种故意的大胆和放肆，以便这种放肆能够表明他们的清白无辜。一切都清清楚楚。毫无疑问。我害怕的只有一点：可别让他们跑了，然后又编出一套谎话，使我缺乏明显的罪证，无法惩治他们。为了能够尽快地逮住他们，我便蹑手蹑脚地向他们安坐在那里的大厅走去，不是穿过客厅，而是经过走廊和育儿室。

"在第一间育儿室里，男孩子们都已经睡着了。在第二间育儿室里，保姆动弹了一下，似乎快要醒的样子，我想象她知道了一切以后会怎么想，一念及此，我那自叹命苦的想法又攫住了我，不由得潸然泪下。为了不把孩子们吵醒，我赶紧蹑手蹑脚地跑进走廊，然后走进自己的书房，躺到沙发上，失声痛哭起来。

"'我是一个光明正大的人，我也是父母所生，我一辈子都在幻想家庭生活的幸福，我是一个男子汉，从来没有对她不忠实过……可是晴天一声霹雳！她已经有五个孩子了，却把一个拉小提琴的搂在怀里，就因为他唇红齿白！不，她不是人！她是一条母狗，一条下贱的母狗！就挨着孩子们的房间，还说什么她爱他们，一辈子都在装腔作势。还给我写她所写的那封信！居然会这么无耻地挂到人家的脖子上！我又知道什么呢？也许，她一向就这样。也许她早就跟仆人们私通，生下一大堆孩子，还说这些孩子是我的。倘若我明天回来，她就会梳妆打扮，花枝招展，以一种娇慵困倦的优美的动作

（我看到了她那又妖媚又可恨的整个面孔）来迎接我，于是这头嫉妒的野兽就会一生一世盘踞在我的心中，撕裂着我的心，保姆会怎么想呢？还有叶戈尔？还有我那可怜的小丽莎！她已经多少懂事了。居然这般无耻！居然这般虚伪！居然做出这种发泄兽欲的事，她的这种兽欲我是一清二楚的。'我对自己说。

"我想站起身来，但是站不起来。心跳得使我无法站稳脚跟。是的，我会中风而死的。她会把我气死。她才巴不得这样呢。怎么办，就听凭她把我气死吗？办不到，这样她就太称心如意了，我绝不会给她这种快乐的。是的，我坐在这里，他们却坐在那里边吃边笑，而且……是的，尽管她已经不是一个妙龄少女了，可是他并不嫌弃她：她毕竟长得还不难看，主要的是她对他那宝贵的健康至少是无害的。'那时候我为什么不掐死她呢？'我对自己说，我想起了一星期以前我把她推出书房，然后砸东西的情景。我清楚地想起了我当时的心境；不仅是想起了，而且感觉到了我当时要打人、要毁坏一切的愿望。我记得，当时我多么想采取行动啊，于是一切考虑，除了采取行动所必需的考虑以外，都被我置之度外。我进入了这样一种状态，宛如一头野兽或一个人在危险时刻处于一种全身紧张的影响下，这个人会行动准确，从容不迫，但是又不浪费一分钟，直奔那唯一确定的目标。"

二十七

"我的第一个行动就是脱去靴子，只穿着袜子就走到沙发上方的墙壁跟前，墙上挂着我的枪和匕首，我取下一把弯形的、一次也没有用过的、异常锋利的大马士革匕首。我把匕首抽出刀鞘。我记得，刀鞘掉到沙发后面去了，我还记得，我自言自语道：'以后得把它找出来，免得丢了。'然后我脱去了一直未脱的大衣，只穿着袜子就轻手轻脚地朝那儿走去。

"我悄无声息地走到门口，猛地打开了门。我现在还记得他们脸上的表情。我所以还记得这个表情，因为这种表情给了我一种使人感到痛心的快乐。这是一种恐惧的表情。我要的就是这个。我永远也忘不了他们猛一看见我时脸上显露出来的绝望的恐惧的表情。他好像坐在桌子旁边，但是他一看到我或者一听到我的声音以后，就倏地站起身来，背靠着碗柜，木然不动。他脸上只有一个确凿无疑的恐惧的表情。她脸上也是同样的恐惧的表情，不过其中还掺杂着一点别的什么。如果她的表情只有一种，也许就不会发生后来发生的那件事了；但是在她的面部表情中还有（起码在最初的一瞬间我是那么觉得的）一种恼恨和不满，好像人家破坏了她的爱情缠绵，破坏了她跟他在一起的幸福似的。那会儿她似乎什么也不需要，只要人家不来干涉她眼下的幸福就成。两种表情只在他们的脸上停留了一刹那。他脸上的恐惧表情立刻换成一种疑问的表情：可不可以扯个谎搪塞过去呢？倘若可以，那就应该开始了。如果不可以，那就应该另作打算。但是打算什么呢？他探询地望了她一眼。她脸上的懊恼与不快的表情，在她看了他一眼之后，也换成了一种（据我看来）对他的关切之情。

"我在门口停留了片刻，背后握着匕首。在这一瞬，他微微一笑，用一种若无其事到可笑程度的声调说道：

"'我们在弹琴玩儿……'

"'真没想到，'她同时也学着他的腔调开口道。

"但是他们两人还没有把话说完，我在一周以前所体验到的那种疯狂的感情就支配了我。我又感到了那种需要破坏，需要诉诸暴力，需要疯狂的喜悦，并听凭这种狂暴一发而不可收。

"他们两人还没有把话说完……他害怕的那另一件事就开始了，从而一下子打断了他们想说而没有说完的一切。我向她扑去，仍旧把匕首藏在背后，以免他上来阻拦我向她胸下的肋部扎去。我一上来就选中了这个地方。当我向她扑去的时候，他看见了，而且我完全没有料到他会这样，竟一把抓住了我的胳膊，喊道：

"'您冷静点，您怎么啦！来人哪！'

"我挣出胳膊，又一言不发地向他扑去。他的眼睛和我相遇了，他的脸直到嘴唇陡地变得刷白，两眼似乎很特别地倏忽一闪，而且我万万没有想到，他竟一头钻到钢琴底下，向门口跑去。我刚要拔脚追他，但是在我的左胳膊上吊上了一件沉重的东西。这是她。我甩开了她。可是她又更重地吊在我的胳膊上，不让我脱身。这个意想不到的阻碍、重压，以及她那使我感到十分恶心的接触，更使我怒不可遏。我感到我完全疯了，而且样子一定很可怕，可是我对此反而感到高兴。我使出全身气力挥动左臂，胳膊肘正好碰到了她的脸上。她喊叫了一声，放开了我的胳膊。我想跑去追他，但转念一想，我穿着袜子去追赶我妻子的情夫也未免太可笑了，我不愿意成为人家的笑柄，我愿意让人家觉得可怕。尽管我处在可怕的疯狂中，可是我却记得这事的全过程、我对别人产生了什么印象，甚至这个印象还部分地支配着我。

我向她转过身来。她摔倒在榻上，用一只手捂着被我碰伤的眼睛，瞧着我。她的脸上充满了对我这个仇人的恐惧和憎恨，就像一只耗子在人们提起使它落网的那只捕鼠器时的眼神一模一样。我在她身上除了这种对我的恐惧和憎恨以外，起码什么也没有看到。这正是那种另有新欢必然会引起的对我的恐惧和憎恨。再者，如果她一声不吭，我倒也可能克制自己，不致做出我已经做下的那件事来。但是她忽然说起话来了，并且用一只手抓住我那握着匕首的胳膊。

"'你冷静点！你怎么啦？你到底怎么啦？什么事情也没有，什么也没有，什么也没有呀……我敢起誓！'

"我本来还不至于立刻造次，要不是她最后那句话（我从中得出了相反的结论，也就是说一切都已经发生了），要求我立即作出回答。而这回答又必须与我当时的情绪相适应，我的怒火越来越 crescendo①，而且还会不断上升，狂怒也有它自己的规律。

"'别撒谎，臭婊子！'我大喝一声，伸出左手一把抓住她的胳膊，但是她挣脱了。于是我没有放下匕首又伸出左手，终于掐住了她的脖子，将她仰面摔倒，并开始掐她的脖子。她的脖子可真硬呀……她用两手抓住了我的手，把我的手从她的喉咙上掰开，我好像正等着她来这一手似的，便使出浑身力气把匕首向她左肋下的腰眼捅去。

"人们常说，他们一在狂怒发作的时候，往往不记得他们干了些什么——这是胡说，是瞎话。我什么都记得，而且一秒钟也没有停止过记忆。我越是在自己的狂怒土面火上加油，我心中的意识之光就燃烧得越亮，在这种情况下，我绝不会看不到我所做的一切。每一秒钟我都知道我在做什么。我不能说我预先知道我将要干什么。但是我正在干的那一瞬间，甚至还似乎略早一些，我就知道我正在干什么，似乎就为的是我将来有可能后悔，就为的是我以后能够对自己说我本来是可以住手的。我知道，我捅的是肋下，匕首扎得进去。在我干这件事的一瞬间，我知道我正在做一件可怕的事，这事是我从来没有做过的，而且这事将会产生可怕的后果。但是这一想法只像闪电似的一掠而过，而在这一想法之后紧接着的就是行动。这个行动我记得特别清楚。我当时听到了，而且现在还记得，当我的匕首捅进去的时候，她的胸衣还有什么东西阻挡了一下，然后刀子就捅进了一块软的地方。她用两手

---

① 意大利语：增强（原为音乐术语）。

抓住匕首，把手都拉破了，但是没有能够抓住。后来，我在监狱里，当我身上发生了精神上的转变以后，我很长时间都在想着这一时刻，尽力回忆着往事，一再琢磨。我记得有这么一小会儿，仅仅是一小会儿，在我采取行动之前，我可怕地意识到，我正在杀害而且已经杀死了一个女人，一个手无寸铁的女人，我的妻子。我记得我认识到这一点以后的恐怖，因此我得出结论，甚至现在我还模糊地记得，把匕首捅进去以后，我又立刻把它拔了出来，希望能够挽救我所做的事，并且就此罢手。我一动不动地站了一小会儿，等待着将会发生什么事，能不能设法挽救。这时她突然跳起身来，大叫：

"'保姆！他把我杀啦！'

"保姆闻声跑来，站在门口。这时，我一直站着，等待着，不敢信以为真。但是就在这时候，一股鲜血从她的胸衣下涌了出来。直到这时我才明白事情已经无可挽回了，于是我立刻认定本来就无需挽回，我要的就是这样，我应该做的就是这事。我一直等到她倒了下去，保姆一面喊着'天呀！'一面向她跑去的时候，我才扔掉匕首，走出房间。

"'不必慌张，应当知道我现在应该怎么办，'我对自己说，既不看她，也不看保姆。保姆大呼小叫地呼唤使女。我穿过走廊，派了一名使女前去，就回到自己的房间里。'现在应该怎么办呢？'我问自己，我马上就明白了我应该做什么。我走进书房，径直走到墙壁跟前，从墙上取下手枪，检查了一遍——手枪已经装上了子弹——把它放在桌上。然后我又从沙发后面取出刀鞘，接着便坐到沙发上。

"我就这样坐了很久。我什么都不想，什么也不回忆。我听见外面乱哄哄的。我听见有人坐车来了，后来又有人来了。然后我又听见，而且看到叶戈尔把我带回来的柳条箱拿进了书房。好像有谁还需要这东西似的！

"'你听说出了什么事吗？'我说。'告诉看院子的，叫他们去报告一下警察局。'

"他什么话也没说就走了。我站起身来，锁上了门，接着拿出香烟和火柴，开始抽烟。我一支烟还没有抽完，就倒下睡着了。我大概睡了两小时。我记得，我在梦中看见我和她很和睦，虽然吵过架，但又言归于好了，虽然有些龃龉，但我们还是和和睦睦的。一阵敲门声把我惊醒了。'这是警察，'我醒来时想道。'我好像杀了人。也许这是她，而且什么事也没有。'外面又敲了一下门。我没搭理，还在思索那个问题：到底有没有发生那件事呢？是的，发生过。我想起了胸衣的阻挡，刀子的插入，我背上像浇了一盆冷水。'是的，发生过。是的，现在应该打死我自己了，'我对自己说。但是我一面说这话，一面又知道我绝不会自杀。然而我还是站起身来，重新把手枪拿在手里。但是事情也怪：我记得，从前有许多次我都差点自杀，甚至那天在火车里，我也觉得这是轻而易举的事，其所以轻而易举，是因为我想，我这样做一定会使她大吃一惊。现在我不仅绝不会自杀，甚至连想都不会去想它了。'我干吗要这样做呢？'我问自己，可是没有答案。又有人敲了敲门。'对，应当先了解一下这是谁敲门。反正还来得及。'我放下手枪，并且用报纸把它盖上。我走到门口，拉开插销。这是我妻子的姐姐，一个好心肠的、蠢笨的寡妇。

"瓦夏！这是怎么回事？'她说着，她那眼眶里随时准备好的眼泪就扑簌簌地掉了下来。

'你要干什么？'我粗暴地问。我看到对她恶声相向不仅毫无必要，而且大可不必，但是我又想不出任何其他口吻。

"'瓦夏，她快要死了！伊万·费奥多罗维奇说的。'伊万·费奥多罗维奇是一位医生——她的医生和健康顾问。

"'难道他在这儿吗？'我问，对她的满腔怒火又涌上了心头，'那又怎么样呢？'

"'瓦夏，你去看看她吧。哎呀，这多可怕呀。'她说。

"'要不要去看看她呢？'我向自己提出了这个问题。我立刻答道：应当去看看她，想必一向都是这样做的：当一个丈夫像我这样杀死了妻子以后，那就一定要去看看她。'既然向来如此，那就应当去，'我对自己说。'倘若有此必要，任何时候都是来得及的。'关于我企图开枪自杀的事，我想道，想罢我就跟着她去了。'现在就要遇到一片数落和愁眉苦脸了，但我绝不向他们屈服。'我对自己说。

"'且慢，'我对她的姐姐说，'不穿靴子多难看，至少让我把鞋穿上。'"

二十八

"说来也令人惊奇！当我走出房间，经过那些熟悉的房间的时候，我心中又出现了那种但愿什么事也没有发生的想法，但是医生使用的这类讨厌的东西（碘仿呀，石碳酸呀）的气味，却使我吃了一惊。不，一切都发生过了。我穿过走廊走过育儿室时，看见了小丽莎。她用惊恐的神色望着我。我甚至觉得五个孩子都在这里，而且人家都在望着我。我走到门口，女仆从里面给我开了门就出去了。首先扑进我眼帘的就是她那放在椅子上的银灰色衣服，整个衣服都被血染黑了。她弓起膝盖，躺在我们的双人床上，甚至是躺在我平常睡的这一边（走近去比较方便）。她半倚半躺地斜靠在枕头上，解开了上衣。伤口上似乎已经敷上了什么东西。屋子里满是浓郁的碘仿的气味。首先而且最使我感到吃惊的是她那满脸青肿，她的一部分鼻子和眼皮下面都肿了。这是她想拽住我，被我的胳膊肘碰伤留下的痕迹。她身上已经毫无美貌可言，有的只是使我感到厌恶的东西。我在门旁站住了。

"'进来呀，到她身边来呀，'她姐姐对我说。

"'对，她大概想忏悔了，'我想。'饶恕她吗？对，她快要死了，可以饶恕她，'我想，极力做出宽宏大量的样子。我走到她的身边。她吃力地向我抬起了眼睛（其中一只被我打伤了），又吃力地、断断续续地说道：

"'你如愿以偿了，杀了……'在她的脸上，透过肉体的痛苦，甚至死亡的逼近，现出了与从前一模一样的、我见惯了的那种冷酷的兽性的憎恨。'孩子们……我还是不能……交给你……给她（她姐姐）带走……'

"至于我认为最重要的那件事，就是她的罪孽，她的失节，她却似乎觉得不值得一提。

"'对，欣赏一下你干的好事吧，'她说，望着门口抽泣起来。门口站着她的姐姐和孩子们。'对，看你干下了什么事情啊！'

"我转过头去望了一眼孩子们，又看了一眼她那满脸青肿的被打伤的脸，我才生平第一次忘掉了我自己，忘掉了我的夫权和我的骄傲，我这才生平第一次发现她也是个人。那使我受到侮辱的一切——我那整个的嫉妒心，我在那时看来是如此渺小；而我所干下的那事又是如此重大，我恨不得把脸贴到她的手上说：'饶恕我吧！'但是我不敢。

"她闭上了眼睛，一言不发，她分明气力不支，说不下去了。后来，她那被伤残的脸开始哆嗦，脸被扭歪了。她有气无力地推开了我。

"'这一切是为什么呢？为什么呢？'

"'饶恕我吧。'我说。

"'饶恕？这一切全是废话！……只要不死，那该多好啊！……'她叫道，微微支起身子，两只眼睛像发热病似的熠熠发光，逼视着我。'对，你如愿以偿了！……我恨你！……哎呀！哎哟！'她分明在说胡话了，她好像

害怕什么东西似的叫道。'来吧，你杀死我吧，你杀死我吧，我不怕……不过把大家，把大家都杀了，把他也杀了。他走啦，走啦！'

"谵语一直继续着。她已经不认识人了。就在那天将近中午的时候，她死了。在此以前，在八点钟的时候，我被带到了警察分局，并从那里入狱。我在牢里候审，蹲了十一个月，我对自己和自己的过去思前想后，终于想明白了。我是到第三天才开始明白过来的。在第三天他们把我带到那儿去了……"

他还想说什么，但是他止不住想要失声痛哭，于是便停了下来。他鼓足了劲才继续说道：

"直到我看到她躺在棺材里的时候，我才开始明白过来……"他抽泣了一下，但立刻又匆匆地说下去："直到我看到她死后的脸相时，我才明白我所做的一切。我终于明白了，是我杀死了她，由于我的所作所为，她本来是一个能够动弹的、有暖气的活人，现在却变成了一具不能够动弹的、蜡黄的、冰冷的尸体，这是无论何时何地，使用何种方法都不能挽回的了。没有经历过这种事的人就没法明白……呜！呜！呜！……"他失声叫了几下，就不出声了。

我俩相对默然，坐了很久。他坐在我对面，低声抽泣，一言不发，浑身哆嗦。

"好了，请原谅……"

他转过身去，背对着我，在座位上侧身躺下，盖上了毯子。在列车开到我需要下车的那一站时（这是早晨八点钟），我走到他的身边想跟他告别。不知他是睡着了呢，还是假装睡着了，反正他没有动弹。我用手触动了他一下。他掀开毯子，看得出来，他并没有睡着。

"再见。"我说，向他伸出了手。

他也向我伸出手来，微微一笑，但是笑得如此凄恻，使我不禁想哭。

"嗯，请原谅①。"他重复了一遍他在结束整个故事时所说的那句话。

（1889 年）

---

① 俄语中"请原谅"一词，又可作"再见"解。此处是一语双关。

谢尔盖神父

[俄国] 列·尼·托尔斯泰　著

臧仲伦　译

一

四十年代，在彼得堡发生了一件使大家惊奇的事：一位美男子，公爵，胸甲骑兵团禁卫骑兵连连长，大家都预言，他将被提升为侍从武官，拿稳了随侍皇帝尼古拉一世的灿烂前程，可是他在与深得皇后宠幸的美丽的宫中女官举行婚礼前一个月，突然呈请退职，断绝了同未婚妻的关系，把自己一处不大的田庄交给了妹妹，进了修道院，想要出家当修士。这件事看来非同寻常，对于不知道内情的人更是不可思议；可是对于斯捷潘·卡萨茨基公爵本人，发生这一切是如此合乎自然，他简直不能想象，除此以外他还能有别的做法。

斯捷潘·卡萨茨基的父亲是一位退伍的禁卫军上校，他死的时候，儿子才十二岁。他临终时嘱咐，不要把儿子留在家里，应该把他送进武备学校[①]。母亲虽然舍不得让儿子离开家，但是她不敢违拗亡夫的遗愿，还是把他送进了武备学校。这位遗孀自己也偕同女儿瓦尔瓦拉移居彼得堡，以便在儿子所在的地方住下来，逢年过节的时候接他回家。

这孩子才华出众，自尊心很强，因此，他各门功课都名列第一，特别是他酷爱的数学，成绩更加拔尖。在队列训练和骑马方面，他也同样名列前茅。虽然他比一般人个子要高，但是长得英俊潇洒。此外，倘不是他性情暴躁，在操行上也是个模范生。他不喝酒，不好色，刚正不阿。唯一妨碍他为人表率的，是他那一触即发、暴跳如雷的性格。当他怒火爆发的时候，他就

---

① 这是沙俄为贵族子弟开办的一种军官学校。

完全失去了自制力，变成一头野兽。有一次，一个同学拿他收藏的矿物标本开了句玩笑，他差点儿把这个同学从窗口扔出去。另一次，他差点儿完蛋：他把一大盘肉丸子扣到庶务官的脸上，向这个军官扑过去，揍他；揍他的原因，据说是他说话不算数，并且当面撒谎。倘若不是校长把这件事遮盖过去，把庶务官逐出校门，他一定要被黜当兵。

他十八岁毕业，进贵族禁卫团当了军官。他还在武备学校的时候，皇帝尼古拉·帕夫洛维奇①就认识他，进了禁卫团以后，皇帝也对他十分赏识，因此大家预言，他稳可以当上侍从武官。而卡萨茨基也非常想得到这个，这不仅是出于虚荣心，主要是因为他还在武备学校的时候就热烈地，正是热烈地爱着尼古拉·帕夫洛维奇。每当尼古拉·帕夫洛维奇——身穿军服、唇髭上有一只鹰钩鼻、蓄着剪短的连鬓胡子、身材颀长、昂首挺胸，健步走进武备学校（他常来看他们），声音洪亮地向学生们问好的时候，卡萨茨基就感到恋人般的狂喜，正如他后来遇到他的意中人所感到的那种狂喜一样。所不同的只是他对尼古拉·帕夫洛维奇的一片痴情更为强烈。他真想有机会向他表露一下自己的无限忠心，甘愿为他做出任何牺牲，甚至慷慨捐躯。尼古拉·帕夫洛维奇也知道这种狂热是什么引起的，就故意激发它。他同军校学生一起玩，让他们随侍左右，他对他们一会儿像孩子似的随便，一会儿很友好，一会儿又庄严肃穆。在卡萨茨基最近发生的殴打军官的事情之后，尼古拉·帕夫洛维奇对卡萨茨基未置一词，但是当卡萨茨基走到他的身边，他又故作姿态地叫他走开，并且皱紧眉头，举起手指表示威胁。后来，他在临走的时候又说：

"您要明白，一切我都知道，不过有些事我不想知道罢了。但是它们全在这里。"

他指了指心。

然而，当军校毕业生觐见皇上的时候，他已经不再提起这件事，而是像往常一样对他们说，为了他们能够为皇上和祖国效忠，他们有事全可以直接找他，他将永远是他们最好的朋友。大家像往常一样十分感动，而卡萨茨基想到过去打庶务官的事，不禁声泪俱下，发誓要鞠躬尽瘁，效忠于敬爱的沙皇。

卡萨茨基进禁卫团以后，他母亲就带了女儿先是搬到莫斯科，后来又搬

---

① 即沙皇尼古拉一世。

回农村。卡萨茨基把财产的一半分给了妹妹。而他留下的那一半，仅够他在那个奢侈讲究的禁卫团里供自己花销。

从外表看，卡萨茨基似乎只是一个仕途得意，而又颇为出色的非常普通的年轻禁卫军人而已，但是他的内心中却进行着复杂而紧张的活动。这种内心活动从他小时候起就似乎是形形色色、层出不穷，但实质上万变不离其宗，归结到一点，就是不管做什么事，都力求尽善尽美，做出成绩，以博得人们的夸奖和惊叹。不管是军事训练还是一般功课，他都认真去做，非要得到夸奖，并把他提出来作为大家的表率才肯罢休。一件事达到了目的，就接着做另一件。他就这样在各门功课上都获得了第一。还在军官学校的时候，有一次，他发现他的法语会话不够流利，就全力以赴，力争达到掌握法语就像他掌握俄语一样。后来他学习下棋，同样孜孜不倦，终于达到还在军校上学的时候就下得非常出色。

除了效忠沙皇和祖国这个总的人生使命之外，他还常常给自己提出一些其他目标，无论这些目标怎样微不足道，他还是全力以赴，不达目的绝不罢休。但是一当他达到了预定的目标，另一目标又立刻呈现在他的脑海，代替了从前的。这种力争出人头地，以及为了出人头地而力求达到预定的目标，充满了他的整个生活。为此，当他担任军官以后，他就立志要尽善尽美地精通本职工作，虽然他那抑制不住的暴躁性格积重难返，使他又屡犯军纪，有害于他的上进，但他还是很快成了一名模范军官。后来，他在上流社会的一次谈话中，感到自己受的普通教育尚有不足之处，他立志要充实它，于是就坐下来埋头读书，终于达到了他预期的目的。后来他又立意在高等上流社会取得一种卓越的地位，学会了跳舞，而且跳得很好，他很快达到了目的：他被邀请参加上流社会的所有舞会和某些晚会。但是这一地位并没有使他满足。他习惯于事事领先，而在这件事上他离独占鳌头还差得远。

那时的高等社会，依我看，无论何时何地都由四种人组成：一、富有的宫廷显要；二、并不富有，但是在宫闱之内出生和长大的人；三、巴结朝廷显贵的富人；四、既不富有，又非出生宫闱，但对第一类和第二类曲意逢迎的人。卡萨茨基不属于前两类。卡萨茨基充其量只能纳入后两类之列。他刚踏入上流社会，便立志要与这个社会的一个女人搞上关系。出乎他的意料，他很快就达到了这个目的。但是他很快看到，他出入的那个阶层不过是较低的阶层罢了，还有更高的阶层，而在这个高等的宫廷阶层里，他虽然被接纳，但总显得是外人；他们对他彬彬有礼，但是言语态度间往往流露出他们还有自己人在，而他并不是自己人。卡萨茨基想在那里成为自己人。为了达到这一目的，他必须或者当上侍从武官（他正等待着这个），或者在这个圈子里结婚。他下决心要做到这一点。他看中了一个姑娘，这是一位美人和内侍女官，她不仅是他想要进入的那个社会里的自己人，而且是在这个高级圈子里所有身居要职、地位稳固的人努力想要接近的一个女人。这便是科罗特科娃伯爵小姐。卡萨茨基不单纯是为了自己的前程才去追求科罗特科娃小姐，她还异常妩媚，因此他很快就爱上了她。起先，她对他特别冷淡，但是后来突然全都变了，她变得很温存，她的母亲也特别殷勤地邀他到她们家做客。

　　卡萨茨基提出求婚，被接受了。他感到奇怪：他竟轻易地得到了这样的幸福，而且在她们母女俩的言语态度间又流露出某种特别的、令人奇怪的东西。他太钟情了，他太迷恋了，因此居然没有发现在城里几乎尽人皆知的一件事：他的未婚妻在一年前曾是尼古拉·帕夫洛维奇的情妇。

二

　　在预定举行婚礼的日子前两周①，卡萨茨基坐在沙皇村他的未婚妻的别墅里。这是一个炎热的五月天。未婚夫陪同未婚妻在花园里散了会儿步，在绿荫如盖的菩提树林荫道的一条长凳上坐了下来。梅丽穿着一件白色的薄纱连衣裙，显得分外姣美。她仿佛是贞洁和爱的化身。她坐着，一会儿低下头，一会儿抬头望望这位魁梧的美男子。卡萨茨基特别温柔和特别小心翼翼地在同她说话，唯恐自己有一个姿势、一句话玷污和亵渎了未婚妻的天使般的纯洁。卡萨茨基属于四十年代（现在已经绝迹）的这样一类人：他们在两性关系上对自己恣意放纵，内心也不谴责这种行为的不洁，但是却要求自己的妻子白璧无瑕、守身如玉。对自己圈子里每一个少女的这种白璧无瑕他们是尊重的，也这样来对待她们。男人可以纵情酒色的这种观点是非常错误和有害的。但是关于女人的那种观点却与现在年轻人的观点截然不同——现在的年轻人把每一个少女都看做是在寻找配偶的雌儿，我看上面的那种观点是有益的。少女们看见把她们这样神化，也就努力去多多少少做个女神。卡萨茨基就抱有对女人的这种观点，而且他也是这样来看待自己的未婚妻的。这

---

　　① 这是作者的疏忽。在第一章中提到的是在举行婚礼前一个月。

天，他特别钟情，对未婚妻没有感觉到一丝一毫的肉欲，相反，他脉脉含情地看着她，就像看着一件高不可攀的东西似的。

他伸直自己高大的身躯，两手挂着军刀站在她面前。

"我现在才知道一个人所能体验到的全部幸福。这就是您，这就是你，"他怯怯地微笑着说，"给予我的幸福！"

他正处在这样的时期，还不习惯于对人称"你"。在精神上，他感到她高高在上。对这位天使称"你"，他感到害怕。

"由于……你，我才认识到我自己，认识到我比我想象的要好。"

"我早知道这个了。因此我才爱上了您。"

近处响起了夜莺的啼啭，微风过处，嫩绿的树叶在微微摆动。

他拿起她的手吻了一下，眼泪涌上了他的眼睛。她明白他是在感谢她刚才所说的她爱上了他。他走了几步，沉默了一会儿，然后又走到她跟前坐下。

"您知道，你知道，得了，反正一样。我跟你亲近不是无私的，我想建立起跟上流社会的联系，但是后来……我了解了你，这与你相比是多么渺小啊。为了这个，你不生我的气吗？"

她没有回答，只是用手摸了摸他的手。

他明白，这个动作的意思是："不，我不生气。"

"是的，你刚才说……"他踌躇了一下，他觉得这么说太无礼了，"你说，你爱上了我，但是，请原谅我，这我是相信的，但是除此以外，我总觉得还有什么东西在使你担忧，使你不安。这是什么呢？"

"对，要么现在，要么永远守口如瓶，"她想，"他反正会知道的。但是现在他绝不会走掉。啊呀，倘若他走掉，这该多么可怕呀！"

她用爱恋的目光打量了一下他那魁梧、高贵、健壮有力的身躯。现在她爱他胜过爱尼古拉。假如不是皇位，她才不愿意拿这个人去换皇上呢。

"您听我说。我不愿意不诚实。我应该把一切都说出来。您会问是什么？那就是，我曾经爱过别人。"

她用恳求的姿势把自己的手放在他身上。

他一言不发。

"您想知道是谁吗？对，是他，皇上。"

"我们大家都爱他，我想，您是在学校……"

"不，是在后来。这是一时的迷恋，但是后来就过去了。但是我应该说出来……"

"嗯，那又怎么样呢？"

"不，我不是一般地。"

她用双手蒙住脸。

"怎么？您委身给他了吗？"

她一言不发。

"做了情妇？"

她一言不发。

他跳了起来，脸像死人一样苍白，颧骨抽搐着，站在她面前。他现在想起了，有一次，尼古拉·帕夫洛维奇在涅瓦大街遇见他，曾向他亲切祝贺[1]。

"我的上帝，我干了什么呀，斯季瓦[2]！"

"别碰，别碰我。噢，多痛苦啊！"

他扭头向屋里走去。在屋里，他遇见了她的母亲。

"您怎么啦，公爵？我……"她看见他的脸以后，不做声了。血猝然涌上了他的脸。

"您知道这事，居然想利用我来替他们遮丑。倘若你们俩不是女人的话。"他在她的头顶举起了巨大的拳头，嚷了一声，便转身跑了出去。

假如他的未婚妻的情夫不是一国之君，他非打死他不可，但这人偏偏是他崇拜的沙皇。

第二天，他就递上假条并呈请退职，同时推说有病，什么人也不见，接着就到乡下去了。

夏天他是在自己的村子里度过的，顺便安排一下家务。夏天结束以后，他没有回彼得堡，而是进了修道院，出家当了修士。

他的母亲写信给他，劝他做事不要这样不留后路。他回信说，上帝的使命高于一切其他考虑，而他已经领悟到这个使命了。只有他妹妹一个人（她也像她哥哥一样骄傲和虚荣心很强）了解他。

她明白，他所以去当修士，是为了比那些想要显示站得比他高的人站得更高。她对他的了解是正确的。他出家就是为了表明，他把别人以及从前他自己供职的时候认为非常重要的一切都视同粪土，而且他正登上一个新的高

---

[1] 指卡萨茨基同梅丽订婚一事。

[2] 斯季瓦是斯捷潘的小名。

度，从那里可以居高临下地俯视他从前曾经羡慕过的芸芸众生。然而也不像他妹妹瓦莲卡①所想的那样，只有这一种感情在主宰着他。他心中还有另一种瓦莲卡所不知道的、真正的宗教感情，这种感情同骄傲感以及凡事争先的愿望交织在一起，支配着他。过去他一直把梅丽（未婚妻）想象成圣洁的天使，对梅丽的失望和受到的侮辱是如此厉害，这一切就把他引向绝望，绝望又把他引向哪里呢？——引向上帝，引向在他心中从来没有被破坏过的童年的信仰。

三

在圣母节②那天，卡萨茨基进了修道院。

修道院院长是一个贵族，一个博学的著述家和长老，也就是说，他隶属于由瓦拉希亚③沿袭下来的传统——修士必须毫无怨言地服从他选定的领导人和师父。修道院长是著名的阿姆夫罗西长老的徒弟，阿姆夫罗西是马卡里的徒弟，马卡里是列昂尼德长老的徒弟，列昂尼德又是派西·韦利奇科夫斯基④的徒弟。而卡萨茨基就拜这位修道院长为师。

卡萨茨基在修道院除了意识到他那种凌驾于别人之上的优越感之外，就像在他所做过的所有事情中那样，甚至在修道院里，他也竭力争取在外表和内心两方面做到尽善尽美，并从中找到乐趣。在禁卫团里，他不仅是一个无可指责的军官，而且他做的比上级要求的还多，从而扩大了完美的范围。同样，在修道院里，他也力求做一个完美无缺的修士：恪尽职守、克制、谦卑、宽厚，从行动到思想都很清白、顺从。特别是最后一个品德，或者说美德，减轻了他生活的艰难，修道院靠近首都，参观者不断，修士生活中的许多要求，都是他所不喜欢的，都在诱惑他，但是这一切都被顺从二字化为乌

---

① 瓦莲卡是瓦尔瓦拉的小名。

② 圣母节在俄历十月一日。

③ 瓦拉希亚——地区名，今已不用，在罗马尼亚西南部喀尔巴阡山和多瑙河之间。一七六三年，当时的著名宗教活动家派西·韦利奇科夫斯基应当地国王之请，来到瓦拉希亚整顿修道院，并担任德拉戈米尔纳修道院住持，以教规严格著称。

④ 派西·韦利奇科夫斯基（1722—1794），俄国十八世纪的著名宗教活动家，摩尔达维亚的尼亚梅茨基修道院的修士大司祭。他十七岁进修道院当修士，以苦修和生活严肃著称。曾创立一个特殊的修士团体圣以利亚隐修院。他曾到瓦拉希亚帮助国王整顿修道院。生平著译颇多，在宗教界很有名。

阿姆夫罗西、马卡里、列昂尼德均为俄国十九世纪的著名长老。

有：说长道短不是我的事，完成规定的职事才是我的本分，不管在圣遗骨①旁守灵，在唱诗班唱诗，或者在客舍记账，一切可能产生的疑惑，不管是对什么事情，都被对长老的顺从扫除净尽。倘若不是顺从，他很可能为教堂祈祷的冗长和单调，参观者的熙来攘往，以及师兄弟们的无聊庸俗感到苦恼，但是现在这一切不但都被快乐地忍受了，而且成了他生活中的慰藉和支持："我不知道为什么同样的祷告一天必须听好几遍，但是我知道必须这样。由于知道必须这样，我就在这里面找到了乐趣。"长老曾对他说，正如为了维持生命必须有物质食粮一样，为了维持精神生命，也必须有精神食粮——教堂的祈祷。他相信这话是对的，固然，有时候清早他虽然勉强起来参加教堂祈祷，但是这确实给了他无可置疑的安慰和快乐。快乐来自谦卑的意识，以及所作所为和长老的一切规定的毋庸置疑。他的生活的兴趣不仅在于越来越大地驯服自己的意志和越来越谦卑，而且还在于达到基督徒的一切美德，这些美德在最初一段时期他觉得是容易做到的。他把自己的全部财产送给了修道院而且毫不惋惜，他也不偷懒。对下属表示谦卑，在他不仅是容易的，而且带给他一种乐趣。甚至战胜淫欲之罪——无论是好色还是淫乱，他做起来也毫不费力。长老特别告诫他不要犯这个罪，但是卡萨茨基高兴的是，他并没有犯这个罪。

只有想起未婚妻使他痛苦。不仅是想起，甚至设想一下可能发生的事，都使他难受。他的脑海里不由得浮现出他所熟悉的那位皇上的宠姬，后来嫁了人，成了贤妻良母。她的丈夫身居要职，既有权，又有势，还有一个改邪归正的美丽的妻子。

在良好的时刻，这些思想并没有使卡萨茨基心烦意乱。当他在良好的时刻想起这些，他反而庆幸自己摆脱了这些诱惑。但往往也会出现这样的时刻，他赖以安身立命的一切突然在他眼前黯然失色，虽然不能说他不再信仰他所赖以生存的东西，但他不再看见它，不能再在自己心中唤起他所赖以生存的东西，而回忆和（说来可怕）对自己贸然出家的悔恨攫住了他整个的心。

对这种状况的拯救是一应职事——工作和从早到晚地整天祈祷。他像平常一样祈祷、跪拜，甚至超过平常，祈祷得更多了，但他只是用肉体在祈祷，没有灵魂。这样的状况常常持续一天，有时候两天，然后自行消失。但

---

① 即被教会敬为圣徒的人死后留下的干尸。据说它能显灵，有神效。

是这一天或者两天是可怕的。卡萨茨基感到他已不在自己，也不在上帝的掌握之中，而是处在某种异己力量的支配下。在这个时期，他所能做和做过的一切，就是听从长老的教导，守身自持，清静无为，坐以待变。总的说来，在整个这段时间里，卡萨茨基不是凭自己的意志，而是凭长老的意志在生活，而在这个顺从中自有一种特别的宁静。

卡萨茨基就这样在他出家的第一所修道院里过了七年。在第三年末，他落发为修士司祭，赐名谢尔盖。落发对谢尔盖来说是一件重大的内心事件。他过去在领圣体血时也曾体验到一种莫大的欣慰和精神振奋；而现在，轮到他来主领祈祷了，主持奉献祈祷居然使他进入一种兴高采烈和深受感动的境界。但是后来这种感情越来越淡漠，有一次正赶上他处在他常有的这种被压抑的心情下主领祈祷，他感到连这也将消失。的确，这种感情衰退了，但是留下的习惯还在。

总的说来，在修道院生活的第七年，谢尔盖开始感到厌倦了。必须要学习的一切和必须要做到的一切，他都做到了，此外再没有什么事情可做了。

然而，麻木不仁的状态却越来越严重。也就在这时候，他知道了母亲的死耗和梅丽出嫁的消息。他对这两个消息都漠然置之。他的全部注意力和全部兴趣都集中在自己的内心生活。

在他出家的第四年，大主教对他特别垂青，为此长老对他说，如果上面有意委派他高级的职务，他是不应该拒绝的。于是修士的虚荣心便在他心中抬头了，而这正是修士们视为大忌的。他被指派到京城附近的一所修道院去。他想要拒绝，但是长老命令他接受。他只得接受委派，告别了长老，转到另一所修道院去。

这次调往京都的修道院，在谢尔盖的生活中是一件大事。各种各样的诱惑接踵而至，谢尔盖只好把全部精力都用来对付这个。

在过去那所修道院里，女性的诱惑很少使谢尔盖感到痛苦，但是在这里，这种诱惑却以可怕的力量抬头了，甚至取得了某种固定的形式。有一个出名的品行不端的太太开始来勾引谢尔盖。她跟他攀谈，请他到她家里去做客。谢尔盖严词拒绝了，但他却被自己的愿望的明确性吓了一跳。他非常害怕，因此把这件事写信告诉了长老，除此以外，他为了防范自己，又叫来了自己的年轻的徒弟，克服羞耻向他承认了自己的弱点，并请他看住他，除了祈祷和应做的职事以外，不让他到任何地方去。

除此以外，对谢尔盖的一个很大的促使他犯罪的诱惑是这所修道院的院长，一个在宗教界飞黄腾达、尘缘未断、八面玲珑的人，谢尔盖对他十分憎恶。无论谢尔盖怎样克制自己，他还是克制不了这种反感。他极力忍让，但是内心深处还是谴责他。这种不好的感情终于爆发了。

这事发生在他来新修道院的第二年。事情的经过是这样的。圣母节那天，大教堂里正在进行彻夜祈祷。来客云集。修道院长亲自主领祈祷。谢尔盖神父站在自己通常站的位置上进行祈祷，也就是说，他正处在他祈祷时经常有的那种内心斗争的状态中，特别是在大教堂，不是由他亲自主领祈祷的时候。他的内心斗争表现在：那些参观者们，先生们，特别是女士们激怒了他。他极力对他们视而不见，不去看周围发生的一切：一个士兵怎样把人们推开，陪他们进来，女士们怎样互相把修士指给对方看——她们甚至常常指着他和另一位漂亮的修士。他仿佛给自己设了障眼物，除了圣像幛前的烛光、圣像和诵经的人以外，极力对一切视而不见；除了唱和念的祷告词以外，对一切听而不闻，除了那由于意识到自己正在做和应该做的事而体验到的忘我境界以外，任何别的感情也不去体会。当他听着和默诵着听过这么多次的祷告的时候，总是体验到这种忘我的境界。

他就这么站着，鞠躬行礼，在需要画十字的时候画十字，内心斗争着，一会儿潜心于冷静的谴责，一会儿又故意什么也不想，心如止水。正在这时候，法衣圣器室执事尼科季姆神父（这人对于谢尔盖神父也是促使他犯罪的一大诱惑——他对修道院长的阿谀奉承，使谢尔盖神父不由得常常要指责他）走到他的身边，向他深深一鞠躬，说院长叫他到祭坛去。谢尔盖神父整了整法衣，戴上修士帽，小心翼翼地穿过人群向祭坛走去。

"Lise, regardez a droite, c'est lui," ① 他听见一个女人的声音。

"Où Où? Il n'est pas tellement beau." ②

他知道这是在说他。他一面听着，一面像往常受到诱惑时常常做的那样，不断地默祷："不要使我们受到诱惑。他低下头，垂下眼睛，走过讲经台，绕过那些身穿法衣、这时正从圣像幛旁走过的唱诗班的领唱们，走进北边的门。他进了祭坛，按照惯例在胸口画着十字，向圣像深深鞠躬，然后抬起头来望了院长一眼。他用眼角看到在院长身旁还站着另一个有什么东西在闪闪发光的人影，但是没有向他们转过身去。

---

① 法语：丽莎，你往右边看呀，这就是他。
② 法语：哪儿，哪儿？他也不怎么漂亮嘛。

院长身穿法衣，站在墙边。他从大肚子和肥胖的身体上披的法衣下面伸出短胖的小手抚摸着法衣上的金丝花边，正笑容可掬地和一个军人说话。那军人穿着缀有绣花缩写字、两肩饰有缝带的御前侍从的将军服。谢尔盖神父用自己的军人的习惯的眼睛一下就看清了这些花字和缝带。这位将军是他们团从前的团长。现在他显然身居要职，谢尔盖神父立刻发现院长是知道这个的，他正对此感到高兴，因此他那胖胖的红脸映着秃顶，容光焕发。这使谢尔盖神父十分不快，觉得受了侮辱。看院长的意思，把他谢尔盖神父叫来，不是为了别的，而是为了满足一下将军的好奇，正如将军所说，他想看一看他过去的同僚。谢尔盖神父一听这话，更增添了不快。

"非常高兴看到天使般模样的您，"将军伸出手来说，"希望您没有忘记老同事。"

须眉皆白的院长红光满面，笑容可掬，仿佛对将军所说的话表示赞许，而将军那保养得很好的脸上带着一副自鸣得意的笑容，嘴里喷出一股酒味，颊须上散发着雪茄烟的臭气——这一切都惹恼了谢尔盖神父。他向院长再次鞠了个躬，说道：

"法师，您叫我？"说到这里，他停了下来，他的脸部表情和整个姿态都似乎在问：干什么？

院长说：

"是的，同将军见见面。"

"法师，为了免受诱惑，我已远离尘世，"他说，脸色苍白，嘴唇发抖，"您为什么又在这里让我受到这种诱惑呢？而且在祷告的时候，在上帝的神殿里。"

"走吧，走吧。"院长猛地面红耳赤，皱紧眉头，说道。

第二天，谢尔盖神父请求院长和师兄弟们原谅他的倨傲，但与此同时，经过一夜的祈祷之后，他决定必须离开这所修道院。他把这事写信告诉了长老，并恳请长老允许他返回长老的修道院。他写道，他感到自己的弱点，没有长老的帮助，他独自一人是抵挡不了这些诱惑的。同时他忏悔自己犯的倨傲的罪。下一次邮班送来了长老的回信。长者在信中写道，他的傲气是一切的根源。长老向他说明，他的怒火所以爆发，因为他的谦卑和不为僧侣们感到的荣耀所动，不是为了上帝，而是为了自己的那点傲气；你看，我多么了不起，我什么也不需要。正是由于这点，他才会对院长的行为觉得受不了。我为了上帝把一切都视同粪土，他们却拿我像野兽似的展览。"倘若你蔑视荣誉是为了上帝，你就会忍受。你身上的世俗的傲气还没有熄灭。我的孩子谢尔盖，我一面想着你一面祷告。关于你，上帝给我的启示是这样的：像过去一样地生活，要顺从天命。也就在这时候我获悉，过着圣徒生活的隐修士伊拉里翁在他的隐修地死去。他在那里生活了十八年。坦宾诺的住持问我，有没有哪位师兄愿意到那里去居住。恰好你在这时候来信。你就到坦宾诺修道院去找派西神父吧，我会写信告诉他的，你请求他允许你占用伊拉里翁的修道室。这倒不是说你可以代替伊拉里翁，但是为了克服傲气，你需要一个隐修的地方。愿上帝祝福你。"

谢尔盖听从了长老的忠告，把他的信给院长看了，求得了他的允许，把修道室和自己的一应物品交给修道院，便动身到坦宾诺隐修院去了。

坦宾诺隐修院的住持是一个非常好的当家人，商人出身，他随和地接纳了谢尔盖，把他安顿在伊拉里翁的修道室，起初给了他一名侍者，后来又听从他的意愿，留下了他一个人。修道室是在山里挖的一个窑洞。伊拉里翁就埋葬在这间窑洞里。窑洞的后室葬着伊拉里翁，前室则有一个铺着草垫的壁龛，供睡觉用，室内有一张小桌和一块搁板，搁板上放着圣像和书。在外面那扇经常关着的门上也钉着一块搁板，一名修士每天一次从修道院里拿来的食物，就放在这块搁板上。

于是谢尔盖神父便成了隐修士。

四

在谢尔盖隐修生活第六年的谢肉节①，邻城里一伙快活的有钱人，有男有女，在吃完春饼、喝过酒之后，决定驾着三套马的雪橇外出郊游。这伙人中有两位律师、一位富有的地主、一位军官和四个女人。女人中一位是军官的太太，另一位是地主的太太，第三位是一个少女，地主的妹妹，第四位是一个离了婚的太太，一个美人，有钱而怪僻，她那乖张的行为常常使全城为之吃惊和不安。

天气好极了，路像地板一样。他们在郊外跑了大约十俄里，便停下来，开始商量往哪儿去：回去呢，还是继续往前走。

"这条路是通哪儿的？"那位离了婚的美丽的太太马科夫金娜问。

---

① 谢肉节在大斋前一星期，是信奉东正教的斯拉夫人送冬迎春的节日。

"通坦宾诺，离这儿十二俄里，"向马科夫金娜献殷勤的那位律师说。

"嗯，再往下呢？"

"再往下就经过修道院到Л。"

"就是那位谢尔盖神父住的地方吗？"

"对。"

"卡萨茨基？那位美男子，隐修士？"

"对。"

"女士们！先生们！咱们去找卡萨茨基吧。先在坦宾诺休息一下，吃点东西。"

"但是，咱们就来不及回家过夜了。"

"没关系，就在卡萨茨基那儿过夜。"

"很可能那儿有所修道院的客舍，而且非常好。我替马欣辩护的时候，到那儿去过。"

"不，我要在卡萨茨基那儿过夜。"

"得了，哪怕您再神通广大，这也是不可能的。"

"不可能？打赌！"

"行啊。倘若您在他那儿过夜，要我给什么都行。"

"A discrétion."①

"您也得这样！"

"那当然。走吧。"

给车夫们拿来了酒。他们自己则拿来了一箱馅儿饼、酒和糖果。女士们把自己紧裹在白色的狗皮大衣里。车夫们争论了一下由谁领头，一个年轻小伙子就剽悍地侧转身子，把长鞭一扬，一声吆喝——铃声清脆地响起来，滑木也发出吱吱咂咂的声音。

雪橇轻轻地颠簸和摇晃着。拉边套的马套着一副镶有金属饰件的套具，马尾巴被高高地缩起，它们平稳地、愉快地飞奔着。像抹了油一般光滑平坦的路面迅速地朝后倒退。车夫不时剽悍地抖动一下缰绳。律师和军官面对面地坐着，跟身旁的马科夫金娜闲扯。而她则裹紧大衣，一动不动地坐着，在想："千篇一律，一切都叫人恶心：红红的油亮的脸，酒味，烟味，说来说去那一套，思想总也出不了那个圈子，一切都围着'恶心'二字打转，可是

_____

① 法语：要什么给什么。

他们还自鸣得意，坚信非这样不可，而且他们可以这样一直活到死。我可不干。我感到无聊。我须要有什么东西来把这一切全打乱，翻个过儿。嗯，哪怕像萨拉托夫的那些人也好，他们好像出去玩时给冻死了。嗯，我们这帮人会怎样做呢？将怎样表现呢？肯定非常卑鄙。大家都只顾自己。而且，我的表现也很可能是卑鄙的。但是我起码长得漂亮。他们都知道这个。那么，那位修士呢？难道他连这个都不懂吗？不可能。这是他们唯一懂得的。就像秋天我跟那个军官学校学生一样，那家伙真蠢……"

"伊万·尼古拉伊奇！"她说。

"什么事？"

"他有多大年纪？"

"谁呀？"

"当然是卡萨茨基。"

"好像四十开外吧。"

"怎么，所有的人他都接见吗？"

"所有的人，不过他并不常常接见。"

"把我的腿盖上。不是这样。您真是笨手笨脚！对了，再裹紧点儿，再裹紧点儿，就这样。别捏我的腿呀！"

他们就这样一直跑到修道室所在地的树林跟前。

她走下雪橇，命令他们走开。他们再三劝阻她，她倒生起气来，命令他们快走。于是雪橇走了，而她，裹着她那件白色狗皮大衣，开始沿小路走去。律师下了雪橇，留下观望。

五

谢尔盖神父闭门隐修已经第六年了。他四十九岁。他的生活是艰难的。并不是素食和祈祷有什么艰难，这算不了艰难，而是内心的斗争，这是他无论如何没有料到的。斗争的根源有二：怀疑和肉欲。而这两个敌人总是一起抬头。他曾经以为这是两个不同的敌人，其实这二者是相同的。怀疑一消除，淫欲也随之消灭。但是他始终认为，这是两个不同的魔鬼，一直同他们分别斗争。

"我的上帝！我的上帝！"他想，"你为什么不赐给我信仰。是的，淫欲，是的，圣安东尼①和别的圣徒也曾和淫欲斗争，但是他们有信仰。他们有信仰，而我却有这样的没有信仰的时刻和日子。倘若尘世是罪恶的，必须弃绝尘世，那么整个世界，它的全部美，又是为了什么呢？你为什么要设置这个诱惑呢？诱惑？我想逃避尘世的欢乐，在也许什么也没有的地方孜孜以求，难道这就不是诱惑吗？"他对自己说，心里不寒而栗，对自己感到深深的厌恶。"败类！败类！还想当圣徒哩，"他开始骂自己。接着便开始祷告。但是刚开始祷告，他在修道院里惯常的模样就鲜明地浮现在他的眼前：戴着修士帽，穿着长袍，道貌岸然。他摇了摇头，"不，这不是真相。这是欺骗。但是我骗得了别人，骗不了我自己，骗不了上帝。我不是一个正人君子，而是一个可怜而又可笑的人。"于是他掀开法衣的衣襟，望了一眼他那穿着衬裤的可怜的腿，笑了笑。

然后他放下衣襟，开始念经、画十字和鞠躬行礼。"难道这张卧榻将成为我的葬身之地吗？"他念道。仿佛有一个魔鬼在向他低声耳语："单身的卧榻本来就是葬身之地嘛。虚伪。"于是他在想象中看到了那个曾与他姘居的寡妇的双肩。他甩了一下头，继续念经。他念完戒律，又拿起《福音书》打开来，翻到他反复诵读而且都会背了的地方："我信，但我信不足，求主帮助。"② 他收起涌上心头的一切怀疑。就像人们安放一个不易平衡的物体一样，他把自己的信仰重又安放在那条摇晃不定的细腿上，然后小心翼翼地离开它，以免把它碰倒。眼前的障幕又出现了，他心安了。他重念了一遍自己童年的祈祷："主啊，带我去，带我去吧，"——于是他不仅感到了轻松，而且还感到快乐和深受感动。他画了一个十字，在铺在窄凳上的褥子上躺下，把夏天穿的法衣枕在头底下。他睡着了，睡得很轻。在梦中，他仿佛听见铃铛的声音。他不知道这是醒了还是仍在梦中。但这时敲门声把他从梦中惊醒。他站了起来，不相信自己的耳朵。但是敲门声又响了起来。对，这是很近的敲门声，在敲他的门，还有一个女人的声音。

"我的上帝！我在《圣徒传》中读到，魔鬼常常装扮成女人的模样，难道这是真的吗？……是的，这是女人的声音，而且声音是那样温柔、畏怯、可爱！呸！"他啐了一口唾沫，"不，这是我的幻觉，"他说，便走到设着诵经台的那个墙角，用正确的、习惯的姿势双膝跪下，在这个下跪的姿势中他

---

① 圣安东尼（251—357），埃及隐修士，被认为是修士的始祖。他以苦行和禁欲著称，他生平受过许多女性诱惑，但毫不动摇。

② 见《圣经·新约·马可福音》第九章第二十四节。

找到了快慰。他跪下，头发披散在脸上，他把已经光秃的脑门紧贴在潮湿、阴冷的花条布地毯上。（地板透风。）

……他念着赞美诗，那个小老头皮缅神父对他说过这能驱妖辟邪。他用有力的神经质的两腿轻轻地抬起他那消瘦得很轻的身体，他想继续念下去，但是他没有念，而是身不由己地竖起耳朵在听。他希望能再听到那声音。但是万籁无声。水依旧滴滴答答地从屋顶滴下来，滴到放在房角的小木桶里。外面细雨夹着浓雾，消融着积雪。静静的，静静的。突然窗外响起了沙沙声，而且显然是人的声音——还是那个温柔的、怯生生的声音，这样的声音只能属于一个可爱的女人，这声音在说：

"让我进来吧。看在基督份上……"

仿佛全身的血都涌进了心脏，而且停止不动。他连气都不敢出："愿神兴起，使他的仇敌四散……"[1]

"我可不是魔鬼呀……"听得出，说这话的嘴巴在微笑，"我不是魔鬼，我不过是一个有罪的女人，迷了路——不是误入迷途，而是真的迷了路（她笑了），我冻坏了，请求一个安身之地。"

他把脸贴近玻璃。神灯反射在玻璃上，到处在闪闪发光。他把手掌贴近脸的两侧，向外仔细张望。浓雾、细雨、树，原来是在右边。她。对，她，一个穿白色长毛皮大衣的女人，戴着帽子，有一张十分可爱、善良、受惊的脸，她就在这儿，离他的脸只有两俄寸，正弯下腰看他，他们的眼睛相遇了，彼此都认出了对方。并不是说他们从前彼此见过，他们从来没有见过面，但是在他们交换的眼光里，他们（特别是他）感觉到，他们彼此相识，相互了解。交换过这样的眼光以后，再要怀疑这是魔鬼，而不是一个普通的、善良的、可爱的、怯生生的女人，那是不可能了。

"您是谁？您来干什么？"他说。

"您倒是开门呀，"她用撒娇似的专横口吻说道，"我冻坏了。跟您说，我迷了路。"

"要知道我是修士，一个隐居修炼的人。"

"哎呀，您就开门吧。您难道要在您祷告的时候让我在窗下冻死吗？"

"您是怎么……"

"我又不会吃了您。看在上帝份上，让我进来吧。我简直冻坏啦。"

---

[1] 见《圣经·旧约·诗篇》第六十八篇第一节。

她自己也觉得毛骨悚然。她说这话几乎带着哭音。

他离开窗户，望了一眼戴着荆棘冠的基督像。"主啊，帮助我，主啊，帮助我，"他说道，画着十字，深深地鞠躬，然后走到门旁，将门打开，进了门廊。在门廊里，他摸着了门钩，开始拔它。他听到门的那一边有脚步声。她正离开窗户向门口走来。"啊呀！"她突然叫了一声。他明白，她是一脚踩到门槛旁的水坑里了。他的手哆嗦着，他怎么也拔不出被门绷紧了的挂钩。

"您倒是怎么啦，让我进来呀。我全身都湿了。我冻僵啦。您净想着拯救灵魂，我可是冻僵啦。"

他把门使劲向身边一拉，拔出了门钩，他没有估计到门的弹力，把门顺手向外一推，碰了她一下。

"啊，对不起！"他说，突然完全变成了很久以前与女士们交往时的惯用口吻。

她听到这个"对不起"以后，微微一笑："嗯，他还不怎么可怕。"她想。

"没什么，没什么。请您原谅我，"她从他身边走过，说道。"要不是情况这么特殊，我是说什么也不敢惊动您的。"

"请进，"他说，让她从身旁走过。一种他很久没有闻过的优雅的香水的强烈芳香沁入了他的心脾。她穿过门廊走进了里屋。他把外面的门砰地带上，没有挂上门钩，便穿过门廊走进了里屋。

"主耶稣基督，上帝的儿子，饶恕我这个罪人吧，主啊，饶恕我这个罪人吧。"他不仅在心中不停地默祷，甚至形诸于色，不由得翕动嘴唇，念念有词。

"请进，"他说。

她站在房间中央，水从她身上滴到地上。她在仔细地打量他，她的眼睛在笑。

"请原谅我，我破坏了您的隐修。但是您看，我实在没有办法。事情的经过是这样的：我们从城里出外郊游，我跟他们打赌，我将一个人从麻雀村走到城里，但是在这儿迷了路，就这样，要不是碰巧遇见您的修道室……"她开始撒谎了。但是他的面容使她发窘，使她没法再说下去，便住了嘴。她意想中的他完全不是这样的。他并不是她所想象的那样的美男子，但是他在她的眼中仍旧非常美。鬈曲的、斑白的头发和胡须，端正的、秀气的鼻子，两眼像两枚火炭似的熠熠发光，当他举目直视的时候，使她吃了一惊。

他看出她在撒谎。

"是呀，是这样，"他说，看了她一眼，又低下眼睛，"我一会儿再到这儿来，您请自便。"

于是他拿下灯，点上蜡烛，向她深深一鞠躬，走了出去，进了隔板后面的小屋。她听见他在那里挪动什么东西。"大概他在用什么东西顶住门，不让我进去，"她想了想，微微一笑。她脱下狗皮白大氅以后，开始取下用发卡卡在头发上的软帽和帽子底下的针织头巾。她站在窗下的时候，根本没有淋湿，她这样说，不过是催促他让她进去的借口。但是她在门旁的确踩了水坑，因此左脚一直湿到小腿肚，皮鞋和高统套鞋里也满是水。她坐到他的床上（一块木板，不过上面铺了一条小毯子），开始脱鞋。这间小小的修道室，她觉得美极了。这间三俄尺宽四俄尺长的窄小房间，像玻璃一样清洁。小屋里只有一张床，就是她现在坐的，床上方的小搁板上放着书。墙角是一个小小的诵经台。门上钉着几颗钉子，挂着皮大衣和法衣。诵经台的上方挂着一张戴着荆棘冠的基督像和一盏神灯。屋里的气味很怪：油味、汗味和泥土味。一切她都喜欢，甚至这味儿。

湿了的两脚，特别有一只脚使她不放心，她开始急急忙忙脱鞋，一面不时露出笑容。她感到高兴的是与其说她达到了自己的目的，倒不如说她看到她居然扰乱了这个非常可爱、令人莫名其妙、又怪又招人喜欢的男人的心。"嗯，不理我，那也没什么了不起，"她自言自语道。

"谢尔盖神父！谢尔盖神父！您是这么称呼的吧?"

"您有什么事?"一个低低的声音回答道。

"请您原谅我，我破坏了您的隐修。但是，真的，我实在没有别的办法。我当真会生病的。就现在我也不知道我是不是病了。我全身都湿了，两只脚冰冷冰冷的。"

"请原谅我，"一个低低的声音回答道，"我无法为您效劳。"

"我本来是无论如何不敢惊动您的。我只要等到天亮。"

他没有回答。她听见他在低声地念念有词——显然，他在祷告。

"您不会到这边来吧?"她微笑着问，"要不，我要脱衣服啦，得烤一烤。"

他没有回答，继续在墙的那一边用平静的声音念着祷告。

"对，这才像个人，"她想，费劲地脱着那只咕哧咕哧响的高统套鞋。她拽着鞋，但拽不下来，她觉得这很好玩。她轻轻地笑出声来，但她知道，他听得见她的笑声，而且这笑声会在他身上取得她预期的效果，因此她笑得更响了，而这个快乐、自然、善良的笑声果然在他身上取得了她想要取得的效果。

"是啊，这样的人是可以爱的。瞧那双眼睛，瞧那张淳朴、高贵和——不管他怎么喃喃地念着祷告——和充满热情的脸！"她想着，"我们女人是骗不了的。还在他把脸贴近玻璃看见我的时候，他就明白了，就看上了我。眼睛亮了一下，便铭刻在心里了。他爱我，喜欢我。对，他喜欢我，"她说，终于脱下了套鞋和皮鞋，开始脱长筒袜。要脱袜子——脱掉这双系在吊袜带上的长筒丝袜，就必须撩起裙子。她觉得不好意思起来，便说道：

"别进来呀。"

但是墙那边没有任何回答。不快不慢的念念有词的声音在继续着，还有一些动作的声音。"大概，他在磕头，"她想。"但是他不会鞠躬告辞的，"她说。"他在想我，就像我在想他一样。他正怀着同样的感情在想着我的这两条腿，"她说，拉下湿漉漉的长筒袜，光脚踩在床上，缩起两腿。她双手抱住膝盖坐了不大一会儿，若有所思地望着前方。"这样荒无人烟的隐修院，这样的寂静。再也不会有人知道的……"

她站起来，把袜子拿到炉子跟前，挂在通风口上。一种特别的通风口。她把它转了一下，然后，轻轻地迈着光脚回到床上，把腿又蜷起来坐在上面。墙那边已经悄无声息。她瞧了一眼挂在她胸前的小表。已经两点了。"我们那帮人要三点左右来。"剩下不到一小时了。

"怎么，我一个人在这儿就这么坐下去吗？多荒唐！我不干。我就叫他来。"

"谢尔盖神父！谢尔盖神父！谢尔盖·德米特里奇·卡萨茨基公爵！"

门那边静悄悄的。

"听我说呀，这太残酷了。要不是我有事，我才不叫您哩。我病了。我不知我到底怎么啦，"她用痛苦的声音说道。"哎哟，哎哟！"她扑到床上，呻吟起来。说来也怪，她仿佛真的觉得她浑身无力，全身都疼，她在哆嗦，发高烧。

"听我说呀，帮帮我吧。我不知道我到底怎么啦。哎哟！哎哟！"她解开上衣，露出胸脯，将裸露到肘部的两条胳膊一甩，"哎哟！哎哟！"

这时候，他一直站在自己的储藏室里，不停地祷告。把晚祷文全部念完之后，现在他正一动不动地站着，眼观鼻，鼻观心，在心中做着祷告，不断默诵着："主耶稣基督，上帝的儿子，饶恕我吧。"

但是他一切都听见了。他听见她脱衣服时绸衫子的窸窣声，听见她光着脚在地板上走路的声音，听见她用手给自己搓脚的声音。他感到他意志薄弱，每一分钟都可能毁灭，因此他不停地祷告。他仿佛体验到童话里的英雄一往无前时体验到的那种心情。就这样，谢尔盖听到，感觉到，危险和毁灭就在这里，就在他的上下左右，他只有一眼也不去看她，才能得救。但是想要看一看她的愿望骤然攫住了他整个身心。而就在这一刹那，她说道：

"听我说呀，这太不人道啦。我会死的。"

"对，去就去，但是我要像那位神父做的那样，把一只手按在淫妇头上，另一只手放进火盆。但是没有火盆呀。"他回头一看。灯。他伸出一只手指放在火苗上，皱起了眉头，准备忍受，他觉得似乎相当久了竟毫无感觉，但是突然——他还说不上疼不疼和到底有多疼，就皱起了眉头，把手缩了回来，连连甩着手，"不，我干不了这个。"

"看在上帝份上！哎哟，到我这里来一下吧！我要死了，哎哟！"

"那怎么办，我要毁灭吗？那不成。"

"我这就到您那里去，"他说，接着便打开房门，也不看她，就从她身边走过，进了那扇通向门廊的门（他常常在门廊里劈柴），摸着了劈柴的木墩和靠墙的斧子。

"就来，"他说罢就右手拿起斧子，把左手的食指放在木墩上，抡起斧子，一下就砍在食指的第二个关节以下。手指蹦了起来，比砍断一根同样粗细的劈柴要容易，它翻了个个儿，啪的一声蹦到木墩边上，然后落到地上。

他听见这声音比感到疼痛要早一些。但是他还没有来得及感到奇怪为什么不疼，就突然感到一阵剧痛和流下的温暖的血。他迅速用法衣的下摆裹住被砍断的指关节，把它紧按在大腿上，回头走进了房门。他在那女人面前站住，垂下眼睛，低声问道：

"您有什么事？"

她望了望他那苍白的脸和左边的抖动着的面颊，她突然觉得羞耻起来。她跳下床，抓起皮大衣披在身上，裹住了身子。

"是的，我觉得疼……我着了凉……我……谢尔盖神父……我……"

他抬起眼睛望着她，眼睛里闪耀着平静的快乐的光，他说：

"好妹妹，你为什么要毁灭自己的不死的灵魂呢？诱惑必须进入尘世，但是诱惑经由他而进入尘世的那个人是有祸的……祷告吧，求上帝宽恕我们。"

她听着他的话，望着他。她突然听到有液体滴下的声音。她低头一看，看见血正从他的手上沿着法衣往下流。

"您把手怎么啦？"她想起了她听到的声音，便拿起灯，跑进门廊，看见地上有一节血淋淋的手指。她回到屋里，脸色比他的还要苍白，她想对他说什么；但是他悄悄地走进储藏室，随手关上了门。

"请饶恕我，"她说，"我用什么来赎自己的罪呢？"

"走开。"

"让我来给您包扎一下伤口吧。"

"离开这里。"

她匆忙地、一言不发地穿好衣服。她穿戴好了，裹上大衣，便坐下等候。外面传来了铃铛的声音。

"谢尔盖神父。请您饶恕我。"

"走吧，上帝会饶恕的。"

"谢尔盖神父。我一定改变自己的生活。别嫌弃我。"

"走吧。"

"请您饶恕我，祝福我。"

"为了圣父、圣子和圣灵，"可以听见从隔板后面传来的声音。"走吧。"

她号啕大哭，走出了修道室。律师向她迎面走来。

"得了，输啦，没有办法。您坐哪儿？"

"哪儿都行。"

她坐上雪橇，一直到家都没有说过一句话。

一年以后，她正式落发，接受苦行戒律①，在修道院里过着刻苦的生活。她的师父是一位隐修士，名字叫阿尔谢尼，他间或用写信的方式指导她。

---

① 这里的"正式落发，接受苦行戒律"，是指进修道院后，经过一段时间的修行，正式落发当修女。这是修士（修女）落发的第二级。落发后，由修道院长赐予法名，正式脱离尘世。第一级落发是刚进修道院的时候。最后一级落发是修行多年，道行日深，举行落发仪式后，即遁迹山林，穿上苦行修士服，进行隐修。正教教徒的落发，只剪去一圈头发。

六

　　谢尔盖在闭门隐修中又过了七年。起先，人家给他拿来的许多东西他都收下了：有茶，有白糖，有白面包，有牛奶，有衣服，有劈柴。但是日子越往后，他对生活的要求也就越严格，他拒绝一切多余的东西，最后发展到除了一星期一次的黑面包以外，他什么也不要。给他拿来的一切，他都分给了前来求他的穷人。

　　谢尔盖神父的全部时间都在自己的修道室里度过，不是祈祷，就是跟越来越多的来访者交谈。谢尔盖神父间或外出，也仅仅是一年两三次到教堂里去，有时，他也外出挑水和砍柴，如果对此有需要的话。

　　这样的生活过了五年，就发生了很快传遍各地的马科夫金娜事件，她的夜访，此后她内心发生的变化，以及她的进修道院。从那时起，谢尔盖神父的名声开始大振。来访者越来越多，在他的修道室四周也搬来了修士，建起了教堂和客舍。谢尔盖神父的名声越传越远，而且恰如我们惯常见到的那样，他的名望往往超过了他的事迹。人们开始从很远的地方源源不断地来找他，也有带病人来的，硬说他能治好他们的病。

　　他第一次治愈病人是在他隐修生活的第八年。这是治好一个十四岁的男孩。他母亲把他带来找谢尔盖神父，硬要谢尔盖神父把手按在他头上①。谢尔盖神父从来没有想到他能治病。他把这种想法认为是犯了倨傲的大罪。但是带孩子来的那位母亲硬是苦苦哀求，在地上磕头求告，她说，为什么他能给别人治病就不肯治好她的儿子呢，她请他看在基督的份上行行好。谢尔盖神父认定能治病的只有上帝，她对此的回答是，她只请求他把手按一按，祷告祷告。谢尔盖神父拒绝了，走进了修道室。但是第二天（这事发生在秋天，夜里已经很冷），他走出修道室去挑水，又看到了那个母亲，带着她的儿子——一个十四岁的男孩，脸色苍白、骨瘦如柴，他又听到她同样的哀

---

　　① 指施行基督教的按手礼：由神父把手按于领受者头上，念诵规定经文，以求得"圣灵"降于其身。

告。谢尔盖神父想起了那个不义之官的故事①，过去他毫不怀疑他必须拒绝，现在他却感到怀疑，而感到怀疑之后，他就开始祈祷，一直祈祷到他在心中拿定主意为止。他拿定的主意是这样的：他必须满足那个女人的要求，因为她的信仰能够救她的儿子；至于他谢尔盖神父本人，在这种情况下不过是上帝选中的微不足道的工具而已。

于是谢尔盖神父便走出去找那母亲，满足了她的愿望，把手按在孩子的头上，开始祷告。

母亲带着孩子走了，过了一个月，孩子居然痊愈了，于是谢尔盖长老（现在人们都这么称呼他）治病如神的名声传遍了四乡。从那时候起，没有一个星期没有病人川流不息地来找谢尔盖神父。他既然没有拒绝这一些人，也就不能拒绝另一些人，于是他便把手按在他们头上，进行祷告，居然许多人痊愈了，于是谢尔盖神父的名声就越传越远了。

就这样在修道院里过了九年，在闭门隐修中又过了十三年。谢尔盖神父已经有了长老的仪表：长长的银髯，头发虽然稀少，但是仍旧黑而卷曲。

七

谢尔盖神父已经有几个星期在执著地想着一个问题：屈从于这样的地位，他这样做好不好？这个地位与其说是他自己找的，不如说是修士大司祭和修道院长强加给他的。这事开始于那个十四岁的男孩痊愈之后，从那时候起，谢尔盖每月、每周、每天都感到他的内心生活被毁坏了，被一种外在的生活所代替。仿佛有人把他里子朝外地翻了个过儿。

谢尔盖看到，他成了吸引来访者和施主们到修道院里来的工具。正因为此，院方才为他安排了使他能充分发挥效用的条件，例如，人们完全不让他有劳动的可能，为他准备好了他可能需要的一切，而要求于他的仅仅是，他不要剥夺给那些来访者的祝福。为了他的方便，他们替他安排了接见的日子。他们安排了一间男客接待室和一个专供他替来人祝福的地方。这个地方四周围了栏杆，免得那些向他挤过来的女客把他撞倒。倘若说人们需要他，

---

① 见《圣经·新约·路加福音》第十八章第一至六节："耶稣设一个比喻，是要人常常祷告，不可灰心，说，某城里有一个官，不惧怕神，也不尊重世人。那城里有个寡妇，常到他那里，说，我有一个对头，求你给我申冤。他多日不准，后来心里说，我虽不惧怕神，也不尊重世人，只因这寡妇烦扰我，我就给她申冤吧，免得她常来缠磨我。主说，你们听这不义之官所说的话。"

他为了执行基督博爱的信条就不能拒绝人们想要看到他的要求，而避开这些人是残忍的——这一点他不能不同意，但是随着他越来越献身于这样的生活，他越来越感觉到他内心生活变成外在的了，他心中的活命之泉①在日渐枯竭，他所做的一切，越来越多地是为了人们，而不是为了上帝。

不论他向人们劝谕，还是单纯地祝福，不论他替病人祝祷，还是向人们指破迷津，倾听人们对他的感谢（因为据说，他曾以治病或者规诫帮助过这些人）——对此种种，他不能不感到高兴，他也不能不关心自己工作的后果，以及它对人们的影响。他想，他是一盏点亮的灯，他越是感觉到这个，他就越感觉到他心中燃烧着的上帝的真理之光正在渐渐暗淡和熄灭。"我做的事在多大程度上是为了上帝，在多大程度上是为了人?"——这个问题常常折磨着他。对此，他倒不是不能回答，但是他不敢正视这个问题。他在灵魂深处感到，魔鬼用为人的活动偷换了他为上帝的整个活动。他所以感觉到这个，是因为过去人们打断了他的隐修，使他感到苦恼，而现在他却为他的隐修本身感到苦恼。他对这些来访者感到不胜负担，被他们弄得精疲力竭，但是他在灵魂深处对他们的来访还是高兴的，他高兴地听到那包围着他的一片颂扬。

甚至有一个时期，他决心出走，躲起来。他甚至把一切都考虑好了这事应当怎么办。他给自己准备好了一套农人的衬衫、裤子、褂子和帽子。他借口说，他需要这些东西是为了布施给那些向他求告的人。他把这套衣服藏在身边，考虑他将怎样穿戴起来，把头发剪短，离开这里。先坐火车离开，坐过三百俄里再下车，然后再沿着一个个村子走。他问过一个当兵的老汉，他是怎么求乞的，人家是怎么布施和留他住宿的。这老汉就告诉他，在哪儿乞求布施和在哪儿借宿好，谢尔盖神父也想照此办理。甚至有一天夜里，他穿好衣服，想要走了，但是他拿不定主意：留下好还是出走好? 起先他犹豫不决，后来犹豫过去了，他便习以为常，向魔鬼屈服了。这套农人的服装只是使他回想起他曾有过这样的想法和感情而已。

来找他的人一天比一天多，留给他修道和祈祷的时间却一天比一天少。有时候，在头脑清醒的时刻，他想，他就好比那从前有过一泓清泉的地方。"从前曾经有过一股活命之水的纤细的清泉，静静地从我身上流出，流过我的全身。当'她'（他常常满怀喜悦地回想起那一夜和她——现在的阿格尼

---

① 指迷信中一种能起死回生的活命之水。

娅姆姆①）诱惑我的那时候，那才是真正的生活。她尝到了那洁净的水。但是从那时候起，水还没有来得及流到一定数量，一群口渴的人就来了，他们你推我搡，互相拥挤。他们把什么都推了进去，剩下了一摊泥浆。"他在难得的头脑清醒的时刻这样想；但是他最惯常的状况是：疲倦和因这疲倦而产生的自我陶醉。

有一年春天，在仲春节②前夕。谢尔盖神父在自己的窑洞教堂里做彻夜祈祷。容纳得下的人都进来了，大约二十人。这都是些有钱的老爷和商人们。谢尔盖神父对所有的人都一视同仁，但是让谁进来，却是由一个指定照料他的修士和一个每天从修道院派到他的隐修地来的值日修士挑选的。一大群人，大约八十余名朝圣的香客，特别是一群村妇拥挤在外面，在等候谢尔盖神父出来替他们祝福。谢尔盖神父在主领祈祷，当他唱着赞美诗走出来……走到他的先行者的棺材跟前时，他摇晃了一下，差点儿跌倒，幸亏有一个站在他身后的商人和一名跟在他后面充当助祭的修士扶住了他。

"您怎么啦？神父！谢尔盖神父！亲爱的！主啊！"一些女人七嘴八舌地说道，"脸白得像手绢。"

但是谢尔盖神父立刻恢复了常态，虽然他的脸色还十分苍白。他把商人和助祭从身边推开，继续唱着赞美诗。谢拉皮翁神父、助祭，还有教堂差役，以及经常住在隐修地、侍候谢尔盖神父的索菲娅·伊万诺夫娜太太，都齐声恳求他暂停祈祷。

"不要紧，不要紧的，"谢尔盖神父说，在他的胡子底下微微露出一丝微笑，"不要中断祈祷。"

"是的，圣徒们就是这样做的，"他想。

"真是圣徒！上帝的使者！"他立刻听到身后的索菲娅·伊万诺夫娜和那个扶过他的商人的声音。他不听众人劝说，继续主领祈祷。大家又互相拥挤着，穿过甬道，回到了小教堂。在那里，虽然稍许把时间缩短了一点，谢尔盖神父还是把彻夜祈祷做完了。

做完祈祷，谢尔盖神父立刻给在场的人祝了福，然后走出来，走到洞口外一棵榆树下面的长凳前。他想休息一下，呼吸呼吸新鲜空气，他觉得这对

---

① 即那个曾经诱惑过他的离了婚的太太马科夫金娜。现在她成了修女，名叫阿格尼娅姆姆。

② 仲春节——东正教在复活节和圣三一节之间的节日。

他是十分必要的。但是他刚一出来，人群就向他拥去，请求他祝福，请他指破迷津。这里有一群女香客，她们总是从一个圣地走到另一个圣地，从一个长老走到另一个长老那里，她们在任何圣地和任何长老面前永远是无限感动。谢尔盖神父深知这是一类司空见惯的、最不虔诚、最冷酷和最矫揉造作的人，其中还有一些云游派旧教徒，他们大都是脱离定居生活的退役士兵；还有一些是贫穷的、大都是爱酗酒的老汉，他们从一个修道院走到另一个修道院，到处流浪，但求一饱；也有一些愚昧无知的村民和村妇，带着他们的自私要求，或者要求治病，或者要求为他们的一些最实际的事排忧解难：女儿出嫁呀，承租店铺呀，购买土地呀，或者要求解脱他们睡觉时把孩子无意中压死或是跟人养私生子的罪孽呀，等等。对这一切谢尔盖神父是早就熟悉的，而且毫无兴趣。他知道，他从这些人身上得不到任何新东西，这些人在他心中也引不起任何虔诚的感情，但是他仍旧喜欢看到他们，喜欢看见这群需要他、珍视他、需要和珍视他的祝福、他的话的人，因此他一方面把这群人当做累赘，另一方面他又喜欢这群人。谢拉皮翁神父想把他们赶走，说谢尔盖神父累了，但这时候谢尔盖神父想起了《福音书》上的话："让小孩子到我这里来，不要禁止他们。"① 一想到这个，他对自己的行为非常感动，便说让他们进来吧。

他站起来，走近栏杆。人们都聚集在栏杆近旁。他开始替他们祝福，并且回答他们的问题。他说话的声音是那样微弱，连他自己也大为感动。他虽然愿意接见所有的人，但是力不从心：他两眼又一阵发黑，他摇晃了一下，抓住了栏杆。他又感到血涌上了脑袋，先是脸色发白，然后突然满脸通红。

"是啊，看来，只能到明天了。我今天不行啦，"他说，向大家作了一个总的祝福，便向长凳走去。那商人又扶着他，拉着他的手走了过去，帮他坐下。

"神父！"听见人群中喊道。"神父！神父！你不要离开我们！没有你我们就完了！"

商人扶着谢尔盖神父坐在榆树下面的一条长凳上，自告奋勇担任起警察的职务，非常坚决地将人们驱散。尽管他说话很轻，谢尔盖神父听不清他说什么，但是他说话的神气坚决而愤怒。

"滚开，滚开。祝福过就行了嘛，你们还要干什么？走。要不然，说真

---

① 见《圣经·新约·马太福音》第十九章第十三、十四节。

的，我可要揍啦。得了，得了！那大婶，那个缠黑色包脚布的，走开，走开。你往哪儿钻呀？跟你说，不干了。明天做什么听上帝安排，今天统统完了。"

"大叔，我就瞧一眼他的脸，"一个小老太婆说。

"我让你瞧！往哪儿钻？"

谢尔盖神父发现，商人的态度似乎太厉害了，于是就用衰弱的声音告诉侍者，请他不要把人赶走。谢尔盖神父知道，不管怎么说，他还是会把他们赶走的，他也很希望独自留下，歇会儿。他派侍者去说，无非是想给人留下一个好印象罢了。

"好，好。我不赶他们，我问问他们有没有良心，"商人回答，"他们简直要人家的命嘛。他们简直没一点同情心，他们心里只有自己。跟你们说，不行。走。明天。"

商人终于把所有的人都赶走了。

商人如此卖力，是因为他喜欢整饬秩序，喜欢赶人，喜欢对他们为所欲为，而主要是因为他有求于谢尔盖神父。他是一个鳏夫，他有一个独生女儿，有病，还没有出嫁，他跋涉一千四百俄里专程把她带来见谢尔盖神父，是希望谢尔盖神父能治好她的病。他在女儿生病的两年间到处替她延医治病，先是在省城大学区的附属医院里——没有治好；后来又带她到萨马拉省的一个农人那里——稍许减轻了一点；后来又带她到莫斯科的一个医生那里，花了不少钱——仍旧毫无起色。现在他听人说，谢尔盖神父能治病，就把她带来了。因此，商人把所有的人全赶走以后，便走到谢尔盖神父面前，二话没说，就双膝跪下，用大嗓门说道：

"神圣的神父，祝福我生病的女儿吧，医好她的病痛吧。我大胆拜倒在您神圣的脚下。"说罢就两手相握，拱手当胸。他做这一切和说这一切，仿佛是在做一件由法律和习俗明确和硬性规定的事情一样，仿佛必须这样，而不能用别的什么办法来请求治愈他的女儿。他做这事的时候信心十足，甚至连谢尔盖神父也觉得，所有这一切的确必须这样说、这样做才对。不过他还是吩咐他站起来说究竟有什么事。商人说，他的女儿是一个二十二岁的还没有出阁的闺女，两年前，她母亲得急病死了之后，她也犯了病，"哎呀"一声，就像他说的那样，从此得了精神病。如今他把她从一千四百俄里以外带到这里，她眼下在客舍等着，谢尔盖神父吩咐带她来她就来。她白天不能出门，怕光，要出来只能在太阳下山以后。

"怎么，她身体很弱吗？"谢尔盖神父说。

"不，她的身子骨倒不特别弱，还挺壮实，据大夫说，她不过是神经衰弱罢了。谢尔盖神父，如果你现在吩咐带她来，我就一口气跑回去。神圣的神父呀，让当爹的心死而复生吧；不要让我断子绝孙哪——请您用祈祷救救我有病的女儿吧。"

商人又扑通一声双膝下跪，歪着脑袋，拱手抱拳，长跪不起。谢尔盖神父再次吩咐他站起来，心想自己的工作也真够繁难的了，虽然如此，他还是勉为其难。他重重地叹了口气，沉默了几秒钟，然后说：

"好，晚上带她来吧。我替她祷告祷告，但是我现在累了。"他闭上了眼睛。"到时候我会派人去找您的。"

商人踩着沙地蹑手蹑脚地退走了，可是皮靴发出的吱吱声反而更响。但他终于走了，剩下了谢尔盖神父一个人。

谢尔盖神父的整个生活不是祈祷就是接待来客，但今天的日子特别艰难。早上是一位从外地来的权贵同他谈了许久。他走后又来了一位太太，带着儿子。儿子是一位年轻教授，不信教，而母亲则是一位虔诚的教徒，十分敬仰谢尔盖神父。她把儿子带来，硬要谢尔盖神父同他谈谈。话谈得很不投机。年轻人显然不想和修士争论，对他所说的一切都表示同意，仿佛勉强顺着一个衰弱多病的人似的，但是谢尔盖神父看得出来，这个年轻人并不相信上帝，尽管如此，他仍旧十分安闲、自在和平静。现在，谢尔盖神父快快不乐地想起了这次谈话。

"吃点东西吧，神父，"侍者说。

"好，随便拿点什么来吧。"

侍者走进了盖在离窑洞洞口十步远的一间小修道室，谢尔盖神父又剩下了一个人。

谢尔盖神父只身独处，样样事自己动手，只用圣饼和面包充饥的日子早就过去了。人们早就向他证明，他没有权利忽视自己的健康。他们给他吃素的、但是有益健康的食物。他吃得很少，但是比从前多多了，而且常常吃得津津有味，而不是像从前那样，一边吃一边感到厌恶和自觉有罪。现在也同样如此。他吃了点粥，喝了一碗茶，又吃了半个白面包。

侍者走了，剩下他一个人坐在榆树底下的长凳上。

那是一个非常美丽的五月的傍晚，白桦、白杨、榆树、稠李和橡树上的叶子刚刚绽开。榆树后面的一丛丛稠李正繁花盛开，尚未凋落。一只夜莺就在近旁，另外两只或者三只，在下面河边的灌木丛里婉转歌唱。很远就可以听到从河那边传来的大概是下工回来的工人的歌声；太阳落到了森林后面，透过层层绿叶，迸溅出万道金光。这一边，是一片璀璨的新绿，那一边，连同榆树，则是一片昏暗。甲虫在飞，又常常摔下，掉到地上。

晚饭后，谢尔盖神父开始默祷："主耶稣基督，上帝的儿子，饶恕我们吧，"然后他开始念赞美诗。突然，在念赞美诗中间，不知从哪儿飞来一只麻雀，它从树丛里飞下地来，叫着，跳着，蹦到他跟前，不知被什么吓了一跳，又飞走了。他念着祷告，诉说自己脱离尘世的决心，他想快点把它念完，好派人去叫商人把他生病的女儿带来：她引起了他的兴趣。她使他感兴趣的是，这也是一种消遣，毕竟是一个新人。再说，她父亲和她都认为他是神的侍者，他的祈祷必定灵验。他虽然矢口否认这点，但是他在灵魂深处还是认为自己是这样的人。

他常常觉得奇怪，这是怎么发生的：他斯捷潘·卡萨茨基居然成了一名非同凡响的神的侍者，简直成了神医。他成了神医，这是毫无疑问的。他不能不相信他亲眼看到的奇迹，从那个衰弱无力的男孩开始，直到最后一个由于他的祈祷而眼睛复明的老妇人为止。

不论这有多么奇怪，但这毕竟是事实。商人的女儿所以引起他的兴趣，首先因为她是个新人，她信仰他，其次因为他可以在她身上又一次证明他那能治百病的能力和他的声望。他想："人们不远千里而来，会登报，皇上会知道，欧洲，那个不信上帝的欧洲也会知道。"他突然对自己的虚荣心感到羞惭，于是他又开始祷告上帝。"主啊，上天的主宰，安慰者，真理之灵啊，来吧，进到我们的心中来吧，洗涤我们身上的一切污浊，上帝啊，拯救我们的灵魂。把我满身的尘世虚荣污垢清洗掉吧。"他又重复祷告了一遍，他想起，他为这事不知道祷告多少遍了，但他的祷告迄今为止毫无效果：他的祷告为别人创造出奇迹，但是他却不能为自己向上帝求得摆脱这种渺小的情欲。

他想起自己在隐修初期的祷告，那时候，他祈求上帝赐给他纯洁、谦卑和爱，他觉得那时候上帝是垂听他的祷告的，他清白，砍断了自己的手指，他举起那截满是皱褶的断指吻了一下；他觉得那时候他自觉渺小，常常厌恶自己，感到自己罪孽深重；他觉得他那时候也曾有过仁爱之心，他想起他是抱着怎样的恻隐之心来欢迎那个来求他的老头，那个来要钱的喝醉酒的兵和她的。但是现在呢？他问自己：他爱什么人吗？他爱索菲娅·伊万诺夫娜吗？爱谢拉皮翁神父吗？对今天到过他这里的所有的人他是不是都怀有博爱之心呢？他爱不爱那位年轻学者呢？——他曾那样循循善诱地同这个年轻人谈话，他关心的只是卖弄自己的聪明，显示自己有学问，并不落后。他们爱他，他感到高兴，他需要他们的爱，但是他却不觉得自己爱他们。他现在既没有爱，没有谦卑，也没有纯洁。

听到商人的女儿才二十二岁，他很高兴。他还想知道她究竟漂亮不漂亮？他问她的病情，正是想知道她是不是具有女性的魅力。

"难道我竟这样堕落吗？"他想。"主啊，帮助我，让我恢复原来的样子吧，主啊，我的上帝。"他拱手当胸，开始祷告。夜莺在婉转歌唱。甲虫飞到他头上，在他的后脑勺上爬着，他把它拂落在地上。"他①究竟有没有呢？就好像我在敲一座从外面锁着的房子的门……门上挂着锁，我应该是看得见他的。这锁就是夜莺、甲虫、大自然。也许，那个年轻人是对的。"接着，他开始大声祷告，祷告了很久，直到这些想法消失不见，他又感到平静和充满了信心为止。他摇了一下铃，对走出来的侍者说，让商人和他的女儿现在就来吧。

商人挽着女儿的胳膊把她带来了。他把她搀进修道室，便立刻走了。

女儿一头金发，十分白嫩，是一个苍白、丰满、非常矮小的姑娘，她有一张受惊的、孩子般的脸和很发达的女性的体态。谢尔盖神父仍旧坐在洞口的长凳上。当那姑娘走过来，在他身旁停下，他替她祝福的时候，他对自己的放肆大吃一惊：他竟会这样地打量她的全身。她走过去了，他感到自己好像被蜇了一下似的。他从她的面貌看出来，她性欲很强，但是智力迟钝。他站起来，走进修道室。她正坐在凳子上等他。

他走进去的时候，她站了起来。

"我要找爸爸。"她说。

"别怕，"他说。"你哪儿疼呀？"

"我哪儿都疼，"她说，忽然嫣然一笑。

"你的病会好的，"他说。"你祷告吧。"

"祷告什么呀，我祷告过，一点没用。"她一直在微笑。"还是您祷告吧，把手按在我身上。我梦见过您的。"

"怎么梦见过？"

---

① 指上帝。这时，谢尔盖开始怀疑上帝是否存在。

"我梦见过您就这样把手按在我的胸口。"她拿起他的一只手，把它贴在自己胸前。"就按在这儿。"

他把右手伸给她。

"你叫什么呀?"他问，全身哆嗦着，他感到他被征服了，淫欲已经脱离了约束。

"我叫玛丽亚。怎么啦?"

她拿起他的手，吻了吻，然后伸出一只手搂住他的腰，紧紧地偎依着他。

"你要干什么?"他说。"玛丽亚，你是魔鬼。"

"得啦，没准儿不要紧的。"

于是她搂着他，同他一起坐到床上。

拂晓，他从屋子里出来，走上了台阶。

"难道这一切是真的吗? 父亲一来，她会告诉他的。她是魔鬼。我该怎么办呢? 瞧，那就是我用来砍断自己手指的斧子。"他抓起斧子，向修道室走去。

侍者迎上前来。

"您要劈柴吗? 把斧子给我。"

他把斧子给了他。他走进修道室，她还躺着，在睡觉。他恐惧地望了她一眼，走进修道室，取下农人的衣服穿好，拿起剪子剪短了头发，就走出去，顺着小道向山脚下的河边走去，他已经四年没到那里去了。

河边有一条路，他顺着这条路走去，走到吃午饭的时候。中午，他走进黑麦地，在地里躺了下来。傍晚，他来到河边的一个村子。他没有进村，而是向河边的一座悬崖走去。

清晨，离日出大约还有半小时。一切都是灰蒙蒙、阴沉沉的，从西边吹来一阵阵拂晓前的寒风。"是啊，应当结束了。没有上帝。怎么结束呢? 跳河吗? 我会游泳，淹不死。上吊吗? 对，有腰带，挂在树上。"这好像是可行的，而且很近便，这使他感到一阵恐怖。他想照往常绝望的时候那样进行祷告。但是向谁祷告呀。没有上帝。他用手支着头躺着。他突然感到很困，手再也支撑不住脑袋，便伸直手，将头枕在胳膊上，立刻睡着了。但是睡梦只持续了一刹那;他又立刻惊醒，精神恍惚，不知是在做梦，还是在回忆。

他仿佛看见自己差不多还是个小孩，在乡下，在姥姥家。一辆马车走到他们跟前，从马车里走出了舅舅尼古拉·谢尔盖耶维奇，他蓄着活像铁锹的黑色大胡子，跟他一起来的还有一个瘦瘦的小姑娘帕申卡①，她有一双温柔的大眼睛和一张可怜巴巴的、怯生生的脸。现在给他们这群男孩里送来了这个帕申卡。必须陪她玩，但又实在没意思。她很笨。结果是大家都把她当笑料，硬要她表演她是怎么游泳的。于是她便躺在地板上，表演陆地游泳。大家哈哈大笑，把她当傻瓜。她看见这样便羞得面红耳赤，一副可怜相，可怜得叫人于心不忍，叫人永远也忘不了她那哭笑不得的、善良的、低声下气的笑容。谢尔盖在回想，这以后，他什么时候看见她的。他再次看见她已是很久以后的事了，在他当修士之前。她嫁给了一个地主，这家伙把她的全部家产挥霍得精光，还打她。她有两个孩子：一儿一女。儿子小时候就死了。

谢尔盖想起，他看到她的时候她已经很不幸。后来他又在修道院里看见过她一次，她已经守了寡。她还是老样子——不能说笨，但乏味、渺小、可怜。她是带着女儿和女儿的未婚夫一道来的。她们已经穷了。后来他又听人说，她住在一个小县城里，说她十分贫穷。"我为什么想到她呢？"他问自己。但又不能不想她。"她在哪里？她怎么样了？她还像从前在地板上表演游泳时那样一直很不幸吗？我为什么要想到她呢？我怎么啦？应该结束了。"

他又开始感到恐惧。为了摆脱这个思想，他又开始想帕申卡。

他这么躺了很久，一会儿想到自己那不可避免的结局②，一会儿又想到帕申卡。他把帕申卡想象成自己的救星。他终于睡着了。他在梦中看见一位天使向他走来，对他说："找帕申卡去吧，去问她你应该怎么办，你的罪孽是什么，你怎样才能拯救自己。"

他醒了，认定这是上帝显灵，他很高兴，决定照梦中嘱咐他的话去做。他知道她住的那座城市（离此三百俄里），于是他便到那里去了。

八

帕申卡早就不是原来的帕申卡了，而是一个又老又干瘪、满脸皱纹的普拉斯科维娅·米哈伊洛夫娜，一个穷愁潦倒、爱喝酒的小官吏马夫里基耶夫的丈母娘了。她住在女婿最后丢官的那个县城里，并在那里养活全家：女

---

① 帕申卡是拉普斯科维娅的小名。
② 指用自杀来结束自己的生命。

儿、患神经衰弱症的有病的女婿，以及五个外孙和外孙女。她靠给商人家的闺女上音乐课所得来养家，每节课收费五十戈比。有时一天四节课，有时一天五节课，因此每月可得大约六十卢布。他们便暂时以此为生，等候补缺。普拉斯科维娅·米哈伊洛夫娜把恳求代为谋职的信寄给所有的亲戚和熟人，其中也包括谢尔盖。但是这封信寄到的时候，他已经不在了。

那天是星期六，普拉斯科维娅·米哈伊洛夫娜正在自己和面做葡萄干奶油面包。这种奶油面包数她爸爸的那个农奴厨子做得最好。普拉斯科维娅·米哈伊洛夫娜想在明天过星期日的时候让外孙和外孙女们吃一顿好的。

她的女儿玛莎正在照看最小的孩子；两个大孩子，一个男孩和一个女孩，上学去了。女婿因为夜里没睡，现在刚睡着。昨晚，普拉斯科维娅·米哈伊洛夫娜很久没有睡，极力劝阻女儿不要对丈夫发火。

她看到女婿是一个弱者，他不会换个样子说话和生活，她看到妻子对他的责备于事无补，因此极力劝说他们，叫他们要心平气和，不要互相埋怨，互相恼恨。看见人与人之间的不友好关系，她在生理上就几乎受不了。她很清楚，这样做什么都不会变好，只会变坏。她甚至没有想这个，她只是一看到那副怨气冲天的样子心里就难受，就像闻到恶臭，听到噪声，看见殴打肉体一样。

她正在洋洋得意地教卢克里亚怎样和面，这时，那六岁的外孙米沙，围着兜兜，迈着罗圈腿，穿着补过的袜子，满脸惊慌地跑进了厨房。

"姥姥，一个挺可怕的老头找你。"

卢克里亚望了一眼外面。

"真的，一个朝圣的香客，太太。"

普拉斯科维娅·米哈伊洛夫娜把自己的瘦胳膊肘互相对着擦干净了，又将两手在围裙上擦了擦，本来她想到屋去拿钱袋布施五个戈比，但是她接着想起她没有比十戈比银币更小的钱了，于是决定布施一点面包，她回到碗柜旁。但是她突然想起她刚才那么小气，突然脸红了。她一面吩咐卢克里亚切面包，一面就亲自去取外加的十戈比银币。"这是对你的惩罚，"她对自己说，"给双倍。"

她一面道歉，一面把钱和面包都给了那位朝圣的香客，当她布施的时候，她非但没有因自己的慷慨感到自豪，相反，因为给得太少而觉得羞愧。而这位朝圣者是这样仪表堂堂。

虽然他用基督的名义①跋涉了三百俄里，衣衫褴褛，形容憔悴，面目黧黑，他的头发剪短了，戴着农人的帽子，穿着农人的皮靴，虽然他谦卑地鞠躬行礼，但是他仍旧器宇轩昂，令人注目。但是，普拉斯科维娅·米哈伊洛夫娜并没有认出他来，她差不多有三十年没见他了，也不可能认识他。

"请别见怪，大爷。也许，您想吃点东西吧？"

他收下了面包和钱。普拉斯科维娅·米哈伊洛夫娜奇怪他怎么不走，而且老瞧着她。

"帕申卡。我是来找你的。让我进去吧。"

他那美丽的黑眼睛恳求地注视着她，闪着泪花。嘴唇在白胡子底下凄恻地抖动了一下。

普拉斯科维娅·米哈伊洛夫娜抓住她那干瘪的胸脯，张大了嘴，两眼发直，看着那位香客的脸发愣。

"这不可能！斯乔帕！② 谢尔盖！谢尔盖神父。"

"对，就是他，"谢尔盖轻声说，"不过不是谢尔盖，也不是谢尔盖神父，而是一个罪孽深重的人斯捷潘·卡萨茨基，一个堕落的、罪孽深重的人。让我进去，你帮助帮助我吧。"

"这不可能，您怎么能这样谦卑呢？咱们快进去吧。"

她伸出手；但是他没有握她的手，他跟在她后面走了进去。

但是带他上哪儿呢？屋子太小。先是分了一间很小的房间给她，跟一个小储藏室差不多，但是后来连这个小储藏室她也让给女儿了。现在玛莎正在那里摇着孩子哄他睡觉。

"您坐这儿，我就来。"她指着厨房里的一张长凳对谢尔盖说。

谢尔盖立刻坐下来，并且用显然已习惯了的姿势把挎包先从一个肩头，然后从另一个肩头卸了下来。

"我的上帝，我的上帝，变得多么谦卑呀，我的天！名气那么大，突然这样……"

谢尔盖没有理她，只是宽厚地笑了笑，把挎包放在自己的脚边。

"玛莎，你知道这是谁？"

接着普拉斯科维娅·米哈伊洛夫娜便悄悄地告诉女儿谢尔盖是什么人，

---

① 指沿途乞讨为生。
② 斯乔帕是斯捷潘的小名。

她们俩一起把被褥和摇篮搬出储藏室，把屋子腾出来让给谢尔盖。

普拉斯科维娅·米哈伊洛夫娜把谢尔盖领进了小屋。

"您在这儿先休息休息。请别见怪。我要出去一下。"

"去哪儿？"

"我在这儿有课，说起来都不好意思——在教音乐。"

"教音乐——这好啊。不过有一点，普拉斯科维娅·米哈伊洛夫娜，我来找您是有事的。我什么时候能够跟您谈谈呢？"

"我把这个看做是我的福气。晚上行吗？"

"行，不过还有一个请求：别跟别人说我是什么人。我只是对您才开诚相见。谁也不知道我的去向。必须这样。"

"啊呀，我告诉女儿了呀。"

"嗯，那就请她别说出去。"

谢尔盖脱下皮靴，躺了下来，在一夜未睡、跋涉了四十俄里之后，立刻睡着了。

普拉斯科维娅·米哈伊洛夫娜回来的时候，谢尔盖正坐在那间小屋里等她。他没有出去吃午饭，只吃了一点卢克里亚给他拿进屋来的菜汤和稀粥。

"你怎么提前回来了？"谢尔盖说。"现在可以谈谈了吗？"

"这样的贵客，我真不知道哪辈子修来的这份福气？我请了假，没去上课。以后再……我一直想去看您，还给您写过信，可突然这样幸福。"

"帕申卡！请把我现在要对你说的话当做忏悔，当做我临终前在上帝面前说的话。帕申卡！我不是圣徒，甚至也不是个普通老百姓：我是一个罪人，一个肮脏、丑恶、不走正路而又自命不凡的罪人，我不知道我是不是比所有的人都坏，但是我比最坏的人还坏。"

帕申卡先是瞪着眼睛看着他，将信将疑。后来，她完全相信了，便伸出手去摸摸他的手，苦笑着说：

"斯季瓦，你也许夸大了吧？"

"不，帕申卡。我是色鬼，我是凶手，我是一个渎神者和骗子。"

"我的上帝！这是什么话呀？"普拉斯科维娅·米哈伊洛夫娜说。

"但是必须活下去。过去我以为我什么都知道，甚至还教过别人怎么生活，其实，我什么都不懂，我请你教我。"

"哪能呢，斯季瓦。你在取笑我。你们干吗老取笑我呢？"

"嗯，好，我取笑你。不过请你告诉我，你是怎么生活的，你这辈子是怎么过的？"

"我？我过的是最肮脏、最丢人的生活，所以现在上帝惩罚我，也惩罚得对，我生活得很糟，糟透啦……"

"你怎么出嫁的？你跟丈夫是怎么过的？"

"一切都很糟。我出嫁了——爱上了一个人，别提多丢人啦。爸爸不赞成这门婚事。我不顾一切地嫁给了他。我出嫁后，本应当好好帮助丈夫，可是我却净用嫉妒折磨他，我没法克制心中的嫉妒。"

"听说，他爱喝酒。"

"可不，我又不会安慰他。反而责备他。要知道，这是一种病。他控制不住自己，我现在还常常想起我怎么硬不让他喝。我们吵得可凶了。"

她用她那美丽的、因为回忆而感到痛苦的眼睛望着卡萨茨基。

卡萨茨基想起，人家对他说过，帕申卡的丈夫经常打她。现在，卡萨茨基瞧着她那干瘦的脖子，耳后青筋毕露，头上一簇稀疏的斑白的头发，仿佛看见了当时的情景。

"后来剩下我一个人，带着两个孩子，没有任何财产。"

"您不是有一座庄园吗？"

"瓦夏①还活着的时候我们就把它卖了，都……花光了。必须活下去，可是我什么也不会——我们这些小姐全一样。但是我特别不行，束手无策。就这样花完了最后一文钱，我教孩子的时候，自己也捎带学了点。可是这时候米佳病了，已经读四年级啦，上帝把他带走了。玛涅奇卡②爱上了万尼亚——我那姑爷。怎么说呢，他是个好人，只是命不好。他有病。"

"妈，"女儿打断了她的话。"把米沙抱走吧，我总不能劈成两半呀。"

普拉斯科维娅·米哈伊洛夫娜哆嗦了一下，站起来，穿着她那后跟已经磨坏的皮鞋快步走出房门，不一会儿抱着一个两岁的男孩回来了，这孩子身子往后仰，用小手抓住她的头巾。

"对，我讲到哪儿啦？对了，他在这儿原来有个好差事——上司也很和气，但是万尼亚干不了，便辞职了。"

"他害的什么病？"

---

① 帕申卡的丈夫。
② 即玛莎。玛莎和玛涅奇卡都是玛丽亚的小名。

"神经衰弱，这是很可怕的病。我们商量过，应当出去疗养，但是没有钱。我老盼着这病过一阵会好。他倒没有什么特别的病痛，不过……"

"卢克里亚！"传来了他那怒气冲冲的、衰弱的声音。"用得着她的时候，总不知道把她支使到哪里去了。妈！……"

"来了，"普拉斯科维娅·米哈伊洛夫娜又打住了话头。"他还没吃饭。他没法跟我们一起吃。"

她走出去，在那里安排了点事，又回来，一面揩拭着晒黑的瘦瘦的手。

"我就这样过日子。我们总是发牢骚，总是不满，可是，谢谢上帝，外孙和外孙女们都很好，都很健康，日子还过得去。关于我有什么好说的呢。"

"那么，您靠什么生活呢？"

"我多少挣点钱。过去我因为音乐而苦恼，现在却亏了它。"

她把她的瘦小的手搁在她座位旁的一只小衣柜上，好像弹练习曲似的用瘦削的手指弹着。

"您教课，人家给您多少钱？"

"有给一个卢布的，有给五十戈比的，也有给三十戈比的。他们对我都很好。"

"怎么样，有成绩吗？"卡萨茨基的眼睛里微微露出笑意，问道。

普拉斯科维娅·米哈伊洛夫娜起初并不相信他提这问题是严肃的，她疑惑地望了望他的眼睛。

"成绩是有的。有一个很好的小姑娘，她爸爸是个卖肉的。一个心地善良的好姑娘。倘若我是一个出入上流社会的女人，不用说，凭爸爸的关系，我是能够给姑爷找到差事的。可是我什么也不会，所以才把他们大家弄到现在这个地步。"

"是啊，是啊，"卡萨茨基说，低下了头。"那么，帕申卡，您是怎么参加宗教生活的呢？"他问。

"啊呀，别提了。糟透啦，实在顾不过来，我有时跟孩子们一起斋戒祈祷，也常常去教堂，但是有时就几个月不去。让孩子们去。"

"为什么您自己不去呢？"

"说实话，"她的脸红了，"穿得破破烂烂的去，在女儿和外孙们面前怪难为情的，而新衣服又没有。反正是因为我懒罢了。"

"那么，您在家祷告吗？"

"祷告的，这又能算什么祷告呢，信口念念罢了。我也知道这样做不对，但是没有真正的感情，只知道自己糟透了……"

"对，对，是这样，是这样，"卡萨茨基连连称是，似乎表示赞同。

"来了，来了，"她答应着女婿的叫唤，整了整盘在头上的辫子，走出了房间。

这次，她很久没有回来。她回来的时候，卡萨茨基还像原来那样坐着，两肘支在膝盖上，低下了头。但是他的挎包已经背到背上了。

她拿着一盏没有灯罩的白铁灯走了进来，他抬起他那美丽的、疲倦的眼睛望着她，深深地、深深地叹了口气。

"我没有告诉他们您是谁，"她畏怯地开始说，"我只说我认识您，您是一位出身高贵的朝圣的香客。咱们吃饭去吧，喝点儿茶。"

"不……"

"那么，我拿到这儿来吧。"

"不，什么也不要。上帝保佑你，帕申卡。我走了。如果你可怜我，那你就别告诉任何人你看见过我。我以永生的上帝的名义恳求你：别告诉任何人。谢谢你。我真想拜倒在你的脚下，但是我知道这会使你不安的。谢谢你，看在基督的份上饶恕我。"

"祝福我吧。"

"上帝会祝福的。看在基督的份上饶恕我。"

他想要走，但是她不让他走，给他拿来了一点面包、面包圈和奶油。他全收下了，走了出去。

天黑了。他还没有走过两家房子，她就看不见他了，不过根据大司祭家的狗在向他叫，她知道他正在朝前走。

"我的梦原来应的是这个。帕申卡正是我从前应该做而没有做到的人。我从前为人们活着，却以上帝为借口；她活着为了上帝，却以为她活着为了别人。是啊，做一件好事，施舍一碗水，不图报答，比我的造福于人们更为可贵。但是我不是也曾有过几分真诚为上帝服务的心吗?"他问自己，他的回答是："是的，但是这一切都被人世的虚荣玷污了、遮盖了。是的，对于像我这样活着的人，对于人世的虚荣，上帝是不存在的。但是，我要去找他。"

于是他向前走去，就像找帕申卡的时候那样，从一个村子走到另一个村子，同朝圣的男女香客们相遇又分手，凭着基督的名义乞讨一点面包，借宿一宵。间或有悍妇辱骂他，喝醉的农人怒斥他，但是大部分人给他吃，给他喝，甚至还给他一些东西路上吃用。他的老爷的仪表取得了某些人的好感。也有一些人恰好相反，他们看到一个老爷也居然落得一贫如洗，似乎很高兴。但是他的温顺征服了一切人。

他在人家家里找到一本《福音书》，就常常念它，无论何时何地，人们听了都很感动，并且奇怪，他们听他念，就像听着一个新的、但同时又是早就熟悉了的东西似的。

倘若他能为人们做一点事：出点主意，读点什么，写点什么，或者排难解纷，他也听不到对他的感谢，因为他走了。渐渐，上帝在他的心中出现了。

有一天，他跟两个老太婆和一个士兵在路上走。一位老爷跟太太坐在一辆套着快马的轻便马车上，还有一个男人和一个女士骑着马，叫住了他们。太太的丈夫和女儿骑马，坐在马车里的是太太和一个显然是来旅行的法国人。

他们叫住了他们，大概是想让这个法国人看看 les pélerins①——这种人由于俄国人固有的迷信，不去做工，却从一个地方跑到另一个地方，到处流浪。

他们说法语，以为这些人听不懂。

"Demandez leur," 法国人说，"s'ils sont bien surs de ce que leur pélérinage est agréable a dieu."②

他们问了，老太婆们回答：

"全由上帝怎么看了。我们的脚到了，心能不能到呢？"

又问了士兵。他说，因为他一个人无处可去。他们又问卡萨茨基是什么人？

"上帝的奴仆。"

"Qu'est cc qu'il dit? Il ne répond pas. "③

"Il dit qu'il est un serviteur de dieu. "④

---

① 法语：朝圣者。
② 法语：您问问他们，他们是否坚信他们朝圣是上帝的意愿。
③ 法语：他说什么？他没有回答。
④ 法语：他说他是上帝的奴仆。

"Cela doit etre un fils de pretre. Il a de la race. Avezvous de la petite monnaie?"①

法国人有零钱。他给大家每人二十戈比。

"Mais dites leur que cc n'est pas pour des cierges queje leur donne, mais pour qu'ils se régalent de thé;② 茶，茶，"他微笑着，"pour vors, coon vieux,"③ 他说，用戴着手套的手轻轻地拍了拍卡萨茨基的肩膀。

"基督保佑你们，"卡萨茨基回答，他没有戴上帽子，光着头鞠了一躬。

这次的相遇使卡萨茨基特别高兴，因为他蔑视世俗之见，做了一件最平常也最容易做的事——谦卑地收下了二十戈比，把它送给了同伴，一个瞎眼的乞丐。世俗之见具有的意义越小，他就越强烈地感觉到上帝。

卡萨茨基就这样过了八个月。到第九个月，他在省城的一家他和香客们过宿的收容所被拘留了，他因为没有身份证被抓进了警察署。问他的证件在哪里，他是什么人，他回答说，他没有证件，他是上帝的奴仆。他被当做流浪汉被判了刑，流放到西伯利亚。

在西伯利亚，他在一家富有的农人的垦地上住了下来，现在还住在那里。他在东家的菜园里做工，还兼教孩子们读书和照顾病人。

（1898 年）

---

① 法语：也许，这是一个教士的儿子。看得出是好人家出身。您有零钱吗？
② 法语：不过请您告诉他们，我不是给他们买蜡烛的，是让他们美美地喝点儿茶。
③ 法语：给您，老爷爷。

六号病房

[俄国] 安·巴·契诃夫　著

李辉凡　译

安·巴·契诃夫（Антон Павлович Чехов, 1860—1904）
19 世纪末俄国中短篇小说巨匠、著名剧作家。生于小商人家
庭，莫斯科大学医学系毕业，曾行医多年。中学时代即开始
文学创作。代表作有享誉世界的短篇小说：《变色龙》
（1884）、《万卡》（1886）、《套中人》（1898）；中篇小说：
《跳来跳去的女人》（1892）、《六号病房》（1892）、《带阁楼
的房子》（1895）；剧作：《海鸥》（1896）、《万尼亚舅舅》
（1897）、《三姐妹》（1901）和《樱桃园》（1903）。契诃夫
的小说既着眼于日常生活，描写普通的人与事，也关切社会
不同阶层、不同职业的人物的生存境遇与思考，以知识分子
的批判精神聚焦当时俄国的重大社会问题。作品朴实无华，
精致细腻。《六号病房》以"六号病房"为符号象征，描绘
两个并非精神病人的知识分子被关进疯人院，在牢狱一般的
病室里遭遇种种人为制造的强暴和不幸，喻指俄国专制社会
的疯狂、阴森和可怖。

一

医院的院子里有一幢小厢房。它的周围长满了牛蒡、荨麻和野生的大
麻。厢房的房顶已经生锈，烟囱一半已经坍塌，门廊的阶梯已经朽坏，长满
杂草，墙上的灰泥也只剩下一些痕迹了。厢房的正面对着医院，后面则是田

野，中间由一道埋有钉子的医院的灰墙隔开。这些尖端朝上的钉子、围墙以及厢房本身，都有一种特别令人沮丧的、天地难容的景象。在我们这里只有医院和牢房才是这样。

如果您不怕被荨麻扎着，就请您沿着通向厢房的那条狭窄的小道走过去，看看里面在干什么。推开第一扇门，我们便来到前堂。在这里，墙边、炉子旁边丢着大堆大堆的医院里的破烂：褥垫、破旧的病人服、裤子、带蓝条子的衬衣、不能穿的破鞋等。所有这些破烂都随便地堆在一起，又脏又乱，正在腐烂，散发出一股窒息人的臭气。

看守人尼基塔是一个年老的退伍军人，还戴着褪成了红褐色的军章，他躺在那堆破烂上，牙齿间老是衔着一只烟斗。他有一张严肃、枯瘦的脸，眉毛耷拉下来，给这张脸平添了一种草原牧羊犬的神态；他红鼻子，小个子，虽然外表干瘦，青筋嶙嶙，却是器宇轩昂，两只拳头粗壮有力。他属于那种心眼不多、颇受赏识、勤勉可靠、脑子迟钝的人。世界上他最喜欢的是安分守己，因此他坚信，他们是该打的。他打他们的脸、胸口、背脊，碰到哪儿打哪儿。他坚信，不打，这里就要乱了。

往前，您走进一个宽敞的大房间。如果不算前堂的话，这个房间就是整个厢房。墙壁上涂了一层浑浊的浅蓝色的颜料。天花板被烟熏得很黑，就跟没有烟囱的农舍一样，显然，这里冬天炉子经常冒烟，并且有煤气。窗子从里面钉了一块铁格栅，很难看，地板是灰色的，也没有刨平。酸白菜、灯芯、臭虫、阿摩尼亚，发出难闻的气味。这种气味使您一进屋就觉得好像进了动物园。

房间里放着几张床，床脚钉在地板上。床上坐着或躺着一些人，他们穿着蓝色的病人服，戴着老式的尖顶帽子。这是一些疯子。

这里共有五个人，只有一个是贵族身份，其余都是小市民。靠门的第一个是又高又瘦的小市民，红黄色的唇髭闪着亮光，眼睛带着泪痕，用手托着脑袋坐着，老是盯着一个地方。他白天黑夜都发愁、摇头、叹气、苦笑，他很少跟人说话，人家问他，他也总是不回答。给他吃食，他就机械地吃下去，喝下去。从他所受的痛苦、他的不停的咳嗽、他的消瘦和双颊的红晕判断，他正开始害肺病。

他旁边是一个矮小、灵活、非常好动的小老头，留着一把尖削的胡子和一头像黑人那样卷曲的黑头发。白天他在病房里从一个窗口到另一个窗口来回踱步，或者像土耳其人那样盘着腿坐在自己床上，并且像灰雀那样不停地吹口哨，小声地唱歌，嘿嘿地笑。他这种孩子般的欢乐和活泼性格也表现在晚上。他起来祈祷上帝，那就是用双拳捶打自己的胸口，用手指抓门。这是犹太人莫依谢依卡，一个傻子，他是在二十年前由于自己的制帽作坊被大火烧毁而发疯的。

在六号病房的所有病人中，唯有他一人被允许可以走出病房，甚至可以离开医院的院子到街上去。这种特权他已经享受了很久，大概因为他是医院里的一个老病号，而且是一个安静的、于人无害的傻子，城里给人逗笑的小丑。他在街上被小孩和狗包围的情景，城里人早已看惯了。他穿着破旧的病人服，戴着可笑的尖顶帽，穿着拖鞋，有时赤着脚，甚至没有穿长裤就在街上走来走去，在院门口或小铺子门口站着乞讨小钱。有的人给他喝点克瓦斯，有的给他一点面包，有的给他个把戈比。这样，他回到病房时，水足饭饱，钱袋满满的。而他带回来的所有东西，马上统统都被尼基塔搜去归自己了。这个兵干得很粗暴，怒冲冲地查翻犹太人的口袋，而且要上帝作证，要挟说他今后永远不会再让这个犹太人上街，说什么这种不安分的事对他来说，比世界上任何东西都要坏。

莫依谢依卡喜欢替别人效劳。他给同伴端水；他们睡着了，就给他们盖被子。他答应每个人说，他从街上回来时要给每人一个戈比，并给每人缝一顶新帽子。他还用汤匙喂他左边的一个邻居吃东西，因为那人是一个瘫子。他这样做不是出于同情，也不是出于某种人道主义性质的考虑，而是在模仿他右边邻居格罗莫夫的做法，是无意中受了他的影响。

伊万·德米特里奇·格罗莫夫，一个三十岁左右的男子，贵族家庭出身，过去是法院的民事执行吏和十二品文官，患被害狂。他要么蜷缩着身体躺在床上，要么就从这一角落走到那一角落，好像在做保健散步。他很少坐着。他总是处于焦躁、激动、紧张的精神状态，好像在等待某种令人不安的、不明确的东西。哪怕是前堂传来一丁点儿沙沙声或院子里有人喊一声，他也会抬起头，立即仔细地倾听：这是不是来抓他的？是不是在找他？这时候，他的脸上便现出极其不安和嫌恶的表情。

我喜欢他那张宽大的高颧骨的脸。他的脸总是那么苍白和不幸，像镜子一样反映出一个被抗争和长期的恐惧所折磨的灵魂。他的这种苦脸是奇怪的、病态的，可是深刻真实的苦难刻印在他脸上的细纹，却显出了理智和文化修养，眼睛里放射出温暖和健康的光辉。我也喜欢他本人，他谦恭、乐于助人；他对所有人，尼基塔除外，都异常客气。不管谁掉了一个扣子或一把匙子，他都立即从床上跳下来，替人拾起来。每天早晨他都向自己的同伴们道早安，睡觉的时候，则向他们道晚安。

除了经常处于紧张状态和愁眉苦脸外，他的疯狂病还表现在下列几个方面：每到傍晚，他有时会把短小的病服裹得紧紧的，全身发抖，牙齿打战，立即开始在房间里从这边走到那边，或者在床铺之间走来走去。看上去，他好像在发高烧。他突然站住、瞅着同伴的样子，显然像是想说什么很重要的话；但看来他又想到人们不会听他讲话，或者是听不懂他的话，便急躁地摇摇头，继续走来走去。很快，说话的欲望压倒了一切其他考虑而占了上风，他便不由自主地说起来，热烈而又激越。他说得语无伦次，像是梦呓，断断续续，常常叫人听不懂。然而不论在他的话里还是声音里都可以听到一种非常好听的东西。他一说话，您就会听出来他既是疯子，又是正常的人。他那些疯话是很难用文字来表达的。他说到人的卑鄙，说到践踏真理的暴力，说到将来会在地球上实现的美好的生活，说到每时每刻都使他想起暴虐者的麻木不仁和残忍的铁窗栅。结果他的话就成了由古老的但又还没有唱完的歌合成的一首杂乱无章的不连贯的什锦曲了。

二

十二至十五年前，文官格罗莫夫就住在本城大街上自己的房子里，他是一个有名望有家产的人。他有两个儿子：谢尔盖和伊万。谢尔盖是四年级的大学生，得急性肺痨病死了。他这一死，就成了突然降到格罗莫夫家一连串灾难的开端。谢尔盖安葬后一个星期，老父亲便因伪造文件和挪用公款而受法庭审判，不久便在监狱医院里因害伤寒病死了。房子和全部动产都被拍卖，撇下伊万·德米特里奇和母亲，而他们已经没有任何财产了。

原先父亲在世的时候，伊万·德米特里奇住在彼得堡，在大学读书，每月收到六十至七十卢布，根本不知道什么叫做穷。可现在他的生活却一下子改变了。他必须从早到晚去做家教，做抄写工作。就这样还仍旧要挨饿，因为他把所有的收入都寄给母亲作生活费了。伊万·德米特里奇受不了这样的生活，他泄气了，身体也吃不消，便丢下大学学业，回家去了。在这里，在城里他托人在县立学校里谋到了一个教员的职位，可是他跟同事们合不来，学生也不喜欢他，很快又丢弃了这个职位。他母亲去世了。他有半年没有找到工作，光靠面包和水度日，后来当了法院的民事执行吏。直到他因病被辞退，他一直在干这个差使。

他甚至在年轻的大学生时代就从来没有给人以健康的印象。他老是生病，瘦弱，经常伤风感冒。他吃得很少，睡眠很坏，喝上一小杯葡萄酒头就晕，他有歇斯底里病。他总想跟人们接近，可是由于他易激动和性格多疑，他跟谁也难亲近，没有朋友。对城里人他总是批评，瞧不起，说他们的愚昧无知、浑浑噩噩的兽性生活既卑鄙又讨厌。他说话是男高音，响亮、激越，不是愤懑、愤怒，就是高兴、惊讶，但永远是真诚的。不管您跟他说什么，他都把您引到一个话题上：在这个城市生活既烦闷，又无聊，交往的人们中没有高尚的趣味，他们过的是晦暗的无意义的生活，那里只有形形色色的暴力、粗野的淫荡和伪善。卑鄙的家伙吃得饱，穿得好，正直的人却忍饥受寒。需要兴建学校，办方向正确的地方报纸、剧院、公开的讲座，团结知识界的力量；需要让社会认识自己，感到震惊。他评判人们的时候，都要涂上浓重的色彩，只有白色和黑色，不承认有任何其他色度。在他看来，人类分成正直的人和卑鄙的人，中间的人是没有的。谈及女人和爱情时，他总是充满热情而十分兴奋，可是他却从没有恋爱过一回。

在城里，尽管他的批评意见尖刻和神经质，可是大家都喜欢他，背地里都亲切地称他为万尼亚①。他那天生的客气态度、乐于助人的精神、正派的作风、道德上的纯洁，他那穿旧了的长礼服、病态的外貌和家庭的不幸，都使人产生出一种美好的、温暖的和忧郁的感情。况且，他受过很好的教育，博学多才，按照城里人的说法，他通晓一切。在城里他就像是一部备人查考的活字典。

他读过很多书。他老待在俱乐部里，神经质地捋着自己的胡子，翻阅各种杂志和书籍。从他的脸上可以看出，他不是在看书，而是在吞吃书籍，几乎来不及咀嚼就吞下去了。应该认为，读书是他的一种病态的习惯，因为他不管碰到什么东西，哪怕是去年的报纸和日历，都同样贪婪地吞下去。在家里，他总是躺着看书。

三

有一次，一个秋天的早晨，伊万·德米特里奇竖起大衣领子，走在泥泞

---

① 伊万的爱称。

路上，穿过胡同和后院，到一个小市民家去兑取执行票。像平常早晨一样，他心情不好。在一条胡同里，他碰见两个戴镣铐的犯人，他们被四个带枪的护送兵押着。过去伊万·德米特里奇也常遇见过犯人，每次他们都引起他怜悯和难堪的感情。可是今天，这种相遇却给他留下一种特殊的、奇怪的印象。不知为什么，他忽然觉得他也可能被戴上镣铐，同样地走过泥泞，被送进监狱。他到那个小市民家去过以后，出来在回家的路上，在邮局附近，遇见了一个他认识的警官。警官跟他打招呼，并顺着大街跟他走了几步。不知为什么，他觉得很可疑。在家里，他一整天都无法把那个犯人和持枪押送兵从脑子里赶走。一种莫名其妙的精神恐慌使他不能看书和集中精神。晚上他在屋里没有点灯，整夜睡不着觉，老是想到他可能被捕，戴上镣铐，关进监狱。他知道他从来没有犯过什么法，而且可以担保将来也永远不会杀人，不会放火，不会做贼；不过，偶然地、无意中地犯罪，不也是容易的吗？难道不可能受诬陷吗？最后，审判方面的错误难道不可能吗？无怪乎自古以来的民间经验教导我们，谁也不能保险不讨饭和不坐牢。在当今的诉讼程序下，审判方面的错误是可能有的。这没有什么可大惊小怪的。那些跟别人的忧患有职务上和事务上联系的人，例如法官、警察、医生等，久而久之，由于习惯的势力，往往会使您僵化得即使想做好，也不能不对他们的当事人采取形式主义的态度。这方面，他们同后院屠宰牛羊看不见血的农夫没有任何区别。在用形式主义和冷酷无情的态度对待人的情况下，要剥夺一个无辜的人的一切权利，判他服苦役，只需要一件东西：时间。只要有时间来完成一些法官们因此可以拿到薪水的手续就行了。事后，你休想在这个离铁路二百俄里远的、肮脏的小城里找到什么正义和保障！再者，既然社会把一切暴力都当做合理的、适当的必要手段来对待，既然认为一切仁慈行为，例如宣告无罪判决，会引起一系列不满和报复情绪的迸发，那么，还去想什么公正性呢，岂不是很可笑吗？

早晨，伊万·德米特里奇从床上起来，非常害怕，额上冒着冷汗，已经完全相信自己随时都会被捕了。他想，既然昨天的沉重的思想那么久都没有离开他，那就是说，其中自有一分道理。那些思想实在不会无缘无故地钻到他脑子里来的。

有一个警察不慌不忙地从他窗前走过去。这是不无原因的。瞧，有两个人在房子附近停下了，并且默不作声。他们为什么沉默呢？

从此，伊万·德米特里奇白天黑夜都提心吊胆，凡是经过窗口或进院子里来的人，他都觉着是间谍和密探。中午，县警察局长通常都坐着双马马车在大街上经过，他是从自己近郊的庄园回警察局去。可是伊万·德米特里奇每次都觉得他的车子走得太快，从而脸上有一种特殊的表情：显而易见，局长急着要去宣布，城里出现了一个很重要的犯人。只要门铃一响，或者有人敲门，伊万·德米特里奇就打哆嗦。每逢女房东家里来了新人，他就焦急不安。他碰见警察和宪兵就微笑，吹口哨，为的是要显出满不在乎的样子。他一连几夜都没有睡觉，等着被捕，可又装着像熟睡的人那样，大声打鼾和吁气，为的是让女房东觉得他睡着了。因为，要是他睡不着，就说明他一定由于良心责备而不安，而这就是最好的罪证。事实和健康的逻辑都使他相信，所有这些恐惧——都是荒诞无稽的，都是心理作用。如果把事情看得宽一些，不管是被捕还是坐牢，其实都没有什么可怕的，只要良心上坦然就行。可是，他越是有理智有逻辑地推论，他内心的不安就变得越厉害、越痛苦。这倒和一个隐士的故事很相像：那隐士想在处女林里开辟一小块空地，可是他越是努力地用斧子砍，树林就长得越稠密、越茂盛。伊万·德米特里奇终于认识到这样做的徒劳无益，就索性不再去考虑了，完全陷入了绝望和恐惧之中。

他开始不与人来往，躲避人们。他对他的职务早先就厌恶，如今则简直无法忍受了。他很怕他什么时候会上当受骗，怕有人趁他不注意时往他的口袋里塞点贿赂，然后揭发他；或者是他自己无意中在公文上出点差错，类似伪造行为，或者丢了别人的钱等。奇怪的是，他的思想过去从来没有像现在这么灵活和机敏，他每天都想出成千种不同的理由认真地为自己的自由和名誉担忧。可是，这样一来，他对外界的兴趣，特别是对书的兴趣却大大减弱了。他的记忆力也大大地不如从前了。

春天，雪融化了。在墓地附近的一条山谷里发现了两具半腐烂的尸体——一个老太太和一个小男孩，带有因暴力致死的痕迹。城里人一直在谈论着这两具尸体和尚未查明的凶手。伊万·德米特里奇为了不让人家想到他杀了人，就在街上来回走动，面带笑容。见到熟人的时候，则脸色一阵白、一阵红，并开始表白说，再没有比杀害弱者和没有自卫能力的人更卑劣的罪行了。但是这种虚伪的做法很快就使他厌倦了。他略加思考后便决定，就他现在的处境，最好还是躲到女房东的地窖里去。他在地窖里待了一天，然后又是一夜和第二个白天。可是冷得很，待到天黑，他就悄悄地像小偷一样溜回自己房里去了。他在房间中央站着，一动不动地留心听着，直到天亮。清早，太阳还没有出来，有几个砌炉匠来找女房东。伊万·德米特里奇明明知道他们是来翻修厨房里的炉灶的，可是恐惧却提醒他：这是警察装扮成了砌炉匠。他悄悄地离开了住所，充满恐惧，没戴帽子，也没穿外衣，就在大街上跑起来，狗汪汪叫着在后面追赶他。后面的什么地方有个农夫在叫唤，风在耳朵里呼啸，伊万·德米特里奇觉得，全世界的暴力都集合在一起了，正在后面追赶着他。

人们把他拦住，将他送回家，并打发女房东去请医生。医生安德烈·叶菲梅奇（关于他下文还要提到）吩咐在他的头上放置冰袋，给他服点桂樱水，忧郁地摇摇头就走了。临走时对女房东说，他不再来了，因为他不该去妨碍人发疯。由于伊万·德米特里奇在家里无法生活和治疗，不久就被送到医院去，被安置在花柳病人的病房里。晚上他睡不着觉，任性胡闹，打搅别人，不久又由安德烈·叶菲梅奇决定，转到六号病房去了。

过了一年，城里已经把伊万·德米特里奇完全忘记了。他的书被女房东随便堆在敞棚下面的一辆雪橇上，被顽童们陆续地偷光了。

四

在伊万·德米特里奇的左边，我已经说过了，住着犹太人莫依谢依卡；右边住着一个农夫，全身脂肪，身体差不多滚圆，有一张呆板的完全没有思想的脸。这是一个不会活动的、贪吃的、肮脏的动物，早已失去了思想和感觉的能力。从他身上不断散发出一股强烈的、令人窒息的臭味。

尼基塔在为他打扫时，拳脚相加，用尽全力地捧他。在这里，可怕的并不是他挨捧，这是可以习惯的。可怕的是这个愚钝的动物挨了毒打却没有反应，一声不吭，一动不动，眼睛里没有丝毫表情，只是轻轻地摇晃几下身子，就像是一只沉重的大桶。

六号病房里的第五个，也就是最后一个病号，是一个小市民，以前他做过邮政局的拣信员，是一个又矮又瘦的金发男子，生一张善良的但又带点滑头的脸。根据他那双闪现着明亮快活的光芒、聪明而又安详的眼睛来判断，他是一个有心眼的人，他心里有一个很重要的、愉快的秘密：在他的枕头和褥子下面藏着什么东西，他不给任何人看。这倒不是怕被人抢去或偷走，而是不好意思拿出来。有时候，他走到窗口，背着同伴，低下头把什么东西戴在自己的胸口。谁要是在这个时候走到他跟前去，他就会感到很难为情，把东西又从胸口扯下来。不过要猜出他的秘密并不困难。

"您祝贺我吧，"他常常对伊万·德米特里奇说，"我已经被授予带星星的斯坦尼斯拉夫二级勋章了。带星星的二级勋章是只授给外国人的。可是不知为什么，他们却愿意破例地给了我。"他微笑着说，莫名其妙地耸耸肩膀，"这，老实说，我可真没料到。"

"这些事我一点也不懂。"伊万·德米特里奇忧郁地说。

"可是您知道我迟早会得到什么吗？"这位过去的捡信员接着说，狡猾地眯着眼睛，"我一定能得到一枚瑞士的'北极星'。这是值得去奔忙的勋章，一个白十字，加一条黑丝带。那是非常漂亮的。"

大概住在任何地方都没有像在厢房里那么单调了。早晨，除了瘫子和胖农夫之外，病人都到前堂的一个很大的双耳木桶里洗脸，再用病人服的衣襟擦脸，然后他们就用锡制的茶杯喝茶。茶是尼基塔从医院的主楼里提过来的。每个人发给一杯。中午他们喝酸菜汤和稀粥。晚上吃中午剩下的稀粥。其他的空时间都躺着睡觉，望窗外，从这个角落走到那个角落。每天都是这样。就连过去的捡信员也老是谈他的那些勋章。

在六号病房里很少见到新人。医生早就不收新的疯人了。喜欢访问疯人院的人在这个世界上也不多。每隔两个月，理发师谢苗·拉扎里奇到这个厢房来一趟。至于他怎样给那些疯人理发，尼基塔怎样帮助他干这件事，以及这个笑嘻嘻的酒鬼理发师每次出现时病人们又是怎样的慌乱，我就不去描述了。

除了理发师，谁也没来看过这个病房。病人们注定白天黑夜只能见到尼基塔一个人。

不过，不久前，在医院的主楼里传播着一种相当奇怪的风闻。

风传医生开始常到六号病房去。

五

奇怪的传闻！

安德烈·叶菲梅奇·拉京医生从某一点上说是与众不同的人。据说他还很年轻的时候非常信神，曾准备献身宗教事业。一八六三年中学毕业以后，打算进一所神学院。可是他的父亲，一所医学博士兼外科医生，刻薄地嘲笑他，并断然宣布：若是他去当教士，他就不承认他是自己的儿子。是否真有其事，我不知道。不过，安德烈·叶菲梅奇不止一次地承认过，他从来就不觉得自己适合于研究医学或一般的专门科学。

不管怎样，他在医科毕业后，并没有出家去当教士，他也没有信教的表现，他当初和现在都是从医，不大像宗教界的人士。

他外表笨重、粗野，像个农夫。他的脸、胡子、平直的头发和结实粗笨的体格，很像大路边的小饭铺里那些吃肥了的、饮食无度、性情暴躁的店老板。他脸相严肃、布满青筋，眼睛很小，鼻子通红，身材很高，肩膀宽阔，手脚也很大，似乎一拳就能把人打死。可是他步态轻盈，走路小心，温文尔雅。若是在狭窄的过道里碰见人，他总是首先站住让路，说一声"对不起"。而且他说话的声音也有点出人意料，不是男低音，而是尖细柔和的男高音。他脖子上长了一个不大的瘤子，使得他不能穿硬领子衣服，所以他总是穿着软麻布的或棉布的衬衣。总之，他的穿戴不像是医生。他一件衣服可以穿上十年。新的衣服，他通常都到犹太人铺子里去买，一穿上就像是旧衣服一样，又皱又旧。看病、吃饭、做客，他总是穿着那套衣服。不过，他这样做并不是由于吝啬，而是他对自己的外表完全不在乎。

安德烈·叶菲梅奇来本城任职时，这个"慈善机构"的情况糟透了：病房里，过道里，医院的院子里，臭得叫人难以喘气。医院里的杂役、助理护士及他们的孩子们跟病人一块儿住在病房里。他们抱怨这里没法生活，因为蟑螂、臭虫和老鼠太多。在外科病房里丹毒从没绝迹。整个医院只有两把手术刀，温度计一个也没有，浴室里堆放土豆。总管、女管理员、医士都向病人勒索。安德烈·叶菲梅奇的前任是一个老医生。据说他似乎私下里卖过酒精，还与助理护士和女病人有私通，情妇成群。城里人都非常清楚这些乌七八糟的事，甚至还添油加醋，但是大家对这种现象却满不在乎。有些人为其辩解说，躺在医院里的都是些小市民和农夫，他们不可能不满意，因为他们在家里住比医院里还要糟糕得多。总不能拿松鸡去喂他们吧！另一些人则辩白说：地方自治局不给资助，单靠城市本身，没有力量维持一个医院，谢天谢地，医院虽然不好，也总还算有一个。而新成立的地方自治局不论在城里还是郊区都没有开办诊所，理由是，城里已经有一个医院了。

巡视完医院后，安德烈·叶菲梅奇作出的结论是：这是一个道德败坏的机构，对病人的健康极其有害。按他的看法，可以做到的最聪明的办法，就是把病人放走，医院关门。但是他考虑到，只是他一个人的意愿是办不成这件事的，而且这样办了也没有用。就算把肉体和精神上都不干净的人赶出一个地方，那么他们还会搬到另一个地方去。应该等他们自我消失。况且，既然人们开了这个医院，允许它在这里存在，那就是说，它是需要的，各种偏见和生活中的种种坏事和丑事也是需要的。因为慢慢地它们也会转化成某种有用的东西，就像肥料变成黑土一样。世界上没有一件美好的东西在其刚开始的时候不带一点污秽物的。

安德烈·叶菲梅奇任职后，对这些乌七八糟的现象显然相当冷漠。他只要求医院里的杂役和助理护士不要去病房里过夜，添置了两个柜子的医疗器械。至于总管、女管理员、医士和外科的丹毒等，都没有变动。

安德烈·叶菲梅奇非常喜爱理性和正直，可是要他在自己身边建立有理性的和正直的生活，却缺乏坚强的意志力，也不大相信自己有这种权力。下命令、禁止、坚持，他实在不会，就好像他起过誓，永远不提高嗓门说话，永远不用命令的口气似的。要他说"给我！"或"拿来！"是很困难的。他想吃东西的时候，总是犹豫地咳嗽一声，然后对厨娘说："给我喝点茶才好……"或者"给我开饭才好"。要他对总管说不要再偷东西，或者把他赶走，或者干脆把这个不必要的、寄生的职位撤销了——那是根本办不到的。当安德烈·叶菲梅奇受到欺骗或受到奉承，或者人家送来假单据让他签字时，他的脸会涨得像龙虾一样红，感到于心有愧，但他还是签了字。每当病人抱怨他们吃不饱，或者助理护士态度粗暴时，他都会很尴尬，抱歉地说：

"好，好，我以后调查一下……大概这里有误会……"

开始时安德烈·叶菲梅奇工作很努力，他每天从早晨到午饭时都给病人看病、动手术，甚至还接生。妇女们都说他工作认真，诊断很准确，特别是妇科和小儿科的病。但是，渐渐地由于工作单调乏味并且显然徒劳无益，他显然厌倦了。你今天接待三十个病人，明天你瞧，增加到了三十五个，后天则是四十个了。照这样，一天又一天，一年又一年过去了，但是城里的死亡率却并没有减少，病人还是不断地来。从早晨到午饭时要给四十个门诊病人认真看病，体力上是不可能办到的。因此这不能不是欺骗。简单地推算一下，一年接待一万两千个门诊病人，就等于欺骗了一万两千人。至于把重病号送进病房，按科学规则给他们治病，那也是办不到的，因为规则虽有，科学却无。如果丢开哲学议论，像其他医生一样，学究式地依据规则办事，那么，首先就需要清洁和通风，而不是到处肮脏；要健康的饮食，而不是臭酸菜汤；需要好的医务助理，而不是小偷。

是啊，既然死亡是每个人正常的合理的结局，又何必去阻拦人们死呢？

即使某个商人或文官多活五年十年，那又有什么好处呢？如果认为医学的目的在于药物能减轻痛苦，那就不能不问一句：为什么要减轻痛苦呢？首先，据说，痛苦可以使人达到理想的境界；其次，人类要是真的学会了用药丸和药水减轻自己的痛苦，那就会把宗教和哲学完全抛掉。可是直到现在为止，人类不仅在其中找到了避免各种倒霉事的保障，甚至找到了幸福。普希金在临死前经受了可怕的痛苦，可怜的海涅在床上瘫了好几年。为什么安德烈·叶菲梅奇或玛特辽娜·萨维什娜就不能生病呢？他们的生活本来就毫无内容，如果再没有痛苦的话，就是完全空虚，跟阿米巴的生活一样了。

安德烈·叶菲梅奇被这些推论压倒了，十分沮丧，已不再天天都到医院里去了。

六

他的生活就是这样过的。通常是早晨八点钟起床，穿衣服和喝茶，然后在自己的书房里坐下来看书或者到医院去。在这里，在医院里，门诊的病人坐在又窄又黑的过道里，等着看病。医院里的杂役和助理护士就在他们身边跑来跑去，皮鞋在砖砌的地板上踩得咯咯响。一些瘦弱的穿着病服的病人也从这里通过，死尸和盛着脏东西的器皿也从这里抬过去。孩子们在哭，吹来一阵阵过堂风。安德烈·叶菲梅奇知道，这样的环境对于发烧的、害肺病的和一般敏感的病人来说，是很难受的。但又有什么办法呢？在候诊室，他遇见了医士谢尔盖·谢尔盖伊奇。他是一个矮胖子，胖胖的脸刮得很亮，洗得干干净净，举止温和、平稳，穿一件新的宽大的衣服，他与其说像医士，不如说像一名枢密官。在城里他有很大的私人业务。他打着一个白领结，自认比那些没有私人行医业务的医生更内行。在候诊室一个角落的神龛里放着一个大圣像，还有一盏笨重的神灯，旁边有一个读经台，罩着白布套，墙上挂着大主教的像，斯维亚托戈尔修道院的风景画和干矢车菊花圈。谢尔盖·谢尔盖伊奇信教，也喜欢华丽场面。圣像是他出资安置的。每逢星期日，他都指定一个病人去候诊室里朗诵赞美歌。朗诵完了之后，谢尔盖·谢尔盖伊奇便提着手提香炉，摇动它，使神香散出来，走遍所有病房。

有很多的病人，但时间却很少。因此，医疗工作也就局限于问几句病情，发一点类似清凉油、蓖麻油之类的药品。安德烈·叶菲梅奇坐着，用拳头支着脸颊，沉思着，机械地提几个问题。谢尔盖·谢尔盖伊奇也坐着，搓着自己的小手，偶尔也插上一句话。

"我们之所以贫病交加，"他说，"是因为我们没有很好地向仁慈的上帝祈祷。对了！"

安德烈·叶菲梅奇诊病的时候，从不动手术，他早已不干这一行了，一见血他就不愉快地激动起来。当他必须让小孩张开嘴，看一下喉咙，而小孩却大哭大闹，用小手挡住时，耳朵里的闹声就会使他头晕。眼睛里涌出泪水来。这时他就急忙给开个药方，摆摆手，叫女人赶快把孩子带走。

在门诊时，病人的胆怯和头脑不清，身边打扮华丽的谢尔盖·谢尔盖伊奇，还有墙上的照片，以及二十多年来对病人不断地问过多少次的那些问题，这一切不久就弄得他厌烦了。他看完五六个病人后就走了，剩下的病人就由医士去接待。

安德烈·叶菲梅奇愉快地想到：谢天谢地，自己很久都没有私人行医了，现在谁也不会来打搅他了。因此，他一回到家，马上就在书房的桌子旁边坐下来，开始看书。他读很多的书，而且总是很高兴。他的薪金有一半用在购书上。他的住所有六个房间，其中三个房间堆满了各种书籍和旧杂志。他最喜欢看的是历史和哲学方面的著作。医学方面，他只订了一份《医生》，读这本书时，他总是从后面读起。他看书，总是一看就是几个小时，中间不休息，也不感到累。他不像伊万·德米特里奇那样看得又快又急，而是慢慢地看，深入地领会，遇到他喜欢的或者不理解的地方常常就停一停。书的旁边总是放着一小杯酒，同时放一块腌黄瓜或渍苹果，不用碟子，就直接放在粗呢桌布上。每半个小时，他就眼睛不离书，倒上一小杯白酒喝下去，然后也不看，只是用手摸到黄瓜并咬下　小块。

到下午三点钟，他才小心地走到厨房门口，咳嗽一声，说道：

"达留什卡，给我开饭怎么样……"

安德烈·叶菲梅奇吃完一顿相当差的、不干不净的饭以后，就在书房里来回踱步，双手交叉放在胸口上，思索着。敲响了四点钟，然后是五点钟，可是他还在踱步，还在想事。偶尔厨房门嘎吱一声，达留什卡那张睡眼惺忪的红脸从门缝里探出来。

"安德烈·叶菲梅奇，您到喝啤酒的时候了吧？"她关心地问。

"不，还没到点……"他回答道，"我要再等一会儿……我要再等一会儿……"

到了傍晚，邮政局长米哈依尔·阿维良内奇照例就来了。他是全城中安德烈·叶菲梅奇唯一不讨厌的人。米哈依尔·阿维良内奇以前是一个很富有的地主，曾在骑兵军里服役，后来破产了，为贫穷所迫，晚年就到邮政部门工作了。他精力充沛，很健康，留着白色漂亮的连鬓胡子，彬彬有礼，嗓门洪亮而又好听。他心地善良，多情善感，但脾气暴躁。每当邮政局里有顾客提出异议，不同意他的意见，或者要进行说理的时候，米哈依尔·阿维良内奇就脸红脖子粗，全身发颤，大声喊道："闭嘴!"因此，邮政局早就成了一个有名的单位，人们到这里来都心惊胆战。米哈依尔·阿维良内奇尊敬和喜欢安德烈·叶菲梅奇，是因为他有学问，精神高尚。可是他对小市民的态度则很高傲，就像对自己的部下一样。

"我来了!"他走进安德烈·叶菲梅奇的家时说，"您好，我亲爱的!您恐怕讨厌我了吧，对吗?"

"相反，我很高兴，"医生回答说，"我什么时候见到您都很高兴。"

两个朋友就在书房的长沙发上坐下来，默默地抽了一会儿烟。

"达留什卡，给我们拿啤酒来好吗?"安德烈·叶菲梅奇说。

他们喝了第一杯酒，仍然没有说话。医生一副若有所思的样子，米哈依尔·阿维良内奇则显出高兴快活的神情，仿佛有什么非常有趣的事要说似的。谈话总是由医生先开始的。

"真可惜，"他慢腾腾地轻声地说，摇摇头，眼睛并没有看着他的朋友（他从来不直视人家），"真是太可惜了，尊敬的米哈依尔·阿维良内奇，我们城里竟没有一个人能够而且喜欢聪明而有趣地谈谈话的人。这是我们最大的贫困。甚至知识分子也跳不出庸俗!我向您保证，他们的智力发展水平一点也不比下层人高。"

"完全正确。我同意。"

"您自己也知道，"医生小声地接着说，声音抑扬顿挫，"在这个世界上，除了最崇高的人类智慧的精神表现之外，其他一切都是无足轻重的，没有意义的。智慧在人类和动物之间划出了一条明晰的界限，暗示着人类的神圣性，在某种程度上它甚至代替了实际并不存在的不朽。由此可以得出结论说，智慧乃是快乐的唯一可能的源泉。可是我们在自己的周围却看不见，也听不见智慧。这就是说，我们的快乐被剥夺了。诚然，我们有书籍，但是这跟活生生的谈话和交际是根本不同的。要是您允许我打个不完全恰当的比喻的话，那么我就要说，书是音符，谈话才是歌。"

"完全正确。"

又是沉默。达留什卡从厨房里出来，带着不无哀伤的表情，用一只拳头支着脸，站在门口，想听听他们的谈话。

"唉！"米哈依尔·阿维良内奇叹了一口气，"您要求现在的人有智慧，休想！"

他谈到过去的生活如何健康、快活和有意义。从前俄罗斯的知识分子是多么聪明，他们使人格和友谊具有了崇高的概念。借给别人钱不要借据。对贫困的同伴不肯伸出支援的手则被看做是可耻。而且从前的出征、冒险和作战又是什么样子啊！什么样的伙伴，什么样的女人！而高加索——是多么惊人的地方！有一个营长的妻子，是个怪女人，穿一身军官服装，每天傍晚一个人骑马到山上去，也没有向导。据说她跟山村里的一个小公爵有点风流韵事。

"圣母啊，妈呀……"达留什卡感叹道。

"那时的人又是怎样喝酒，怎样吃饭的啊！那时又有什么样的不可救药的自由主义者啊！"

安德烈·叶菲梅奇听着，但没有听进去，他一边喝啤酒，一边在想什么心事。

"我常常梦见聪明人，并与他们交谈，"他突然打断米哈依尔·阿维良内奇的话说，"我的父亲给我受了很好的教育，可是他在六十年代的思想影响下，强迫我当了医生。我觉得，假如我当时不听从他的话，那么我现在一定处在智力运动的中心了。我大概已经是一个大学的教师了。当然，智慧也不是永久的，而是暂时的，不过，您已经知道，我为什么会对智慧抱有偏爱。生活是令人苦恼的陷阱。一个有思想的人到了成年时期，思想意识成熟了，他就会不由自主地感到自己掉进了没有出路的陷阱里。事实上，他从不存在到有了生命，并不是他自己做主的，而是某种偶然性使然……这是为什么呢？他想弄明白自己生存的意义和目的。人家却不跟他说，或者是说些荒唐话。他去敲人家的门，人家却不给他开门。死神来找他，那也不是他自己愿意的。因此，就像监狱里被共同的不幸联结着的人们，当他们聚集在一起时，会感到轻松一些。在生活中也是一样，喜欢分析和归纳的人凑到一起，交换交换自己骄傲而自由的思想，这样消磨时间，就不觉得自己是在陷阱里了。从这个意义上说，智慧是不可取代的快乐。"

"完全正确。"

安德烈·叶菲梅奇没有正面看着自己的交谈者，继续讲关于聪明人的事，讲他和他们的谈话。他说话很轻，有时也停顿一下。米哈依尔·阿维良内奇则仔细地听着他讲，表示同意地说："完全正确！"

"您不相信灵魂不朽吗？"邮政局长突然问一句。

"不，米哈依尔·阿维良内奇，我不相信，而且也没有理由相信。"

"老实说，我也怀疑。尽管我有一种感觉，似乎我永远不会死。我在想，哎哟，老家伙，也该死了！而我的灵魂里却有一个小小的声音在说：别相信，您不会死！……"

九点钟一过，米哈依尔·阿维良内奇要告辞了。在前堂穿上皮大衣后，他叹口气说：

"可是命运把我们送到什么样的荒凉的地方来了！最恼恨的是，我们将不得不死在这里。唉……"

七

送走朋友之后，安德烈·叶菲梅奇在桌边坐下来，又开始看书。傍晚和后来的夜晚都很安静，没有一点声音干扰。时间仿佛停住了，同看书的医生一起呆然不动，而且除了书和带绿灯罩的灯以外，仿佛什么都不存在了。医生的那张粗糙的、农夫一样的脸表现出一种非常感动的笑容和在人类智慧运动面前的喜悦。"啊，为什么人不能长生不死呢？"他在想，"为什么人要有脑中枢和脑室，为什么人要有视力，会说话，能自我感觉和有天才呢？而这一切岂不都注定要埋进土里，最后与地壳一同冷却，然后又是几百万年，无意义也无目的地随着地球围绕太阳旋转吗？只为了冷却，然后再去旋转，根本不需要把人及其崇高的、近似神的智慧从不存在中引出来，然后又好像开玩笑似的把他变成黏土。

"新陈代谢！可是用这种不朽的代用品来安慰自己是何等的怯懦啊！自然界的这种无意识的变换过程甚至比人类的愚蠢还要低级，因为不管怎么样，愚蠢中还有意识和意志，而在上述那种过程中却什么也没有。只有在死亡面前尊严多于恐惧的懦夫才会安慰自己说：他的身体将会活在青草里、石头里、癞蛤蟆身上……在新陈代谢中看到自己的不朽是奇怪的，就像一把珍贵的提琴砸碎没用后，却预言装提琴的盒子将会有灿烂的前途一样。"

每当时钟敲响，安德烈·叶菲梅奇便把身子向圈椅背上靠一靠，闭上眼睛，思考一会儿，不由得在刚从书上读到的美好思想的影响下，回眸一下自己的过去和现在。过去令他厌恶，还是不去回忆为妙，可是现在也和过去一样。他知道，当他的思想正随着冷却下去的地球围绕太阳旋转的时候，在同医生住宅并排的大房子里，人们却在疾病和肉体方面的不洁中受苦。也许，有的人睡不了觉，正在同蚊虫作战；有的人正在受丹毒的传染，或者由于绷带扎得太紧而在呻吟。也许病人们正在跟助理护士打牌、喝酒。每年总有一万两千人上当受骗。所有医院里的事情都跟二十年前一样，建立在盗窃、争吵、毁谤、徇私舞弊上面，建立在粗野的招摇撞骗上面。医院仍旧是一个不道德的机构，对病人的健康极端有害。他知道尼基塔在六号病房的铁栅栏里殴打病人，也知道莫依谢依卡每天到城里去乞讨。

另外，他也非常清楚地知道，近二十五年来医学上发生了神话般的变化。在大学念书的时候，他曾以为医学不久就会遭到与炼金术和玄学同样的命运。而现在，每当他晚上看书，医学却使他感动，使他惊奇，甚至兴奋。真的，多么意想不到的辉煌，什么样的革命啊！由于有了防腐方法，伟大的皮罗戈夫①认为，就连将来②：都无法做的手术，现在都可以做了。地方自治局的普通医生都能做截除膝关节的手术，一百例剖腹手术中只有一例造成死亡。至于结石病，那已被看做是小事一桩了，甚至已没有人为它写文章了。梅毒已经可以根治了，而遗传学理论、催眠学、巴斯德③和科赫④的发现，以统计学为基础的卫生学，还有我们俄罗斯地方自治局的医生的工作，精神病学以及现代精神病分类法、诊断法和医学疗法等——与过去相比，简直就是整个的厄尔布鲁士⑤。现在不再给疯子头上泼冷水了，也不再给他们穿紧身衣了，人们已用人道的态度对待疯子，甚至像报纸上说的，为他们举办舞会和演出。安德烈·叶非梅奇知道，从现在的眼光来看，像六号病房这样糟糕的情形也许只有在离铁路二百俄里远的小城中才会出现。这个小城的市长和所有的自治会的议员都是半文盲的小市民，他们把医生看做是术士，即使医生要把烧熔的锡灌进他们的嘴里，他们也会相信医生，不会有半点儿批评。要是在别的地方，社会公众和报纸早就把这个小小的巴士底⑥砸得粉

---

① 皮罗戈夫（1810—1881），俄国外科专家和解剖学家。
② 原文为拉丁文。
③ 巴斯德（1822—1895），法国生物学家。
④ 科赫（1843—1910），德国微生物学家。
⑤ 高加索地区的高山。
⑥ 1789 年法国大革命时期，巴黎人民捣毁的黑暗的监狱。

碎了。

"那又怎么样呢?"安德烈·叶菲梅奇自问道,睁开了眼睛,"由此又能得出什么结论呢?有了防腐方法,有了科赫,有了巴斯德,也丝毫不能改变事物的实质,患病率和死亡率仍旧一样。他们给疯人开舞会和演出,仍旧没有给他们自由,就是说,还是胡诌和徒劳无益。在最好的维也纳医院和我们的医院之间,实际上没有任何的区别。"

可是悲哀和一种类似嫉妒的东西却不允许他漠不关心。这大概是因为他疲倦了的缘故。那沉甸甸的脑袋向书本垂了下去,他就用双手托住脸,以便舒服一点。他想道:

"我在为有害的事业服务,并从被我欺骗的人那里领取薪水,我不诚实。可是,须知,我本人是无能为力的,我只是必然的社会罪恶的一小部分,所有县城的官员都是有害的人,都白白拿薪水……也就是说,我不诚实并不能怪我,而是要怪时代……如果我晚降生二百年,我就成为另一个人了。"

当时钟敲了三次时,他吹灭了灯,走进卧室,但他不想睡。

八

两年前,地方自治局忽然慷慨起来,决定每年拨款三百卢布作为津贴,为城市医院扩充医务人员使用,直到地方自治局医院开办为止。为了协助安德烈·叶菲梅奇工作,县医生叶夫根尼·费多雷奇·霍博托夫也应邀进城。这是一个还很年轻的人,甚至不到三十岁,高个子,黑头发,高颧骨,小眼睛。大概他的祖先是异族人。他进城来的时候,身无分文,只有一个小手提箱,还带来一个年轻的丑女人,他称她是自己的女厨子。这个女人有一个正在喂奶的孩子。平时,叶夫根尼·费多雷奇穿一双高筒皮鞋,戴一顶硬帽檐的大檐帽,冬天则穿一件短羊皮袄。他同医士谢尔盖·谢尔盖伊奇以及会计交成了好朋友,而对其他职员却不知为什么称为贵族,而且躲开他们。他整个住宅只有一本书:《一八八一年维也纳医院的最新处方》。他去出诊的时候,手里总是带着这本书。每到傍晚他都到俱乐部去打台球。纸牌他不喜欢玩。谈话时他最喜欢用的词是:无聊的拖延、废话连篇、故布疑阵,等等。

他一星期去医院两次,查病房和在门诊室诊病。医院里根本没有防腐剂,放血用抽血缶。这一切都使他愤懑,但他也不使用新的方法,害怕这样会得罪安德烈·叶菲梅奇。他认为自己的同行安德烈·叶菲梅奇是个老滑头，怀疑他有很多财产，暗地里嫉妒他。他恨不得占据了他的职位。

九

三月底，一个春天的黄昏，地上已经没有积雪了，椋鸟在医院的花园里歌唱。医生送朋友邮政局长出了大门，正好在院子里碰上了犹太人莫依谢依卡带着别人给他的施舍品回来了。他没有戴帽子，一双赤脚上穿着低腰套鞋，手里拿着一小包施舍物。

"给我一个戈比吧！"他微笑着对医生说，身体冻得发抖。

安德烈·叶菲梅奇从来不会拒绝别人的要求，给了他一个十戈比的银币。

"这多么糟糕啊，"他想，一边瞧着犹太人的赤脚和又红又瘦的脚踝，"都湿啦。"

于是他心里引起 种既像是怜悯又像是厌恶的感情。他跟在犹太人后面走进了厢房，时而看着他的秃顶，时而看着他的脚踝。医生进来时，尼基塔便从破烂堆上跳下来，立正站着。

"您好，尼基塔，"安德烈·叶菲梅奇温和地说，"发给那个犹太人一双靴子才好，难道不是吗？不然他会着凉的。"

"是，老爷，我去报告总管。"

"好吧，您就用我的名义去请求好了。就说是我要求的。"

从前堂到病房的门敞开着。伊万·德米特里奇在床上躺着，他用胳膊肘支起身体，惊恐地倾听着陌生人的声音。他突然认出是医生，气得全身发抖，从床上跳下来，满脸凶狠、通红，眼睛凸出，跳到病房的中央。

"医生来了！"他大声喊叫，并哈哈笑起来，"终于来了！先生们，我祝贺你们。医生赏光，拜访来了！该死的败类！"他尖声叫道，并跺起脚来。病房里还从来没见过他如此怒气若狂，"打死这个败类！不，打死还便宜他了！把他淹死在粪坑里！"

安德烈·叶菲梅奇听见这话后，便从前堂探头向病房里看，温和地问道：

"为什么？"

"为什么？"伊万·德米特里奇大声嚷道，带着威胁的姿态走到他跟前来，又赶忙把衣服裹紧，"为什么？您是贼！"他嫌恶地说，好像要向他啐口痰似的努起嘴来，"骗子，刽子手！"

"请您安静一点，"安德烈·叶菲梅奇说，抱歉地笑了笑，"我向您保证，我从来没有偷过什么东西；至于其他，您大概说得太夸张了。我知道，您在生我的气。我求您，您安静一点，如果可能的话，请您冷静地告诉我，您为什么要生气？"

"那您为什么要把我关在这里？"

"因为您有病。"

"是的，我有病。但是要知道，成十成百的疯人都能自由自在地走来走去，因为您无知，不能辨别疯子和健康的人。为什么我和这些人就应该像替罪羊似的替大家被关在这里呢？您、医士、总管、所有你们这些医院里的坏蛋，在道德方面都要比我们不知低下多少，那为什么关在这里的不是你们而是我们呢？合理吗？"

"这与道德和合理性不相干。一切取决于机遇。谁被关了起来，谁就得待在这里；谁若是没有被关起来，谁就可以走来走去。就是这么一回事。至于我是医生，您是精神病人，这里既没有道德，也没有合理性可言，只不过是毫无缘由的凑巧罢了。"

"这种胡说八道我不懂……"伊万·德米特里奇闷声闷气地说，在自己的床上坐下来。

尼基塔不敢当着医生的面去搜莫依谢依卡的身。莫依谢依卡就把一小块一小块面包、碎纸片、小骨头摊开放在自己的床上。他仍旧冻得打战，用犹太话说起来，说得很快，像唱歌似的。他大概在幻想他开铺子了。

"放我出去吧。"伊万·德米特里奇说，他的嗓音发颤。

"我不能。"

"那是为什么？为什么呢？"

"因为，我没有这种权利。您想想吧，就算我把您放了出去，这对您又有啥好处呢？您走出去，城里人或警察会把您抓住，又送回来的。"

"是的，是的，这倒是实话……"伊万·德米特里奇说，用手擦了擦自己的脑门，"这真可怕！可是我怎么办呢？怎么办呢？"

安德烈·叶菲梅奇喜欢伊万·德米特里奇的声音、他的年轻聪明的面容及其怪相。他想对这个年轻人表示一点亲热，安慰安慰他。他在床边挨着他坐下来，想了想，说道：

"您问我怎么办？就您的处境，最好是从这里逃走。但是，很可惜，这也没用。人家会逮住您。社会要求防范罪人、精神病人和一般使人难堪的人。这是不可阻止的。您现在只能是：安下心来，认定待在这里是不可避免的。"

"这是任何人都不要待的地方。"

"既然存在监狱和疯人院，那就总该有人关在里面。不是您，就是我，不是我，就是另外第三个人。您等着吧，到遥远的未来，当监狱和疯人院都不再存在的时候，也就不会再有窗上的铁格栅了，不会再有这种病人服了。当然，这样的时代迟早会到来的。"

伊万·德米特里奇冷笑了一下。

"您是在开玩笑吧，"他说，眯缝着眼睛，"像您和您的助手尼基塔之流的老爷们跟未来是一点关系也没有的。不过您可以放心，阁下，美好的时代是要到来的！让我用粗俗的话来表达一下我的意见，您尽管笑好了，新生活的黎明会放光的，真理会胜利的，到那时候，我们将在街上庆祝节日！我是等不到那一天了，我会死去，不过总有人的子孙会等到的。我将用自己的整个灵魂祝贺他们，我会高兴，为他们高兴！前进吧！让主保佑你们，朋友们！"

伊万·德米特里奇闪着发亮的眼睛站起来，把手伸向窗口，继续激动地说：

"我从这铁格栅的窗户里祝福你们！真理万岁！我真高兴！"

"我不认为有什么特别的理由可以高兴的，"安德烈·叶菲梅奇说，他觉得伊万·德米特里奇的动作像在演戏，不过他也很喜欢，"监狱和疯人院将不再存在，真理也会像您所说的那样胜利，但是要知道，事物的本质不会变，自然界的规律也照样存在，人们还会像现在那样生病、衰老、死亡。不管将会有多么壮丽的黎明照亮您的生活，到头来您还是要躺进棺材里，钉上钉子，扔进坑里去。"

"那么长生不死呢？"

"唉，别提啦！"

"您不相信，可我相信。不知是在陀思妥耶夫斯基还是在伏尔泰的作品里，有一个人物说：要是没有上帝，人们就会把它想出来。我深深地相信：要是没有长生不死，伟大的人类智慧也迟早会把它发明出来。"

"说得好。"安德烈·叶菲梅奇说，满意地微笑着，"您相信，这很好。有了这样的信心，就是被囚禁在四墙当中，也能生活得很快活。您以前大概在什么地方受过教育吧？"

"是的，我上过大学，但没有毕业。"

"您是一个有思想、爱思考的人。不论在什么环境里，您都能保持内心的平静。极力想弄懂生活的自由而深刻的思索和对世界的无谓纷扰的完全蔑视，这是两种幸福，人类还从来不知道有比这更高的幸福。而您却能享有这样的幸福，尽管您生活在三道铁格栅里。第奥根尼①住在一个木桶里，可是他比世界上所有的皇帝都幸福。"

"您的第奥根尼是个糊涂虫。"伊万·德米特里奇阴郁地说，"您干吗给我讲什么第奥根尼呢！讲什么理解生活呢？"他忽然生气了，跳了下来，"我爱生活，强烈地爱！我患了被迫害狂，经常有一种痛苦的恐惧。不过有时候我也充满对生活的渴望，这时我就害怕自己会发疯。我非常想生活，想得要命！"

他激动地在病房里走来走去，然后压低声音说：

"每当我幻想的时候，我就会产生一种幻觉：有些人走到我跟前来，我听得见说话声和音乐，我好像在一个树林里散步，在海岸上走，我是那么热切地渴望无谓的奔忙和操心……那么，请告诉我，外面有什么新闻吗？"伊万·德米特里奇问道，"外面怎么样？"

"您是想知道城里的情况，还是一般的情况呢？"

"那您就先给我讲讲城里的情况吧，然后再讲一般的。"

"好吧。城里难受而又无聊……找不到说话的人，也没有人听你说话。没有新人。不过，最近来了一个姓霍博托夫的年轻医生。"

"我还活着，他就来了。他怎么样？粗野吗？"

"是的，他不是个有教养的人。您知道吗，很奇怪……从各方面看，我们的大城市里，并没有智力停滞的情况，那里挺活跃，就是说，应当有真正的人。可是，不知为什么，每次从他们那里派到我们这里来的都是些让人看不上眼的人。真是不幸的城市！"

"是的，是个不幸的城市！"伊万·德米特里奇叹口气，笑了起来，"那么，一般的情况又怎么样？报纸上和杂志上都写些什么呢？"

病房里已经黑了。医生站起来，站着讲国外和俄罗斯报刊上写的东西，现在有些什么思潮。伊万·德米特里奇留心听着，提出一些问题。可是他忽

---

① 第奥根尼（前约400—前325），古希腊哲学家。

然好像想起了什么可怕的事似的，抱住头，背对着医生，躺在床上。

"您怎么了？"安德烈·叶菲梅奇问。

"您再别想从我这里听到一个字！"伊万·德米特里奇粗暴地说。"您走开吧！"

"这是为啥呢？"

"我跟您说：您走开！干吗还问！"

安德烈·叶菲梅奇耸耸肩膀，叹口气，走了出去。穿过前堂时，他说：

"这里要打扫一下才好，尼基塔……气味难闻极了！"

"是，老爷。"

"一个多么可爱的年轻人！"安德烈·叶菲梅奇想，走回自己的住所去，自从我在这里住下来后，好像这是第一个能够谈得来的人。他善于思考，他所关心的也正是应当关心的事。

不论是看书，还是后来躺下睡觉时，他都老是想着伊万·德米特里奇。第二天早晨一醒来，他便回想起昨天他认识了一个聪明而又有趣的人，并决定一有机会便再去看他一次。

＋

伊万·德米特里奇还是像昨天一样的姿势躺着，双手抱住脑袋，缩着腿，看不见他的脸。

"您好，我的朋友，"安德烈·叶菲梅奇说，"您没有睡觉吧？"

"第一，我不是您的朋友；"伊万·德米特里奇把头埋在枕头里说，"第二，您枉费心机，您别想从我这里再听到一个字。"

"真奇怪……"安德烈·叶菲梅奇有点难为情地小声说，"昨天我们谈得挺投机的。可是不知为什么，您忽然生气了，立刻就中断了谈话……也许是我说了什么不恰当的话吧？或者是可能说了些不合您的信念的想法……"

"是啊，居然要我相信您的话！"伊万·德米特里奇欠起身来说，并以嘲讽和恐惧的眼光看着医生。他的眼睛发红，"您尽可以到别的地方去当密探，去打听，而在这里您可是无所作为。我从昨天就已经明白您是为什么到这里来的。"

"古怪的幻想！"医生笑一笑说，"就是说，您把我当成密探了？"

"对，我是这么认为的……不管是密探还是医生，您反正是受命来探听我的——这反正都是一回事。"

"哎哟，请让我说句实话，您可真是一个……怪物！"

医生在床边的一张凳子上坐下来，带着责备意味地摇摇头。

"不过！假定您的话是对的，"他说，"假定我是暗中套您的话，以便把您交给警察局，于是您被捕，然后受审。可是，您在法庭上或监狱里难道会比这里更糟吗？就算您被流放甚至服苦役，难道会比关在这个厢房里更糟吗？我认为，不会更糟……那还有什么可怕的呢？"

显然，这些话对伊万·德米特里奇起了作用。他安心坐下来了。

下午四点多钟。通常这个时候安德烈·叶菲梅奇都在自己家里各个书房里走来走去，而达留什卡则会问他到了喝啤酒的时间没有。外面风和日丽，是晴朗的天气。

"我吃过午饭便来溜达溜达，您瞧，就走到您这里来了。"医生说，"现在完全是春天了。"

"现在是什么月份？是三月？"伊万·德米特里奇问道。

"是的，现在是三月末了。"

"外面很脏吧？"

"不！不太脏。花园里已经走出小道了。"

"现在要是能坐上马车到城外什么地方去走一走倒是挺不错的。"伊万·德米特里奇说，揉了揉自己的眼睛，好像半睡不醒似的，"然后回家去，走进温暖舒适的书房……请一个正派的大夫来治一治头痛病……我好久没有像普通人那样生活了。而这里却糟透了，真叫人无法忍受！"

自从昨天受刺激之后，他疲倦了，显得无精打采，也不大想说话了。他的手指在发抖，而且从他的脸色可以看出，他头痛得很厉害。

"温暖舒适的书房跟这个病房也没有什么差别。"安德烈·叶菲梅奇说，"人的宁静和满足不在于人的外部，而在人的内心。"

"这是什么意思？"

"平常的人从身外之物，即从马车和书房里去寻找好的或坏的东西，而有思想的人则是在自己内心里寻找这些东西。"

"请您到希腊去宣传这种哲学吧，那里挺暖和，而且到处充满酸橙的气味，而这里的气候不适合于这种哲学。我这是跟谁谈起第奥尼根来着？是跟您吗？"

"是的，您昨天跟我谈过。"

"第奥根尼不需要书房和温暖的住所，那边没有这些东西就已经够热了。躺在木桶里，吃橙子和橄榄就行了。但是，他要是有机会到莫斯科住，那他就别说是十二月份，就是五月份来，也会要求住到房间里去。恐怕他会被冻得卷起来了。"

　　"不，寒冷也和一般所有疼痛一样，可以不感觉到。马可·奥勒留①说过，'疼痛是一种关于疼痛的活生生的概念：用意志力可以改变这个概念，丢开它，停止诉苦，疼痛就会消失。'这话有道理。圣人，或者只要是有思想、爱思索的人，他们与众不同之处正在于他的蔑视痛苦，他们永远心满意足，对任何事情不都感到惊奇。"

　　"就是说，我是个白痴，因为我痛苦，我不满足，我对人的卑鄙感到惊奇。"

　　"您这就不对了。如果您多想一想，您就会明白，所有那些使我们激动的外在的东西都是微不足道的。应该努力去理解生活，真正的幸福就在其中。"

　　"理解……"伊万·德米特里奇皱起眉头说，"内在，外在……对不起，这我不懂。我只知道，"他说，站了起来，生气地看着医生，"我只知道上帝是用热的血和神经创造了我，对了，先生。而人的机体组织若是有生命的话，它对一切刺激就会有所反应。我就有反应！我痛，我就用叫喊和泪水来回答。对卑鄙，我就愤怒，对污浊，我就憎恶。说实在话，我认为，只有这才叫生活。机体越是低级，它的敏感性也就越差，从而对刺激的反应也就越弱；机体越高级，感受就越敏感，对现实生活的反应就越有力。这点道理您怎么会不懂呢？您是医生，却不懂这些小事！为了能蔑视痛苦，永远心满意足，什么都不感到惊奇，那就得落到——瞧，那样的地步才成。"伊万·德米特里奇指了指那个肥胖得满身脂肪的农夫说，"或者是，在苦难中把自己折磨得麻木不仁，对苦难失去一切感觉。换句话说，也就是停止生活才行。对不起，我不是圣人，也不是哲学家，"伊万·德米特里奇愤慨地继续说，"这些道理我一点也不懂。我不会讲道理。"

　　"相反，您辩论得很出色。"

　　"您模仿的斯多葛派②，曾经是很出色的一些人。不过，他们的学说早在

---

　　① 马可·奥勒留（121—180），罗马帝国皇帝，是斯多葛派最后一个大哲学家。
　　② 一个古代的伦理方面的哲学流派。宣传清心寡欲，珍惜自己的"命运"。

两千年前就已经停滞，不能再向前迈出一步，而且将来也不能前进了。因为这种学说不符合实际，没有生命力。它只能在少数人当中才会得到一些成绩，可是大多数人都不懂。鼓吹对财富冷漠、对舒适的生活冷漠，对痛苦和死亡加以蔑视的学说，对绝大多数的人来说是完全不能理解的。因为这大多数人从来没有享有过财富，也没有享受过舒适的生活。而蔑视痛苦，对他们来说，就是蔑视生活本身，因为人的全部实质就是由饥饿、寒冷、委屈、丧失等感觉以及哈姆莱特式的怕死的感觉构成的。这些感觉就是全部生活。人可以感到生活苦恼，憎恨生活，可是不会蔑视生活。对了，所以我要再说一遍：斯多葛派的学说永远不会有什么前途。从开天辟地到今天，正如您看到的，斗争、对痛苦的敏感，对刺激的反应……是与日俱增的。"

伊万·德米特里奇突然失去了思路，停下来，懊丧地揉搓着额头。

"我本想说些重要的话，可是思路断了。"他说，"我刚才说什么来着？对，我想说的是：有一个斯多葛派的人为了替亲人赎身，就自己卖身做了奴隶。您看，这就是说，斯多葛派人也是有反应的，因为要做出舍己为人的慷慨行为，就需要有愤慨和同情的灵魂。在这个监狱里我已把我以前学到的所有的东西都忘掉了，否则我还能想起一些别的事情来。比如，基督又怎么样呢？基督对现实生活的回报是：哭泣、微笑、伤心、发怒，甚至难过。他没有带着微笑去迎接苦难，也没有蔑视死亡，而是在客西马尼花园里祷告，求这辈子离开他①。"

伊万·德米特里奇笑起来，坐下。

"即使人的安宁和满足不在外界而在内心，"他说，"即使人需要蔑视痛苦，对任何事都不感到惊奇，可是您又有什么理由来宣传这个呢？您是圣人？哲学家？"

"不，我不是哲学家。不过每个人都应当宣传这个道理，因为这是合理的。"

"不，我想知道，为什么您认为自己有资格谈论什么理解、蔑视痛苦等呢？难道您什么时候受过苦吗？您懂得什么叫痛苦吗？请问：孩提时您挨过打吗？"

"没有，我的父母是讨厌体罚的。"

"我父亲却是非常残忍地鞭打过我。我父亲是个严厉的、害了痔疮的文

---

① 见《马太福音》第 26 章第 36 节。

官，他鼻子长，黄脖子。不过我们还是来谈谈您吧。您一生都没有被人用手指头碰过一下，谁也没有吓唬过您，没有打过您。您结实得像头牛。您在您的父亲保护下长大，由他教您读书，后来又一下子谋取到了这个薪水很高而又清闲的职务。您二十多年都住着不花钱的房子，还有暖气，有灯光，有佣人，而且您有权爱怎么干就怎么干，愿意干多少就干多少，甚至可以什么也不干。您秉性是个懒惰、疲沓的人，因此您尽力把您的生活安排得不让任何事情打搅您，可以坐着不动。您把事情都交给医士和其他恶棍去办，您自己则坐在温暖清静的地方攒钱、看书，为了自我消遣而想一些乱七八糟的所谓高尚的琐事。而且（伊万·德米特里奇看着医生的红鼻子），还喝酒。一句话，您并没有见过生活，您完全不知道生活，您只是在理论上认识生活。您蔑视苦难，对任何事情都不感到惊奇，都是根据一种很简单的理由：所谓一切皆空啦，内在外在啦——这一切都是最适合于俄罗斯懒汉的哲学。例如，您看见一个农夫在打老婆，会说，何必去干预呢？就让他打吧，反正他们迟早都要死的。况且打人的人所凌辱的并不是被打的人，而是打人者自己。酗酒是愚蠢的，而且不成体统，但是喝酒是死，不喝酒也是死。一个女人来找你，说她头痛……嘿，那又有什么呢？疼痛乃是关于疼痛的一个概念而已，何况人生在世是免不了有病痛的，大家都总是要死的。所以，娘儿们，你们走开吧，别妨碍我思考和喝酒。年轻人来请教如何生活，怎么办。换了别人，在回答之前还想一想，而您的回答却早就准备好了：努力去理解吧，或者努力去追求真正的幸福吧。可是这个玄妙的'真正的幸福'又是什么呢？当然不会有回答的。我们在这里被关在铁格栅里，受长期监禁的痛苦，长期受折磨，可这很好，合情合理，因为这个病房与温暖舒适的书房两者之间没有任何区别。好便当的哲学：不用做事，而良心又清清白白，并且还觉得自己是个圣人……不，先生，这不是哲学，不是思想，也不是眼界开阔，而是懒惰，是江湖杂耍，是浑浑噩噩的痴呆……是的！"伊万·德米特里奇又生气起来，"您蔑视痛苦，可要是您的手指头让门夹一下，您恐怕就会大喊大叫起来了。"

"也许我不叫呢。"安德烈·叶菲梅奇温和地笑笑。

"那当然！不过您瞧着吧，要是您中了风，或者假定有个傻瓜或厚颜无耻的人利用自己的地位和官品当众侮辱您一番，而且您也知道，他这样做了还可以逍遥法外——到那时，您就明白您要别人去理解生活和寻找什么真正的幸福是怎么一回事了。"

"这话很新颖，"安德烈·叶菲梅奇说，高兴地笑笑，搓搓手，"您那种对归纳和总结的爱好我也很喜欢，并且使我惊讶。刚才承蒙您对我的性格所说的一席话，简直是太精彩了。说实在话，跟您谈话使我得到巨大的乐趣。好了，我已经听过了您的话，现在请您费神也听听我说几句吧……"

<h1 align="center">十一</h1>

这次谈话又继续了差不多一个小时。很明显，给安德烈·叶菲梅奇留下了深刻的印象。从此他便每天都到厢房里去。他每天早晨和午饭后到那里去，常常是天黑了还在跟伊万·德米特里奇谈话。开始的时候，伊万·德米特里奇见着他还有些害怕，怀疑他有什么不良居心，公开表示对他的不友好；后来对他习惯了，从不客气的态度转变为宽容的讥诮的态度。

很快医院里便散播出一种流言，说安德烈·叶菲梅奇医生经常去拜访六号病房。不论是医士、尼基塔和助理护士都不明白他为什么要到那里去，为什么在那里一坐就是几个钟头，他们谈了些什么，为什么不开药方。他的行为显得古怪。米哈依尔·阿维良内奇在家里常常见不到他，这在过去是从来没有过的。达留什卡也很难办，因为现在医生不按一定的时间喝啤酒，有时甚至连午饭也耽误了。

有一次，这是在六月末，霍博托夫医生有点事来找安德烈·叶菲梅奇。在家里没见到他，就到院子里去找，人家告诉他，说老医生到精神病人那里去了。霍博托夫便到厢房里去，站在前堂，听见了下面的谈话：

"我们永远也谈不到一块儿，您要我信您的信仰，那也办不到。"伊万·德米特里奇愤慨地说，"您完全不了解现实生活，您从来没有受过苦，只是像吸血虫那样靠别人的痛苦生活，我却从生下来那天起至今一直不断地受苦。因此我要坦率地说：我认为我在各方面都比您高明，更在行。用不着您来教训我。"

"我根本没有要求您信我的信仰，"安德烈·叶菲梅奇小声说，并为对方不愿意理解他而表示遗憾，"问题不在这里，我的朋友，问题不在于您受了苦而我却没有受苦。痛苦和快乐都是暂时的，别去管它们。问题在于，我和您都在思考，我们看出彼此都是能够思考和推断的人。因此，尽管我们的观点各不相同，但这一点就使我们一致起来了。我的朋友，如果您知道我是多么讨厌那种普遍的狂热、平庸和迟钝，而我每次跟您谈话又是感到多么高兴就好了！您是个聪明人，我很欣赏您。"

霍博托夫把门推开一点缝，朝病室里看了一眼：戴着睡帽的伊万·德米特里奇和安德烈·叶菲梅奇医生并排坐在床上。疯子歪扭着脸，全身发颤，抽搐地裹紧身上的衣服。医生坐在那里，垂着头，一动不动，满脸通红，一副忧伤的束手无策的样子。霍博托夫耸耸肩膀，冷笑了一下，与尼基塔相互看了一眼。尼基塔也耸了耸肩膀。

第二天，霍博托夫和医士一起到厢房里来了，他们俩站在前堂偷听。

"我们的老大爷好像完全不正常了！"霍博托夫说，离开了厢房。

"主啊，饶恕我们这些有罪的人吧！"穿着华丽衣服的谢尔盖·谢尔盖伊奇感叹道，小心地绕过水洼，免得弄脏了自己擦得锃亮的皮鞋，"说实在话，敬爱的叶夫根尼·费多雷奇，我早就料到会出这种事的！"

十二

这之后，安德烈·叶菲梅奇开始发现周围有一种神秘的气氛。那些杂役、助理护士和病人碰见他的时候，都用一种疑惑的目光看着他，然后交头接耳地说话。过去他常常在医院花园里高兴地碰见总管的女儿小姑娘玛莎，而现在当他微笑着走到她跟前想抚摸一下她的小脑袋时，她不知为什么却躲开他。邮政局长米哈依尔·阿维良内奇听他说话后，也不再说"完全正确"了，而是莫名其妙地腼腆起来，含糊地说："是啊，是啊……"并且若有所思地、悲伤地看着他。不知为什么，他开始劝说自己的朋友戒掉白酒和啤酒。不过他是很客气的人，他并没有直截了当地说，而是用种种暗示，时而对他讲起一个营长，说这是个很好的人，时而又谈到他团里的一个神甫，也说是一个很好的人，这两个人都由于喝酒，生病了，可是戒酒以后就完全好了。安德烈·叶菲梅奇的同事霍博托夫也来看他三四回，也是劝他戒酒，并且显然是无缘无故地建议他服用溴化钾。

八月，安德烈·叶菲梅奇收到一封市长的信，说是有很重要的事情他去一趟。安德烈·叶菲梅奇按照约定的时间来到市政厅，在那里他看见在座的有军事长官、政府委派的县立学校的校长、市参议员、霍博托夫。还有一位很胖的、淡黄色头发的先生，据介绍，他也是一位医生，这位医生姓一个很难发音的波兰姓，住在离城三十俄里远的一个养马场里。他是顺路路过此城的。

"这里有一份关系到您的工作部门的申请书，"待大家都打过招呼在桌子边坐下来时，市参议员对安德烈·叶菲梅奇说，"叶夫根尼·费多雷奇刚才说，我们主楼里的药房太窄了，应把它搬到一个厢房里去。这当然没有什么问题，可以搬去，但主要问题是厢房也要修理了。"

"是的，不修理不行了。"安德烈·叶菲梅奇想了想后说，"不过，如果要把拐角上那个厢房改作药房用的话，我想至少得花五百卢布。这是非生产性开支。"

大家沉默了一会儿。

"我在十年前就已呈报过了，"安德烈·叶菲梅奇用平静的声调继续说，"照目前这个样子，这所医院对这个城市来说，是一个超过了它的负担能力的奢侈品。它是在四十年代建立的，不过那时候的经费与现在不同。城市在不必要的建筑和多余职位方面开支太多了。我想，用另一种办法，这些钱可以维持两个标准的医院。"

"好，那您就提出另一种办法来吧！"市参议员兴致勃勃地说。

"我已经向您呈请过把医疗部门移交给地方自治局办理。"

"好嘛，您把钱交给地方自治局，他们会贪污的。"浅黄色头发的医生笑着说。

"这是照例如此的。"市参议员同意说，也笑了笑。

安德烈·叶菲梅奇用无精打采的无神的目光看了一眼浅黄色头发的医生，说道：

"应当做到公正才对。"

又是沉默。茶送上来了。不知为什么，军事长官感到很窘，隔着桌子碰了一下安德烈·叶菲梅奇的手说：

"大夫，您把我们全忘了。不过，您是修道士，不打牌，也不喜欢女人，您跟我们这些人来往，一定觉得挺没意思吧。"

大家都谈到，一个正派人在这个城市里生活多么枯燥乏味，没有剧院，没有音乐。在最近俱乐部的一次舞会上，来了将近二十个女士，而男舞伴却只有两个。青年人不跳舞，都聚集在小卖部旁边，或者就是玩牌。安德烈·叶菲梅奇任何人也不看，小声地、慢慢地说：很可惜，城里人都把自己的生命精力，把自己的心灵和智慧浪费在玩牌和搬弄是非上面，而不愿把时间用在有趣的谈话和读书上，不愿享受智慧提供的快乐。可惜极了。只有智慧才是有意义的，了不起的，其他的一切都微不足道，低级。霍博托夫认真地听着自己同事的讲话，忽然问道：

"安德烈·叶菲梅奇，今天是几号？"

得到回答以后，他和淡黄色头发的医生就以一种连自己也觉得不合适的主考人的口气开始问安德烈·叶菲梅奇今天是星期几，一年共有多少天，六号病房里是否住着一个了不起的先知。

在回答最后一个问题时，安德烈·叶菲梅奇脸红了，说：

"是的，这是一个病人，不过他是一个有趣的年轻人。"

他们再也没有问他任何问题。

当他在前堂穿大衣的时候，军事长官伸出一只手放在他肩膀上，叹口气说：

"我们这些老头子该退休了！"

安德烈·叶菲梅奇走出市政厅时才明白，原来这是一个奉命考他的智力委员会。他回想起了他们对他提出的种种问题，脸红了，而且不知为什么，一生中第一次痛苦地为医学感到惋惜。

"我的天啊，"他想起了那些医生刚才怎样考他的情形，"须知，他们不久前刚听完精神病学的课，参加过考试，怎么还会如此愚昧无知呢？他们连精神病学的概念都没有。"

他一生中第一次感到受了侮辱，很生气。

当天晚上，米哈依尔·阿维良内奇来到他的家。这个邮政局长没有向他问候，直接走到他跟前，捉住他的两只手，激动地说：

"我的亲爱的朋友，请您向我表明您相信我真诚的好意，承认我是您的朋友……我的朋友啊！"他不让安德烈·叶菲梅奇开口说话，继续激动地说，"我喜欢您是因为您有教养，您的心灵高尚。您听我说，我亲爱的，那些医生受科学规则的限制，有责任向您隐瞒真情，但是我却要像军人那样对您说真话。您有病！请原谅我，我亲爱的，但这是真的。周围的人早已发现了。如今叶夫根尼·费多雷奇医生对我说了，为了有益于您的健康，您必须休息一下，散散心去。完全正确！很好！过几天我就要去度假，出去换换空气。请您表明您是我的朋友，我们一块儿去，照往常那样，我们一块儿去。"

"我觉得我完全健康，"安德烈·叶菲梅奇想了想说，"我不能去。请您允许我用别的办法来向您表明我的友情。"

丢下书本，丢下达留什卡，丢下啤酒，断然破坏已经建立了二十年的生活秩序，到一个他自己也不知道的地方去，而且也不知道为什么要去，这种想法一开始就使他觉得既古怪又荒唐。但是他想起了市政厅的那次谈话和从市政厅出来回家时的那种沉重的心情，于是又觉得暂时离开这个城市，离开那些把自己看做疯子的蠢人，也是一件好事。

"那么您到底想到哪儿去呢？"他问道。

"到莫斯科去，到彼得堡去，到华沙去……在华沙我曾度过了我生活中最幸福的五年。那是一个多么令人惊叹的城市啊！我们去吧，我亲爱的！"

十三

一星期之后，人们便建议安德烈·叶菲梅奇去休养一下，也就是叫他提出辞呈。对这一切他都漠然处之。又过了一星期，他与米哈依尔·阿维良内奇已经坐在邮车上，到最近的一个火车站去了。天气凉爽、明朗，蔚蓝色的天空，远处一览无余。离火车站有二百俄里远路程，他们坐马车走了两天，路上歇了两夜。每当驿站上给他们送茶时用不干不净的杯子，或者是套马车的时间久了一点，米哈依尔·阿维良内奇就脸红脖子粗地抖动着全身，喊道："住嘴，不许狡辩！"而坐在马车上时，则片刻不停地说话，讲他当时在高加索和波兰王国旅行的故事，有过多少遭际，多少奇遇啊！他说话声音很响，同时还瞪着奇怪的眼睛，令人觉得，他是在说谎。另外，他讲话时，直对着安德烈·叶菲梅奇的脸吐气，对着他的耳朵哈哈大笑，弄得医生很尴尬，妨碍他思考，使他无法集中精神。

在火车上，他们为了节省，乘的是三等车，坐在一个不许吸烟的车厢里。乘客有一半是上等人。米哈依尔·阿维良内奇很快就跟所有的人都认识了。从一个座位到另一个座位，大声地说，大家不该在这种糟糕透顶的铁道上旅行，这完全是骗人的勾当！要是骑马旅行，那就完全不同了：一天走上一百俄里，然后您还会感到全身有劲，精力充沛。至于我们的收成不好，那完全是因为宾斯克沼泽地的水被排干了。总之，一切都非常混乱。他的劲头来了，说话很大声，不让别人开口。这种混杂着大喊大笑和手舞足蹈的没完没了的扯淡，使安德烈·叶菲梅奇感到很腻烦。

"我们两人中谁是疯子呢？"他懊丧地想，"是我这个竭力不让旅客不安的人呢，还是这个自以为比这里的所有人都聪明和有趣，从而不让人有片刻安宁的利己主义者呢？"

在莫斯科，米哈依尔·阿维良内奇穿上不带肩章的军服和镶有红丝绦的裤子。他戴着军帽，穿上军大衣在街上走时，士兵们都向他立正行礼。安德烈·叶菲梅奇现在觉得，这个人在原来从贵族阶级承继下来的所有东西中，把一切好的都丢掉，只留下坏的了。他喜欢别人伺候，甚至在完全没有必要的时候也一样。火柴就放在他面前的桌子上，而且他也看见了，可他还是要对人叫嚷把火柴给他拿来。有清洁女工在，他也不难为情地穿着一条内裤衩走来走去。他对一切仆人，哪怕是老人，都一律称呼"你"。他生气的时候，就骂他们是蠢货和傻瓜。安德烈·叶菲梅奇觉得这是在摆贵族派头，可是很恶劣。

米哈依尔·阿维良内奇首先是领朋友到伊文斯卡娅教堂去。他热心祈祷、磕头、流泪，完了后，深深地吁口气说：

"即使您不信神，但祈祷一下，好像心里会安稳一些。您吻圣像吧，亲爱的。"

安德烈·叶菲梅奇不好意思，也吻了圣像。米哈依尔·阿维良内奇则努起嘴唇，摇摇头，小声祈祷，眼睛里又流出了眼泪。后来他们到克里姆林宫去，在那里参观了皇炮和皇钟，甚至用手指摸了摸。他们又欣赏了一下莫斯科河对面的风景，游览了救世主教堂和鲁缅采夫博物馆。

他们在捷斯托夫饭店吃午饭。米哈依尔·阿维良内奇看菜单看了很久，捋着连鬓胡子，用一种在饭店就像在家里一样的美食家的口吻说：

"我们倒要瞧瞧，你们今天拿什么菜来给我们吃，天使！"

十四

医生游览、参观，吃了、喝了，可是只有一种感觉：对米哈依尔·阿维良内奇的恼恨。他很想离开这个朋友，休息一会儿，躲开他，藏起来。而这个朋友却认为，不让医生离开他一步，尽量想办法让他消遣，乃是他的责任。当再也没有什么东西可看的时候，他就用谈话来给他解闷。安德烈·叶菲梅奇忍耐了两天，到第三天他就向朋友声明他病了，想留在家里待一天。他朋友说，这样的话他也要留下来，着实也该休息一下了，否则两条腿也坚持不了。安德烈·叶菲梅奇躺在长沙发上，脸对着靠背，紧咬着牙齿，听着他朋友热烈地对他肯定说，法国迟早一定会打垮德国；莫斯科有许多骗子；单凭外表，不可能看出马的优点。医生的耳朵里开始嗡嗡地响起来，心搏过速，可是出于客气，他又不便叫他朋友走开或者闭嘴。幸亏米哈依尔·阿维良内奇在房间里也坐得无聊了。他吃过饭便出去散步去了。

剩下单独一个人时，安德烈·叶菲梅奇就进入了休息的感觉。意识到一个人在房间里长沙发上一动不动地躺着，这是多么愉快啊！没有孤独就不可能有真正的幸福。堕落的天使背叛上帝，大概就是因为他想孤独，而天使们是不知道孤独的。安德烈·叶菲梅奇想思考一下最近几天来他所看到和听到的东西，可是米哈依尔·阿维良内奇却总是不离开他的脑际。

"不过要知道，他之所以休假陪我出来是出于友情，由于慷慨，"医生懊恼地想，"但再没有比这种友情的保护更糟糕的了。要知道，他像是一个好心的、大度的快活人，可是却很无聊，无聊得叫人受不了。有些人就是这样，他总是说一些聪明、好听的话，但你却总觉得他们是蠢笨的人。"

在后来的几天里，安德烈·叶菲梅奇都推说有病，没有出旅馆的房间。他躺着，把脸对着靠背。朋友要用谈话来给他解闷，他就烦；而朋友不来的时候，他却能休息。他生自己的气，因为跑出来旅行；他也生朋友的气，因为他的废话越来越多，越来越随便，他怎么也不能把他的思想提到严肃、高尚的境界。

"这就是伊万·德米特里奇所说的，现实生活对我的严厉斥责。"他想道，为自己的小气而生气，"不过，这也没有什么……将来我回到家，一切就会和从前一样……"

在彼得堡也仍旧是那样。他整天不出门，躺在长沙发上，只是为了喝啤酒才起来一下。

米哈依尔·阿维良内奇则一直急于要到华沙去。

"我亲爱的，我们干吗要到那里去呢？"安德烈·叶菲梅奇用恳求的声音说，"您一个人去吧，您就让我回家吧！我求您了！"

"这可无论如何都不行！"米哈依尔·阿维良内奇不同意地说，"那是一个多么令人惊叹的城市啊！在那里我曾度过了我生活中最幸福的五年！"

安德烈·叶菲梅奇缺乏坚持己见的性格，不得已又到华沙去了。在华沙他也没有出过旅馆房间的门，躺在沙发上，生自己的气，生朋友的气，也生仆役的气。这些仆役老是听不懂俄语。米哈依尔·阿维良内奇则照样那么健康，精力充沛，非常高兴。他从早到晚都不回旅馆住宿。有一次，他不知在什么地方过夜，大清早才回来，情绪十分激动，满脸通红，头发蓬乱。在房间里他从这一头到那一头来回踱步很久，自言自语，不知嘟囔些什么，后来他站住说：

"名誉是首要的！"

他又踱步一会儿，然后双手捧着脑袋，用悲惨的声调说：

"对，名誉第一！真该死，我当初怎么会想到要来游历这个巴比伦呢！我亲爱的！"他对医生说，"您鄙视我吧，我赌钱输了！请您给我五百卢布吧！"

安德烈·叶菲梅奇取出了五百卢布，默默地把钱交给了朋友。他的朋友由于害臊和气恼仍然面红耳赤、语无伦次地发了一个不必要的誓，戴上帽子就出去了。大约过了两个钟头他回来了，一屁股坐在圈椅里，大声地叹了一口气，说：

"总算保住了名誉！我们走吧，我的朋友！在这个该死的城市里，我连一分钟也不想待了。都是骗子！都是奥地利奸细！"

两个朋友回到故乡城市时，已经是十一月了。街上铺上了厚厚的雪。霍博托夫医生已接替了安德烈·叶菲梅奇的职位。他仍旧住在原来的住宅里，等着安德烈·叶菲梅奇回来，腾出医院的住所。那个被他称作"女厨子"的丑女人则已经在一个厢房里住下了。

医院里又有新的流言传遍了全城。据说，那个丑女人跟总管吵了架，总管好像曾跪在她面前求饶。

安德烈·叶菲梅奇回来后的第一天就不得不出去找住处。

"我的朋友，"邮政局长胆怯地对他说，"原谅我冒昧问一句：您手里还有多少钱呢？"

安德烈·叶菲梅奇默默地数了数自己的钱说：

"八十六个卢布。"

"我问的不是这个，"米哈依尔·阿维良内奇不安地说，没听懂医生的话，"我问您总共有多少财产？"

"我已经跟您说了，八十六个卢布……此外我一无所有了。"

米哈依尔·阿维良内奇一贯把医生看做是正直的高尚的人，但仍旧有点怀疑，认为他至少也有两万卢布的存款，而现在才知道，安德烈·叶菲梅奇是个穷光蛋，没有钱来维持生活。不知为什么他突然流下了眼泪，并拥抱了自己的朋友。

十五

安德烈·叶菲梅奇在一个女小市民别洛娃的一所有三个窗户的小房子里住了下来。这个小房子，不算厨房，只有三个房间，其中两个窗户朝外的房间医生居住，达留什卡和带着三个孩子的女小市民就住在第三个房间和厨房里。女房东的情夫，一个醉醺醺的庄稼汉有时也来这里过夜。他晚上大吵大闹，弄得孩子们和达留什卡十分害怕。他一来就坐在厨房里，要吃要喝酒，大家都感到很不舒服。医生出于怜悯心，把哭哭啼啼的孩子们领到自己的房间里，安排他们睡在地板上。这样，他也得到很大的满足。

跟往常一样，他八点钟起床，喝过茶后便坐下来看自己的旧书和旧杂志。他已经没有钱买新书。也许是由于旧书，也许是由于改变了环境，书已不像从前那样引人入胜了，看书使他感到累了。为了不白白浪费时间，他把自己的书编制了一个详细的书目，在书脊上贴上小张藏书条。这种机械的细致而又耐心的工作他觉得比看书更有趣。这种单调的费神的工作不知不觉地使他的思想也慢慢昏睡了。他什么也不想，时间过得很快。甚至在厨房里坐一坐，跟达留什卡一块儿削削土豆皮或者挑出荞麦粒里的皮屑，他也觉得很有趣。每逢星期六和星期日他就到教堂去。他靠墙边站着，眯缝着眼睛，听着圣歌，想想父亲、母亲，想想大学、宗教。心里既平静，亦忧伤，然后走出教堂，并惋惜礼拜仪式结束得太快了。

他到医院里去看望过伊万·德米特里奇两次，想跟他谈谈话，但这两次伊万·德米特里奇都情绪非常激动、恼怒；他请医生不要来打搅他，因为他早就对医生的废话感到讨厌了，并且说，他为自己的一切苦难只向该死的坏蛋们要求一个补偿：单人监禁。难道连这一点他们也拒绝吗？这两次安德烈·叶菲梅奇向他告辞并祝他晚安时，他都没有好气地说：

"你见鬼去吧！"

安德烈·叶菲梅奇现在不知道自己该不该再去看望他，可是他还是想去。

以前，吃完午饭后的那一段时间，安德烈·叶菲梅奇都是在书房里踱步、思考。而现在，从吃完午饭到喝晚茶为止，他都躺在长沙发上，脸朝靠背，尽想些微不足道的小事，怎么也抑制不住自己。总觉得很委屈：自己做了二十多年的事，却不给他发养老金，也没有发一次性的补贴金。诚然，他工作得不勤恳，但是要知道，不论勤恳的还是不勤恳的，所有的工作人员一律都领了养老金。当今的公平正好在于：官品、勋章、养老金等并不是根据道德品质或才干，而是一般地根据服务并且不管是什么样的服务而颁发的。为什么就他一个人该是例外呢？他已经完全没有钱了。他走过小铺子，看见女房东就觉得害臊。他已经欠了人家三十二卢布的啤酒钱了，也欠女小市民别洛娃的钱。达留什卡悄悄地在卖旧衣服和旧书，并向女房东撒谎说：医生很快就能收到很多的钱。

他恨自己在旅行中花掉了他所积蓄的一千卢布。这一千卢布现在多有用处啊！他心里很难过，因为人们不让他过安静的日子。霍博托夫有时也来看望自己这个有病的同事，认为这是他的责任。而安德烈·叶菲梅奇却对他十分反感：肥胖的脸，令人不快的、傲慢的口气，"同事"这个词，以及那双高筒皮鞋。最反感的是，他自以为有责任给安德烈·叶菲梅奇治病，并且自以为是地在给他治病。每回来访都给他带来溴化钾药水和大黄药丸。

米哈依尔·阿维良内奇也认为自己有责任来看望朋友，为他消烦解闷。他每次走进安德烈·叶菲梅奇的屋里时，都做出很随便的样子，不自然地哈哈大笑，并要他相信今天他的气色很好，多谢上帝，情况有好转。其实从这些话里反倒可以作出结论：他朋友的情况没有希望了。他还没有把在华沙借的钱还清，心头还压着沉重的羞愧，很紧张，因此他尽量大声地笑，把故事讲得更可笑一些。他的笑话和故事如今更显得讲不完了。这不论是对安德烈·叶菲梅奇还是对他自己都是十分难受的。

有他在的时候，安德烈·叶菲梅奇照例是躺在长沙发上，脸对着墙，咬紧牙齿听着。他的心头堆积着一层沉渣，他朋友每一次拜访之后，就感到这层沉渣堆得更高了，好像就要冒到喉咙了。

为了压住这些琐碎的感触，他就赶快想到：不论是他自己，还是霍博托夫和米哈依尔·阿维良内奇，早晚反正都是要死的，甚至不会在自然界留下一点痕迹。如果想象一百万年以后有一个什么精灵在地球旁边的空中飞过，这个精灵看到的只会是黏土和光秃秃的峭壁，什么文化、道德准则——一切都会消失，连一根牛蒡也不会长出来。至于在小铺老板面前觉得羞臊，微不足道的霍博托夫，或者米哈依尔·阿维良内奇的讨厌的友情，又有什么意义呢？所有这一切都是无聊和空虚。

可是这样的作想也无济于事。他刚刚想象了一百万年以后的地球，而穿着高筒皮鞋的霍博托夫或者紧张地大笑的米哈依尔·阿维良内奇就从光秃秃的峭壁后面出现了，甚至可以听见后者那羞涩的低语：“至于华沙的债，亲爱的，最近几天我就还给您……一定。”

十六

有一次，米哈依尔·阿维良内奇午饭后来了。安德烈·叶菲梅奇正躺在长沙发上。恰巧，这时霍博托夫也带着溴化钾药水来了。安德烈·叶菲梅奇困难地爬起来，坐着，两只胳膊支在沙发上。

“我亲爱的，今天，”米哈依尔·阿维良内奇开始说，“您的脸色比昨天好多了。您真行，真的，您真行！”

“您是到了该康复的时候了，同事，”霍博托夫说，打了个哈欠，“这种浪费时间的麻烦事大概您自己也讨厌了吧？”

“我们会康复的！”米哈依尔·阿维良内奇高兴地说，“我们会再活一百年！一定！”

“一百年不一百年，再活二十年总能行的，”霍博托夫安慰说，“没关系，没关系，同事，别泄气……这病不过是给您故布疑阵罢了。”

“我们还要大展宏图呢！”米哈依尔·阿维良内奇哈哈大笑起来，并拍了拍朋友的膝盖，“我们还要大展宏图呢！明年夏天，求上帝保佑，我们到高加索去，骑着马到处逛一逛——驾！驾！驾！从高加索回来的时候，瞧着吧，恐怕还要举办一次结婚典礼呢。”米哈依尔·阿维良内奇调皮地眨眨眼睛，“我们会给您说成一门亲事的，好朋友……我们会给您说成一门亲事的……”

安德烈·叶菲梅奇突然觉得那沉渣就要冒到喉咙里来了。他的心跳得非常厉害。

“这是庸俗！”他说，很快地站起来，走到窗前，“难道你们不明白你们在说庸俗的话吗？”

他本想温和而又有礼貌地继续说下去的，可他却违心地突然攥紧拳头，并伸到头顶上去。

“别来烦我了！”他喊道，嗓音都变了，满脸通红，全身发抖，“出去，你们俩都出去！你们俩！”

米哈依尔·阿维良内奇和霍博托夫都站起来，看着他，先是莫名其妙，后来害怕了。

“两人都出去！”安德烈·叶菲梅奇继续喊道，“蠢材！傻瓜！我既不需要你们的友情，也不需要您的药，傻瓜！庸俗！卑鄙！"

霍博托夫和米哈依尔·阿维良内奇非常狼狈，互相看了一眼，向后退到门口，走到前堂去。安德烈·叶菲梅奇一手抓起那瓶溴化钾，朝他们身后扔了过去，砰的一声，药水瓶打在门槛上炸了。

"滚蛋！"他用哭泣的声音喊道，跑到前堂，"滚！"

客人走后，安德烈·叶菲梅奇像发高烧似的，全身哆嗦，躺在长沙发上，久久地重复着说：

"蠢材！傻瓜！"

等他平静下来时，他首先想到的是：可怜的米哈依尔·阿维良内奇现在大概是羞愧不堪，心里非常难受。这一切非常可怕。过去还从来没有发生过这样的事情，智慧和分寸感都到哪里去了呢？对事物的理解啦，哲学上的冷漠啦，都哪里去了呢？

医生由于羞愧和对自己的恼恨，整夜不能入睡。早晨十点钟便到邮政局去向邮政局长道歉。

"已经过去了的事我们就不要再提了，"米哈依尔·阿维良内奇叹口气说，他很感动，紧紧地握着他的手，"谁再提旧事，谁就眼睛瞎掉。留巴甫舍！"他忽然大喊一声，弄得全体邮局人员和顾客都震颤了一下，"搬椅子来，你等着！"他对一个妇女喊道，她正通过铁格栅，向他递过一封挂号信来，"难道你没看见我忙着吗？过去的事我们就不要提了，"他继续温和地对安德烈·叶菲梅奇说，"我恳求您，您就坐下吧，我亲爱的。"

他沉默了一会儿，揉了揉自己的膝部，然后说：

"我根本没想要生您的气。疾病是无情的，我明白。昨天您的病发作，把医生和我都吓了一跳。后来我们谈了很久关于您的事，我亲爱的，您为什么不肯认真地治治您的病呢？难道可以这样吗？请原谅我出于友情直率地说一句，"米哈依尔·阿维良内奇低声说，"您生活在非常不利的环境里，又挤又肮脏，没有人照料您，没有钱治病……我亲爱的朋友，我和医生都全心全意地恳求您，请您听听我们的忠告：住院去吧！那里有保健食品，有人护理，有医生治疗。叶夫根尼·费多雷奇虽然没有礼貌，但他医术高明，我们完全可以信任他。他已经答应我要为您治病。"

安德烈·叶菲梅奇被这种真诚的关心和忽然在邮政局长脸颊上闪现的泪水感动了。

"尊敬的，您不要相信，"他小声地说，把手放在胸口上，"您不要相信他！这是骗人的！我的病只不过是因为二十年来我在全城只找到一个聪明的人，而他却是一个疯子。我没有任何病，只不过我掉进了一个魔圈里，走不出来了。我现在一切都不在乎了，我准备承受一切。"

"住院去吧，亲爱的。"

"我一切都不在乎了，哪怕是一个坑，我也会跳下去。"

"亲爱的，答应我，您得一切都听叶夫根尼·费多雷奇的安排。"

"好，我答应。不过我得重说一遍，我尊敬的朋友，我掉进了一个魔圈里，现在一切东西，哪怕是朋友的真诚关心，都只会引向一个目标：我的死亡。我正在走向死亡，而且我有勇气承认这一点。"

"亲爱的，您会康复的。"

"何必还要说这些话呢？"安德烈·叶菲梅奇生气地说，"很少有人在生命结束时不经受像我现在的情况的。当有人告诉您，说您的肾有病或者心房扩大之类的话，于是您便开始治病，或者有人对您说您是疯子或罪犯，总之一句话，当人们忽然注意您，那么，您便知道，您已经掉进魔圈里了，再也出不来了。您竭力想逃出来，却反而陷得更深，那您就认输吧，因为任何人类力量也已挽救不了您了。我是这样觉得的。"

这当儿窗户旁边已挤满了人。安德烈·叶菲梅奇为了不妨碍别人工作，便站起来告辞。米哈依尔·阿维良内奇再一次要他许诺，并送他到门口。

同一天傍晚前，霍博托夫穿着短羊皮袄和高筒皮鞋也出人意料地到安德烈·叶菲梅奇家里来了。他用一种好像昨天什么事也没有发生似的口气说：

"我是有事来找您，同事。我来邀请您：您能否跟我一块儿去参加一个会诊呢，啊？"

安德烈·叶菲梅奇以为霍博托夫是要他出去散散心、解解闷，或者真的是让他去赚点钱，便穿上衣服，跟他一块儿去了。他很高兴有机会把他昨天的过失冲淡一下，就此和解了。他心里感激霍博托夫，因为昨天的事他甚至提都不提，显然是原谅了他。这个没有教养的人竟有这样的委婉态度，倒是很难料到的。

"您的病人在哪里呢？"安德烈·叶菲梅奇问道。

"在我的医院里，我早就想请您去看看了……这是一个很有趣的病例。"

他们走进医院的院子，绕过主楼，朝那个住着疯子的厢房走去。不知为什么，大家都没有说话。他们走进厢房，尼基塔照例地跳下来，立正站着。

"这里有个病人，他的两侧肺发生了并发症。"霍博托夫和安德烈·叶菲梅奇一起走进病房，小声说，"您在这儿等一会儿，我马上就来。我去取一下听诊器。"

说完，他就出去了。

十七

天黑下来了，伊万·德米特里奇躺在自己的床上，把脸埋在枕头里。瘫子坐在那里，一动不动，嘴唇不停地颤动，小声地哭泣。那个肥胖的农夫和从前的捡信员在睡觉，一片静寂。

安德烈·叶菲梅奇坐在伊万·德米特里奇的床上等着。可是半个钟头过去了，霍博托夫也没有来。尼基塔抱着一身病人服和不知是谁的衬衣、拖鞋，走进病房里来了。

"请您穿上这衣服，老爷，"他小声地说，"这是您的床，请到这边来，"他指着那张空床，补充了一句。显然这是刚搬进来不久的一张床，"不要紧，上帝保佑您，您会康复的。"

安德烈·叶菲梅奇全明白了。他一句话也没说，走到尼基塔指着的那张床边，坐下来。他看见尼基塔还站在那里等着，便脱光身上的衣服。衬裤很短，衬衣却很长。病人服有一种熏鱼味。

"您会康复的，上帝保佑您。"尼基塔再说一遍。

他把安德烈·叶菲梅奇的衣服收起来抱在一起，走了出去，随手把门带上。

"反正都一样……"安德烈·叶菲梅奇想，不好意思地把病人服的衣襟掩上，觉得穿上这新换的衣服像个罪犯，"反正都一样……礼服、制服和这身病人服，反正都是一样……"

可是我的表呢？那放在侧面衣兜里的笔记本呢？纸烟呢？尼基塔把我的衣服拿到哪里去了呢？现在，也许他到死也不会有机会穿他的长裤、背心和高筒靴了。所有这些，开始时他觉得奇怪，甚至不理解。安德烈·叶菲梅奇到现在还相信小市民别洛娃的房子跟这个六号病房没有什么差别，这世界上的一切都是荒诞、虚无。但同时他却手发抖、脚冰凉，一想到一会儿伊万·德米特里奇起来，看见他也穿着病人服，就不由得害怕起来。他站起来，走一走，又坐下。

他就这样坐了半个小时，一个小时。他感到厌烦极了。在这里难道能度过一天，一个星期，甚至像这些人那样几年都住下去吗？瞧，他已经坐了一阵子，走了一阵子，现在又坐下了。他还可以到窗口看看，然后又从这个角落走到那个角落，可是再以后呢，怎么样？就这样像个木头人一样老坐着，思考吗？不，这样总不行啊。

安德烈·叶菲梅奇躺下去，可是马上又坐起来，用袖子擦了擦额头上的冷汗，于是便觉得整个脸都有熏鱼味了。他又走来走去。

"这里一定是有什么误会……"他说，困惑莫解地摊开双手，"需要解释一下，这里有误会……"

这时伊万·德米特里奇醒了。他坐起来，两只拳头支住腮帮子，吐了一口唾沫，然后懒洋洋地看了一眼医生。看样子，开始时他还不明白是怎么一回事，但很快他那睡眼惺忪的脸就显出了恶意的和讥讽的神情。

"啊哈，亲爱的，您也被关在这里了！"他眯缝着一只眼睛，用睡意蒙眬的沙哑的声音说，"我很高兴，您以前吸别人的血，而现在别人要吸您的血了。太妙了！"

"这一定有什么误会……"安德烈·叶菲梅奇说。伊万·德米特里奇的话使他害怕，他耸耸肩膀，再说一遍，"这一定有什么误会……"

伊万·德米特里奇吐了一口痰又躺下了。

"该诅咒的生活！"他说，"真是既可悲又可气。要知道，这种生活不是以苦难得到补偿而结束，不是像戏剧里那样，受到公众的赞扬而结束，而是一死了事。然后来几个医院的杂役，拉着死尸的胳膊和腿，拖到地下室去。呸！不过，也没关系……到时候我要从那个世界再到这里来显灵，吓唬这些败类。我要把他们吓得头发变白。"

莫依谢依卡回来了。他一见到医生，就伸出手来。

"给我一个戈比！"他说。

十八

安德烈·叶菲梅奇走到窗口，望着外面的田野。天已经黑了。从右边的地平线上一轮冷冷的、发红的月亮冉冉升起。距离医院围墙不远，不超过一百俄丈的地方，矗立着一座很高的房子，外边由石墙围着。这就是监狱。

"瞧，那就是现实生活！"安德烈·叶菲梅奇想道，感到很害怕。

那月亮，那监狱，那围墙上的钉子，那远处烧骨场上腾起的火焰，一切都非常可怕。身后则听见叹息声。安德烈·叶菲梅奇回过头来，看见一个人胸前佩戴着闪闪发光的星章和勋章，微笑着，调皮地眨着一只眼睛。这也显得非常可怕。

安德烈·叶菲梅奇劝导自己说，在月亮和监狱里也没有什么特别的东西。精神健康的人也戴勋章。世上的一切迟早都会腐烂，变成黏土。可是他忽然感到非常绝望，两手抓住窗格栅，使劲地摇撼它。坚固的铁格栅却一动也不动。

后来，为了不至于感到可怕，他走到伊万·德米特里奇的床边，坐下来。

"我的精神垮了，我亲爱的，"他小声说，全身发颤，擦了擦冷汗，"我精神垮了。"

"您可以谈谈哲学。"伊万·德米特里奇讥讽地说。

"我的上帝，我的上帝啊……对，对了……有一次您说俄罗斯没有哲学，可是大家都在谈哲学，甚至小人物也在谈。不过，要知道，小人物谈哲学，对谁都没害处。"安德烈·叶菲梅奇用一种好像要哭出来让别人同情的声音说，"但为什么，亲爱的，您要幸灾乐祸地笑呢？如果小人物不满意，他怎么能不发议论呢？一个像神那样聪明的、有教养的、骄傲的、爱好自由的人却没有别的出路，只能到一个肮脏、愚昧的小城市里去当医生，一辈子就跟拔血缸、蚂蟥、芥子膏打交道！简直是欺骗，狭隘、庸俗！啊！我的上帝！"

"您在说蠢话。您如果不愿意当医生，就去做大臣好了。"

"不行，做什么都不行。我们软弱，亲爱的……过去我蔑视一切，议论起来眉飞色舞，但是一旦生活不客气地碰撞我一下，我就泄气了……我们意志消沉……我们软弱，我们是没用的东西……您也一样，我亲爱的，您聪明、高尚，从母亲的奶里吸取了善良的热情，可是刚刚进入生活就疲倦了，生病了……我们软弱，软弱啊！"

除了害怕和屈辱感外，随着黄昏的来临，还有一种无法摆脱的东西折磨着安德烈·叶菲梅奇。终于他明白了：他很想喝酒和抽烟。

"我要出去一下，我亲爱的，"他说，"我去叫他们在这儿点上灯……这样我受不了，我不能这样……"

安德烈·叶菲梅奇走到门边，打开门，可是尼基塔立即跳了下来，挡住他的去路。

"您要上哪儿去？不行，不行！"他说，"到睡觉的时间了。"

"我只要出去一会儿，在院子里走一走！"安德烈·叶菲梅奇惊慌地说。

"不行，不行，这是不允许的，您自己也知道。"

尼基塔把门关上，用背抵住了门。

"可是，即使我出去一下，对谁又有什么损害呢？"安德烈·叶菲梅奇问道，耸耸肩膀，"我不明白，尼基塔，我要出去！"他用发颤的声音说，"我要出去！"

"别捣乱，这可不好！"尼基塔用教训的口气说。

"他妈的，这是怎么一回事！"伊万·德米特里奇忽然喊道，并跳下床来，"他有什么权利不放我们出去？他们怎么敢把我们关在这里？法律上好像说得很清楚，不经审判不能剥夺任何人的自由！这是暴力！这是专横！"

"当然是专横！"安德烈·叶菲梅奇在伊万·德米特里奇叫喊声的鼓励下说道，"我要出去，我一定要出去。他没有权利！我对你说，你放我出去！"

"你听见没有，愚笨的畜生？"伊万·德米特里奇大声喊道，并用拳头敲门，"开门，不然我就把门砸了！残忍的家伙！"

"开门！"安德烈·叶菲梅奇叫道，气得浑身发抖，"我要你开门！"

"你尽管说吧！"尼基塔在门后说，"你就说吧！"

"至少你得去把叶夫根尼·费多雷奇叫来！就说是我请他来的……来一会儿！"

"明天他老人家自己会来的。"

"他们永远不会放我们出去的！"伊万·德米特里奇接着说，"我们会在这里被折磨死的！噢，主啊……难道在阴间真的没有地狱，这些恶棍会得到宽恕？正义在哪里呢？开门，恶棍！我要闷死了！"他用沙哑的声音喊道，并使劲地敲门，"我要把你的脑袋砸碎！杀人犯！"

尼基塔快速地打开了门，用双手和膝盖粗暴地推开安德烈·叶菲梅奇，然后抡起拳头，朝他的脸上打去。安德烈·叶菲梅奇只觉得一股强烈的带咸味的浪潮从脑袋上盖了过来，把他推到床边。他的嘴里真的有一股咸味：大概是牙齿出血了。他好像要游出去，挥动双手，并抓住了什么人的床架。这时他感觉到尼基塔朝他背上抡了两拳。

伊万·德米特里奇大喊了一声。大概他也挨打了。

后来一切便安静了。稀疏的月光透过铁格栅照了进来，在地板上印下了像网一样的影子。很可怕。安德烈·叶菲梅奇躺着，屏住呼吸。他惊恐地等着被再打一顿。就好像有一个人拿着镰刀，刺在他身上，并在他的胸中和肠子里搅动了几一下，他痛得咬住枕头，咬紧牙关。突然，他头脑里在混乱中清楚地闪过一个可怕的令人难以忍受的思想：这些如今在月光里像黑影子一样的人们，若干年来大概天天都在受这样的痛苦。而这种事他怎么会二十多年来一直不知道呢？他不知道痛苦，没有痛苦的概念，就是说，他并没有过失，不过他那跟尼基塔一样固执和粗暴的良心却使他从后脑勺直到脚后跟都冰凉了。他想跳起来使尽全身的劲大叫一声，立即去杀死尼基塔，然后杀死霍博托夫、总管、医士，最后杀死自己。可是他的胸中却发不出一点儿声音，双脚也不听使唤。他喘不过气来，扯着胸前的病人服和衬衣，把它们撕碎，倒在床上，失去了知觉。

十九

第二天早晨，他头痛、耳鸣，全身都感到不舒服。他想起昨天的软弱，并不觉得害臊。他咋天胆怯，连月亮也害怕，并且诚实地说出了以前自己没有料到会有的思想和感情，例如说小人物爱谈哲学是由于不满。不过现在他对一切都无所谓了。

他不吃、不喝，一动不动地躺着，也不说话。

"我反正都一样了，"他们问他话的时候他暗自想道，"我不打算回答……我反正一样了。"

午饭后，米哈依尔·阿维良内奇来了，给他带了四分之一磅的茶叶和一磅果冻。达留什卡也来了，在床边站了足足一个小时，脸上流露出一种呆板而悲痛的表情。霍博托夫医生也来看他了，他带来一瓶溴化钾药水，并交代尼基塔在病室里烧点什么东西，熏一熏。

临近傍晚，安德烈·叶菲梅奇由于中风死了。开始时他感到剧烈的寒战和恶心，好像有一种令人厌恶的东西穿透他的全身，甚至通到他的手指头，从胃里往上冒，一直涌进脑袋里，注满了眼睛和耳朵。眼睛里呈现出一片绿色。安德烈·叶菲梅奇明白他的末日到了，想起了伊万·德米特里奇、米哈依尔·阿维良内奇以及千百万人都相信的永生不死。可是万一真有永生不死呢？不过，他并不想永生不死，他的这个想法不过是一闪而过罢了。他昨天看书时从书上看到的一群非常美丽、轻盈的鹿，现在突然在他面前跑过去。后来一个农妇伸出手，把一封挂号信交给他……米哈依尔·阿维良内奇说了些什么。然后一切都消失了。安德烈·叶菲梅奇便永远地昏迷了。

来了几个杂役，抓住他的胳膊和腿，把他抬到小教堂里去了。在那里，他躺在桌子上，眼睛仍然睁着。夜晚的月亮照耀着他。早晨，谢尔盖·谢尔盖伊奇来了，面对雕着耶稣受难像的十字架虔诚地做了祈祷，把他前任长官的眼睛阖上了。

过了一天，安德烈·叶菲梅奇被埋葬了。送葬的只有米哈依尔·阿维良内奇和达留什卡。

（1892 年）

孽　卵

[俄国] 米·阿·布尔加科夫　著

周启超　译

　　米·阿·布尔加科夫（Михаил Афанасьевич Булгаков，1891—1940）20 世纪俄罗斯杰出小说家、剧作家。生于基辅神学院教授之家，自幼受到良好的文化熏陶，曾就读基辅大学医学院，行医几年后弃医从文。以魔幻现实的手法写就的长篇小说《大师与玛格丽特》（1966）是布尔加科夫最重要的作品，堪称一部天才之作。作品以魔鬼试探、考验世人是否敬神从善为重要内容，魔鬼沃兰德和一只威风凛凛的大黑猫把莫斯科搅得天翻地覆，尽情戏弄荒谬的现实规范和人性的缺陷。小说中魔幻与现实、荒诞与真实并存，多线索的历史文本、现实与虚幻的互文性描写，形成对传统小说叙述的突破。布尔加科夫的中篇小说名篇有：《狗心》（1925）、《魔障》（1925）和《孽卵》等。《孽卵》也是一篇具有精彩魔幻描写的讽刺与怪诞之作，小说中"孽卵"是世间种种邪恶的化身与象征，那些怪模怪样的官吏、经理和教授以孽卵的速度造孽社会，喻指在布尔加科夫生活与创作时代的社会语境中的邪恶之人与邪恶现象。

第一章　佩尔西科夫教授之生平[①]

　　一九二八年四月十六日，晚间，第四国立大学动物学教授、莫斯科动物

---

　　① 原作中"生平"一词系拉丁文。

研究所所长佩尔西科夫，来到位于赫尔岑大街的动物研究所，走进他自己的办公室。教授开亮那带有磨砂玻璃罩的球形吊灯，朝四周扫视了一遍。

应当认定，那场骇人听闻的灾祸正发端于这个撞上了厄运的夜晚，同样，也该认定，那场灾祸的直接肇事人就是这位弗拉基米尔·伊帕季耶奇·佩尔西科夫教授。

他已整整五十八岁了。脑袋硕大得过人，其形状颇像一个推轮，已然秃顶，只有几小撮浅黄色的头发还支楞在两侧。脸刮得光溜溜的，下嘴唇向前努着。由此，这张成熟的桃皮般的面孔上便永恒地烙上了几分任性。那红红的鼻梁上架着一副老式银边小眼镜，那双眼睛虽然不大，却炯炯有神。他个头高而有点驼背，说起话来叽叽哇哇，嗓门尖细，颇像呱呱的蛙叫，在他这人所有的其他种种怪癖当中还有这样的一种：每当他有把握而有分量地说起什么之际，他那右手的食指便要弯成一个小钩，并且总要眯起他那双小眼睛。而他这人说起什么来总是有把握的，这是因为在他那个领域他的博学乃是十分罕见的，这一来，那个小钩便十分频繁地出现在佩尔西科夫教授的交谈者眼前了。而在自己的领域之外，也就是说在动物学、胚胎学、解剖学、植物学与地理学之外，佩尔西科夫教授则几乎是什么话也不说的。

佩尔西科夫教授这人是不看报不看戏的，教授的妻子在一九一三年就抛开他，而跟济明歌剧院①的一位男高音演员私奔了，行前她给教授留下一张有着这样内容的字条："你那些蛤蟆直让我厌恶得浑身打起实在受不了的冷战。由于它们我终生都会不幸。"

教授后来没有再婚，因而也没有子女。他这人脾气很躁，不过他的火气倒也容易消去，他喜欢喝那种浸泡着云莓果的茶，他住在普列齐斯坚卡大街一套五居室的寓所里，其中一间由一位干瘦的老太婆占用着，那是女管家玛丽娅·斯捷潘诺夫娜，她照料着教授的生活，就像保姆那样。

一九一九年，教授的那套五居室的住房中有三间被征用了。其时，他对玛丽娅·斯捷潘诺夫娜扬言道：

——要是他们不中止这类不成体统之举，玛丽娅·斯捷潘诺夫娜，那我可就要去国外啦。

毋庸置疑，倘若教授果真将这一计划付诸实施，他便可以非常轻易地在

---

① 济明歌剧院：俄国戏剧活动家济明（1875—1942）于一九〇四年在莫斯科创办的私立剧院，一九一七年收为国有，一九二四年关闭。

这世界上任何一所大学的动物学讲堂上获得一个教席，这是因为作为学者他可完全是一流的，而在那多少涉及两栖爬虫与无毛爬虫的领域，若是不算剑桥的威廉·韦克利与罗马的詹阿科莫·巴托洛米奥·贝卡里那两位教授，可以说就再没有什么人能够与他佩尔西科夫比肩匹敌的了。

除了用俄文，教授还能用四种文字阅读，而他讲法语讲德语跟讲俄语一样。佩尔西科夫并没有将自己的出国打算付诸实施，一九二○年比一九一九年更糟了。出了几起事件，况且是接二连三地发生的，先是大尼基塔街易名为赫尔岑大街。接着便是镶在赫尔岑大街与莫霍瓦亚大街之拐角处的那幢大楼墙上的座钟出事了，它走到十一点一刻便不动了，就在那地方停了摆。最后一个事件是发生在动物研究所饲养室里的——想必是经不住这著名年月的种种动乱，先是八只挺帅的雨蛙咽气了，接着是十五只普通蟾蜍毙命了，最后连那只堪称珍稀动物的苏里南蟾蜍也一命呜呼了。

这些蟾蜍的死去，乃意味着那个被正确地命名为"无尾爬虫纲"的无毛爬虫的"第一目"，已然遭受空前绝后的毁灭了。紧跟着这毁灭接踵而来的，便是研究所里那位昼夜连值的看守，那个名字叫弗拉斯而并不属于"无尾爬虫纲"的老头也迁居于极乐世界了，不过，他的死因与那些可怜的爬虫都是同一种，佩尔西科夫当即将它判定为：

"饲料匮乏！"

学者的判断完全正确：必须让弗拉斯有面粉吃，而蟾蜍呢——则必须有面粉中生的蠕虫来喂养，但既然面粉都消失得不见踪影了，面粉中生的蠕虫自然也就无影无踪了。佩尔西科夫尝试过改用蟑螂来喂养那残存的二十只雨蛙，可是那些蟑螂也都隐身到什么地方去了，像是欲以此举来展示它们对战时共产主义的凶恶态度，这一来，不得不把最后残存的那几只雨蛙都扔进研究所后院里的污水池。

这些动物的——死去尤其是那只苏里南蟾蜍的毙命，对于佩尔西科夫所造成的心理刺激是难以描述的。不知为什么，他将这一系列的死亡完全归咎于当时的教育人民委员。[①]

戴着棉帽穿着套靴的佩尔西科夫，站在这已然变冷了的研究所的走廊里，对自己的助手伊万诺夫·彼得·斯捷潘诺维奇——一个蓄着一副淡黄色山羊胡子风度雅致至极的绅士——说道：

---

① 其时的教育人民委员是阿·卢纳察尔斯基（1875—1933）。

——要知道仅此一条，彼得·斯捷潘诺维奇，他可就是死有余辜哟！要知道，他们这是在干什么呀？要知道，他们这可是在毁掉研究所哟！啊？举世无双的公蛙，堪称珍稀的美洲负子蟾，体长有十三厘米哩……

往后的景况是愈来愈糟。弗拉斯一死，研究所里的双层玻璃窗便全都冻透了，连里层窗的玻璃表面上也结上了冰凌花。家兔呀、狐狸呀、狼呀、鱼呀，均纷纷毙命，统统死光了。佩尔西科夫变得终日缄默不语，接着便患上了肺炎，但他没有病死。当他康复之后，他每周到研究所来两次，在圆形大厅里——也不知是什么缘故，这大厅里的室温一成不变：不论室外气温多少总是零下5℃——穿着套靴，戴着有护耳的棉帽的他，一边咳嗽着，一边喷吐着白茫茫的热气，给八位听众讲课，那是总题为《热带爬虫纲》的系列讲座。余下的所有时光呢，佩尔西科夫全都是在他那位于普列齐斯坚卡大街的寓所里，在沙发上躺着而度过的，在四壁满是书直堆到天花板的那个房间里，他盖着那带穗的方格毛毯，不时地咳嗽着，执著地冲着那燃烧着的小壁炉的炉口发愣——这小壁炉可是玛丽娅·斯捷潘诺夫娜用那些描金的木椅而生旺着的哩——怀念着那只苏里南蟾蜍。

然而，世上的一切都有终结之时，一九二〇年与一九二一年都相继成为过去，而到了一九二二年，某种柳暗花明的复苏气象出现了。首先，已故的弗拉斯的岗位上出现了一个名叫潘克拉特的，这人还年轻，但却是颇可属望的动物看守；接着，又开始向研究所稍稍地供暖了。而这年夏天，佩尔西科夫在潘克拉特的帮助下，到克利亚济玛河①上捕捉了十四只野蟾蜍回来。饲养室里重又沸腾起少许生机……及至一九二三年，佩尔西科夫已经是每周讲课八次——三次在研究所里，五次在大学里。一九二四年，他每周授课为十三次，此外，他还得去工农速成中学讲课。而在一九二五年那年春天，他佩尔西科夫由于在考试中一次便让七十六名大学生全都不及格，而成了出名人物，那些考生一个个全是在"无毛爬虫目"上没过关。

——怎么，您连"无毛爬虫目"在"爬虫纲"中的特殊之点都不清楚？——佩尔西科夫问道——这简直可笑，年轻人。无毛爬行动物没有后肾。它们没长。就这么回事。您该觉得害臊才是。您，想必是一个马克思主义者吧？

——是马克思主义者。——被置入窘境的考生垂头丧气地回答道。

---

① 克利亚济玛河系俄罗斯欧洲部分中部的大河奥卡河的左支流，其上游流经莫斯科远郊。

——那就请秋天再考一次啦。——佩尔西科夫不失礼貌地说道。接着便精神抖擞地冲着潘克拉特喊道：

——让下一个进来！

就像那两栖动植物历经久旱之后而初逢透雨之际其生机便勃然复苏，佩尔西科夫教授在一九二六年便全然恢复了活力。在这一年里，一家美利坚-俄罗斯联营公司在莫斯科市中心，也就是说，从报馆巷与特维尔大街的拐角处开始，一连建起了十五座每座十五层的公寓大楼，而在市郊呢，则一下子就建成了三百幢每幢八套住房的工人住宅楼，此举终于一劳永逸地结束了那个可怕又可笑的住宅危机，而这个危机在一九一九年至一九二五年那年月里曾经让莫斯科人备受折磨。

总而言之，这是佩尔西科夫一生中一个十分美好的夏天，有时候，一回想起他和玛丽娅·斯捷潘诺夫娜磕磕碰碰地挤住在两个房间里的那种情形，他便会搓着双手而发出那悄悄的、满意的嘻嘻笑声。如今教授把五个房间全部收回来了，住得宽敞多了，他便把那两千五百本书，以及各种标本呀、图表呀、实验用的切片呀，都一一摆出来，他把书房里写字台上那盏绿罩台灯又开亮了。

研究所的面貌也变得让人难以认出了：奶油色涂料给它披上了新装，由专用送水管道往爬虫饲养室送水，所有的窗子上普通玻璃全都换成了有反射性能的特种玻璃，还拨来五台崭新的显微镜，几个玻璃标本制作台，一些带反光的两千瓦球形灯、反射灯，还有几个陈列柜。

佩尔西科夫全然恢复了活力，全世界都不期然地获悉这一信息，这仅仅缘起于一九二六年十二月教授的一本小书面世了：

《再论带甲爬虫或曰有铠类动物的繁殖》，一百二十六页，《第四大学通报》。

而到了一九二七年，秋天，教授的一部长达三百五十页的巨著问世了，它被译成六种语言，其中还有日文。

《负子蟾科、锄足蟾科与蛙科的胚胎学》。三卢布；国家出版社版。

然而，在一九二八年的夏天里，却闹出了那件令人难以置信的、骇人听闻的事……

第二章　彩色涡纹

就这样，教授开亮那球形吊灯，朝四周扫视了一遍。他把那长条状试验台上的反射灯也开亮，穿上白罩衫，用手拨弄试验台上的那些器具，而使它们发出哗啦啦丁零零的响声……

在一九二八年这年头，莫斯科城里驰骋着三万辆机动车，其中有许多辆总是要穿过赫尔岑大街，沿着那平滑的木砖路面沙沙地飞碾过去的，而每隔一分钟便总有一辆有轨电车——16 路，22 路，48 路，或者是 53 路——带着轰鸣声与轧轧声由赫尔岑大街向莫霍瓦亚奔驰而去。那些色彩斑斓的灯火的折光，抛洒在研究室窗户上具有反射性能的玻璃上，基督大教堂①那昏黑而沉重的圆顶旁，遥远而又高高地悬着一钩朦胧而苍白的弯月。

然而，不论是这钩弯月，还是莫斯科春日的喧闹，均没有让佩尔西科夫教授有一丝一毫的分神。他端坐在那三脚旋转凳上，用他那两根被烟草熏得棕黄的手指头，在扭动那出色的"蔡司牌"显微镜的调焦螺旋，在这显微镜镜头下放着的，乃是一块普通的、未着色的阿米巴虫活体切片。就在佩尔西科夫把放大倍数从五千调到一万的那一片刻，门微微启开了，出现的是一副尖尖的山羊胡子，一条皮围裙，接着，便听见他的助手唤道：

——弗拉基米尔·伊帕季耶维奇，我把肠系膜固定好了，您要不要过来看一下？

佩尔西科夫撂下那已调到半途中的调焦螺旋，利索地从旋转凳上爬下来，一边缓缓地捻动着手中的那支带嘴烟卷，一边朝助手的研究室走去。那里，在玻璃试验台上，一只由于恐惧与疼痛已然接近窒息而昏死过去的青蛙被钉在一个软木座上，它那透明的呈云母色的内脏则已经从其血淋淋的腹腔中被拉出而置于显微镜镜头之下了。

——很好。——佩尔西科夫说道，将自己的一只眼睛凑近显微镜的目镜。

显然，在青蛙的肠系膜里是可以检阅到某种非常有趣的东西的，在这里，那些在河网般的血管里汹涌地奔流着的血球是可以看得一清二楚的。佩

---

① 这里指的是五圆顶的救世主基督大教堂，始建于一八三八年，竣工于一八八三年。在一九二四年的莫斯科，该教堂是全城的最高建筑之一。后被拆除。

尔西科夫把他的那些阿米巴虫都给忘掉了，而在长达一个半小时的时间里，与伊万诺夫轮流着把眼睛凑近那台显微镜的目镜。在作这种观察之际，这两位学者还不时地用一些颇为热闹的、可是普通人却听不懂的话语交换着各自的看法哩。

后来，佩尔西科夫的身体终于离开了那台显微镜，在做出这一举动之前，他声言道：

——血液在凝固，毫无办法啦。

那青蛙艰难地颤动了一下脑袋，在它那双渐渐地黯然无光的眼睛里，分明可以读出这样的话语："你们可是浑蛋哟，这就是……"

佩尔西科夫一边活动了一下他那双发木的腿，一边站起身来，折回自己的研究室。他打了个哈欠，用手指头揉了揉那双总是在发肿的眼皮，坐到旋转凳上，朝显微镜瞅了一眼，便用手指头去捏住调焦螺旋，这就要去扭动那螺杆了，但却没有扭。佩尔西科夫的右眼看到了一个有点浑浊的白圆盘，那圆盘上有些模模糊糊呈淡白色的阿米巴虫，而在圆盘当中则端坐着一个彩色的涡纹，就像女人的一绺鬓发。对这种涡纹，不论是佩尔西科夫本人，还是他的几百名学生，都已见识过许多次，谁也不曾对它感兴趣，也确实没有什么必要。这种彩色的小光束只会干扰观察，只表明切片不在焦点上。因而，人们总是毫无怜悯心地将螺杆一扭，一下子就将它抹掉，让均匀的白光照亮视界。这一回，这位动物学家那两根细长的手指都已经紧紧地按住螺杆的螺纹了，突然间，它们哆嗦了一下而滑了下来。此举的动因在于佩尔西科夫的右眼，这只眼睛突然间警觉起来，露出惊讶的神色，甚至充满了惶恐。端坐在这台显微镜前的此公，可不是那类让共和国遭殃的平庸之辈哟。不，此间端坐的乃是佩尔西科夫教授！整个生命，他的全部心思，都凝聚于这只右眼上了。大约有五分钟的光景，这一最高等的生物一直以那种石像般的缄默姿态，观察着镜头下的最低等生物，他那只眼睛紧盯着位于焦点之外的那块切片，肌肉紧张，备受折磨。周围一片沉寂。潘克拉特已经在前厅在他自己的房间里入睡了，只有一次，从远处传来柜子上的玻璃门关上时所发出的那种音乐般动听而温柔悦耳的响声——那是伊万诺夫临走时锁上了自己的研究室。随后便是那入口处的门呻吟了一声。后来已经可以听见教授的声音了。他那是在问谁呢——不得而知。

——这是怎么回事？我可一点也不明白……

一辆已晚点的大卡车由赫尔岑大街轰隆隆地奔驰而过，研究所那有了年头的旧墙被它震得晃了一晃。试验台上扁平状的玻璃小碗里的那些镊子也发出哗啦啦丁零零的响声。教授的脸色都发白了，他伸出双手去护卫显微镜，其神情其姿态，就像是母亲去护卫她那遭遇险情威胁的孩子们。此刻可是根本也谈不上让佩尔西科夫去扭动那螺杆了，绝不可能，他倒已然在担心有什么外来之力会把他已看到的东西从其视界里给碰出去。

当教授离开显微镜，拖着他那已然发木的两条腿走近窗口的时候，已是天色大亮的清晨，一道金灿灿的晨光已横亘在研究所那奶油色门廊上。他用颤抖的手指头按住电钮，于是，一面面严严实实的黑窗幔便把清晨遮挡在外面，而在这研究室里，智慧的学者之夜便全然恢复了活力。面色蜡黄但心情兴奋的佩尔西科夫叉开双腿，他那双热泪盈盈的眼睛直愣愣地盯着木地板，他开腔道：

——可怎么会是这样的呢？这可真是怪异至极！……这的确怪异至极呀，诸位。——他冲着饲养室里的那些蟾蜍又说了一遍，可是那些蟾蜍都在睡觉，它们对他未报以任何应答。

他沉默了片刻，过后便走到那电钮跟前，卷起了窗幔，关掉了所有的电灯，朝显微镜上瞅了一眼。他的表情紧张起来了，他皱起那两道比较浓密的黄眉毛。

——嗯，嗯——他嘟囔道——完了。我明白。我－明－白——他疯疯癫癫地拖着嗓门说道，兴冲冲地望着头顶上已经熄灭的球形吊灯——这很简单。

于是，他把那咝咝作响的窗幔重又放下来，把那球形吊灯重又开亮。他朝显微镜上瞅了一眼，喜滋滋地而又近乎凶恶地咧开嘴笑了。

——我会把它捕捉住的——他竖起一根手指头，得意洋洋而神气活现地说道——我会捕捉到的。或许，就源自太阳光哩。

窗幔重又卷了上去。现在可是能见到太阳了。瞧，阳光已洒到研究所的墙壁上，斜射在赫尔岑大街的木砖路面上。教授朝窗外望去，琢磨着白天里太阳光会照射在什么地方。他迈着那轻盈的舞步，忽儿离开窗口，忽儿又走近窗前，后来他终于在窗台上趴下来。

他这就着手做一件重要而秘密的工作。他用一个玻璃罩把显微镜罩起来。他在煤气喷灯那蓝幽幽的火焰上熔化了一块火漆，用这火漆把这钟形玻璃罩的边口密封在桌面上，而在那封口的火漆上则按上他自己的大拇指指印。之后，他熄灭那煤气喷灯，走了出来，用那把英国锁锁上了研究室的门。

研究所的走廊里灯光昏暗。教授好不容易才摸到潘克拉特的房间门口，朝那门上敲了好一阵也没人答应。后来，那门里终于传来了活像是条被链子拴着的公狗才发出的呼哧声、大雷鸟的呼噜声与牛的哞哞声，只见身着那种扎紧裤脚的条纹内裤的潘克拉特出现在一块亮光中。他那两只眼惊恐地注视着学者，他还在继续着那梦境中的轻声嘶叫。

——潘克拉特——教授从他那眼镜框上边望着他说——请原谅，我把你给叫醒了。瞧，是这么回事，朋友，明天上午绝对不要进我的研究室。我有个实验留在那儿了，可绝对不能去动它哟。明白了吗？

——噢——噢——噢，我……明……明白。——潘克拉特回答道，其实他是什么也没有明白。他的身体摇摇晃晃的，嘴里呼噜呼噜的。

——这可不行，你听着，你快醒醒，潘克拉特——动物学家说道，随即轻轻地捅了捅潘克拉特的肋骨。这一来，后者的脸上便呈现出一份惊惧，眼里也透出些许清醒的神色。——我把研究室给锁上了——佩尔西科夫继续说道——这就是说，我到之前不必去打扫它了。明白了吗？

——是。——潘克拉特用干哑的嗓子应答着。

——喏，这就太好了，还去睡吧。

潘克拉特一转身就消失在门里，当即扑到床上倒头便睡；教授呢，这会儿才在前厅里开始穿戴。他穿上那件灰色夹大衣，戴上那顶软呢帽。随后，他想起了显微镜里的那个景观，目光直愣愣地注视在自己那双套靴上，冲着它们瞅了好几秒钟，仿佛是头一次看到这双靴子。过后，他穿上了左脚的那一只，随即又想起把右脚的那一只套到左脚上去，可那 只怎么也套不上。

——是他唤我过去的，这是一种多么怪异的偶然机遇呀——学者说道——否则，我可是怎么也不会注意到它的。可是，这预示着什么呢？……鬼才知道这预示着什么！……

教授冷冷一笑，冲着那双套靴眯起了眼睛，左脚上的那一只还穿着，而去套上右脚的那一只鞋。——"我的天哪！要知道，甚至都无法设想出其种种后果哟……"教授鄙夷地将本应穿在右脚的那只靴子踢开，这一只可是惹他生气了，它就是不愿套到左脚上去，于是他便只穿着一只靴子而向出口走去。就在这时，他把手帕给弄丢了。只听见他使那沉重的大门发出砰的一声而走了出来。在门口的台阶上，他左左右右地拍打着各个衣兜，许久地寻找衣兜中的火柴，火柴一找到，他迈开腿便向街上走去，嘴上叼着的那支烟并没有点燃。

一直到教堂跟前，这学者是一个行人也没遇见。走到那里，教授仰起头来，目光立时就被那圆盔形金顶吸引过去。太阳光正从一侧在甜蜜地舔着它哩。

——怎么我早先就没有看到过它呢，多么偶然的机遇呀？……呸，真是个笨蛋，——教授瞅着自己那穿得不一样的两只脚，垂下头而思忖起来——嗯……究竟该怎么办才好呢？返回去找潘克拉特？不行的，他那人是叫不醒的。扔掉它，扔掉这可恶的东西吧——又怪可惜的。只好用手提着得了。——于是，他脱下那只靴子，嫌恶地提着它。

有三位坐着一辆样式已不那么时兴的小汽车，从普列齐斯坚卡大街开出来。那三位中，两人是醉汉，而坐在他俩膝上的，则是一个浓妆艳抹的、穿着一件一九二八年风行的绸料灯笼裤的女子。

——嘿，老爷子！——那女子用低沉而有点儿嘶哑的嗓门叫喊道——你怎么竟把另一只靴子换酒喝啦？

——看得出，这老头在"阿里卡扎酒馆"灌得够多的啦。——左边那个醉汉号叫道。右边那个则从车窗里探出头来喊叫道：

——老大爷，怎么，伏尔洪卡街那家通宵酒馆还开着吗？我们就去那儿！

教授从眼镜框上边严厉地瞪了他们一眼，吐掉嘴上叼着的烟卷，当时就忘掉了这帮家伙的存在。普列齐斯坚卡林荫道上，泛出了斑驳的阳光，而基督大教堂的圆盔形金顶则开始熠熠生辉了。太阳升起来了。

第三章　佩尔西科夫捕捉到了

事情原来是这样的。就在教授将他那只天才的眼睛凑近显微镜目镜的时候，他有生以来头一次注意到这样一种现象：有一束光因其特别明亮与粗壮而显得凸出。这束光的颜色是鲜红鲜红的，它从那涡纹中凸出来，就像一根小小的刺儿，喏，这么说吧，就像是一根又尖又细的针，也就那么一丁点儿大。

然而，这束光把这位造诣极深的专家那只训练有素的眼睛吸住了好几分钟，这却实在是一件莫大的不幸。

在它之中，在这束光之中，教授看出了一种其意义要比这束光本身，比这个由于显微镜的反射镜与物镜之镜头移动而偶然诞生的并不稳定的产物本身，还要重要千百倍，还要重大得多的东西。由于助手把教授唤了过去，那些阿米巴虫得以有一个半小时持续承受这束光的作用，结果便出现了这样的情况：圆盘上那些位于这束光之外的粒状阿米巴虫一个个萎靡不振地瘫在那里，显得软弱无力，而就在这时，就在那把红色的利剑穿射之处，却发生了一些奇诡的现象。红色光带上，生命在沸腾。那些灰色的阿米巴虫一个个都伸出伪足，使出全部气力朝着红色光带爬去，而一落入那光带上便（就像是着了魔似的）立即显得生机勃勃，充满活力。像是有一种力量激活了它们身上的生命气息。它们成群结伙蠕动着，为在那光带上占得一席位置而彼此互相争斗着。那光带上，进行着疯狂的——找不出别的字眼来形容了——繁衍。它们将那些为佩尔西科夫了如指掌的所有法则打破了，推翻了，就在教授的眼皮子底下，以闪电般的速度大量地繁殖。它们在那光带上不断地分裂着，分裂出来的每一个在两秒钟内就生成为一个新的、鲜活的有机体。这些有机体在几个刹那间就长大而成熟，而这只是为了随后其自身马上也产生出新一代。于是，先是红色光带上，而随后便是整个圆盘上都越来越拥挤了，一场不可避免的争斗开始了。那些再度裂生出来的，彼此之间凶猛地互相攻击，互相撕咬，互相吞食。新生者当中便横卧着一些为生存而斗争的牺牲者的尸体。获胜的，则是那些强而壮的。而这类强壮者却是可怕的。首先，它们的体积甚大，大约是那些普通的阿米巴虫的两倍；其次，它们都拥有某种特别的凶狠劲与机灵劲。它们动作急切，它们的伪足比那些正常的要长得多，而它们使用起这些伪足来——可以毫不夸张地说，就像那章鱼使用其"腕足"那么自如。

第二天晚上，已然消瘦而面色苍白的教授，不吃也不喝，只靠一支接一支地吸着那粗大的自制烟卷来强打着精神，观察着阿米巴虫的新生代，而到了第三天，他便转而对起源，也就是那束红光展开研究了。

煤气灯在静静地燃烧着，发出咝咝的声响，大街上重又传来车来马去的嘈杂与喧闹，已领受了上百支烟卷之烟雾熏燎的教授，微微闭起双眼，身子一仰，便靠在转椅椅背上。

——没错，现在一切都清清楚楚。是那束光把它们的生机给激活了。这可是一种新的、未被任何人研究过、未被任何人发现的光。首先得弄清楚的乃是，这种光——它是仅仅从电能中就可以获取的呢，抑或也可以从太阳光中去获取。——佩尔西科夫自言自语地嘟囔道。

及至下一个不眠之夜，这个问题便被弄清楚了。在三台显微镜里，佩尔西科夫捕捉到了三束光，而他从太阳光中却是什么也未捕捉到，他作了这样一番阐释：

——应当认定，太阳光光谱里是不会有它的……嗯……喏，简而言之，应当认定，只可以从电光中去获得它。——他用爱抚的目光朝着头顶上那盏磨砂玻璃球形吊灯瞥了一眼，兴冲冲地遐想了一会儿，然后，他把伊万诺夫邀到自己的研究室里。他把一切都对伊万诺夫讲了，并且还让伊万诺夫看了看那些阿米巴虫。

身为编外副教授的伊万诺夫惊讶不已，打心眼里只觉得十分压抑：怎么如此简单的东西，这么细细的一根指针，早先怎么就不曾被发觉呢，真见鬼！其实，随便什么人，即便是他伊万诺夫，本来都是能够将它发现的，这的的确确可谓怪异至极！您只需要瞅一眼就……

——您来看看呀，弗拉基米尔·伊帕季耶维奇！——伊万诺夫惊恐地把一只眼凑到目镜上说道——这是怎么回事呀?! 它们可就在我眼皮子底下生长哩……您瞧，您瞧……

——我这已经是第三天在观察它们哩。——佩尔西科夫兴冲冲地应答道。

接着，这两位学者进行了一场交谈。谈话的要旨可以归纳如下：编外副教授伊万诺夫承揽的工作是，用透镜和反射镜制造出一个分光箱，在这种箱子里，将可以获得既放大了倍数又外在于显微镜的那种光束。伊万诺夫认为，甚至完全确信，这项工作非常简单。他一定会获取那种光束的。弗拉基米尔·伊帕季耶维奇对此大可不必怀疑。谈到这儿，出现了一个小小的冷场。

——我呢，彼得·斯捷潘诺维奇，我发表论文时，我一定会写明，分光箱是由您设计制造出来的。佩尔西科夫觉得这一小小的冷场是应当予以及时消除的，于是他插话道。

——哦，这倒并不重要……不过，当然……

于是，那小小的冷场立刻便消除了。从这时起，那光束便也把伊万诺夫给吞噬了。就在佩尔西科夫尽管日渐消瘦越发憔悴还整天整天地、半宿半宿地端坐在显微镜前守望着的时候，伊万诺夫则在那间用许多盏灯照明着的物理实验室里，终日忙碌不停，在一次又一次地组装着那些透镜和反射镜。有一个机械师给他做帮手。

经过教育人民委员部出面查询，从德国给佩尔西科夫寄来了三件邮包，邮包里装有反射镜、双面凸透镜、双面凹透镜，甚至还有一些既凹又凸的磨光玻璃片。这一切的结果是伊万诺夫终于造出了那个分光箱，在那箱子里他果真捕捉到了那种红色光束。还应当说句公道话，他是技艺高超地捕捉到了：那光束显得粗粗的，直径达到四厘米，又尖锐又强烈。

六月一日，这个分光箱在佩尔西科夫的研究室里给安装上了，于是，他便满腔热望急切迅速地开始了以一颗受过那种光束照射过的青蛙卵子为切片的实验。这种实验获得了令人震惊的结果。在两昼夜的时间里，从那些小小的卵子里就孵化出几千只蝌蚪来。不过，这还算不上什么，只消一昼夜的工夫，那些蝌蚪便异常迅速地长成了大青蛙，而且它们一只只都是那般凶狠与贪食，弄得它们当中的一半立时就被另一半给活活吞食掉了。然而，存活下来的那一些却开始那种实在毫无任何期限可言的产卵活动，在两天里已不用任何光束的照射，它们就孵出了新一代，况且是完全不计其数的一代。只见这位学者的研究室里开始出现了一种莫名其妙鬼才知道的景观：一群又一群的蝌蚪不断地爬出研究室，爬遍整个研究所，于是，在各个饲养室里，甚至干脆就在地板上，在所有的角落里，都响起了尖锐刺耳的蛙声合唱，活像在沼泽里那样。那个本来就对佩尔西科夫有三分惧怕、见了这教授就像撞见火把一样避之不及的潘克拉特，如今他对这教授便只有一种感觉了：死亡的恐惧。一周过后，连这学者本人也感觉到自己的头脑在发晕。研究所里弥漫着乙醚和氰化钾的气味，还没有到时候就摘下防毒面罩的潘克拉特险些被毒死。后来，大量地繁衍出来的沼泽生物终于得以被毒剂消灭了，各研究室才终于得以通风换气。

冲着伊万诺夫，佩尔西科夫这样说道：

——您知道，彼得·斯捷潘诺维奇，这种光束对原生质的作用，以及一般说来对卵细胞的作用，乃是惊人的。

伊万诺夫，这个向来冷漠而矜持的绅士，用一种非同寻常的语调打断了教授：

——弗拉基米尔·伊帕季耶维奇，您怎么还在谈论这些细枝末节，谈论什么原生质呢。就让我们直截了当地来说吧：您可是发现了一种前所未闻的现象。——看得出来，伊万诺夫是在竭力克制着，可是他到底还是把心里憋着的话给吐露出来，——佩尔西科夫教授，您这可是发现了生命之光呀！

只见教授那苍白的、胡子拉碴的脸颊上泛出一抹淡淡的红晕。

——哪里，哪里。——他喃喃地说。

——您哪，——伊万诺夫继续说——您将会获得那样高的声望……我的脑袋都会发晕呢。您明白——他热烈地继续说——弗拉基米尔·伊帕季耶维奇，威尔斯①笔下的主人公们与您相比都简直是微不足道的了……可我曾经以为，这不过是童话而已……您还记得他的《上帝的食物》吗？

——哦，那是一部长篇小说呀。——佩尔西科夫回答道。

——没错，正是，天哪，可是一部名著哟！……

——我把它给忘了——佩尔西科夫回答道——我记得，我读过，可忘了。

——您怎么会不记得呢，可您来看一看——伊万诺夫拎着一只大得不可思议的、肚子胀得鼓鼓的死青蛙的一条腿，把它从那张玻璃试验台上给提了起来。这青蛙的脸部甚至在死后还显露出一副凶狠相——这正可谓怪异至极呀！

第四章　　教授以及牧师遗孀德罗兹多娃的报道

天知道是什么缘故，或许这要怪伊万诺夫，或许这是因为那些耸人听闻的消息会随着空气而自行流传开来，但这一点已属事实：在庞大而沸腾的莫斯科城，人们突然间都纷纷议论起那光束，谈论起教授佩尔西科夫。的确，这种议论还都像是在不经意中顺带提起，而且说得影影绰绰，含含糊糊。关于这一奇迹般的大发现的消息，就像一只被人射伤的小鸟，在亮晶晶的首都，一会儿消失，一会儿重又腾起，这种时隐时现的状况，持续到七月中旬，直到《消息报》第 20 版在《科技新闻》的标题下刊出一则报道那光束的短讯。这则报道含糊其辞，称第四大学的一位名教授发明了一种光束，这种光束能不可思议地提高那些低等生物的生命活力，又称这种光束的性能尚需加以验证。发明者的姓氏，自然是被弄错了的，印成："佩夫西科夫"。

伊万诺夫带来了这张报纸，给佩尔西科夫看那则短讯。

——佩夫西科夫——佩尔西科夫一边在研究室里摆弄那分光箱，一边嘟囔着，——这些游手好闲的家伙都是从哪里了解到这一切的呢？

唉，那个被弄错了的姓氏也并没有能使教授幸免于一个又一个事件的干扰，这些事件从第二天就开始出现了，一下子把佩尔西科夫的全部生活都给搅乱了。

---

① 威尔斯·赫伯特·乔治（1866—1946），英国著名科幻小说作家，著有《时间机器》（1895）、《莫洛博士岛》（1896）、《隐身人》（1897）、《星际战争》（1898）等；《上帝的食物》是威尔斯的作品之一，于一九〇四年问世。

预先敲了敲门的潘克拉特，走进研究室，往佩尔西科夫手里递过来一张印制得极为华丽、缎子般光滑的名片。

——他就在外面呢。——潘克拉特怯生生地补上一句。

那名片上，排印着几行优雅的花体字：

阿利弗雷德·阿尔卡季耶维奇·布隆斯基

莫斯科的杂志——《红火星》、《红辣椒》、《红色杂志》、《红色探照灯》及报纸《红色晚报》的撰稿者。

——轰走他，叫他滚开吧。——佩尔西科夫用他那单调的嗓子说道，随即便把那张名片掸到桌子底下去了。

潘克拉特转过身，走了出去，五分钟过后，他满脸苦相地折回来，手里拿着那同样的一张名片。

——你这是怎么回事，在开玩笑吗？——佩尔西科夫声音嘶哑地说道，其神色变得可怕了。

——人家是政治保安局的，人家说的。——潘克拉特回答道，其脸色变得煞白了。

佩尔西科夫伸出一只手猛然抓住那名片，险些儿将它扯成两半，另一只手则把镊子往桌上一扔。那名片上，又添上了用花笔字体写出的几行小字：

我恳请您并请您原谅，极为尊敬的教授，拨冗接见我，就报刊的社会事务谈三分钟，讽刺杂志《红乌鸦》，国家政治保安局的出版物之撰稿人。

——那就叫他上这儿吧。——佩尔西科夫说道，直喘不上气来。

只见从潘克拉特背后顿时钻出一个脸刮得光溜溜面孔油光发亮的年轻人。此人那两道就像中国人一样的总是高挑的眉毛，眉毛下那两只一秒钟也不去正视交谈者的玛瑙般的小眼睛，着实令人刮目。这年轻人那身穿戴则全然无可挑剔，甚为时髦。上面套着一件紧身的、瘦长而及至膝盖的上装，下面穿着一条极肥大的钟形喇叭裤，那活像是蹄子的脚上则蹬着一双宽得打破了自然感的漆皮鞋。这年轻人挂着文明棍，拿着尖顶帽和一个笔记本。

——您有什么事吗？——佩尔西科夫用那样一种腔调发问道，弄得潘克拉特顿时退到门后边去了。——不是对您说过了吗，我正忙着哩？

这年轻人并不回答，而是朝着教授一左一右地接连行了两个鞠躬礼，随后，他那两只小眼睛就像轮子似的在整个研究室里转了一圈，而且这年轻人当时就在他那笔记本里做下了记号。

　　——我正忙着哩。——教授用厌恶的目光盯着这客人的那两只小眼睛说道，然而，他是什么效果也没达到，因为那两只小眼睛乃是捕捉不到的。

　　——我一千次地请求原谅，至尊至敬的教授——这年轻人拉开了他那尖细的嗓门——原谅我闯到您这儿来，占用您宝贵的时间。可是，那个关于您的世界性大发现的消息，那个已震撼了全世界的大发现，迫使本刊来请求您就此作出某些说明。

　　——什么对全世界，什么作出某些说明？——佩尔西科夫尖声哀叫起来，脸色都黄了——我可没有义务要向你们提供什么说明以及诸如此类的东西……我正忙着哩……我可是忙得要命。

　　——那您究竟在忙些什么呢？——这年轻人用甜丝丝的语调询问道，随即他第二次在笔记本上做了记号。

　　——我呀……您这是怎么回事啦？您是想发表什么吗？

　　——是的。——这年轻人回答道，随即突然在笔记本上刷刷地写了起来。

　　——首先，在我把这项工作结束之前，我是不打算发表任何东西的……何况是在你们这些报纸上……其次，您这是从哪儿了解到这一切的？……

　　——佩尔西科夫忽然感觉到自己就要惊慌失措了。

　　——关于您发明了一种新的生命之光的消息是否确实呢？

　　——什么新的生命？——教授大怒起来——您在瞎扯些什么呀！我目前正在观察的这种光束，远远没有得到充分的研究，总体说来，还是什么都不清楚呢！有可能的是，它能将原生质的生命活力加以提高……

　　——多少倍？——这年轻人急切地追问道。

　　佩尔西科夫彻底地张皇失措了……"嗬，这家伙。真是鬼才知道这玩的是哪一招！"——他暗自思忖道。

　　——怎能提出这等庸俗的问题呢？……姑且就算可以这么提吧，那我可以告诉您，喏，一千倍！……

　　只见这年轻人那双小眼睛里掠过一丝贪婪的快意。

　　——那就能培养出一些庞大的有机体啦？

　　——不，根本不是那么回事！喏，的确，我所培养出来的有机体比平常的是要大一些……喏，它们拥有某些新的品质……但是，要知道，这里主要的并不是形体的大小，而是那种不可思议的繁殖速度。——佩尔西科夫说出了这句将让他自己大吃苦头的话，随即顿时大吃一惊。那年轻人已经写满了整整一页，将它翻过来，又刷刷地往下写去。

——您可是别再写了呀！——佩尔西科夫已经有点服输了，并且感觉到他是被这年轻人攥在手心里了，在绝望中，他以嘶哑的嗓子叫道——您这是在写些什么呀？

——说是在两昼夜间从蛙卵里可以培育出二百万只蝌蚪来，这是真的吗？

——用多少个蛙卵呀？——佩尔西科夫再次勃然大怒起来，高声嚷道——您什么时候见过蛙卵没有……喏，譬如说，——雨蛙的卵？

——那么，是用半磅①吗？——这年轻人毫无窘色地反问道。

佩尔西科夫的脸涨成紫红色的了。

——又有谁这样计量的呢？呸！您这是在胡扯些什么呀？喏，当然，要是果真去采用半磅蛙卵……那样一来，大概……见鬼啦，喏，差不多能获取这个数目吧，而兴许还会多得多！

这年轻人的眼里像是有两颗钻石闪烁出了熠熠的光芒，他一口气又写满了一页。

——这将在畜牧业中引发出一场世界性的大变革，是不是？

——这可是报纸才青睐的话题——佩尔西科夫哀叫道——总而言之，我是不允许你们胡编乱写的。从您这张脸上我就看得出来，您写的肯定是一些恶劣不堪的东西！

——请给出您的一张照片，教授，我十分恳切地请求您。——年轻人一边啪的一声合上笔记本，一边说。

——什么？要我的照片？要把这照片刊登在你们那类杂志上？就同您刚才所写的那些荒唐不堪的东西刊登在一起？不行，不行，不行……我还忙着哩……我请求您哪！

——即便是旧的也行。而且我们会马上就将它还给您的。

——潘克拉特！——狂怒不已的教授叫喊了起来。

——那我就不胜荣幸地告辞啦。——年轻人说出这句话就溜走了。

潘克拉特并没有招之即来，门外倒是传来一阵奇怪的、有节奏的、只有机械才能发出的嘎吱声和铁鞋掌踏击地板而发出的铿锵声，不一会儿，只见

---

① 这里指俄磅，1 俄磅相当于 409.5 克。

研究室里出现了一个胖得出奇的家伙，此人上身穿一件短上衣，下身套着一条做被单用的厚呢料做的裤子。他左边的那条已然是机械的假腿，直发出嘎嘎吱吱的嘈杂声，而他的双手却抱着一个公文包。他那刮得光溜溜的、像是灌满了米黄色肉冻似的圆脸上，堆出了一副殷勤的微笑。他像军人那样朝教授行了个鞠躬礼，随后便挺直了身子，这个举动使他那条左腿弹簧似的"嘎吱"了一声。佩尔西科夫怔住了。

——教授先生——这陌生人用那种有点儿干哑但令人愉快的嗓音开腔了——敬请原谅一个凡夫俗子搅扰了您的幽静。

——您是位记者？——佩尔西科夫询问道，——潘克拉特！！

——绝对不是，教授先生——那胖子回答道——请允许我自我介绍一下吧——本人是远洋轮船船长，兼人民委员会主办的《工业导报》的撰稿人。

——潘克拉特！——佩尔西科夫歇斯底里地叫喊起来，就在此刻，墙角里亮起了一个红色信号，随即响起一阵柔和的电话铃声。——潘克拉特！——教授又喊了一声——我在听呢。

——请原谅我，教授先生①——话筒里响起了一个嘶哑的、说着德语的声音——打扰了，我是《柏林日报》的撰稿人②……

——潘克拉特！——教授冲着话筒叫喊起来，——我这会儿非常忙，我实在无法接待您！③ ……潘克拉特！

而在研究所的大门口，此时却已经是门铃声大作了。

      *   *   *   *

——铠甲大街发生了可怕的凶杀啦！——一些很不自然的、已经干哑的嗓音号叫起来，在那热浪蒸腾的六月的马路上，在那纵横交错于滚滚车轮之间的灯火稠密处，在那若明若暗的路灯的闪烁中，都回荡着这些号叫声——牧师的寡妻德罗兹多娃家闹起可怕的鸡瘟啦，瞧一瞧，这儿还有她的照片！……佩尔西科夫教授发现了可怕的生命之光啦！

佩尔西科夫的身体是那么剧烈地摇晃了一下，险些儿就栽到一辆正在莫霍瓦亚大街上奔驰着的小汽车车轮底下，他满腔愤怒，一把夺过一份报纸。

——三戈比啦，公民！——报童一边喊叫着，一边挤进入行道上的人群中，重又号叫起来——《红色晚报》来了，发现爱克斯光啦！

---

① 原文均系德文的音译。
② 原文均系德文的音译。
③ 原文均系德文的音译。

惊愕不已的佩尔西科夫打开那张报纸，往一根路灯杆上倚过去。在这张报的第二版左边的一角，在那模糊不清的花边框里，有一个秃子一下子落入他的眼帘。这家伙的那双眼睛充满了疯狂，像盲人那样视而不见，他的下颏则有气无力地耷拉着。这，显然是阿利弗雷德·布隆斯基的艺术创作的成果。"发现了神秘的红色光束的弗·伊·佩尔西科夫"这张照片的下方就有一行题词作了提示。再往下，在《世界级之谜》这一标题之下，有一篇文章，那正文是由这样的几句话开头的：

> 您请坐——德高望重的学者佩尔西科夫和蔼可亲地对我们说道……

正文下边则是字体花哨的签名：阿利弗雷德·布隆斯基（阿隆佐）。

大学的楼顶上，腾起一道绿幽幽的光；天空中，跃出几个火红火红的大字：《广播报》；莫霍瓦亚大街上顿时挤满了人。

——您请坐！——楼顶上的人喇叭里突然嘶叫起来，那个极为令人不快的、尖声尖气的嗓音，同阿利弗雷德·布隆斯基的嗓音一模一样，只不过是放大了一千倍——德高望重的学者佩尔西科夫和蔼可亲地对我们说道！——我早就有心要把我这一发现的成果介绍给莫斯科的无产阶级……

一阵轻轻的机械才有的嘎吱声在佩尔西科夫的背后响起，随即有人拉了拉他的袖子。他转过头去，便看见了那条机械腿的主人那张又圆又黄的脸。此人的两眼泪水汪汪，上下嘴唇哆嗦个不停。

——教授先生，您就是不情愿把您那惊人的发现成果披露给我——他悲戚戚地说道，深深地叹了口气——我那十五个卢布眼睁睁地丢掉了。

他忧伤地朝着大学的楼顶望去，那个隐身的阿利弗雷德就在那里，就在那黑洞洞的喇叭口里猖獗地嘶叫着哩。佩尔西科夫不知怎的有点可怜起这个胖子来了。

——我，——他嘟囔着，恨不得去把那空中飘来的每个字眼给截住——我可是根本就不曾对他说过什么"您请坐"！这简直就是一个伎俩罕见的厚颜无耻之徒！您且原谅我吧——不过，说句实话吧，你正在工作的时候，有人闯了进来，那关口上也会……我这不是在说您，当然，我说的是……

——兴许，您会对我，教授先生，会向我披露一点哪怕只是您那个分光箱的情况？——装着机械腿的那个人用讨好的口气悲悲戚戚地说道——如今您可也是无所谓了……

——用半磅蛙卵在三天之内就能孵化出大量的蝌蚪，其数量之多得绝对无法计数。——那个隐身的家伙在喇叭里吼叫着。

——嘟——嘟。——莫霍瓦亚大街上的那些小汽车在低沉地鸣叫着。

——嚯——嚯——嚯……你瞧，嚯——嚯——嚯……人声鼎沸，人头攒动。

——这家伙怎的这么卑鄙？啊？——气愤得直哆嗦的佩尔西科夫，冲着装着机械腿的那人狠声狠气地开腔道，——您能喜欢这种行径吗？我可要去控告他的！

——令人愤慨！——那胖子附和道。

一道极为炫目的紫光直射到教授的眼睛上，四周的一切——那根路灯柱子呀，那片木砖路面呀，那面黄色的墙壁呀，那些好奇的面孔呀，——霎时全都亮了起来。

——这是在给您拍照呢，教授先生。——那胖子以十分赞赏的口吻小声说道，并把他自己的整个身子都悬吊到教授的一只胳膊上，就像挂秤砣那样。空中传来什么东西发出的咔嚓咔嚓的声响。

——但愿它们统统见鬼去吧！——佩尔西科夫忧心忡忡地叫嚷着，急切切地带着那秤砣蹿出人群——喂，出租车。去普列齐斯坚卡！

一辆"24年型"的、漆皮已然斑驳剥落的旧式汽车在人行道旁停了下来，教授往车厢里钻去，竭力要把那胖子给甩开。

——你们这是在妨碍我呢。——他压低嗓门狠狠地埋怨道，用两个拳头挡住那束紫光。

——都看报了吗?! 那边为什么在大喊大叫呢？……佩尔西科夫教授与孩子们被人在小铠甲街上给砍杀了！……——周围人群里有人在喊叫。

——我可根本没有什么孩子呀，狗崽子。——佩尔西科夫怒吼起来，突然间，他落入那黑色摄像机的焦点，那摄像机摄下了他的侧面，摄下了他那张开着的嘴与充满愤懑的眼睛。

呜……嘟……呜……嘟……出租汽车吼叫起来，旋即钻入车流深处。

那胖子已然端坐在车厢里，正用其体温在暖热教授的那半个身子哩。

第五章　鸡的故事

有一个非行政中心的县辖小镇，就是过去的特罗伊茨克，如今则易名为斯捷克洛夫斯克，它属于科斯特罗马省斯捷克洛夫斯克县。小镇里有一条街，就是往日的教堂街，如今则易名为全体员工街。从这条街上一座小房子里，走出一位扎着一块小头巾、身穿一件灰色印花布连衣裙的女子，她走到门口的小台阶上，就号啕起来。这位女子，就是从前的教堂里的从前的大司祭德罗兹多夫的遗孀，她是那么高声地号啕着，只见一个蒙着一块毛绒大头巾的娘儿们的脑袋很快就从街对面一间小屋的窗户洞里探了出来，大声地问道：

——你怎么啦，斯捷潘诺夫娜，难道还在闹？

——第十七只啦！——这位从前的德罗兹多娃现在痛哭流涕地回答道。

——哎哟哟——哎——哟——蒙着大头巾的那个婆娘也哀怨地哭泣起来，直摇晃着脑袋——这到底是怎么回事呢？老天在发怒了，真的哟！难道那一只的确已经断气了？

——那你就过来瞅一瞅，瞅一瞅吧，玛特廖娜——牧师的妻子嘟囔着，一边高声而沉重地啜泣着，——你就过来瞅一瞅它是怎么回事吧！

那扇灰溜溜的、歪歪扭扭的篱笆门"砰"的响了一声，这婆娘那双光脚丫子，就吧嗒吧嗒地穿过满是尘土的街道的路脊，那个被泪水淋得湿漉漉的牧师的妻子呢，便领着玛特廖娜直奔自己的鸡舍去。

应当说一句，大司祭萨瓦季·德罗兹多夫神父的这位遗孀，在神父由于那些反宗教行径而引发的悲伤而于一九二六年去世之后，并没有灰心丧气，而是办起了一个极为出色的养鸡场。她的事业刚刚有些起色，重税就弄得她的养鸡场几乎就要倒闭，要是没有一些好心人的帮助，它一定会倒闭的。那些好心人开导寡妇，让她向当地有关部门提出申请，陈述她的要求：她，一个寡妇，要成立一个养鸡劳动互助组。这个互助组的成员包括她德罗兹多娃本人，她的忠实的女佣玛特廖什卡，还有寡妇的一个聋侄女。寡妇的税给免了，她的养鸡业便蒸蒸日上，及至一九二八年开年前夕，在寡妇那尘土飞扬的小院子里——其四周搭建了一个挨一个的鸡舍——跳来跳去的鸡已达二百五十只之多，其中甚至有九斤黄鸡。寡妇家的鸡蛋，每逢星期日都会出现在斯捷克洛夫斯克的集市上，在唐波夫都有人做起了寡妇家的鸡蛋买卖，有时候，这些鸡蛋会摆到那从前是"莫斯科奇奇金奶酪和黄油商行"的商店的玻璃橱窗里。

喏，且说那从早晨算起已然遭殃的第十七只鸡，那只可爱的凤头母鸡，它在院子里跳来跳去，突然，它就呕吐起来。"唉尔……尔……呜尔……呜尔……咯……咯……咯"——这只凤头母鸡扬起它那大冠毛，冲着太阳翻动着那双忧伤的眼睛，其神态是那样悲凉，仿佛它这是最后一次看到太阳了。互助组的成员玛特廖什卡端着一碗水，蹲在这母鸡的鸡喙前，手脚不停地忙乎着。

——小凤头儿，亲爱的……咕咕，咕咕，咕咕……喝点水吧。——玛特廖什卡央求着，端着那碗水紧追着凤头鸡喙转来转去，可是那凤头鸡就是不愿喝。它大张着喙，直挺挺地昂着头颈。随后，它就开始咯起血来。

——救世主啊！——这女客一拍大腿就喊叫起来——这是怎么搞的呀？这可全是鲜血呀。我可是从来也没见过——要不是这样，那就让我当场死在这儿！——鸡像人一样闹什么绞肠痧。

这几句竟成了给这只可怜的凤头母鸡送终的话。只见它突然间就向一侧翻倒过去，它用喙无助地戳了戳泥土，就翻起了白眼。随后它仰翻过来，双爪朝上直挺挺地伸出，随即便一动也不动了。玛特廖什卡手里端着的那碗水一下子泼溅开来，她呜呜地恸哭起来，牧师妻子——互助组主席本人也用低沉的嗓音哽咽着，此时，这女客则向她俯过身来，凑到她耳边，悄声悄气地说起来：

——斯捷潘诺夫娜，这是有人把你的鸡给毁了。上哪儿能见到这等事！连鸡也会闹出这样的病，可是压根儿也没见过！这准是有人对你的鸡施用魔法妖术。要不，我就把泥土吞下去。

——我的那些冤家对头呀！——牧师妻子仰天疾呼——他们难道真是非要折腾我，让我在这世上活不下去吗？

回答她这几句话的是一只公鸡那高声的啼叫，随即便有一只羽毛蓬乱的瘦公鸡从鸡舍里趔趔趄趄地蹿了出来，它那模样活像一个从小酒馆里跑出来的疯疯癫癫的醉鬼。它，蛮野地冲着她们瞪着眼珠，在原地直打转，将翅膀大大地张开着，简直像鹰一样，但没有向任何方位飞去，而是开始在院子里兜着圈子跑起来，就像那系在调马索上的马儿。到第三圈上，这公鸡停下不跑了，它突然呕吐起来，随后，它开始喘粗气，嘶鸣，咯血，将它身体周围咯吐得血迹斑斑，随即它翻倒在地，双爪挺直，直指太阳，像一对桅杆那样。女人们的号叫声响彻了院子。与此相呼应的，则是鸡舍里的一片躁动与混乱——"咯咯咯"的鸡叫声，"噼噼啪啪"的翅膀扑打声，乱成一团；上蹿下跳的喧闹声，汇成一片。

——哦，这不就是中了邪啦？——那女客以得意的口吻发问道——去叫谢尔盖神父来一趟，让他来驱驱邪吧。

傍晚六点，当太阳那火红的面庞低低地悬浮在那些幼嫩的向日葵之橙黄的面庞之间的时候，在养鸡场的院子里，教堂堂长谢尔盖神父做完了弥撒，便低头脱去了长巾①。其时。一张张好奇的面孔从古旧的围墙上边，从围墙的间缝里探伸出来。悲戚戚的牧师妻子紧紧地倚着那枚十字架，将一张被泪水浸得透湿而又破破烂烂的、颜色已然发黄的一卢布纸票子递到谢尔盖神父手里，对此举动，神父报以一阵叹息。

同时，他向她说了些诸如上帝震怒于我们之类的话。神父在说出这些话的时候，其神态是那样的，就好像他十分清楚上帝究竟为何而震怒，只不过他并不将它说出。

之后，街上的人群便纷纷四散而去，因为鸡总是早早就上架，所以谁也不知道，牧师妻子德罗兹多娃的邻居家的鸡舍里一下子也有三只母鸡和一只公鸡死掉了。它们也像德罗兹多娃家的鸡那样突然间呕吐起来，只不过它们的死亡发生在关闭的鸡舍里，而且是安安静静的。那只公鸡从架上倒冲头栽到地上，也就以那个姿势而一命呜呼了。至于说寡妇家的那些母鸡，它们在神父做过弥撒之后立刻就一个个地死去，及至傍晚，那些鸡舍里已是死气沉沉，寂然无声，那些僵直冷硬的家伙已经是成堆成堆地躺在那里。

次日清晨，全镇都像遭了雷击似的震惊了，因为事情发展到了稀奇诡秘而骇人听闻的程度。在"全体员工街"上，及至中午，只有三只母鸡存活下来，这三只还是躲在城边的一座小屋里，那是县里的财务稽核员租赁的一套住宅，不过，就是这三只也没能挨到午后一点就咽气了。而到了黄昏时分，斯捷克洛夫斯克镇简直就像一个蜂房那样轰然鼎沸开来，全镇到处风风火火地传播着一个令人战栗的词："瘟疫。"德罗兹多娃的姓氏，上了当地的报纸《红色斗士兵》，见诸于那篇标题为《难道真是鸡瘟?》的文章里，而从那里，这事便传到了莫斯科。

　　　　*　　　　　*　　　　　*　　　　　*

佩尔西科夫教授的生活已变得有些奇诡而古怪，已显出几分躁动不安难以平静的异彩。一句话，要在这样的环境中进行工作，简直是不可能的了。在他摆脱了阿利弗雷德·布隆斯基的第二天，他就不得不将他在研究所里的那个研究室的电话话筒给摘了下来，将电话线给掐断了，而晚上，当教授乘有轨电车经过"围猎场"大街时，他看见他本人的尊容出现在那座竖着黑色

---

① 长巾：神父法衣的一部分，垂在胸前，绣有十字架。

标语牌《工人报》大厦的楼顶上。但见他，教授，浑身发抖，脸色发绿，眨着眼睛，直往一辆敞篷出租车的车厢里钻，而紧随其后蹿上去的，则是一个挂在他胳膊上裹在被单里的机械球。教授正在楼顶上，在白花花的银幕上，伸出双拳，抵挡紫光。随即跃出一行火红色的字幕："就要坐上小汽车而出行的佩尔西科夫教授，要向我们著名的记者斯捷潘诺夫船长披露内情"。果然，下一个画面就是：从基督大教堂旁边，沿着伏尔洪卡大街，驶过来一辆摇摇晃晃的小汽车，教授正在这车上手忙脚乱地挣扎着，其时，他那副样子活像一只被猎犬追得精疲力竭的狼。

——这可是一群恶鬼呀，哪里是人！——动物学家咬牙切齿地嘟囔着，乘着电车而驶过去了。

就在那天晚上，折回自己在普列齐斯坚卡大街的寓所时，动物学家收到出自女管家玛丽娅·斯捷潘诺夫娜手笔的十七张记有电话号码的字条，那些电话全是他不在家的时候打来的，他还听到玛丽娅·斯捷潘诺夫娜本人的一则口头声明，声称她可是被折腾苦了。教授本想把这些字条统统撕掉，可他却打住了，因为在一个电话号码的前面，他看见了一行提示："卫生人民委员。"

——怎么回事呢？——古怪的学究诚然大惑不解了——他们这是搞的什么把戏呢？

当晚十点一刻，门铃响了，于是，教授不得不接受某个衣着华丽服饰考究得令人刮目的公民访谈。教授之所以接待这一位，乃是由于他那张名片——名片上（没有名也没有姓）赫然印着：各国政府驻苏维埃共和国商务代办处全权首席代表。

——但愿让他见鬼去，——佩尔西科夫狠狠地吼了一句，将放大镜和几张图表往那绿呢桌布上一扔，转而对玛丽娅·斯捷潘诺夫娜说道——去叫他上这儿，上书房来吧，就是那位全权代表。

——我能用什么来效力呢？——佩尔西科夫以那样一种口吻来发问，弄得首席代表不由得哆嗦了一下。佩尔西科夫将眼镜从鼻梁推上脑门，随即又拉了回来，仔细地打量这位来访者。这一位外表浮华至极，浑身珠光宝气，右眼上还戴着一枚单眼镜。"一副多么鄙俗的嘴脸"——佩尔西科夫不知怎的这样在心里过了一遍。

来客远非开门见山而是要兜圈子，恰恰是先请求允许他抽上一支雪茄，此举使得教授请他落座时已然是极不情愿。接着，来客就他这么晚来造访作了一番冗长的道歉——可是，白天实在是怎么也无法抓住……嘿嘿……帕尔东①……无法遇见教授先生的（来客发笑时活像一只鬣狗在呜咽）。

——没错，我可忙了！——佩尔西科夫那么干巴巴地回答道，弄得来客浑身再次哆嗦了一阵。

尽管如此，他还是壮起胆子来打扰著名的科学家：

——俗话说，时间就是金钱……这雪茄不妨碍教授吧？

——嗯——嗯——嗯。——佩尔西科夫这么含糊其辞地回答道。他允许了。

——教授可是发现了生命之光啦？

——得了，哪有什么生命之光?! 这都是那些小报记者的胡编乱造！——佩尔西科夫的谈兴勃发了。

——啊，不，嘿——嘿——咳……来客深知，这份谦逊乃是所有真正的学者最地道的门面……——不必客套啦……今天已经有一些电报……在一些世界级的大城市里，比如在华沙在里加，这种光已经是众所周知的了。整个世界都在风传佩尔西科夫教授的大名呢……整个世界都在屏气息声地注视着佩尔西科夫教授的这项研究……不过，所有的人也都非常清楚，在苏维埃俄罗斯，科学家们处境艰难。安特尔奴苏阿吉②……这里没有什么外人吧？……唉，此间不懂得重视科学家们的劳动，因而他便有心要与教授进行谈判……有一个异邦国家欲向佩尔西科夫教授提供完全无私的援助，以支持他那实验室里的研究。何苦还在此间对牛弹琴，就像《圣经》里所说的那样。那个国家很清楚，教授在一九一九年在一九二〇年在那……嘻……嘻……革命时期所经历的艰难遭遇。喏，当然啦，这可是要严格保密的……教授将研究成果披露给那个国家，那个国家就会为此而资助教授。教授可是已造出一个分光箱啦。要是能浏览一下这个分光箱的设计图纸，那将是挺有意思的……

其时，来客当即从上装内侧的衣兜里掏出一叠白花花的钞票……

区区一点小意思，五千卢布，且算是一笔定金吧，教授满可以当场收下……也不必开什么收条……要是教授谈起什么收条之类的事，他反倒会让这位全权首席商务代表感到委屈的。

----

① 法语"对不起"的音译。

② 法语的俄文音译，意思是"这话只在我们之间说说"。

——滚！——突然间，佩尔西科夫是那么令人生畏地厉声大吼，客厅里钢琴上的几个高音键都发出了一阵共鸣。

来客竟是那么迅疾地消失了，弄得愤怒得直发抖的佩尔西科夫本人一分钟过后也心生疑窦：那访客他是否真的来过，抑或这不过是自己的幻觉。

——那可是他的套靴?!——又过了一分钟，佩尔西科夫在门厅里咆哮道。

——人家给忘了。——浑身直哆嗦的玛丽娅·斯捷潘诺夫娜应答道。

——把它给扔出去！

——我能把它往哪儿扔呢？人家会来取走它的。

——那就将它交到房管会去。要个收条。一定别让我看见这双套靴！交到房管会去吧！让人家收管这间谍的套靴得啦！……

玛丽娅·斯捷潘诺夫娜画着十字，收拾起那双华丽漂亮的皮套靴，拿着它上后门去了。到了那里，她在那门后稍稍站了一会儿，随即便把套靴藏进那小储藏室里。

——交去了吗？——佩尔西科夫怒气冲冲地问道。

——交去啦。

——把收条给我。

——对啦，弗拉基米尔·伊帕季伊奇①。房管会的主席可是一个文盲呀!……

——马上。立刻。一定。要来收条。且让随便哪个识字的狗崽子替他开一张！

玛丽娅·斯捷潘诺夫娜只好摇摇头就离去了，一刻钟过后，她拿着一张字条折回来，那字条上面写的是：

今收到佩尔西科夫教授交来奋靴 1（一）又②，充作公用储备。科列索夫。

——那这是什么？

——取物牌呀，先生。

佩尔西科夫真想用双脚去踩去踩那块取物牌，他将那收条压到镇纸下藏

---

① 伊帕季伊奇，即伊帕季耶维奇。
② 此处本应是"套靴一双"。但写成两个别字，其俄文意思是"舞步、粪便"。作家以此显示人物文化水平低劣。

好。随即忽然有一个念头给他那高高隆起的额头罩上了一片忧郁的阴影。他奔到电话前，费了好大劲儿才叫通了研究所里的那个潘克拉特，而向后者询问道：——一切都还顺利吗？——潘克拉特冲着话筒支支吾吾地说了一遍，倒是也还可以明白一点，那就是，照他看来，一切顺利。佩尔西科夫这才宽下心来，不过也只有一分钟。随即他就皱着眉头，对准话筒，一口气说出了这番话来：

——请给我接这个……它叫什么来着……卢宾扬卡①。麦尔西②……此刻该对你们当中的哪一位说话才是呢……我家里刚才来了那么一个穿套靴的形迹可疑的家伙，没错……第四大学教授佩尔西科夫……

听筒里猛然中断了交谈，佩尔西科夫走开了，一边透过牙缝嘟囔出几句骂人的话。

——您喝茶吗，弗拉基米尔·伊帕季伊奇？——玛丽娅·斯捷潘诺夫娜探头向书房里望望，怯生生地询问道。

——什么茶我都不喝了……保安——保安——保安，且让他们统统见鬼去吧……好像全都一个样儿地发疯了。

整整十分钟之后，教授又在他自己的书房里接待一批新来的访客。其中的一位颇惹人喜欢，胖乎乎的，非常彬彬有礼，身着那种质料素朴缝制简便的弗伦奇式军上装和紧腿裤。他的鼻梁上，架着一副水晶蝴蝶般的夹鼻眼镜。总体看上去，他就像是一个穿着漆皮靴的天使。另一位呢，个头矮矮的，神情极为阴沉，一身便服，可是那便装套在他这人身上竟是那样，好像倒正是它让他感到很是不便。还有一位客人，其举止很特别，他并没有走进教授的书房，而是滞留在光线昏暗的门厅里。在这个位置上，那灯光明亮但弥漫着缕缕烟雾的书房里的一切，反倒都收入他的眼帘。这第三位、也是一身便服的访客的面孔上也不乏装饰，一副烟色的夹鼻眼镜赫然架在他的鼻梁上。

在书房里的那两位，翻来覆去地查看那张名片，没完没了地盘问那五千卢布的事儿，千方百计地迫使人家来描述那位访客的相貌，着实把佩尔西科夫折腾苦了。

——鬼才清楚他是个什么模样——佩尔西科夫嘟嘟囔囔地说道——喏，

---

① 卢宾扬卡：莫斯科市中心的一个广场名，十月革命后苏俄国家政治保安局总部所在地。
② 法语"谢谢"的俄文音译。

反正是一副令人生厌的嘴脸，一个败类。

——那么，他有一只眼是不是玻璃的？——那小个头嗓音嘶哑地问道。

——鬼才清楚它是什么样儿的。不，可不是玻璃的，两只眼都是贼溜溜的呢。

——是鲁宾施坦？——那天使转向那一身便服的小个头轻声地设问道。可是后者却皱了皱眉头，不以为然地摇了摇脑袋。

——鲁宾施坦是不会不要收条的，绝对不会的——他瓮声瓮气地开腔了——这可不像是鲁宾施坦的手笔。这件事上有个更有分量的人物。

有关那双套靴的情节，立即引起访客们兴趣的勃然爆发。那天使拨通房管会的电话，只轻声吐出寥寥数语——国家政治保安局，传房管会书记科列索夫，要他马上携套靴，到佩尔西科夫教授的寓所。——只见那面色苍白的科列索夫，双手抱着套靴，旋即出现在书房里。

——瓦先卡！——天使用他那不高的嗓门唤坐在门厅里的那一位。那人无精打采地站起身，拖着他那副就要散架了似的身子，慢腾腾地晃进书房，那副烟色的眼镜把他的一双眼睛全然给吞没了。

——嗯？——他睡眼惺忪言语简短地询问道。

——套靴。

那双烟蒙蒙的眼睛冲着这双套靴扫视了一遍，就在这一举动中佩尔西科夫感觉出，从那两片烟色玻璃片后面，在一刹那间，斜愣着而闪烁出亮光的，绝对不是那种惺忪的睡眼，而是正相反，乃是一双刺目惊人的眼睛。不过，这双眼睛的亮光转瞬之间就熄灭了。

——怎么样，瓦先卡？

那个叫瓦先卡的用其无精打采的嗓音回答道：

——喏，这还有怎么样。佩连日科夫斯基的套靴呗。

充公物品储备库房里立即少了佩尔西科夫教授的赠品。那双套靴被裹在一张报纸里就失踪了。

已然极度地高兴起来的那个身着弗伦奇式军装的天使，站起身来，握住教授的手，甚至还发表了一个简短的致辞，其大意可归结为：这可是教授立下的功劳……教授可以安心了……往后，不论是在研究所里，还是在家中，都不会有人再来骚扰他了……会采取一些措施的，他的那些分光箱是绝对安全的。

——那么，能不能把那些采访记者统统都给枪毙了呢？——佩尔西科夫从其眼镜框上边探望着，询问道。

这一询问逗得这几个房客异乎寻常地乐起来。不单是那个神情阴沉的小个头，就连戴烟色夹笔眼镜的那位也在门厅里笑了一声，那天使则满面微笑容光焕发地解释说，这可是不可能的。

——那么，到我这儿来的浑蛋是个什么人呢？

其时，这几位访客全都立刻收起了笑容，那天使闪烁其词地回答说，此人嘛，一个以投机勾当而营生的小骗子而已，不值得理睬……尽管如此，他却恳请教授公民对今晚的这件事绝对保密。随后，这批访客便离开了。

佩尔西科夫折回书房，走到那些图表前，可是他仍然不能投入工作。电话机将其火红色的圆圈形的信号抛入他的眼帘，一个女性的声音在向教授提议说，要是他有心娶一位富有情趣心肠火热的寡妇为妻，他便可以得到一套七居室的住宅。佩尔西科夫冲着话筒吼起来：

——我倒是建议您上罗索利莫教授①那儿治一治才是……接着，他听见了又一阵电话铃声。

佩尔西科夫立刻就变得温和了三分，因为这个电话可是一个相当有名望的人物从克里姆林宫里打来的，那要人许久地用同情的口吻询问佩尔西科夫的工作情况，并表示了要来造访实验室的愿望。佩尔西科夫从电话机旁走开，拭去脑门上的汗珠，又走过去将话筒摘了下来。这时，头顶上那层楼的一套住宅里响起了一些怪声怪气的圆号声、喇叭声，飞出女武神们②的号嗬声——那是呢绒托拉斯的经理家的收音机在播放大剧院里的一台瓦格纳音乐会。佩尔西科夫就在这般从天花板上纷纷袭来的号叫声与哀鸣声所构成的喧嚣之中，向玛丽娅·斯捷潘诺夫娜声言，他要去控告那位经理，他要把那位经理的收音机给砸碎，他要离开莫斯科而随便去什么鬼地方，因为，显而易见，人家这是打定主意要把他给撵走。他摔碎了放大镜，躺到书房的沙发上，就在那些从大剧院里飞来的著名钢琴演奏家所弹出的一串串柔和的滑音之中，他沉入了梦乡。

一件件意外在继续发生，第二天里也是接踵而至。乘有轨电车上研究所的佩尔西科夫，走到所门口的台阶上，就碰见一个戴着时髦的绿色圆顶礼帽、为他所陌生的一位公民。此人仔细地打量着佩尔西科夫，但并没有向他

---

① 格·伊·罗索利莫（1860—1928），苏联著名神经病学家，医生，莫斯科大学教授。
② 即歌剧音乐《女武神》，德国著名作曲家理查德·瓦格纳（1813—1883）的作品。在斯堪的纳维亚神话中，女神们为英雄助战，并且把阵亡将士的英魂引进瓦尔加拉宫，飨以酒宴。

提出任何询问，因而，佩尔西科夫尚且还能容忍这陌生人。可是，在研究所的门厅里，除了那个慌慌张张的潘克拉特朝佩尔西科夫迎上来，又有一个戴着圆顶礼帽的也起身相迎，此人还彬彬有礼地向他问候道：

——您好，教授公民。

——您有什么事？——佩尔西科夫用令人生畏的声音发问道，一边让潘克拉特帮他脱下大衣。可是，戴圆顶礼帽的很快就使佩尔西科夫定下神来，他用十分亲昵的口气悄悄地嘀咕了一句：教授无须分心，他，戴圆顶礼帽的，守在这里正是为了让教授得以摆脱那些形形色色的纠缠不休的造访者……他还说，教授满可以放下心来了，不仅是对研究室的门外，而且甚至可以对窗外。说完这些，这陌生人立即在一刹那间将其上装的衣襟撩翻过来，向教授亮出一枚什么样的小徽章来。

——哦……你们的工作安排得倒也挺出色呀——佩尔西科夫嘟囔道，还天真地补了一句——那您守在这里吃什么呢？

对这个问题，戴圆顶礼帽的报以粲然一笑，他解释说，会有人来换班的。

这之后的三天过得好极了。克里姆林宫来人看望过教授两次，还有一次来的全是一些大学生。佩尔西科夫考他们，那些大学生一无例外统统都没能考及格，从他们脸上的神色就能看出来。如今，光是佩尔西科夫这一姓氏，就要在他们心目中激起那种简直是迷信般的恐惧。

——去当列车员得了！您这样的人是不能从事动物学的。——从研究室里传出这类揶揄。

——他这人够严厉的吧？——戴圆顶礼帽的向潘克拉特探问道。

——哦唷——但愿你不要撞上——潘克拉特回答道——要是有个什么样的真能考下来，亲爱的，你就瞧着吧，那他也一准儿是摇摇晃晃地走出研究室。他会汗流浃背的。他还会马上就奔啤酒馆去的。

忙乎着所有这些琐碎事务的教授，在不知不觉之中过了三天三夜，可是到了第四天，他重又被拉回到那真正实在的生活里。使他回归现实生活的是那从大街上传来的一声尖细而刺耳的叫喊。

——弗拉基米尔·伊帕季耶维奇！——这声叫喊从赫尔岑大街上穿进研究室那扇打开着的窗户。这声叫喊算是走运了：佩尔西科夫最近这几天实在过于劳累，此刻他恰好在休息，他那双熬出一层又一层小红圈的眼睛，无精打采疲惫乏力地张望着，他坐在圈椅里一个劲儿地抽烟。他再也支撑不住了。故而他甚至怀着几分好奇朝窗外瞅了一眼，于是便瞥见了人行道上的阿利弗雷德·布隆斯基。从那只尖顶帽与那个笔记本上，教授立刻将那张印有显贵头衔的名片的持有者给认了出来。布隆斯基亲热而恭敬地冲着窗户行了个鞠躬礼。

——哦，是您？——教授问道。他连发怒的气力都没了，他反而似乎都有点好奇了：接下去又会有什么事呢？有窗户作掩体，他觉得自己置身在安全地带，而不至于受到阿利弗雷德的侵害。守在街上而从不换班、也戴圆顶礼帽的那家伙立刻扭过头来冲着布隆斯基竖起耳朵。站在街上的后者脸上绽开了那种极尽媚态的笑容。

——请给出两分时间，亲爱的教授——布隆斯基拉开嗓门而开腔道——我只有一个小小的问题，而且纯粹是动物学方面的。您让提吗？

——提吧。——佩尔西科夫以简短而讥讽的口吻回答道，心里暗自过了一遍：这浑蛋身上毕竟还有点美国式的做派哩。

——您能为了母鸡而谈点什么吗，亲爱的教授？——布隆斯基双臂交叉而抱着肩膀，大声问道。

佩尔西科夫不由得一怔。他坐到窗台上，随即又爬下来，按了按手铃，伸出一根手指头戳向窗外而喊起来：

——潘克拉特，放人行道上的这一位进来。

当布隆斯基出现在研究室里时，佩尔西科夫竟把他那份和蔼表现得那么过分，以至于冲着来人扯开嗓子大喊了一声：

——您请坐！

布隆斯基欣欣然地微笑着，坐到那只旋转凳上。

——请对我讲明——佩尔西科夫说起来——您是给你们那些报纸写东西吗？

——正是。——阿利弗雷德毕恭毕敬地回答道。

——那我可就弄不明白了，您怎么还能写东西，既然您连俄国话都不会讲。什么叫"两分时间"？什么叫"为了母鸡"？您哪，大概是想询问"关于母鸡"的事，是不是？

布隆斯基有气无力但毕恭毕敬地笑笑说：

——瓦连京·彼得罗维奇会改的。

——这个瓦连京·彼得罗维奇是什么人？

——文学部主任。

——喏，得了。我也不是一个语文学家。且让你们那个彼得罗维奇一边玩去吧。关于母鸡，您一心想知道的究竟是什么呢？

——一切，凡是您能告诉我的，教授。

布隆斯基立时就掏出铅笔而严阵以待。佩尔西科夫的眼睛里闪出一些胜利的火花。

——您来找我可真是徒劳一场，我并不是鸟类专家。您最好还是去找叶梅利扬·伊万诺维奇·波尔图加洛夫教授，他在第一大学执教。我本人则知之甚少……

布隆斯基欣然一笑，欲以此让人家明白，他可是领会了亲爱的教授的这种玩笑。"好一个玩笑——知之甚少！"——他一边在心里暗暗过了一遍，一边在笔记本上往这句话下面勾出一道波浪线以示强调。

——不过，要是您感兴趣，那就让我讲一点。鸡，抑或是有冠的家禽……乃是鸡形目其中的一种禽类。属于雉科……佩尔西科夫高声讲起来，他并不去注视着布隆斯基，而是朝远处的什么地方望去，似乎那里有上千人在听他演讲……属于雉科……法吉阿尼泽。① 它们乃是一种具有肉冠与下颌底下长着一片肉髯的禽类……嗯……虽然有时却也只长着一片肉髯且在下颌当中……喏，还有些什么样的特征呢。其翅，短而圆；其尾，中等长度，稍呈梯形，我甚至宁愿说是屋脊型；其中部的羽毛，像镰刀那样弯曲着……潘克拉特……你去模型室一趟，把705号模型，就是那只可拼装的公鸡，给我拿过来……不过，您不需要这个吧？……潘克拉特，那你就不用去把模型拿来了……我向您重申，我可不是专家，您且去找波尔图加洛夫。喏，我本人知道有六种野生鸡……嗯……波尔图加洛夫知道得要多些……在印度呀，在马来群岛上的呀。譬如说，班基夫的公鸡，抑或叫卡津图鸡，它生长在喜马拉雅山麓，全印度都可以见到，其阿萨姆邦有，缅甸也有……弹尾公鸡，抑或称作加鲁斯·瓦里乌斯鸡，则生长在印度尼西亚的龙目岛、松巴哇岛和弗洛勒斯岛上。在爪蛙岛上，还有一种名叫加留斯·恩涅乌斯鸡的良种公鸡，我可以给您介绍一种非常漂亮的宗奈拉特公鸡，它生长在印度的东南部……过后我给您看这公鸡的素描。至于说到锡兰，我们可以在那里遇见一种叫"斯金利"的公鸡，那种鸡，别的地方哪儿也不产。

布隆斯基圆睁双眼，端坐在那儿，刷刷地挥笔记录着。

---

① "雉科"一词拉丁语学名的俄文音译。

——还有些什么可告诉您的呢？

——我倒想了解一些有关鸡病方面的知识。——阿利弗雷德低声低语地说道。

——嗯，我可不是专家……您去问问波尔图加洛夫吧……不过也……喏，诸如绦虫呀，吸虫呀，疥螨呀，蠕形螨呀，鸡虱，抑或称作羽虱呀，跳蚤呀，鸡霍乱呀，哮喘性并发白喉性黏膜炎呀……肺霉菌病呀，结核病呀，鸡癣呀……有可能患染上的，可多得是啦……（佩尔西科夫的两只眼睛迸射出火花）……譬如说，中毒呀，毛囊蠕形螨呀，肿瘤呀，软骨病呀，黄疸呀，风湿病呀，申莱因氏毛发真菌……那可是一种很有意思的病：鸡一旦患上这种病，它们的冠上就会出现那些像是发了霉的小斑点……

布隆斯基掏出一块花手帕，拭去脑门上的汗水。

——那么，在您看来，教授，现如今正在发生的这场灾难其起因究竟何在呢？

——什么灾难？

——怎么，难道您没看报，教授？——布隆斯基惊讶不已，随即从公文包里掏出一页皱巴巴的《消息报》。

——我这人一向不看报。——佩尔西科夫回答道，皱起眉头。

——可这是为什么呢，教授？——阿利弗雷德柔声细语地问道。

——就因为他们总是写些胡说八道的东西。——佩尔西科夫不假思索地答道。

——但怎么会是这样的呢，教授？——布隆斯基温和而低声地说道，随即展开了报纸。

——怎么回事？——佩尔西科夫询问道，甚至都从座位上站起身来。现在是布隆斯基的两眼里闪起火花来了。他用他那根尖尖的、染得亮晃晃的手指头特地指戳着报上那一条特大号通栏标题：《共和国闹鸡瘟》。

——怎么啦？——佩尔西科夫询问道，一边把眼镜推到了额头上……

第六章 一九二八年六月的莫斯科

它通体发亮，海洋般的灯火在恣意舞动。一片熄灭了，另一片又燃亮。"剧院广场"上，好几辆公共汽车的白色灯光与好几辆有轨电车的绿色灯光缠绕在一起，交相辉映，旋转摇曳；在先前那个"缪尔－梅里利兹大厦"①上面，在后来于这大厦上扩建成的第十层的楼顶上，一个由彩色电灯泡排列而成的女人在跳动着，她一个字母一个字母地撒出那五彩缤纷的标语牌："工人信贷。"在大剧院对面的街心公园里，在那个彩色喷泉彻夜通宵地开放着的地方，一群人熙熙攘攘地溜达着，用低沉的嗓音交谈着。而在大剧院的楼顶上，则有一个巨大的喇叭号叫起来：

——抗鸡瘟接种疫苗在列福尔托夫兽医研究所已获卓越的成效。今日死鸡的……数量已减少一半……

随后，那喇叭的音色就变了，像是有什么样的动物在里面发威吼叫了一阵，一束绿光在剧院楼顶上明灭不定地闪烁着，于是，那喇叭用一种男低音诉说道：

——防治鸡瘟非常委员会已经组建，其组成人员有卫生保健人民委员、农业人民委员、主管畜牧业的普塔哈－波罗修克②同志、佩尔西科夫教授和波尔图加洛夫教授……还有拉比诺维奇同志！……来自外国的新的武装干涉的企图……那喇叭又是哈哈大笑又是泣不成声，简直像胡狼那样——就是与这场鸡瘟相关的！

"剧院巷"、"涅格林"与"卢宾扬卡"大街，犹如一道道白色的和紫色的光带，向四面八方进射出一束束光线，警笛声此起彼伏刺耳惊心，马路上烟尘滚滚一片喧嚣，一堆堆人群聚集于一面面墙根下一块块偌大的布告栏之前，那些布告栏均被刺眼的红色反光灯照得雪亮：

禁止居民食用鸡肉与鸡蛋，对违禁者要追究其最严重的责任。个体商贩，若有在市场上出售鸡肉鸡蛋，一经发现，必将追究其刑事责任并没收其全部财产。所有手头储有鸡蛋的公民，都得尽快将它们送交其所在区的警察分局。

《工人报》报社大楼楼顶的那块银幕上，浮现出那一堆一堆地码放着而就要把天给戳破的公鸡母鸡，一队身着浅绿色制服的消防队员，敏捷麻利地散开来，头盔发出闪闪的亮光，他们举着水龙带，朝那些鸡堆上喷洒汽油。紧接着，那红色的火浪便在银幕上滚动起来，晦暗的硝烟腾散开来，裂成碎块而向上下飘摆，一缕缕一股股地向四下蔓延，一行火红的字幕凸显出来：

---

① "缪尔－梅里利兹"是一家大型商贸联营公司的名称。
② "普塔哈－波罗修克"：此乃作家自造的姓氏，其词义和发音近似于"家禽猪崽"。

"在霍登卡焚毁鸡尸。"

在那些营业到凌晨三点，在午餐和晚餐时才关门两次的商店里，挂着"出售禽蛋，质量有保障"招牌的窗口，一个个全都被封住被钉死了，在那些流光溢彩的橱窗之间，它们看上去便活像一个个被堵死的窟窿眼。那些带有"莫斯科市卫生局·急救车"标牌的汽车，一边发出令人揪心的嘶鸣，一边超行到笨重的公共汽车的前头，风驰电掣地从那些警察身边嗖嗖地飞掠过去。这情形，愈来愈频繁。

——又有什么人贪吃那劣质鸡蛋了。——人群里叨叨咕咕地议论起来。

驰名世界的"帝国之风大饭店"，用它那些草绿色的、橘黄色的彩灯，把彼得罗夫那一片街道照得亮光闪闪，就连这家大饭店里的那些餐桌上，那些移动式电话机旁，也一一摆着那种溅满甜酒斑迹的硬纸牌子："奉上面指示——鸡蛋饼，停止供应。新鲜牡蛎，本店现备。"

在"埃尔米塔日大饭店"里，在那毫无生气的、令人窒息的一小片绿荫中，挂着一串串中国式小灯笼，它们凄凉地闪烁着，而在那以其刺目的亮光叫人睁不开眼来的戏台上，讽刺歌曲演唱者施拉姆斯和卡尔曼齐科夫则正在演唱一道讽刺歌，那是由诗人阿尔多和阿尔古耶夫联手创作的一首短歌：

> 哎呀，妈妈，叫我怎么办
> 没有了鸡蛋?! ——

他俩一边唱着，一边咚咚地跺着脚，跳着那"切乔特卡"① ……

以已故的符谢沃洛德·梅耶荷德——众所周知，此公是一九二七年，在排练普希金的《鲍里斯·戈都诺夫》之际，由于那清一色的大贵族所打的秋千径直砸到头顶上而亡故的——的名字命名的剧院，则推出一幅用五彩缤纷的各色电灯泡串联而成的活动广告牌，它预告将公演由作家爱伦道编写的话剧《母鸡之死》，该剧由梅耶荷德的学生、共和国功勋导演库捷尔曼执导。在近旁，在玻璃宫里，广告灯光以不同花样明明灭灭地变幻着，一个半裸的女人闪露着她的肉身；在戏台的绿荫中，在雷鸣般的掌声中，作家列尼甫采夫的时事短剧《鸡妈妈的孩子们》正在上演。而在特维尔大街上呢，此时则可见到几匹头部两侧都挂着小灯笼的马戏团用的毛驴，它们驮着一些闪闪发

---

① 一种类似于踢踏舞的舞蹈。

光的宣传画，列成一队，鱼贯而行。在科尔什剧院，罗斯丹①的《尚捷青勒尔》正在上演。一些报童在各种机动车的车轮之间窜来窜去，嗓门忽高忽低地号叫道：

——骇人听闻的地下发现！波兰在准备骇人听闻的战争！佩尔西科夫教授在做骇人听闻的实验！

在先前的尼基金马戏院里，在那令人快意地飘散着粪便气味的、宽敞的棕色的演技场上，脸色像死人那样煞白的小丑鲍姆对另一个穿花格子衣服的、虚胖的小丑比姆说：

——我可知道你为什么这么伤心！

——为的是哪桩？——比姆尖声尖气地问。

——你把鸡蛋埋在地下了，可是，那第十五路段的警察们把它们给找出来啦。

——哈——哈——哈——哈。——整个马戏院哄然大笑，笑得血管里的血液都因这份悲喜交加而凝住了，连悬吊在那古旧的穹顶下的吊杠与蛛网都轻轻地飘荡起来。

——啊——嘿！——这两个小丑尖声一唤，一匹喂过食料的白马便驮着一位奇美的女子跑了出来，她两腿长得标致，穿着深红色紧身衣。

荣获意外声誉的佩尔西科夫，其时正兴冲冲而又孤零零地穿过莫霍瓦亚大街，而向练马场旁边的红色夜光钟走去，他是对谁也不看一眼，对任何人也不注意，对那些妓女的引诱拉扯与轻声轻气、温柔可亲的召唤，更是不予理睬。就在这大钟下面，目不环顾、沉入自己的思绪之中的他，和一个怪模怪样、一身老派装束的人撞了个满怀，他的手指头一下子戳到了那木制的手枪匣上，这枪匣就挂在那怪人的腰间，直把他戳得疼极了。

——哎哟哟，见鬼啦！——佩尔西科夫尖叫一声——对不起。

——向您道歉。——迎面来的那一位用令人生厌的声音应答道，他俩好歹错开各自的身子而隐入稠密的人流中里。教授当即就忘了这次碰撞，而朝着普列齐斯坚卡大街奔去。

---

① 罗斯丹·艾德蒙（1868—1918），法国诗人，剧作家。他的《尚捷克勒尔》一剧的俄译名是《公鸡》。

第七章 罗 克①

搞不清楚，列福尔托夫兽医研究所研制的接种疫苗是否确实见效，萨马拉的防疫队所采取的隔离措施是否真正得力，在卡卢加，在沃罗涅什，对于那些鸡蛋收购商的严厉惩处是否真的奏效，莫斯科的那个非常委员会的工作是否卓有成效，然而，这一点却是非常清楚：在佩尔西科夫与阿利弗雷德最近的那次会晤之后又过了两周，整个共和国联盟境内就鸡这种家禽来说，已然是完全彻底地干干净净了。在一些边区城镇的农家小院里，偶然尚有一些孤零零的鸡毛掉落在地上，而招得人家眼里噙泪，即便在医院里，那最后一批贪嘴的人也都渐渐止住便血与呕吐，而康复起来。至于死亡的人数，说来幸运，整个共和国还没超过一千。也没有招来什么大的骚乱。没错，在沃罗科拉姆斯克，是出现过一个预言家，此公扬言，招致公鸡母鸡大批染疫而病死的，并不是别人，而正是那些人民委员，可是此公也并未获得什么特别大的成功。在沃罗科拉姆斯克的集市上，那几个从农妇们手中抢夺母鸡的警察被人家揍了一顿，再有，就是当地邮电支局的窗玻璃被砸碎了。幸好，办事干练的沃罗科拉姆斯克政府机关各部门及时采取措施，其成果有：其一，那位预言家中止了他的活动，其二呢，邮电局的窗玻璃给换上了新的。

在北方，这场瘟疫流行到阿尔汉格尔斯克，流行到休姆金移民村，便自行收场了，其缘由就是再往前它可是无处可去了——众所周知，白海里是养不了鸡的。瘟疫到了符拉迪沃斯托克也中止其流行，因为前面也是海洋。在遥远的南方——这疫情在奥尔杜巴特、朱利法和卡拉布克那一带，在那种被烈日烤荒了的大漠地带的一个什么地方，也就销声匿迹了，而在西方呢，它令人惊奇地正好被挡在同波兰同罗马尼亚接壤交界的边境线上。兴许就因为那里的气候是别样的，兴许是由于那两个邻国政府采取的边境检疫隔离防范措施发挥了作用，反正事实就是：瘟疫没再向前蔓延。国外的报刊上一片喧哗，喋喋不休地议论着这一史无前例闻所未闻的瘟疫，苏维埃共和国政府则在不动声色的状态中手脚不停地工作着。"防治鸡瘟非常委员会"更名为"在共和国内振兴养鸡业非常委员会"，该会充实了三名新的非常委员而由十六位同志组成。"爱鸡协会"也建立起来了，佩尔西科夫与波尔图加洛夫以

---

① 作家自造的这一姓氏，其词根是厄运、劫运、劫数的意思。

该会名誉主席的身份进入了该会。在报纸上，在他俩的头像的下方，出现了这样的标题：《从国外大批量购进鸡蛋》和《尤兹先生企图阻挠鸡蛋运动》。记者科列奇金的那篇用语刻薄的小品文，一下子轰动整个莫斯科，该文的结束语是："别瞧着我们的鸡蛋就眼红，尤兹先生——你们有自己的嘛！"

近三周以来，佩尔西科夫教授完全精疲力竭，被过度的工作累垮了。鸡瘟事件使他的工作脱离了常轨，将双重的负荷推到他肩上。他不得不整晚整晚地参加鸡瘟委员会的会议，不得不时地耐着性子而去同人家——或是阿利弗雷德·布隆斯基，或是那个装有机械腿的胖子——进行冗长的谈话。他还不得不同教授波尔图加洛夫、编外副教授伊万诺夫以及一个叫波仑加尔特的一道去解剖瘟鸡，将它们置于显微镜下细细观察，以寻找出鸡瘟杆菌，他甚至不得不接连开了三个晚上的夜车，急就章地赶写出一本其书名为《论遭瘟疫感染的鸡之肝脏的病变》的小册子。

佩尔西科夫对鸡病理研究这方面的工作并不特别热心，这也可以理解——他的头脑已经全然让另一件——那可是主要的、重要的，鸡瘟这场灾难却迫使他将之放下了的——也就是那束红光——给装满了。佩尔西科夫消耗着自己那原本就已备受损害的身心健康，从睡眠与吃饭的时间里争分夺秒，有时都不回普列齐斯坚卡大街的寓所里，而就在研究所里，就在研究室那个漆布沙发上凑合着打个盹，一夜一夜地守在分光箱旁，守在显微镜前，通宵达旦地忙碌着。

及至七月底，这份忙乱算是缓下来几分。那个更换了名称的委员会的事务也走上了正轨，于是，佩尔西科夫便回到那徒遭干扰的工作上来。一台台显微镜的镜头下均放上了新的切片，分光箱里的鱼卵和蛙卵，在光束的照射下以童话般的神速发育成熟。从哥尼斯堡空运过来一批特地订购的透镜，就在七月份那最后的几天里，由伊万诺夫监造，机械师们组装出三个新的巨型分光箱，在这三个分光箱里，光束根部的宽度达到了香烟盒那样的规模，其喇叭口呢——则有整整一米宽。佩尔西科夫兴冲冲地摩拳擦掌，而开始着手一项机密而复杂的实验。种种准备工作之中的第一件——他要通过电话与教育人民委员商定，只听见对方在话筒里呱呱地对他说了一通极为客气的话，许下给予种种协助的承诺，接着，佩尔西科夫又通过电话向普塔哈－波罗修克同志作了通报，此公是主管最高委员会直属的畜牧业局的负责人。佩尔西科夫得到了来自普塔哈那边的最为热忱的关注。说的事情是：要在国外订购一大宗设备以供佩尔西科夫使用。普塔哈在电话里说，他马上就往柏林往纽约发电报。这之后，克里姆林宫便打来电话查问佩尔西科夫的工作进展情形，一个既庄重而又亲切的声音询问佩尔西科夫，是否需要给配备一辆小轿车。

——不用了，谢谢您。我情愿坐有轨电车呢。——佩尔西科夫回答道。

——那为什么呢？——那个神秘的声音询问道，宽容地微微一笑。

一般来说，大家同佩尔西科夫谈话时，不是毕恭毕敬而诚惶诚恐，就是伴以一份亲切的微笑，就像跟那种年纪小小可是身份大大的小孩子说话时那样。

——有轨电车反而走得更快些。——佩尔西科夫回答道。随后，那个洪亮的男低音在电话里应答说：

——好吧，那就悉听尊便了。

又过了一周。这些日子里佩尔西科夫得以更加远离那些渐渐消停下来的鸡瘟问题的缠绕，而全身心地沉潜于那种光束的研究。一个个不眠之夜，超负荷的过度劳顿，反倒使他的头脑变得清澈了，越加透明而又轻盈。那两道红圈，如今总是不见从他那双眼睛上消失掉，他几乎是每一天都要在研究所里过夜。他倒是从动物研究所这一隐身之处离开过一回，那是为了到普列齐斯坚卡大街的"科学家生活改善中央委员会"的大会堂去作报告，去讲讲他那种光束及其对卵细胞的作用。那一次，这位古怪的动物学家可是大出风头了。圆柱大厅里掌声如雷，震得天花板上都有什么东西往下坠落，燃得咝咝作响的弧光灯，将光芒倾洒在那些前来听讲的科学家们的黑色晚礼服与女士们的白色衣裙上。在主席台上，在讲台旁边，摆着一张玻璃桌，那桌子上摆着一个盘子，盘子里坐着一只湿漉漉的、体型有猫那么大的青蛙，它在那里呼哧呼哧地喘气，显露其灰乎乎的形体。有些人不时地往台上抛字条。其中有七张都是求爱的，佩尔西科夫均把这些字条给撕了。"科学家生活改善中央委员会"的主席费了好大的劲儿才把教授拽到主席台上来向听众致谢。佩尔西科夫十分激动地行了个鞠躬礼，他的双手汗涔涔湿漉漉，那条黑色领带不是垂在下颌之下，而是都歪到左耳后边去了。在他眼前，在茫茫一片呼出的热气之中，在朦胧一缕腾飞的烟雾之中，几百万个蜡黄面孔雪白衬衣的男人的身影在晃动，一只黄色的木制手枪套突然间闪了一闪，随即就在白色圆柱后边的什么地方消失不见了。佩尔西科夫恍恍惚惚地注意到那只木制手枪套，可随即便把它给忘了。然而，当他作完报告而离开大厅，踏着深红色的地毯下楼梯之际，他忽然感到身体不舒服。刹那间，前厅里那明亮的枝形吊灯被一层黑雾给遮蔽了，佩尔西科夫便觉得神志模糊起来，有点儿恶心……他仿佛嗅到一股焦油味儿，只觉得他颈部血管和血液流得稠糊糊而热乎乎……教授伸出一只直哆嗦的手，一把抓住楼梯扶手。

——您这是身体不舒服吧，弗拉基米尔·伊帕季耶维奇？——一些惊恐不安的声音从四周纷纷急切地询问道。

——没事，没事的——佩尔西科夫强撑着回答说——我这不过是太累了点……没错……请给我一杯水。

      *   *   *   *

阳光灿烂的八月里的一天，灿烂的阳光对教授的工作有干扰，因此窗幔都放了下来。一台带有可调支架的反光灯将一小束强光投射到玻璃桌上，桌上堆满了种种器具与透镜。倚靠在转椅背上的佩尔西科夫，在疲惫不堪的状态中一个劲儿地抽着烟，透过缕缕烟雾，他用那双累得死气沉沉但已然满意的眼睛，守望着分光箱上那个微微启开着的小门，那里面静静地躺着那束红光，它将研究室里原本就闷人而污浊的空气微微地燠热。

有人敲了敲门。

——喏？——佩尔西科夫发问。

门"吱"的一声轻轻地响了一下，只见潘克拉特走了进来。他双手笔直地垂立于裤缝边，出于对眼前这座尊神的恐惧，他的脸色直发白，他这样开口道：

——外面，教授先生，有个罗克①找您来了。

只见科学家的脸颊上浮现出一种类似于微笑的表情。他眯起那双小眼睛就开腔了：

——这倒颇有趣哩。不过，我正忙着呢。

——人家说，是带着公文从克里姆林宫来的。

——罗克还带有公文②？这可是一个罕见的搭配哟——佩尔西科夫脱口而出，又补上一句——那好吧，且让他进来吧！

——是，先生。——潘克拉特应答道，旋即就在门后边消失了。

过了一分钟，门又"吱"地响了一声，门槛上出现了一个人。佩尔西科夫转了一下他身下的转椅而使之发出吱吱的一响，他侧着脑袋从眼镜框上边

---

① 罗克，其含义参见前页脚注。此句又可读作"劫运找您来了"。
② 此句又可读作"劫运还带有公文"，或"公文还带着劫运"。小说故事的进程表明，这公文和这罗克的确带来了劫运。

打量着来人。佩尔西科夫这人对生活是脱离得太远了——他向来对生活是不感兴趣的，然而这会儿，甚至他佩尔西科夫的眼帘里也接纳了走进来的这人的基本的与主要的特征。此人一身衣着之不合时尚，着实令人奇怪。要是在一九一九年，此人的这身装束在首都的街道上还算是完全得体的，即使是在一九二四年，在那年年初，也还可以说得过去，但到了一九二八年，他这身装束就显得怪异了。在那年月，就连无产者队伍中最后进的那部分——面包工人——也都已然穿上了西装，那时，"弗伦奇式"在莫斯科已属罕见，它已成为一九二四年底就彻底被淘汰的旧式服装，而这个来人身上却穿着一件双排扣的皮夹克，一条草绿色的军裤，还裹着绑腿，蹬着一双系带的半高靿皮鞋，而在腰间呢，则别着一支粗大的老式毛瑟枪，这手枪塞在那破旧的、黄色的木制枪套里。来人的那副面孔，对佩尔西科夫也产生了那种会给所有人都留下的——极为不快的印象。那双小眼睛望着整个世界的时候总显出惊讶的神色，同时又显露出那份自信，那两条短腿，那一双形状扁平的大脚，表露出某种放肆而随便的品性。那张脸，刮得光溜溜的直发青。佩尔西科夫顿时就皱起眉头。他硬邦邦地扭动转椅，使之吱吱作响，已经不再从眼镜框上边，而是透过镜片盯着走进来的这人，发问道：

——您是带着公文来的吗？那么，它在哪儿？

看来，走进来的这人是被眼前所见的一切给震蒙了。一般说来，他这人是很少会感到窘迫的，可是这会儿他给窘住了。从他那双小眼睛的神情就可以看出，是那个隔成十二层的大书橱最先让他感到震惊了，这书橱之高，直戳天花板，整个儿让书给塞满了。接着，当然要推那几个分光箱，那里面，犹如地狱里似的，熠熠发亮地闪动着经由透镜放大了的深红色的光束。佩尔西科夫本人呢，就置身于由反光镜抛射出来的那束红光的尖端之外的这片昏暗之中，而端坐在转椅上，这就显得相当神奇壮丽而高深莫测。这来人紧盯着佩尔西科夫，那目光中透过那份自信分明又闪动着一些钦敬的火花，他并没有递上什么公文，而是说：

——我就是亚历山大·谢苗诺维奇·罗克！

——喏？那又怎么样呢？

——我已被任命为国营"红光"示范农场的经理了。——来人解释道。

——喏？

——这就上您这儿来了，同志，带来一封机密公函。

——倒是有兴致知道这是怎么回事。请说得简短些，如果可以的话。

来人解开他的皮夹克，掏出那份打印在一张十分考究而厚实的公文纸上的命令，将它递交给佩尔西科夫。随后，他也不去等主人邀请，就径自坐到了那只旋转凳上。

——别碰桌子！——佩尔西科夫狠狠地说道。

来人惶恐地回过头朝桌子上看去，在桌子那边的一个角上，在一个潮湿而晦暗的小孔里，不知是何物的一双眼睛就像绿宝石那样在毫无生气地熠熠闪亮。从这对眼睛中飘散出阵阵寒意。

佩尔西科夫一看完那份公函，就从凳子上一跃而冲到电话机前。几秒钟过后，他就已然在急切切地、极为冲动地讲话了：

——请原谅……我无法明白……怎能这样呢？我……不经我同意，不与我商量……要知道，鬼才晓得他会干出些什么样的事来！

其时，那陌生人极为委屈地转了一下他身下的旋转凳。

——我向您道歉——他开腔了——我可是经理……

但佩尔西科夫举起一个勾着的手指头冲他晃了晃，而继续打电话：

——请原谅，我无法明白……我呀，说到底吧，我是坚决反对的。我是不会同意用鸡蛋进行试验的……我自己目前也不会去做这种尝试的……

听筒里有人在哇啦哇啦地说了一通，咔嚓咔嚓地敲了一阵，甚至从远处都能听出来，听筒里传过来的那个声音，显示出那种居高临下的宽容，他这是在跟一个年纪小小的小孩子在交谈哩。结局是，脸涨得发紫的佩尔西科夫砰的一声挂上了听筒，绕过听筒冲着墙壁说道：

——我可要洗净双手。

他转过身来走到桌前，从桌上抄起那张公函，从眼镜框上边将公函自上而下又通读了一遍，随后，则透过镜片将它自上而下地再看了一遍，突然间，他号叫起来：

——潘克拉特！

潘克拉特在门口出现了，就好像是在歌剧中乘升降梯而浮上舞台。佩尔西科夫瞥了他一眼，发出了一声怒吼：

——你给我出去，潘克拉特！

只见这潘克拉特脸上未流露出一丝诧异的神色，就消失了。

佩尔西科夫这才朝那来人转过身来说道：

——那好吧……我遵命。这与我并不相干。而我对它也没兴趣。

教授的这番话与其说让那来人生气了，毋宁说让他惊愕了。

——我向您道歉——他开腔了——您哪，是同志吧？……

——您怎么老是同志来同志去的……佩尔西科夫皱着眉头嘟囔出这么一句，可是就此也就打住了。

——可是……从罗克的那副表情可以识读出这个意思——我向您道……

——就这样，得啦——佩尔西科夫打断了他——这是一台球形弧光灯。你们可以移动它的目镜而获得——佩尔西科夫朝那个就像照相机的小箱子的顶盖上敲了一下，继续说——获得一束光线，而移动物镜，你们便可以把这束光线聚集起来，这是一号镜头……与二号镜头——佩尔西科夫切断了那束光，然后在分光箱的石棉底板上重又让那束光燃亮——而在这底板上，在这束光线下，你们就可以铺满你们所喜欢的一切东西，来做试验。极为简单，不是吗？

佩尔西科夫一心想表露出那份讥讽与鄙夷，可是那来人并没有听出来，他那双炯炯发亮的小眼睛正全神贯注地盯着分光箱。

——不过，我得提醒一下——佩尔西科夫继续说——不要将手伸进这光束里，因为据我观察，它会引起上皮组织增生的……至于这类增生是否属恶性的，很遗憾，我尚不能判明。

其时，那来人麻利地将双手藏到了背后，这一举动使他手拿的皮帽都掉到地上了，随即他朝教授的那双手瞅了瞅。那双手的表皮整个儿都被碘酒烧得发黄了，那右手腕上呢，还缠着绷带。

——那您是怎么对付的，教授？

——你们可以上库兹涅茨桥大街施瓦贝的店里去买些橡皮手套嘛——教授气呼呼地回答道——我并没有义务操这份心呀。

说到这里，佩尔西科夫就好像是透过放大镜看切片似的，对那来人打量了一眼：

——你们这是从哪儿动起这个念头的呢？总而言之……你们这是出于什么动机？……

这个罗克终于极为生气了。

——我向您道……

——要知道，总该弄清楚，是怎么回事呀！……为什么你们就对这一光束抓住不放了呢？……

——就因为有一件意义极其重大的事……

——啊哈。极其重大？那样的话……潘克拉特！

而当潘克拉特出现时：

——等等，我想一想。

于是，潘克拉特驯顺地消失了。

——我呀——佩尔西科夫说道——我无法明白的是这一点：为什么需要这份匆忙与这份机密呢？

——教授，您都已经把我给搞蒙了——罗克回答道——您可是清楚，公鸡母鸡都死得一只也不剩了。

——那又怎么样呢？——佩尔西科夫大声叫了起来——难道你们要让那些鸡一刹那间就复活起来，是这样想的吗？又为什么要借助于尚未研制出来的这种光束呢？

——教授同志——罗克回答说——说实话，您可把我搞糊涂了。我要对您说的是，我们必须恢复自己的养鸡业，因为国外的报刊上有些报道在说我们的种种坏话。情况就是这样的。

——且让他们在那里说去吧……

——喏，您可要知道哟。——罗克诡秘莫测地回答道，晃了晃脑袋。

——我倒想知道，是谁想出这样的一种用鸡蛋来繁殖鸡的点子来的。

——是我。——罗克回答道。

——噢嚯……是这样的……那么，请问，凭什么呢？您是从哪儿得知这种光束的特性的呢？

——我呀，教授，我听过您的报告哩。

——我对鸡蛋还没有做过什么试验呢！……我只是有这个打算！

——真的，会成功的——罗克突然间用令人信服而又推心置腹的口吻说道——您这种光是如此了不起，即便是大象，它也能培育的，而不仅仅是小鸡。

——您知道吗？——佩尔西科夫开腔了——您不是动物学家吧？不是？可惜哟……您倒是可以成为一个非常大胆的实验家的……没错……不过，您这可要冒……遭受失败的危险的……而且您这可是在夺走我的时间呀……

——我们会把这些试验箱还给您的。这有什么呢？

——什么时候？

——也就是在我把第一批小鸡孵出来之后吧。

——您这话说得多么有信心！好吧。潘克拉特！

——我自己带着人呢——罗克说——还有警卫……

及至黄昏时分，佩尔西科夫的研究室已然冷清……那些桌子都空空的了。罗克手下的人把那三个大的分光箱运走了，只给教授留下那个小的，他开始实验时最早用的那一个。

七月的黄昏渐渐地袭来，灰暗的暮霭笼罩着研究所，在一条条走廊里弥漫开来。研究室里，响起单调的脚步声——这是佩尔西科夫在踱步，他没有开灯，在窗子和门之间走来走去，度量着这偌大的房间……情形奇诡：这两天晚上，一种不可思议的忧郁情绪，统摄住了栖居于这个研究所里的人与动物。那些蟾蜍不知怎的闹起了一场特别忧伤的音乐会，那种呱呱的叫声在预告着不祥，播发着警告。一条游蛇从它的小屋里钻了出来，潘克拉特不得不满楼道地追捕它，而当他把它捕捉住时，那条游蛇的神态竟是那模样，仿佛它是抱定主意要走开，上哪去都行，只要能离开此地。

迟暮的黄昏中，佩尔西科夫的研究室里传出一阵铃声。潘克拉特出现在门槛上。他看到一个奇怪的场面。科学家孤单单地站在研究室当中，两眼望着桌子出神。潘克拉特咳嗽了一声，就屏声静气了。

——瞧这，潘克拉特。——佩尔西科夫说道，指着那张腾空了的桌子。

潘克拉特大吃一惊。他只觉得，教授的两眼在黄昏中是哭过的。这可是太非同寻常、太令人可怕了。

——的确也是呀。——潘克拉特悲戚戚地应答着而暗自寻思道：最好你还是冲我吼叫一通得啦！

——瞧这。——佩尔西科夫又说了一遍，他的两片嘴唇那样哆嗦了一下，同一个被无缘无故地夺去了心爱的玩具的小孩子一模一样。

——你知道吗，亲爱的潘克拉特——佩尔西科夫继续说，一边把身子转向窗口——我那个妻子，就是十五年前离去的那一个，她进了轻歌剧团，现在呢，她死了，原来……这可说来话长呀，亲爱的潘克拉特……有人给我寄来了一封信……

蟾蜍在怨声怨气地号叫着，层层暮霭把教授整个儿给笼罩住了……瞧，这就是它……黑夜。莫斯科……窗外的某个地方，一些雪亮的球形灯燃亮了……潘克拉特惶惶不安忧伤不已，恐惧地将双手笔直地垂在两侧的裤线上……

——你去吧，潘克拉特——教授沉重地吐出这么一句，挥了挥手——你去睡吧，亲爱的，老弟，潘克拉特。

夜幕降临了。潘克拉特不知怎的踮着脚尖而从研究室里跑了出来，跑进他自己的那间斗室，把角落里的那堆破烂扒开，从那底下掏出一瓶已开过口的俄罗斯伏特加酒，一口气就将那大约一茶杯的白酒灌下肚去。又啃了几口撒上盐的面包，他的眼里这才流露出些许的快意。

很晚了，已经将近子夜时分了，潘克拉特光着脚坐在那灯光昏暗的前厅里的一条长凳上，一边将手伸进他那印花衬衫底下的胸脯上搔痒痒，一边冲着在值夜班的戴圆顶礼帽的那人唠叨着：

——倒不如打死我得了，真的……

——难道他哭了？——戴圆顶礼帽的好奇地问道。

——真的……真的呀……潘克拉特一心要让人家深信不疑。

——一个伟大的科学家呀——戴圆顶礼帽的赞同道——众所周知，青蛙替代不了妻子。

——怎么也没法替代的。——潘克拉特同意道。

然后，他想了想补充道：

——我一直在寻思给我的老婆办个准住证让她上这儿定居……说实在的，她待在乡下有什么意思呢。不过，她可是怎么也受不了这些个爬虫的哟……

——那还用说吗，这可是一些太让人恶心的东西。——戴圆顶礼帽的附和着。

科学家的研究室里，一点动静都没有。那里面，连灯光也没有。门底下，一道光线也没有露出来。

第八章　国营农场里的事故

真是再没有比成熟的八月还要更美好的时光了，即便在斯摩棱斯克省也是这样。还在春天里就下了几场及时雨的这个一九二八年的夏天呢，众所周知，更是美妙无比，阳光充沛，十分炎热，庄稼长势喜人至极……先前的舍列梅捷夫家族的庄园里，苹果熟透了……森林郁郁葱葱，溢出一片绿色，一块块的田野绵延着，泛出一块块的金黄……在大自然的怀抱里，人都会变得要好一点。亚历山大·谢苗诺维奇看上去似乎就已然不像在城里那样令人不快。他也不穿那件让人生厌的夹克了，他的脸透着古铜色，那件印花布衬衫敞开着，将他那长满浓密的黑毛的胸膛袒露着，下身套着一条帆布裤子。他那双眼睛也安静下来，变得和善些了。

亚历山大·谢苗诺维奇兴冲冲地从柱廊前的台阶上跑下来——那柱廊上面，钉着一块在上方挂有一颗星的招牌：国营"红光"农场——径直奔向那辆可兼当货车用的小汽车，在卫队的监护下，这车把那三个黑色分光箱运来了。

亚历山大·谢苗诺维奇与他的助手们忙乎了一整天，才把这几个分光箱安装在先前的冬季花园——舍列梅捷夫家的暖房里……及至傍晚时分，一切就绪到位了。玻璃顶棚下悬挂着的白色磨砂球形灯亮了，那几只分光箱被一一安放在砖地上，随着分光箱一道前来的那位机械师，使他手中的那把螺旋钻发出一阵咔嚓咔嚓的声响，然后又让它转动了一会儿，于是，那几个黑箱子里面的石棉底板上便都燃亮起那束神秘的红光。

亚历山大·谢苗诺维奇忙乎着，亲自爬上楼去检查电线。

次日，还是那辆小货车又从车站开了回来，卸下来三个箱子，这几个箱子均是用那光滑得令人刮目的胶合板制作的，箱子四周都贴上了标签，那上面黑底白字地书写着：Vorsicht——Eier!!①

——怎么就运来这么一点？——亚历山大·谢苗诺维奇惊讶地问了一句，不过，他当即就忙乎起来，动手拆卸包装。拆包开箱这活儿全是在那个暖房里进行的，参加这工作的人有：亚历山大·谢苗诺维奇本人；他那胖得出奇的妻子玛妮娅；昔日的舍列梅捷夫家的庄园里昔日的那个独眼的花匠，如今则是国营农场里招之即来的看门人；那个命中注定要在这农场里过日子的警卫；还有清扫工杜妮娅。这可不是莫斯科，这里的一切都更为随意而有家庭般的、和睦友爱的气息。亚历山大·谢苗诺维奇支派着，亲热地端详着这些箱子，这些箱子正披着那透过暖房的玻璃顶而抛洒下来的柔和的夕阳的余晖，看上去还真像是一份上档次而精致的礼品。那警卫——他那支步枪这会儿正倚着大门静静地打瞌睡哩——用钳子撬挂钩，撬那些金属的包装带。响起一阵吱嘎声……飞落一片尘屑，亚历山大·谢苗诺维奇拖着双凉鞋，吧嗒吧嗒地在这些箱子周围忙乎开来。

——您动作轻点，好吗？——他对警卫说——小心点儿，您怎么回事，没看见这是蛋品？……

——没关系的——这位来自农村的军人一边在钻孔，一边用嘶哑的嗓子说道——这就打开……

---

① 德文：小心轻放——蛋品!!

哗啦啦……飞落一片尘屑。

蛋品原来包装得非常瓷实：木箱盖下面是一层蜡纸，蜡纸下面是一层吸水纸，吸水纸下面是密密匝匝的一层刨花，刨花下面呢，则是一层锯末，在这些锯末里才隐隐露出那些蛋。

——人家国外的包装——亚历山大·谢苗诺维奇亲热地说道，一边用手在锯末里刨着——这给您的感觉还就是不像咱们这儿。玛妮娅，小心点儿，你会把它们打碎的。

——你呀，亚历山大·谢苗诺维奇，你可是给怔呆了——妻子回答说——你寻思这是什么金子，是不是？我怎么啦，我这人从来没见过鸡蛋，是吗？哎呀呀！……多大的出息！

——人家国外的——亚历山大·谢苗诺维奇一边把刨出的蛋一个一个地摆在木桌子上，一边说——这难道是我们农家的鸡蛋能相比的吗……这大概全都是什么布拉马普特雷出产的，真是不得了！这些德国人……

——那还用说。——那门卫也欣赏着这些蛋附和道。

——只是，我还不明白，它们怎的都这么脏兮兮的呢——亚历山大·谢苗诺维奇若有所思地说道……玛妮娅，你给我盯一会儿。让他们接着卸车，我可要打个电话去。

于是，亚历山大·谢苗诺维奇穿过院子，直奔这国营农场的办公室，打电话去了。

晚上，动物研究所的研究室里，一阵电话铃声响起。佩尔西科夫教授捅乱了头发，走到电话机前。

——喂？——他问道。

——马上有一个从外省打来的电话找您。——听筒里传来一个女人的静悄悄、咝咝的声音。

——喏，请讲吧。——佩尔西科夫冲着电话机上那黑洞洞的话筒厌恶地说道……那里面先是响起一阵咔嚓咔嚓的声音，然后则是一个遥远的男人惊惶不安的声音冲着他耳边说道：

——鸡蛋要不要洗洗呀，教授？

——什么事？什么？您要问什么？——教授气冲冲地说道，——这是从哪儿打来的电话？

——从尼科尔斯克，斯摩棱斯克省。——话筒里答道。

——我什么也不明白。我不知道什么尼科尔斯克。这是谁在说话？

——罗克。——听筒里那个声音严肃地说。

——什么厄运？噢，对啦……这是您呀……那您这是要问什么呀？

——要不要把它们洗洗？……从国外给我运来了一批蛋品……

——喏？

——可它们都带有那么一种脏斑……

——您像是有点糊涂了……它们怎么可能带有一种"脏斑"呢，就像您所说的那样"喏，当然，可能会黏着点……鸡粪也会干了的……或是还黏着点什么……"

——这么说来，不用洗啦？

——当然，不用……您怎么啦，这就要将那些蛋装进分光箱里去吗？

——我这就要装的，没错。——话筒里的那个声音回答道。

——嗯哼。——佩尔西科夫甚为不快地哼了一声。

——回头见。——听筒里传来咣当一响便没声了。

——"回头见"——佩尔西科夫转向编外副教授伊万诺夫，狠狠地重复了这句话——您能喜欢上这号人吗，彼得·斯捷潘诺维奇？

伊万诺夫大笑起来。

——刚才是他？我满可以想象出，他在那里会用那些蛋匆匆忙忙地搞出些什么名堂来。

——是……是……是呀……佩尔西科夫恶狠狠地说起来——您是可以想象出的，彼得·斯捷潘诺维奇……喏，好极了……很有可能，那种光束对于鸡蛋的滋养质也能产生像对蛙卵那样的作用的。很有可能，他在那里会使那些鸡蛋孵出小鸡来的……可是要知道，不论是您还是我，都还难以说出这将是些什么样的鸡呀……也许，它们都是毫无用处的一些鸡。也许，它们活了个一两天就——死去。也许，它们都不能被食用呢！而我又能担保它们一个个都能站得起来吗？也许，它们的骨质就是易脆易折的。——佩尔西科夫进入了激昂状态，又挥动着手掌，又屈起手指。

——完全正确。——伊万诺夫同意道。

——彼得·斯捷潘诺维奇，您能担保它们会有后代吗？也许，这个家伙在那里培育出来的是一种没有生殖力的鸡。他能把它们催育成狗那么大，可要让它们繁殖出下一代，这你就得等到基督再世了。

——这是无法担保的。——伊万诺夫同意道。

——而且，多么轻率放肆——佩尔西科夫已是自己在激怒自己了——多么胆大妄为！而且，您可要注意到，人家还交代说要我对这个浑蛋给予指导哩。——佩尔西科夫指着那份由罗克带来的公文（它被扔在试验台上了）……可我又怎么去指导这个不学无术的家伙呢，我自己在这个课题上还不能说出什么头绪来哩。

——那您当时是无法拒绝吗？——伊万诺夫问道。

佩尔西科夫的脸顿时涨得通红，抄起那份公文就递给伊万诺夫看。后者看了一遍，面带讥讽地冷笑了一声。

——嗯，倒也是呀……他意味深长地说道。

——而且，您可要注意到……我等我那批订货都已经等了两个月了，一点音信也没有。可给这个家伙的蛋品立马就运来了，总的看来，是在给他千方百计地扶持……

——他可是什么也鼓捣不出来的，弗拉基米尔·伊帕季伊奇，到头来还不是把分光箱还给您了事。

——但愿能快一点才好，不然的话，他们这些人可要把我的试验给耽误了。

——这才是糟糕的事哩。我这儿可是一切都准备好了。

——您得到了密封防护服？

——是的，今天得到的。

佩尔西科夫这才稍稍平静些，且有些振奋了。

——嗯，那好……我想，我们就这么办吧。手术室的门可以完全关死的，我们把窗户打开一扇就行了……

——当然了。——伊万诺夫同意道。

——有三个护面罩吗？

——有三个，没错。

——喏，这就行了……那么，您，我，此外还可以在学生中叫来一个。我们把第三个面罩给他用。

——可以把格林姆特叫来。

——就是现在跟着您研究蝾螈的那个学生吗？……嗯哼……他还行……尽管——请允许我直言相告——春季考试中，他可是没能答出裸齿爬虫的鳃的构造来。——佩尔西科夫不忘旧怨地补充道。

——不，他还行……他是一个好学生。——伊万诺夫袒护道。

——看来还不得不一夜不睡了——佩尔西科夫继续说——只是还有一件

事，彼得·斯捷潘诺维奇·您去检查一下瓦斯，鬼才知道他们这些化工志愿队都是些什么人。会把某种伪劣品给运来的。

——没事的，没事的，——伊万诺夫也摆起手来了，——昨天，我已经测试过了。应该为他们说句公道话，弗拉基米尔·伊帕季伊奇，可是顶好的瓦斯。

——您是用什么动物测试的呢？

——用的是普通蟾蜍。你放出一小股气——它们在刹那间就都死了。没错，弗拉基米尔·伊帕季伊奇，我们还可以这么办的，您给政治保安局写封公函，让他们给您送支电枪来。

——可我不会用那玩意儿啊……

——我来负责——伊万诺夫回答道——我们曾经在克利亚济马河上用这种枪射击过，打着玩的……那儿有个政治保安局人员，当时同我是邻居……这可是个特别好的玩意儿。简直就是不凡……它使起来没有一点声响，百步之内一枪致命。我们用它猎过乌鸦……我看，连瓦斯都不需要了。

——嗯哼……这倒是一个很妙的主意……非常之妙。——佩尔西科夫往房间的一个角落走去，抄起话筒，瓮声瓮气地开腔道：

——请给我接这个，它叫什么来着……卢宾扬卡……

    *   *   *   *

白天里天气异常炎热。可以清楚地看到，一股浓郁而透明的暑气在田野上蒸腾。而夜晚则是美妙的，变幻不定、无奇不有的，一轮明月抛洒着清辉，给这个昔日的舍列梅捷夫家的庄园营造出这样美丽的景观，简直叫人无法形容。宫殿似的国营农场，仿佛是由一个个糖块建造起来的，晶莹透亮。花园里，树影在浮动在摇曳，池塘里，水波开始平分两种颜色——一半是被折射的月光那洁白的光柱，另一半则是无底深渊般的黑暗。在月光的光斑中，是可以不费力地阅读《消息报》的，只是要将那用小六号字排的象棋谱栏除外。不过，在这样的夜晚，当然谁也不会看《消息报》的……清扫工杜妮娅就已经置身于这农场后面的小树林子里，这时，那个蓄着红褐色小胡子的司机——农场里那辆破旧的载人与运货兼用的小卡车，就是由他开着的——出于巧合吧，也在这片小树林子里。他俩在那里干了些什么——无可奉告。他们走到一棵榆树那摇曳不定的树荫里，把司机那身皮大衣那么痛快地往地上一铺开，就那么安顿下来了。农场里的厨房里，这时还亮着灯，两个菜园工还在那里吃晚饭，罗克的夫人呢，她身着一件宽腰身的白色连衣裙，坐在那圆柱凉台上，仰望着天空的月美人，而沉浸于幻想之中。

晚上十点多钟时候，位于这农场后面的康佐卡夫村上，一切声响都消停下来了，这时，一阵优雅温柔的长笛声袒露出这片田园诗般的画境，对于那片小树林子，对于昔日的舍列梅捷夫宫的这些圆柱，这长笛声是多么相适相宜，其和谐之境，简直叫人无法形诸笔墨。只听见《黑桃皇后》里柔弱的莉莎，在二重唱中将自己的歌声与热情的波丽娜的歌声融为一体，直往那高远的月空飞去，它就像那古老但却依然无限令人可爱、使人迷醉得不禁流泪的生存状态的幻影。

它们在消逝……它们在消逝……长笛忽儿厉声呼啸，忽而婉转悱恻，忽而沉重叹息。

小树林听呆了，杜妮娅，这个就像林中女妖那样厉害的女子，这时也把她的脸蛋贴在司机那粗糙的、棕红色的、有着阳刚之气的脸颊上，倾听起来。

——嘿，瞧这狗崽子，笛子吹得还真不赖。——司机用他那只刚健的手臂搂着杜妮娅的腰说道。

吹长笛的那人，正是国营农场的经理亚历山大·谢苗诺维奇·罗克本人，也该为他说句公道话，他吹奏的水平的确顶呱呱。原来，这长笛还曾是亚历山大·谢苗诺维奇当年的专业呢。直到一九一七年，他一直在艺术大师佩图霍夫的著名乐团里供职，那年月里，这个乐团每天晚上都要使叶卡捷琳诺斯拉夫这座城里，那舒适的电影院"神奇仙境"的休息厅里，响彻和谐悦耳的音乐声。然而，那断送了不少人的前程的伟大的一九一九年，也把亚历山大·谢苗诺维奇引上了新的道路。他抛开了"神奇仙境"，抛下了电影院休息厅中那落满尘土的缎面星花制服，投身到战争与革命的汪洋大海中，把长笛换成了能毁灭生命的毛瑟枪。他被潮水的浪头抛来抛去，折腾了许久，不止一次地时而被冲到克里米亚，时而被卷往莫斯科，时而被抛向突厥斯坦，时而甚至被推到符拉迪沃斯托克。正是需要发生革命，才能让亚历山大·谢苗诺维奇大显身手。事实表明，这个人着实非同小可，当然，要他仅仅坐在"仙境"的休息厅里吹长笛，那可是太屈才了。我们不想沉入那些冗长的细节，这里且说这最近的一年，一九二七年以及一九二八年初的情形吧。这一段时期，亚历山大·谢苗诺维奇是在突厥斯坦度过的，他先是在那里编一份大报，后来便出任公用事业最高委员会的地方委员，而以自己在突厥斯坦边区的灌溉工作上的惊人举措而闻名四方。一九二八年，罗克来到了莫斯科，得到了他这人完全理应享受的一次休假。那个组织的最高委员会——而这个外省来的，显得很土气的人衣兜里正光荣地揣着这个组织的会员证呢——肯定了他这人的政绩，任命他去担任一个既安闲又荣耀的职务。悲哉！悲哉！共和国注定要遭难了——亚历山大·谢苗诺维奇那热血沸腾的头脑并没有消停下来，在莫斯科，罗克又碰上了佩尔西科夫教授的发明，就在特维尔大街"红巴黎"饭店的房间里，亚历山大·谢苗诺维奇的头脑里酝酿出一个创意，借助于佩尔西科夫的那种光束，在一个月之内就重振共和国的养鸡业。畜牧养殖业委员会听取了这位罗克的报告，同意了他的方案。于是，罗克便带着那张厚实的公文来找这位性情古怪的动物学家了。

那个在镜面般的池水上空，在小树林上空，在花园上空举行的别具一格的音乐会，就要进入尾声了，这时，一件突发事故，使它提前中断了。原来是康佐夫卡村里的那些狗——其时本是它们也该睡觉的时候——忽然间令人揪心地狂吠起来，渐渐地，这狂吠声变成了一片痛苦至极的哀嚎。这哀嚎声，愈来愈响，响彻了野外四方，而且，突然间，大大小小的池塘里的青蛙又以其千千万万个响亮脆快的呱呱声所组成的音乐会，来与这些狗的哀嚎声唱和着。这一切是那么让人毛骨悚然，甚至使人刹那间就觉得这神秘兮兮的魔幻之夜似乎顿时就失去了光彩。

亚历山大·谢苗诺维奇放下长笛，来到凉台上。

——玛妮娅，你听见了吗？瞧这该死的狗……它们怎的这样疯叫起来了，你说呢？

——这我怎知道？——玛妮娅望着月亮回答道。

——我说，玛涅奇卡，我们去看看那些鸡蛋吧。——亚历山大·谢苗诺维奇提议道。

——真的，亚历山大·谢苗诺维奇，你可完全让你那蛋呀鸡呀的给迷住了。你还是稍稍歇一会儿吧！

——不，玛涅奇卡，我们还是过去吧。

暖房里，晶莹的球形灯亮着。脸蛋儿烧得红扑扑眼睛里直闪着亮光的杜妮娅也赶来了。亚历山大·谢苗诺维奇温柔地打开监视孔玻璃，大家便纷纷朝分光箱里面看去。白色石棉板上整整齐齐地摆放着一排排已然烤得鲜红的满是斑点的蛋，分光箱内一点动静也没有……只听见那一万五千支烛光的球形灯在头顶上悄悄地发出咝咝的声响……

——咳，我一定能孵出小鸡来的！——亚历山大·谢苗诺维奇兴冲冲地说道，一会儿从箱子一侧的小监视孔里，一会儿又从箱子顶部的大通风孔往里看——你们瞧着吧……怎么？我孵不出来吗？

——可是，您知道吗？亚历山大·谢苗诺维奇——杜妮娅微笑着说道——康佐夫卡村上的庄稼人说，您这人是个敌基督者①。人家说，您这些蛋是魔鬼蛋。用机器来繁殖可是罪孽。人家都想杀死您呢。

亚历山大·谢苗诺维奇哆嗦了一下，转身而望着妻子。他的脸色都发黄了。

——喏，您是怎么看的呢？瞧这些百姓！您又能拿这样的百姓怎么办呢？啊？玛涅奇卡，应当把他们召集起来开个会才是……明天我就从县城里叫几个干部来，我也要亲自给他们讲一讲，总的看来，在这件事上应当做些工作才行……要不然，这个偏僻的地方可真的……

——愚昧。——那个倚在暖房门口坐在自己的军大衣上的警卫开腔道。

次日，一些最为令人发憷而又莫名其妙的怪事接二连三地发生了。清晨，在太阳发出其第一道霞光之际，小树林通常总是以其势头强劲的百鸟齐鸣来欢迎这个天体，可是今儿迎接这朝阳的却是一片寂静。这情形让所有的人都绝对地注意到了。就像是要面临着一场大雷雨。但是，大雷雨的兆头是一点也没有。国营农场里的那些议论，让亚历山大·谢苗诺维奇听起来都有些奇诡而蹊跷的意味了，尤其是那个绰号叫山羊脖子的大叔，那个来自康佐夫卡村的有名的捣蛋鬼与万事通所散布的那一说法——好像所有的鸟儿都成群成群地集合起来，在黎明时分就离开这舍列梅捷夫庄园，朝北方的什么地方飞去了——这简直就是愚蠢之见。亚历山大·谢苗诺维奇的心绪乱糟糟的，这一整天，他全都泡在往格拉契夫卡镇上打电话这一件事情之中。那边答应两天之后给亚历山大·谢苗诺维奇派两个演讲人来讲两个专题——国际形势与爱鸡问题。

晚上也少不了要闹出一些意外。既然早晨小树林的沉寂已经十分清楚地表明树林中鸦雀无声会使人多么疑虑而不快，既然正午时分农场院子里的那些麻雀又全部一溜烟儿地飞走了，及至黄昏，连舍列梅捷夫庄园的池塘里的喧闹也消停下来了。这情形着实令人惊讶不已，因为舍列梅捷夫庄园出众的蛙鸣可是这方圆四十俄里的居民们人人都极为熟悉的。而现如今这些青蛙像

---

① 敌基督者：基督教教义中所说的基督的对头。他在世纪末出现，由撒旦派到人间，干下各种坏事，后为基督所败，堕入深渊。

是一下子都死光了。池塘那边没有传来一点点声音，那片苔草地上也是没有一点点动静。应当坦言，亚历山大·谢苗诺维奇的心绪已是全然乱套了。人们已经开始对这些怪事说三道四了，而且还是以那种最令人不快的方式，也就是说，是在亚历山大·谢苗诺维奇的背后闲言碎语。

——的确，这事真有些怪——午饭时，亚历山大·谢苗诺维奇对妻子说——我弄不明白，这些鸟儿为什么一定要飞走呢？

——我怎么知道？——玛妮娅回答说——说不定，就是因为你的那种光？

——哎呀，我说你这人呀，玛妮娅，可是一个平庸至极的糊涂虫——亚历山大·谢苗诺维奇把羹匙一扔，回击道——你——你同那些庄稼汉是一般见识。这跟那种光有何相干？

——这我可不清楚。你别烦我。

夜晚又出了一件意外——康佐夫卡村上的那些狗又嗥叫起来，而且其势头可凶啦！那没完没了的呜咽，那恶狠狠而又悲戚戚的呻吟，在披着月光的原野上空许久地盘旋。

还有一件意外——已是件令人愉快的意外，亚历山大·谢苗诺维奇可以视之为对自己的些许的犒赏，这意外则发生在暖房里。在分光箱里，从那些红蛋里面已开始传出那种接连不断的啄击声。"笃笃……笃笃……笃笃……笃笃……"——忽而是这个蛋里响了一下，忽而是那个蛋里响了一下，忽儿是另一个蛋里响了一下，啄击声一个接一个。

这些蛋内的啄击声，对于亚历山大·谢苗诺维奇来说无疑就是凯旋的敲击声。小树林里的、池塘里的那些怪事立刻都被忘得一干二净。所有的人都会聚到暖房里来了，玛妮娅来了，杜妮娅来了，看门人来了，警卫把他那支步枪扔在门口，也凑过来了。

——喏，怎么样？你们还有什么可说的呢？——亚历山大·谢苗诺维奇以胜利者的口气发问道。所有的人都好奇地把耳朵贴到第一分光箱的小门上去听动静。

——这可是它们在用小嘴啄蛋壳哩，这些小鸡——亚历山大·谢苗诺维奇喜形于色地继续说——你们还能说我这人孵不出小鸡来吗？不能说了吧，我亲爱的朋友们。——由于过分得意，他拍了警卫的肩膀——我要孵出那样的，都会叫你们大吃一惊的。现在呢，你们可要给我加倍留神仔细观察——他以严厉的口吻补了这么一句——只要它们一开始破壳，立即来向我报告。

——好的。——看门人、杜妮娅与警卫齐声回答道。

"笃笃……笃笃……笃笃……"——第一分光箱里，忽而是这个蛋里忽而是那个蛋里闹腾起来了。的确眼看着这些新生命在这种闪闪反光的薄壳里苗壮成长，这个景观是太有趣了，于是，大家伙儿便久久地坐在那几个倒置的空木箱上，好好地观看着这些深红色的蛋在神秘地闪烁着的那束光线的照耀下孕育成熟的情景。大家回去睡觉之时已是相当晚了，其时这国营农场及四周已然完全披上了这无奇不有的夜色。这一夜是神秘莫测的，甚至可以说是令人发悚的，这大概就是因为它那完全的静谧，时不时由康佐夫卡村上那一阵阵无根无由地就爆发的悲戚戚而揪人心的狗的嗥叫而打破了。那些该死的狗何以疯叫——完全不得而知。

次日一大早，亚历山大·谢苗诺维奇就遇到一件不快的事。警卫显出极其窘迫的样子，他把两手按在心口上，又起誓又赌咒，声称他并没有睡觉，可是什么情况也没发现。

——莫名其妙的事儿——警卫一心要让人家相信他——我在这事上可没什么过错呀，罗克同志。

——谢谢您啦，我由衷地感谢您哩——亚历山大·谢苗诺维奇训斥这警卫——我说，同志，您是怎么想的？派您守在那里是干什么来着？是叫您盯着。那么，就请您告诉我，它们在哪儿？它们不是破壳而出了吗？那就是说，让人家给偷走啦。那就是说，您就那样让大门开着而擅自溜开了。给我把那些小鸡找回来！

——我没地方可去。我这人怎么啦，连自己的职责也不清楚吗？——这军人终于觉得受委屈了——您怎么平白无故地责备我呢，罗克同志！

——它们究竟往哪儿去了呢？

——这我凭什么知道——这军人终于也发火了——难道我是为它们站岗放哨的吗？派我来是有任务的，是要盯着这几个分光箱别让什么人给弄走，我就是在履行自己的这一职责。瞧，这几个分光箱我都给您看住了。至于说去捕捉您的那些小鸡——按规定，我可并没有这个义务。谁知道您孵出来的都是些什么样的小鸡，也许，骑自行车都追不上它们呢！

亚历山大·谢苗诺维奇有点儿卡壳而说不出什么来了，他还嘟囔了两声，就陷入那种惊讶得出神的状态。这事还的确有点蹊跷，在最先装上蛋品的第一分光箱里，放在光束根基部最近处的两只蛋破壳了。其中的一只甚至滚到一旁去了，蛋壳还躺在石棉底板上，落在那道光束里。

——鬼知道是怎么回事——亚历山大·谢苗诺维奇嘟囔道——窗户全关上了呀，它们莫不是穿过屋顶飞出去了吧！

他仰起头往屋顶那儿瞅了瞅，玻璃格子的顶棚上是有几道宽缝儿。

——您这是怎么啦，亚历山大·谢苗诺维奇——杜妮娅十分惊讶地说——难道到您这儿小鸡会飞起来了？它们该是就在这附近什么地方的……咕咕……咕咕……咕咕……她开始唤起鸡来，朝暖房的边边角角寻摸着，那些地方堆放的都是些落满了灰尘的花盆花钵呀、废旧的木板与无用的破烂。哪儿也没听到什么小鸡的叫声。

全体职工足足折腾了两小时，在这国营农场的院子里搜寻那伶俐的小鸡，哪儿都搜过了，什么也没找到。这一天是在极度不安的氛围中度过的。给那些分光箱又增添了一个看守，并且对那看守下了一条极严格的命令，每隔一刻钟就得向分光箱的小窗内观察一番，发现一点情况都要去叫亚历山大·谢苗诺维奇过来。警卫把步枪夹在两膝之间，愁眉苦脸地守在门口。亚历山大·谢苗诺维奇前前后后地张罗着，十分忙碌，到了下午一点多钟才吃午饭。饭后，他在一个阴凉的地方——先前舍列梅捷夫家的土耳其沙发上——小睡了一个小时，醒来后，饱饱地喝一通这农场自产的饮料——用面包干酿制的克瓦斯，然后上暖房去了一趟，确信现在那边是一切正常平安无事。担任看守的那个老头正趴在那张粗席上，眼睛一眨一眨地贴着第一只分光箱的监视孔，留神地盯着呢。警卫精神抖擞，没有离开大门。

然而，还是有些新鲜事的，最后装上蛋品的第三只分光箱里开始传出一种"吧嗒吧嗒"的咂嘴声与短促的啼啭声，仿佛有人在里面啜泣似的。

——嚯，它们就要成熟啦——亚历山大·谢苗诺维奇说——瞧，这一箱就要成熟啦，这回我可看见了。看见没有？——他冲着那看守问道。

——是呀，这事是不一般。——那看守摇摇头，并以完全模棱两可的语气回答道。

亚历山大·谢苗诺维奇在分光箱旁蹲了下来，看守了一会儿，可是他在场时并没有小鸡破壳而出，他站起身来，活动活动了膝盖，他声称，他不会离开庄园，他哪儿也不去，而只是上池塘里去洗个澡，如果有什么情况，就立即去叫他。他跑进这座贵族宫，跑进了卧室，那卧室里摆着两张很窄的弹簧床，床上堆着一些揉得皱巴巴的内衣，地板上则是一大堆尚未熟透的苹果与一大堆黍子，这是为孵出的小鸡而准备的。他披上了那块长穗的大毛巾，寻思了一下，又把长笛带上了，心想一得空暇就在平静的水面上奏一曲。他兴致勃勃地从贵族宫里跑出来，穿过农场的大院，沿着一条柳荫匝匝的小径直向池塘奔去。罗克腋下夹着那根长笛，手里挥舞着那条毛巾，兴冲冲地往前走去。老天将炎热的暑气从柳枝之间往下撒落，肉身闷得难受死了，渴望着钻进水里泡着。罗克的右侧路旁已是一片牛蒡丛生的野草地，他边走边往牛蒡丛里吐着唾沫。这时，从枝蔓缠绕的草丛深处，突然传来一种沙沙的声响，就像是有人在拖一根大圆木。亚历山大·谢苗诺维奇觉得自己的心口好像是被什么东西蜇了一下，有那么一刹那挺难受，他朝草丛那边扭过头去，吃惊地瞅了瞅。池塘已经一连两天没有闹过任何动静了。沙沙声消停了，这片牛蒡上闪出了池塘那诱人的平静水面与更衣室那灰色的屋顶。几只蜻蜓从亚历山大·谢苗诺维奇面前飞过。他都已经打算转过身来往木桥那边走去，突然间，那绿草丛中又响起了沙沙声，这一回还添上一种短促的唑唑声，就像是蒸汽车在吸油与放气。亚历山大·谢苗诺维奇警觉起来，开始目不转睛地盯着这一堵墙似的杂草丛。

——亚历山大·谢苗诺维奇——就在这一刹那，响起了罗克妻子的嗓音，她那件白短衫闪了一下，不见了，可是过后又在马林草丛里闪了一下——等等我，我也去洗个澡。

妻子急匆匆地朝池塘走来，可是亚历山大·谢苗诺维奇根本就没搭理她，他在全神贯注地盯着那牛蒡丛。一根有些发灰的橄榄色圆木从那浓密的牛蒡丛中升起来，眼看着它越升越高。亚历山大·谢苗诺维奇还觉得，一些湿漉漉的浅黄色的斑点，布满了那圆木的表面。那圆木开始往上伸，它扭动着，晃悠着，往上伸得那么高，都超过了一棵不太高的歪脖柳树……然后，那圆木的顶端弯折下来，稍稍前倾，于是，亚历山大·谢苗诺维奇的头顶上就出现了一个高得好像莫斯科城里的电线杆那样的东西。只是这东西却有电线杆的三倍粗，而且也比电线杆要好看些，这是由于它表面上还有鳞片似的花纹。什么也没明白，但已经觉得浑身直打冷战的亚历山大·谢苗诺维奇，刚一抬头朝这可怕的柱杆看了一眼，他那颗心脏猝然间就停跳了好几秒。他只觉得，这八月的天气里突然袭来一阵严寒，而眼前马上就变得那样昏暗，就像他这是在透过夏季的单裤布料直视太阳。

那圆木的顶端原来是一个脑袋。它是扁平的、尖尖的，那橄榄色的底色上还带有一些黄色的、浑圆的斑点。那两只没有眼皮的、裸露在外的、寒气逼人、又小又细的眼睛，坐落在头顶上，这双眼睛里熠熠地闪烁着一种空前罕见的仇恨。那脑袋做出了这样一个动作，像是啄了一口空气，接着这整个柱杆又缩进牛蒡丛里，只露出那两只眼睛，一眨也不眨地瞅着亚历山大·谢苗诺维奇。这会儿已是浑身直冒冷汗的他，喊出了几个词，这几个词完全难以使人置信，只有那种吓得魂飞魄散的人才会喊出的。要知道隐没在草丛里的这一双眼睛着实是够好看的了。

——这是在开什么玩笑……

紧接着，他想起的是那些江湖术士……没错……没错……印度……藤篓与图画……念咒。

那脑袋又扭动着伸出来了，接着露出来的是躯干。亚历山大·谢苗诺维奇把长笛贴到嘴唇边，干哑地咳了一声，就吹奏起《叶甫根尼·奥涅金》中的那支圆舞曲来，他心急如火每秒钟都要喘一口气。绿草丛中那两只眼睛立时燃烧起凶恶的火焰，像是对这部歌剧怀着不共戴天的仇恨。

——你怎么啦，犯傻了，是不是，这种大热天里吹什么笛子？——传来玛妮娅娇嗔的声音，亚历山大·谢苗诺维奇用他的眼角在其右侧的什么地方还扫见了那白色的斑点哩。

紧接着便有一声撕心裂肺的凄厉尖叫响彻整个国营农场，它扩散开来，腾空而起，而那支圆舞曲却像是被打断了一条腿似的乱跳起来。绿草丛里的那个脑袋向前方冲过去，它的目光离开了亚历山大·谢苗诺维奇，就像是暂且放开他让他的灵魂先去忏悔似的。一条蛇——一条大约有十五俄尺长、有一人粗的巨蛇——像根大弹簧似的从那牛蒡丛中蹿了出来。那条道路上腾起一团尘雾，那支圆舞曲也就此中止。这巨蛇从国营农场经理身边嗖的一声游走了，径直朝着道路上的那件白短衫扑过去。罗克清清楚楚地看见：玛妮娅的脸色变得黄一阵白一阵，她的长发顿时就像一根根青丝似的在头上竖起来，足有半俄尺高，罗克眼睁睁地看到，这巨蛇在一刹那间就张开血盆大嘴，那嘴里蹿出个叉子似的东西，随即它便用牙齿一下子就咬住直往地上瘫下去的玛妮娅的肩膀，一晃头就把她甩起了离地一俄尺多高。这时，玛妮娅又发出一声垂死挣扎的直揪人心的惨叫。这巨蛇一扭动就把它那五俄丈①的身躯扭成螺旋，它那尾巴旋风似的向高处腾起，而开始绞缠玛妮娅的全身。玛妮娅再也没有发出一点声音，罗克只是听到她浑身骨骼的断裂声。只见玛妮娅的头温存地偎依在这巨蛇的脸上，高高地腾空而起。玛妮娅的嘴里喷吐出鲜血，一条被绞断了的胳膊甩了出来，每根手指指尖里，血也像小喷泉似

①　1俄丈等于3俄尺，约等于2.12米。

的喷射着。然后，巨蛇扭了扭它的下巴，张开大嘴，一下子把自己的头套在玛妮娅的头上，接着便一点点把她的头往里套，就像往手指上戴手套那样。

这巨蛇呼出的那股灼热的气流向四周扩散开，那热浪都扑到罗克的脸上，这巨蛇的尾巴则差一点儿就把他从这尘土腾飞十分呛人的道路上给扫下来。也就在这一刹那，罗克的头发全白了。他原先那简直如黑皮鞋似的黑发，这会儿先从左边接着便是从右边，完完全全地变成银白色了。在恶心得要命的状态中，他终于把身子从那条道路上挪开，他什么也不看，谁也不看，用他那充满野性的哭叫声湮没这四周的原野，疯狂地逃命……

第九章 渊薮

国家政治保安局驻杜吉诺车站上的特派员休金可是一个什么也不怕的勇夫。他胸有成竹地对他的同志、那个红头发的波莱吉斯说道：

——喏，那有什么呀，我们走一趟吧。啊？你去推摩托车——接着，他沉默了片刻，转向那坐在长凳上的报警者说道——您把那长笛放下吧。

可是，坐在国家政治保安局驻杜吉诺车站派出所里长凳上、满头白发浑身哆嗦的这一位，并没有把那笛子放下来，倒是哼哼地号啕起来。这时，休金与波莱吉斯都明白了，得把那长笛强行拽下来。那人的手指头粘在长笛上了。几乎像马戏团里的大力士那样力大无穷的休金，便将那人的手指头一个一个地掰开。全都掰下来了，那长笛这才得以被放到桌子上。

这是玛妮娅死后第二天的清晨。一个阳光明媚的晴天。

——您跟我们一起去吧——休金冲着亚历山大·谢苗诺维奇说——给我们指指什么地方出了什么事。

但是罗克惊恐地避开休金，用双手捂住脸，就像是在躲避一个可怕的幽灵。

——必须指出现场。——波莱吉斯厉声地补充道。

——不必了，让他留下吧。你看，这人都不能自制了。

——请把我送往莫斯科吧。——亚历山大·谢苗诺维奇哭着哀求道。

——难道您再也不想回国营农场去了？

然而，罗克并没有回答，他又一次用双手捂住脸，只见那份恐惧从他的眼里流露了出来。

——喏，那好吧——休金决定道——您这人的确是不行了……我看得出来的。信使这就要去了，您就跟他一道儿去吧。

然后，就在这站上的门卫给亚历山大·谢苗诺维奇喂水喝，而后者的牙齿把那个斑痕累累的破茶缸磕得咯咯响的那么一会儿，休金和波莱吉斯俩人进行了会商。波莱吉斯认为，压根儿这种事就没有发生，只不过这罗克有精神病，而在他这人的脑子中产生了可怕的幻觉。休金则倾向于这样一种想法：眼下那格拉契夫卡镇上正有个马戏团在巡回演出，是从那里跑出一条大蟒蛇。听到他俩这种怀疑性的低声交谈，罗克欠起了身子。他多少镇静了些，就像《圣经》里的先知那样，向前伸出两手开口道：

——你们且听听我的。且听我说。你们怎么就不信呢？那是真的。要不然，我的妻子哪儿去啦？

休金不言语了，一脸的严峻，立即就往格拉契夫卡发了一封电报。另一位特派员，遵照休金的吩咐开始寸步不离地守在亚历山大·谢苗诺维奇身边，他是应当将罗克护送到莫斯科的。休金与波莱吉斯这二人呢，则开始作出征的准备。他俩总共也只有一支电手枪，但就这也已经算是相当好的自卫武器了。这是一九二七年型的五十发手枪，法国技术的骄傲，适用于近战，只打一百步远，可是它能生成一个直径达两米的电场，它能将处于这个电场之内的一切生物当场击毙的。要想不击中倒是很难的。休金将这个挺漂亮的电气玩意儿佩挂在自己身上，波莱吉斯则带上一挺普通的二十五发挂带式轻机枪，拿上几夹子弹，这两人骑上一辆摩托，踏着清晨的露水，迎着早上的冷风，沿着公路，朝国营农场驶去。摩托车只消十五分钟就跑完了车站到农场之间这二十俄里路程（罗克则走了整整一夜，在极度的恐惧之中，他的惊恐一阵阵发作，时不时就躲到路旁的草丛里），当太阳开始火辣辣地灼人时，在小河从它下面蜿蜒而过的那座山冈上，在一片绿丛中那个带有圆柱的晶莹洁白的宫殿已然依稀可见。四周笼罩着一片死寂。快到农场大门口的时候，这两位特派员的摩托超到了一个农民赶着的一辆大车的前面。这大车满载着一口袋一口袋的什么货物，慢腾腾地往前爬行着，很快就落在后面了。摩托车从一座小桥穿越过去了，波莱吉斯吹起了号角，想召唤出什么人来。但是，哪里都没有什么人来响应，唯一可以听见的便是康佐夫卡村上那些隐隐约约地发了疯的狗叫声。摩托车减慢了速度，朝着那有着一对已经发绿的铜狮子看守着的大门驶去。这两个风尘仆仆的特派员，穿着那黄色的护腿套，跳下车来，用铁链将摩托拴在栅栏上，锁上了，便走进院子。一片宁静使他俩不胜吃惊。

——喂，这里有人吗？——休金拉开嗓门喊了一声。

可是，没有人回应他这男低音。两位特派员在院子里绕了一圈，越发觉得蹊跷。波莱吉斯皱起眉头。休金认真地查看起来，他那两道浅色眉毛越拧越紧。他俩透过关闭着的窗子往厨房里瞅了瞅，那里也没有一个人影，可是整个地板上却到处可见一些白色的餐具的碎片。

——你看，他们这里的确是出了事。现在我看出来了。一场惨祸。——波莱吉斯开口道。

——喂，那儿有人吗？喂！——休金喊起来，但回答他的只有厨房屋檐下的回声。

——鬼知道是怎么回事！——休金嘟囔道。

——那家伙总也不能一下子就把他们统统都吞下去吧。或许他们是逃散了。走，进屋去看看。

这座有圆柱回廊的宫殿的大门是敞开着的，它里面也完全空无一人。这俩特派员甚至都钻到阁楼上去看了看，对所有的门都敲了敲并且将它们一一打开了，但结果还是一无所获，于是他们又从死寂的门廊走出来，重又回到院子里。

——绕四周查一遍。上暖房去看看——休金吩咐道——把所有情况都摸清，过后就可以打电话汇报了。

这俩特派员踏上了那砖砌的小径，绕过几个花坛，来到后院，一穿过后院便看见暖房那闪闪发光的玻璃了。

——等一等。——休金低声地说道，并从腰间解下那支电手枪。波莱吉斯警觉起来，从肩上摘下了轻机枪。一种令人发悚、非常刺耳的怪声，从暖房里以及暖房后面的什么地方传过来。那声响就像是蒸汽机车在什么地方咝咝地放气。

喳呼——喳呼……喳呼——喳呼……咝——咝——咝——咝——暖房里有什么东西在咝咝作响。

——喂，当心！——休金耳语道，这两个特派员极力不让鞋后跟弄出声响，蹑手蹑脚地向玻璃棚靠近，朝暖房里面看去。

只见波莱吉斯立时就缩回脖子，脸色变得煞白。休金大张着嘴，紧握着枪，呆住了。

整个暖房活像一个蛆虫窝。暖房的地板上有无数条巨蛇在爬动。或缠成一团，或蠢蠢扭动，发出咝咝声响而钻来钻去，或摇头晃脑而瞠目张望。地板上一堆堆蛋壳被压在它们身下而发出咔嚓咔嚓的脆折声。棚顶上那盏特大

孳卵 | 309

功率的球形电灯发出惨白的亮光，这使得暖房里面得到了很不自然的、拍摄电影才用的那种照明。地板上还戳立着三个黑糊糊的、就像照相匣子似的大箱子，其中的两个已经被挪动过，歪歪斜斜的，里面的灯光也熄灭了，另一个里面呢，还有一个稠密的马林果色的光点在亮燃着。一条条大大小小的蛇，顺着电线爬上窗户，又从门窗往上爬，从棚顶上的通风孔钻出去。就在那球形电灯上还挂着一条通体漆黑的斑纹蛇，它有好几俄尺长哩，它的脑袋在球形灯上不住地晃动着，就像钟摆似的。几条尾巴能像玩具似的发出响声的蛇在咝咝地叫着。从这暖房里还飘散着一种怪异的、腐朽的，就像是池塘里的淤泥那种气味。这两位特派员还模模糊糊地看到，在落满灰尘的角落里有几堆白蛋，一只模样很怪的、体形巨大的长腿鸟一动也不动地卧在几只箱子旁边，而门口则有一具身着灰军装的人尸，尸体旁还有一支步枪。

——撤。——休金喊了一声，便向后退去，他用左手把波莱吉斯推开，右手则把那支电手枪举了起来。他还来得及在暖房旁弄出了咔嚓咔嚓的响声与绿幽幽的闪光，而连射了九枪。只见那咝咝叫声骤然间惊人地大起来，回答休金这一阵射击的，是整个暖房都进入了那疯狂的蠕动状态，一个个扁平的蛇头在各个洞孔里闪动起来。雷鸣般的吼叫立刻就在整个农场滚动，反光不时地映射在墙壁上。嗒嗒，嗒嗒——波莱吉斯一边往后撤一边用机枪扫射。背后传来一种令人发愯的、那种四脚爬行动物发出的沙沙声，波莱吉斯突然间一声惨叫，就仰面跌倒了。一个四只脚向外翻着、通体呈褐绿色、脑袋又大又尖、尾巴呈锯齿状、活像一只巨型蜥蜴的家伙，从棚子的一个角落里蹿了出来，凶猛地咬住波莱吉斯的一条腿，而把他掀翻在地了。

——救救我！——波莱吉斯喊了一声，他那条左臂立时就落入那怪物的大嘴里，随即咯吱响了一下，他还想抬起右臂，但已是徒劳，那右臂只能在地上拖着那机关枪。休金扭头一看，不禁也惶然了。他还来得及开了一枪，但他那是远远地朝一旁射击的，因为他担心把自己的同志也击中了。第二枪他是冲着暖房那边打过去的，因为那边从许多小蛇中间冒出来一个大蛇头，它是橄榄色的，紧接着，它的身躯已蹿出来并直向他自己这边扑过来。休金用这第二枪击毙了这条巨蛇，又在波莱吉斯身旁跳跃着转了几转——波莱吉斯已被那大鳄鱼叼在嘴里而奄奄一息了——他要选准一个合适的位置去开枪，好用这一枪既击毙那可怕的爬虫而又不伤了特派员。他终于成功了。那支电手枪先是用它那绿幽幽的闪光把四周照得雪亮，紧接着它砰砰连响了两下，只见那大鳄鱼蹦了一下，挺了挺身子，便僵直不动了，而松开了的波莱吉斯的袖口里，血在往外流淌，他口里也在流血。他倚着那只健全的右臂，吃劲地拖了拖那条已经断了的左腿。他的两眼黯淡无光了。

——休金……你快跑。——他呜咽着，低声嘟囔道。

休金朝暖房那边连放了好几枪，那里有好几块玻璃飞落下来。但就在此刻，一条巨大的弹簧似的、橄榄色的、很灵活的大家伙从后面，从地下室的一扇窗子里蹿了出来，它滑过院子时，它那足有五俄丈长的身躯顿时把整个院子都堵住了，它在刹那间就缠住了休金的两腿，一下子就把他掀翻在地，那支很漂亮的手枪立即飞到一旁去了。休金拼命地大喊了一声，马上便咽了气，紧接着那一个个箍环便把他整个身子都裹没了，只有脑袋还露在外面。那箍环围着他的脑袋绕了一圈，头盖骨便被掀掉了，只听见那脑袋啪的一声裂开了。此后，这国营农场里再也没传出一声枪响。那咝咝作响的、铺天盖地的叫声吞没了一切。呼应着这咝咝声的，便是那康佐夫卡村上随风飘来的、隐隐约约的号叫声，但如今已经分辨不清，这是谁在号叫呢，是狗是人？

第十章　一场灾难

《消息报》夜班编辑部里灯火通明，胖乎乎的发排编辑在那张落满铅尘的桌子上拼排那专载"各加盟共和国巡礼"电讯稿的第二版版面。一条校样落入他的视线，他透过夹鼻眼镜仔细地看了一遍，不由得哈哈大笑起来，他把校对科的几个校对员和几个排版工都叫了过来，让大家看看这条校样。这张细长条的墨迹未干的校样上印着这样一条消息：

> 斯摩棱斯克省，格拉契夫卡城。本县发现一种巨型母鸡，体大如马，也像马那样爱尥蹶子。没有尾巴，其尾部生有资产阶级的太太们爱插戴的那种羽毛。

排字工们捧腹大笑。

——想当年——发排编辑打开他那粗嗓门嘻嘻地笑着，开腔道——我在《俄罗斯言论报》的瓦尼亚·瑟京①手下工作那会儿，也有人喝醉了酒胡编

① 即伊万·德米特里耶维奇·瑟京（1851—1934），俄国著名出版家，自一八九七年起主办《俄罗斯言论报》（1895—1918）。

起什么白象的新闻，确实闹过这笑话的。现如今呢，更有甚者，都编造起什么鸵鸟的新闻来啦。

排字工们哄堂大笑。

——可不是嘛，就是鸵鸟呗——那个排版工说——那么，要不要将这则消息排上版面呢，伊万·沃尼法季耶维奇？

——你怎么啦，犯傻了？——发排编辑回答道——让我奇怪的是，秘书是怎么把关的——分明是篇醉鬼胡编的电讯稿。

——人家小聚了一回狂饮了一顿，准是这么回事。——几个排字工附和道。那个排版工便把这篇关于鸵鸟的报道从版面上给撤掉了。

这一来，尽管《消息报》在次日是正常出版了，像往常一样，内容丰富，有着大量有趣的材料，但它对格拉契夫卡的鸵鸟这事却是只字未提。编外副教授伊万诺夫，这人向来是天天都读《消息报》的，这会儿在自己的研究室里合上报纸，打了个哈欠，嘟囔了一句："一点有趣的事也没有。"就起身去穿上白大褂。没过一会儿，他的研究室里便燃亮了煤气灯，响起了蛙叫声。而佩尔西科夫教授的那个研究室里，则是一片混乱。吓得不知如何是好的潘克拉特愣愣地站在那里，两手紧贴裤缝。

——明白了……遵命。——他说。

佩尔西科夫将那加了火漆封印的一包东西交给了他，吩咐道：

——你就直奔那畜牧处去找该处处长普塔哈，你就直接冲着他说一句，他就是一头猪。你告诉他，是我，佩尔西科夫教授这么说的，就是这么说的。然后就把这包东西交给他。

——一份好差事哟……脸色煞白的潘克拉特思忖道，接过那包东西，走了出去。

佩尔西科夫怒不可遏。

——鬼才知道是怎么回事——他在研究室里来来回回地踱起步来，不住地搓着那已戴上手套的双手，唠唠叨叨地发牢骚——这简直就是对我对动物学界一次空前罕见的嘲弄！那些该诅咒的鸡蛋都能运到农场，可是我整整两个月都不能得到那些必需的东西。好像美洲就那么远！总是乱糟糟的，总是毫无体统可言。——他掰着手指头计算起来——捕捉……喏，顶多有十天就足矣，喏，好吧——就算要十五天吧……喏，好吧，给它二十天吧，加上空运所需的两天，从伦敦飞到柏林是一天……从柏林飞到我们这儿是六小时……多么不像话呀，简直是无法形容了……

他气势汹汹地扑向电话机，往什么机关打起电话来。

他的研究室已经为进行那类神秘而又极其危险的实验而把一切都已准备就绪，封门窗用的纸条都已裁好备齐，带导管的潜水帽已整整齐齐地摆在那里，还准备出好几个像水银般闪光的小罐，罐面上贴着标签——"化工建设志愿队"、"严禁触摸"以及那种画着骷髅和两根交叉的白骨的剧毒品标记。

要使教授的心神平静下来并着手做一些细小的操作，至少得花去三个小时。这一回他也是这样。今儿他在研究所里一直工作到了晚上十一点，因而这奶黄色的墙外世界所发生的一切，他便一无所知。不论是那个在莫斯科全城沸沸扬扬地传开来的什么大蛇之类的荒唐流言，还是卖晚报的报童大声叫卖时所宣扬的那条奇怪的电讯稿，教授均无知晓，因为副教授伊万诺夫这天晚上艺术剧院看《费奥多尔·约安诺维奇》①去了，这一来，也就没有人向教授通报新闻了。

午夜时分，佩尔西科夫才回到普列齐斯坚卡街的寓所里就寝。睡前，他还躺在床上看了刊载在《动物学导报》上一篇用英文写的文章，这份杂志是从伦敦寄来的。然后，他才入睡了。一直忙乎到深夜的整个莫斯科城也入睡了，没有入睡的也只有特维尔大街上那座灰色的巨型大楼，在那座楼房的院子里，《消息报》报社的轮转印刷机正在可怕地隆隆作响，震得整座大楼都颤颤巍巍。发排编辑的办公室里，出现了难以想象的乱糟糟的局面。他像完全发疯了似的，圆睁着一双熬得通红的眼睛，急得在室内团团转，不知道如何是好，把所有的人都骂了个狗血喷头，那个排版工跟在他身后，满嘴酒气地说道：

——还有什么办法呢，伊万·沃尼法季耶维奇，也没什么大不了，明儿早上出张号外就是了。总不能把已开印的报纸从机器上撤下来吧。

排字工们都没有回家去，他们三三两两地走来，走去，聚在一堆阅读电讯稿，如今这些电讯稿可是没完没了，整夜不断，每隔十五分钟就来一篇，而且是一篇比一篇荒唐出奇，骇人听闻。阿利弗雷德·布隆斯基的尖顶圆帽在印刷厂那亮得刺目的玫瑰色灯光中闪来闪去，那个装上了一条假腿的胖子一瘸一拐地窜来窜去，不时地弄出吱吱嘎嘎的响声。报社的大门砰砰啪啪地响个不停，一整夜都有采访记者出出进进。印刷厂所有的十二部电话都有人在打，总机几乎已是在机械地对那些神秘的话筒一律给予这样的回答："占

---

① 即俄罗斯诗人阿·康·托尔斯泰（1817—1875）的剧作《费奥多尔·约安诺维奇》（1868）。

线"、"占线"，而接线台上那些通宵值班的小姐们面前，信号还在闪烁，呼叫声一直不断……

排字工们将那个装有假肢的胖子给围住了，于是，这位远洋轮船长对他们说道：

——得派几架飞机运一些瓦斯去才是。

——是没有别的办法了——排字工们回答说——这可不是件小事。

接下去，便响起一连串不堪入耳的骂娘声，不知是谁的尖细嗓门喊叫道：

——应当把那个佩尔西科夫毙掉才是。

——佩尔西科夫同这事又有什么相干呢？

人堆里另一个声音持异议——应当追究的是国营农场那个狗崽子——该把那个家伙毙掉的。

——本应设岗哨派卫兵看守好的。——有人这么嚷嚷道。

——没错，也许，那些蛋品根本就不是什么鸡蛋呢。

轮转印刷机的运转震得整个大楼在颤悠在轰鸣，这情形造成这样一种印象：仿佛这座灰色的、样子难看的巨型楼房马上就要因电线短路而闹出场火灾来。

繁忙的白昼也没能阻止住这场灾难。相反，它倒是在催化这场灾难的爆发，尽管电灯全部熄灭了。摩托车一辆接一辆地驶进了这地面已铺上柏油的大院里，夹杂于其间的还有一些小汽车。整个莫斯科城都睡醒了，一张张雪片似的报纸像一只只小鸟一样，在这个城市的大街小巷里飘飞。报纸飞落到每个人手里，所有的人都在沙沙地翻阅报纸，不到上午十一点，报童手里的报纸已供不应求，尽管《消息报》这个月的印数已高达一百五十万份。佩尔西科夫教授是乘公共汽车离开普勋齐斯坚卡来到研究所的。所里，每一个消息在等待他。衣帽间里整整齐齐地摆放着三个用金属条包扎得严严实实的木箱子，每个箱子上面贴满了进口品的标签，那标签均是德文的，而凌驾在每一条标签上方的又有一行用粉笔写的俄文标志：小心轻放——蛋品。

教授顿时高兴得心花怒放。

——终于到了！——他喊道——潘克拉特！你马上拆开箱子，小心点儿，别碰碎了，拿到我的研究室里来。

潘克拉特立即执行了命令，一刻钟之后，在教授那已是满地锯末和碎纸的研究室里，却响起了教授恼怒的嗓门：

——他们这究竟要干什么呢，要捉弄我吗，是不是？——教授晃动着拳头，转动着蛋，号叫道——这家伙真是个畜生，而不是什么普塔哈①。我可不允许人家来取笑我。这都是什么玩意儿，潘克拉特？

——是蛋呀。——潘克拉特难过地回答道。

——是鸡蛋呢，你看出来没有，但愿鬼把他们掐死才好！这些鸡蛋对我有什么鬼用场！且让他们把这些鸡蛋运往那个浑蛋的国营农场，送给他去用得了！

佩尔西科夫向墙角的电话机那边奔过去，但他并没有来得及打电话。

——弗拉基米尔·伊帕季伊奇！弗拉基米尔·伊帕季伊奇！——研究所走廊上轰隆隆地响起了伊万诺夫的大嗓门。

佩尔西科夫顿时离开了电话机，潘克拉特一个箭步闪向一旁，给这位编外副教授让出了道。后者也顾不上他平日素有的那种绅士派头了，匆匆地闯进了研究室，他连扣在后脑勺上的那顶灰色礼帽也没摘下来，手里拿着一张报纸就进来了。

——弗拉基米尔·伊帕季伊奇，您可知道，出事了。——他嚷嚷道，在佩尔西科夫面前挥了挥那张报纸，这张报纸标有《号外》两个大字，报纸版面的正当中有一幅色彩鲜艳的彩色照片。

——不，您且听我说说，那些家伙都干了些什么来着——佩尔西科夫并没有去听伊万诺夫的通报，而是以这样的叫嚷来作答——他们居然要用这个来让我开开眼。这个普塔哈真是一个十足的白痴，您来看看！

伊万诺夫完全怔住了。他惊惧地将目光投向那几个打开的箱子，接着又把光收回到这张报纸上，然后——只见他的眼珠子几乎就要从脸上蹦出来了。

——原来如此——他喘着粗气嘟囔起来——现在我可明白了……不，弗拉基米尔·伊帕季伊奇，您只需看一眼——他在刹那间就打开那张报纸，用他那直哆嗦的手指头指示着那张彩色图片给佩尔西科夫看。在这图片上，就像一根巨型消防水龙带似的，在一片被揉压得狼藉的绿草丛中，盘曲着一条浑身为橄榄色而带有黄色斑纹的大蛇。这照片是从天空拍摄的，是一架轻型飞行器在小心翼翼的低空飞行之中而摄下来的。——弗拉基米尔·伊帕季伊奇，您看这是什么动物？

---

① 俄文中"普塔哈"这个姓氏含有小鸟的意思。

佩尔西科夫把眼镜往额头上推了推，然后又将它挪到眼睛上，端详着这幅图片，过后，他极其惊讶地说道：

——什么鬼东西呀。这是……这可是森蚺，一种水生蟒蛇……

伊万诺夫扔掉礼帽，在椅子上落座下来。用拳头敲着桌子一字一顿地说道：

——弗拉基米尔·伊帕季伊奇，这种森蚺产自斯摩棱斯克省。这可是一场梦魇。您看出来没有，那个浑蛋没孵出小鸡而是孵出了大蛇，您看出来没有，这种蛇可是像青蛙一样具有惊人旺盛的产卵能力！

——这说的是什么呀？——佩尔西科夫回答道，他的脸都成了褐红色……您这是在开玩笑吧，彼得·斯捷潘诺维奇……这是从哪儿说起？

伊万诺夫霎时间哑然卡壳了，过了一会儿才恢复言语能力，他伸出一个手指头，朝一个打开的箱子戳了戳——那里，黄色的锯末中正闪露着一些白花花的蛋尖哩——说道：

——就从这儿说起。

——什么，噢?! ——佩尔西科夫号叫起来，他开始琢磨了。

伊万诺夫十分有把握地挥了挥他那两只紧握的拳头，叫嚷开来：

——毫无疑问，他们是把您订购的蛇蛋与鸵鸟蛋转运到国营农场里去了，而把鸡蛋误送到您这儿来了。

——上帝啊……上帝。——佩尔西科夫连声惊呼，脸都发绿了，顿时就瘫软到那个旋转凳上。

潘克拉特守在门旁完全蒙了，脸色煞白，哑然发呆。伊万诺夫跳起身来，抓起那张报纸，用他的一根尖指甲勾出一行字，冲着教授的耳朵嚷起来：

——喏，眼下他们可是要闹出一场开心的戏来啰! ……马上就要出现怎样的一幕，我是绝对地设想不出。弗拉基米尔·伊帕季伊奇，您看看——他拉大嗓门高声念出那张皱巴巴的报纸上最先落入他眼帘里的第一个句子……蛇成群结伙地朝莫扎伊斯克方向游动……一路上产下其数量多得不可思议的蛋卵。这种蛋卵，在杜霍夫斯克县境内也已经被发现……出现了一些鳄鱼和鸵鸟。特种部队……还有国家保安局的部队，已经焚毁维亚济马城郊的大片森林，这才阻止住那些爬虫的推进，而平息了该城的骚乱……

佩尔西科夫的脸色青一阵白一阵，整个儿已是一张大花脸，眼睛里也透出那种发疯了似的茫然，他从那旋转凳上站起身来，气喘吁吁地喊起来：

——森蚺……森蚺……水生蟒蛇！上帝啊！——他现在这副样子，不论是伊万诺夫还是潘克拉特，都是从来不曾见过的。

教授一把扯下领带，一下子就把衬衫上的纽扣全都扯掉了，脸上涨出了那种瘫痪病人才有的可怕的绛紫色，瞪着那完全木然无神的玻璃球似的大眼珠，摇摇晃晃地出了门，向什么地方奔去。研究所那石砌的圆顶下回荡着他的惨叫声。

——森蚺……森蚺……回声在轰鸣。——截住教授！——伊万诺夫冲着那吓得在原地瑟瑟发抖的潘克拉特尖声喊叫道——给他喝点水……他要中风的。

第十一章　搏斗与阵亡

莫斯科这一夜可真是疯了，无数只电灯形成了熊熊燃烧的火海。所有的灯光都是彻夜通明，一户户住所里没有一个角落没亮起那摘去了灯罩的电灯。在这个拥有四百万居民的莫斯科城里，家家户户没有一个成人就寝，入睡的只是那些还不识人事的孩子们。户户家家，人们的茶饭都是随随便便地凑合一下；户户家家，都有人时不时地喊叫出什么来；所有楼层的窗户里，都时不时地探出一张张扭曲的面孔来，那些面孔都纷纷把目光投向天空，投向那承受四面八方的探照灯柱切割着的苍穹。天空中时不时地迸射出一道道白光，这些白光，将一个个就要消融的、苍白色的圆锥体投射到莫斯科城上，然后便消失了，熄灭了。天空中不断地轰鸣着超低空飞行的飞机所发出的噪声。特维尔－亚姆大街那一带的情景尤其可怕。亚历山大火车站上每隔十分钟就有一列火车进站，这些列车都是由货车车厢、各种等级的客车车厢，甚至还有油罐车而凑合着编组起来的，但每一列火车上都是挤满了已然发狂的人们；在特维尔－亚姆大街上，人们也像一锅粥似的在狂奔，一些人乘上了公共汽车，一些人则趴在有轨电车的车顶上，人们互相推挤着，一些人掉落到车轮下面了。火车站上，时不时地就有一阵令人惊慌的砰砰的枪声在人群头顶上响起——这是部队的军人们在鸣枪示警，他们在制止那些发了疯的人群的惶恐，这些人沿着斯摩棱斯克省通往莫斯科的铁路线逃难；火车站上，时不时地就有一些窗玻璃带着那种轻微的哽咽声疯狂地飞落下来，所有蒸汽机火车头都在悲鸣。所有的街道上铺满了那些被抛弃被践踏的告示，同样的告示还在炽热的、马林果色的反光镜照射下，从墙壁上瞪着大眼。它们早已为人人所熟知，谁也不去看它们。这些告示上写的是：莫斯科已宣布进入战时状态。告示上还写道，要对制造恐慌者严惩不贷，还向大家通报，装备着瓦斯的红军部队已经一支接一支地开往斯摩棱斯克省。然而这些告示并不能制止这个骚乱不宁的黑夜的袭来。家家户户都有人摔碎了盘子，打碎了碟子，碰碎了花瓶，都有人在慌慌张张地奔跑而撞在墙角上，都有人在打点行装，捆包裹呀装箱子呀，徒劳地希冀着能设法奔往卡兰契夫广场，奔往雅罗斯拉夫火车站或是尼古拉耶夫火车站。呜呼，通往北方与东方的那几个火车站，都已被步兵们一层又一层严严实实地给包围住了，一辆辆重型卡车，摇摇晃晃地行驶着，弄得铁链声铿锵作响，这些卡车满满当当地装载着一些大箱子，箱顶上端坐着一些头戴尖顶盔的军人，这些军人手持刺刀对准各个方位，他们这是在押运财政人民委员部地下金库储备的金条金砖，在押运那些贴上了"小心轻放。特列季雅科夫画廊"标签的特大箱子。汽车在整个莫斯科城到处轰鸣，满街驰骋。

遥远遥远的天边，大火的反光在颤动，隆隆不断的炮声，没完没了地传过来，这八月的浓重深沉的夜色，也随着这响声在不住地浮动。

拂晓时分，一支列成长蛇阵的骑兵部队，在这完全彻夜不眠的，一盏灯火也不曾熄灭的莫斯科城里穿行，这支千军万马的部队沿着特维尔大街，浩浩荡荡地向前挺进，千万只跃动不息的铁蹄"笃笃笃"地敲击着用木块铺成的地面，雄起赳势如破竹地列阵把迎面而来的一切过往行人与车辆统统扫进马路两侧，迫使它们避入门洞里，退到橱窗边，挤破了玻璃。只见深红色的围巾帽上那两条长长的帽耳在一个个身着灰军装的士兵的脊背上随风舞动，一把把刺刀的刀尖直刺天空。那心慌意乱骚动不宁的人群，目击着这支列队挺进的铁骑一下子就在这丧失了理智、惶惶不可终日的车流人潮中劈出一条道儿而长驱直入，似乎立时就恢复了生机。挤在人行道上的人群中开始响起那种带着希望具有号召意味的喊叫声：

——骑兵军万岁！——一些狂热的女性的嗓门拉开了。

——万岁！——男人们响应着。

——要挤死人了！挤死人了！……有人在什么地方尖声喊叫道。

——救命！——人行道上有人呼叫。

但见一盒盒香烟、一枚枚银币、一块块手表由人行道上纷纷洒洒地飞向铁骑队列，一些女子跳到马路上，冒着粉身碎骨的危险，疯疯癫癫地追随在骑兵队伍旁边，揪住马镫就亲吻。在那一片不停息的马蹄声中，间或响起排长们嗓门洪亮的口令声：

——勒紧缰绳！

什么地方有人唱起歌来，歌声愉快而豪迈，一张张歪戴着深红色军帽的面孔，借着摇曳不定的霓虹广告灯光，由马背上向两旁张望。这露出面孔的骑兵队列，时不时地就受到那种模样奇特但也骑在马背上扬长而过的队伍的切割，这种队伍里，策马前行的那些人都戴着一种奇特的面罩，都背着那种导管，背后的皮带上还挂着那种小气罐。跟在这种队伍后面慢腾腾地往前爬行着的，则是一些巨型油罐车，车上带有极长的软管和水龙，就像消防车似的，接在这些油罐车后面的，便是那些笨重的、几乎就要把木块路面给碾碎的坦克，它们一个个都紧闭着舱盖，闪烁着狭小的炮眼，滚动着粗拙的履带，轰隆隆地开过去。隔断骑兵队列而穿行过去的，还有一些密封成灰色装甲车的小汽车，这些小汽车上也戳着那种导管，车厢两侧画着骷髅标记，贴着"瓦斯"、"化工志愿队"标签。

——救灾去吧，弟兄们——人行道上响起呼叫声——去灭掉那些爬虫吧……来拯救莫斯科！

——亲人们……亲人们……一阵阵呼声在队伍里滚动着，此起彼伏。一盒盒香烟在灯火通明的夜空中抛撒着，飞来飞去，一张张傻乎乎的面孔由马背上露出白亮的牙齿。一排排队伍里响起了低沉的、揪心的歌唱：

> ……不靠王牌，不靠王后，也不指望小丑，
> 荡灭爬虫，匹夫有责，我们绝不滑头，
> 迂回包抄，四面围歼，岂让它们存留……

一阵阵像沉雷般滚动着的"乌拉"声，在这片人海上空轰鸣起来，因为传过来一个小道消息，说是就在这支队伍的最前列，也戴着这深红色飘着两条长长的帽耳的围巾帽，也像所有的骑士们一样，策马挥戈地行进着骑兵军团的那位司令员，他可是十年前就已成了传奇英雄，而现如今人已见老两鬓染霜了。人群沸腾了，欢呼声如歌如潮，"乌拉……乌拉"的轰鸣响彻长空，此情此景使得惶惶不安的人心多少有所镇定。

      *   *   *   *

研究所里并不是灯火通明。事件传到所里也只剩下一些零零碎碎的、含糊不清的、单调沉闷的余声。有一回，马涅什广场附近的那座火红色的大钟

下面，突然间响起了那种扇形扫射才有的一阵枪声，那是把几个企图抢劫沃尔洪卡大街一户民宅的几个歹徒就地正法了。这一带街上过往车辆也不多，车辆全都会聚到各个火车站上去了。教授的研究室里，只有一盏灯昏暗地亮着，它把一小束光投射在桌面上，佩尔西科夫双手托腮，端坐着，默默不语。一圈又一圈的烟雾在他身边缭绕。分光箱里，那束光已熄灭了。饲养池里，青蛙也不闹腾了，因为它们都已入睡了。教授不工作，也不看书了。在一旁，就在他左肘下面，压着一张昨日印出的报纸，报上那个狭长的专栏里刊登着好几条电讯，有一条报道说，整个斯摩棱斯克都在燃烧，炮兵部队正在对莫扎伊斯克大森林进行逐片逐片轰炸，以期将分布在所有潮湿的山谷中的一堆一堆的鳄鱼蛋统统击毁。另一条则报道说，一个航空大队在维亚济马郊外所展开的行动相当成功，几乎在该县全境内都施放了瓦斯，可是在这些空间内的人员死亡也是无法计数的，这是由于该县居民并没有井然有序地疏散撤离，而是基于惊慌就擅自成群结队地冒着危险带着恐惧茫无目标地东奔西逃。还有一条报道说，那个高加索独立骑兵师在莫扎伊斯克战线上同鸵鸟群的厮杀中已取得辉煌胜利，已将那些鸵鸟一举全歼，并将那些数量极大的鸵鸟蛋统统击碎。在这一战役中，骑兵师的人员伤亡甚微。有一条电讯是政府公告。这一则政府公告称，如果不能成功地将那些爬虫阻挡在距首都二百俄里的地带之外，首都将实行全城的疏散撤离。公务人员与工人们均应保持完全镇静。政府将动用最严厉的措施，以防止斯摩棱斯克事件重演，在那个事件中，好几千条响尾蛇突如其来的袭击引发了普遍的惊慌骚乱，人们纷纷抛下正在烧着火的炉子，而开始了那种绝望的大规模的逃难，结果，整个城里火灾遍起。这则公告还声明，莫斯科的食品储备至少够用半年，总司令统帅的苏维埃将采取一些旨在使每家每户的住宅均装甲化的紧急措施，以便在必要时——一旦红军、飞机和航空大队均不能成功地阻挡住那些爬虫的侵犯——就要在这首都城里的大街小巷中，去同那些爬虫展开一场殊死的搏斗。

对这些电讯教授是一条也没看，他瞪着他那两只已经木然毫无生气的眼珠子，望着眼前出神，一个劲儿地抽烟。除他而外，研究所里只有两个人——一个是潘克拉特，再一个就是那时不时就泪水涟涟的女管家玛丽娅·斯捷潘诺夫娜，她这已是第三夜守在教授的研究室里，这几夜她可都是整夜不眠的，教授呢，则说什么也不愿离开他那个分光箱——那个留存在这里的独一无二的、但其中的光束已然熄灭了的箱子。这会儿，玛丽娅·斯捷潘诺夫娜正蜷缩在那个漆布长沙发上，在阴影里在角落里，默默无语地陷入悲哀的沉思，静静地瞅着那个在三条腿的煤气炉上已经沸腾的小茶壶，这是在为教授煮茶哩。研究所里毫无动静，一切均是陡然间发生的。

陡然间，人行道上传进来恶声恶气刺耳揪心的一片叫喊，玛丽娅·斯捷潘诺夫娜一下子跳起身来，发出一声尖叫。街上，有一些星星点点的灯笼般的亮光闪现起来，衣帽间里，潘克拉特的声音在那边答应着，教授对这份喧闹的反应甚为迟钝。他抬起了头，喃喃自语地说了句："瞧，这疯疯癫癫的阵势……眼下我还能干什么事呢。"接着，便又沉入那木然出神的状态。但这一状态还是被打破了。研究所那扇朝向赫尔岑大街包上铁皮的大门，忽然震天动地地响了起来，所有的墙壁都颤悠起来。紧接着，隔壁那间研究室一整块窗玻璃哗啦一声碎裂了。教授的研究室里的窗玻璃也噼噼啪啪地纷纷碎落一地，只见一块灰色的鹅卵石飞进窗口，砸碎了一张玻璃桌。青蛙们顿时在饲养室里骚动起来，横冲直撞，掀起一片狂叫。玛丽娅·斯捷潘诺夫娜手忙脚乱了，尖声叫嚷着，冲到教授跟前，抓住他的手就喊叫道：

——您逃走吧，弗拉基米尔·伊帕季伊奇，您逃走吧。

后者从那个旋转椅上站起身来，挺直身子，把一根手指头弯成钩形——在做出这一动作时，他那双眼刹那间又闪出了先前所有的那份锐利的光芒，这令人想起先前那位灵感横溢的佩尔西科夫，——这才回答道：

——我哪儿也不去的——他述说起来——这简直是愚蠢——他们像一群疯子似的惶惶不安地折腾着……喏，要是整个莫斯科都疯了，我还能逃到哪儿去呢。行了，劳驾啦，请不要喊叫了。这事同我又有什么相干。潘克拉特！——他唤道，按了一下手铃。

他想必是要潘克拉特来制止住这份闹腾，他这人向来就是不喜欢什么闹腾的。但是，潘克拉特已经是什么也干不了了。那一阵轰响过后随之而来的一幕是：研究所的大门敞开了，从远处传来几声砰砰的枪响，紧接着便是这整座石砌的研究所里到处响起那奔跑声、喊叫声与砸玻璃的哗啦声。玛丽娅·斯捷潘诺夫娜紧紧地拽住佩尔西科夫的袖子，一心要把他拖到什么地方去，他一使劲就从她的手里挣脱开来，把身子挺得笔直像往常身着白大褂去上班时那样，走出研究室，来到走廊上。

——怎么啦？——他发问道。门咣当一声打开了，第一个出现在门口的是一个军人的脊背，这军人左臂上戴着一个深红色袖章，左肩上还佩有一颗星。他这是从大门里往后退——大门外已有一堆狂怒的人群挤压过来，只见这军人边往后退边举起手枪朝空中射击。随后，这军人从佩尔西科夫身边拔腿就逃，还冲着他喊道：

——教授，您快逃命吧，我可是再也没招了。

回应他这句话的，是玛丽娅·斯捷潘诺夫娜的一声尖叫。那军人从这个犹如一座白色雕像似的伫立着的佩尔西科夫身边蹿了过去，便消失在弯弯曲曲的走廊的那一端的昏暗里。那群人飞速地闯进门来，高声狂叫道：

——揍他！打死他……

——打死这世界头号恶棍！

——就是你把那些爬虫放出来的！

一张张扭曲的面孔，一件件扯碎的衣衫，在一条条走廊里蹿动，有人放了一枪，棍棒舞动起来。佩尔西科夫稍稍往后退了几步，将那道通向研究室的门给掩上了，研究室里，玛丽娅·斯捷潘诺夫娜惊惧不已，已经跪在地板上了。佩尔西科夫张开双臂，犹如那被钉在十字架上的耶稣……他不愿让人群进去，满腔愤懑地吼道：——这可是道道地地的发疯……你们完全是一群野兽。你们要干什么？——他大声怒喝道——滚开！——随即厉声厉色地喊出了大家都熟悉的那句话而作结：——潘克拉特，把他们轰出去。

可是，潘克拉特是再也不能把谁给轰走啦。潘克拉特的脑袋已经开了花，身体已经被践踏，四肢已经被踩得血肉模糊，一动不动地躺在衣帽间里，一批又一批新拥进来的人群从他的身边冲过来，他们对街上警察的放枪示警根本不予理睬。

有一个矮个子，长着两条猴子那样的罗圈腿，穿着一件破旧朽烂的西服上装，套着一件同样破旧朽烂的、已扭到一旁去了的胸衣，赶到别人的前头，冲到佩尔西科夫跟前，朝着他抡起大棒，劈头劈脑地砸过去。佩尔西科夫晃了一下，就侧身倒在地上，他的最后一句话还是：

——潘克拉特……潘克拉特……

无辜的玛丽娅·斯捷潘诺夫娜也被打死在研究室里，并被践踏得血肉模糊。那只其中的光束已经熄灭了的分光箱，也被砸了个稀巴烂。那些发疯了的青蛙统统被打死被踩死之后，饲养池也被砸了个稀巴烂。玻璃桌子全都被砸得粉碎，反光镜也全都被砸得粉碎。而一小时之后，这个研究所便被熊熊大火吞灭了。研究所附近，横七竖八地躺着一堆尸体，这些尸体则由那些用电手枪武装起来的人们排成队列严密地封锁起来了。消防车不住地从水龙头里汲水，将一根根水柱喷洒到所有的窗户里，大火正从那些窗子里呼呼地往外喷射它那长长的火舌。

第十二章　严寒之神骤然驾到

　　一九二八年八月十九日至八月二十日这一夜，一股寒流袭来了，这可是空前罕见的气象，久居本地的老人们都从没有经历过这等天气。这寒流骤然降临，一连滞留了两昼夜，气温陡然间就降到零下18℃。已然变得狂暴肆虐的莫斯科也为之一变，家家户户的门窗都严严实实地关闭了。只是到了第三个昼夜即将过去之时，居民们这才恍然悟出，正是这股寒流拯救了首都，也拯救了这首都所主宰的、一九二八年那一年遭受那场可怕的灾难席卷的那片辽阔无垠的大地。莫扎伊斯克郊外，骑兵军的人员伤亡已高达这支部队总兵力的四分之三，已经落入溃不成军的困境，几支空投瓦斯的航空大队也阻挡不住那些可恶又死硬的爬行动物的挺进，它们正在从西方、西南方和南方三个方位上构成半个圆环而向莫斯科步步进逼。

　　寒流一下子就使它们没命了，这一群群极其龌龊的丑类未能承受住两天两夜零下18℃的气温。及至八月下旬，寒流过去了，寒流留下的只是阴冷与潮湿，空气中多了一些水分，树木上出现了一些被骤然驾到的寒潮冻坏了的绿叶，此时，便再也没有什么要与之搏斗的东西了。灾难告终了。森林里、田野上、一望无垠的沼泽中还堆积着那些色彩斑驳的蛋卵，有时候还可见到这些蛋卵上布满那种稀奇古怪的、非本土所有的、甚为罕见的花纹——现已无声无息地失踪了的罗克当初曾将这花纹当成是脏斑——但这些蛋卵都已是绝对无害的了。它们一个个均已是死的，它们孕育的胚胎都已经是没有生命的了。

　　那一望无垠的辽阔大地上还久久地腐烂着这些无以计数的鳄鱼与大蛇的尸体。这些鳄鱼与大蛇，就是赫尔岑大街上那一双天才的眼睛中发现的那种神秘的光束所激活所孕育的，但它们已不再是危险的了。炎热而易腐的热带沼泽所出产的这类造物：其生命力并不坚实，两天之内就统统死光，给一连三省份的那片大地上遗下刺鼻的恶臭、腐烂的躯体与成堆的脓液。

　　瘟疫闹了很长一段时日，由爬行动物与死难的人的尸体引发的流行病闹了很长一段时日。不过，出动的已不再是那种装备着瓦斯的部队，而是装备着种种工兵器械、煤油油罐车与水龙带的部队，其使命是清扫大地。部队完成了这种清扫。及至一九二九年开春，一切宣告结束了。

一九二九年的春天，莫斯科重又是歌舞升平，灯火通明，五彩缤纷；大街上依旧车水马龙，川流不息，车声辚辚。基督大教堂那盔形顶上空依然挂着一钩月镰，就像是用线系住似的。就在一九二八年八月遭焚毁的那个两层楼的动物宫的原址上，建起了一座新的动物宫。掌管这座动物宫的就是那个编外副教授伊万诺夫，而佩尔西科夫则已不在人世了。那个弯成钩状的颇有信心的手指头再也没出现在人们眼前，那个叽叽哇哇如蛙噪一般刺耳的噪声，再也没有什么人听到过了。对于一九二八年的那种光束与那场灾难，世人还议论了很长一段时日，全世界都有人叙写过这一事件，但是后来，弗拉基米尔·伊帕季耶维奇·佩尔西科夫的名字渐渐地就蒙上了浓雾，悄无声息了；犹如他在四月的一个夜晚所发现的那束红光一样地熄灭了。这种光束怎么也没能再次获得，尽管那位举止优雅的绅士、如今已是编内教授的彼得·斯捷潘诺维奇·伊万诺夫有时候也做过这尝试。第一只分光箱，在佩尔西科夫被打死的那天夜里就被暴怒的人群给砸毁了。另外三只分光箱，则是在航空大队同爬行动物的首次交战中焚毁于尼科尔斯克的"红光"国营农场，而怎么也没能把它们复制起来。不论那些能聚光能折光能反光的玻璃镜片之间的组合是多么简单，能获得那种光束的分光箱怎么也未能再一次组装成，尽管伊万诺夫作出了种种努力。显然要拥有某种不凡的才能，而这世界上拥有这种才能的只有一个人——已经故世的教授弗拉基米尔·伊帕季耶维奇·佩尔西科夫。

（1924 年）

图书在版编目（CIP）数据

俄国经典中篇小说/盛宁主编；冯季庆选编．—北京：
文化艺术出版社，2012.1
（世界经典中篇小说系列）
ISBN 978－7－5039－5296－8

Ⅰ.①俄…　Ⅱ.①盛…　②冯…　Ⅲ.①中篇小说—
小说集—俄罗斯—近代　Ⅳ.①I512.44

中国版本图书馆 CIP 数据核字（2011）第 274195 号

俄国经典中篇小说

主　　编　盛　宁
选　　编　冯季庆
责任编辑　陶　玮
封面设计　姚雪媛
出版发行　文化艺术出版社
地　　址　北京市东城区东四八条 52 号　　100700
网　　址　www.whyscbs.com
电子邮箱　whysbooks@263.net
电　　话　（010）84057666（总编室）　　84057667（办公室）
　　　　　　　　　　84057691—84057699（发行部）
传　　真　（010）84057660（总编室）　　84057670（办公室）
　　　　　　（010）84057690（发行部）
经　　销　新华书店
印　　刷　国英印务有限公司
版　　次　2012 年 3 月第 1 版
　　　　　　2012 年 3 月第 1 次印刷
开　　本　700×1000 毫米　1/16
印　　张　21.25
字　　数　300 千字
书　　号　ISBN 978－7－5039－5296－8
定　　价　39.80 元